"十三五"国家重点图书、音像、电子出版物出版规划项目
国家社会科学基金项目（项目编号：04BWW015）

L'HISTOIRE DE LA CRITIQUE LITTÉRAIRE FRANÇAISE

法国文学批评史

冯寿农　著

图书在版编目（CIP）数据

法国文学批评史 / 冯寿农著.
—上海：上海外语教育出版社，2019（2020重印）
ISBN 978-7-5446-5586-6

Ⅰ.①法… Ⅱ.①冯… Ⅲ.①文学批评史－法国 Ⅳ.①I565.09
中国版本图书馆CIP数据核字（2018）第244013号

出版发行：**上海外语教育出版社**
（上海外国语大学内）　邮编：200083
电　　话：021-65425300（总机）
电子邮箱：bookinfo@sflep.com.cn
网　　址：http://www.sflep.com
责任编辑：胡怡纯　高云松

印　　刷：上海市崇明县裕安印刷厂
开　　本：700×1000　1/16　印张 33.5　字数 653千字
版　　次：2019年1月第1版　2020年3月第2次印刷
印　　数：1 100 册

书　　号：ISBN 978-7-5446-5586-6 / I
定　　价：100.00 元

本版图书如有印装质量问题，可向本社调换
质量服务热线：4008-213-263　电子邮箱：editorial@sflep.com

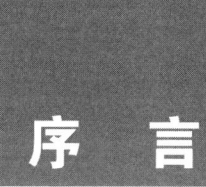

一部开创性的文学批评史论著

自文学产生以来就有文学批评,两者相辅相成,缺一不可。文学批评源于对文学作品的鉴赏评论和对文学现象的分析研究,反过来又推动文学思潮的传播和文学创作的繁荣。文学批评在发展过程中形成了各种文学理论,同时也会分化成各种不同的批评流派,对文学的发展产生各自的引导作用,因此文学批评是整个文学活动的重要组成部分。

法国是文学大国,法国文学在世界文学中具有举足轻重的地位。法国作家大师辈出、灿若群星,它的古典主义、启蒙文学、浪漫主义和现代主义等文学思潮,对欧洲乃至世界文学有着深远而持久的影响。不言而喻,法国的文学批评因此也得到了长足的发展,始终引领着世界文学批评的潮流。

与大众欣赏的文学创作不同,著名的文学批评家都有自成一家的理论或学说,例如布瓦洛的古典主义文艺理论、泰纳的实证主义批评、当代罗兰·巴特的结构主义批评等。文学批评具有很强的理论性,在文学繁荣的时代能引起不少人的兴趣,但是不可能像文学作品那样普及,这就是文学史比比皆是而文学批评史却付诸阙如的原因。

从上个世纪80年代我国实行改革开放以来,学界掀起了译介外国文学的热潮,其中就包括法国从古至今的各种文学批评理论。在90年代,以大量译介后现代主义和西方马克思主义的批评理论达到高潮。大学里普遍开设了比较文学的课程,各种关于文学批评理论和流派的译介、教材和著述如雨后春笋般层出不穷。

但是毋庸讳言,这些译介或著述针对的大多是某种具体的文学批评理论或流派,或者某一位文学批评家,至今未见一部全面评述法国文学批评史的著作。究其原因,首先是法国的文学批评时间跨度极大,且学说众多、派别林立。不仅法国文学批评的历史可以追溯到亚里士多德的《诗学》,而且当代的批评家们往往各持一说,因而难以从宏观的角度加以概括和总结。其次是即使评述某一种文学批评理论,例如社会学批评、精神分析批评、结构主义批评等,也要涉及哲学、社会学、心理学和符号学等多种学科,需要掌握大量的资料,进行深入的研究。再加上译介中的误译或错译等其他原因,撰写一部法国文学批评史谈何容易?

冯寿农教授毕生从事法国文学和文学批评的研究,特别是在申请到了国家社科基金项目之后,集中精力广泛搜集资料,阅读了大量的文献,在充分熟悉法国各个时代的社会背景和文学氛围的基础上,全面勾勒出法国文学批评发展的来龙去脉,介绍了许多鲜为人知的文学批评流派和批评家,从而展现了从古至今法国文学批评的全貌。虽然由于资料浩繁而难免百密一疏,但毕竟写出了国内第一部《法国文学批评史》,在研究法国文学批评理论和方法方面做出了开创性的贡献。在本书即将付梓的时候,我谨写此小序表示衷心的祝贺。

吴岳添

2018 年 10 月

目 录

引 论 法国文学批评观念的嬗变 ………………………………………… 1
    第一节 判断性批评 *1*
    第二节 鉴赏性批评 *3*
    第三节 诠释性批评 *5*

第一篇 法国大革命前(16世纪至18世纪)的文学批评

第一章 16世纪文学批评 ………………………………………… 11
    第一节 历史遗留的批评资源 *11*
        一 亚里士多德开创批评之先河 *11*
        二 西方修辞学 *16*
        三 诠释学 *19*
    第二节 现代性与法国文学批评的发轫 *21*
        一 欧洲"现代性"诞生的诸因素 *21*
        二 现代与现代性 *23*
    第三节 文艺复兴时期的文学批评 *26*
        一 文艺复兴在法兰西 *26*
        二 文学批评史上第一次的论战 *29*
        三 蒙田与《随笔集》 *32*
        四 比较文学与文学史在萌芽 *34*

第二章 17世纪法国文学批评 ………………………………………… 36
    第一节 宫廷势力:古典主义批评 *36*
        一 前期:马莱伯——批评家兼诗人 *38*
        二 中期:夏普兰 *42*
        三 盛期:布瓦洛及其诗艺理论 *45*
    第二节 "正统"批评的话语权力 *51*
        一 宗教批评 *51*
        二 道德伦理批评 *54*
    第三节 "巴洛克精神"对主流批评的反动 *55*
        一 沙龙批评:朗布耶侯爵夫人公馆 *57*
        二 书信体批评:巴尔查克 *58*

三　小说体批评：菲雷蒂埃　60
　　　四　反对马莱伯　60
　　　五　奥比尼亚克长老的戏剧批评：反对夏普兰　62
　　　六　高乃依的反击　63
　第四节　跨文化视野下的批评　66
　　　一　法国"我族中心主义"被撼动　66
　　　二　报刊批评的诞生　68
　第五节　跨世纪的"古今之争"　69
　　　一　爆发　70
　　　二　厚今派的观点　71
　　　三　崇古派的观点　74
　　　四　妥协　76

第三章　18世纪文学批评　77
　第一节　启蒙世纪的自由批判精神　79
　　　一　伏尔泰　82
　　　二　卢　梭　85
　　　三　重要的革新者们　89
　第二节　"百科全书派"与狄德罗：美学与批评　92
　　　一　狄德罗的美学思想　93
　　　二　狄德罗的艺术观　95
　　　三　狄德罗的文学观　99
　第三节　崇古派的教条主义批评　104
　　　一　模仿古典主义大作家　105
　　　二　德封泰纳与弗雷隆　107
　　　三　摇摆不定的马蒙泰尔　110
　　　四　安德烈·谢尼埃与创造性模仿　112
　第四节　世界主义与报刊文学批评　114

第二篇　法国19世纪文学批评

第一章　浪漫主义时代的文学批评　123
　第一节　启蒙世纪的遗产　124
　　　一　美学理论的准备　124
　　　二　观念学派的文学纲领　130
　第二节　德国浪漫主义的输入　134
　　　一　斯塔尔夫人　137
　　　二　科佩团体与文学类型　142
　第三节　古典秩序的回潮：从古典主义发展到绝对主义　144

一　拉阿尔普的转向　*145*

　　二　德西雷·尼扎尔　*148*

　　三　勒梅西埃　*151*

　　四　维尔曼　*153*

　　五　居斯塔夫·普朗什　*154*

第四节　浪漫主义批评之论争　*155*

　　一　夏多布里昂与其"文学团体"：启发性的诗学　*157*

　　二　司汤达　*159*

　　三　雨果：反对规则和雅致的天才　*160*

　　四　巴尔扎克：批评的理论与运用　*163*

　　五　戈蒂埃：从唯美到热衷不规则　*166*

第五节　圣伯夫的文学批评　*168*

　　一　浪漫派的圣伯夫　*169*

　　二　肖像的业余爱好者　*170*

　　三　《波尔-罗雅尔修道院史》：文学史和"总体"批评　*172*

　　四　圣伯夫文学批评方法中的分类学　*173*

　　五　圣伯夫在寻找深层内心　*174*

　　六　认同批评和"批评之水"　*175*

第六节　体裁批评与报刊批评　*177*

　　一　浪漫主义诗学和其包含的体裁　*177*

　　二　报刊批评　*183*

第二章　科学实证主义时代 …………………………………… **191**

第一节　帝国文学监控　新潮覆盖旧潮　*191*

　　一　文字狱　*192*

　　二　艺术美与道德的争论　*196*

　　三　波德莱尔与现代性艺术批评　*198*

　　四　现实主义和自然主义批评　*203*

第二节　科学的工具理性　*206*

　　一　伊波利特·泰纳：系统化和"分析"　*207*

　　二　勒南：文献学是历史的辅助科学　*211*

　　三　对泰纳的批评的争论　*213*

　　四　保罗·布尔热和埃米尔·埃纳坎的批评　*215*

　　五　科学主义批评的其他遗产　*220*

第三节　世纪末的危机与出路　*221*

　　一　对自然主义的质疑和向内心世界的回归　*222*

　　二　散文危机与诗歌危机：一种文学体裁的新格局　*223*

　　三　象征主义的价值肯定：杂志的作用　*224*

　　四　象征主义批评大师：泰奥多尔·德·维齐瓦与雷米·德·古尔蒙　*227*

　　五　费迪南·布伦蒂埃　*231*

六　教条主义与印象主义的论战　*234*
   七　保罗·拉孔布和乔治·勒纳尔：对一种方法的探究　*237*

第三篇　法国 20 世纪上半叶文学批评

第一章　世纪之交的批评 ……………………………………… **241**
   第一节　朗松的文学史方法论　*241*
      一　朗松的方法论　*241*
      二　朗松的文学史研究与批评实践　*244*
   第二节　卫道士批评　*251*
      一　朗松主义被质疑　*252*
      二　佩吉反对现代世界　*254*
      三　法兰西行动：为纯洁民族清除浪漫主义　*258*

第二章　革新与探索 …………………………………………… **262**
   第一节　开启世纪文学大门的两位伟人　*262*
      一　柏格森和新批评的哲学基础　*262*
      二　普鲁斯特在批评辩论中的贡献　*265*
   第二节　超现实主义革命与新诗学批评　*268*
      一　超现实主义的反批评　*268*
      二　诗学批评与宗教的神秘主义　*273*
      三　修辞学与诗学批评　*280*
      四　两位反柏格森主义的批评家　*284*

第三章　《新法兰西评论》时代 ………………………………… **286**
   第一节　《新法兰西评论》与它的掌舵人　*286*
      一　《新法兰西评论》　*286*
      二　《新法兰西评论》的创办者安德烈·纪德　*293*
      三　雅克·里维埃的批评　*295*
   第二节　细读文本，深入"理解"　*297*
      一　两位出色的阅读者　*298*
      二　两位柏格森式的批评家：狄波与蒂博岱　*301*

第四篇　法国 20 世纪下半叶文学批评

第一章　意识形态与历史社会 ………………………………… **309**
   第一节　战后文坛态势与批评　*309*
      一　为谁写作？　*309*
      二　批评中的不景气　*311*

    三　新的批评倾向　*313*

    四　批评大合唱　*316*

    五　作为历史对象的作品　*318*

  第二节　萨特的文学批评　*322*

    一　介入的文学观　*323*

    二　存在主义精神分析方法：撰写"真实小说"　*325*

    三　文学史就是一部作品接受史　*333*

  第三节　社会学批评　*336*

    一　戈德曼的结构文学观　*337*

    二　齐马的文本社会学批评　*339*

    三　社会学批评阅读　*341*

    四　皮埃尔·布尔迪厄与文学场　*347*

  第四节　文学手稿批评：文本史前的考古　*351*

    一　文学批评发展的必然指向　*352*

    二　对"前文本"的整理工序　*354*

    三　"前文本"是一个独立的空间　*356*

    四　垦荒与收获　*357*

第二章　意识与潜意识的探索　　**360**

  第一节　主题批评　*362*

    一　概念的区分　*363*

    二　主题批评阅读方法　*365*

    三　加斯东·巴舍拉尔　*368*

    四　让-皮埃尔·里夏尔　*370*

  第二节　日内瓦学派的"意识批评"　*377*

    一　先驱　*378*

    二　普莱和批评意识　*379*

    三　让·鲁塞　*382*

    四　让·斯塔罗宾斯基　*385*

  第三节　精神分析批评　*390*

    一　第二代精神分析批评家　*392*

    二　第三代精神分析批评家　*395*

  第四节　对精神分析法的改造和挑战　*398*

    一　拉康：用语言学改造精神分析法　*398*

    二　勒内·吉拉尔：欲望来自模仿　*403*

第三章　语言符号与形式结构　　**410**

  第一节　语言学给文学批评带来的变革　*410*

    一　哲学的"语言学转向"　*411*

    二　语言是文学研究的出发点　*412*

三　文学批评几个新的趋向　420
第二节　风格学研究　425
　　一　发生文体学基本原理　427
　　二　发生文体学的批评实践　428
第三节　罗兰·巴特与结构主义批评　430
　　一　结构主义时期　431
　　二　罗兰·巴特　435
第四节　文学符号学研究　444
　　一　争论　446
　　二　格雷马斯　449
　　三　克里斯蒂娃　451
第五节　诗学研究与批评　453
　　一　何谓诗学？　454
　　二　重要问题　455
　　三　叙事诗学　457
　　四　诗的诗学　460
　　五　文本之外　464
　　六　保罗·利科尔的反思诠释学　469

结　论 ······ **473**
　第一节　批评的立足点的转变　473
　第二节　对文本形式的批评　475
　第三节　对文本内容的批评　477
　第四节　文学批评的近期发展　480

附录一：法(外)国部分理论家、批评家、作家人名译名对照表 ······ **483**
附录二：参考书目 ······ **509**
后记 ······ **519**

引 论

法国文学批评观念的嬗变

　　15世纪末到16世纪初,一场伟大的文艺复兴发迹于意大利,后蔓延至法国,法国因此告别了中世纪,进入现代社会。文艺复兴通过重新发现古希腊罗马文化中的人文主义和理性精神,弘扬个人主义和自由批判精神。个人主义保护私有财产,促生资本主义社会的萌芽;理性精神催发了文学批评的诞生。文艺复兴增强了法国人的民族意识,他们决心效法意大利人,自觉使用民族语言,用法语进行创作;一些文人制定种种文学规则,以此判断作品是否符合法语语法和修辞规则,文学批评活动应运而生了。1580年,人文主义学家斯卡利热指出,文学批评是"一门评判精神作品的优缺点的艺术"[①]。法语中的"la critique"(批评)来自拉丁语"criticus",而这个单词源自希腊语"kritikê",这个词又是从"kpiveiv"演变而来的,意指"区别"(distinguer)和"判断"(juger)。批评家根据时代特有的美学标准对作品进行批评或褒扬。法国文学批评自诞生至今已有500多年的历史,文学批评的观念经历了判断、鉴赏和诠释三个发展阶段。笔者试图从批评史角度,梳理文学批评观念的演变历程。

第一节
判断性批评

　　法国早期的文学批评具有判断作品优劣、指出其优缺点的特征,可称之为判断性批评,分为两种类型:"先验"的批评和"后天"的批评。所谓"先验"的批评,即指批评家在进行批评活动之前,就已明确了一套完整的批评规则,这些规则由当时的社会文学场(布尔迪厄之义)制定。批评家根据这些条条框框或是已经内化为自己的准则的批评规则来审视、评判作品,并以此来进一步规范、支配作品,决定作家作品的命运。很显然,这一时期的批评家是凌驾于作家作品之上的审判

[①] F. THUMERREL, *La Critique littéraire*, Armand Colin, 2000, p. 9.

官。举例来说,1637年,高乃依①的《熙德》因不符合悲剧规范而被官方批评。

16世纪的法国受意大利影响,其文学创作越来越具有民族意识。法国作家提倡用自己的民族语言进行文学创作,特别是在杜贝莱发表《保卫和发扬法兰西民族语言》(Défense et Illustration de la Langue Française)之后,更加注重法语的纯洁化,以及法语在文学作品中的正确使用。因此,当时的文学批评主要判断作品语言是否符合既定的语法规则。17世纪初,为了法语的纯洁化,黎塞留首相成立了法兰西学院,每年修改出版《法语的正确使用》。这部语法法典成了初期文学批评的主要工具之一。

亚里士多德的《诗学》在公元前传入古罗马后被误读和误译了,一门学科被讹传成了一种技艺规则。法国文艺复兴时期,好几位理论家受贺拉斯等古罗马文人的影响,又写出多部《诗的艺术》。17世纪下半叶,古典主义文论家布瓦洛②写的《诗艺》严格制定了许多文学创作规矩,戏剧中的"三一律"就是典型的代表。批评家们只能遵照所谓的创作规则来批判作品的优劣。像"诗人不应该模仿自然,而应该模仿文学模式"这样的思想曾一度成为批评的原则。当时的批评家自认为拥有理性、智慧和知识,能够引领艺术家。时至今日,这种"先验"的判断性批评之风依然存在。按照这种批评方法,只有那些严格遵守创作规矩的作品才可被列入典范,这显然会扼杀作家的灵感与创新意识,最终导致片面单一与教条主义。这是一种专断的批评。

"后天"的批评与"先验"的批评截然相反。它并不推举出一个全面客观或具有普适性的评价标准,而是更加灵活。批评家将其个人的印象理论化后对作品的内在品质和独特性加以评估。按照米歇尔·布托的说法,报刊批评是一种"后天"批评,批评家应该成为"探索者",凭着后天积累的理论和知识去探寻作品的特性,并且使批评的文章成为作品的"必要的补充",让批评家与作家作品相得益彰。但是这种批评也不无弊端。它设法寻找作品的独特性,从本质上来说,宣布一部作品是否独特,其前提就是认可存在一种规范和惯习,因为独特是对规范的偏离,对惯习的超越。这个规范或惯习已经存在于批评家的脑子里和他的后天经验的积累中。若无这个前提,批评家无法判断出作品的独特性或新颖性。此外,批评家往往把一个特定时期的几位作家或文学现象的独特性集中起来当作一个流派或一个潮流的共同特点,并给这个流派或文学现象命名,然后以这些特点去判断其他作家是否属于这个文学流派,这样又陷入了新的教条主义。

无论是"先验"还是"后天"的判断性批评,其弊端都是显而易见的。若将批评仅定义为"判断",就会使批评家高高在上、专横跋扈,使作家与作品处于接受审判的被动地位。判断性批评也使批评家本身容易陷入教条主义的泥淖。但是,

---

① 高乃依(1606—1684):法国悲剧的创始者,主要作品有《熙德》(1636)、《贺拉斯》(1640)和《西拿》(1640)等。
② 布瓦洛(1636—1711):法国著名诗人、美学家、文艺批评家,被称为古典主义的立法者和发言人。

它也并非全然可憎,在一定的历史时期,在特定的环境下,它还是能起到拨乱反正、肃清思想的积极作用。

因此,有必要对批评的观念进行完善,这就需要一种新批评,让作家、批评家和读者获得某种思想上的解放,彼此处在平等对话的立场上。而当批评具有鉴赏性的时候似乎能够扬长避短。鉴赏性批评要求批评家有高尚且独特的审美情趣和敏锐的洞见力,是一种偏向感性体验的创造性批评,需要批评家凭感觉进行再创作。也就是说,此时批评家要带着特有的审美观和感觉去体验甚至发挥作家的作品,即"必然地找出并使读者欣赏到大作家们的才华"①。

第二节
鉴赏性批评

鉴赏性批评起源于18世纪的法国。经历了17世纪古典主义文学按照理性制定的种种规则的束缚,批评家和作家早已感到厌烦,早想摆脱文学规范的桎梏。伏尔泰②的《欣赏趣味之圣堂》出版后引起了轰动,这是第一部堪称鉴赏批评的方法论著作。"在这本书中,既无主张,又无训辞,也无理论的原则,而是以格言'不伤害,不谄媚'为起首、通篇以例证为依据的爽快判断。"③伏尔泰说:"要判断诗人,就必须会感觉……这正如判断音乐……必须具有音乐方面的听力和心灵。""诗是心灵的音乐。"④他相信情感,强调以审美快感去欣赏诗歌,反对那些专横的规则批评。自此之后,法国文学批评不再是单纯的优劣判断,而是加入了更多批评家自身的感受。鉴赏性批评带有强烈的主观性,更偏重情感性和欣赏性。此时批评家并不依靠某个时代的文法规则来评判作品的优缺点,也不依靠作品的外部因素(如作品的素材、传记、社会、历史因素等)来解释说明作品,而是凭着自身的感觉体验,并为表达自身体验而进行批评的二次创作。因此,这种批评是"自由、创造和相对的"⑤。如果对其进行细致的划分,我们可以区别出"同情批评"与"印象批评"。

"同情批评"中"同情"指的是情感同化或情绪归同。它要求批评家舍弃自我,设身处地,完全沉浸在作品中去理解作品,体会作家的感受,与作家和作品的

---

① *La Critique littéraire*, p. 13.
② 伏尔泰(1694—1778):法国启蒙运动领袖,18世纪著名的思想家和作家。
③ 罗杰·法约尔:《批评:方法与历史》(怀宁译),天津:百花文艺出版社,2000年,第105页。
④ 同上。
⑤ *La critique littéraire*, p. 13.

情感归同,然后揭示出作家的才华及文本的文学特性。这是一种内部批评,拒绝文本之外的其他因素,需要批评家全身心地投入,进行一种思想意识的独特体验,让自身与作品、作家共鸣,批评甚至就是作品的延续。"日内瓦学派"的意识批评就是"同情批评"的代表之一。乔治·普莱在为里夏尔的《文学与感觉》写的序中指出:"批评不满足于对一种思想进行思考。它还应该通过思考从形象追溯直至感觉。它应该达到一种行为,通过这种行为,精神与其躯体和其他人的躯体共处,与对象物结合起来以创造主体。而这正是里夏尔的批评的极端重要之处。"① 这就是说,批评家通过文本表层的对象物,寻找创作主体的意识,与作者情感同化。

而"印象批评"最重要的不同之处在于,它更侧重叙写批评家——读者自身的情感。批评家不去评论作家的性格特征,甚至不谈作品,而把自己在阅读中的感受与不解等种种印象传达出来,谈的完全是批评家阅读作家作品后产生出的反应,然后再检验自身的感受。龚布洛维茨提出,"对文学批评而言,并非要通过一个人来判断另一个人,并非需要人与人的评判,谁又赋予你这个权利呢? 而应该把两种个性进行对比,两者都一样,都拥有完全平等的权利。由此你应该避免去判断。你只要满足于描述出你的反应。请你不要谈论作者,也不要谈他的作品,而是谈论你自己,谈你面对作品与作者时的你自己,你应当谈的就是你自己。"② 在这里,龚布洛维茨非常提倡批评家自身的感受印象,即他的主观性和参与性。批评家被置身于艺术家与作家的位置,积极参与到对作品的体验中,开启想象的空间,用自己的意识、想象对文本进行独特的艺术再创作。因此,每一次批评都是一次审美与愉悦的历程。在此,罗兰·巴特为我们做出了典范,他指出了这一类型批评的优点:"如果我同意根据乐趣来评判一个文本,我就不能放任自己乱说:这是好的,那是坏的。没有优胜名单,没有批评……我不能调配,不能想象文本是可臻完美的……文本只能从我这里获得这样的评判……;就是这样! 更进一步而言,对我来说就是这样! 这个'对我来说',既非主观性,也非存在主义性的,而是尼采③式的[……]。"④该如何理解"尼采式"的评判呢?"尼采曾经认为美学就是一门关于生殖的情欲的学说,审美活动与性欲有密切的关系。他说人的'美学和道德判断'是他们的'肉体所渴求的最优美的曲调'。在《文本的愉悦》中,巴特真正继承并发扬了尼采的这一美学思想"。⑤ 而巴特的《文本的极乐》中的"极乐"也结合了尼采提出的酒神精神及日神精神。"酒神精神和日神精神的结合成了尼采的生命的强力意志。这种强力意志又和人的性的沉醉销魂紧密结合在一起,而

---

① 让-皮埃尔·里夏尔:《文学与感觉》(顾嘉琛译),北京:三联书店,1992年,第7—8页。
② W. GOMBROWICZ, *Journal*, Gallimard, «Folio», t. I, 1995, p. 174.
③ 尼采(1844—1900):德国唯心主义哲学家、唯意志论者。
④ R. BARTHES, *Le Plaisir du texte*, Seuil, «Points», 1982, p. 24.
⑤ 王洪岳:《论巴特的文本的愉悦理论及其他》,载《海南大学学报》(人文社会科学版),2007年第4期,第460页。

且尼采认为世界并没有意义，有的只是事物的生成过程。"① 巴特同样强调了阅读并非关注结局，而应突出阅读的体验过程。批评的过程就是交流、愉悦、满足的过程。

鉴赏性的同情批评与印象批评并没有非常明显的分界线，在实际运用时更是难以严格区分。鉴赏性批评也存在着缺陷。由于印象批评带有强烈的个人主义色彩，有时甚至是享乐性的，所以它往往不成体系，不科学，只关注批评家自身的喜好，带有很强的随意性和个人性，因而也可能导致批评专断、放纵，主宰普通读者的意志，或是过于简单肤浅，甚至不准确。另一方面，同情批评可能会取悦作家，突出作家的喜好，原谅作家的错误，落入阿谀奉承的境地。因此，批评是一个需要批评者主观参与的活动，但也不能将其全然定义为一个放任自由的欣赏体验的过程。

第三节
诠释性批评

诠释性批评产生于19世纪初。人文社会科学和自然科学的大发展极大地影响了文学创作和批评，科学主义和哲学的实证主义给文学批评提供了新的方法论。圣伯夫从历史学得到启发，重视作家的生平，用以解释文学作品中的现象；泰纳借助社会学，从时代、环境、人种三大要素解释文学内部的问题。20世纪出现了索绪尔②的语言学分析、俄罗斯的形式主义批评以及法国结构主义批评等阐释性的批评；马克思主义理论和弗洛伊德的精神分析法的兴起，更进一步为文学批评提供解释学的武器。总之，这些诠释性批评方法是为了更好地理解作品而找寻科学系统的研究方法，这在一定程度上弥补了鉴赏性批评的不足。

诠释性批评或是建立在对外部因素的调查研究的基础上，如考察传记、作品的历史、文学影响，运用哲学、社会学或精神分析领域内的理论和研究来解释文本；或是建立在对文本内部因素研究的基础上，如从语言学角度对形式进行批评。按照罗兰·巴特的划分方式，无论是对外部因素的研究批评还是对内部因素的考

---

① 王洪岳：《论巴特的文本的愉悦理论及其他》，载《海南大学学报》（人文社会科学版），2007年第4期，第460页。

② 索绪尔（1857—1913）：瑞士语言学家。由其学生修订的著作《普通语言学教程》（*Cours de linguistique générale*）被视为现代语言学的奠基之作，现代语言学将语言作为一个体系来研究。索绪尔对一系列重大范围的区分做出了重大贡献：语言和言语，历时与共时，把符号定义为能指和所指的结合。结构主义从这一思想中汲取了营养。索绪尔后期的研究较晚才引起人们的关注，该研究涉及由另一词改变位置构成的词的研究（les anagrammes），它吸引了雅各布森和斯塔罗宾斯基的注意。

察批评都属于一种具有"科学意图的象征性批评",另外还存在着一种"美学阐释批评"①。

在对文本的外部批评中,以朗松为代表的"博学批评"需要对作家及作品进行博学性的研究,相对于19世纪的圣伯夫和泰纳的批评来说更为严格。博学批评旨在考察作家的文学活动,拒绝对作家的任何偏见。他的研究结合了作品与社会,不仅关注文学,而且涉及政治学史、思想史和社会学。

文本的内部批评经历了从最初的俄国形式主义批评到罗兰·巴特初期的结构主义批评,这一时期的批评都极力摒弃外部批评,企图根据语言学原理来寻找文本内部隐藏的结构,揭示语言的结构与功能。例如,雅各布森于1921年提出要寻找作品文本的"文学性",普罗普在1928年总结出了俄罗斯民间叙事文本的31种功能,而托多罗夫在1969年提出了"叙事学"这一学术名称,规范了对叙事作品的研究,而他本人则侧重通过语法学来找寻叙事文本中的永恒不变的结构,揭示文本的叙事规律。其后的法国文艺理论家热拉尔·热奈特对叙事学做出了重大贡献,著有《叙事话语》及《新叙事话语》,关注叙事文本的时序、语式、语态等,同样力图建构普适性的叙事结构。结构主义符号学家格雷马斯②更是将结构发挥到了极致:他以意义问题为研究的出发点,试图以结构语义学为叙事文建立起一套叙事语法,他认为叙事文由表层结构、深层结构和表现层结构所组成。格雷马斯建立起"行动元模式"与"语义方阵",作为有效阐释文本意义的方法。

罗兰·巴特在这方面是不得不提的人物之一。早期的他受到结构主义与索绪尔的语言学的影响,致力于符号学研究。他的符号学著作《叙事作品结构分析导论》将结构主义广泛应用于对文学的研究。他认为文学在本质上是一个符号体系,他在多部著作中运用其文本分析方法消解言语所指,尝试按照作品本身的组织原则和内部结构揭示文本种种因素的深层含义和背景。他概括出文本的三个层次:功能层、行为层和叙述层,以此来分析读者对文本的横向和纵向阅读行为。

罗兰·巴特这位天才的法国文学理论家、批评家,同时也是著名的符号学大师和结构主义理论家。他在20世纪60年代时积极从事文本结构研究,到了70年代,却峰回路转,从一场科学的狂热与幻觉中清醒过来,走向了后结构主义,关注"复数、文本、文本关联性、能指和欲望、色情、中性、愉悦、迷醉以及非体系化"③等。他的批评方法也由热衷于文本符号的结构主义批评转向了审美批评。

---

① R. BARTHES, *Critique et vérité*, Seuil, 1966, p. 73.
② 阿尔吉达斯·于连·格雷马斯(1917—1992):法国语言学家,原籍立陶宛,主要著作包括《结构语义学》(*Sémantique structurale*, 1966)、《论意义I》(*Du Sens I*, 1970)、《莫泊桑,文本符号学》(*Maupassant, la sémiotique du texte*, 1976)、《论意义II》(*Du Sens II*, 1983),与库尔泰合著的《语言理论分析词典》(*Dictionnaire raisonné de la théorie du langage*, 1979-1986)。作为学派领袖("巴黎学派"),他还是醉心于形式化和科学精确性的符号学代表。他首创了"行动元模式"和建立在最简单的配置和符号学场域基础上的意义理论,意义的主要结构就放置在符号场域内。
③ 黄晞耘:《罗兰·巴特思想的转捩点》,载《世界哲学》,2004年第1期,第29页。

无论如何，罗兰·巴特都不赞成文学批评是一门判断的艺术，他也不认为批评是求真求实的科学。相反，他要求批评家醉心于文本，全身心地投入批评创作。批评是主体间性的对话活动。伽达默尔提出阅读文本时有"两个视界"：一个是由理解的主体自身的"偏见"出发形成的对作品的预想和前理解，称为"个人视界"；一个是作品本身在与历史的对话中形成的一种现存的连续性，包括不同时期人们对文本作的一系列阐释，称为"历史视界"。对文本的理解就是"视界融合"，即两个主体间交换彼此的信息。这涉及"美学阐释的批评"。这种批评的重点既不在于求证文学作品中人物事件的真实性，也不是对作品的品头论足或观赏流连，而是试图用当下时代的语言来阐释作品所属的特定历史时期的语言，简言之，就是用语言阐释语言。按巴特的说法是"在作品的第一种语言之上漂浮第二种语言，即符号的贯通一致"①。而他在《批评是什么？》(1963)中也指出，"批评的作用仅在于创建一种语言，这种语言的一致性、逻辑、系统性能够采撷，或更好，'纳入'尽可能最大量的普鲁斯特式的语言，就像一个'逻辑方程式'，证明一种推理的有效性，而不对它所动用的推理的真实性表态"②。我们常说：批评家用自己的语言表述，只要自己提出的假设能够自圆其说就行了，那么他的立论就站住脚了。巴特的这句话似乎就是这个意思。他还说"批评的任务［……］是去'调整'，就像一个好木匠，'智慧地'摸索一件复杂家具的两个零件，按照这样的方式将两种语言靠近，一是他所处的时代提供给他的语言（存在主义、马克思主义、精神分析），另一种是作者根据其时代所创立的受逻辑限制的形式系统的语言。证明一种批评不属于求真的范畴（它不属于事实），因为批评的话语（就像逻辑的话语）仅是同语反复的……"批评家"用自己的语言尽可能全面地覆盖作品"③。就是说，读者（批评家）的语言重新解释作家的语言。后现代主义批评强调读者主体的创造性，批评的话语其实就是第二次的创作。

　　美学阐释批评同样不需要借助作品的素材、传记、历史事件等外部资料，也无需考证作品中事件的历史真实性或探寻某个前人未曾发掘到的"事实""秘密"之类的东西，因为它不是一门精确的科学。正如巴特所言，"批评不是一种翻译，而是一种迂回说法"④，所以当进行这种美学阐释批评的时候，我们不是按照原义重写，与作者说同样的话语，也不是传递作品的信息，而是用批评家的新的语言，与作者的语言相对等的、贯通一致的语言来重现作品，进行文学再创作。因此，美学阐释的批评是一种动态的批评，会随着不同时代的不同批评家而改变，没有固定的模式可言。

---

① *Critique et vérité*, p. 64.
② *La Critique littéraire*, p. 18.
③ *Ibid.*
④ *Critique et vérité*, p. 73, p. 64, p. 72.

综上所述,从法国文学批评史的角度看,文学批评经历了判断性、鉴赏性与诠释性批评等主要阶段。每一种观念都是在前一种走向"穷途末路"之际诞生出来的,它们各有其值得肯定之处,也不可避免地存在着各自的不足。没有哪一种批评观念是面面俱到的,而有些批评方法之间也没有严格意义上的界线划分,因此,在文学批评的实践中最好将三者融会贯通。但就一点似乎可以达成共识,那就是尽量避免成为一个高高在上的审判官,武断地指出作品的好坏,也不要像个拿把标尺严格丈量一切的科学家,指责作品的情节不符合历史事实。批评方法的运用同样涉及美学观,不能过于追求客观主义,也不能全然主观地信口胡诌,理想的批评状态是在主观主义与客观主义之间寻求一种平衡。

第一篇

法国大革命前(16世纪至18世纪)的文学批评

第一章　16世纪文学批评

第一节
历史遗留的批评资源

一　亚里士多德开创批评之先河

1. 西方美学的开山杰作：亚里士多德的《诗学》

亚里士多德(公元前384/383—322年)的《诗学》(公元前334—333年)是西方文化史上第一部比较完整地阐述美学及文学理论内容和形态的专著，堪称为希腊古典文明中辉煌艺术成就的哲学概括，是西方美学的开山杰作。然而这部著作长期以来被人曲解和误读：古罗马的拉丁传统、中世纪到17世纪古典主义的学者曲解了亚里士多德《诗学》的原意，都把亚氏《诗学》阐释为"诗的艺术"①，当做文学创作和批评的"规范"②，进而演变成为古典主义的教条批评。一部作品若不符合这些"规范"，就是拙劣的作品。

实际上，亚里士多德的本意是要总结希腊艺术的历史与现实，思索艺术的本性，探究艺术美的意义与价值，创建系统的美学理论，即诗学。从荷马时代至希腊古典文明时期，包括颂诗、讽刺诗、史诗、悲剧、喜剧和神话故事等的文学作品都是用诗句表达的，即都以韵文形式创作。因此，亚里士多德的《诗学》相当于今天的文学学，研究文学的特质、构成、系统、关系以及文学演变等。它是研究艺术的美学，与第一哲学、知识论及伦理思想有内在联系，是亚里士多德的哲学体系不可或缺的组成部分。

《诗学》共26章，内容大体分三部分：第一至五章论述艺术的摹仿本性，据以区别各种艺术形式，追溯艺术的起源和历史发展；第六至二十四章及第二十六章，论述悲剧的特征及构成要素，比较史诗和悲剧；第二十五章分析批评者对诗人的一些指斥，提出反驳的原则与方法。《诗学》主要论述了三个艺术哲学问题，即艺术的本性、悲剧的意义和艺术的功用。它的美学思想可归结为三个要点：摹仿说、悲剧论、净化说。

在《诗学》里，亚里士多德用自然科学的分类法，凭经验(a posteriori)描写和

---

① *La Critique littéraire*, p. 53.
② *Ibid.*

分析当时的文学体裁。他首先给诗下定义：诗是"用散文或诗句模仿的艺术"；还提到"喜剧是专写酒神赞美歌的诗人之艺术，和[……]演奏笛子和吉他的歌手之艺术"①，关于这两个体裁他后来不再详述；然后，他重点论述悲剧（《诗学》第6至22章），却用很短的章节考察史诗（第23至25章），最后进行互相比较（第26章）。这位哲学家认真地阐述"模仿"②（mimèsis）概念，它不是对自然的完全模仿，而是以隐喻语言的方法对自然的再创作（1457b，1458a 和 1459a）。亚里士多德赞扬诗的语言（poiein）和诗人（poiètès）的创造力，反对他的老师柏拉图的观点：在柏氏看来，诗只是一种对敏感现实的第三度模仿，而手工制作比起诗是更忠实的模仿，因此，应该将无用的诗人驱逐出城邦（《理想国》第3—10章）。在这个"模仿"概念外，亚里士多德又增加"安排"（muthos）和"逼真性"（vraisemblance）两个概念③：模仿不是复制，而是真实世界的表现（représentation），诗人应该根据需要逼真地（1451a 和 1459a）组织故事。亚里士多德认为，那些不按照合理的作文法原则、追求时尚的人不是好作家；此外，惟有"那种不可能、却是逼真的东西"才引起人的信任④。

亚里士多德在认真考察往昔和当时的希腊文学后才确定他的体裁分类和原则。因此，他在给悲剧和史诗下定义后指出，"不管这类或那类的悲剧，它必然由六个部分组成：故事、人物特点、表达、思想、舞台和歌唱。……许多作者使用这些部分。——可以说，这些是特有的要素"⑤；"……几乎所有诗人都是这样创作的……"⑥。

不难看到，我们无法证明《诗学》是在确定一种规范。不管在这部著作或在《修辞学》（公元前330年）里，亚里士多德都不想将艺术的技法教给演说者或诗人等专业的语言创作者；与其给他们提供现成的各种技法，他宁愿将那些清晰和严格的话语分析的方法给读者使用。

2. 将亚里士多德的《诗学》误读为"诗的艺术"

人们从古罗马拉丁时代开始就把亚里士多德的诗学当作规范加以阐释，这并不奇怪，因为那个时代文学批评还不存在，人们重视培养技能胜过追求知识本身，修辞学兼并了诗学。实际上，亚里士多德认为，在诗学与批评之间，即作品分析与评价之间存在着明显的联系。但在他之后，这种联系没有被坚持下去。他的两部关于话语科学的伟大著作《诗学》和《修辞学》一引进罗马之后即被以一种规范性

---

① ARISTOTE, *Poétique*, 1447a.
② *La Critique littéraire*, p. 53.
③ *Ibid.*
④ *Poétique*, 1460a.
⑤ *Ibid.*, 1450a.
⑥ *Ibid.*, 1459a.

的意义诠释。在亚里士多德《诗学》的某些教学的章节中,一些表示"应该做"①的动词(主要是"falloir"和"devoir")频繁出现,因此,这第一部诗学——还包涵一些文学史的要素(第四章)——很早就被人误读为一种"诗的艺术"。

因为那时,不管是罗马共和国,或是后来的罗马帝国,都十分重视培养公民的雄辩口才。西塞罗②写的《演说家》(公元前51年前)、昆提利安③写的《演说教育》(公元93年),以及贺拉斯④写的《写给毕松家的信》和《诗的艺术》(公元前16或14年),都将亚里士多德的诗学阐释成"诗的艺术"。在这种功利性的曲解历程中,古典拉丁时代的这些著作构成一个重要的阶段。贺拉斯部分地继承和延续了亚里士多德的《诗学》,拒绝非真实的东西,认为模仿只能是独特的,并肯定作品的统一性来自它的题材、组织和风格之间的协调。与亚里士多德相反,他把批评视为一种以劝诫的方式对作品进行的审查,重视作品对公众的影响,由此强调作品必须合乎礼仪规矩(drum),作品必须寓教于乐(utile dulci)。亚氏的思想逐渐被改变,特别是在《诗艺》(在法国16至17世纪它才问世)里。

经院哲学产生于12世纪,在14、15世纪达到鼎盛,它应该归属于拉丁传统。与诗学相比较,经院哲学更重视两个培养作家的科目——语法与修辞。中世纪的"诗的艺术"受到西塞罗和贺拉斯的启示,只限于提供那些大作家倡导的写作规则。文艺复兴时期,大量用拉丁语撰写的关于"诗的艺术"的古罗马著作被翻译为法语:15世纪30年代西塞罗的作品被翻译过来,影响了人文学者和波尔-罗雅尔女隐修院⑤学者,而且还影响了黎塞留学院以及蓝布依耶太太的沙龙。法国还翻译了昆提利安的作品,其最重要的遗产是他的模仿理论——昆提利安认为,诗人不应该模仿自然,而应模仿文学的典范——和对优秀诗人与拙劣诗人之间的区别。这样,亚里士多德《诗学》的真面目离我们越来越遥远……

1541年,蒙斯的雅克·佩尔蒂埃⑥建议在将贺拉斯的《诗的艺术》翻译成法语之前对其进行文献学的研究。自从《诗学》的希腊语手稿被发现并由意大利人文主义者焦尔吉奥·瓦拉于1498年译成拉丁语以来,用意大利语翻译和注释的著作不断增多。在法国文艺复兴时期,唯有斯卡利热真正揭示了亚里士多德的思想,但他仍把诗学与修辞学混淆在一起。斯卡利热出生于意大利,但在法国度过一生。他精通拉丁语和希腊语,翻译亚里士多德的《诗学》并加以评注。斯卡利热在著作开篇站在哲学高度表达自己的观点:诗歌是第三类话语,是人类活动的

---

① *La Critique littéraire*, p. 54.
② 西塞罗(公元前106年—前43年):古罗马政治家、演说家。
③ 昆提利安(约公元35年—96年):古罗马演说家。
④ 贺拉斯(公元前65年—前8年):古罗马诗人。
⑤ 波尔-罗雅尔(le Port-Royal):1204年建于法国伊夫林省舍夫勒兹(Chevreuse)峡谷中的一座修道院。1652年修女们移往巴黎,波尔-罗雅尔修道院便成了冉森教派教徒的活动中心和当时重要的文化中心,1711年被全部破坏。
⑥ 雅克·佩尔蒂埃(1517—1582):文艺复兴时期的诗歌理论家、翻译家。

需要之一。诗歌的最终目的是"寓乐于教"①,摹仿是诗歌的基础,也是诗歌创作的目的之一:它不仅可以用词语再现存在的事物,而且能表现不存在的事物,好像它们存在一样,似乎它们能够且应该存在一样。斯卡利热恣意发挥,已经超出亚里士多德的观点。不过,他的观点是建立在贺拉斯的理论基础("合式"原则和"寓教于乐")上。斯卡利热在17世纪的法国影响很大,斯卡利热之热引起亚里士多德热。这样,这些研究者把诗学融入修辞学里,融入诗歌的表达艺术中,他们更重视语言美学,仿效古人用文学给语言立法,因此,在托马·萨比耶的《诗艺》中,判断就成为了批评的核心。

从古希腊之后,诗学和批评之间的区分使对语言的考察与对作品的判断严格分开,由此,"批评"一词至今还经常具有一种古典意义,变成专门揭示作品的缺点和优点的活动。从词义上考察,参考《法语词库》(*Trésor de la langue française*)的"批评"词条,可以看到在文本的描写与评价之间的冲突,由此徘徊不定的意义导致了批评对象的不断变化。

三一律是人文学者整理出来的,是对亚里士多德理论言过其实的阐释:其实,亚里士多德只是孤立地论述这些"一律",只强调行动的一律;关于时间的一律,只不过在第五章作了暗示,这一章他对悲剧和史诗进行比较,没有特别详细地描述("一个体裁(悲剧)尽可能试图在一个太阳公转内进行,或不明显离开,然而史诗在时间内没有限制"②)。在《诗学》里,他指出:人们无法模仿同时发生的几个行动,演员在舞台上只能表演其中的一个行动,这时,无法禁止地点的多样性。另一个错误在于,净化(catharsis)不是丑恶情感的纯化,而是通过表现,将同情和恐惧演变为愉悦。至于礼仪,在《诗学》里不存在。

当亚里士多德的作品成为古典理论的试金石时,他却成为自己成功的受害者:人们用他来为盛行的教条主义和由此而来的文学争论提供养料……当17世纪古典主义文学热潮袭来,古希腊作家被古罗马作家替代了,他也就失去了光晕。

3. 亚里士多德开创文学批评之先河

亚里士多德在《诗学》里对一些作家作了价值的判断。他认为索福克勒斯③与欧里庇得斯④相比,是更优秀的典范作家;他认为荷马是一位"令人钦佩的诗人"。在体裁上他也作了价值的判断:悲剧高于史诗。亚里士多德认为悲剧比史诗具有更多的艺术成分,如音乐、扮相等等,能使人体验到强烈生动的震撼,能以紧凑集中的情节、在更短的时间达到摹仿目的,取得更好效果。他说,史诗成分悲剧皆有,而悲剧的成分,不尽出现于史诗中。"悲剧优于史诗,因为悲剧比史诗能

---

① *La Critique littéraire*, p. 54.
② *Poétique*, 1449b.
③ 索福克勒斯(公元前496年—前406年):古希腊悲剧家。
④ 欧里庇得斯(又译俄底庇得,公元前485或480年—前406年):古希腊悲剧家。

更好地达到目的"①。悲剧要表现幸福与灾难、成功与失败、善与恶等冲突,惊奇是悲剧追求的效果。但悲剧的情节表现的惊异事件应当合情合理,"把谎话说圆"②,这是荷马给诗人们的教益。如果刻意只求惊奇,纳入令人费解、不近情理、甚至荒诞不经的事件,那就是"犯了艺术上的错误"③。亚里士多德论悲剧的情节,不谈神力和命运。在他看来,悲剧人物的跌宕经历,事之成败,都是人自身活动造成的,错咎与责任也由人自己承担。情节表现人在生活实际中的必然性、或然性,这并非宣扬外在神力支配人的命运,若用神力来制造、解决戏剧冲突,那是拙劣的。他特别赞赏索福克勒斯的《俄狄浦斯王》,将其作为处理"突转"的范例。他也将欧里庇得斯的名剧《美狄亚》称为典范。他认为,欧里庇得斯的正确的艺术处理,"将悲剧精神表现得淋漓尽致",他是一位"最能展示悲剧效果的诗人"④。

在柏拉图的词汇里,希腊语形容词"kritikos"(批评)通常指立法者、医生和哲学家的思维和区分能力。而亚里士多德于公元前334—前323年之间在雅典教书时,写下教科书《诗学》,他在书里第一次将精神作品置于批评的审查之下。

在古希腊,即使所有的知识都是用诗句写就,但是"史诗、悲剧诗和喜剧诗"等属于"诗艺"的书不应该像科学、医学等著作一样传播普通知识,它们更是在"模仿"或表现生活,而不是再现生活。亚里士多德在《诗学》里说:"其实,若有人借助诗节阐述一个医学或自然科学的主题,人们会习惯称他为'诗人'。然而,在荷马与恩培多克勒⑤之间,除了诗节外,没有任何共同之处。因此,应该称前者为'诗人',至于后者,与其称他为'诗人',不如称他为'自然科学家'"⑥。他强调,若有人用韵文写医学、物理学著作,比如恩培多克勒用韵文写自然哲学,也算不上是诗人。

在《诗学》里,亚里士多德把模仿(mimèsis)生活当作判断诗歌作品的第一个标准。这种模仿意味着表现和间离真实的世界。在他看来,现实事物包括人的活动,就是真实存在,具有多样意义;诗摹仿人的活动,在作品中创制出艺术真实的存在;"摹仿"不只是映现外在形象,更指表现人的本性与活动,显示人的这种"存在"的意义。而且,"摹仿"是求知活动,以形象方式获求真理,形成关于人的创制知识;艺术的"摹仿"并非只受感觉与欲望驱使,它凭借"实践智慧"⑦洞察人生,把握生活的真谛。

总而言之,亚里士多德的《诗艺》并非为几世纪后的文学创作立法,而是仔细地研究几世纪来希腊已有的文学作品。从这个意义上看,《诗艺》既是第一个批

---

① *Poétique*, 1462a, p. 15-b. p. 15.
② *Ibid.*, 1460a, p. 13-14.
③ *Ibid.*, 1460a, p. 28-35.
④ *Poétique*, 1453a, pp. 23-26.
⑤ 恩培多克勒(前490年—前430年):古希腊哲学家、医学家。
⑥ *Poétique*, 1447b, pp. 18-21.
⑦ 姚介厚:《论亚里士多德的〈诗学〉》,见网址:http://www.douban.com/group/topic/1135778。

评总结，也是对文学现象的第一次定义。他将往昔和当代的一些作品和它们的作者(荷马、埃斯库罗斯、欧里庇德斯、阿里斯托芬和索福克勒斯)联系起来研究，借用自然科学的分类逻辑法整理出各种文学体裁，最后在每种体裁中梳理出运作的原则。

《诗学》之所以能成为批评步骤的参考，是因为它把重点放在作品的构件(来自希腊动词 poïein)和意识特点上，其价值和力量在于作品传递给读者的情感之中。瓦莱里于 1937 年在法兰西学院上第一次课时暗示了亚里士多德这一观点。

二　西方修辞学

西方修辞学产生于古希腊，距今已有 2500 多年的历史。它最早脱胎于雄辩术，是一种讲话的技巧。公元前 5 世纪，西西里岛的古希腊人为了要打赢官司，必须在法庭上说服民众陪审团，渐渐地创造了雄辩术。后来，它迅速成为学校教学训练的内容。这门艺术于公元前 5 世纪中期传入雅典。到了雅典，古希腊演说得到发展和繁荣。此时，演说广泛应用于公民大会、公民法庭、国葬典礼和泛希腊运动会等各种公众集会上，在雅典，还因此出现了众多著名的演说家和专业的修辞学校，保存下来的古希腊演说词也主要是这一时期的作品。而智者也在这一时期以雅典为活动中心，他们收费授徒，在雅典掀起一场以传授演说技能为核心内容的"智者运动"。雄辩术成为正规教育的组成部分。

公元前 4 世纪，修辞学已被列为古希腊学校的必修课。在第一批雄辩术教师中有希腊哲学家恩培多克勒及其弟子克拉克斯等人。

古希腊的伟大哲人对修辞学作过精辟的论述。柏拉图(Platon，前 427—前 348 年?)在直接探讨修辞学的两篇对话《戈尔吉亚斯篇》和《费德洛斯篇》中，第一次使用"rhetoric"一词[1]，提出论证真理的辩证修辞学。

亚里士多德将雄辩术置于辩证法和语法之间。他著有《修辞学》(*La Rhétorique*)一书。这部著作专门论述日常交际和当众演讲的艺术，讲的是如何组织、进行讲演和演说，使之能够达到说服听众、影响听众的目的。该书把演说的过程分为四个阶段：

1. 创意(l'invention)：列出可加发挥的各种论据，帮助演说者寻找并根据情境选择将要阐述的主题和论据。

2. 布局(la disposition)：按论证的先后顺序排列组织这些论据，古典演说一般包括开场白、叙述、讨论、结束语四个部分。

3. 文体技巧(l'élocution)：研究使用语言材料的技巧，包括如何选词造句，如何制造节奏、韵律的效果，如何使用以夸张和修饰为主要功能的修辞格等。

---

[1]　蒋保:《古希腊修辞学起源探析》，载《历史教学》，2007 年第 10 期，第 69 页。

4. 动作(l'action)：探讨运用嗓音、语调、语速、手势、体态、目光和面部表情的技巧。

亚里士多德的修辞学以说服为目的，强调推理，重视演说的内容和句法结构，文体技巧只是他的修辞理论的一个组成部分。该书的第三部分讲的是语言表达，论述了一些辞格，诸如隐喻、明喻、修饰语和拟人等的使用。

从公元前 2 世纪起，由于大批雄辩术教师蜂拥而至，古罗马也开设了许多修辞学校，向奴隶主贵族子弟传授演说辩论的技巧。

在古罗马教授修辞学的学者中，首推西塞罗和昆提利安。西塞罗是古罗马政治家、律师、作家和伟大的演说家。在以对话形式撰写的《论演说家》(De oratore)一书中，他提出演说家应掌握丰富的文学、哲学、法律、历史等知识，具有控制对手和左右听众心理的能力。西塞罗留传于世的演说词共有 58 篇。这些演说词内容充实，说服力强，讲究层次和对称。

昆提利安是古罗马的律师和领取国家薪俸的修辞学教师。他知识渊博，经验丰富，著有《演说家的培育》(De institutione oratoria)，共 12 卷。该书描述了从童年起造就演说家的过程和方法，同时强调道德教育，指出优秀的演说家必须是优秀的公民，辩才必须有益于公众。

最后一批拉丁雄辩术教师在文体技巧与动作之间增加了记诵(la mémoire)这个阶段，它涉及记忆演说辞的方法以及即席发言的技巧。

因此，古代修辞学将演说分为三类，因其目的、对象、场合不同，各类修辞的技巧和产生的效果也不同：

1. 法庭演说(le discours judiciaire)：以控告或辩护为目的，以(仿)真实为标准，以省略三段论(l'enthymème)为主要推理手段，语言表达简洁、严密，有说服力。

2. 政治演说(le délibératif)：面向议会成员，给他们出主意，提建议，以有益于城邦为标准，偏重举例，文辞准确、鲜明，有煽动性。

3. 颂词、悼词(l'épidictique)：在公众面前赞美死者、英雄、奥林匹克竞技的优胜者、城邦和神祇，以美为标准，常用夸张、重复、隐喻、叠韵等手段。形式虽为散文，却与抒情诗一样优美流畅，朗朗上口。

修辞学与诗学的交融始于公元 1 世纪前后，拉丁语诗人贺拉斯(公元前 65—前 8 年)在著名的《诗艺》中提出文体的简洁、创新和整体性问题，以及诗歌、喜剧和悲剧应该有不同语体的观点。自此，作为雄辩术的修辞学被推广到文学创作领域，讲话的艺术发展成写作的艺术。人们认为，写作时首先要选择适于表达自己思想的体裁。每种体裁都包含一种本质，要求与之相应的语体或格调，并有高雅和低下之分。每种体裁有语言表达规则，要求作家采用某些词语、句式、修辞格等。换句话说，作家依据体裁采用某种文体。

古希腊、古罗马人把文体分为崇高(le sublime)、适中(le tempère)和朴素(le simple)三类：第一类用于史诗、悲剧和正式演说，第二类表现为有教养者的交谈，第三类则适于描写日常生活。罗马帝国末期和中世纪时,有些学者曾把罗马最伟大的诗人维吉尔①(公元前 70—前 19 年)的三部主要作品,即史诗《埃涅阿斯纪》(*L'Enéide*)、教育诗《农事诗》(*Les Georgiques*)和牧歌风格的《田园诗》(*Les Bucoliques*),作为三种文体的典范来研究。他们发现,描写对象的社会地位不同,作者选用的文体便不同。而且,词语所指事物的色彩或使用这些词语的社会阶层的色彩,也折射到词语本身。比如《埃涅阿斯纪》文体崇高,描写王宫贵胄和战功赫赫的英雄,使用战马、利剑、城邦、营地、月桂、雪松等词语。《农事诗》文体适中,以耕作者为象征,使用农田、牛、犁、大车、果树等词语。《田园诗》文体朴素,它的典型人物是牧童,使用羊、牧棒、牧场、山毛榉等词语。

古典主义时代仍沿用三种文体论:悲剧为崇高文体,史书为适中文体,寓言和喜剧则为朴素文体,下层百姓的俚语语言没有考虑在内,它只偶见于农民或仆人的台词中。从 17 世纪中叶起又出现了用朴素文体模仿史诗的诙谐文体(le burlesque)和以典雅文体描写凡人小事的壮烈滑稽文体(le héroï-comique)。

文体差别主要涉及词语,但也关系到词法和句法。从体裁、描写对象和语言色彩的角度来概括文体类型的做法对后世影响极大,语言级别这一现代概念便是在此基础上发展起来的。由于文体风格在修辞学和文学创作中占有重要地位,不少人潜心钻研作为修辞理论基础的修辞格。

修辞学在西方教育领域中一直占据重要地位。中世纪将基础文化知识称为七艺,它包括三艺(le trivium)和大学四学科(le quadrivium)。修辞学与语法、逻辑学共同组成了三艺,从中世纪直到 19 世纪末,它始终是欧洲中学的一门必修课。

综上所述,传统修辞学从用于辩论和演说的雄辩术发展为研究文体风格的学科(la stylistique)。它不仅是一门语言的艺术,而且是文学创作和评论鉴赏文学作品的重要准绳。②

传统修辞学的辞格(les figures)的描绘与表现能力早就受到了古希腊罗马学者的重视。继亚里士多德、西塞罗、朗吉努斯之后,两千多年来,许许多多的学者研究过辞格。但是直到 21 世纪,传统的辞格研究在理论上并无重大突破。学者们在这方面所做的工作主要是提出了许许多多新辞格,并对辞格进行分类。旧的辞格分类,缺乏理论深度、系统性和逻辑性,分类标准杂乱,辞格分得很细、数量很多,失之繁琐。以比喻辞格(la tropes)为例,古罗马昆提利安分为 14 种,后来有人分为 37 种。文艺复兴时期,英国学者亨利·皮谦在《辩材之园》(1659)中区分出 184 种辞格。更有甚者,据韦勒克和沃伦著《文学理论》一书提供的资料,有人分出 250 余种辞格。由于只是列举语言事实,不注意辞格的运用条件,旧的辞格研究很少有实用价值。法国新批评学派学者热拉尔·热内特回顾旧的辞格研究时,就指出了"热衷

---

① 维吉尔(约公元前 70 年—前 19 年):古罗马诗人,他的诗对整个西方文学产生了巨大影响。
② 王文融:《法语文体学教程》,北京:北京大学出版社,1997 年,第 1—5 页。

于分类"这种"痼疾",他说,像拉米、杜马赛、封丹尼这样的修辞学大家,大部分精力都花在对无数的辞格进行分类上。被称为现代文体学奠基人的巴利认为辞格名目繁多,名称杂乱,而且大部分名不符实,缺乏足够的科学准确性。

到了20世纪中期,辞格研究得以复兴。人们认识到,对旧修辞学采取全盘否定的态度是不对的。在西方,辞格研究的复兴首先是在法语语文界开始的。法国"新批评派"对辞格的新研究起了推动作用。茨维坦·托多罗夫①说:辞格理论是旧修辞学(la rhétorique)的基本内容之一。在当代语言科学的推动下,人们不断努力为历史遗留给我们的这个丰富而又杂乱的目录建立一个更为协调一致的基础。

总之,修辞学虽然在19世纪衰退,却在20世纪复兴。修辞学在近一个世纪里给文学理论,或曰诗学,增添营养。可以说,现代美学和批评似乎脱胎于古修辞学。在法国结构主义思潮兴起的年代,修辞学首先在文本分析或文学批评领域里出现。修辞学由过去的演说技巧转到写作技巧,最后转到对文本的修辞格表达法的考察,对作品进行有章可循的深入分析。马克·弗玛洛里的《雄辩的时代》(1980)揭开文学批评新的一页,古典修辞学的辞格不再只是文本装饰,而成为文本批评的工具,通过辞格进入意象。辞格既可以体现一个时代的特点,也能帮助我们辨认文学体裁的特点。古老的修辞学的丰富资源被法国的新批评挖掘而利用,成为文学批评的利器。

三 诠释学

诠释学(l'herméneutique)又称解释学,从词源上看,"herméneutique"源自于希腊语(ερμηνευω),意思是"了解"。这是从希腊神赫尔默斯(Hermès)的名字而来②。赫尔默斯是希腊神话中诸神的信使,亦称"快速之神",他的任务就是迅速给人们传递诸神的消息和指示。因为诸神的语言与人间的语言不同,因此他的传达就不是单纯的报导或简单的重复,而是需要"翻译"和"解释"的。"翻译"是把人类不熟悉的诸神的语言转换成人类的语言;"解释"则是对诸神的晦涩不明的

---

① 茨维坦·托多罗夫(1939—):生于保加利亚文学结构主义的主要理论家之一,和热奈特同是瑟伊出版社《诗学》文集的主编。他是《神怪文学导论》(1970)、《散文诗学》(1971)、《象征理论》(1977)的作者。对托多罗夫来说,80年代是一个重要的转折点。托多罗夫的研究自此转向了人类学和思想史(《对美洲的征服》,1982,《我们与他人》,1989),以及艺术思考(《歌颂每天的生活》)和政治反思(《恶的记忆,善的诱惑》,2000)。他越来越赞同新人道主义。

② 关于"诠释学"在词源上来源于赫尔默斯这一看法,近年也有人提出不同意见,例如卡尔·凯伦依曾认为"诠释学"一词与赫尔默斯神并没有任何语言学或语义学的关系,见他为《希腊基本概念》所写的诠释学词条。另外,H.E.哈索·耶格尔在论文《诠释学前史研究》里说,认为"诠释学"一词从赫尔默斯而来是一种无根据的虚构。按他的看法,诠释学肇始于约翰·孔哈德·丹恩豪尔的《圣经诠释学或圣经文献解释方法》(1654)一书,是17世纪根据亚里士多德逻辑学发展起来的一门科学理论。不过,他们的观点很少有人赞同。

指令进行诠释,以使一种意义关系从陌生的世界转换到我们自己熟悉的世界。正是因为这种最初的含义,古代文献学家都用"翻译"和"解释"来定义诠释学。因此,诠释学实际上就是一种语言转换,一种从一个世界到另一个世界的语言转换,一种从神的世界到人的世界的语言转换,一种从陌生的语言世界到我们自己的语言世界的转换。

除此之外,我们还必须注意到,从赫尔默斯发展而来的诠释学还有另一层意思,即它是传达诸神的旨意,而这种旨意是人们必须绝对服从的,也就是说,人们必须把它的要求当作真理和命令。正是这种具有规范性的职能,长久以来成为独断论诠释学(神学诠释和法学诠释学)的基础,其中的"应用"这一要素得到普遍强调。所谓应用,就是把普遍的原则、道理或观点运用于当前具体情况。

这样看来,诠释学传统从词源上至少包含三个要素,即理解、解释(含翻译)和应用。传统诠释学把三个要素称之为技巧,即理解的技巧、解释的技巧和应用的技巧。这里所指的技巧,与其说是我们可以支配的方法,不如说是一种需要特殊精神所造就的能力或实践。总之,对于诠释一词,我们至少要把握它的四个方面的意义,即理解、解释、应用和实践能力,而最后一方面的意义说明它主要不是一种方法,而是一种实践智慧。

在雅典,对荷马的两部史诗《伊利亚特》(一译《伊利昂纪》)和《奥德赛》的解释已经涉及文本的诠释问题。在希腊化时代,犹太学者第一次将圣经旧约的摩西五书和摩西律法翻译成希腊语,在此后的亚历山大时期,诠释问题成为一门文本解释科学的对象。在圣经文本传播的700多年间,对圣经文本的字面意义的解释,揭示它隐藏的精神意义(基督教解释者所称的奥秘解说意义或神秘意义),全靠诠释学。

寻找圣经文本的意义是这种阅读的合法性所在。这种阅读既属于文献学,又属于一种特殊阅读的艺术:诠释艺术。在17世纪,这种艺术得到冉森教派的思想家和批评家的青睐。

然而,即便在显意下确实存在一个隐意,圣经的注释或解释也无法避开神学、文化或政治机构的监督问题,因为是它们最终认可解释。为了严格遵守宗教准则,中世纪的经院翻译限制任意性的或太主观的阅读,经常从四个层次使这个从圣父那里继承的注释系统化:字面、寓意、道德和奥秘解说。为使圣经的解读具备有效性和永久性,需要一批有经验的专业化的学者。

宗教改革运动使个人阅读圣经成为可能,随着印刷技术的发展,圣经广泛传播,在启蒙运动中产生一批新的读者。17世纪末,皮埃尔·倍尔于1697年发表《历史与批评词典》,他在圣经的注释和教义中阐明了圣经中的自由批判精神,后来《百科全书》的作者将之确立为一种真正的思想方法。现代文学批评继承了启蒙运动的精神,从来自文献学和诠释学的理论假设开始,开发了文献学和诠释学的部分遗产。

此外,文献学(la philologie)诞生于公元前3世纪的亚历山大时代,它的主要任务包括:首先证实文本的真伪,即根据作家和体裁确定文本顺序;然后,如果它们符合书写语言的语法,就宣布它们具有文学性;最后,根据将圣经旧约的头五卷经翻译成希腊语的阐释方法,将这些文本解释一遍。

随着语法学家阿里斯塔克斯①的著作问世,古典文学达到高潮。文献学作为语法学的姊妹学科,成为了批评不可缺少的辅助工具。在根据作家和体裁对各种版本进行校勘的过程中培植出了一批批未来的学者或语法学家。特别是在这个时期,人们根据亚历山大派的标准,挑选一些优秀的作家,把他们视为典范,取名为"kekrinoi",意为"审查合格录取者"。这个不是很切当的代用语,后来在罗马被恰当地翻译为一个时髦的词:"古典"。这一概念要求文本与笔语的语法相符,是评判文学文本质量的一个关键的标准。

中世纪和16世纪,文本经过抄写复制都被改写了,不仅如此,许多文本被密密麻麻地加注和评论。因此,人文主义研究者和后来的古典主义学者,致力于寻找"原始的"、没有任何注解的文本。从这个角度看,原始手稿只用来保证权威性的、决定性的文本。直到18世纪,即印刷术出现两个半世纪后,印刷本最终代替了手抄本,成了值得关注的文献("现代手稿")。校勘本不断更新,一门手稿的历史学在发展,首先在德国,然后传到法国(大约1830年)。

文化传播、作品判断和现代意义的"版本校勘"都含有文献学研究,它们之间没有进行严格的区分。19世纪以来,在作家的"校勘本"(带有评注和异文)里,文献学被专业化,但是它仍保留原初的两个任务:一是保证文本的真实性——这是西方文学研究中一个最常见的情况,文本总是标上日期,各种版本,以及添注的文字等;二是由此进行诠释,即通过准确分析语言来挖掘词语中深藏的、晦涩的或遥远的意义。

第二节
现代性与法国文学批评的发轫

一 欧洲"现代性"诞生的诸因素

西方的历史学家习惯将欧洲历史分为三段:古代、中世纪和现代。古代指欧洲的文化源头古希腊、古罗马,从考古发现的公元前3000年的遗址,或更精确地

---

① 阿里斯塔克斯(公元前220年—前143年):古希腊语法学家和语言学家。

说,是希腊语诞生的公元前9世纪到公元476年西罗马帝国的陷落;中世纪通常指从西罗马的崩溃到1453年东罗马的陷落(君士坦丁堡拜占庭王朝被奥斯曼土耳其人攻占)的近一千年;从此欧洲进入现代,通常指从15世纪意大利的文艺复兴到今天。但是,英国历史学家汤因比在1947年出版的《历史研究》一书中,把人类历史划分为四个阶段:黑暗时代(675—1075)、中世纪(1075—1475)、现代时代(1475—1875)和后现代时期(1875—至今)。他划分的"现代时期"是指文艺复兴和启蒙时代。而他所认为的后现代时期,是指1875年以来,以理性主义和启蒙精神崩溃为特征的"动乱年代"。不过,法国一些历史书却因为法国大革命在历史上划时代的意义,将法国史分为四个阶段:古代、中世纪、现代(16世纪文艺复兴至1789年法国大革命)和当代(1789年至今)。因为在法国,这场资产阶级革命摧毁了封建制度和王权专制,资本主义才在19世纪真正发展起来。

欧洲的历史从古罗马开始,以基督教所信奉的救世主耶稣降生的年份为起点纪年,呈线性发展。发展进程中会突然出现断裂,后期与前期完全不同,发生质的变化。譬如:476年,欧洲北方日耳曼民族越过莱茵河,直捣罗马帝国,烧毁了罗马宫殿,从此,野蛮取代文明,西欧进入漫长的黑暗期,历史学家以此断定欧洲古典时代的结束和中世纪的开始。1453年,奥斯曼土耳其人占领了君士坦丁堡,大批的人文主义者带着古希腊的典籍逃到意大利的罗马,使罗马人发现了古希腊以"人"为中心的文化渊源,掀起文艺复兴的高潮。新时代弘扬以"人"为中心的人文主义精神,反对以"神"为中心的、黑暗的中世纪的神权统治,这条历史时间的链条一下子出现新的断裂,宣告中世纪的结束和现代的开始。欧洲历史就这样在行进中经历了一次次不可逆转的断裂,历史学家则以这些断裂划分出一个个时期。

现代欧洲的出现不是偶然的,是历史发展的必然走势。表面上看,这是一种断裂,然而中世纪社会的内部发生着潜移默化的演变,无论是经济基础还是上层建筑都发生了质变。首先,在12世纪,欧洲城市的形成和发展促进了商业发展,促生了一个新的市民阶层——资产阶级。到了13世纪,欧洲各地大兴土木,建设哥特式的教堂,城市成了宗教、政治、文化和商业中心,为资本主义的萌芽准备了必要的条件。随后,1492年哥伦布发现拉丁美洲新大陆,1515年,航海技术的进步使葡萄牙人第一次环球航行成为可能。地理的大发现引发了欧洲人的淘金热,刺激了他们对外扩张的野心。西班牙、葡萄牙、荷兰、英国和法国先后成为海上霸主,推行殖民统治,瓜分世界,疯狂掠夺资源,贩卖黑奴,贩卖鸦片,这些不平等的海洋贸易给欧洲资本主义的建立积累了丰厚、肮脏的原始资本。

在精神领域,要求宗教改革的呼声越来越强烈。天主教的行为越来越背离福音书里所教导的生活模式,教会积聚大量的财富,这些钱财不是用于对上帝的祭祀,而是被少数高级的教职人士大肆挥霍。教会也参与政治,争权夺利,西欧中世纪曾出现同时有三个教皇共统天主教世界的局面,他们为扩大自己的权力和势力范围不惜互相开战。这种精神生活的堕落也表现在下层教徒的日常宗教仪式中。一个教徒犯了错,可以像买商品一样买赎罪券,朝圣活动成了一场真正的商业活动。许多教徒看到信仰的变味,对教士的贪婪深恶痛绝,强烈要求宗教改革。16世纪初,路德和加尔文先后提出了宗教改革,得到广大教徒的响应:宗教信仰要建立在直接阅读《圣经》的基础上,而不需要中介人或解释者从中搬弄是非。宗教改革促进了"自由批评",激发了文艺复兴时期博学者的求知欲。

航海大发现扩大了欧洲人的地理视野,1543年,科学界也经历了"哥白尼的革命":日心说的提出,扩大了欧洲人的精神视野,颠覆了基督教的地心说,震荡了宗教的精神基础,不禁使欧洲人对"上帝"的存在产生怀疑。

最后,在德国一个村庄发明的现代活版印刷术,给欧洲带来根本性的变化。这一科技进步使精神领域产生了新的飞跃,加速了现代欧洲的到来。欧洲人开始用纸印刷的书代替过去昂贵的羊皮手抄本。书越印越多,不再局限于宗教领域,更传播其他新的知识和思想。读者群也在不断扩大,也不再局限于那些教士,教育随之发展,文盲的人数大幅降低。知识产业在发展,小商小贩挑着书在乡下兜售。知识的力量是无穷的,也是"可怕的"。教会和王权对书的大量发行心怀恐惧,对书的审查随之而来。可以说,印刷术催生了书的审查制度,对书的判断和审查也带来了文学批评的萌芽。

二 现代与现代性

"现代"是一种持续进步的、合目的性的、不可逆转的、发展的时间观念,是指中世纪之后或15世纪中期之后的西方历史,或者粗略来讲,是从欧洲发明活版印刷之后的历史。"现代"概念在与中世纪、古代的区分和对照中呈现自己的独特意义,体现了未来已经开始的信念。这是一个为未来而生存的时代,一个向未来敞开的时代。

"现代性"这个词正是用来描述"现代"的状态与特性,集中体现了欧洲现代社会的本质和内在动力。要准确标明现代性起源的年代是困难的,社会学家和历史学家的分析模式大相径庭,但大体上倾向于认为,现代性的缘起与资本主义起源密切相关。马克思从商品与市场的两极分化来理解资本主义生产的基本条件得以产生的根源。他把这个时间点定在16世纪,因为当时大西洋远洋航线的开通使商品、劳动力和更大范围的市场交换和流通成为了现实。法国历史学家费尔南·布罗代尔[①]则把"漫长的16世纪"(即1450年起至16世纪)看成资本主义起源的时期,他甚至把萌芽上溯至12、13世纪。综合各种观点,既然476年(西)罗

[①] 费尔南·布罗代尔(1902—1985):法国年鉴学派第二代著名的史学家。代表作品为《菲利浦二世时代的地中海和地中海世界》。

马的陷落开启了中世纪,那么现代社会为什么不能以 1453 年君士坦丁堡(东罗马)的陷落为起始年呢?

现代性最重要的特性是文艺复兴时期人本主义取代神本主义的转折,而人本取代神本的本质是人成为主体。在中世纪,西方"人"是以神为中心的宇宙论体系的谦卑成员,其主体性处于受制状态,文艺复兴运动则使西方人的主体性获得肯定和张扬。人本主义(l'humanisme)在本质上就是以人为中心的主体性。这种主体性的具体表现是人的个性(l'individualisme)得到解放,个人财产得到保护,私生活得到尊重。正是个人财产得到保护促进了资本主义的产生。个人财产包括知识产权,只有社会尊重著作权,作者才敢在作品上署名,这样才产生文学上的竞争和批评的评判。任何文学批评要成为可能,前提是作家有一种好胜心,而中世纪的法国尚无这种情况,文艺复兴时期人的个性解放则促发了这种好胜心。活版印刷术发明以前,在除意大利外的西欧国家,谈不上什么文学的存在。直到那时,各种文学生产极其接近简单的口头创作的传统,许多流传的作品大都是匿名的,或是集体创作和改编的。那时候的"文学"不是近代涵义的文学,而仅仅是与贵族或城市自由民的祭礼和娱乐活动有关的群体生活中的一个普通组成部分。那时候的"文学"为宗教和贵族服务:行吟诗人跋山涉水,在一个个城堡里边弹边唱,给贵族阶层消遣取乐,文学成了悠闲阶级茶余饭后的娱乐,或成了宗教的宣传工具。因此,这种文学就没有什么批评相伴随。活版印刷术发明之后,读者阶层不断扩大,作家在自己的作品上署名,文学批评也就接踵而来了。

社会组织结构方面,现代性标志着资本主义新的世界体系趋于形成,世俗化的社会开始建构,商品和劳动力在世界范围流动。民族国家建立,与之相应的现代行政组织和法律体系逐步形成。在西欧,直到 15 世纪,拉丁语一直是官方语言。意大利人首先要求用自己的民族语言创作,争取民族国家的建立。法国人乘文艺复兴之东风也要为民族语言和民族国家的独立和自由而战斗。法国人抛弃拉丁语,用法语创作,语言的规范化又催生文学批评。

思想文化方面,现代性表现为人文理性。欧洲人继承了古希腊哲人的理性思想,笛卡尔又建立了理性哲学。以理性为原则的对社会历史和人自身的反思性认知体系的建立,教育体系以及大规模的知识创造和传播,各种学科和思想流派的持续产生,这些思想文化不断推动社会向着既定的理想目标发展。理性是文学批评的基础,理性制定了许多文学规则,创作要符合规范,要符合艺术技法,批评则要判断是否符合规则。

"现代性"这个概念是对"现代"在价值上的一种确认,对进步历史观发展到目前的确认和对未来的乐观展望。现代性这一概念在最大程度上表现了人的乐观和自信,或者说狂妄和自负。这个概念意味着,人类正走在控制自身命运的道路上。现代性体现这条道路的箭头方向和未来必然的辉煌结局:人类会有更多的认识,并通过这些认识来控制人类自己的命运。这种乐观与自信具体表现在拉伯雷的《巨人传》所体现的人文主义的教育精神中。

文艺复兴时期的时代巨人均是知识渊博的人。他们精通多方面学术,会多种语言。拉伯雷也正是这样的巨人。《巨人传》体现了拉伯雷的主要教育思想:文艺复兴运动带来了新的世界观,新兴的资产阶级在同封建势力和教会的斗争中,反抗中世纪的禁欲主义和赎罪思想,倡导崇拜健康、积极、乐天的人,提出培养新人的理想。这种资产阶级新人是一种身心和智慧达到平衡、全面发展的自由人。

文艺复兴运动让古希腊精神重放异彩,古希腊文明通过对希腊文的重新学习展现在欧洲人面前,古代科学、文学、艺术教育、体育等一幅又一幅多姿多彩、健康向上的画面与中世纪教会统治下的欧洲现实形成了鲜明的对照。古希腊那些健康活泼的文学艺术形式,那种体魄健壮、心智发达、充满理性精神的人的形象,成为文艺复兴时期欧洲人追求和学习的典范。拉伯雷所创造的艺术形象——卡冈都亚和他儿子庞大固埃都是躯体方面的巨人,接受新的人文主义教育,学习了广博的知识,成为了具有理解力的理性、智慧的人,这样的巨人是身心协调的"伟大"的人。"巨人"的意义不仅在于身体方面,更体现在理性、智慧和德行方面。拉伯雷的新人理想是博学多识、能言善写、活泼健康、信仰新教的人文主义者。希望受教育者能"在德行、言行、识见以及一切学术、义理、处世、治身之道上,无一不做到修养成熟而彻底精通"。①

《巨人传》是一封对封建制度的宣判书,它凝聚了文艺复兴这个伟大时代的批判精神,对一切腐朽黑暗的东西进行了无情的鞭挞,嘲弄和抨击了旧的经院主义教育。旧教育摧残人性,无法形成健全的理性,只会把本来具有良好天性的儿童教成糊涂、痴呆、失去健全判断力的傻子。拉伯雷站在新兴资产阶级的立场上,对中世纪的封建愚民教育和神权统治进行了猛烈的攻击,他认为愚昧是一切祸害的根源,而经院教育只可能造就愚昧之人。因此拉伯雷设想的新人、新型的哲人君王不可能也绝对不能由经院主义教育培养出来。《巨人传》中的巴诺克拉丝是一位熟谙教学艺术的教师,他采用人文主义新的教学方法对卡冈都亚进行教育。在这种新的精神熏陶下,卡冈都亚取得了惊人的进步,逐渐成为真正的身心发达的巨人。

拉伯雷《巨人传》高度颂扬了人文主义教育理想。他认为教育对儿童的个性发展具有决定性的作用。他期望通过教育将儿童培养成为博学多识、能言善写、活泼健康、信仰新教的人文主义者。他认为儿童具有良好的天性,但却是有待发展的人,应通过教育帮助儿童形成良好的习惯和思想品德。

《巨人传》是文艺复兴时代人文主义教育思想的一个形象化的总结,它受柏拉图《理想国》及莫尔《乌托邦》的影响比较大。柏拉图想通过教育培养出哲学王以君临理想国,而拉伯雷则梦想通过人文主义教育以培养出新型的哲人君王,培

---

① 拉伯雷:《巨人传》(鲍文蔚译),北京:人民文学出版社,1983年,第211页。

养出资产阶级的新人。拉伯雷的思想博大精深,影响深远。他的教育思想反映了新兴资产阶级对教育进步的要求,对资产阶级教育学的发展起过积极的影响,特别是蒙田、卢梭①等法国教育思想家受到他很大的启发。

第三节
文艺复兴时期的文学批评

罗兰·巴特在《批评与真理》里将法国文学批评的产生追溯到中世纪的编撰者(compilaror)。中世纪的作品都是手抄在羊皮上的,编撰者在整理文本时添加各种引言,同时对文本进行最轻微的再创作;为了使文本更加明白易懂,他们加以旁注,由此开始了批评工作。不过,这些旁注只能算是零星的评论,直到16世纪,文学批评才真正盛行起来,主要原因是活版印刷术的出现,纸张替代了羊皮,印刷替代了手抄,识字阶层在扩大——从那以后,作家不再只为教士、贵族写书,来自市民阶层的读者数量不断增多。与此同时,文艺复兴发展了法兰西民族语言和文学,弘扬了个性和理性。

一 文艺复兴在法兰西

15世纪末,火焰式哥特教堂建筑追求精雕细琢的线条,诗歌创作矫揉造作,诗人喜欢写藏头诗,讲求刻意押韵,这些时尚反映出了诗人们在跨世纪过渡时期对社会的进步和变革产生了一种烦躁不安、永不满足的追求,同时也是一种个人气质的表达。在这个社会转型时期形成了一种矫饰、炫耀、冲动的现代艺术创作风格,与中世纪那种固定的、僵硬的形式迥然不同。

早在15世纪末,索邦大学的一些教授就已受新思想影响,采取种种措施以实现教学现代化。1470年,纪尧姆·富歇在索邦大学附近开设印刷厂,出版拉丁文名家的著作。教授们为古希腊诗人或演说家的作品作评注。16世纪初,有些法国大学从意大利聘请希腊籍教授前来开设希腊语课程,法国出版商引进希腊文字母,印刷并出版了第一批希腊文书籍。此后,法国第一部法文语法书和第一部法文词典也相继问世。在首都巴黎和外省都成立了以绅士、医生和法律界人士为主

---

① 让-雅克·卢梭(1712—1778):法国伟大的启蒙思想家、哲学家、教育家、文学家,是18世纪法国大革命的思想先驱,启蒙运动最卓越的代表人物之一。主要著作有《论人类不平等的起源和基础》《社会契约论》《爱弥儿》《忏悔录》《新爱洛绮丝》《植物学通信》等。

体的人文主义小组。有些学者开始摆脱中世纪宗教教条的束缚,从事有进步意义的活动,成为法国人文主义的先驱。雅克·勒菲弗·戴塔普勒①到意大利旅游时结识了当地一些著名的人文主义者,回到法国后,着手编著亚里士多德的著作和圣书。他无视中世纪教会确认的许多传统提法,自行诠释、批注。他将《圣经》译成法文并指出,教会所传授的教条在《圣经》原文中并不存在。这种有独创性的见解和言论得罪了教会,戴塔普勒被逼离开巴黎。

从维庸到让·马罗②的 50 年(1456 年至 1515 年)间,表面上看文学创作毫无生机,空洞无物,但一场从不间断的批评工作在进行中,这就是修辞派的批评工作。这些学者在他们的《修辞艺术》(Art de rhétorique) 一书中,反对他们的前辈,回过头赞颂他们的前辈之前的 14 世纪的市民抒情诗人,如纪尧姆·马肖、厄斯塔什·德尚,特别是阿兰·夏蒂埃。他们拜这些诗人为师,尤其是学习后者的创作。修辞派批评将诗歌创作引导到人文主义的轨道上,但也离不开当时流行的矫揉雕琢之风。当时的诗歌批评给诗歌创作提供了丰富的题材和内容。修辞派批评在各种艺术之间建立联系,借用绘画、雕刻和音乐的创作方法为诗歌创作服务。让·勒梅尔③认识当时著名的画家达芬奇、佩鲁吉诺和富凯等,在诗歌批评中经常援引绘画的技巧,甚至他还将诗歌与音乐结合起来,他在 1513 年的一封信中说:修辞学和音乐是同一回事。15 世纪,文人们游历欧洲各国,欧洲宫廷竞相争夺这些文人,那时候的欧洲在文明、思想、语言之间还没有分清民族文学的界限。让·勒梅尔有时属于法国,有时属于勃艮第。他于 1511 年发表了《两种语言的融洽》,加强了法语和托斯卡纳方言④的结合。他所提的"语言"一词含义更广,包含着两个明显不同的民族的文化和精神,这种融洽召唤着一种国家间的接近。让·勒梅尔是一位视野开拓的人文主义者,相信新时期的文学和它的美好前景,邀请所有国家的诗人诚心合作,向"巴那斯山"和"维纳斯神庙"⑤进攻。文艺复兴是整个欧洲的一场运动,批评家们互相学习,互相合作。当时,好几位法国贵族到意大利,很高兴地讲托斯卡纳方言。让·德·默尔是但丁研究的竞争者。修辞派批评深受欢迎,他们分类定级,开了"先贤祠",在里面分配角色和排定席位。1516 年,让·布歇⑥在其《圣贤的殿堂与名士淑女的安宁》中,为那个时代文学描绘了一幅图景,题为"科学、艺术及其发明者和爱好者的圣体龛"⑦。他高度赞扬法语和促进用法语创作的修辞派诗人。1521 年皮埃尔·法布里编撰的《修辞学的伟大和

---

① 雅克·勒菲弗·戴塔普勒(1460—1536):文艺复兴时期法国人文主义学者。他曾研究和校正《圣经》文本。这一工作使他受到索邦神学院的怀疑,但是,他得到国王及其姐姐的保护。
② 让·马罗(1450—1526):法国 15 世纪末至 16 世纪初的修辞派诗人,诗人克莱芒·马罗的父亲。
③ 让·勒梅尔(1473—1524):法国诗人和作家。
④ 托斯卡纳方言:意大利中部托斯卡纳(Toscane)地区方言。
⑤ P. MOREAU, *La Critique littéraire en France*, Armand Colin, 1960, p. 20.
⑥ 布歇(1703—1770):法国画家、版画家、装饰设计师。
⑦ *La Critique littéraire en France*, p. 21.

真实的艺术》和 1538 年格拉蒂安·迪蓬发表的《修辞学艺术与科学》同样肯定了修辞派的批评与创作。

克莱芒·马罗①是文艺复兴时期最伟大的诗人之一。他爱开玩笑,小时候不喜欢学习,还经常逃学。他父亲让·马罗是一位讲究修辞和韵律的宫廷诗人。克莱芒·马罗在意大利学会了模仿古代的风格和主题,接触了那里的文学形式。他向法国读者介绍意大利从古代文化继承下来的哀歌、牧歌、喜歌、讽刺短诗、书简诗和意大利风格的十四行诗。他是最初试用彼特拉克十四行诗形式创作的法国诗人之一。他翻译的名著很多,如维吉尔和奥维德的作品,译笔流畅,文采斐然。他对中世纪作家非常熟悉,校订、整理过维庸的作品和《玫瑰传奇》。克莱芒·马罗在 1533 年出版维庸的作品时,在序言中讲述了他为寻找最可靠的文本所遇到的困难。这样的序言已经是一篇地道的评论,他在序言中解释了他所用方法的严肃性,并试图指出维庸在哪些方面是或不是后世诗人的楷模。他的弟子托马·萨比耶于 1548 年发表的《诗的艺术》里提及到厄斯塔什·德尚和阿兰·夏蒂埃,他也称他们是"法国优秀的古典诗人"②。

法国屡次发动对意大利的战争,从罗马劫掠了大批的人文主义研究者、古代典籍,以及意大利文艺复兴时期的艺术品。这在一定程度上开扩了法国民众的视野,促进了人文主义思想的传播。文艺复兴运动由此传播到巴黎。

法兰西斯一世(1515 年至 1547 年在位)宣称自己是人文主义、科学和艺术的保护人,积极支持文化事业。人们称他为"文学之父"。他鼓励并资助学者们把主要的希腊文和拉丁文著作翻译成法文。他为作家们提供食宿,批准文献家们到私人图书馆去借阅存书,还派专人到意大利搜集古籍。他还命令全国出版商每出一部新书,都给他送一本样书。他采纳纪尧姆·比代的建议,于 1530 年成立了王家读者学院。

王家读者学院虽设备简陋,但因向广大成年自学者开放,入学者非常踊跃。该学院第一次在教学中将语言作为知识和技能加以传授和训练,从此语言教学不再为传播神学服务。此外,在中世纪,教师归大学(或神学院)领导,但这个学院的教师却听命于法兰西斯一世。该学院后更名为法兰西学院,是国家支持的研究机构及成人教育中心。王家读者学院的建立促进了文献派批评的发展。

1539 年,法兰西斯一世批准印刷希腊文书籍时说,王权给予文学支持和特殊照顾,为的是培养神学家、法官和官吏。1539 年的敕令规定用法语代替拉丁语。国王还在枫丹白露开设一个图书馆,收藏古籍。他扩建罗浮宫,收藏艺术品。国王邀请意大利著名的人文主义学者和艺术家来到法国,因此网罗了不少的人文主

---

① 克莱芒·马罗(1496—1544):16 世纪法国第一个有突出成就的诗人,开创了 16 世纪法国诗歌的先河。他继承了中世纪的优秀传统,又以自己的创作实践和理论探索启发和影响了七星诗人及后代其他诗人,他是个承前启后的过渡性诗人。

② *La Critique littéraire en France*, p. 21.

义作家来为王室服务。

二　文学批评史上第一次的论战

16世纪中叶,法国文学在意大利人文主义思潮的影响下迅速发展。评论古作家的书籍如雨后春笋,模仿他们写作风格的作品则洛阳纸贵。这个时期,有些人文主义者担心法语作为文学创作载体的地位会受到拉丁语和意大利语的威胁,于是奋起捍卫法语。1548至1550年间发生了文学批评史上的第一次论战。在这场危机中,托马·萨比耶为马罗修辞派服务,发表了《法语诗歌艺术》(*L'Art poétique français*, 1548),不久,杜贝莱发表了《保卫与发扬法兰西语言》(*Défense et Illustration de la Langue Française*, 1549),两人展开一场论战性的批评。

在法国,文艺复兴的现代性首先表现在作家的民族意识上,他们要摆脱统治西欧一千多年的拉丁语的垄断。在捍卫法语上,萨比耶和杜贝莱的观点基本一致,都表现为一种积极的爱国主义。

萨比耶在《法语诗歌艺术》中认为,人们对人类创造的所有语言应一视同仁,不应厚此薄彼。无可厚非,希腊语和拉丁语比其他语言丰富,但这是几代人共同努力的结果。法语也是这样,不应停留在翻译或模仿古代作家作品的低水平上。人们应努力用法语创造不朽的杰作(指诗作),为法语增辉生色。要写出好诗,单凭灵感是不够的,还必须经过严格训练并付出辛勤的劳动。

在《保卫与发扬法兰西语言》中,杜贝莱所在的七星诗社提出要统一民族语言。为此,就必须"保卫"它,首要先改变法语贫乏、粗陋的状况,从而提高它的地位。法语同别的语言一样,只有细心地培植,才会丰富起来。这就是说要"发扬"它,方法是向希腊和拉丁语假借词汇,从旧字改成新字,加进约定俗成的某些方言、术语,创造新词,以丰富法语。同时,谨慎地模仿和借鉴意大利文艺复兴的作品和古典的文学形式和语言,使法语更加丰富多彩。

但在对待古今诗人的评价上,两者态度截然不同。

萨比耶在"致读者"中,表达了自己长期以来的愿望,希望看到那些凑韵脚的蹩脚诗人越来越少,那些真正的法兰西诗人越来越多。他认为那些主张滑稽可笑的蹩脚诗人不是"一个真正的法兰西诗人"[1]。他作为修辞派作品的崇拜者,确信法语诗歌已经"臻于尽善尽美"[2]。萨比耶在《法语诗歌艺术》中提出灵感是神圣的,诗人必须仿效古人。他对中世纪诗人持谅解的态度。在萨比耶眼里,就像古希腊、古罗马时代曾经出现的那些"用天鹅的羽毛完美地写作"[3]的杰出诗人一样,而今在法兰西诗人中也涌现出一批典范的诗人。他认为,克莱芒·马罗、梅

---

[1] 《批评:方法与历史》,第10页。
[2] 同上,第9页。
[3] 同上,第10页。

兰·德·圣-热莱、塞夫、埃罗埃特都是"优秀的经典作家"①。他建议，未来的诗人为使自己的创作和判断力得以丰富和充实，应该"阅读法兰西优秀的经典诗人的作品，如老一辈诗人阿兰·夏蒂埃和让·德·默尔等的作品；但更能使其受益的是在法兰西土生土长的诗人……他(未来的诗人)可以阅读法兰西诗坛的后起之秀克莱芒·马罗、梅兰·德·圣-热莱、萨莱尔、埃罗埃特、塞夫和其他才华横溢的诗人的作品，他们每时每刻都在为繁荣法兰西诗歌而努力工作"②。

针对这种法兰西诗歌似乎已有其"优秀的经典作家"的颂扬，《保卫与发扬法兰西语言》的作者则持不同的态度。杜贝莱无情地指出克莱芒·马罗、埃罗埃特、梅兰·德·圣-热莱等作家的不足之处："对一位想写出不朽之作的诗人，自身的条件是不够的"③。才能是后天学习来的，没有学习才能的人永远无法进步。对他们应该分类，不应该持同等的尊重态度，也不应该同样屈从地学习他们。杜贝莱批评了学识浅薄的宫廷诗人，同时也批评了那些思想贫乏的旧修辞派诗人狭隘的行会语言。杜贝莱相信法兰西文学至少可以和意大利文学并驾齐驱，可以用法语创作堪与古代诗歌媲美的法兰西诗歌。他在宣言里指出，法语很快就可以同世界上最著名的语言，享有同等地位，用民族语言完全可以写出令人满意的、最好最美的作品。龙沙和杜贝莱都学过如何写古诗，他们认为，用法语写的诗，无论在语言上和内容上都必须达到更高境界，才有希望赶超意大利诗的水平。

平心而论，萨比耶的确过分吹嘘法国同时代的诗人，雅克·佩尔蒂埃曾于1541年在他为贺拉斯《诗的艺术》一书的法文译本所写的序中批评过这种夜郎自大的观点。然而，杜贝莱论点反映了七星诗社诗人在语言和诗歌理论上的贵族偏见。他们推崇古希腊罗马文学的诗体和意大利十四行诗，却把法国民间诗歌贬为"败坏语言"而加以排斥，抛弃民族传统的体裁，表现出他们的贵族的改良倾向。

1840年，圣伯夫写过一篇关于杜贝莱的文章，指出了《保卫与发扬法兰西语言》一书及由它引起的论战的创新意义：这次论战第一次"以前所未有的姿态两军对峙，大动干戈"，论战表现出一种"激动人心的批评"与另一种"专爱挑剔的批评"④的对立。激动人心的批评是一种面向未来的批评，一种激发起新的美感并说明创造这些美感之方法的批评。这种探索美的批评着眼于未来，把已经存在的作品和以后可能产生的理想作品相比较。而专爱挑剔的批评，是一种留恋往昔，专爱披露新的作品与已有定论的古典作品相比所表现出的不足的批评，尤以巴泰勒米·阿诺⑤在其吹毛求疵的《坎蒂·奥拉蒂安》(*Quintil Horatian*)一书中的批评最为突出。该书着眼于过去，把新的作品与前人的已经臻于完美的作品进行比

---

① 《批评：方法与历史》，第10页。
② 同上。
③ *La Critique littéraire en France*, p. 23.
④ 《批评：方法与历史》，第11页。
⑤ 巴泰勒米·阿诺(？—1565)：法国16世纪诗人，坎蒂·奥拉蒂安是他的笔名。

较，指出现代作品的不足。

无论是探索美的批评，还是挑剔缺点的批评，这种观念的冲突是建立在对作品的判断上，此后要持续好几个世纪之久，直到对作品的解释性批评的出现。应该指出，文艺复兴的这场论战的双方都缺少理论基础，批评只不过是争论或争吵，思想还是比较混乱。但不管怎样，《保卫与发扬法兰西语言》以既阐述又论战的风格而成为第一部近代的文艺批评宣言。作为一部既谈论诗歌艺术又进行文学评论的著作，它在法国文学批评史上占有极其重要位置。

法国16世纪的七星诗社是一个由七位人文主义作家组成的文学团体，诗社的成员被认为是法国文艺复兴时期的代表诗人，以龙沙(1524—1585)和杜贝莱(1522—1560)最为著名。诗社的宗旨是以古希腊、古罗马的文学为借鉴，对法国诗歌进行改革。在创作手法上，七星诗社诗人提倡清新和谐、韵律多变，反对浮华造作、刻意雕琢。在内容上，他们赞美生活和爱情，反对禁欲主义，体现了人文主义的倾向，在当时具有一定的积极作用。法国诗歌中的主要形式——亚历山大体，正是经他们之手而发展起来的。另外，他们还主张通过吸收和改造希腊语和拉丁语的词汇来丰富法语。《保卫与发扬法兰西语言》其实是七星社集体的智慧，因为杜贝莱出身名门，故此以他的名字署名。这部"宣言书"主张模仿意大利诗人，提出建立一个新的学派，以继承古希腊和古罗马的文化。龙沙支持杜贝莱的观点，他认为只有植根于法国和旺多姆的土壤里才能实现这个雄伟的目标。在文艺复兴这个新的时期，文学批评的功能不仅仅是积累知识，还要建立学派，提出新学说，并且传授经验。这样，批评不可避免要捍卫主张，介入争论，吸收古典精华，弘扬现代精神。龙沙虚怀若谷，非常谦逊地向古典诗人学习，甘当小学生。他在35年的诗歌创作生涯中经常自我批评，正如1556年他写道：不要"太高或太低"①，克服过激，保持着适度。在史诗《法兰西亚德》的第三版序言里，龙沙抨击那些"在地上爬行者"，又谴责那些"吹破天者"②。集自豪和谦虚于一身，龙沙的这种在文学创作与批评上"中庸"的态度成为17世纪古典主义文学的先声。

但是，也有一些批评家不再是谦虚地谈论各民族语言的"和谐"相处，而是开始炫耀法国本民族的优越性，表现出现代性带来的一种负面的特性——强烈的民族主义和人种中心论。16世纪中叶，法兰西文人们乐观而且充满了信心。但是，他们的精神境界与世纪初的文人毕竟已大不相同。因为，现在的问题，不再是讨论怎样使各种"用词"保持"一致"，而是讨论"法语用词"的优越性了。1565年，亨利·埃蒂安纳在《法语与希腊语的一致性》中指出：只有法语才能与作为"语言皇后"③的希腊语相媲美。1578年，他在《意大利化的新法语对话》中揭露了意大利语在法国的泛滥和渗透，他以怀疑、细致的眼光检查法语诗句有没有隐藏伪装

---

① *La Critique littéraire en France*, p. 23.
② *Ibid.*
③ 《批评：方法与历史》，第12页。

的意大利语化的表达。又于 1579 年,赞扬"美妙绝伦的法兰西语言"①,证明法语优于意大利语,直言不讳地为被七星诗社贬低的法国本土文学平反。

三 蒙田与《随笔集》

16 世纪下半叶,出现了一种短评:博学者读完一本书后,用流畅的笔调讲述自己的印象,与书本保持一种通俗的交流关系。在上流社会里,"有教养人"(或正人君子)的批评中,要算大师,非蒙田莫属。蒙田在《随笔集》里自始至终表现出这种大师风范。1571 年,蒙田在波尔多的司法界任职,父亲去世后,他就来到了自己的庄园。他喜欢宁静、安定和自主的乡村生活。他经营有道,庄园兴盛一时。他为人坦率,光明磊落,憎恨欺骗别人,也讨厌被欺骗。他因见识丰富、为人正直而受到当地人的敬重。蒙田是所有的作家中最诚实的一个,具有一种不可战胜的正直。在《随笔集》里,蒙田大胆地以肺腑之言,坦诚相见,对自己进行描述和剖析,体现了解放个性的要求。为什么要剖析自己呢?因为"每个人都包含人类的整个形式。首先,我通过普遍的自我同世界沟通"②。

蒙田习惯于通过对文学作品的思考进行分析和自由的研究,去真正地寻找自己,认识自己,甚至认识他人,探讨"大写的人"。从这种意义上讲,蒙田继承了苏格拉底的"认识你自己"的哲学研究方向。他的《随笔集》以一种有趣的形式写成,想到哪里就说到哪里,处理每一件事情都是随随便便的,但是却有着一种清醒的意识,字里行间都充溢着诚挚与宁静。每一篇随笔都是用日常谈话所用的语言写成的,这些词语是具有生命力的。蒙田的谈话是非常机敏的,他了解世界,了解书本,了解自己。虽然,他的作品没有热情,没有雄心,只是表现出了一种满足、自尊和中庸之道。不过只有一个例外:在描写苏格拉底时,蒙田顿时情绪激动,笔下洋溢出激情。他认为,真理能够帮助我们,它是经得起考验、战无不胜的。人可以用全面的概括来帮助自己。人生的教训实际上就是经验,就是一种经验之谈,就是看穿世界的普遍意义。事物表面上说的是一回事,而实际上却是完全相反的。让一个人学会在短暂中寻找永恒,就必须要让人知道:虽然深渊的下面还是深渊,真理之后还有真理,然而万事万物最终还是包含在"永恒的法则"中,透过表面才能寻找永恒的真理。正是这种清醒的意识使蒙田具有一种敢于怀疑、敢于批判的精神。

蒙田为我们提供了一种批评模式:读者握笔开读,摘录他所喜爱的作者的文章片断,随后把自己越来越开阔、越来越自由大胆的思考批注在后。"我在书中寻找的是正当的消遣所带来的乐趣;或者,当我研究时,我寻找的只是那种探讨对自

---

① 《批评:方法与历史》,第 12 页。
② 罗芃等:《法国文化史》,北京:北京大学出版社,1997 年,第 40 页。

身的认识,教会我懂得死也懂得生的科学……"①,这种批评只是偶尔方可算得上批评,它并非是再三思考后的言辞。这种批评服务于一种精神世界的探索,评断适度,天真地自认为是有独特见解的心灵的反映:"我自由地对一切事物——甚至对那些盲然地超出我的全部智能、我并不认为与我有关的事物——发表看法。我对其发表意见,也是表明我的眼力,而不是为了说明事物的价值。"②

蒙田不仅在认识自身,而且把自己与古人和其他近代人相比。这种人文主义的批评主要是把一些作品与另一些作品加以比较,为其划分等级,从而评定作品的价值。人文主义者还是比较理智和谦虚的,他们认为,在艺术上要弘扬人的价值,继承传统的遗产,吸取其他民族的经验,仍要保持本民族的特点。换言之,既学习别人又保持独立性,模仿古人又坚持自己的特色。蒙田非常形象地说:科学和艺术不是一下子浇注成模子的,而是慢慢地形成的,通过多次的注模、磨光才逐渐显出其模型的……他将这种新的材料和面揉压、搓型、烘烤,他给跟他学习的人教些简便的方法,使后者能随心所欲地享受这种技术,在学徒手里能更随意、更简单地操作。他又比喻说:一旦轮到这位学徒拿捏一个已经醒好的面团时,他就应该掺入自己的酵母使面团膨大。总之,"不应该亦步亦趋地摹仿"③。1597 年,德罗顿·德伽里埃在其《诗的艺术》里援引了杜贝莱关于师父与典范的劝说时,说到蒙田历来的主张:"他(摹仿者)应该加入自己思想的东西,不能只满足做得与前辈一样多、一样好,若可能,应该做得更好。"④这种批评鼓励与前辈竞争,既能保持个性,又能继承传统。

蒙田的思想被称为怀疑论。他认为"只有怀疑才能判断和论定"。"我知道什么呢?"⑤这个疑问警句,在他看来,比肯定的说法表达了更多的真理。"我知道什么呢?"这句话表达了文艺复兴时期人们对知识永无止境的探求。蒙田曾按照文艺复兴时期的时尚将这句话铸在自制的一枚勋章上,勋章的另一面则铸着一只摇摆的天平,作为那条座右铭的形象体现。在蒙田的柱梁上也贴着"我不置可否"、"一切确定之物实乃无一确定"这样的条幅。当科学的探索已展现出辉煌前景的时候,当人的自我褒扬已达到极致并成为一种时尚的时候,可以想象,如此敢于与此背道而驰,需要多么大的勇气和智慧!的确,对于人类的狂妄,是需要泼一些冷水促其清醒的。这些冷水便是站在元哲学的层面上,对现有的一切知识体系和认识方式的反思,即一种"理性的怀疑"。怀疑主义正是以怀疑与解构为己任,重新审视一切现有理论与知识体系,对其刨根究底,执拗地向其索问证据与理由,哪怕使其陷入尴尬窘迫的处境也毫不留情,最后冷酷地指出这些理论与知识体系

---

① 《批评:方法与历史》,第 13 页。
② 同上。
③ *La Critique littéraire en France*, p. 25.
④ *Ibid*.
⑤ 柳鸣九等:《法国文学史》(上),北京:人民文学出版社,1979 年,第 131 页。

并无充分可靠的依据而失之独断。蒙田的这种怀疑主义精神给刚刚诞生的法国文学批评提供了丰富的能量和养分。

四 比较文学与文学史在萌芽

实际上,早在16世纪,比较文学虽然尚未成为一门学科,但已经作为一种批评工具被实践和应用,而且是一个最可靠、最敏锐的工具。文艺复兴时期,一种是横向比较,即法国文学与意大利文学比较;另一种是纵向比较,即法国当代文学与本民族中世纪文学比较,或与古希腊罗马文学比较。与此同时,批评呼唤着比较文学方法和历史方法的产生。在这些比较中,批评家弘扬民族文学和语言,充满着爱国主义的精神。一场清理本民族古代文学的工作开始了。克劳德·福谢在他的《法国语言和诗歌的源头:韵脚和传奇》(1581)中对法兰西民族的古代文学感到十分好奇和自豪,增加了"1300年之前法国127位诗人"①的名字和作品概要。

另一些批评家则热衷于拿自己的时代和过去的时代相比,史学思想在文学作品的研究中开始有了较明显的表现。民族文学作品的价值使人重新建立了信心,人们不仅把这些作品与邻国较近时期的作品相比,而且与古代作者的作品相比。埃蒂安纳·帕斯基埃在史学著作《法国的研究》(1560)一书中以整卷的篇幅(第六卷)写法国文学。在这卷书里,一些章节基本采用比较文学的方法,譬如在赞扬"亨利二世时代产生了大批诗人并由他们引进了新的诗歌形式"之后,指出"虽然我们的法语在诗歌美的方面略逊于拉丁语",但是"那些模仿拉丁诗人的法国诗人,常常赶上并有时超过了他们","借助拉丁诗技巧创作的法语诗比拉丁诗更有价值"②等。

由此,法国文学史诞生了。法国中世纪文学的第一批作家目录产生了,但令人遗憾的是缺少准确的年代和时间,不过它仍然有力推动了后世的深入研究和文学批评的发展。圣伯夫约于1835年应吉佐的要求,自告奋勇通过这些材料开始写16至18世纪学界对12至14世纪文学的研究成果。伊波利特·罗耶-科拉尔在1836年的一个报告中确定主题和题目是"法国文学批评史"③。

16世纪是个变革的时代,这个时代将思想、审美观和文明置于永恒的变化之中。埃蒂安纳·帕斯基埃在他写给蒙特罗骑士的长信(第一卷,第五封信)中描述了观念和欣赏趣味的不断变化,指出"科学和学问"如同候鸟一样,"按照季节的不同改变其归宿和寄居地"④。科学曾经接连在迦勒底、埃及、希腊、罗马这些

---

① *La Critique littéraire en France*, p. 26.

② *Ibid.*

③ *Ibid.*, pp. 27-28.

④ *Ibid.*

古国里灿烂辉煌过,现在它们在改变住所,一部分留在意大利,另一部分来到德国和法国。可是,这种"季节的不同"在他看来常与几代人的接替相一致,这几代人被他比作志趣各异的鸟儿组成的"鸟群"或负载不同的船只组成的"船队"。阿格里帕·德·奥比涅描绘当时的情景:一群法国作家不停地"飞翔",穿越过1550到1620年的诗歌天空。帕斯基埃说:他们还在"飞翔着",寻找新的栖息地。他在《法国的研究》第六卷里说:龙沙的劲敌是法兰西斯一世御前诗人梅兰·德·圣-热莱,此人以极大的妒嫉,厌恶龙沙这位诗坛新秀。正是代沟产生审美趣味的不同,他们所创作的诗歌风格也不同。新生代带来一种新的创作方式,正如货轮运来新的货物一样。新生代雄心勃勃,"亨利二世生产一艘运载诗人的大船,他们引来了新的诗歌形式"①,这正是《法国的研究》中一章的题目。因此,尽管帕斯基埃承认"作为他所处时代的第一位诗人"的克莱芒·马罗的功绩,但他不掩盖对龙沙的崇敬之情:"我毫不保留地把龙沙置于所有其他诗人之首。因为,不管我国诗歌是从未或永远不会臻于完美,或是它已经达到,我们都必须承认龙沙具有使之达到的能力。"②对以龙沙为首的新派诗人,帕斯基埃毫不避讳地表示赞赏:赞成新派的人把他们的诗歌比成剪裁整齐的美丽花园;而另一些崇尚古派的人说新派的诗歌就像绿色的草坪一样,上面长着几朵小花。的确,天真的自然比不了人工的剪裁那么赏心悦目。"我就是赞成新派,因为它在今天有用途。"③尽管如此,帕斯基埃还是肯定"马罗应该占据的位置……"他将两位诗人描写弗朗索瓦·德·波旁在科里尼昂所取得的胜利的两首诗歌进行比较,说道:"我希望读者能够耐心地阅读这两位诗人的作品,然后再进行判断。因为,尽管龙沙的风格比马罗的风格更高雅,但读者会发现并没有理由在称颂这一位的同时轻慢另一位。"④这就是说每一方都要关注到,褒扬时不排他,评判时不匆忙,这便是帕斯基埃在此提供的宝贵的批评经验。他还告诉我们:每次阅读时都要设身处地地从时代的角度审视作品,与作品应保持一定的距离。也就是说,人们开始注意把作品与作者及其产生的社会环境联系起来,注意对每个对象做恰如其分的评价,谨防草率与过于武断。他还要求,读者要自我消失,要设身处地成为作者那个时代的一个人,与审美的感受性的最后状态相一致。一种读者与作家的认同批评开始萌芽。

---

① *La Critique littéraire en France*, pp. 27–28.
② *Ibid.*
③ *Ibid.*
④ *Ibid.*

第二章　17 世纪法国文学批评

第一节
宫廷势力：古典主义批评

16、17 世纪之交，法国长达 36 年的宗教战争结束了，封建专制国家正处于上升时期，君主集权不断巩固和加强。相形之下，17 世纪初的文学却没有像政治制度那样实现"飞跃"，活跃在文坛的诗人还是多比涅、沃格兰·德·拉菲斯内、罗贝尔·加尼耶等一班人。在亨利四世的统治下，德波特本人和他的朋友仍然延续亨利三世时期的诗风，德·古尔内小姐表达的不是尚未垂老的蒙田风格，而是不再存在的语言。在充分行动和雄心勃勃的 16 世纪文艺复兴之后，在宗教战争结束之后，法国渴望一个和平、有序和理性的时代的到来。由此，一个循规蹈矩的文学批评紧接着出现在一个咄咄逼人的批评之后。17 世纪的文学批评努力阐明应该达到的美和创造这种美的方法，不过，这个世纪初的文学批评仍对于美中不足极为挑剔，专爱对不合纤巧风雅审美的地方求全责备，这是世纪之交的过渡。

首相黎塞留和后来的路易十四没有忘记意识形态这个领域，为了君主政体的利益，他们要把文学艺术置于国家的控制之下。为了达到文学批评为王权服务的目的，统治者命令批评家、理论家制定出统一的规则，使诗人和作家有章可循。17 世纪初，毕生提倡语言"纯洁化"的宫廷诗人马莱伯第一个担当起这个任务，同法兰西学院的院士们在这方面做了大量的工作。他提出文学要为王权服务的主张，并创立了古典主义诗律，使诗歌创作有了统一的章法。到了 30 年代，法兰西学院的院士们根据当权者的需要，对语法、诗法和修辞进行了系统的整理，语言、文学的规范化工作全面展开，为古典主义作家提供了规范的表现形式。进入路易十四时代后，文艺理论家布瓦洛总结了古典主义作家们的经验，确立了一整套从内容到形式都符合绝对王权要求的古典主义文学理论。这样，古典主义在 17 世纪的法国就成了王权承认的官方的艺术创作方法。

17 世纪初，学者们开始谈论"三一律"：1605 年，沃格兰·德·拉菲斯内在《诗的艺术》里，1609 年，埃里·加克尔在《索夫尼斯波》(*Sophonisbe*)里，1623 年，夏普兰在《阿多内》(*Adone*)的序中，或多或少都谈到了"三一律"。上流社会把"三一律"演变成一条理性和审美的准则。两位大贵族克拉玛耶伯爵和拉瓦勒特红衣主教说服诗人梅雷写一首田园诗，要遵循意大利人写这个惬意的体裁时惯用的规则，也就是说要求用"三一律"写诗。随后，理性的哲学建立起来，上流社会异想天开,欲建立一个理性、规范、秩序的文化场,文学批评要首先屈从于这些规则,反过来,批评又要令文学创作屈从于它。"三一律"大大束缚了文学创作,而理性却强调,纯洁语言必须受到种种约束。世纪初女雅士们在沙龙里的举止和谈吐堪称"矫揉造作",那种风雅代表当时的文学倾向,从巴洛克风格过渡到后来的古典主义文学。"矫饰"(préciosité)文学既倡导一种新的自由趣味,又支持一种理性的束缚,并试图将两者有机地结合起来,而它捍卫的比它建议的更多。

如果说16世纪文学批评侧重的是国家间的文学比较,那么17世纪的文学批评重点却是法国本国的文学。伟大的世纪给法国带来辉煌灿烂的文学,堪与古希腊、古罗马文学和意大利当代文学相颉颃。但是,在17世纪,过分重视、摹仿古典文学,反而差点儿让法国文学迷失了自我。此外,作家的创作逐渐背离了上流社会的趣味,诗人的抱负与读者大众的需要已经渐渐出现分裂,此时的读者大众已不再是那些"专家",即人文主义者和博学者们,而是宫廷、沙龙和贵夫人居室的那些读者了。文学批评作为中介出面评判、调和和干预,在作家与读者大众之间担当媒介。文学批评担负着两大功能:代表读者提醒作者,眼下大众的趣味是什么,要让作家知道读者大众的欣赏趣味和需要;又代表作者激发读者的好奇心。当作品需要诠释时,批评家出来评析,矫正上流社会读者的欣赏趣味。文学批评努力在作者和读者之间建立一种和谐的关系。

17世纪,法国出现了一位具有世界影响力的哲学家——笛卡尔。他提出的唯理主义理论为法国古典主义文学批评提供了哲学基础。

笛卡尔(1596—1650)出身于贵族家庭,曾以志愿兵的身份参加过欧洲的"三十年战争",漫游过许多国家。1629年以后,他隐居荷兰,潜心著述,1650年在瑞典病逝。笛卡尔最先把人类思维从中世纪经院哲学的束缚中解放出来,为人的理性自由发展开辟了广阔的前程。其哲学思想对欧洲文化和科学的发展产生了巨大影响,他因而被称为"近代哲学之父"。

唯理主义是一个哲学派别,认为理性是获取知识的主要源泉,感性知识是靠不住的。需要说明的是,所谓"理性",是指哲学中进行逻辑推理的能力与过程,从严格意义上讲,理性是与感性、知觉、情感和欲望相对立的能力。笛卡尔的唯理论就是理性至上的哲学,他在1637年发表的第一部哲学专著《方法论》中,提出了一个在哲学界影响极大的命题:"我思故我在。"由此,我们不难看出,笛卡尔把理性强调到何等重要的程度。他认为感性材料具有欺骗性,只有理性才是获得知识的唯一手段和判断真理的根本准则。他大力倡导对事物进行科学分析,明确肯定事物的可知性,反对各种神秘主义的学说。笛卡尔公开斥责经院哲学是"伪科学",愈研究它就愈难以了解真理。他的哲学在当时具有抵制中世纪哲学和反对盲目宗教信仰的进步意义。但笛卡尔并没有从根本上摆脱几百年来形成的中世纪封建神学理论的影响,仍是一位把"灵"与"肉"截然分开的唯心主义的二元论者。

笛卡尔的唯理主义是现代性的理论源头,也是古典主义文学批评和文学创作的哲学基础。他的唯理主义哲学究竟对法国古典主义文学产生了哪些影响？笛卡尔在1637年发表了最有名的著作《正确思维和发现科学真理的方法论》,通常简称为《方法论》。他在《方法论》中,提出"思想应有条理",科学的认知过程必须有"明白与确切"的方法准则。就美学而言,他主张制定出严格的规则,以使文学艺术体现理性的标准。

笛卡尔在《方法论》中指出,研究问题的方法分四个步骤:

第一步:永远不接受任何自己不清楚的真理,要尽量避免鲁莽和偏见,只能接受根据自己的判断非常清楚和确定,没有任何值得怀疑的地方的真理。就是说只要没有经过自己切身体会的问题,不管有什么权威的结论,都可以怀疑。这就是著名的"怀疑一切"理论。

第二步:将复杂问题尽量分解为多个比较简单的小问题,一个一个地分开研究和解决。

第三步:将这些小问题从简单到复杂排列,先从容易解决的问题着手。

第四步:将所有问题解决后,再综合起来检验,看是否完全,是否将问题彻底解决了。

这些步骤对文学分析和文学评论具有指导意义。法语动词"分析"(analyser)一词,包含着"解构"(détruire)的意思,文本分析首先就是将文本解构成若干要素,然后寻找文本内在的组织规律和结构。在1644年出版的《哲学原理》中,笛卡尔对伦理学的一些问题作了简要的论述,认为"灵"与"肉"之间的相互作用是通过条件反射进行的,但心灵或意志力能够控制本能的冲动和生理上的欲望。他强调,肉体的卫生是重要的,但同时也需要精神上的卫生。笛卡尔的这些观点,在古典主义文学中发展成为克制个人情欲、履行公民义务的原则。我们在高乃依和拉辛的悲剧中,可以看到笛卡尔理论的明显印记。古典主义的文学理论崇尚理性,重视规则,要求作品层次清楚、结构明晰、逻辑性强,这与唯理主义哲学思想的影响有着直接的关系。笛卡尔的唯理论不仅为古典主义文学批评提供了理论基础,而且还在下一个世纪发生的启蒙运动中发挥着重要作用,成为启蒙主义者的思想旗帜。

一 前期:马莱伯——批评家兼诗人

马莱伯(1555—1628)的父亲在地方法院任职,他希望子承父业,想把马莱伯培养成一名法官。随着宗教战争的蔓延,童年的马莱伯被迫中辍学业,四处流离。战争结束时他已经三十九岁,其父的愿望终未实现。1605年,他来到巴黎向国王亨利四世敬献颂诗,赞美王权。亨利四世把他留在宫中,封为"宫廷诗人",当时能获此殊荣者寥寥无几。

作为诗人,马莱伯的信条是:理性是艺术家创作时唯一的向导。与其说他是诗人,不如说他是一位对诗歌施行王权监督的批评家。他一贯强调,艺术领域中的一切都必须服从统一的理性的支配,创作中毫无约束的激情只能破坏和扭曲艺术家的构思,使作品的结构失掉完整性,使作者的意图失掉鲜明性。马莱伯把促进法语规范化视为自己毕生的事业,认为语言是表达思想的媒介,应该清晰、准确、和谐。他反对把外来词汇引入本国语,反对使用方言俚语,力图以平民语言为源泉,以宫廷用语为标准,提炼出一种全国通用的"纯粹的法语"。当时盛行的文学批评对作品的美中不足之处极为挑剔和刻薄,批评家专爱对不合纤巧风雅的欣赏口味的地方求全责备。为了法语的纯洁化,马莱伯的批评更多地体现在对作品语言的吹毛求疵上,凡不符合规范,大笔一挥,砍杀删除,绝不让过关,他俨然是一个严苛把关的语言检查官。17 世纪的"七星诗社"主张通过吸收和改造希腊语和拉丁语的词汇来丰富法语。马莱伯对此持有异议,他认为"七星诗社"引进的来源不同的外来词汇和来自民间的鄙俗俚语使法语庞杂不纯,应予清除。马莱伯死后,法兰西学院编纂了卷帙浩繁的《法兰西学院字典》,目的是为作家提供规范的创作用语。这部字典摒弃了一切行业用语和方言土语,体现了马莱伯对于语言改革的主张。

除了"纯洁"语言外,建立诗律是马莱伯的另一夙愿。实际上,他并没有写就系统的理论著作,其文艺观点只是散见于对龙沙和德波尔特诗集的一些评注中。他主张诗歌的文法结构应与散文一样,区别仅在于前者有音律和诗韵。说到诗律,"七星诗社"虽然注意到诗歌韵律的变化,但并没有建立正式的诗律,马莱伯是第一个出来担当这个任务的人。他为每行有十二个音节的亚历山大诗体制定了基本规则并对使用这种形式进行创作的诗人提出了明确的要求。亚历山大体主要用于 17 世纪法国的诗剧和叙事诗,高乃依和拉辛的作品中都不乏其例,布瓦洛的理论著作《诗的艺术》也是用这种诗体写成的。他还为几种音节的诗体制定了基本的规则,主张用丰富的韵,整齐地安排诗句和段落,力求艺术形式的完美。对于其他流行诗体,马莱伯也进行了整理并制定出相应的格律。

在文艺方针上,他提倡宫廷中心论,即先由国王和宫廷制定出艺术创作的规则,然后艺术家依据这些规则进行创作。换言之,艺术创作要循规蹈矩,有法可依。马莱伯的作品很少,主要是写给王室的颂诗。1605 年他到巴黎以前,著作甚少,只发表过《圣彼得的眼泪》(1587)、《颂国王攻占马赛》(1600)、《欢迎王后光临法兰西》(1600)和《慰杜·佩里埃丧女》(1601)等几首诗。这些诗受到"七星诗社"诗人们的影响。他到巴黎后的第一首诗《为亨利大王陛下利穆桑之行祝福》(1605),博得亨利四世的赏识。亨利四世任命他为贝勒加德公爵的文学侍从。从此,马莱伯便以波旁王朝的官方诗人的姿态出现,所写诗歌多为祝颂之作,如《颂王太后玛丽·德·梅狄西摄政的丰功伟绩》(1610)和《颂前往惩罚叛乱的拉罗歇尔人的国王路易十三》(1627)等。在诗歌创作上,他刻意追求形式美,讲究诗文工整悦目。为此，他对一词一句都挖空心思地反复推敲，据说写成一句诗有时要用去整整一令纸，速度之慢，可想而知。马莱伯的诗虽然形式工整，但风格生硬，想象贫乏，意境不高，素有"语法诗人"之称。法国抒情诗人腊康（1589—1670）和诗人梅纳尔（1582—1646）都是他的弟子。

马莱伯的理论在生前并未被普遍接受，但由于适应君主专制政体的规范化要求，因此在17世纪逐渐成为正统诗歌理论的基础。毋庸置疑，他是17世纪初的首席批评家。1625年他在写给巴尔查克的信中说道："我知道，文学批评是一种大家都不晓得怎么干的职业：它需要科学，也需要良心，而在同一人身上常常又无法两者兼备。"①作为批评家，他主张一种对于美中不足极为挑剔和刻薄的文学批评。他以同样严格的态度规定了批评的功能：批评不做任何宣传，摒弃上个世纪突出表现为战斗性批评的那种论战。事实并非如此。他在评注德波尔特的《诗集》时，步步依据原文，逐一挑出错误。他不原谅德波尔特在诗作中的任何一个小小的毛疵，绝不允许诗人任何一个细小的缺点，更不允许诗人以其优点弥补缺点。马莱伯拘泥于细节，没有全局观点，有时声色俱厉地指责：“坏到四等”“完全胡说八道”“只配与笋瓜相比”，或者为了挖苦一种同义迭用的情况，就说"把一颗樱桃分成了两半"②。马莱伯看到某些细微的疏忽，有时会急得跳起来，破口大骂，失去平时那种刻板。他毫不容忍那些不合他个人口味的诗，在他眼里，在许多可供选择的词汇中，只有一个是最恰当的，而在许多可能的句式中，也只有一种是最好的。如果德波尔特的一个诗句有幸得到他的赞赏，那是因为它有力地、简练地表达一个明确的、清晰的思想，哪怕这个诗句是毫无诗意的。正如布瓦洛所说的，一个"精心布局的词"是一个没有"废话"的、独一无二的话语，表达一种没有光晕、没有雾霭的思想。这种评论与16世纪人文主义者的论战和争吵毫无二致。马莱伯自己没有像他要求批评家那样，"把科学与良心"结合起来，他说的是一套，做的却是另外一套。巴尔查克开了玩笑，嘲讽这个"词和音节的暴君""一味在 ne ... pas（不）和 ne ... point（一点也不）之间的区别上大作文章，把现在分词与副动词的关系视同两个为边界之争而虎视眈眈的邻邦间的关系"③。后起的夏普兰也嘲笑说："他（马莱伯）是盲人国里的独眼龙，由于他所见光明有限，所以我认为，一位作家如果不想跌得太重，就应该在其所要遵循的主张中谨防把他作为指路人。"④

马莱伯的批评是一种经验式的评判。16世纪的人文主义批评是建立在渊博的知识和对古人的教诲进行解释的基础上，向作家传授古代经验并推荐可供学习的典范和可供效仿的作品；而他的批评是一种新式批评，建立在习惯用法与听觉

---

① 《批评：方法与历史》，第18页。
② 同上，第19页。
③ *La Critique littéraire en France*, p. 31.
④ 《批评：方法与历史》，第21页。

的基础上,告诉作家应该首先满足纤巧风雅的欣赏趣味,切勿为自己确定一个太博学太抽象的理想。他告诫未来的诗人表达要准确,教导自己的弟子什么是完美的语句和真正的诗歌的基本准则。他的批评是步步依据原文,逐一挑出错误。这一方式为后来的整个世纪的文学批评所仿效。法兰西学院就是以此来批评高乃依的《熙德》。

17世纪初的文学批评家意识到,除了替王权制定一系列规则外,还必须充当作者和读者之间的媒介,既要使作家知道读者大众的欣赏趣味和需要,也要引导上流社会读者的欣赏趣味。17世纪初贵夫人建立了沙龙,后来路易十四建造了凡尔赛宫。那时的读者大众不是16世纪的人文主义者和博学者,而是聚集在宫廷、沙龙和贵夫人居室里的那些"有修养"的读者。马莱伯善于扮演所处时代有修养的上流社会的代言人的角色,他写的诗和所作的批评适应上流社会的要求,迎合他们的兴趣。特别是宗教战争之后,出现了新的世俗贵族,他们的兴趣与意大利贵族一样:对他们来说,文学是一种游戏,诗应该愉快悦耳,而不能叫人精神疲倦。马莱伯要其他诗人和他自己一样,为这些新兴贵族写诗。让·德·谢朗德尔为迎合新贵读者的趣味需要,于1608年写过一部悲剧《狄尔与西董》(*Tyr et Sidon*)。20年后他又用两天时间把它改编成一部悲喜剧。1628年这个剧本出版时,弗朗索瓦·奥日埃为之写了一篇极为重要的序言,同时也是一篇观点新颖、引人注目的批评文章。该序言希望促使文学更加注重迎合当时法国人的欣赏趣味,而不要一味模仿古代的希腊人。

应该说,马莱伯为1635至1660年间的批评家开辟了道路。批评家们效仿马莱伯,努力成为贵族和幽默诙谐之士的代言人,为博得各沙龙和学院的欢迎和支持,以便更好地发挥自己的才华。巴尔查克用拉丁文写给西隆的一封信中,不得不承认马莱伯在布瓦洛之前所起的作用,他一反过去嘲弄的口吻,高度赞扬了马莱伯的功绩:"弗朗索瓦·德·马莱伯是发现诗歌之路的先驱或先驱之一;在弥漫着错误与无知的云雾当中,他首先转向光明,并使最挑剔的人心满意足。他不容忍法兰西人以首批出现的果实为食。他告诉人们何谓纯粹而又细心的写作,告诉人们在词与句子当中进行选择是具有说服力的根本,并说思想和词句的妥善安排通常比这些思想和词句本身更为重要……我们的文学得益于他之多,是前无古人的。"

然而,马莱伯的各项主张并没有被社会普遍接受,而且还受到同时代一些诗人的反对,市民写实派的讽刺诗人雷尼埃和维奥就是反对者中的代表人物。雷尼埃自称是古希腊、古罗马文化的卫道士,他忠于人文主义的传统,认为马莱伯的主张产生于贵族上流社会狭隘的鉴赏趣味,如果把各种规则强加给诗人,就会压制激情,扼杀灵感,埋没才华。维奥以"自由派诗人"的身份进行创作,对于各种规则持蔑视态度。与马莱伯的主张相反,他认为要忠实地表达自己的感情,就要"信笔涂鸦地"去写,无须事先拟定任何提纲。尽管反对派对马莱伯提出了批评,但他的这些主张迎合了当时法国君主专制政体的需要,因此在17世纪古典主义的发展过程中最终成为正统的诗歌理论。

二 中期:夏普兰

在孔拉尔(1603—1675)的公馆里一群上流社会的"有修养的人"经常聚会,其中最著名的当数书籍批评家夏普兰(1594—1674)和语言批评家沃日拉(1585—1650)。1635年,首相黎塞留创设了法兰西学院(或称法兰西学士院),以加强王权对文学艺术的监督与控制,目的是以组织形式保证统治者的意志在文艺领域中得到贯彻,进一步强化中央集权的观念。黎塞留把法兰西学院变成了文学批评的官方法庭。博须埃①在接纳演说里说法兰西学院具有"最高的参议院"的特色,是"语言使用的书记官",职责是要消灭语言使用的古怪现象,消除这个太大众化帝国的语言混乱。

法兰西学院是官方学术团体,由40名院士组成,包括作家、文艺评论家、诗人和学者等。学院的基本任务是统一文字,修订语法,确立统一的美学原则;关注创作动向,对不符合君主政体要求的作品进行干预。为了提高进入学院的作家和学者的社会地位,使他们的见解和作品在公众的心目中具有不容置疑的权威性,政府授予学院院士"不朽者"的称号。同时还规定,院士的名额为40位,实行终身制,只有当某位院士去世后,才能通过内部选举增补新人。学院成立后,孔拉尔任首任秘书长,其他重要成员有夏普兰、沃日拉和巴尔查克。沃日拉是语法学家,1647年他发表的《法语考评》被后世法国语言学家视为语言史上的里程碑。他提倡语言的规范化,反对随意编造新词,认为宫廷语言是"良好的语言习惯"。《法语考评》问世后,很受欢迎,一版再版。沃日拉还主持过一段《法兰西学院字典》的编纂工作。除了对那些不符合王权要求的作品进行干预外,法兰西学院的成员把更多的精力投入到制定文化领域中各种规范化准则的工作之中。法兰西学院对于古典主义的形成和发展,起了十分重要的作用。

在法兰西学院院士中,夏普兰是应首先提到的一位。他是官方的文艺评论家,深得首相黎塞留的宠信,在古典主义形成的过程中起过重要作用。从他身上,人们可以看到君主政体对文学的干预与影响。1623年,他为摄政王后玛丽·德·美第奇②的御前诗人马兰骑士新版史诗《阿多尼斯》(Adonis)写序。马兰是意大利人,深得法国上流社会的宠信,但他却害怕他的作品与史诗离奇古怪的规则相悖,于是向马莱伯和夏普兰等求救。夏普兰自告奋勇给他的诗作写序,教作者如何运用批评为诗歌创作服务:要么遵循规则创作,要么以自己的尺度去修剪规

---

① 博须埃(1627—1704):法国神学家和作家,曾任主教及路易十四宫廷王太子的教师。
② 美第奇:意大利从事经商和银行业的大家族,从15世纪到1737年间,对佛罗伦萨和托斯卡纳两地的历史及欧洲的历史、政治、艺术和文学产生过重大影响。

则。他评价说:这个诗集遵循规则,但在这之前还不存在规则,所以这个诗集开创了一个新的体裁。夏普兰在序言中断然宣布:"我支持以我们所见的形式出现的《阿多尼斯》,它是好诗,构思和运笔新颖别致,又不离史诗准则,它是公众历来所见过的史诗中的上乘之作。"①因语气武断横行,人们称这篇序言——正如该书最后一版的出版者所说——成了"法国的偏执批评的宣言书"②。在夏普兰身上具有博学和典雅两种气质,前者捍卫诗歌的规则权,后者捍卫时尚的优先权。他在《1662年文人回忆录》里将自己与他的旧友、也是对手梅纳热区别开来,说梅纳热只是一个语言的批评家,而自己却是史学、诗学和哲学知识的批评家。的确,夏普兰不仅见识广阔,而且还精通历史。在他身上,典雅监督和束缚着博学,典雅给他带来比较的情趣,博学给他带来了雄辩的声誉,两者都赋予他批评的审判权。

1636年,高乃依的悲剧《熙德》在巴黎上演,受到大众欢迎,但一些贵族文人却对之大肆诋毁。乔治·德·斯居代里发表了言辞激烈的《关于〈熙德〉的看法》(Observations sur Le Cid)。在斯居代里眼里,《熙德》一剧一无是处。他搬出亚里士多德的悲剧理论,振振有词地声称"《熙德》的主题毫无价值,它违背了诗剧的主要准则,在通篇的安排中缺乏判断,拙劣诗句屡见不鲜,几乎所有的东西都是剽窃得来的,因此,人们说它好是全无道理的"③。这场争论在博学者与上流社会学者之间展开,斯居代里代表着持反对态度的博学者的意见,而上流社会却对《熙德》作品持欢迎态度。高乃依的两个对手——斯居代里和迈雷,后来又加上奥比尼亚克④,他们依仗着亚里士多德的《诗学》,批评这个悲喜剧混淆了调式,不遵照礼仪规则办事(施曼娜和杀害其父的凶手结婚被认为是不真实和不体面的),也不遵照其他规则办事(主要情节太长,还包含无用的次要情节,如西班牙公主和罗德里克之间的情节,情节在四个不同的地方发生)。高乃依对他们的批评充满鄙视,发表《雄辩者的信或高乃依先生对斯居代里先生关于〈熙德〉的看法的答复》,给予有力的回击。斯居代里请求法兰西学院做出裁决。黎塞留对剧本也不满意,在他的授意下,法兰西学院以权威的口吻发表了《法兰西学院关于〈熙德〉的意见》,对剧本进行了严厉的批评,这份意见书的执笔者就是夏普兰。夏普兰被黎塞留首相指定仲裁这场越来越激烈的争论。

夏普兰出场斡旋,尽力使对峙的立场协调一致。夏普兰十分圆滑,比任何人都更懂得如何既当一名学者又当一名雅士,他善于体会什么是使人愉悦的,善于指出什么是会使人愉悦的。他成功地协调大众(上流社会)的感性意见和博学者(批评家)的经验推理的意见。尽管处理这种事情极为棘手,但唯有他才能结束这场火药味十足的争论,试图调和创新所取得的成就与条条框框的规则之间的矛

---

① 《批评:方法与历史》,第28页。
② 同上。
③ 同上,第29页。
④ 奥比尼亚克长老(1604—1676):法国戏剧理论家。

盾。当时,法兰西学院就是意识形态领域中贯彻王权意志的工具,面对由夏普兰起草、体现当权者意志的意见书,高乃依自知无力还击,不得不俯首就范,这件事在法国文坛曾轰动一时。

夏普兰提出一种建设性和规定性的批评的基础,此外他还提出一个批评分析的真正模式:首先研究创造性,其次素材安排,最后表达风格。作为文艺批评家,夏普兰的批评原则是用理性重新考察语言的习惯使用,以是否符合规则来衡量作品是否成功。他指出,批评要表扬好的,特别要注意批评坏的,但是指责要适可而止,就是古典主义文学主张理性、掌握分寸的特点。不能光是指责,应该更多地鼓励和帮助作家写出较好的作品。批评更不应该贬损别人而抬高自己。他指出,"对于那些新的、尚无定论的主张,有争论是正常的,通过争论的方式,真理才能得以显露,而且只有通过这种途径,有真知灼见者才会各抒己见,正如铁与石相碰才会生火,才会火星飞溅"。在夏普兰看来,只有正常的批评才能保证文学的进步,批评通过争论才能显露真理。评论具有与科学相似的严密性,评论是达到真理、提高认识的一种手段。在他的影响下,法兰西学院形成了自己的一套教条的、理性的和分析的评论理论体系。所谓"教条的",是说既然文学作品有优劣之分,那么就得有一套判别良莠的法规,评论家就是执法者。所谓"理性的",是说作品的长处和短处可以通过逻辑论证加以解释和说明。所谓"分析的",是说整体美由许多个体美构成,评论家可以通过分析每个局部的价值来判断整体的价值。他试图建立一种井然有序的批评:首先对主题或题材的组成进行研究,如作家如何运用虚构构思,如何布局结构、使用的习惯或表现的激情;然后研究风格或"处理主题的艺术",即对适合于表现主题的体裁以及措辞或即诗意语言的运用加以研究。他的方法在当时是一种创举,批评分析紧紧围绕"内容与形式"这两大中心转动。他弥补了马莱伯的批评缺陷:后者只考虑形式。夏普兰确定的批评方法直至19世纪初几乎没有受到过非议。拉布吕耶尔①曾经高度评价夏普兰的批评:"《熙德》是人们能够写出的最美的诗篇之一,而对《熙德》的批评则是对任何主题所做的最好的批评之一。"②

除了黎塞留信赖他外,科尔贝尔(1619—1683)也视夏普兰为知己,使他在文学界的威望越来越高。他还为政府财政部门拟定了作家名册,参与了建立官方颁发年金制度的工作。直到后来,后起之秀布瓦洛无情地揭露夏普兰的《贞女传》的可笑之处,才使他的权威一落千丈。已年届六旬的夏普兰"六十而耳顺",无力与年轻的布瓦洛争辩,不愿意摆出一副批评家的姿态。1659年,他在给梅纳热的信中写道:"批评家这种职业并不是世上最令人满意的职业,搞批评的人,尽管极其谨慎,但要避免嫉贤妒能与居心叵测之嫌是不容易的。"与其去"对几乎不被普

---

① 拉布吕耶尔(1645—1696):法国作家,写讽刺作品的道德家,主要作品是讽刺性的《品格论》(1688)。这部书使他树敌甚多,但也让他获得了很好的声望。
② 转引自《批评:方法与历史》,第30页。

遍赞赏的作品进行具体的批评",他宁肯去"写一部关于史诗剧的专著"或者潜心撰写《旧小说阅读》。后者是以古怪对话(如他和梅纳热与萨拉森的对话)来描述他阅读法国古代小说的心得。夏普兰毫不避讳地把法国中世纪诗人克雷蒂安·德·特鲁瓦写的一部英雄史诗《朗斯罗》与荷马的史诗《伊利亚特》相比:"我们在《朗斯罗》的作者与荷马之间看到的主要区别,只在于风格和情感的表达……,就它们都是神话而言,细细想来,我不知道它们谁是更富有想象力的,或者至少我不知道它们谁更尊重真实性些……";而且还进一步说:"若亚里士多德死而复生,并且想要在《朗斯罗》中发现一种诗的艺术内容的话,那我会完全相信他能够找出这种艺术内容,就像他在《伊利亚特》和《奥德赛》中找出诗的内容一样。"①他高度评价法国旧小说的作家,认为他们忠实地使小说任务依据那个时代的风俗习惯和思想意识行动。他在《旧小说的阅读》里从时代的差异解释作品的差异,为现代批评提供了重要的参考原则:"我坚持认为,必须结合全部情况来看待事物,才能对它们进行恰当的评判。我们取悦于贵妇人并使其相信我们喜欢她们的方式与古代人的方式截然不同。对于这一点,我能说只有我们的方式才好吗?"②换言之,批评家评判一部古典作品,要全面地考察,而不是逞一己之喜好。此外,在古典主义时代,夏普兰还高度地评价龙沙,称赞:龙沙生来就是诗人,现代人没有一个比得上。综观夏普兰对文学批评的论述和实践,难道我们能简单地说他是一位思想狭隘的、自命不凡的空论家吗?

三 盛期:布瓦洛及其诗艺理论

尼古拉·布瓦洛生于巴黎的一个批评世家,三兄弟都喜欢文艺批评。圣伯夫说,(大哥)纪尔画草图,(二哥)雅克填颜色,尼古拉描成肖像。两位兄长与弟弟具有同样的批评才能,但是大哥太苍白,二哥又太上色,弟弟风趣、滑头、爱讥讽。布瓦洛父亲是高等法院的书记官,三兄弟也都有书记官或法官的头衔。布瓦洛是文学的法官,巴黎的法官,他的生活几乎没有离开巴黎。1657年,他继承了父亲的一笔遗产,从此便踏上了文学之路,开始进行诗歌创作和理论研究。他的主要作品有《讽刺诗》(12篇)、《书简诗》(12篇)和《诗的艺术》。理论著作《诗的艺术》是体现古典主义原则的经典著作。布瓦洛出现于文坛的时候,法国古典主义已经形成,但他系统地总结了数十年来古典主义作家的创作经验,集中地阐发了古典主义的美学原则,确定了各种文学体裁的界限,指出了不同体裁的特点,从而成为法国最具有权威性的古典主义文艺理论家和整个欧洲古典主义理论的一代宗师。

---

① 《批评:方法与历史》,第32页。
② 同上。

布瓦洛在笛卡尔唯理主义哲学基础上,继承了古希腊、古罗马尤其是贺拉斯的理论传统,总结法国古典主义文学的创作经验,提出了自己的美学思想。他认为"理性"是一切的准绳,也是文艺创作的根本原则。他提出的所谓的"理性",即常识、天性,它是永恒、普遍、自然的。美源自理性,美必然合符理性,因而具有绝对的价值和普遍永恒的评价标准。

初入文坛的布瓦洛思维敏捷,不平则鸣。当初,莫里哀因创作《太太学堂》而遭到顽固势力的攻击,那时布瓦洛年仅27岁,还不认识莫里哀,但他仗义直言,写诗赞扬莫里哀以回敬那些无耻之徒:"纵有千般妒心发作,竟敢诋毁你,莫里哀!(诋毁)这部佳作,那是徒然!"①

在《讽刺诗》的前几首中,布瓦洛把矛头直指没落贵族,对这个阶级的弊端陋习大加挪揄。夏普兰当时深得官方的宠信,是法兰西学院的要人,同时负责政府向作家发放年薪的工作,可谓权势逼人。但年轻的布瓦洛敢于蔑视权贵,十分尖刻地挖苦了他的史诗《贞女传》:"纵然拍额头咬手指亦是枉然,我无法从大脑的缝隙中寻觅比《贞女传》更生硬造作的诗句。②"猛烈的抨击使夏普兰的威望一落千丈,显示了布瓦洛初入文坛时的过人胆识。他还辛辣地嘲讽过一大批雕琢派诗人,其中包括基诺③(1635—1688,法国诗剧作家)、普拉东(1644—1698,法国诗人,参与过对拉辛的围攻)和科坦(1604—1682,法国教士、诗人)。

布瓦洛颇具锋芒的讽刺诗,引起了法国诗界的关注,同时也受到贵族阶级的强烈反对。为了求得王权的庇护,1665年起他开始出入宫廷,《书简诗》中的大部分作品,都是呈献给路易十四或题赠与达官贵人的。他还攀附莫里哀和拉辛,以及能够有助于其升迁的人物,一心想保住自己的成就。

布瓦洛无可争议的真正功绩在于他的文学批评的准确性。他能够发现同时代优秀的作家,即使他们暂时还默默无闻。布瓦洛大胆支持他们,做出肯定的评价,把他们推荐给读者欣赏。他在《诗的艺术》1701年版的序言中写道:"我只能把如此令人满意的成就归功于我注意使自己适应公众的情感和尽可能地领悟他们对各种事物的欣赏趣味。"④长期以来,法国文坛把布瓦洛奉为古典主义至高无上的指导者。他从1665年以后就认识拉辛并可能对其创作风格的演变产生过某种影响,1677年,他在对《费德尔》(*Phèdre*)的激烈围攻中坚决站到了拉辛一边,并写了书简诗《论仇敌的功用——致拉辛先生》,来安慰这位被反对者搞得心灰意懒的悲剧作家。

布瓦洛的文学批评起着监督和指导拉辛、莫里哀和拉封丹等诸友的创作活动的顾问作用。布瓦洛的领袖角色促进了他的文学批评活动,他认为一个睿智的批

---

① 《批评:方法与历史》,第52页。
② 同上,第53页。
③ 基诺(1635—1688):法国诗人、剧作家、歌剧剧本作者。
④ 《批评:方法与历史》,第52页。

评家可以指导作家的创作。他曾梦想建立一种批评,去启发和激励作家创作那种遵循批评原则的作品,而这位"诗的立法者"后来自感无力唤起杰作的出现。

布瓦洛一旦名高誉满,便开始为自己编造神话,夸大自己的影响,暗示法国文学在1660年以前是不懂他所发现的那些规律的。安托万·亚当曾指责他:对《诗的艺术》(*L'Art poétique*)的一切传统的解释,都是建立在一种持续不断的欺骗的基础上的,这种欺骗并非在原作本身之中,而是起源于对一个爱虚荣的老头的种种评述。这位历史学家还指出,布瓦洛只是概述了柏里松、拉潘和弗勒里等批评家在拉穆瓦尼翁公馆唇枪舌战时的那些思想观点,并且把这些思想融进毫无意义的格言之中。不过,这种指责未免有失公正。

1677年,路易十四任命布瓦洛为王室史官,此后他停止创作达十几年之久。1684年,他当选为法兰西学院院士。1687年,法国文坛爆发了一场"崇古派"与"厚今派"之间的大论战,史称"古今之争"。布瓦洛作为"崇古派"的理论家参与了这场论战,他是崇古派的保守理论家,但最后他还是承认了"厚今派"观点的合理性。

在《诗的艺术》中,布瓦洛系统地提出了古典主义文学的基本理论。他把笛卡尔的哲学思想贯彻到文学之中,认为美是艺术的最高目的,而只有理性才能创造美。在他看来,理性是绝对的、普遍的、最高的艺术审美力。布瓦洛按照封建社会的等级观念,把文学体裁分为尊卑不同的级别,并为每种体裁制定了相应的规则。《诗的艺术》问世后,在文艺界影响极大,被称为法国古典主义的美学法典。

《诗的艺术》是用匀整的亚历山大诗体写成,每行12个音缀,全长1100行。布瓦洛并不是古典主义理论的发明者,他的独到之处是把这些理论用简练通畅、激励人心、便于记忆的诗句融会贯通地表述出来,从《诗的艺术》到第九篇《书体诗》,都是一些唯理性和推理性批评的格言,因此,人们称他为古典主义的立法者。全书分为四章。第一章是总论,叙述了一般性的原则,例如,创作必须有灵感;热爱理性,按马莱伯所提倡的去做等。第二章论述"次要的"诗体:牧歌、挽歌、颂歌、十四行诗和歌谣等。第三章论述"主要的"诗体:悲剧、史诗和喜剧。第四章是有关道德修养的说教和对作家的规劝与希望。布瓦洛长期从事文学批评工作,归根结蒂就是为了捍卫理性。

他认为,理性创造了美,而美则是艺术的最终目的。这里需指出的是,布瓦洛所说的"理性"并不完全等于笛卡尔所提出的作为科学推理的"理性",在一定程度上是指封建王权的理性法度,即君主专制政治所要求的道德规范。他始终不渝地坚持纯粹理智的思考:他关心"真实""常情"和"自然",即按照公众的欣赏趣味来表现自然和真实的手段。他认为由于某些作品使我们看到了真实,并以读者可以理解的方式说明了真实,所以这些作品比别的作品要好。他努力使他的文艺理论适用于上流社会"有教养的人",同时又能和谐地照顾到各种不同的观点,这是他的天才所在。正是从封建社会的正统观念出发,布瓦洛排斥市民作家,否定一切不符合封建文明的文学作品。他反对"过火""离奇"和"标新立异"的艺术表现，主张一切应合乎真实性、适度和相宜性，要"防止过偏"。布瓦洛这种强烈的"秩序"观，正是封建王权的政治需要在文学理论上的反映。

布瓦洛还提出"摹仿自然"的原则。所谓"自然"，即"人的自然"或"自然人性"，即经过理性净化了的自然。具体来说，"摹仿自然"就是要"研究宫廷"，"认识城市"。他认为，模仿"自然"是文学的基本任务。他从亚里士多德的诗学中继承了"艺术模仿自然"的观点，并作了进一步的说明："自然也就是真，一接触就能感到"，"没有再比真更美的了，只有真才是可爱"，"愿自然是你唯一研究的内容"①。简言之，他给艺术美这个概念所下的定义是：美就是真。布瓦洛把逼真地模仿自然视为美的条件，完全符合文艺反映现实的基本原则，是一种现实主义的观点。在布瓦洛那个时代，古典主义作家确实十分重视"逼真"的原则，拉辛在给自己的悲剧所写的序言中，总要提到戏剧冲突与人物性格是否逼真这个问题。从正确的角度理解，文艺理论中所说的"自然"是指客观世界和社会生活。然而，布瓦洛在提倡逼真地模仿自然的同时，却又向诗人发出了这样的号召："你要出入宫廷，你要熟悉城市；前者与后者，都永远富有范例。"②这是什么意思呢？很清楚，他是用"宫廷"和"城市"来指代贵族阶级和资产阶级，并认为他们的生活是诗人和作家创作的源泉。这样，布瓦洛把"自然"的范围一下子缩小了许多，以至无法包容全部客观世界，广大民众的生活也就被排除在"自然"之外了。在创作观上，他不主张文艺表现普通人的生活，要求作品首先要适合宫廷的审美趣味。他和莫里哀是朋友，但他反对莫里哀接触民众，与民为友。他赞扬莫里哀的"高级喜剧"《吝啬鬼》和《恨世者》，原因是这两部作品可登大雅之堂。但对莫里哀的另一出喜剧《司卡班的诡计》，布瓦洛却表现出极大的厌恶，认为在这部作品中莫里哀迁就了大众庸俗的鉴赏力，因而贬低了自己的才华。由此不难看出，布瓦洛的艺术观具有十分明显的贵族倾向。

古典主义理论特别强调文学作品的愉悦性和教诲功能。亚里士多德的"陶冶论"和贺拉斯的诗句"寓教于乐，既劝谕读者，又使他喜欢，这才符合众望"③，为文学作品的趣味性与道德寓意的统一提供了源远流长的依据。法国古典主义作家在这一点上的看法是一致的。拉封丹认为："在这些虚构的体裁中，必须兼顾教诲和使人愉悦。"莫里哀则强调说："喜剧的义务是在给人以娱乐的同时使其受到教育。"理论家拉潘在《关于诗的思考》中明确指出："诗要写得赏心悦目，目的是使人有所裨益，趣味性仅仅是诗借以达到有益目的的手段，它一旦臻于完美，就成了

---

① 《法国文学史》（上），第 177 页。
② 陈振尧等：《法国文学史》，北京：外语教学与研究出版社，1979 年，第 179 页。
③ 亚里斯多德，贺拉斯：《亚里斯多德〈诗学〉贺拉斯〈诗艺〉》（罗念生，杨周翰译），北京：人民文学出版社，1984 年，第 343—344 行。

教导公众的道德准则。"①布瓦洛在《诗的艺术》的最后一章中,以激越的诗句重申了古典主义的这一创作原则:

> 作家们,洗耳恭听吾人的忠告!
> 是否要丰富的虚构招人喜欢?
> 愿你们充满广博知识的教益
> 处处把真实、实用与趣味紧系;
> 聪明读者不会枉然消磨光阴,
> 而是总想借娱乐来补益其身。
> 愿你们的心灵、美德寓于辞章,
> 愿它们总展示你们高贵形象。②

为取悦读者,他主张"不管你写什么,要避免鄙俗卑污",对于诗作要反复修改、不断润色,以求诗句显得"华丽""雅洁""谐和"和"工巧"。布瓦洛推崇古希腊、古罗马的作家,认为他们的作品是表现"崇高""雄伟"和"悲壮"的典范③。

在文艺作品方面,他认为文艺创作要以古人为榜样,因为古希腊、古罗马的古典作品体现了普遍理性与自然人性,具有高度的真实性。悲剧是"高雅"的体裁,要用崇高、悲壮的诗体来表现宫廷生活;喜剧是"卑俗"的体裁,需用日常的语言来表现下层社会生活。作品要遵守严格的"三一律",人物性格应定型化和类型化。

在西方文论史上,古希腊文艺理论家亚里士多德的《诗学》和古罗马诗人贺拉斯的《诗艺》占有极为重要的地位。亚里士多德在《诗学》中提出:艺术的本质是模仿;贺拉斯在《诗艺》中重申了文学模仿自然的现实主义观点,并在论述文艺的作用时,明确地提出了"寓教于乐"的原则。他们的这些思想,对古典主义文艺理论影响极大。作为后来者,布瓦洛继承和发展了古代先师们的思想,《诗的艺术》的问世使法国古典主义文学理论臻于完善。在这部著作中,布瓦洛还提出了诸如内容决定形式、认真观察生活、语言简洁明确、结构严谨完整等一系列主张,体现出作者现实主义的倾向和严肃负责的创作态度。但布瓦洛把古典主义的原则视为亘古不变的法则,并为不同的艺术形式划定了绝对的界限,在某种程度上阻碍了艺术的发展,堵塞了人们探索新的美学境界的道路。

由于《诗的艺术》要求人们遵守封建秩序,号召艺术家为宫廷的需要而创作,因而受到路易十四及其继任者的欣赏,成为当时文艺创作的金科玉律。普希金把布瓦洛称作法兰西蹩脚诗人的严峻法官,这是因为他对不合法则的诗作是绝不姑

---

① 《批评:方法与历史》,第64页。
② 同上,第65页。
③ 《法国文学史》,第181页。

息的,他的批评常使人战栗不安。对于有才华的作家,他以诚相待,视为知己。在法国古典主义作家中,他把莫里哀摆在第一位,他与拉辛结为终身挚友,作家们大都愿意倾听他的忠告。《诗的艺术》影响长达一百多年,对欧洲各国古典主义文学的形成与发展产生过很大的影响,直到18世纪末欧洲浪漫主义运动兴起后,布瓦洛所制定的种种规则才被彻底革除,这意味着古典主义思潮最终退出了文坛。然而,作为古典主义的权威论著,《诗的艺术》已被载入了文学史册,成为我们今天研究17世纪法国文学的理论指南。

虽然布瓦洛强调理性,但他毫不忽视情感,他认为理性可以使人在情感和激情的描写之中看出什么是与自然一致的。他承认"崇高"的存在,即靠推理无法解释又无法表现的东西的存在,他认为崇高从本质上不是一种可被证实,可被显示的事物,而是一种给人以强烈感受、动人心扉并使人感觉到它存在的神奇的东西。使人达到这种具有最强烈美感的崇高境界的,是直觉而不是规则。崇高不是一种矫揉造作、一种人为的结果,它来自简单性,"崇高与简单一点也不对立,有时没有什么比自然更崇高"。他举高乃依剧本中一个词为例:《梅黛》里说的"我"再简单不过,但带有崇高之意。又如高乃依在埃罗多特(Hérodote)这一段写道:"克蕾梅娜发疯了,拿起一把菜刀,把肉剁成小小块,然后自我切碎,他死了。"布瓦洛评论说,几乎找不到比"剁肉""自我切碎"更俗、更小的词了,但我们仍然可以感觉到某种强劲的力量,因为它表现事物的恐惧,带有某种"崇高"。崇高的东西,只有在适当的时候才是崇高的。"离开了适当时候的崇高,不仅不是美的东西,而且有时会成为一种明显的幼稚。"布瓦洛以斯居代里《阿拉里克》(Alaric)中的第一句诗"我歌颂大地战胜者中的战胜者"为例,指出"荒诞不经的是,他从第一句起就大喊大叫,口无遮拦地说出如此重大的事件?"[1]因此,崇高应该有其相宜性,同时,还要考虑采用与主题相适应的基调。

好的作品既满足情感又满足理性,能得到同代人和后人认同,并经受住时间的考验。那些不朽的杰作之所以流传千古,是它们揭示人之本性,具有普遍性的价值。布瓦洛希望自己对莫里哀和拉辛的颂扬,能得到后人的赞同。在他看来,这两个人成功地描绘了人的主要特征,各个时代的人都可以从中认识自己。他在《对隆吉安的感想之七》中说:只有后人的赞同才能确立作品的真正价值。在该书1701年版的序言中,他再次强调:在一段时间内,多数人很可能以假为真,并欣赏那些不好的东西,但是时间长了,一件好的东西不可能不使他们感兴趣。

可以肯定地说,布瓦洛是法国最伟大的批评家之一,后世几乎都赞同他对所处时代文学的评判。他的一生充满对书的激情,他最强烈的仇恨就是对"书痴"的痛恨,当他谈论诗歌时,他本身就是诗人,他的伟大之处在于他献给文学的不仅是他的全部感情,还有他的愤怒,他不管在自卫或是攻击都是带着同样的热情。

---

[1] *La Critique littéraire en France*, pp. 49-50.

德·塞维涅太太欣赏地说:布瓦洛的诗句残酷,但散文温柔。

第二节
"正统"批评的话语权力

一 宗教批评

16世纪欧洲宗教改革运动兴起后,天主教里反对改革的教徒组织了耶稣会①。17世纪这些教徒仍然站在这场反对继承人文主义哲学斗争的最前列,其中加拉斯神甫②是自由派的论敌。他的重要著作《当今才子或所谓当今才子的奇谈怪论》(1623)涉及文学批评,在整个古典主义时期的文学批评中宗教与伦理都是基本的标准。加拉斯神甫指责自由派作家泰奥菲尔·德·维奥③是"被王宫驱逐的鲁莽汉"④,神甫毫无根据地指控他曾参与出版海淫的《林神诗》(*Parnasse satyrique*),斥责他是"一个我闻所未闻的,同他的导师吕西利奥·瓦尼尼⑤一样,吹起牛来不顾脸面而又提心吊胆的家伙"⑥。加拉斯神甫的批评其实是一种人身攻击的谩骂,是一种专制批评的辱骂。《当今才子或所谓当今才子的奇谈怪论》第六卷第十八篇标题是"那些寄生虫拿着白纸黑字的书,肆无忌惮与恬不知耻地来宣扬自己的下流丑事"⑦,加拉斯神甫说:有部书问世已有三四个月,它分为两卷,上卷名为《林神诗》,下卷名为《林神的精华》,这是一部最不信神、最放荡不羁的书,在那些世纪里都不曾出现过的、最可怕的书。书的主要作者是泰奥菲尔·德·维奥、弗雷尼克尔和科尔泰斯。

面对泰奥菲尔·德·维奥的"异端",加拉斯神甫大发雷霆,以希腊神话中守候地狱大门的三条守门犬来影射此书的三位作者:塞伯拉斯⑧的这三条喉舌有可能给基督教带来古代所有的秽语淫话、卡博克拉特⑨之徒的卑鄙龌龊、蒂里潘⑩之

---

① 耶稣会:系16世纪欧洲宗教改革运动兴起后天主教反对该运动的主要集团,1534年由西班牙人依纳爵·罗耀拉创立于巴黎,1540年获罗马教皇保罗二世批准。
② 加拉斯神甫(1585—1631):耶稣会教士,自由派的论敌。
③ 泰奥菲尔·德·维奥(1590—1626):法国诗人,当时自由派代表人物。
④ 《批评:方法与历史》,第38页。
⑤ 吕西利奥·瓦尼尼(1585—1619):意大利哲学家,他受控通巫术和占星术,被活活烧死。
⑥ 《批评:方法与历史》,第38页。
⑦ 同上。
⑧ 塞伯拉斯:希腊神话中地狱大门的三条守门犬。
⑨ 卡博克拉特:古希腊柏拉图派哲学家,非道德说教的鼻祖,大约在公元前120年曾在亚历山大城授过课。
⑩ 蒂里潘(生年不详,卒于1637年):法国闹剧演员。

流的全部恬不知耻、孔多尔芒之辈的全部兽性、阿尔坦①之类的全部描写、贝兹②之帮招揽淫生的全部伎俩以及俄摩拉③的一切恶行；这三个家伙扮演了好色魔王、淫荡鬼、鸡奸狂、蛮寇和恶棍的角色。加拉斯神甫极尽所能地咒骂他们，藐视他们。他在该书第八卷第十篇对16世纪的人文主义作家拉伯雷也做了与此相仿的评价和辱骂，就连人文主义者蒙田也不放过。

17世纪中有几次较大的文学批评论战，其中一次是关于处理基督教主题的可能性问题。异乎寻常的是，有人——例如圣埃弗尔蒙④——竟然从悲剧特征方面找出论据来说明基督教主题不适合于悲剧：

倘若哪位作者把天使和圣人搬到我们的舞台上，他就会使信教者变坏而成为渎神者，那么不信教者似乎会将作者视为一个傻瓜。然而，倘若把全部神圣题材都交由戏剧自由安排，不信神者便会以最顺从的人所可能有的全部虔诚，去观看圣经题材的演出，那么可以肯定，人们将把最神圣的教义、最符合基督教精神的情节和最有益的真实全都变成世上最乏味的悲剧。宗教的精神和悲剧的精神是直接对立的。戏剧在表现神圣时会失去其全部吸引力，而神圣的事物在舞台上表演时则会使人们失去许多应有的宗教感情。

——《论古代和现代悲剧》，1672年

与此相反，英雄史诗却似乎为基督教神话色彩的题材提供用武之地：从夏普兰的《贞女传》（1635）到佩罗⑤的《圣-保兰》（1675），例子不胜枚举。德马雷·德·圣-索尔兰⑥成了基督教诗歌的吹鼓手。招来尼古拉怒斥的就是他，因为他在《人的精神之快乐》（1658）一书的《忠告才子们》一文中写道："就叙述方式的多样、内容的丰富、描写的华赡、爱心的温柔、文字的富有表达力和典雅，以及形象语言的准确这几方面而言，不管是小说还是英雄史诗，都不能与《圣经》相媲美。"⑦但在1660年那时，教会尚不需求助于某个夏多布里昂来表白他的信仰之美！不过，德马雷却为此坚持不懈，他在长诗《克洛维斯》1673年再版时，又在书前补缀了一篇《论基督教主题是惟一适合于英雄史诗的主题》，布瓦洛在《诗的艺术》第三章中的最后宣判结束了这场争论："凭基督徒的信仰，断难接受／这种词藻华丽

---

① 阿尔坦（1492—1556）：意大利作家，对当时的社会弊病做了无情抨击，引起欧洲各国君王的恐惧。

② 贝兹（1519—1605）：法国宗教改革派领袖人物加尔文的门徒。他在一部有关《圣经》的悲剧中，把戏剧用于他的宗教改革的宣传。

③ 俄摩拉：圣经中因居民罪恶深重而被神毁灭的古城。

④ 圣埃弗尔蒙（约1613—1702）：法国批评家和书简作家。

⑤ 佩罗（1628—1703）：法国17世纪古今之争中资产阶级革新派领袖，写过一本童话《鹅妈妈的故事或寓有道德教训的往日的故事》，其中《小拇指》为童话名篇。

⑥ 德马雷·德·圣-索尔兰（1595—1676）：法国作家，担任过法兰西学院主事，主张以基督教传说代替古代神话。

⑦ 《批评：方法与历史》，第63—64页。

的可怕神秘剧。/……且不要在我们的梦中/把真理上帝变成为撒谎上帝。"①

17世纪,另一个教派冉森教派②在法国也有很大力量,同时影响到了文学。这个教派教徒既反对天主教的耶稣会,也反对自由派,同时鄙视纯文学所谋求的上流社会的趣味。但冉森教派的批评究竟比较理性,比较缓和。

帕斯卡尔③是冉森教派的信徒,对喜剧的危害感到不安:"所有铺张扬厉的消遣对于基督教生活都是危险的,而在人创造的所有消遣中,没有什么比喜剧更可怕的了。"④《思想录》一书集中地反映了帕斯卡尔的神学和哲学思想。帕斯卡尔是一个宗教色彩十分浓厚的思想家,深受冉森派思想影响。他站在冉森派的立场上,与耶稣会进行了针锋相对的、卓有成效的争论。浓厚的宗教色彩使他继承了理性主义的传统,对人性、人生、社会、哲学和宗教等问题进行了理性的探讨。

波尔-罗雅尔修道院是冉森教派的根据地,是这个伟大世纪⑤道德和心理学的严格的旗手。这些教徒认为,光宣判和谴责是不够的,而应嘲笑误入歧途者并说服他们,批评判断应该符合人的形象、人的尊严,帕斯卡尔为护教,又研究"说服的艺术"——一种圣恩的说服源泉。为此,他开始了批评活动,他就像马莱伯和夏普兰所做的那样,全力寻求最正确的表达方式——一种修辞学,同时,他又对真正的雄辩术的特征、诗歌的美以及对它们进行评判的方式提出问题。他给真正的雄辩术添加嘲笑和讽刺的元素。他从上流社会"有教养的人"那里学到细腻的精神,帮助他研究"说服的艺术"。他在这些方面表现了对理性判断的完全信赖和对趣味与真实的一贯的关注。他对文学创作的有关问题的理性解释似乎比其他任何人都更深入。

帕斯卡尔是位神童,从小就研究数学和物理学,他身上具备着"几何精神":即对方法的正确性和准确定义的关注。他的关于"几何精神"与"敏感精神"⑥的著名划分,并不意味着两个范畴的对立,而是就理性在进行活动时所采用的两种不同的方式的比较而言的。"几何美"和"诗歌美"有机地结合在一起。帕斯卡尔认为,要使作品写得有趣,就如同要能说服人一样,有其规则,并认为应该对此加以明确说明。他的趣味如同一架精细的"手表"一样彼此调节,从来都是不快不忙地行走,他既不陷入诗的假美中,也不陷入假平衡中。古典主义作家们把取悦人的艺术说成是最高的艺术而又不做进一步阐述,也不研究趣味何以能使这一种艺术显得更完善,而所有这一切,帕斯卡尔都去思考,同时他表现出对于规则合理性的坚定信念。然而在他看来,这种合理性又不能降低为学究们制订的笨拙而笼统的规约。他认为,修辞学、诗学和批评都要重新创造。

---

① 《批评:方法与历史》,第63—64页。
② 冉森教派(jansénisme):指17世纪追随荷兰反正统派神学家冉森所创立的学说的教派。
③ 布莱士·帕斯卡尔(1623—1662):法国著名的数学家、物理学家、哲学家和散文家。
④ B. PASCAL, *Pensées*, Gallimard, «Folio classique», 1977, p. 764.
⑤ "伟大世纪"指法国17世纪。
⑥ 帕斯卡尔所说的"几何精神"指的是"更富有逻辑性";"敏感精神"指的是更富有直觉性。

二　道德伦理批评

古典主义文学批评的另一特征(它限制了这种批评在真正评论意义上的价值)是始终服从于宗教与伦理的绝对需要。取悦人的艺术与教诲人、造就人的艺术一直是不可分的。

戏剧和小说一直是宗教活动家和道德说教家们指责的对象。在莫里哀和其反对者进行的长期斗争中,争论的焦点不是他的戏剧中的美学特点或所表现的性格的真实性,而问题在于它们是否具有反道德观念以及是否会成为观众的危险榜样。1665年,法国道德说教家尼古拉①在《幻想者》(Visionnaires)中写道:"一位小说作者,一位诗剧作者,都是毒害信徒们灵魂的施毒者,他们应被视为大量精神戕害的凶手,他们不是通过肉体的、实际上是通过他们有害的作品进行戕害。"②

高乃依在其《阿蒂拉》(Attila)的序言中凛然予以反驳,拉辛也在他《写给〈想象的异端邪说〉的作者的信》中给予了回击。然而,作家的创作活动仍在不断地受到指责和威胁。1694年,博须埃出版了《关于喜剧的格言与思考》,声称悲剧情绪具有危险的感染力,它会使观众"像剧中主角那样去钟情于漂亮的女人,把她当作崇拜偶像"③。这样一种亵渎的文字,是既失去趣味性,又全然谈不上对读者进行真正教诲的。

实际上,古典主义作家无时不在重申教诲的必要性。趣味性只不过是为艺术的这种目的服务的手段,一部作品的美只有当它有益于某种教导时才具有意义。亚里士多德的陶冶论和贺拉斯的诗句"寓教于乐,既劝谕读者,又使他欢喜,这才符合众望"④,为重视道德观念提供了渊远流长的依据。从拉封丹和《伪君子》的作者莫里哀到拉潘那样的理论家,古典主义大师们在这一点上的看法是一致的。至于像于埃⑤那样的主教也敢于为小说辩护——只要小说是"取悦读者并教诲读者的散文体故事就行"⑥。古典主义批评家按他们所珍视的比较对照之原则,根据道德标准给作品进行了分类,因此,布瓦洛认为《奥德修纪》优于《泰雷马克》⑦,因为"荷马比费奈隆⑧更给人以教益",并且"他的教诲一点都不像是告诫,它来自小说的情节,而不是堆砌的言辞"⑨。有些体裁是次要的,如歌剧、小说等。所有

---

① 尼古拉(1625—1695):法国道德说教家。
② 《批评:方法与历史》,第61页。
③ 同上,第62页。
④ 《批评:方法与历史》,第64页。
⑤ 于埃(1630—1721):法国教士和博学家。
⑥ 《批评:方法与历史》,第64页。
⑦ 《泰雷马克》(Télémaque):全名为《泰雷马克历险记》(Les Aventures de Télémaque,1695),费奈隆的主要作品,它取材于《奥德修纪》的第四章,全书共24卷。
⑧ 费奈隆(1651—1715):法国古典主义的殿军,主要作品为《泰雷马克历险记》。
⑨ 《批评:方法与历史》,第65页。

关于文学的思考最后都归结到重申诗人必须具有的尊严。布瓦洛在《诗的艺术》的最后一章强调作家要以"充满广博知识的教益处处把真实、实用与趣味紧系",也就是说,将"教益"与"娱乐"紧紧结合,要"寓教于乐",目的是使"聪明读者不会枉然消磨光阴,而是总想借娱乐来补益其身"。同时,谆谆教导作家"愿你们的心灵、美德寓于辞章,愿它们总展示你们高贵形象"①。最后,他激烈抨击:

> 吾无法恭维那些危险的作家,
> 他们以耻为荣是叛逆的行家,
> 在有罪的纸上写诗佞谈美德,
> 把罪孽描绘成爱物送给读者……

——《诗的艺术》第四章

拉潘也在《关于诗的思考》最后一篇中强调诗人必须恭顺地服膺批评的意见,并以自己明智的行为表明写诗是一种只有"有教养的人才能从事"的"职业"②。

第三节
"巴洛克精神"对主流批评的反动

20世纪五六十年代,文学史家和批评家发现在欧洲文艺复兴后的一个时期普遍流行巴洛克③文化。巴洛克艺术渗透在建筑、雕塑、绘画、文学和音乐各个领域。16世纪最早出现在文艺复兴的发祥地——意大利,进而影响到西班牙、法国,最后到18世纪传到荷兰等国。在法国,巴洛克时代大概是在1580至1640年这一段时间内。法国的巴洛克文学继承了文艺复兴的艺术遗产,并加以独特的改造,以此来为自己的艺术理想服务。在17世纪初它几乎与古典主义文学并存,但却是对古典主义的清规戒律的一种偏移和反动。

17世纪涌现一大批自由思想派,他们对社会现实不满,对宗教产生怀疑。许多巴洛克作家是当时活跃的自由思想分子。王权与教会企图建立新的文化秩序,

---

① 《批评:方法与历史》,第65页。
② 同上。
③ "巴洛克"一词来源于葡萄牙语barrueco,意为"不规则的圆形珍珠",后来演变为"不规则""古怪"之意。这个词首先用于艺术种类(例如建筑),而后又用来指16、17世纪的社会风尚。法国"巴洛克文学"指1580至1670年间,泰奥菲尔·德·维奥等人发表的作品。

建立为他们服务的古典主义文学。然而这些自由派作家为发泄内心的愤懑，对抗现存的秩序，竭力想寻找一种追求内心奔放、感官刺激的艺术手法，来抒发积郁不平的心情。在这种群体的社会心理状态下，意大利建筑艺术上的巴洛克风格给法国文学带来了甘霖，一种与古典主义文学相对立的巴洛克文学应运而生了。

法国著名的文学主题批评家让·鲁塞对1580至1670年间法国出版的各类体裁的作品——宫廷的芭蕾舞、歌剧、田园剧、悲喜剧、诗歌等——进行认真的分析调查，归纳出几个共同的重大主题：

——在宫廷芭蕾舞和歌剧中，常展示一个运动的宇宙，而变幻无常的女巫喀耳刻和普洛透斯主宰着这个世界；

——在田园剧中，常描写虚假不贞的爱情，主人公坦露一种不稳定、朝三暮四的心理常态；

——在悲喜剧中，舞台上控制镜的反射产生虚幻的光影，常出现假象、伪装。主角连续不断的变换，表现一种多元、持续变动的"自我"；

——在诗歌中，生命好像是死亡的乔装，活人又好像是死人的变形。诗人哀歌生命的短暂，岁月似流水逝去。作品惯用火苗、滚球、汽泡、烟云、清风等喻体来形容时间的流失。

总之，这一时期的文学普遍主题是描绘人物的变幻无常、乔装虚假、朝三暮四、漂泊流动。如果把这些文学主题和巴洛克建筑的基本主题——外表堂皇、不稳定性、流动性、变幻不定进行比较，两者则有惊人的相似。批评家由此确定巴洛克的文学概念，有人还抽象出一种"巴洛克主义"(le baroquisme)以与"古典主义"对立。

巴洛克主义表现一种脱离常轨，冲破旧的条条框框，与当时盛行的审美观偏离的艺术精神，它意味着一种违抗规则、寻求创作自由、不断创新的理想，一种回归大自然、敌视现实、讴歌野蛮状态和原始的纯洁的倾向。总之，它的文学观和创作原则都是与古典主义的理性和规则相颉颃的。巴洛克文学揭橥了文学的自由主义或无政府主义。批评家发现一些巴洛克文学的代表作家：

泰奥菲尔·德·维奥(1590—1636)一生坎坷不平，早年参加新教活动，为逃避迫害而流亡，但终归被捕，被判处火刑，幸亏有人从中斡旋，改判囚禁二年，但释放后不久就夭亡。他一生虽然短暂，但在当时文学界就享有盛名，他的《诗集》在17世纪重版93次，这是部典型的巴洛克风格的作品。他竭力追求一种自由自在的创作手法，反对马莱伯制定的古典主义规则。在《诗集》里，他还阐明了自己独特的创作主张，后人把它们视为巴洛克文学的创作原则。

还有阿格里帕·德·奥比涅(1552—1630)，他是法国巴洛克时代最早期的作家。圣阿芒(1594—1661)，法国巴洛克诗人，他在诗歌创作中反对模仿古人，抵制古典主义的清规戒律，追求一种自由的表达形式。西哈诺·德·贝尔热拉克(1619—1655)，他年轻时听过伽桑迪的哲学课，参加过自由思想派活动，一生落拓不羁，放荡自由。在投石党运动中他写了一首政治讽刺诗《马扎兰之歌》，公开表达对专制王权的仇恨，主张捍卫人民权力。此外，还有特里斯坦·勒尔米特（1601—1655）、让·德·斯蓬德（1557—1597）、亚历山大·阿尔迪（1569—1632）、保尔·斯卡龙（1610—1660）等。批评家还认为高乃依的早期悲喜剧都属于巴洛克文学。

既然文学创作上存在一个与古典主义文学对立的巴洛克文学，那么，我们能否假设在文学批评上也存在巴洛克精神？它表现在凡尔赛宫廷之外，沙龙、民间、"山寨"野外对宫廷、正统、理性的歪曲、嘲讽和反抗。

一 沙龙批评：朗布耶侯爵夫人公馆

17世纪初，法国国内宗教战争结束后，大批行伍出身的骑士从战场回到都城，大批贵族也离开他们世代相传的庄园，逐渐汇集到巴黎和宫廷里。此外。国王为了加强王权专制，削减封建主的权利，把他们养在宫廷里。他们饱食终日，无所事事，在御前谈情说爱，渐渐地他们在自己的客厅，即沙龙里聚会，形成独特的社交小圈子。这些因素构成了贵族沙龙文学产生的社会条件。

在沙龙里，一些自命不凡的贵族文人、贵妇，便形成了自己的审美趣味，与那些军伍出身的"老粗们"没有共同的语言。巴黎的名人，多半是名媛贵妇，常把客厅变成著名的社交场所。进出者，每为戏剧家、小说家、诗人、音乐家、画家、评论家、哲学家和政治家等。他们志趣相投，聚会一堂，一边呷着饮料，欣赏典雅的音乐，一边就共同感兴趣的各种话题抱膝长谈，无拘无束，谈论政治和艺术，朗诵诗歌和剧本。原本那些满口粗言秽语的军人在贵妇们的调教下也懂得礼仪和风雅，久而久之，"沙龙"就成了贵族阶层社交集会的代名词，沙龙活动的参与者所创作的诗歌、小说、剧本等作品统称为沙龙文学，沙龙对文学的口头议论和批评成为后来文学批评的主要来源。

沙龙之风从路易十三时期开始盛行，第一个举办文学沙龙的是德·朗布耶侯爵夫人（1588—1655）。她出身贵族，因厌倦烦琐粗鄙的宫廷交际，但又不愿意远离社交，于是在家中举办聚会。这座豪华的宅邸坐落在圣托马大街，与卢浮宫毗邻，朗布耶侯爵夫人从1608年开始在这里主持由社会各界名流参加的聚会。侯爵夫人的父亲与前面提到过的西班牙诗人贡格拉相识，她的母亲祖籍意大利，与巴洛克诗人马里诺有交往，因此，朗布耶沙龙最先与意大利和西班牙的矫揉造作派作家建立了直接的联系。在温馨的蓝色大厅里，女主人身边站着她的千金朱莉·丹热内和她的公子皮萨尼，在他们的周围聚集一群经过挑选的文人，一般人很难进入这个文化圈子里。在她的沙龙里，宾客彬彬有礼，满口讲的是那种矫揉造作却又不失典雅优美的语言，话题无所不包：学术、政治、时尚，甚至是流言蜚语，但文学是谈论最多的话资。这类沙龙通常由出身贵族的女性主持，她们才貌双全，机智优雅，被称为"女才子"。不久，这个上流社会里出现两颗明星：孔泰大公和他的妹妹隆格维尔男爵夫人。17世纪上半叶,几乎整个法国上流社会的雅士文人都亲临过朗布耶公馆,并都以能跻身于这样的一个重要的社交圈子为荣。马莱伯、夏普兰、高乃依和巴尔查克等人,都是那里的常客。朗布耶公馆的影响大约在1630年达到顶峰。于是,一种上流社会的批评产生了,他们认同马莱伯的学说,文学就是最优雅的消遣。就连博学批评者的意见也要投朗布耶公馆所好才具有价值。1656年,一个时尚的新词"précieuses"(典雅、矫饰)不胫而走,如同不久前的一个词"prude"(假正经)一样流行,两个词都是在谈论文学时用的。这里是社会风尚演变的一个重要的文化现象,这些风尚赋予批评一种新的特点:沙龙的文人骚客聚首谈论新作,加以褒扬或贬责,由此产生了口头批评;另一种批评是在聊天中产生的瞬间批评,虽然转瞬即逝,却也并非毫无价值。圣伯夫曾经称赞这种批评:"巴黎真正的批评是在聊天中进行的。"①还有蒂博岱在其《批评心理学》中把这种批评称为"自发的批评"②,是文学批评三种生动活泼的形式之一。不过,1659年,莫里哀的剧团首次上演了他的喜剧《可笑的女才子》,对这种矫揉造作的沙龙习气进行了辛辣的讽刺与挖苦。其他一些古典主义者,如布瓦洛,也都对这种不良习气有所指责。

二 书信体批评:巴尔查克

巴尔查克是一位夸夸其谈的书简作家,他总是兴致勃勃地谈论文学的创作和文学的风尚。他隐居在夏朗特城堡,一心想要掌握巴黎文坛的最新动向,始终与法兰西学院和朗布耶沙龙保持通信联系,于是开创了书信体评论这一形式。他的书信集共27卷,内容涉及政治、宗教、道德和时尚等方面。1651年他写给孔拉尔的信中表述了自己的批评抱负:他想"发现细密而隐蔽的思想(即作者的思想),甚至通过探讨老生常谈(的话题)来详析原作,使人快乐并给人教诲,能分清表面的好与真正的好,分清好与更好,判断好的全部等级和各种差异,细大不捐地权衡事物的长处与价值"③。他想独立完成这个任务。这个外省人一方面想向巴黎人打听文坛消息,另一方面却想教诲他们,劝诫他们:写作的艺术是学来的。他认为,矫饰和滑稽是文学创作道路上两大障碍,即使如此,他也无法抵挡流行的趣味。他指出,文学批评家所应做的仅仅是使他的批评见解能够符合那些为数很少的有鉴赏能力的精英人物的趣味。有鉴赏能力的人"懂得以使人惬意而又巧妙的方式进行批评,全无对某人求全责备"④,有鉴赏能力的人最终自然会出类拔萃,并自觉地摒弃低级粗俗的东西,因此,巴尔查克对最早出现的那些女雅士聪颖敏

---

① 《批评:方法与历史》,第22页。
② 同上,第23页。
③ 同上。
④ 同上,第24—25页。

锐的判断力大加赞赏。他为了自己能在巴黎上流社会成功,支持高乃依并反对他的对手,然而他有上流社会文学批评的通病:取悦或讨好显贵,夸张奉承是少不了的。不过,他很快就失宠了。

其次,理性也同样成为巴尔查克的批评的基础,他认为,文学作品首先要明晰,作者应懂得怎样遵循逻辑顺序并选用准确的词汇来把事情说清楚,以"尽力使妇女和儿童理解"。"让理性满意是极为重要的。"①他在《关于邦瑟拉德和马尔维尔的两首十四行诗》一文中,指责马尔维尔是从"好的方面"理解了"暴动"一词,或者即便他是从"坏的方面"理解的话,他也是"从理性中唤起了暴动"。他还说:"一个词使用不当,是造成此处违背理性的原因……在遇到这些情况时,随意使用不如因袭陈规,遣词造句,不必总以是否顺耳为绳,耳朵完全可能把一个词听成另一个词,因为它判断的根据是词汇的声音而非词汇的意义,它可以分辨悦耳动听与粗粝生硬,而不能辨析准确与否。"②他写作时,不但力求逻辑合理,语法规范,而且特别注重选词准确。最后,他还是强调要尊重习惯用法,即巴黎和上流社会的习惯用法。巴尔查克摒弃任何与此不相适应的用语,包括外省方言、古文和放置不当的诗句。在他看来,诗的语言和散文的语言各有用场,不可混同。对于因用词不当而造成的不和谐效果,他作了十分形象的描述:"有些词约定俗成地用在诗句中,而不适合于散文,它们用在散文时,难免被视为害群之马;或者被视为牵强附会;它们不能不使散文失之杂乱,变得不伦不类……像写诗那样来写散文,在通常的交往中尽用些稀奇古怪的词汇,就等于在宫殿或教堂里身着舞衣,就等于在戴草帽、穿便鞋的人群之中头顶高冕,足登统靴……"③巴尔查克对散文形式的发展起了重要作用,人们常常把他和终生致力于语言规范化工作和建立古典主义诗法的马莱伯相提并论。

博努尔简要地概括了法国古典主义的源头:在法国,马莱伯改革了诗歌的思想,教给我们欣赏优美诗句的趣味;可以说,樊尚·瓦蒂尔④教给我们如何轻松精致地写作,这个方式一直保存到现在;他出色地唤起人的审美趣味,享有很长时期的威望。因此,口头批评成为时尚。后来,巴尔查克继承瓦蒂尔的事业,学会风趣,学会用豪言壮语去表达高尚的思想,但他反对瓦蒂尔写的传记《吉拉克》(*Girac*)和政论性的文章,直至逝世。

---

① 《批评:方法与历史》,第24—25页。
② 同上。
③ 同上。
④ 樊尚·瓦蒂尔(1597—1648):法国诗人、书简作家,朗布耶夫人沙龙中的活跃人物。早年在巴黎完成学业,结识了马莱伯和巴尔查克,并与后者共同致力于法语的改革。在政治上,他效忠奥尔良公爵,甚至于1632年陪同他一起流放,后又作为他的代表出使西班牙,1634年回到法国,随即当选为法兰西学院院士。瓦蒂尔的社交诗文笔轻浮而不失魅力,他的作品《书信集》(1649)情趣盎然,引喻精妙,颇受朋友们推崇。

三 小说体批评：菲雷蒂埃

菲雷蒂埃(1619—1688)1658年在《一个寓言的中篇小说》里写了一篇《到达雄辩王国的最后军队的故事》。他以小说体的形式进行文学批评，叙述传统小说的拥护者与时尚趣味的拥护者之间的斗争。故事情节非常有趣："修辞公主"命令"讽喻"和"歧义"退却到"学院国"，"歧义"起来反对，推举"混乱难懂"的话作为头目，向"反衬""夸张""寓意"求援；"修辞"组织他的军队，他命良知部长装备这支军队。"学院国"40名直属国王的男爵参加这支军队，夏普兰担任"陆军最高行政官"，也担任"比较"和"描写"的头目。"小说"和"评注"紧跟着瓦蒂尔、萨拉欣、圣-阿芒、迈拉尔、科勒泰各自指挥"田园诗""短诗""抒情诗"。"混乱难懂的话"统帅的军队溃不成军……菲雷蒂埃初期塑造的良知这个人物也是胡乱招兵。1666年菲雷蒂埃写的《市民小说》，也是一部滑稽模仿小说，模仿《阿丝特蕾》(*L'Astrée*)和《居鲁士大帝》(*Le Grand Cyrus*)，叙述巴黎几个小市民的冒险。有一位名叫雅洛特姑娘平时爱看小说，"不选择、不谨慎地"拿来许多书读，她同后来福楼拜笔下的包法利夫人受到1830年的浪漫主义小说的毒害一样，读了这些书，她思想混乱。在菲雷蒂埃那里，批评又重新找到它的基本功能：将文学与现实、与生活对照，用现实来说明文学。这种小说形式的批评漫不经心、幽默诙谐，让读者开心快乐，犹如于勒·勒迈尔的游戏一样轻佻滑稽。幽默的讽刺是小说体批评常用的方法。

面对主流批评的大师们，小说体批评家忍受不了理性和规则的束缚，他们改变传统的批评手法，发挥想象力，任性地、滑稽地模仿游戏，这种"巴洛克"的批评方式向古典主义的平衡挑战，与理性批评背道而驰。其实在菲雷蒂埃之前，夏尔·索雷尔(1599—1674)在小说《胡闹的牧羊人》中也把讽刺的矛头直指贵族沙龙文学。索雷尔并不完全否定古典主义的原则，他在表达自己的观点时说：事实上，古典主义作家的那些准则不过是力求使诗歌更畅达，更合乎理性，谁又不愿意让诗歌达到如此完美的地步呢？虽然按照既定的规则写诗既困难又不方便，可是假如完全不遵守这些准则，那么随便什么人都会插手文学事业，艺术也就庸俗化了。但他认为，古典主义诗歌有两个致命的缺陷——脱离生活，脱离人民。

四 反对马莱伯

"自由思想派作家"早期代表是讽刺诗人雷尼埃和德·维奥。他们反对以朗布耶公馆为代表的沙龙文学的矫饰之风和马莱伯的诗歌理论，提倡"真诚"和"自然"的创作风格。他们的作品数量不多，内容有对于社会寄生虫的嘲讽，也有一些文学论战性的诗作。

由某些与马莱伯同时代的诗人组成的反对马莱伯的力量不可轻视。这个反对派的成员或表现为忠实于人文主义传统,例如马蒂兰·雷尼埃①;或表现为决心抛弃一切条条框框,泰奥菲尔·德·维奥就是这样。

德波尔特的外甥马蒂兰·雷尼埃经常出入于人文主义者的书房,并非酒馆常客。他在提到贺拉斯和龙沙的教导时说:"阿波罗被野蛮的规则捆住手脚。"②这里,他无疑是责备马莱伯压制自然的灵感与才华,埋怨马莱伯想把一些扼杀激情的不妥当的规则强加于诗人。马蒂兰·雷尼埃标榜自己是古希腊和古罗马人的卫道士。他的著名讽刺诗《致尼古拉·拉潘》并非仅是为诗人的绝对自由申辩,更是指责他的论敌蔑视所有的前辈、无视古希腊人和古罗马人的傲慢态度。马蒂兰·雷尼埃宁肯效仿"我们的老父辈"③,而对由于上流贵族社会狭隘的欣赏趣味所产生的强加于人的新主张,他以希腊人、拉丁人、意大利人和七星诗社这些独领"最高风格"风骚的前人的威望与之抗衡。

泰奥菲尔·德·维奥的态度与马蒂兰·雷尼埃这位博学人文主义的卫道士迥然不同。作为厚今派人物,他像马莱伯一样毫不犹豫地嘲笑他称之为"愚蠢的古人"④的人们。在《喜剧故事选段》(1623)一书中,他宣称"应以现代方式写作。狄摩西尼⑤和维吉尔并没有写过我们的时代,我们当然也不能去写他们的时代。他们的书籍在他们写作时是新东西,但我们却每天都在写旧的东西"⑥。然而他对马莱伯的作品仅在它表现出某种解放的意味时,才表示赞同。对他来说,他要求的是一种完全的自由,希望创立一种不去考虑流派而完全属于他自己的诗歌:

> 我或许仅以我的艺术去模仿
> 马莱伯的文雅和龙沙的奔放……⑦

他不愿顺从上流社会的欣赏趣味,更不肯屈服于饱学之士们的权威。我们必须从这种意义上来理解他的《致一位夫人的哀歌》:

> 马莱伯妙笔生花,但为己而作,
> 我赞成人人按自己方式写作;
> 我倾慕其声望,而非他的教训……⑧

---

① 马蒂兰·雷尼埃(1573—1613):法国诗人,以讽刺诗著称。
② 《批评:方法与历史》,第36页。
③ 同上。
④ 同上。
⑤ 狄摩西尼(约公元前384年—前322年):古希腊著名演说家、政治家。
⑥ 《批评:方法与历史》,第37页。
⑦ 同上。
⑧ 同上。

与马莱伯相反,他要求"信笔涂鸦地"①写作(即无条理分明的提纲)和朴素、忠实地表达自己感情的权利。针对书斋和沙龙文学,他提倡一种面向大自然的诗歌,而大自然正是在上述所有学院派争论中都被遗忘了的东西。这位自由派人物的"自然主义"遭到了反改革运动②和建立在尊重信仰和国王基础上的一种新社会秩序的强烈反对。

五 奥比尼亚克长老的戏剧批评:反对夏普兰

值得注意的是,上述理论家最热衷于撰写批评作品和发表看法的文学体裁就是戏剧。其实,与普通读物相比,戏剧更受公众欢迎。一本书卖出一千册不如一出戏受到一千名观众喝彩来得轰动,因而行家们更直接地感到需要分析的是一出戏的成就,而不是一本书的成就。

在如此论述戏剧的学者当中,我们举出夏普兰的主要论敌奥比尼亚克长老。黎塞留曾把奥比尼亚克排斥在法兰西学院之外,而他则为了与之分庭抗礼,建立了"纯文学院"(Académie des Belles-Lettres),也摆出一副一流批评家的架势。塔尔芒曾对他的坏脾气和恶劣态度大加嘲弄挖苦,最后大声疾呼:"至于他的评论,请大家忍耐些!他比别人更心中有数!"③对这点心中有数的东西,奥比尼亚克想著书立说,同时又想不露任何教条主义和说教的痕迹。于是,他于1657年出版了《戏剧的实践》,这是他受轰动一时的熙德事件的启发,于1640年开始撰写的。单从这个题目就可以看出,这部作品不是对亚里士多德和斯卡利热的品头评足,而是对同时代戏剧进行研究。它是一部既非理论又非美学的文学批评著作。奥比尼亚克的论述仍然非常偏执。虽然该书第一卷整个第四章的写作旨在说明古人的影响不能压过理性与常情,但他归根结蒂还是在致力于证实古人的规则是"建立在理性的基础上的"④。如果一些不合规则的现代剧获得了某种成功,这是戏中那些与规则相符的东西的成功,而不是那些与规则相悖的东西的作用。然而,奥比尼亚克在理论上的主张,并不是建立在重述那些合乎理性的戒律的基础上,而是建立在对适合于舞台实践的内容进行考察的基础上,因而这些主张可以概括为一个词:真实性。如果可以这样说的话,真实性便是戏剧的本质,没有真实性,舞台上就不可能有什么理性而言。他甚至进一步认为,戏剧应该把一切还原为逼真而又有趣的状态。

对他来说,这意味着不接受任何荒诞离奇的东西,意味着他所关心的只是在

---

① 《批评:方法与历史》,第37页。
② 反改革运动(Contre-Réforme):指16世纪末天主教会迫于从德国开始的欧洲宗教改革运动而进行的天主教改革运动,这次反改革运动阻止了法国的宗教改革运动。
③ 《批评:方法与历史》,第32页。
④ 同上,第33页。

舞台及场景的限制之内可以逼真地展现的内容。因此,"三一律"的必要性便合情合理地提出来了:地点一律,因为"在戏剧动作的现实里"的场景与"上演时的场景应该是完全一样的";时间一律,"所要表演的动作的延续时间由于被认为是真实的",因而应该与"表演时的真实时间"尽可能地接近;由此自然涉及动作一律,即是说求助于"小主题",这些"小主题","在才气横溢、能言善辩的诗人手中不会得不到成功运用"。① 相宜规则在于不让人看出剧中的国王与王子和作为观众的王侯、上流社会及女雅士之间有太多的不同之处,正因为顾及"我们贵族的高贵"②,剧作家才必须真实地表现他剧中主要人物的品行。奥比尼亚克在迈出这一步之后,又不无尴尬地提出了戏剧的语言问题。他指责多节诗和抒情诗的矫揉造作,赞同使用"典雅却被等闲视之的十二音节诗",同时还说"十二音节诗在戏剧中应被视作散文……而且只代表人们在一起对话时为表达思想而用的那种散文"。③

六 高乃依的反击

从马莱伯时代开始,马蒂兰·雷尼埃和泰奥菲尔·德·维奥、圣-阿芒等一些才华横溢的作家就开始反击批评家。作家是一群具有独特才华的人,他们本身有自己的思想。他们与批评家交流或反击,修正了批评家的思想,这毫不奇怪。作家们认为:文学创作要保持自己的特色,首先要有现代性,"应该以现代性的风格写作"④。泰奥菲尔认为,对作家来说,摹仿(古人)是一种奴役。他说:"虽然马莱伯做(摹仿)得很好,但他是为自己而做的。"⑤面对主张理性的批评大师,作家有权发挥想象力和创造力,有权浮想联翩、突发奇想,甚至想入非非,有权描写色情、暴力。所谓"巴洛克"的写作方式是忍受不了规则,要向平衡、适中、平庸挑战。作家身上同样具备批评的天才,创作与批评没有背道而驰。在文学创作上,滑稽摹仿的方式就具有一种批评的精神。譬如夏尔·索雷尔在《胡闹的牧羊人》(1624)中既嘲笑荷马,又讽刺《阿丝特蕾》。

戏剧诗人比其他人更加固执地与"职业批评家"争夺批评的话语权。如在讨论所谓"三一律"问题上,让·德·舍朗德尔问道:它们来自哪里?古人了解它们吗?高乃依在漫长的文学生涯初期所写的一些"致读者"和序言中表现得性急好斗并常常出口伤人,后来他的批评才变得言辞审慎、论述明晰,确实是建立在自己经验的基础之上了。

---

① 《批评:方法与历史》,第34页。
② 同上。
③ 同上。
④ *La Critique littéraire en France*, p. 39.
⑤ *Ibid.*

在1637年由《熙德》引起的混战中，高乃依遭到批评袭击后，决定亲自参加《熙德》论战，傲慢地回答他的"朋友"斯居代里，发表了《给斯居代里先生对〈熙德〉的批评的辩解回信》(1637)。他还决定发表三篇文章进一步反击：在《关于戏剧诗的部分和效用》中，他指出，戏剧的道德效用这一概念不是亚里士多德提出，而是贺拉斯提出的；在《关于悲剧和根据真实、必要原则处理的方法》中，他声称，真实和必要的原则高于逼真性；最后在《关于三一律》中，他拒绝"地点一致"，承认"行动一致"，但希望延长时限。总而言之，他重申独特的创作性要压倒无聊的评头论足。

同时，他以特殊的方式"审查"自己写过的每一部戏剧作品。他在为出版戏剧全集做准备的过程中，写了《创作回顾》(*Examens*)和三篇《论诗剧》(*Discours sur le poème dramatique*)。他于1637年借喜剧《侍女》(*La Suivante*)出版之际，在书前写了一篇诗体献辞，明确提出了自己独特的见解："每个人都有自己的方法；我不说别人的不好，但我坚持自己的方法；直到目前，我认为自己的方法很好；一旦我发现行不通了，我便会去寻找一种更好的方法。"①后来，1648年《熙德》再版时，他写了一篇很长的"告读者"，娴熟巧妙地援引亚里士多德（他称之为"我们的亚里士多德"）的语录，极力维护这位文学批评的创始人，而当时一般人则通常把亚里士多德与高乃依所制定的规则对立起来。高乃依指责这些支持者们坚持认为亚里士多德是"为他所处的时代和希腊人，而不是为我们的时代和我们法国人"②制定的规则，认为"这种伟人如此巧妙而又富有见地地处理了诗，以致他为我们留下的训辞为各个时代和各国人民所共有，他决非以符合礼仪和消遣活动的细节自娱，而是忠实于心灵的活动"③。于是，高乃依采取了一种新的态度，把这些批评者与亚里士多德相比，甚至暗示这些批评家并不了解或错误地理解了亚里士多德。这位创新的天才理应高傲，他深知亚里士多德的理论，深知古人的创作自由远比今天批评家给作家的自由多。高乃依提出一种相对性，他在《论悲剧》中写道："亚里士多德对悲剧所说的各种程度的完美性在他的时代，对他的同胞说来可能非常正确，我并不怀疑。但我不得不说，我们世纪的审美观却一点也不同于他那个时代的审美观……或者至少说，他的雅典人喜欢到极点的东西，我们法国人却不一定也喜欢。"④在这里高乃依表达了一种相对性的思想，从这个思想过渡到进步思想，似乎并不遥远。不久，他在"审查"《克里唐德尔》(*Clitandre*)时提出，既然科学和艺术从来不属于它们的时代，请允许我相信古人不是什么都懂，我们能从他们的知识中推测出他们不懂的东西。今人胜过古人，高乃依已经具有这种进步的思想。

---

① 《批评：方法与历史》，第41—42页。
② 同上。
③ 同上。
④ *La Critique littéraire en France*, p. 40.

在对他认为完成了的作品进行这样扼要的批评之后,高乃依便立即又回到戏剧创作上来。但是,他遇到一些新的批评,这证实了人们的欣赏趣味有了变化,也证实了新的文学典范的出现:现在的问题已不再是对"三一律"亦步亦趋,而是要重视题材的选择本身了。1660 年他为驳斥奥比尼亚克而写的《悲剧谈话录》中表现出他对那些批评家鄙视的态度,尽管他并不指名道姓。高乃依坚决反对这种限制,而捍卫真实的权利,他在反击中为后人提供一种自我批评的模式:作家尊重自己的创作,自己解释自己的作品。他在不少剧本前写的"序言"中进行一系列的"捍卫"批评:《捍卫法的精神》《捍卫基督教的真谛》《捍卫关于冷淡的评论》。高乃依的文学批评的独特之处主要表现在另一方面,正如他在 1660 年 8 月 25 日写给德·皮尔教士的信中提到的:"我对自己的每首诗审查尤其严格,不惜心力。"他在《创作回顾》中就是这样做的,这使他成了进行自我批评——作家对自己的作品提出问题并自己进行解释——的第一个榜样。他丝毫没有"养成隐瞒自己的瑕疵的习惯"①,并自诩在《贺拉斯》一剧中找出了两三处大的缺点。然而,他庆贺自己的《西拿》是一部"就连那些没有事实根据的地方,也完满体现了逼真性,以至从不需要求助于必然性"②的戏剧。他还肯定了对《罗多居娜》(Rodogune)的偏爱。

这位天才的作家既骄傲又谦虚,他既欢迎批评又不愿苟同。但是,规则硬要人家服从,他也不得不顺从它们。但他遵循规则却不尊崇它们。他孤军奋战,毫不屈服。不过,我们也不必夸大其独创性。《悲剧谈话录》中论证方法之繁琐,无异于同时代的所有批评家。高乃依在"一般真实与个别真实"之间、在"普通真实与特殊真实"③之间,按亚里士多德学说进行划分,他像夏普兰一样在理论分析中繁冗琐碎。如果我们把《戏剧的实践》与《悲剧谈话录》加以细致比较,就会发现奥比尼亚克与高乃依在许多方面是一致的,只不过高乃依更宽容、不那么教条死板,但他经常重申同样的原则,显得同样谨小慎微。

此外,为了回应博学者,一些诸如高乃依、拉辛这样的剧作家认真地研读亚里士多德。高乃依严肃认真地研究亚里士多德的《诗学》,这部《诗学》是韦托利翻译成拉丁语,书里配上希腊语原文对照。拉辛成名之后,在《贝蕾妮丝》(1671)序里,嘲笑批评他的作品的"四五位倒霉小作家"④,指责他们不了解亚里士多德,声称那种简朴无华的悲剧是不符合亚里士多德的要求、不可接受的:"在一个悲剧里不需要流血和死亡;但要求行动要宏大,演员要英勇,情感要激动人心,一切要让人感到这种成为悲剧的、愉悦的、庄严的忧愁。"⑤他的主要原则是使人愉悦和令

---

① 《批评:方法与历史》,第 42—43 页。
② 同上。
③ 同上。
④ *La Critique littéraire*, p. 58.
⑤ *Ibid.*

人感动,他不能容忍那些被证明没有任何辨别能力、任何感受的作家在诡辩中找到避难所。

第四节
跨文化视野下的批评

一　法国"我族中心主义"被撼动

在伟大的17世纪出现了一个伟大的"太阳王"——路易十四,法国国力强盛,领土统一,文学繁荣,欧洲的中心从罗马移到巴黎。法国人高傲自负,滋生着法国"我族中心主义"。布瓦洛与同时代批评家都真诚地相信,在路易十四的推动下,法国已成为古希腊和古罗马的唯一继承者。因此,在16世纪已经出现的盲目而又傲气十足的民族主义,重又出现在文学批评中。但是,人文主义者们的颂扬基本上还是精神方面的:赞扬法语和法国文学,赞扬法国人的品质,赞扬声誉彪炳的路易大帝。例如,我们在布乌尔的《阿里斯特与欧仁谈话录》(1671)中可以找到这种精神状况的很好见证。书中第二段谈话是关于法兰西语言的,阿里斯特自豪地认为"欧洲所有的宫廷都已说法语"。并且,"凡是有才智的外国人都标榜懂得法语"。欧仁甚至说法语比拉丁语还强:"拉丁语是随罗马人的征战而来的,我看不出它早于罗马人的征战。被这些征战者征服的民族被迫学习拉丁语,而尚未臣服于法国的人民却主动学习我们的语言。"①既然有些人是这样地信服法语的普遍性和优越性,那么从此以后,他们鄙夷邻国的文学又何足为怪呢?第四段谈话是关于"睿智"的,布乌尔在此肯定地说,"睿智"是典型的法兰西品质:"这是一种特殊的东西,它有别于德国或是莫斯科的睿智!……睿智与北方人粗野的秉性和五大三粗的体魄是格格不入的……这种品质只为我们民族所有,几乎不可能在法国以外找到。"②

从拉潘在《关于诗的思考》(1675)一书中对欧洲各国文学作品的评价更可以看出法国人"唯我独尊"。在谈到史诗时,他写道,"但丁似乎太深奥,彼特拉克太广博,薄迦丘太粗俗、太随便","阿里奥斯托③缺乏判断力","塔索④比较彬彬有

---

① 《批评:方法与历史》,第56—57页。
② 同上。
③ 阿里奥斯托(1474—1533):意大利诗人,著有《疯狂的罗兰》。
④ 塔索(1547—1595):意大利诗人,著有《被解放的耶路撒冷》。

礼、比较正规,但太风流","卡莫恩①高傲自大,讲究排场,缺乏判断力,行为也欠检点","洛普·德·维伽②的想象力最为狂热,为前所未有"。在谈到悲剧时,拉潘极愿承认,"就我们所有的邻国来看,在悲剧方面好像有点天才的是英国人,他们有一种从丑陋卑下的事物中寻找乐趣的民族精神,他们的语言具有适于表达强烈情绪的特点",但是"我们的民族比别的民族更适合于这种文学体裁,而且也更为成功"。③

然而,梅纳热却比较公正,他批评布乌尔没有"足够地看重那些思想受到他批评的民族的才能——在巴黎是很自然的东西,到了罗马就显得平淡无奇;在法国显得光彩夺目的东西,到了意大利就显得极其自然"。④

圣埃弗尔蒙先前在法国尼农·德·朗克罗⑤的沙龙里待过,也在马扎兰男爵夫人身边待过,深知法国上流社会。后在英国伦敦度过42年,使他认识到另一个民族的精神和另一个自由放荡的世界,他用跨文化的眼光察看法国,批判法国自身的"我族中心主义":"我们民族的一大缺点,是以自己为中心,直至把那些不完全具备我们的风度和我们的方式的东西说成在他国里也是不适合的。这样一来,正好让人家指责我们只懂得根据与我们相关的标准来评价事物。"⑥可是,圣埃弗尔蒙自己却对他生活于斯40年的英国的文学不太重视。他忠实于青年时代的欣赏趣味,并坚持不懈地把高乃依的伟大(他不承认高乃依"已经失去了他的声誉")与仅仅由于是新的而在法国受到广泛欢迎的东西相对比。但是,这种感情上的恋旧丝毫没有妨碍他比同时代的任何人都更好地意识到各国文学的特征,意识到企图按照"正直公正"⑦的典范以及对凡尔赛宫和巴黎适用的"睿智"来对各国文学进行评价是行不通的。他的人文主义精神可以使他直觉地捕捉他生活过的国家的独特性和法国自身的独特性。他为自己搞了一个图书室,摆满塞万提斯、蒙田、马莱伯、高乃依、瓦蒂尔的书。

英国喜剧与法国喜剧之间的差别使圣埃弗尔蒙感触很深,他认为英国喜剧更富有趣味。在他看来,法国喜剧作家"过于拘泥于前人的规则"⑧,老是考虑动作一律。动作一律对悲剧来说是不可缺少的,"但喜剧是为我们的消遣而写的,并不是要我们找事干,只要真实性得到了保护,荒诞乖谬得以避免就行了,按照英国人的情感,多样性会带来喜人的意外和逗人的多变"⑨。在他看来,本·琼森⑩在《巴托罗缪市集》(*Bartholomew Fair*)中显示的才能不亚于"我们的莫里哀",并毫不犹

---

① 卡莫恩:葡萄牙诗人。
② 洛普·德·维伽(1562—1635):西班牙诗人。
③ 《批评:方法与历史》,第57页。
④ 同上。
⑤ 尼农·德·朗克罗(1620—1705):法国女作家,书简作家。
⑥ 《批评:方法与历史》,第58页。
⑦ 同上。
⑧ 同上。
⑨ 同上。
⑩ 本·琼森(1573—1637):英国剧作家、诗人、批评家。

豫地断言，"那些喜欢离奇、喜欢探究人的假象和为真实性格所打动的人们，将会按照他们的欣赏趣味发现英国人的美妙喜剧与他们曾经看过的某些喜剧同样好，甚至可能更好"①。他对英国的喜剧格外好奇。他用独特的跨文化批评角度，能够在英国的新事物——其中一些也使他不快——和他所尊敬的古人的天才之间捕捉到相似点。他翻译了《沃尔波内》(Volpone)，觉察到两国人民之间、民族文学的天才之间存在着差异。他深知气候不同，时代不同，人的审美观就不同。

在伦敦，一个重要的角色正在等待着这位聪慧的法国人，他有一个使命——成为推动18世纪的法国和英国之间联系的使者。然而，他只完成这个任务的一半，成为一个人文主义的批评家，忘记朝莎士比亚看，却使高乃依与拉辛对立，继续在诗人、历史学家和古今演说家之间穿梭。在这些对比研究中，他的情趣的细腻、思想的睿智比他发现的天才们有过之而无不及。

二 报刊批评的诞生

然而，一种新闻方面的努力逐渐地纠正了为圣埃弗尔蒙所揭露的这种自负狭隘的民族性。1665年1月5日，由巴黎最高法院推事德尼·德·萨洛创办的《学人报》②出版了第一期，他这样向读者介绍一项前所未有的事业：

本报旨在让人们了解在文学界最新发生的事情，它包括：

第一，为以后在欧洲出版的主要书籍整理明细书目。我们不是仅仅开列一些书名——就像迄今为止大多数目录学家所做的那样，而是要指出这些书都说些什么和在哪些方面可能有用。

第二，当一位因其学说和著作而闻名的人士去世时，我们将赞扬他并提供他所发表的著作目录及其主要生活经历。

第三，介绍可用来解释自然作用的物理试验和化学试验，艺术与科学中的新发现——例如机器，以及数学可能提供的有益或有趣的设想，还有天文观测、气象观测和运用解剖学对动物进行的新研究。

第四，法兰西王国或外国的世俗法庭和教会法庭的重要判决，索邦神学院③和其他大学的书籍审查情况。

最后，我们将努力使人们通过这份报纸了解到在欧洲发生的、使文学界人士感兴趣的所有内容。④

---

① 《批评：方法与历史》，第58—59页。
② 《学人报》(Journal des Savants)：法国周报，该报出版了13期即停刊，后由加卢瓦(1632—1707)秉承科尔贝尔的意旨于1666年恢复出版。
③ 索邦神学院(La Sorbonne)：由罗贝尔·德·索邦(1201—1274)于1257年建立，最初是为一些贫穷孩子建的一般学校，后成为神学研究中心和教皇之外的最大宗教权力机构。1790年被取缔，其校舍让给巴黎大学，从此"索邦"成为巴黎大学的代称。
④ 《批评：方法与历史》，第59—61页。

这份首创的欧洲文学及科学通讯报纸始终坚持揭露当时强加于文学批评的各种束缚。实际上,这一大胆而又创新的事业立即遭到了政界和宗教界权威的强烈反对。他们认为,这种新型检察官的自命不凡叫人无法容忍,它竟然以科学和文学艺术的最高仲裁人的身份自居,尤其是给了那些直到当时还默默无闻、不引人注意的批评家们以公开说话并扬名欧洲的机会。耶稣会教徒们尤其担心出现一种独立的哲学与文学法庭,他们敦促罗马教廷派特使出面进行了干预。在此之后,萨洛不得不于1665年4月停刊。几个月后,科尔贝尔恢复出版这份报纸,并委派一位亲信主持报务,该人以他的前任所不曾有过的卑躬屈膝介绍这份新的《学人报》:

> 曾有人埋怨说给予本报的自由太多了,它竟然要评判所有种类的书籍。确实要承认,把评判所有著作的权力归为己有,这是在侵犯公共自由,是在文学帝国里实行某种专制。因此,我们决心以后克制自己并放弃批评,而致力于认真阅读,以便更准确地了解至今已经取得的成就。
>
> ——《致读者》(1660年1月4日)①

不管怎样,这样的出版物还是为新的对比创造了条件,它们较之属于无伤大雅的修辞学范畴的那些对比更有决定意义。因为,难以数计的对比充斥在古典主义批评著作中,梅纳热在以他的方式对高乃依和拉辛进行无法回避的对比时,嘲笑了那些对比:"我不想以他们的悲剧给我带来的乐趣来评价他们的悲剧,因为我看高乃依的悲剧时还太年轻,而看拉辛的悲剧时却又太年迈了。"②这种时尚后来境遇艰难,我们无须去谈近代青年人的想法,单单引用德封泰纳③ 1735年的怨言便足以说明问题:"我们被剖析才智的专家们对于高乃依和拉辛的天才及诗作所进行的无休无止的对比搞得晕头转向"。④

第五节
跨世纪的"古今之争"

法国文学界的古今之争由来甚久,到了17世纪末年爆发为比较激烈的冲突。

---

① 《批评:方法与历史》,第59—61页。
② 同上。
③ 德封泰纳(1685—1745):法国教士、修辞学家、文学批评家,曾发起反对伏尔泰的论战。
④ 《批评:方法与历史》,第59—61页。

在法国文坛中形成一场文艺大论战,其焦点为:在文艺创作中,是厚古薄今还是厚今薄古。

法国君主专制政体在民族统一的大业中发挥过积极的历史作用,但在路易十四统治的后期,这种制度已显露出衰落的迹象,进步作用逐渐消失,严重阻碍了资本主义的发展,资产阶级的不满情绪日益增长。在文学领域中,一些革新派作家力图冲破古典主义的樊篱,争取创作上能有更大的自由,这首先体现在 1660 年左右,德马雷·德·圣-索尔兰(1595—1676)提出了以基督教奇妙事迹为题材写作长篇史诗,代替古代神话的主张。长期以来,古典主义作家一直把古希腊、古罗马的神话故事作为史诗的题材,似乎这是天经地义之规。圣索尔兰是法兰西学院的成员,他的主张体现了学院中一些作家的创新思想。这是对一贯主张崇敬和摹仿希腊罗马古代文学的传统精神采取了公然对立的态度,因而招致非议。另外,自文艺复兴时期以来,拉丁语在法国的文化生活中始终占有重要的地位,它是撰写铭文、作品题签的法定文字。1680 年左右,纪念性建筑物上的铭文以及艺术作品上题签应当用拉丁文还是用法文的问题引起了争论。对于这种传统作法,当时也有人提出了异议,认为过分赞扬古代文字会损害法语的完美,主张改用法语题词作传。当时有一位学者给在凡尔赛宫展出的名画用法文写了题签,立刻被人斥为胆大妄为。在著名的文学评论家、诗人布瓦洛的干涉下,法文题签一律撤换为拉丁文。这样古典主义作家内部就逐渐分化出"崇古"与"厚今"两个派别。他们通过书面和口头的形式,阐明自己的主张,驳斥对方的观点,两派在思想上的冲突越来越激烈。

一 爆发

1687 年 1 月 27 日,革新派代表人物贝洛(1628—1703)在法兰西学院朗诵了诗作《路易大帝世纪的颂歌》,肯定现代作家并不比古代希腊罗马作家逊色,表达了今人不比古人差的观点。贝洛反对把古人神圣化,主张一视同仁地对待古人与今人,他写道:

> 我面对古人,不对之屈膝,
> 他们的伟大是确实的,
> 但他们同我们一样也是人;
> 我们可以拿路易的世纪同奥古斯都的美好世纪媲美,
> 而不用担心有什么不对。①

在诗中,他还委婉地指出,荷马的作品已不适应当前公众鉴赏的需要:

---

① 《法国文学史》(上),第 263 页。

> 既然上天宠爱我们的法兰西,
> 把你降生在我们生活的世纪,
> 有百种不足,
> 人们会归咎于时代,
> 而不会贬低你的作品之风采。①

这个大胆的意见立即激怒了古典主义正统理论家布瓦洛,他当场提出抗议,随后拂袖而去。他把贝洛在学院朗诵这首诗,说成是"学院的一个耻辱"。他在讽刺诗中,把对荷马评头品足的作家斥为"蛮人"。争论非常激烈。布瓦洛用讽刺诗揶揄这些竟敢视"一流作家荷马、维吉尔为平庸作家、干瘪诗人"的"蛮人"。②作为唯理主义的忠实信奉者,此时他没有忘记求助于理性的裁决。布瓦洛宣称,古人的权威是建立在理性基础之上的,理性告诉我们,古人的作品,正像几个世纪的读者所赞同和证实的那样,真实地表现了人性。因此,效仿他们的榜样,就可写出千古流芳的佳作。支持布瓦洛的古典主义作家有拉辛、拉封丹和拉布吕耶尔等。站在贝洛一边的有著名作家丰特奈尔③,法兰西学院的大部分院士,以及社会上有学问的女士们。双方对垒,陆续发表战斗性的诗歌、文章、专著,互相驳斥、讽刺、攻击。法国文坛中崇古派与厚今派之间的"古今之争",由此爆发。

二 厚今派的观点

1. 丰特奈尔

高乃依的外甥、诗人兼哲学家丰特奈尔写了题为《闲话古人与今人》的长篇论文,支持贝洛的观点。他认为,既然古人在某些事物上有可能达到也有可能达不到尽善尽美,我们就必须在考察其是否达到的同时,对其错误不留情面,把他们与现代人一样看待。作家圣埃弗尔蒙在《论古人诗歌》(1685)中则早已先行一步提出了厚今薄古的主张,他说:"宗教、政府、风俗、习惯在今天世界上变化如此之大,以致我们必须创造新的艺术,来适应我们所处世纪的趣味和天才。"④丰特奈尔指出,"如果荷马活在今天,他也会写出适应他所描绘的时代的绝妙好诗来。但我们的诗人却以古人的诗歌为准绳,以过时的规则为指导,以陈旧的事物为对象来创作诗歌"。他认为,古希腊人的风俗习惯和社会事件"根本感动不了我们,企图以过时的法则来规范新作品是荒唐可笑的"。最后,他得出这样的结论:"荷马

---

① 《批评:方法与历史》,第69—70页。
② 同上。
③ 丰特奈尔(1657—1757):法国哲学家和诗人,高乃依的外甥。
④ 《法国文学史》(上),第264页。

的诗歌永远是杰作,但不会永远是楷模。"①

丰特奈尔指出,今人的长处同样也是建立在理性之上的。继培根②和帕斯卡尔之后,他在《关于古人和今人的离题话》(1688)一文中把人类历史比之为一个人从童年到壮年的成长和他在自古迄今的知识智慧上的增长的历史。这篇长达30页的论文告诉我们,植物学和自然科学和肩撞进了文学批评的宝库,它们在两个世纪里为文学批评提供了大批珍贵的比喻。丰特奈尔之树预示了19世纪泰纳之树。正是在通过年龄和国家之不同而出现的多样性来推论树的相似性的同时,丰特奈尔提出了一项把握不大的有关地域环境理论的提纲,我们已经看到,早在120年之前埃蒂安纳·帕斯基埃就曾有过这种考虑:

> 如果所有世纪的树同样高大,那么所有国家的树就不是同样高大的。这些区别同样适用于人。不同思想就像在各种地域环境条件下并非都同样生长很好的植物或花朵。③

不必去概括这位厚今派同党的主张。在他看来,"辩术和诗其本身并非特别主要"④,几代人之后,人们极可能很快就擅长它们了。丰特奈尔创建了真正可以堪称一派的他自己的修辞学,并坚持对与已往大作家们相比较而存在的优点给予思考。但是,他公正地认为,"既然古人在某些事物上有可能达到和达不到最后完美两种情况,我们就必须在考察其是否达到的同时,对其错误不留情面,把他们与现代人等而视之"⑤。古人的崇拜者们是无法做到这种批评研究的,正是由于这样的研究,丰特奈尔又与这些人意见一致了,以致说出他"不能想象还有什么高于西塞罗和提图斯·李维"⑥,"世上最美的诗是维吉尔的诗"⑦,他还历数《埃涅阿斯纪》⑧的各种美。

2. 倍尔⑨

对于由夏普兰所阐述的这种文学批评的学究式争论之价值的怀疑,导致某些自由派人物批评的兴趣转到了别处。在被圣伯夫誉为"现代文学批评摇篮"的荷兰,倍尔于1684年,开始发表《文学共和国新闻》(*Nouvelles de la République des*

---

① 《法国文学史》(上),第264页。
② 培根(1561—1626):英国唯物主义和现代实验科学的创始人。
③ 《批评:方法与历史》,第75页。
④ 同上。
⑤ 同上。
⑥ 提图斯·李维(公元前64或59年—公元17年):古罗马历史学家,著有120卷的《罗马史》。
⑦ 《批评:方法与历史》,第75页。
⑧ 《埃涅阿斯纪》:是继荷马之后,古希腊罗马最伟大的诗人维吉尔的12卷史诗,被视为欧洲文化的重要组成之一。
⑨ 倍尔(1647—1706):法国批评家和哲学家。

Lettres)。他实际上并不关心近代意义和严格意义的"文学",而是热衷于历史、哲学和神学。他的《历史和批评字典》(*Dictionnaire historique et critique*)就涉及文学批评的历史,因为他嘲笑布瓦洛,后者相信所有有教养和开化的人都可能接受一种不变的美和一种完美的欣赏趣味;实际上,他在此看到了他们的想象依国家和世纪而变化的情况;也因为他打算在字典里按著名人物在书中对自己描绘的轮廓来描绘他们的心,以便取悦那些愿意准确地即"透过表里"①了解他们的人们,于是,除了这种对作品进行思考、对作品按体裁进行分类并按其与某些典范相似的程度来决定其价值的教条批评,又出现了一种对创作这些作品的人的历史和生平感兴趣的批评。

3. 拉莫特②

拉莫特是荷马的崇拜者和达西埃夫人③的论敌。达西埃夫人曾试图挽救古代诗歌,坚持认为艺术并不求助于理性的进步。因为真正的诗是音乐,它不依赖于精神而依赖于耳朵和感觉来评价是否和谐,因此,愚昧的今人不能判断希腊诗歌真正的美。拉莫特在《关于批评的思考》(1715)中对此予以激烈驳斥,指出诗句不会使一部作品的价值增加任何东西:

> 在那些不朽的作品中,理性准确地以最佳的安排去维系写作思维,情感适应并配合用以表达与人们所谈的主题的各种技巧,同时选择了最适合的表达方式把思想直接传入精神智力之中。除此之外,哪些是让一部作品经久不衰的品质呢?换言之,不朽的作品是使用一种雄辩术,是对于一种语言的完美了解和惟一的合理使用。
>
> 除了这些条件,一部作品在智慧方面还有什么可评价的呢?如果人们像我们曾经对一部戏剧所尝试的那样把拉辛的悲剧改为散文,那么恰恰在这些美的方面它们未失去任何东西。有什么理由说这样改编的悲剧就似乎不好了呢?有什么理由贬低它们呢?也许,这是因为我们没有足够地感觉到它们的真正价值,以及我们太看重韵律的辅助功绩的缘故。

以上,我们看到一种比任何时候都更为坚定地理智化的批评是如何摆脱"我无以名状"④的自鸣得意之态的。对于只顾表达自己兴趣的公共舆论稀里糊涂地给予赞成,是不能奠定一部作品的价值的。批评必须扮演"合法"的角色,它区别

---

① 出自古罗马历史学家李维的名言"Intus et in cute novi hominem"(意为"透过表里看人")。
② 拉莫特(1672—1731):法国诗剧作家。
③ 达西埃夫人(1647—1720):法国博学家,希腊和拉丁作家作品的翻译者,第二次"古今之争"的发端人。
④ 《批评:方法与历史》,第 76 页。

于公众的角色——公众确定成就,批评给予认可。整整一个世纪,批评家都在努力成为上流交际社会欣赏趣味的代言人,但这引起了相反的效果:批评家们都想在各自领域内成为比其他人都高明的某种哲学家,并把精神的著述置于理性的审度之下。关于这一点,蓬斯教士在 1714 年的《关于拉莫特先生的〈伊利亚特〉的信》(*Lettre sur L'Iliade de M. de La Motte*)中,一开头就指出:

> 我很清楚有些人像您一样在把摆脱了任何派性的一种理性与一种确定的欣赏趣味联系在一起。谁不认为唯独这样的读者才应该在文学中起巨大影响呢? 然而还是有少数人敢于力排众议,敢于与他们崇敬的人物所想不一。①

三 崇古派的观点

1. 拉布吕耶尔的疑虑

这场争论的真正重要意义,并不在相互攻讦的细节之中,而在于亚里士多德式批评的各种清规戒律的有效性突然地遭到了否认:既然不论荷马还是高乃依,人们都可以通过辩论来确定他们超人出俗的地位,那么分类和对比还有什么价值呢? 人们认为有较高鉴赏力的大师,会不会更倾心于他们所了解的作品同时代之美,而把博学者们曾大加赞扬过的完美的古代作品之美弃之不顾呢? 这样一来,如果 17 世纪的作家们为我们带来了完美,那么文学批评又可向明天的作家们指出什么新的道路呢? 在对路易大帝统治初期的盛世所表现的自豪感消失之后,一种隐隐约约的不安随之出现了。这种不安明显地显露在拉布吕耶尔《品格论》(*Les caractères*)第一章《精神的创作》中。在此,我们也许重又见到布瓦洛 14 年前就做了归纳的那种规则的基本思想,即在"自然"中描写人,以便使后人可以认出他,从而确保一部因真实而美的作品的胜利。下面的话道破了厚古派的隐秘思想:"在科学和艺术中,当人们回到古人的欣赏趣味并最终返璞归真之际,可谓之逝者如斯夫!"②在拉布吕耶尔看来,结束这场著名争吵的方式是承认:今人之所以值得称颂,恰是因为他们重新发现了古人的欣赏趣味。但是"有好的趣味,也有坏的趣味,人们争论它要有根据"③。出色的作家应该有"确定的欣赏趣味""准确的才智"和实践其"技巧"所必须的全部心智。④ 于此,布瓦洛曾英雄所见略同,但是,我们的第一点看法是拉布吕耶尔以自谦甚至是悲观所表现出来的一种新调子:一切都已道明,7000 多年以前就有了会思维的人类,我们则姗姗来迟。关于

---

① 《批评:方法与历史》,第 77 页。
② 同上,第 71 页。
③ 同上。
④ 同上。

和品行有关的东西,尽善尽美的已挖尽;人们只能掇拾古人及今人中狡黠者之残羹。既然素材已经枯竭,那么所剩还有什么呢?那就只有在措辞中寻求准确性了。风格的问题便跃居首位,而且必须心甘情愿地继拉斯和德普雷奥(即布瓦洛)之后去设想"别人在(我们)之后去设想的一种真实东西"①。真实是共同的利益,对它的表达仅属于艺术家。我们不妨看一看拉布吕耶尔某些反对批评和反对批评家的思想是何等激烈:"批评的兴趣为我们取消了被美好事物所深深打动的兴趣","不存在与批评完全相符的完美作品,假使作者相信所有的检查者会把他们最不喜爱的东西去掉的话"②。拉布吕耶尔关心批评的各种要求。批评也是一种困难的"技巧"。能够进行批评的有鉴赏力的人微乎其微。因为"人们当中,更多的人敏感有余,鉴赏力不足,或者说得更恰当些,有其才智并伴随着确定的鉴赏力和明确的批评能力的人寥如晨星"③。那么,当一种批评正是由于对于法国戏剧中的佳作之瑕疵做了研究而成为批评之佳作(如《法兰西学院关于〈熙德〉的意见》)的时候,我们又如何来看待这种批评呢?

2. 费奈隆的自然观和真实观

费奈隆在《论法兰西学院工作》中,实际上表现了对于语言的音乐价值的关心。他认为马莱伯使语言过分贫乏无力,有必要创造新词——"我愿一样东西有许多同义词",从中,有鉴赏力的人可以"在讲话的剩余部分选用最响亮的词"④。他以有别于《品格论》作者拉布吕耶尔的方式,解决了后者曾经置于首位的风格问题。这并不意味着赞同那位拉莫特对待形式魅力的鄙视态度。可是,费奈隆也批评法语诗律,他竟贬弃莫里哀的所有诗剧,而喜爱其散文剧《吝啬鬼》。但是,费奈隆尤其抱怨押韵的困难,在他看来,押韵对于诗句和谐常常是弊多利少。虽然不可能去掉押韵,他希望在诗句的安排中有一种较大的自由,一如古人"为完成其诗句可以自由增加多余的音节"⑤那样。

作为古人的崇拜者,费奈隆不打算追随大胆的今人去歌颂进步,然而他又不采取古典主义批评家用以证实古人之高明的那种论证方式。在他看来,古人的高明仅在于一个词:"自然",即并非是真实,而是朴素。费奈隆对于17世纪的作家批评严厉,认为他们过于矫饰,过于雕琢。在他看来,我们的悲剧作家把上流社会令人乏味的献媚取宠塞给了希腊悲剧,从而使其失去了自然;莫里哀由于同样甘心"取悦正厅观众"而在其喜剧中夸大人物性格,惹人发笑。最后,今人的风格在他看来是华而不实的,因为"严肃的苦楚从来不像高乃依的某些人物那样,伴随着

---

① 《批评:方法与历史》,第77—78页。
② 同上。
③ 同上。
④ 同上,第78页。
⑤ 同上。

浮夸、矫饰的语言"①。拉辛也同罪而论，费奈隆把他们两人与索福克勒斯相比较，说后者懂得让他的俄狄浦斯以单音词和感叹词说话，如同"自然在说话，当自然屈从于痛苦的时候"。于是，在他看来，"才子"的精雕细凿与"我无以名状"的魅力一样都带来了与真实相悖的错误。出于与拉莫特完全不同的理由，费奈隆以他的方式同样反对上流社会对于文学所施加的影响。

四 妥协

在崇古派与厚今派的争吵之中，两派都求助于理性的裁决。布瓦洛及其同僚宣称古人的权威是建立在理性基础之上的：理性告诉我们，古人的作品，正像几个世纪的读者们所赞同和所证实的那样，是真实地表现了人性，因此可以效仿他们的榜样，写出千古流芳的佳作。

在以后的几年中，争论一直在进行，双方不分胜负。1694年，布瓦洛给贝洛写了一封表示和解的信，内容是希望双方停止争论，但保留各自的观点。在信中，他婉转地承认在这场争论中双方各有过激之处："为了确保我们协议的实施和不再播撒争吵的种子，现在我们只有好自为之。您(指贝洛)似乎喜欢贬低古代名家，而我则好像太爱激烈地指责我们这个世纪中卑劣的以及平庸的作家。"②

厚今派的主张反映了时代的呼声，对传统的古典主义理论具有极大的冲击力。但贝洛等人并没有真正认清文艺创作中"古"与"今"的辩证关系，因此对古人一概否定，对当代作家则不加分析地统统肯定，这就使得他们的论点明显地失之偏颇，缺乏足够的说服力。在文艺创作中是"崇古"还是"厚今"的问题，不但在当时没有得到解决，就是进入18世纪后，围绕这个问题的争论仍时有发生。直到1713年，"古今之争"的风波尚未完全平息。直到一百多年后，浪漫主义作家彻底推翻了古典主义的权威，争论才算有了最后的分晓。这场争论的最后胜利是厚今派，而且后来的历史事实证明他们的胜利是决定性的、持久的胜利。"古今之争"标志着法国古典主义开始衰落，但同时也加速了18世纪启蒙主义文学的诞生。

---

① 《批评：方法与历史》，第78页。
② 同上，第70页。

第三章　18世纪文学批评

18世纪末,法国发生了资产阶级大革命(1789—1794);法国资产阶级革命推翻了波旁王朝的统制和封建制度,成立了法兰西共和国。这次革命远远超出了欧洲范围,具有世界意义,然而,革命是"一朝分娩",而革命准备是"十月怀胎"。18世纪的启蒙运动,是革命的先导,是直接为资产阶级政治革命作准备的。18世纪是启蒙的世纪,也称"光明的世纪","启蒙"的原意是"光明",哲学家、批评家传播现代科学知识,用哲学观念和新理性的光芒来启迪蒙昧、开发民智,这就如同普罗米修斯把天上的火种和文明偷盗给人间一样,启蒙运动就是要破除迷信、打碎枷锁、让光明把人们的思想照亮。

18世纪,现代性表现在启蒙运动中提出了一系列的主张,核心是进步与理性这两个概念。启蒙领袖们基本上把过去看作是迷信、无知的黑暗时代,把对基督教的否定视为基本前提,他们强调在理性的光辉的照耀下,人类历史会稳步改善,最终会以客观的科学改造自然,以普遍的道德改造社会,以自由的艺术完善自身。在理性的应用下,自然事物、社会制度与人性都得到了控制与改造,这种对于人自身理性的信心,对进步的巨大热情,对政治自由与思想自由的强调,在伏尔泰、孟德斯鸠、卢梭以及百科全书派学者的思想中有集中的体现。以启蒙精神为内核的现代性观念系统,在西方现代化进程中,居于核心价值的地位。这样一种以人类主体性为中心,以一种历史进步的乐观主义为基调的观念系统,是现代性的基本精神。

18世纪的理性同17世纪的理性有什么不同呢?作为一种方法论和思维方式的理性,在17世纪表现为笛卡尔的数学方法,即从作为一般原理的天赋观念出发,通过概念的逻辑,从一般演绎出个别,从原理演绎出现象。而18世纪的理性则表现为牛顿的力学的方法,即从个别和现象出发,通过事实的逻辑,经过分析综合,归纳成一般原理,理性成为一种能量,可以开拓新的知识领域,从而有所更新和发现。狄德罗把理性当作人类认识真理的自然能力。这种理性是能动的,它把推理精神和实证精神,分析能力和综合能力等等都结合起来了,成为一种科学理性。按孟德斯鸠的说法,人天生有一种求知欲,可视之为科学力比多。达朗贝尔在《哲学原理》中指出,这种能力使人们头脑里产生一种强烈亢奋,它如同一条河流,在大自然中向四面八方急流勇进,汹涌地扫荡前进道路上的一切东西,其产物和余波,使人们对某些问题有新的认识,而在另一些问题上则投下新的阴影,正像潮涨潮落会在岸边留下一些东西,同时也冲走一些东西一样。但是,这种能力首先是作用于主体自身。人成为自然的主体,自然成了被奴役被改造的对象。理性探讨人自身的性质和潜力,自身的功能和活动,确定自身旅行的方向和寻求的目标,目的是发现新的知识的海洋,走向新的天地。

在文艺批评方面,18世纪是古典主义时代向现代纪元的过渡时期,一方面,它开始质疑古典主义批评,另一方面这个世纪一种自主美学批评突然出现。虽然新古典主义在流行,但17世纪古典主义批评仍然受到启蒙精神的质疑。在《历史与批评词典》的"美"一词条中,皮埃尔·倍尔(1647—1706)嘲笑古典主义作家对普遍性的追求,嘲笑他们相信超越时间的美。其实,历史研究与哲学批评走的是同一方向,它们要求思想自由,对古人的威望和文学的迷信提出非议。天才要受到环境、时代和气候影响,这种思想在迪博教士①的《关于诗歌和绘画的批评思考》(1719)中出现,继续在孟德斯鸠②的《在文学和艺术事物中关于风雅的辩论》(1757)中得到发挥。这种思想影响当时诸如伏尔泰、狄德罗这样显眼的作家,显然使"风雅情趣"的概念相对化:从作家与作品定位之时开始,就不能有永恒的美和风雅……这些对文学现象的初步解释动摇了时间和艺术的构思,预先准备着19世纪的批评思想。

18世纪是一个伟大的批评世纪,它用理智审视一切,在一切中寻找清晰、明显的思想权力。笛卡尔的遗产给它留下宝贵的理性主义思想,古典主义的遗产给它提供远古的人道主义精神,批评家用它们来澄清启蒙世纪出现的文学情趣。它还在对外关系中找到其他的遗产,在《百科全书》的汇编中它乐于对一切事物质疑,它将世界主义与对外关系两者结合在一起。在这个复杂的时代中,忽而确信"万事已定",忽而怀疑创作的才能,促使它仍以审视一切的智慧代替激情涌动的力量。不管是读者公众,抑或文化人,都在这股潮流中寻找一种表达手段,多样性的思潮皆表现出一种批评的欢愉。

到了18世纪,风雅情趣不再属于上流社会中有教养的人,而是批评家们所具有的:唯有他们被证明能够区分一部作品的优缺点,伏尔泰在他们身上看到《风雅宙堂》的护卫。18世纪批评尽管挣脱上流社会的观念和学识的桎梏,但仍然是唯心主义,保持着对客观性和普遍性的追求,对古希腊古人的崇拜让位于对上世纪古典作家的崇拜。即使人们革新了主题,但仍表现一种令人纳罕的形式保守主义,就连最持不同意见者,如伏尔泰、百科全书编纂者等,也表示出双重性。在《关于绘画评论》(1766)中,狄德罗继续给艺术赋予一种道德功能:绘画和诗歌有共同之处,都应该具有道德。至于伏尔泰,他认为布瓦洛的诗艺高于贺拉斯的诗艺。在这一点上,布瓦洛被视为古典主义美学的楷模。就连下世纪的福楼拜也向他致敬,十分欣赏他的清晰、有效的风格:这位"大师",这位"伟大的作家"是一条夹在

---

① 迪博教士(1670—1742):外交家和艺术品收藏家,他在《关于诗歌和绘画的批评思考》中构思了关于鉴赏力的理论,强调评估艺术作品时情感至上。

② 孟德斯鸠(1689—1755):法国伦理学家、思想家、哲学家,主要作品有《波斯人信札》。

陡壁之间狭小、清澈、浅浅的河流。因此,河水永不干涸。"他想说的任何东西都不会失去。需要多高的艺术造诣才能达到这种境界啊!但他的笔墨是那么简练!"福楼拜为有人诽谤这位"大师"的形象感到悲痛,在《1853 年 9 月 7 至 30 日写给路易丝·科莱的信》中写道:"然而,人们视他为笨蛋,说他是蹩脚的解释者和说教者!那些迂腐、平庸的中学教师还不是借他才略知一二,然而吸榨他后却像一群金龟虫一样将一棵树撕碎。"①

第一节
启蒙世纪的自由批判精神

尽管 18 世纪对 17 世纪怀有敬重,但它感到世纪的更迭必然引起知识视野的改变。它平反了那些受布瓦洛和拉辛讽刺的作家。耶稣会会士并没有置身于这场变革之外,在《特雷乌报②的回忆录》里可以看到,他们在 1713 年布瓦洛的著作再版时为上世纪的作家基诺提出修正诉讼。古典世纪的语言渐渐老化了,德封泰纳于 1726 年出版了《开明学者的新词辞典》,并在其中不无愤慨地说:在拉封丹、布瓦洛时代不讲的话,今天却成为时髦了。启蒙世纪是一个演变和进步的世纪。刚刚半个世纪,语言就在变化,尤其是文学,17 世纪的文学是为王权服务的御用文学,作家待在凡尔赛宫廷为国王歌功颂德,而 18 世纪的文学是战斗的文学,作家站在王权的对立面,高举反封建、反宗教的旗帜,与国王是对着干,他们不少人被驱逐出境。同样,文学批评的目的也在改变,17 世纪的批评为王权服务,打着理性的幌子制定种种规则,束缚创作,挑剔作品的种种缺点,而 18 世纪的批评用新的理性发扬自由批判精神,对传统知识进行全面的审查。

在 18 世纪,开明的学者的书架上都排满了从倍尔的词典到伏尔泰的《哲学词典》等新作品,还有狄德罗主编的《百科全书》。在这些新书中,特吕布莱的《随笔》是文学与哲学混合的文学汇编,拉阿尔普③的《文学通信》使人知道文学的现状和思想界的反响,普雷沃④神父编辑的《赞成与反对》接近期刊和随笔,教人如何生活和思想的艺术,且因受到英国杂志的影响而给人一种世界主义的感觉。

随着世纪的深入,批评变成教学内容,学校举办讲座。批评表现在教材的编

---

① *La Critique littéraire*, p. 61.
② 特雷乌:法国索恩河(La Saône)上的小镇,中世纪曾是东布(Dombes)公国的首府。1701 年,耶稣会教士们在此创办了《科学和艺术回忆录》,亦称《特雷乌报》。
③ 拉阿尔普(1730—1803):他最初是伏尔泰的门生,在恐怖时代入狱。之后,他并没有停止指责启蒙运动,在 1797 至 1805 年间公开发表了题为《文学教程》的著作。
④ 普雷沃(1697—1763):法国教士、记者、作家,代表作为《曼侬·莱斯戈》。

注中,如伏尔泰编注高乃依的作品。批评家还利用评注进行论战,若弗鲁瓦的一个编注攻击拉阿尔普,而拉阿尔普的一个编注攻击于诺·德·布瓦热尔曼。在文选实用于教学的这个世纪里,人们喜欢称某某作家、批评家的精神,如《塞内克的精神》(1709)、《居伊·帕坦的精神》(1709)、《丰特奈尔的精神》(1744)、《德封泰纳的精神》(1757)、《圣-埃弗尔蒙的精神》(1761)等。在巴黎、外省、外国,学术会议和论文成了一种常在的批评形式:费奈隆以信札的形式给法兰西学院写了他的文学遗言;尚福尔为一个外省科学院写了对拉封丹的赞歌;里瓦洛尔向柏林科学院表述了法兰西语言的普遍性的原因。没有过几年,法兰西学院就把对一位大作家的赞颂作为竞赛题目。法兰西学院院士就职演说自17世纪以来成了文学演变的见证:布封关于风格的演讲是最明显的例证。

  文学史研究在18世纪初叶得到了发展,从而使后来的争论有了更为可靠的依据。早在1685年和1686年间,阿德里安·巴耶①就收集整理了9部《学者们对作家主要著作的评价》,这是一项博采广录的编纂工作,无特殊历史学方法。然而,真正的历史学方法著作在世纪中叶陆续出现:古热教士②以搞清法兰西文学的来源为研究工作主要内容,为的是说明其丰富性,并于1740至1756年间出版了18卷本的《法兰西图书馆或法国文学史》;1744年,朱韦纳尔·德·卡尔朗卡发表了4卷本《论纯文学、艺术和科学的历史》;帕尔费③兄弟俩的17卷本《法兰西戏剧史》也于1745至1749年出版;还有伊拉依教士④的4卷本《荷马至今的文学争论史》。最重要的著述,当属本笃会⑤教士们从1733年开始出版的《法兰西文学史》,到1789年这部巨著已写到12世纪。该书的副标题说明了要旨:"我们论述的是文学在高卢人以及法兰西人中的起源、发展、衰退和振兴,是这些人或那些人对每个世纪文学的评价和他们的天才……还论述所有与文学有特殊关系的内容。书中有着历史上对在文学方面获得某种声誉的高卢人和法兰西人的赞颂,有着他们的著述目录和编年表,有着对主要著作的历史看法和批评意见……"⑥

  这项里程碑式的事业,是由包括《行吟诗人史》(1759—1781)的作者米约⑦在内的许多博学家参加撰写并依据"铭文和纯文学学院"从1717年开始定期出版的学术价值很高的论文来完成的,这种做法当时极为盛行。法国文学起源的发现使"行吟"诗体扬名天下,恰似对英国政体和文学研究所激起的那种英国热浪潮。

  文学史的开端注重历史时间的连续性,没有中断,也没有变化,经常偏重于道

---

① 阿德里安·巴耶(1649—1706):法国历史学家。
② 古热教士(1697—1767):法国历史学家、文学批评家。
③ 帕尔费兄弟(1698—1753,1701—1777):法国文学批评家。
④ 伊拉依教士(1719—1794):法国文学批评家。
⑤ 本笃会(Bénédictins):天主教一批修会的联合组织。529年由意大利人本笃(Benoît)创建,故得其名。9世纪后,该会隐修院逐渐成为欧洲主要经籍研究的学术中心。
⑥ 《批评:方法与历史》,第111—112页。
⑦ 米约(1726—1785):法国历史学家。

德评论而缺乏批评和综合的精神,因此,总体上看,16世纪到18世纪的历史研究只不过是以目录或词典的形式进行的博学的编纂,譬如克洛德·福谢编的《300年以前127位法国诗人作品名字、概要、法国诗歌与语言、韵文、罗曼体原文汇集》(1581);佩罗编的《17世纪法国名人》(1696),在这部著作中,作家根据作品描绘作家的肖像这一思想编成了此书;让-弗朗索瓦·马蒙泰尔编写的《文学要素》(1787)。比较研究中较为著名的是拉潘的《古典时代美文学中最杰出的作家间比较研究》(1668—1681)和伏尔泰的《贺拉斯、布瓦洛和蒲柏①的比较研究》(1761)。这些著作与其说是历史研究,不如说是修辞学研究。从17世纪末期的佩罗和倍尔到18世纪末期,历史批评的主要贡献是相对主义的概念和对文学现象的解释的关注。外国文学史研究的发展(如伏尔泰的《英国信札》(1733)和普雷沃的《赞成与反对》(1733—1740)的出版)也为文学批评开创出新的道路。

18世纪的作家和批评家为两种反映其阶级定见的考虑所左右。一方面,他们想使艺术服务于一种新道德和一种新哲学的讲授,服务于启蒙思想的传播,因为艺术是一种公共教育方式,具有最大的影响效果;另一方面,他们又尽力使自己在新的主题方面占有传统的贵族公众已不能再垄断的一种艺术的全部章法、全部规约和全部精粹,他们想以此说明新的公众有能力评价美和创造美。

沃韦纳格②比较接近于那些至少想改革从17世纪因袭下来的批评规则并为文学开拓新路的人们。倍尔和迪博教士的忠告没有过时。明智的罗兰③在《论研究》(1726—1728)一书中要求人们凭理性、常识和公正,在阅读古代作家作品时,要置身于他们所谈论的时代和国家。这种相对主义的批评有了双重的运气:崇古派认为诗歌表达一种文明,宽恕荷马作品中一些给我们不愉快的东西;而厚今派可以避免把他作为楷模。孟德斯鸠在《论文学和艺术品的鉴赏》(1757)中,强调欣赏趣味演化的历史原因,尤其强调感官在审美快感中的作用。而埃尔韦絮斯④则谈论地域环境对于诗歌天才的影响。全部哲学的传统都反对对古代作家典范作品的一味崇拜,说这是做作和毫无诚意的崇拜。达朗贝尔⑤在《关于颂歌的思考》(1762)中,要求在文学领域与在其他领域一样享有思考自由:"在对古人的评价中……思考自由比迷信还应该值得谅解。神学上的异端邪说幸而过去了,文学上的不甚危险而更温和的异端邪说也许业已到来,甚至兴许就在我们争论不休的这些价值不大的问题里。今日斥之为令人气愤的异端邪说的,难道不会有一天成为令人崇敬的真理吗?"⑥

---

① 蒲柏(1688—1744):英国诗人和随笔作家。
② 沃韦纳格(1715—1747):法国伦理学家。
③ 罗兰(1661—1741):法国作家,巴黎大学首任校长。
④ 埃尔韦絮斯(又译爱尔维修,1715—1771):法国哲学家,法国唯物主义哲学杰出代表之一。
⑤ 达朗贝尔(1717—1783):法国哲学家、作家、数学家。
⑥ 《批评:方法与历史》,第110页。

一　伏尔泰

伏尔泰是法国启蒙思想家、文学家和哲学家,是 18 世纪法国资产阶级启蒙运动的旗手,被誉为"法兰西思想之王""法兰西最优秀的诗人"[①]和"欧洲的良心"。他生于路易十四时代,长于路易十五时代,死于路易十六时代。作为巴黎的资产阶级子弟,他早年就因反对封建贵族而两度入巴士底狱,两次被放逐。1726 至 1729 年,他在早已进行资产阶级革命的英国住了将近三年,这开阔了他的视野,他写出了影响极大的《哲学通讯》,招致焚禁和通缉,曾到荷兰避难三个月。1750 至 1753 年,他应邀到普鲁士国王腓特烈二世的宫廷做客三年,最终不欢而归。晚年蛰居法国瑞士边境的费尔莱别墅,直到逝世。法国大革命后,他的遗骨进了专门安葬为自由作出大贡献的先哲仁人的先贤祠。他是当之无愧的,因为他一生都洋溢着热烈的批判精神,尤以尖锐泼辣、机智俏皮的伏尔泰式的讽刺而名垂史册。他才思敏捷,多才多艺。他的作品以尖刻的语言和讽刺的笔调而闻名。他说:笑,可以战胜一切。这是最有力的武器。伏尔泰是批判专制独裁的封建暴政的义士,也是批判天主教会宗教愚弄的斗士。

在文艺上,伏尔泰的思想总体上是保守的和相互矛盾的,他可以说是法国古典主义后期的代表。他的古典主义不同于 17 世纪的古典主义,不是扬理性而抑感情,而是既扬理性也扬感情。

关于伏尔泰在文学方面的批评,纳弗的论著《伏尔泰的欣赏趣味》(*Le goût de Voltaire*)做了深入的研究。伏尔泰的批评起初表现为一种自发的批评,它很少在一些预先构思的作品里出现,而且随着伏尔泰年事增高,越来越分散,越来越不系统。他的批评涉及面很广并散见于全部作品之中。他的那些剧本序言和题词使我们大体看出了他的诗学主张:他的诗学仅仅与戏剧有关,从 1719 年的《关于〈俄狄浦斯〉的信》开始形成了一些理念。在其他方面,伏尔泰为一个时代、一种体裁或者为一个民族做了真正的描绘:1727 年于伦敦写就《论史诗》和《欣赏趣味之圣堂》(1731—1733),《论习俗》一书的"论艺术"一章大约写于 1745 年,还有《路易 14 世纪》、《哲学字典》(1764—1772)中的各条词目和《关于拉伯雷的书简》(1767)。但是,伏尔泰擅长细节批评,他对分析感兴趣,宁肯做有例证的批评,而不概而论之,如《对美与不足的认识》(1749)、《贺拉斯、布瓦洛与蒲柏之比较》(1761)、《对高乃依的评述》(1764)和《致法兰西学院的信》(1776),除此以外,还要加上发表在《文学报》上的诸篇文章和饶有文学见解和文学判断的通讯。

伏尔泰的古典主义思想首先表现在他坚定不移地贯彻理性原则,恪守"三一律"。有人认为"三一律"是随心所欲的原则,声称法国悲剧可以不受它约束,"可

[①] 《法国文学史》,第 335 页。

我(伏尔泰)觉得,这不啻是以无政府状态为借鉴,来改造一个合乎正规的政府"。① 他提出,为了美与和谐,"让我们像伟大的高乃依那样坚持'三一律'罢,因为它包含了其他规律,亦即包含了一切其他形式的美"②。他想维护17世纪留下的相配性原则、相宜性原则和崇尚趣味原则,提出"当唯有理性或激情必须说话的时候,一种精巧而又天才的思想,一种贴切而华丽的比喻,都是一种缺点……任何美离开它的位置便不再是美。伟大的艺术存在于适时之中"。在对待古今问题上,伏尔泰则是厚今薄古。他说布瓦洛和英国的坦普尔硬不肯承认今比昔强,"洛克就是一个突出的例证,足以表明当代比希腊的黄金时代更为优越"③。

伏尔泰为《哲学辞典》写过"美"的条目,认为美不关实用,而是"必须令人赞赏和愉悦"的东西。美常常有很大的相对性,不过,诉诸感官和想象的美常常是不确定的,而诉诸心灵的美,如"忠于友谊、恪尽孝道,这类至死不渝的忠诚,不论阿尔贡根人、法国人还是中国人,都会说那是非常美的"④。他还提到几个德国人在树丛中漫步,对景物赞叹不已,而从北京归来的第戎神甫说圆明园比第戎全城还大,深觉凡尔赛宫狭小寂寞。他们对神甫的挑剔感到惊异。这使伏尔泰决心不写有关美的论文,大概是因为他悟出了不临其境不知其美的道理。

伏尔泰的文学批评实际上是一种欣赏趣味的批评。它像全部古典主义批评一样,是一种唯心主义的批评。但是,它凭借的不是那些被视为具有普遍意义的教条和规则,而是他本人根据17世纪优秀作品所建立的美学理想,将个人经验与情感完美地协调而产生批评。他认为:一位杰出的批评家应该是一位学识渊博、欣赏趣味广泛、没有偏见和毫无嫉妒之心的艺术家。伏尔泰本人就曾试图成为这样的理想批评家,他在异趣横生的《给一位记者的忠告》一文中再次对这种理想的评论家作了描述。

1731年,他的《欣赏趣味之圣堂》一出版就引起了轰动,因为这是第一部堪称鉴赏批评的方法论著作。在这本书中,既无主张,又无训辞,也无理论性原则,有的是以格言"不伤害,不谄媚"⑤为起首、通篇以例证为依据的爽快淋漓的判断。伏尔泰的欣赏趣味继承17世纪古典主义大作家理想的欣赏趣味。在这座"圣堂"里,聚集着诸如费奈隆、博须埃、高乃依、拉辛、拉封丹、布瓦洛、莫里哀和基诺等一些古典主义大作家。在书中,伏尔泰概述他的文学创作经验,把自己的创作经验加以条理化。因此,伏尔泰对欣赏趣味的选择很接近于巴朗特男爵⑥按照理性所做的选择。

---

① 《伏尔泰论文艺》,第7页。
② 同上。
③ 同上,第107页。
④ 同上,第113页。
⑤ 《批评:方法与历史》,第105页。
⑥ 巴朗特男爵(1782—1816):法国历史学家和政治家。他和冉格尔共同创作了《十日谈》,于1805年完成《18世纪文学图表》的撰写。他因《勃艮第公爵史》这部作品而被当时的人以历史学家的身份所熟知。

伏尔泰在《哲学字典》的"诗人"词目中论述到"情感"与"天才"的观念,他的"诗是心灵的音乐"①常被作为正在萌芽的浪漫主义标志之一来引用。然而,他却不是说这句话的第一人。拉潘曾经在《关于诗的思考》中写过:"诗中有着某些不可言喻的东西……真正的诗应该对着心灵说话。"②伏尔泰不顾艺术中规则的专横和伦理派偏见,首先关心恢复审美快感的权利。他反对种种理性的目的:为启发艺术创作,预先设定条条框框,对作品进行专横的判断。他在《对帕斯卡尔思想的评述》一文中,毫不客气地指责,在这篇编注不佳的文章里,帕斯卡尔打算用理性的原则去评价艺术作品之美:"在属于欣赏的著作方面,在音乐、诗和绘画方面,是欣赏趣味取代了说明,谁仅以规则来判断它们,谁就会判断有误"。因此,"软弱无力的诗句并非是那些违反规则的诗句,而是违反天才的诗句"③。

在批评诗歌的时候,那些爱推理的人和哲学家们对诗却不屑一顾。伏尔泰相信情感,他为诗辩护:"人们十分明白诗的目标是什么,它乃是有力、清楚、精致、和谐的描绘,诗乃是和谐的辩才。"④伏尔泰早在《论史诗》中就写道:"要判断诗人,就必须会感觉……这正如判断音乐,以数学家的身份去计算音调的比例是不够的,甚至是毫无价值的,必须具有音乐方面的听力和心灵。"他提出"激情是悲剧的灵魂"⑤。他虽然特别钦佩高乃依的悲剧《熙德》,但认为剧中人物克制自己的爱情,乃是一大缺憾,因为悲剧艺术主要表现为感情上的搏斗;不独悲剧,包括喜剧都是人类激情的生动画卷,都是热烈的行动和几乎不间断的激情。

尽管伏尔泰曾经写信告诉蒂埃里奥,"我宁肯喜欢一句轻率的诗,而不喜欢一句平淡的诗"(1756年5月27日)⑥,但是,作为语言和诗歌最佳技师,他身上的情感的反映还一直受着理智的支配。他认为,诗歌不存在灵感的规则,但存在着技巧性规则,后者是为使作品完美和避免沦落成"粗俗野蛮"。⑦ 1767年,他拒绝修订《斯基泰人》(*Scythes*)并写信给勒坎⑧:"我宁愿因一部按艺术规则写出的作品名落孙山,也不愿以一首粗俗的诗博得好评。"⑨

这些批评之所以显得有些矛盾——时而大胆又新颖,时而审慎又保守,是因为伏尔泰的批评一直是为现实的需要和论战中出现的事件所激励,所支配。出于驳斥某一劲敌或回复某一对他出言不逊的通信者的需要,伏尔泰经常在这一方面或那一方面夸大自己的主张。他常在看到一种为别人所不知、而自己又具备的欣

---

① 《批评:方法与历史》,第106页。
② 同上。
③ 同上。
④ 《哲学通讯》,第145页。
⑤ 《伏尔泰论文艺》,第415页。
⑥ 《批评:方法与历史》,第106页。
⑦ 同上。
⑧ 勒坎(1729—1778):法国悲剧作家。
⑨ 《批评:方法与历史》,第106页。

赏趣味时,奋笔疾书,大发议论。1770年9月25日,他写信给阿尔让塔尔①说:"总之,我们是生活在古怪而又庸俗的世纪里。"②也许除了沃韦纳格之外,他在周围几乎没有找到这种理想的批评家了,他"在一个他眼底满目平庸龌龊,假才子取代天才的世纪里",为沃韦纳格的"伟大鉴赏力"③(1745年1月7日致沃韦纳格的信)欢呼赞颂。然而,沃韦纳格对上一个世纪的大作家们并不宽容:他贬低高乃依,视之与让-巴蒂斯特·鲁索④同流,因为高乃依"卖弄傲慢,夸耀辩术";他指责莫里哀只看到了人的滑稽可笑方面,只处理"渺小的主题";他对拉封丹声色俱厉,说其"见识"与"单纯"使他厌恶。⑤

在伏尔泰的眼里,在那么多的"西哥特人"⑥中,具有"细腻而又确定的鉴赏力"的批评家是极少的,这种细腻而又确定的鉴赏力,即所谓"在不足之中能敏锐地感觉出一种美,在美之中能敏锐地感觉出'一种不足'"。⑦ 伏尔泰对那些所谓的行家所做的对一部作品整体的判断和指责感到愤慨。相反,像他所设想和所实践的那样,批评是充满差别和对比的。这一如他1743年4月15日向沃韦纳格所提出的建议:"作为像您这样的人,应该提供所好,而不要言明所恶。"⑧而且他向沃氏指出,高乃依在许多方面一直值得崇尚;但是20年之后,《评高乃依》一书却充满了细致入微的批评,为的是使读者谨防盲目崇拜。

二 卢梭

卢梭出生于瑞士日内瓦一个钟表匠的家庭,出生后不久母亲便离开了人世。卢梭10岁时,父亲被逐放,离开日内瓦,留下了孤苦伶仃的儿子。1728年,16岁的卢梭只身离开日内瓦。卢梭长年做临时工,默默无闻,到处谋生,漂泊四方,从小受过不少苦,度过13年萍踪浪迹的生活。1750年,卢梭在30岁时一举成名。第戎科学院开展了一次有奖征文活动,题目是《论科学与艺术是否败坏或增进道德》。卢梭的论文论证了科学和艺术进展的最后结果无益于人类,获得头等奖,使他顿时成为一代名人。随后他又写出了许多其他著作,其中包括《论人类不平等的起源和基础》(1755)、《新爱洛绮丝》(1761)、《爱弥儿》(1762)、《社会契约论》(1762)和《忏悔录》,所有这些著作都提高了他的声望。他凭着自己的悟性和坚

---

① 阿尔让塔尔(1700—1788):法国外交家,因崇尚伏尔泰而出名。
② 《批评:方法与历史》,第107页。
③ 同上,第108页。
④ 让-巴蒂斯特·鲁索(1671—1741):法国诗人,被同时代人誉为马莱伯和布瓦洛的继承者。
⑤ 《批评:方法与历史》,第109页。
⑥ 西哥特人:欧洲历史上一个日尔曼民族。4世纪末,这个民族曾东侵色雷斯,威胁君士坦丁堡,后又西迁意大利,征战西班牙。大约5世纪时,西哥特人的王国包括了三分之一的西罗马帝国疆域,后又败于阿拉伯人,历史上西哥特人有"野蛮人"的俗称,这里即取此义。
⑦ 《批评:方法与历史》,第107页。
⑧ 同上。

韧,自学成才,最后成为名震天下的伟人。《社会契约论》(1762)认为国家是社会契约的形式,只能是自由的人民自由协议的产物,如果自由被强力所剥夺,则人民可以用强力夺回失去的自由,这就是革命。这些思想不啻是封建专制制度的判决书,法国大革命的福音书,它们被记录和体现在美国革命的《独立宣言》和法国革命的《人权宣言》中,以及两国革命所制定的宪法中。

在文艺思想上,卢梭也是惊世骇俗的。使他一举成名的对第戎学院《论科学与艺术是否败坏或增进道德》征文的应征,题为《论科学与艺术》(1749)。文章语出惊人,卢梭的理想是返回自然,自然虽说是一种无知状态,但却是一种"幸福的无知状态"。他认为自然是美好的,原初人只是自然生态中的一部分,出自自然的人是生来自由平等的。生态就是指一切生物的生存状态。卢梭在作品里经常表现他的"回归自然"的观念,喜欢描写和歌颂大自然,喜欢将人物置身于纯朴宁静的大自然中,人与自然是和睦相处的,融为一体的。卢梭在《论科学与艺术》里对现代性进行大胆的文化批判,他认为科学和艺术不是敦风化俗,而是伤风败俗,因为科学不是产生于美德,而是产生于闲适;艺术不是产生于需要,而是产生于奢侈。这样一来,原始社会人的自由的人性荡然无存,滋生着怀疑、猜忌、恐惧、冷酷、戒备、仇恨、背叛及各种繁文缛节,致使曾经威极一时的文明国家,如古埃及、古希腊、古罗马、拜占庭等,一个个陷于沉沦。他暗示科学与艺术物质文明是导致生态灾难的思想文化根源。由此看,《论科学与艺术》是生态文学的先声,是对造成生态危机的社会根源的揭橥。卢梭的自然观不仅影响浪漫主义文学,也开拓了法国生态文学。在生态文学中,人与自然的地位是平等的,它把人视为大自然的一部分,表达了人类与自然万物和谐相处的理想和生存状态。

关于卢梭的戏剧观,当他听说达朗贝尔主张在日内瓦建立一个剧场时,感到愤慨,立即写了《给达朗贝尔论戏剧的信》(1758),对莫里哀进行严厉抨击。卢梭认为戏剧表演的不是真实关系,而是歪曲和夸张:悲剧夸张到一般人水平之上,喜剧夸张到一般人水平之下,加上演员出卖色相,道德败坏,使剧场成了伤风败俗的学校。卢梭主张诸如节庆、婚礼、联欢舞会、体育竞技、划船比赛、侨民归国团聚等大众娱乐形式,它们不是强制的,而是自愿的,不是贪财的,而是无私的,不是庸俗的,而是健康的,不是离心力的,而是凝聚力的。他特别欣赏古斯巴达形式简朴、内容充满爱国主义尚武精神的节庆活动,认为那是保持秩序和良风美俗的重要手段。总之,卢梭以清教徒的偏激态度对待艺术,得出的结论常常是反艺术的,这不仅与人类的艺术实践,而且也与他自己的艺术实践相背离。

至于卢梭的审美观,主要见于他的小说《爱弥儿》(1762)。在这部小说里,卢梭的自然教育论和自然审美观共同得到体现。所谓自然教育论,主张教育即习惯,教育要遵循自然的永恒法则,让人秉其本性,同自然一样地自由发展。按年龄顺序,经过体育、感官教育、智育、德育、爱情教育等阶段,内容包括自我发现论、身心并重论、实践教育论、实物教学法。目的是个性解放,培养全面发展的新人。卢梭认为,这一切要从儿童抓起。"儿童中心论"成了卢梭的首创。与此相适应,他认为一切真正美的典型,都存在于大自然中,最共同的特点综合起来就是美。美有取决于人的心灵良好倾向的道德美,也有取决于人的真正的官能享受的感性美。道德美能充实我们的生活,增加我们的爱情,所以是一种理想美,理想美还包括一种永恒不变的美,那就是"除了自在的上帝以外,便只有不存在的东西才真正是美的"①那种东西,即可望不可即的东西。审美力是人的自然能力,包括感受力和判断力,但是要经过培养,才能使纯然感性的感情、感动,变成包含观念和思想的感想。审美力有相对性,源于人的主体自然的差异性和人所生活的社会环境的差异性。社会环境除了指地方的风土人情外,还有政治制度,这说明卢梭独具慧眼,比"地理学派"的创始人孟德斯鸠要高明。在《爱弥儿》中,他又对拉封丹进行了指责,说其寓言"尽管非常朴实、非常优美"②,但都是骗人的。戏剧不真实,诗歌在撒谎。卢梭还区分了审美的物质方面和精神方面,前者受客观规律支配,有铁的必然性;后者则是人创造的,具备自由的品格。但卢梭的出发点和总的倾向,不是导向社会,而是导向自然,不是导向物质,而是导向精神,不是导向城市,而是导向孤寂,最终在阿尔卑斯山的大自然中,去品尝他的静寂主义。

"浪漫主义之父"卢梭在文艺上的最大贡献是书信体小说《新爱洛绮丝》(1761)和自传作品《忏悔录》(1770)。《新爱洛绮丝》叙述贵族少女朱丽爱上家庭教师圣·普乐的故事。但是,朱丽的父亲是个有着浓厚封建等级偏见的贵族,他顽固地反对将女儿嫁给一个出身第三等级的家庭教师,强迫她嫁给贵族德·伏勒玛。圣·普乐是个品学兼优、才貌双全的知识分子,他不承认封建道德和等级观念,把恋爱视为基本的人权。婚后,朱丽用宗教和道德观念克制自己,最后因病去世。临终前,她将子女托付给圣·普乐,并向他坦露"去天国团聚"的心愿。作品中的圣·普乐和朱丽都具有反封建精神,他们反对封建等级观念,追求个性解放。卢梭指出,封建的等级偏见和道德观念,才是造成这对青年悲剧的根本原因。作者根据人权主义的原则尖锐地指出,像圣·普乐这样在各方面都比周围人优秀的青年,应该得到朱丽的爱情,而那个社会则只承认"高贵"的血统和贵族的头衔,是多么不合理!然而,卢梭在歌颂主人公反封建的同时,又把朱丽写成贤妻良母式的女性,把圣·普乐写成按礼行事的人,这就在一定程度上削弱了作品的批判力量。作品还以极大的热情,歌颂了人的自然情感,特别是男女青年爱情过程中的自由奔放的激情。卢梭指出,真诚的爱情结合是一切结合中最纯洁的结合,最高尚的爱,而这种高尚、纯真、自然的情感是无法压制的。同时,小说还通过圣·普乐在巴黎的见闻,以及用对华莱山区人民纯朴道德风貌的赞扬,与贵族的恶习相比较,进一步揭示所谓的贵族文明、道德和习俗,实质是对自然人性的摧

---

① 《爱弥儿》,第684页。
② 《批评:方法与历史》,第119页。

残。因此，小说对现实的批判超出了爱情问题而具有广泛的社会性。

《忏悔录》是卢梭悲惨的晚年的写照。如果要举出他那些不幸岁月中最重要的、甚至是唯一的内容，那就是这部掺着辛酸的书了。这样一部在残酷迫害下写成的自传，一部在四面受敌的情况下为自己的存在辩护的自传，怎么会不充满一种逼人的悲愤呢？它那著名的开篇，一下子就显出了这种悲愤所具有的震撼人心的力量：这是世界上绝无仅有、也许永远不会再有的一幅完全依照本来面目和全部事实描绘出来的人像。《忏悔录》以表现自我取胜，描绘的是卢梭自己的"人像"，把自己的真实面目和内在世界赤裸裸地和盘托出："当时我是什么样的人，我就写成什么样的人；当时我是卑鄙龌龊的，就写我的卑鄙龌龊；当时我是善良忠厚、道德高尚的，就写我的善良忠厚和道德高尚"。①《忏悔录》首先使我们感到可贵的是，其中充满了平民的自信、自重和骄傲，一种高昂的平民精神。在卢梭之前，文学史上还没有出现过这样一个有勇气的作家，于是，卢梭以藐视前人的自豪，在《忏悔录》的第一段就这样宣布："不管末日审判的号角什么时候吹响，我都敢拿着这本书走到至高无上的审判者面前，果敢地大声说：请看！这就是我所做过的，这就是我所想过的，我当时就是那样的人。"②

总之，卢梭这个不论在社会政治思想、文学内容、风格和情调上都开辟了一个新的时代的人物，主要就是通过这部自传推动和启发了19世纪的法国文学，从崇尚宫廷到崇尚自然，从理性崇拜到感性崇拜，从模仿现实到表现自我，这就是从1749年开始，卢梭带给18世纪的新东西，它就是作为浪漫主义先驱的"先浪漫主义"，终于在18世纪末和19世纪初，发展为风靡整个欧洲的浪漫主义运动。

卢梭对文艺批评的思考与狄德罗的批评思考相差无几。但是，卢梭的文学观念服从于一种更为严格的哲学系统性。卢梭是从揭示文学和艺术所造成的恶劣影响开始其批评活动的，而且绝非胡言，他的第一篇《论文》就完全是打算解释集中于外省的第戎学院的小资产阶级的情感。在他的整个批评活动中，艺术判断服从于道德判断，因为就像狄德罗一样，他看重艺术家的社会功能。18世纪50年代，这两位朋友大概交换过对于这些问题的观点。在狄德罗建立他的资产阶级戏剧理论时，卢梭在《新爱洛绮丝》的第二部分中予以应和，指出新派作家的故作风雅、空话连篇的戏剧是多么脱离古代戏剧所主张的"优美而富有教育意义的表演"③。卢梭只有在艺术是真实的条件下才会承认艺术，然而与狄德罗迥然不同的是，他不相信有可能推进真实文学的发展。他认为，作家们就简避难，总喜欢弄些旨在欺骗公众的格言和警句，而不肯对一种情感作朴素而又自然的表达。后来补充的《新爱洛绮丝》中的一个脚注，对拉辛做了有趣的、与众不同的评价："在拉辛作品中，一切都具有情感。他晓得让每个人都为自己说话，就此一点，他是我们民

---

① 《忏悔录》(第一部)，第2页。
② 同上，第1页。
③ 《批评：方法与历史》，第119页。

族戏剧作家中当真独一无二的"①。因此,伟大的艺术家便是那种说真话的人,因为他感觉到了他所说的内容。在这层意义上,卢梭就像帕斯卡尔一样,通常关心一种说服性艺术的规则,为此,他甚至在名为《一本书写作中的方法观念》的注释中大体勾勒了这种艺术的诸方面特点。

作为一位音乐家,卢梭在《论语言的起源》(1749)中表达了对音乐以及诗歌的比喻特征的思想,认为音乐不在于直接模仿对象,而在于能够使人们的心灵接近对象所造成的意境;音乐的主要因素是旋律,它是激情的语言,是使音乐具有征服人心力量的源泉。

三 重要的革新者们

唯有先验的方法可以使美学批评摆脱教条主义,改为建立在主观经验上,这就是迪博教士②努力在做的事。在《关于诗歌和绘画的批评思考》一书中,他试图解释诗句和图画带给我们乐趣的根源。情感则是矫正理性偏颇之弊而新提出来的,在美学上最早体现这一时代风尚的,正是法国的迪博教士。他在1719年写的《关于诗歌和绘画的批评思考》中,主张一种感情沟通说的美学思想,他承认"艺术模仿自然"这个古老信条,但强调的不是理性,而是情感,因为情感是人性的第一需要和基本特征,可以劝说人们放弃自己的理性,却无法劝说人们放弃自己的情感。因此,艺术应该是感染人和打动人的,"只有把活动处理、描绘得能感动人的人,才能够取得诗人的称号"③。要达到这一点,不是通过风格、技巧,而是通过题材、内容;不是通过寓意、幻觉,而是通过真实、自然,"艺术对我们的吸引力与艺术真实成正比"④。正因为如此,艺术的裁判者,与其说是拥有专门知识的专家,不如说是广大的人民群众,因为他们来自自然,本身就有"第六感官",能够适应反射性活动,表达情感等人的本性。迪博教士还指出,艺术创作需要天才,如同植物的生命,天才不仅需要大脑、血液、灵魂、体质等因素的巧妙组合,也需要气候、土壤、空气以及社会环境等风土人情的客观条件。迪博教士还区分了诗与画的不同特性,如诗表现动作是渐进性的,而画表现动作是瞬息性的,画利用自然的符号,通过视觉作用于人,其感人的效果要优越于诗。

正当古典主义理性批评出现危机之时,迪博教士的重大革新的功绩在于依据经验的普通理论和哲学的感觉论建立了一种崭新的批评。他在《关于诗和绘画的评论思考》(1719)中,不管是分析个人的印象,还是以公众的判断来指出

---

① 《批评:方法与历史》,第119页。
② 迪博教士(1670—1742):法国历史学家,批评家和外交家。
③ K. E. 吉尔伯特,H. 库恩:《美学史》(夏乾丰译),上海:上海译文出版社,1989年,第362页。
④ 同上,第363页。

吕里①歌剧或高乃依悲剧之高明，都不时地求助于经验。由于他尽力分析美感，对艺术作品能够产生趣味的本质提出了己见，所以，人们通常说他创立了与前一个世纪的理性批评相对立的一种情感批评。但是，迪博教士不满足于在可能属于理性判断的东西和可能属于"我无以名状"范畴的东西之间进行泛泛的区分，而是干脆摆脱了问题的道德与宗教观点。他认为，美感是一种感觉，对它不可加以判断，进而给予指责或宽容；如果可以做到的话，应在其存在的地方给以证实和解释。这已经不是"欣赏趣味"的一种表达，即为训练所陶冶的理智的一种快乐过程，而是一种人体的情绪，一种与触觉和嗅觉相类似的人的器官的反应，是"第六感官"②的显现。于是，旧批评中的"我无以名状"就变成了最确实的和首要的现实。这种情感判断仅宣称，在批评方面实际上并不存在什么别的权威，而只有在我们自己身上直接证实或历史地在过去的公众身上证实的"第六感官"的反应。因此，批评的理性仅仅在于记录这些反应并加以认可；当批评的理性致力于分析，致力于在形式和内容之间进行区别，它就只会使艺术作品失去自然。

迪博教士不承认那些抱有偏见和依据特殊习惯及从外面学来的程式行事的行家和"职业批评家"。在他看来，最好的公众是由"或通过阅读，或通过在世界上经商获得启蒙"，并因此可以在比较各种印象时进行判断的人组成。但是从此，人们不就必须面对美感的各式各样的反应了吗？迪博教士在说明文学感受（完全像说明创作天才一样）是怎样随空间和时间发生变化的时候，对一种地域环境理论大加发挥：在罗马与在巴黎的感受不一样，古人的感受与今人的感受不一样。因此，批评家的主要工作应该是一项历史性的工作，他需要研究各个时代、各种环境、身体原因和道德原因等许许多多影响作品和公众的情况。迪博教士作为历史学家和博学家，在当时的批评家中鹤立鸡群，他满腔热情地对待过去，甚至懂得依据内容之远近发现其益处："如果我们想正确地判断诗的各种意象、各种形象和它的各种情感的话，我们就必须把自己变成其为之而写的那些人"。他甚至说："要对古人和外国人做出合理的批评，仅仅会写是不够的，还必须具有对他们所谈内容的了解才行。"③

批评家的责任在于：要想判断荷马，就得使自己成为荷马的同时代人；要想搞懂勒·塔索，就得变成意大利人；要想评价弥尔顿④，就得变成英国人。迪博教士强调说："大多数人都肯定自己所处的时代和自己的国家，这种偏见是产生错误看法和错误判断的万恶之源。他们把发生在他们所处时代和国家的东西当作到处

---

① 吕里（1632—1687）：法籍意大利作曲家，法国小提琴的创始人。
② 《批评：方法与历史》，第79页。
③ 同上，第80页。
④ 弥尔顿（1680—1674）：英国诗人和批判家，史诗《失乐园》（1667）的作者。主要由德利尔教士和夏多布里昂翻译，作品中充满了崇高的典范。与他们截然相反，伏尔泰对此一点也不欣赏。

必须出现的东西的尺度。"①在 18 世纪,就出现相对主义的批评,要求批评家要从作家当时写作的时代和情境出发理解作品。迪博教士是第一位用理解的兴趣代替判断的兴趣的批评家。他的著述的重要性没有躲过伏尔泰的眼睛,伏尔泰称之为"任何民族在这些题材方面所写过的最有用的书"②。

另一位批评家巴托③的"美的艺术"涉及音乐、诗歌、绘画、雕刻和舞蹈五种艺术。巴托教士是法兰西学院的修辞学教授,他在《关于聋哑人听说之信》(1751)中认为艺术作品应该模仿"美的自然",远在莱辛④之前。他在《关于拉奥孔或绘画和诗歌的分界线》(1766)中,拒绝在诗歌(是一门时间持续性的艺术)和绘画(是一门时间同时性的艺术)之间的同形。在《美的艺术的同一原理》(1746)中,他虽然也承认艺术模仿自然的命题,但带有更多理想主义的倾向,他反对把自然看作与人毫无关系的独立存在,而是看作与人有利害关系的东西,因而艺术模仿自然不是盲目地抄袭,而是同人的情感、意蕴、审美趣味相联系,其目的是使人喜欢、振奋,获得快感。总之,艺术模仿自然,应该是模仿美的自然。比如,诗歌的本质,就同诗人的虚构、激情、韵律等相联系。不过,正如这篇论著的题目所示,巴托把不同类型的各种艺术视为同一,而忽略了它们各自的特点。

此外,梅西埃⑤(1740—1814)称布瓦洛是干巴巴、冷冰冰、小处着墨的、十足的迂夫子。不独布瓦洛,一切规则及批评家,都被他斥为艺术的祸根,天才的刽子手。他的《戏剧》(1733)和《睡帽》(1784),颂扬天才、生命、灵魂、热情、崇高,谴责雅趣、规则和一切矫揉造作的东西。他的理想是建立一种面向全民的政治性强而富于爱国主义精神的新悲剧,即伤感的市民剧,它通过同情和怜悯这无往不胜的情操,来沟通人与人之间的关系,并且感人至深,催人泪下,达到始终同一的艺术效果。这不啻是狂飙突进运动的先声。

梅西埃的一些思想在 18 世纪末被里瓦罗尔(1753—1801)和谢尼埃⑥(1762—1794)所发扬。里瓦罗尔写过应征论文《论法兰西语言的普遍性》(1784),译过但丁《地狱篇》的序言(1785),但表现其批评思想的主要是《人的才智与道德》(1797)。他认为天才就是创造力,天才分为思想的天才与表达的天才,创造分为积极主动的和纯然被动的。他把诗人比作蛮人,二者都用形象文字说话。虽然圣伯夫把他同英国批评家哈兹里特(1778—1830)相提并论,但他创新的探索是有限的。

---

① 《批评:方法与历史》,第 81 页。
② 同上。
③ 巴托教士(1713—1780):法国教士、美学家,文学批评家。
④ 莱辛(1729—1781):德国文学家。
⑤ 梅西埃(1740—1814):他写资产阶级戏剧,是继狄德罗之后资产阶级戏剧的理论家。
⑥ 安德烈·谢尼埃(1762—1794):法国资产阶级大革命时期中的反动诗人,1794 年 3 月被处以死刑。

第二节
"百科全书派"与狄德罗：美学与批评

18世纪法国文艺理论或美学思潮的主流是"百科全书派"。狄德罗主编了一套百科全书，全名是《各门科学、艺术和工艺的据理性制定的辞典》，目的是要绘制一切科学和技术的谱系之树，把各个学科部门中一切时代人类智慧努力的总图像表现出来，以便改变人们普遍的思想方式，去打开未知的道路，进而取得新的发现。为此，狄德罗邀请当时已负盛名的著名数学家达朗贝尔为副主编，二三十位著名学者为编辑和撰稿人，他们几乎包括了当时所有的进步思想家和各个知识领域的杰出人物。他们之中有写《感觉论》、《人类知识起源》的孔狄亚克(1715—1780)，有写《人是机器》的拉美特利(1709—1751)，有《自然体系》这一无神论的圣经的作者霍尔巴赫(1723—1789)——他虽然出身贵族，富有资产，却离经叛道，反对基督教，著《基督教思想解剖》，被人称作上帝的私敌，他家招待各界名流的沙龙，被人称为百科全书派的思想实验室。他们之中有《精神论》和《论人类》的作者爱尔维修(1715—1771)，还有因说了"风格即人"而为人所知的著名博物学家布封(1709—1788)等。他们自称为"百科全书共和国的人"或"写作共和国的人"。人们称他们为"百科全书派"。

所谓"百科全书派"，并非指160多位为百科全书撰稿的人，而是指其中最激进的、被恩格斯称作"光辉的学派"的唯物主义者，他们组成了启蒙运动的核心和中坚。当然，他们之中并非都是美学家或文艺理论家，但就是这些并非美学家和文艺理论家的人，也有写作美学或文艺理论文章的。比如，孟德斯鸠就为百科全书撰写了"论自然和艺术作品中的趣味"的词条。布封(1707—1788)是位博物学家，但他被人广为熟知，是因他说了"风格即人"那句话，那句话出自他的《风格论》(1753)，该书涉及美学问题。作为哲学家的孔狄亚克①，却写了《写作艺术》(1775)一书，这是他在1758至1767年间，在帕尔玛家任家庭教师时，为帕尔玛的儿子弗尔迪南编的一部入门性质的修辞学教本，其中对文艺问题的论述，渗透着他的感觉主义的哲学思想。他认为，不可能为诗的风格制定法则，推理愈多，美感愈少，为此他提出"亲身体味，便是一切"的口号。他还把诗歌的起源同语言的起源等同视之，都归于人类自我表现和情感宣泄的需要。而百科全书的副主编、数学家达朗贝尔为百科全书写了"日内瓦"的词条，主张在日内瓦建立一个剧场，因

---

① 孔狄亚克(1715—1780)：法国著名哲学家。

为戏剧乃是培养道德的学校,这招致了卢梭的反对,他因而写了那封著名的《给达朗贝尔论戏剧的信》。但所有这些都不是百科全书派的正宗,代表百科全书派正宗的,正是站在启蒙运动潮头的弄潮儿,亦即狄德罗、卢梭、伏尔泰等人,其中领袖狄德罗更是为了对真理和正义的热诚而献出了整个生命的人。而伏尔泰则把百科全书比作雄伟壮观的金字塔,把百科全书印刷所看成对人类进行教育的机构,而把两位主编比作希腊罗马神话中驭着宇宙反抗天神的英雄巨人。他还给狄德罗写信说:人类正处在一个大转变的前夜,这个转变首先应该归功于他。这些评价,都是中肯和公允的。狄德罗自己在晚年说:他不得不放弃他喜爱的数学,不得不放弃他经常随身携带着的荷马和维吉尔,不得不放弃他所欣赏的剧院,极其幸运地投入了百科全书的工作,他为它牺牲了生命的 23 个年头。

18 世纪 60 年代的新读者公众希望通过有德行的资产者和沉着冷静的代理人的特征来认识自己,这如同 1630 年时的读者公众想在英雄人物和骁勇的王子们身上发现自己一样。文学作品在带给读者公众信以为真的理想形象的同时,自己也成了极为高贵的东西。改革者们一心要满足一种新的公众和新的"资助者们"的愿望,正如梅西埃 1769 年在《热纳瓦尔》(*Jenneval*)前言中所说,应该为"这一大批公众"写出作品,"他们当中,许多没有经验而又很敏感的心灵在静静地等待,而只有当听到大自然的呼声才会激动起来"①。狄德罗要求有一部"为人民而写"的戏剧。百科全书编纂者们希望赋予艺术以一种社会作用。

一 狄德罗的美学思想

狄德罗(1713—1784)是法国外省一个小城的刀剪师傅的儿子,天性好动,思想活跃,酷爱学习,长于交际,在巴黎求学期间,就来往于"政治俱乐部"的沙龙和咖啡馆,看到了社会黑暗,激发了启蒙思想,不仅成为多才多艺学问渊博的"百科全人",而且成为"百科全书派"的卓越领导人。伏尔泰把"百科全书"的主编狄德罗和达朗贝尔比作神话中驭着宇宙反抗天神的英雄巨人,从而在法国历史上开辟了一个新时代。的确,狄德罗为"百科全书"呕心沥血,不屈不挠,正如恩格斯所说:"如果说,有谁为了'对真理和正义的热诚'(就这句话的正面的意思说)而献出了整个生命,那么,例如狄德罗就是这样的人。"②

狄德罗的美学观点零星散见于他的许多著作中,有系统的论述是他在《百科全书》里发表的《论美》的长文(1750)。狄德罗依据唯物主义观点,提出了美在关系说。他认为"美"是一个存在物的名词,它标记着存在物一种共有的性质,这个共有的性质就是"关系"。"美在关系"就意味着美在事物的客观性质,事物的性

---

① 《批评:方法与历史》,第 114 页。
② 《忏悔录》(第一部),第 1—2 页。

质是美的根源。美的本质并不存在于想象和虚构的关系之中,而存在于客观的实在的关系之中:"所以我说一个存在物,由于我们注意它的关系而美,我并不是说由我们的想象力移植过去的智力或虚构的关系,而是说那里的实在关系,借助于我们的感官而为我们的悟性所注意到的实在关系。"①真实地反映生活,这是狄德罗现实主义理论的根本原则。

在《德·阿朗贝尔的梦》中,狄德罗对美和对艺术创作同样采取一种唯物主义的观点:一个有血有肉的人进入美学创作,有时进入崇高的状态,艺术家用这种神奇的方法使可感觉的东西变成可理解的东西,他为这种变化而着迷。他敢于挑衅古典主义的规则,预示浪漫主义新思潮,他将真正的艺术视为一种感觉和一种天才的表达:自然的一种纯洁天赋,一种先知的精神的一种非凡的、想象的力量。

狄德罗反对巴托教士的观点,并构思了"诗的象征"概念——根据这一概念,内容与形式不可分离,文学话语获得了自主性。因此,美不再具有自然的固有特性,而是作家表达的来自感觉的东西与他所使用的表达手段以及作品所产生的美学激情之间的协调。为此,他提出"外在于我的美"与"关系到我的美"的概念。在作说明时,他又提出"绝对美"和"相对美"、"实在的美"和"见到的美"等概念,"关系"以及相对美和绝对美的提法可能受到英国哈奇生的影响。"关系"可能有三种不同的意义:一个是同一事物的各组成部分之间的关系,例如他所提到的比例、对称、秩序、安排之类的形式因素;其次是这一事物与其他事物之间的关系,如他所提到的这朵花与其他植物乃至全体自然界的关系;第三还有对象与人(即客体与主体)之间的关系。狄德罗所说的"关系到我的美",理应在于这第三种关系,即理应与对象的社会性密切相关,但是正是在这一点上他的观念非常模糊。

应该肯定的是"美在于关系"的看法,不管它多么含糊,却已隐约见出美在于事物的内在的和对外的联系。狄德罗所举的高乃依的《贺拉斯》悲剧里"让他死吧!"一句话的例子很能说明问题。如果孤立地不从关系着眼去看这句话,就无从断定它的美丑。如果告诉读者这是回答一个人应该怎样对待一场战斗的话,关系就比较明确了,这句话就开始对读者而言产生了意义。如果再告诉读者这场战斗关系到相同的荣誉,提问题的人就是答话人的女儿,而那位参加战斗者就是他剩下的唯一的儿子,这位青年要以一个人抵挡三个敌人,他的两个弟兄都已被那三个敌人杀死,那老父亲是一个罗马人,他毅然决然地鼓励他的儿子去抗敌。这样一来,"让他死吧!"这一句本来说不上是美是丑的话,就随着情境和关系的逐渐展开,逐渐显得美,终于显得崇高庄严了。狄德罗用这个例子来说明美要靠对象和情境的关系,情境改变,对象的意义就随之改变,而美的有无和多寡深浅也就相应地改变。从这个例子看,狄德罗所说的由对外关系或情境决定的美就是哈奇生所说的"相对美"。值得注意的是狄德罗在这里把"关系"的概念结合到情境的概

---

① 《狄德罗美学论文选》,第31页。

念,后来他的美学思想的发展都从此出发。

关于批评,18世纪上流社会的风雅情趣和古典主义的文艺批评仍然受到启蒙精神的质疑,一种自主美学批评突然出现。狄德罗贬低风雅,揭露规则的种种恶行:"什么是风雅?通过重复的经验,捕捉真或好,有一个使风雅优美的情况,由此获得一种迅速和强烈地受其感动的机敏。①" "规则使艺术成为惯例,我不知道它们是有用或是更有有害。很明显,它们对平庸的人有用,对天才的人有害。②" 在他看来,风雅与天才对立,风雅随着时间而获得。遵循规则办事,结果只能创作出传统的作品来;而天才的特点是瞬间性和无规则性,达到崇高;受自然启发的模仿与人为手法形成对照。可以看到,那个时代的狄德罗像法国美学批评一样,无法成功地舍弃文学语言的模仿观念,这种观念来自贺拉斯的《诗艺》著名的诗句:"一首诗如同一幅画"③。

二 狄德罗的艺术观

18世纪初法国画坛流行以布歇为代表的新古典主义的浮华纤巧的"螺钿"风格,狄德罗试图扭转这一风气,扭转到以谷若则为代表的、较符合资产阶级要求的、生动深刻的、带有浪漫主义倾向的风格。

18世纪,在由宫廷画师把持、到处充斥着贵族审美趣味的画院里学习,只会使学生们看到不自然的、做作的、故意安排的姿态,把这些姿态再现到画布上就产生了绘画中的矫揉造作。矫揉造作是没落贵族的审美趣味,也是这个阶级的时代风格,从它身上看得出封建贵族的虚伪和渺小。因为在18世纪的法国,封建贵族已经日薄西山,气息奄奄,而新兴资产阶级则以全人类利益总代表的身份活跃在政治、经济和文化等领域中。贵族阶级已丧失了一切有价值、有生命力的活动,充其量只会摆出一副自我陶醉的架势,而来自社会各个阶层的市民阶级,却以各种各样的开拓方式给整个社会带来了勃勃生气。狄德罗把贵族阶级摆的那副自我陶醉的架势称为"姿态",而把市民阶级的开拓方式称为"动作",认为姿态是一回事,动作又是一回事。任何姿态都是虚伪而渺小的,任何动作都是美丽而真实的。因此,有希望的造型艺术家都应该离开画院这个贩卖矫揉造作风格的铺子,到市民社会中去,观察民间的风俗人情,了解人世间的悲欢苦楚。只有从市民社会这个真实的自然中寻找艺术家挥动画笔、刻刀的契机,艺术家才能为人类创造出天才的作品。

按照"美在关系"的观点,狄德罗解释了现实美和艺术美。他把艺术美看作"模仿的美"。他主张艺术效法自然,反对仿古,反对墨守成规。认为大自然高于

---

① *La Critique littéraire*, p. 62.
② *Ibid.*
③ *Ibid.*

艺术,自然美高于艺术美。他曾呼吁:"要真实!要自然!"狄德罗提出,"服从自然,这意味着服从生活的真,没有自然不可能想象真正的艺术","只有真实能够使我们称心,使我们感动","自然的真实乃是艺术中的逼真的基础"。① 虚构的美,实际是艺术家创造的艺术作品的美。但是,狄德罗作为启蒙运动思想家,并不甘愿作自然的追随者,所以他又认为艺术真实既不应违背自然真实,又不等于自然真实,艺术真实必须符合艺术家的理想,符合他所虚构的关系。狄德罗认为艺术家面对的是具有社会性质的自然,而不是无机界的自然。真正的自然是由人的行动、情感、善行、罪恶、创造和毁灭等人类社会事件构成的,而不是由山岩树木、人的肉体组织所构成的。不研究并深入了解前者而仅仅精于再现后者则不能成为真正的艺术家。强调"美在自然",主张真实地再现自然从而创造艺术美,是狄德罗启蒙美学的重要组成部分。法国著名肖像画家米歇尔·梵洛是狄德罗的好朋友,他的油画《狄德罗先生》在狄德罗看来"实现了一位艺术家、一位优秀艺术家、一个出类拔萃的人的友谊"②。尽管如此,他还是明确指出此画加进了画家许多善意的"补白",违反了自然的真实,是一件失败的作品。"自然的真实"使狄德罗有着完全属于古代演说家的气质,高高的额头、灵活的眼睛、棱角分明的脸庞、天真的程度接近于古人的憨厚和土气,而绝非面带笑容、具有女性般娇媚之态而风流自许的男人。米歇尔·梵洛未能尊重自然再现狄德罗思想斗士的风采,而是从个人情谊和臆想出发,造出了一个"国务秘书"的媚态,在这一形象中,画家那主观的善意扼杀了他的才华。综上所述,可以非常清晰地看到,狄德罗绘画美学思想的核心是"美在自然"。

狄德罗所了解的自然和新古典主义者所崇奉的自然毕竟是两回事。新古典主义者所崇奉的"自然"是抽象化的"人性",是"方法化过的自然",是受过封建文化洗礼的自然。他们是把"自然"和"合适"或"妥帖得体"的概念联系在一起的。蛮野粗犷的东西决不会被他们看作自然,路易十四的宫廷生活对他们才是高级的自然。他们更醉心的是"文明""文雅"和"彬彬有礼"。自然只有在带上这些品质时才能引起他们的爱好和"摹仿"。启蒙运动者之中只有伏尔泰在这一点上还和新古典主义者气味相投。就卢梭和狄德罗来说,这种与"蛮野"相对立而与"文明"相结合的自然恰恰是不自然,也恰恰是他们深心厌恶的腐朽的封建宫廷的生活习俗。他们所号召的"回到自然"里面有一个涵义就是"回到原始生活"。他们是把自然和近代腐朽文化对立起来的,为着要离开这种腐朽文化,所以要"回到自然"。和卢梭一样,狄德罗的自然观也带有很浓厚的原始主义,但他的"自然"不是卢梭追求的那种归真返朴的自然,而是浸透着丰富社会内容、充满着道德意识的社会现实。狄德罗提出,诗需要的是什么呢,生糙的自然还是经过教养的自然,

---

① 中国社会科学院文学研究所:《狄德罗:美之根源及性质的研究》,载《文艺理论译丛》,1958年第1期,第24页。
② 狄德罗:《狄德罗美学论文选》(张冠尧,桂裕芳译),北京:人民文学出版社,1984年。

动荡的自然还是平静的自然？诗需要哪一种美,纯静肃穆的白天里的美还是狂风暴雨雷电交加、阴森可怕的黑夜里的美呢？他认为,诗需要的是一种巨大的粗犷的野蛮的气魄。

从此可知,狄德罗要求文艺向自然吸取原始的、蛮野的气息。他认为这种气息才有诗意。首先,这里面有巨大的活力和强烈的情感,其次,在原始情况之下,人也才可以毫无拘束地表现这种活力和情感,他的思维方式才是形象的而不是抽象的,语言也是如此。自然对新古典主义者来说,就是理性,对于狄德罗来说,也还是理性,但更为重要的是情感。他要求诗人能使观众在看表演时"仿佛碰到一次大地震,看到房屋墙壁都在摇晃,觉得脚所站的土地就要陷下去似的"。他又向诗人呼吁:"请打动我,震撼我,撕毁我;请首先使我跳,使我哭,使我震颤使我气愤!"①狄德罗的原始主义正是后来浪漫运动所要求的东西。所以狄德罗在由新古典主义过渡到浪漫主义的发展过程中起了很大的促进作用。

但是狄德罗的美学思想并非单纯地是浪漫主义的,其中主要的还是现实主义的一面。在这方面,他似乎接近新古典主义,而其实也向前迈进了一步。他对艺术与自然的密切关系比过去人看得更清楚,也说得较明确。首先他发现美与真同一,因为两者都是认识真实地反映了事物,他说:艺术中的"美"和哲学中的"真"都根据同一个基础。"真"是什么？"真"就是我们的判断与事物的一致。摹仿性艺术的"美"是什么？这种美就是所描绘的形象与事物的一致。这几句言简而意赅的话不但说出反映论的基本道理,而且也指出艺术(形象思维)和哲学(抽象思维)的联系和区别。

狄德罗的辩证观点还表现在他对自然与艺术的关系的看法上。他一方面始终坚持艺术要摹仿自然,另一方面也再三强调艺术并不等于自然,摹仿并不等于被动地抄袭。他认为美一定同时是真实的,但并不是一切真实的东西都美,美也有高低深浅之别。他说,自然有时枯燥,艺术却永远不能枯燥,所以艺术对于自然,首先应有选择;摹仿自然并不够,应该摹仿美的自然。美与真虽同一而毕竟有区别,以及艺术应注意内容不能专靠表现技巧的道理。他并不完全反对艺术表现丑陋的事物,没有一点瑕疵的像爱神那样的面孔,只是理想的,不是真实的。真人的面孔总不免有些小毛病,如果要使画像真实,就不宜把那些小毛病掩盖起来。狄德罗在这里所主张的是不要为典型而牺牲个性,已经微露浪漫主义的倾向,和新古典主义的审美趣味是对立的。就狄德罗关于美的言论前后摆在一起来看,他主张艺术既要个性的真实,又要精选原来就美的事物为题材。

这些美学观点可以使人了解作为艺术批评家的狄德罗的批评实践。尽管古典主义传统重视人文主题,而蔑视静物,但是他狂热崇拜夏尔丹的画:你这个伟大的魔术师,你那不会发声的画布,却在滔滔不绝地向艺术家倾诉！他认为,夏尔丹

---

① 朱光潜:《西方美学史》(上卷),北京:金城出版社,2010年,第273页。

既是一位和谐的大师,也是美的大师。在 1752 年出版的《百科全书》中,"美"被定义为整体和部分之间的有序关系的整体。狄德罗认为:在(夏尔丹)的画上没有任何东西使人感到斧凿之嫌,一切是那么和谐,在和谐之外人就没有任何欲望了。和谐毫不知觉地在画布中间穿行,渗透到画布的每一部分,这如同神学家所说的"精神"一样,"精神"在整体上感觉到,而潜藏于每一点上。只等到后来的圣伯夫,文学批评才敢采用一个同样个性化的风格称呼,才敢专注于研究一个同样想象性的写作。

在评价 1767 年巴黎艺展的《沙龙》里以及在《谈演员》的对话里,狄德罗再三标榜所谓"理想美"以及它与"现实美"(le beau réel)的分别。理想美首先要求对材料加以选择,但是更重要的是对现实材料的理想化、集中化和典型化。在《谈演员》里他质问反对艺术修改自然的论敌说:如果说生糙的自然和偶然的安排比艺术的造作更好,艺术处理就难免损坏它。请问,人们所赞扬的艺术的魔力究竟何在呢?难道你不承认人可以美化自然吗?很显然,"美化自然"就要损坏生糙的自然的偶然的安排。这种"美化"的结果就是艺术作品,它已不复是自然了。艺术既要根据自然而又要超越自然,艺术美是一种理想美,是艺术家经过意匠经营,在自然上加工的结果。

因为认识到艺术既要根据自然而又要超越自然的辩证关系,狄德罗对于艺术"规则"也持有一种辩证的看法。一般地说,他对于新古典主义者所宣扬的"规则"是反对的,认为规则把艺术变成呆板的工作,这些规则没有一条不能被天才成功地跳越过去。他在《论演员》里谈到悲剧时,说明传统悲剧中一些人物并不是"历史人物",而是"诗所想象出来的幽灵",并且为这种"幽灵"辩护说:因为他们都来自传统成规。这是由埃斯库罗斯老人定下来的一个三千年的老规约。他又说:在戏台上的情节发展并不恰恰像自然中那样,戏剧作品是按照一套原则体系来写成的。因此,我们就不能根据自然现象或历史事实来衡量传统悲剧人物,而要根据艺术自己的一套原则体系。例如当时争论最热烈的"三一律",狄德罗并不完全反对。

与此相关,狄德罗也并不完全反对"摹仿古人"的口号,不过认为应向古人学习的不是一些死板的规则,而是古人如何对待自然的方法。在 1765 年的《沙龙》里,他提到文克尔曼的向古人学习比向自然学习更好的主张,表示不完全同意,并说过一段很有辩证意味的话:谁若是因为尊崇自然而非薄古人,谁就不免冒一种危险,在素描、性格、服装、表情等方面总是显得纤小、软弱和庸劣。谁若是因为尊崇古人而忽视自然,谁就不免冒另一种危险,作品显得冷淡枯燥,缺乏生气,缺乏只有从自然中才能察觉出的那种隐藏的秘奥的真理。依我看,我们要研究古人,是为着要学会如何处理自然。

三　狄德罗的文学观

1. 戏剧理论

在戏剧方面，狄德罗的意图是打破新古典主义的悲剧和喜剧的条框，建立符合资产阶级需要的严肃喜剧或市民剧。主要论剧艺著作有《和多华尔关于〈私生子〉的谈话》(1757)，附在《一家之主》剧本后面的《论戏剧体诗》(1758)以及《谈演员》的对话(晚年写作，去世后于1830年出版)。

狄德罗在文艺方面最关心的是戏剧。他要用符合资产阶级理想的市民剧来代替17世纪主要为封建宫廷服务的新古典主义的戏剧，作为反封建斗争的一种武器。随着资产阶级力量的上升，古典型的悲剧和喜剧以及它们的传统的规则已经不能满足新时代的要求。这种情形在较先进的资产阶级国家里早已显得很突出。例如在英国，伊丽莎白时代标志着英国戏剧的高峰，莎士比亚常用悲喜混杂剧。瓜里尼在意大利也作了同样的改革。这种悲喜混杂剧的成功打破了戏剧体裁须依传统定型的迷信。到了17、18世纪之交，英国又发展出另一新剧种，叫做"感伤剧"，进一步打破古典剧种的框子，用日常语言写普通人的日常生活，情调大半是感伤的，略带道德气味的。法国人给它取了个诨名，叫"泪剧"。它不像悲剧那样专写上层社会，也不像喜剧那样谑浪笑傲，目的是宣扬资产阶级所重视的道德品质，所以又叫做"严肃剧"，其实就是市民剧，也就是话剧的祖宗。

在启蒙运动的初期，法国新古典主义戏剧的影响还很强大，一般理论家不大瞧得起这个新剧种，从"泪剧"的诨号上就可以见出，伏尔泰也鄙视"泪剧"。狄德罗对新事物比较敏感，对新古典主义的成见比较浅。他对古典戏剧的态度多少是辩证的：一方面肯定了高乃依和拉辛的卓越成就，另一方面也反对古典戏剧的矫揉造作和清规戒律。他感觉到英国的新剧种更符合新时代的要求。狄德罗明确地提出文艺要在听众中产生道德的效果，要使坏人看到自己也曾做过的坏事感到愤慨，对自己给旁人造成的苦痛感到同情，走出戏院之后，做坏事的倾向就比较减少。戏剧要宣扬德行，而德行就是在道德领域里对秩序的爱好。因此，戏剧在题材上应有现实社会内容。其次，狄德罗认为如果要戏剧产生道德效果，就必须从打动听众的情感入手，而为着打动情感，戏剧就要产生如临真实情境的幻觉，使听众信以为真。他说：戏剧的完美在于把情节摹仿得精确，使听众经常误信自己身临其境。因此，狄德罗在英国感伤剧的启发之下，建议创立较适合时代要求的介乎悲剧与喜剧之间的新剧种，总名为"严肃剧种"，又分"家庭悲剧"和"严肃喜剧"两种。狄德罗把理想剧种和新古典主义的戏剧作了一个对比，只要自然，宁可粗野一点，决不要虚伪腐朽的"文明"。他把这个新剧种的性质界定为"市民的、家庭的"，政治意图很明显，要求戏剧接近现实，更好地为新的阶级服务。所以他力劝作家们深入生活，要住到乡下去，住到茅棚里去，访问左邻右舍，更好是瞧一瞧他们的床铺、饮食、房屋、衣服等等。这种呼声在当时还是"空谷足音"。

在拿严肃剧与传统剧种作对比时,狄德罗指出悲剧写的是具有个性的人物,喜剧写的是代表类型的人物,而严肃剧所写的则是"情境"。这是一种新的看法。戏剧、小说和叙事诗也一样,在内容上一般不是像古典作品那样侧重动作或情节,就是像近代作品那样侧重人物性格。狄德罗却提出"情境"作为新剧种内容重点,并且明确指出,人物性格要取决于情境,所以情境比人物性格更重要。结合到"情境",狄德罗还提出"关系"概念,说明"情境"是由家庭关系、职业关系和友敌关系等等形成的。这里有两点值得注意,一是他把社会内容提到了首要地位,二是他已隐约见到性格与环境的密切关联。

狄德罗也极重视戏剧中的情节处理,不过还是要求情节密切联系到情境。在这方面有两点值得注意:

第一点是他的"对比"说。过去喜剧常用人物性格的对比,例如出现了一个急躁粗鲁的人物,就配上一个镇静温和的人物来反衬。狄德罗反对这种机械的对比。他认为在现实生活里,人物性格只是各有不同,并非截然对立。人物性格既然取决于情境,严肃剧所应采用的就应该是人物性格与情境的对比。他接着举例说明他所要求的对比:如果你写一个守财奴恋爱,就让他爱上一个贫苦的女子。这是一个贫富悬殊的对比。两人出身不同,社会地位不同,人生观不同,对同一件事的利害计较就不同,由此而生的情境就是戏剧性的情境。从此可知,狄德罗所说的"对比"其实就是矛盾对立,就是冲突。

第二点是他对于戏剧布局的看法。他说:布局就是按戏剧体裁的规则在剧中安排出一部足以令人惊奇的历史;悲剧家可以部分地创造这部历史,喜剧家则可以全部地创造这部历史。他认为"比起历史家来,戏剧家所显示的真实性较少而逼真性却较多"。狄德罗把前者叫做"真实"(事实的真实)而后者叫做"逼真"(情理的真实),戏剧和一般文艺不是历史,只要求情理的真实而不要求事实的真实。"逼真"就是显示事物于理应有的内在联系。狄德罗替文艺的想象下过一个很精确的定义:从某一假定现象出发,按照它们在自然中所必有的前后次序,把一系列的形象思索出来,这就是根据假设进行推理,也就是想象。

狄德罗所说的"具有伟大兴趣"的"父母们、夫妻们、儿女们"在他的戏剧观点里取得了突出的地位。他要用这些家庭关系去形成他理想中的新型悲剧,即"家庭悲剧",而他自己创作的《一家之主》和《私生子》也正是以家庭关系的纠纷为中心。家庭关系在资产阶级的社会关系之中特别重要,所以狄德罗要求它在戏剧里得到反映,正是这种家庭关系再加上职业关系和友敌关系等形成狄德罗所认为新型市民剧中最重要的因素,即"情境"。他说:一直到现在,在喜剧里主要对象是人物性格,而情境只是次要的;现在情境却应变成主要的对象,而人物性格则只能是次要的,一切情节上的纠纷都是从人物性格引出来的。人们一般要找出显出人物性格的周围情况,把这些情境互相紧密联系起来,应该成为作品基础的就是情境,它所包含的义务、便利和困难。

狄德罗主张戏剧情节应显示人物性格和情境的冲突,这是对戏剧理论的一个重要的贡献。在人物性格与情境冲突中所显示的关系主要是社会关系,已不是《论美》里所说的"秩序""对称""安排"之类自然事物的形式方面的关系了。狄德罗看社会关系,特别重视家庭关系。

从现实主义的观点出发,狄德罗认为要通过揭示"情境""关系"或事物的内在联系,文艺才能逼真;而揭示事物的内在联系,就要通过思索。所以狄德罗虽然强调情感,却也认识到理智的重要性,有时他甚至把理智看得比情感还更重要,《谈演员》里所强调的冷静自制可以为证。他提出诗的想象也要合乎逻辑的看法。所谓合乎逻辑就是显出各种现象之间的必然联系。他要求艺术家既要有热情,又要有冷静的回味和思索,不能单凭心血来潮去创作。

狄德罗不但是戏剧理论家而且是创作者。他写了两部新型市民剧,《私生子》和《一家之主》。他的理论著作都是用来说明和辩护他的实践的。这两部剧本近于对话录,说教的气味很重,不算很成功。但是对法国戏剧来说,他的理论与实践起了扭转风气的作用,即把戏剧由古典型和封建性转到话剧型和市民性。在狄德罗的影响之下,莱辛在德国掀起了同样的市民剧运动。这一运动促进了西方剧艺进一步的发展,为易卜生型的问题剧打下了基础。在法国,直接继承狄德罗衣钵的是博马舍。

2. 小说创作

狄德罗还是现代小说创作的先驱,他学习了英国的现实主义小说传统,对英国小说家理查逊(1689—1761)五体投地,赞不绝口,称历史往往是一部坏的小说,而像他写的那种小说,才是一部好的历史。这是我们解读狄德罗的小说《修女》的重要参照系。但狄德罗的最大贡献,是他创造了一种新的小说样式:对话。其代表作《拉摩的侄儿》和《宿命论者雅克和他的主人》都充满着哲学意蕴和冷嘲热讽,具有论战性、逻辑性和辩证法等品格,真正体现了狄德罗作为启蒙思想家和唯物哲学家的理性批判精神。

在文学观念的改革当中,狄德罗起着重要的作用并占据特殊的地位。像伏尔泰一样,他认为理想的批评家属于罕见之列,他在《关于特伦斯①的思考》(1762)一书中,描述了一番理想批评家的样子,这使人想起了前面提到的《哲学字典》中的文字。在狄德罗看来,好的批评家必须是把鉴赏力与经验结合起来:

> 没有比具有极好的触觉,具有规则性的想象力,具有非常敏感的组织能力,具有极精明而又极准确的判断的人更为少见的了;他是性格、思想和表达

---

① 特伦斯(大约公元前 190 年—前 159 年):古罗马喜剧作家。

的极为严格的判别者,他曾真心诚意地接受过鉴赏力的训练和世纪的教诲,而且他从不回避这种训练和教诲。①

可是,这些顾虑并没有阻止住狄德罗,他以似乎使其在许多方面都表现得矛盾重重的一种热情和一种自发性,对艺术创作问题及批评的各种形式产生了浓厚兴趣。我们都知道,他的那些《沙龙》文章曾赋予艺术批评一种全新的荣誉。

要进一步了解狄德罗的主张,必须首先懂得他是从迪博教士那里接过了批评方法,而且他看重感觉和情绪。他自1750年为《百科全书》写的"美"这一条目开始,便表明反对充满"壮丽表达词句"的那种批评的唯心主义的宏图大志。他明确指出,哪怕是人们用来解释什么是美的"抽象概念",也是"通过了我的感官而达至我们的理解,那些低级的概念也不例外"②。因此,艺术作品首先求助于感官和敏感性。伟大的艺术作品就是使人产生最强烈情绪的作品。狄德罗像命令画家那样命令诗人:"使我感动吧,使我惊讶吧,使我痛苦吧;首先让我震动、痛哭、颤抖、发怒吧!"③。这种对于艺术必须具备感人特点的初步认识,使他对这种特点在现代文学中已失去其原来的力量不胜感慨:"一个国家的人民越是文明,其风俗就越缺乏诗意";"随着哲学思想的进步,到处都是热情和诗意的衰落"④。诸如布鲁图⑤、恺撒⑥、卡顿⑦那样的英雄,在只遵从相宜性要求而表演失真的法兰西舞台上再也找不到了。像孔狄亚克一样,狄德罗追忆艺术的起源,追忆"诗和音乐只是为传播宗教和法律,只是为保存对伟人及其对社会所做贡献的记忆而发展的那个时代"⑧。总之,新古典主义批评经常谈论的堕落论题,在狄德罗的笔下也屡屡被提及;但是,他既不哀叹不休,也不对过去时代的伟大作品顶礼膜拜,尽管这样的作品以后可能永远不会再出现。他不希望批评限于挑剔新作品的缺点:

> 一位只搜集缺点而把美弃之一旁的批评家,无异于那种漫步在流动着金片的小河畔却要俯拾沙子装满口袋的人。德封泰纳、弗雷隆以及与之相似的一些可悲者,他们从未写过一行像样的文字,他们的批评就是如此这般。而我则另辟蹊径。
>
> ——《论绘画》⑨

---

① 《批评:方法与历史》,第116页。
② 同上。
③ 同上。
④ 同上。
⑤ 布鲁图(公元前85年—前42年):古罗马政治家,曾参与谋杀恺撒。
⑥ 恺撒(公元前101年—前44年):古罗马大将和皇帝。
⑦ 卡顿(公元前93年—前46年):古罗马政治家,共和派人物。
⑧ 《批评:方法与历史》,第116页。
⑨ 同上,第117页。

实际上,不论是对于文学作品,还是对于绘画,他确实与众不同。他满腔热情地提及那些杰作之美并探究了它们得以出现的条件:首先必须有天才。而今时代也许不利于天才的出现,这位《论诗剧》的作者在沉思:"难道我们就不再有天才了吗?"①然而,切勿做任何有碍于天才的发展的事情。天才极为罕见,他为那些伟大民族所特有,因为"要从众人中产生一位伟大的艺术家,必须在两千万人中进行夺魁和难以相让的较量"②,无任何理由割断天才与民族的这种密切联系。为使作品完美和流芳百世,天才不应去迎合相宜性要求和规则的限制,他只关心再现生命的活力和"大自然的和谐"③。这无疑还是模仿之说,这里,我们再一次看到了古典主义批评的基本原则。然而,这种模仿已不再受制于烦琐的规则,也不再囿于一些不变的体裁。这是一种富于灵感的模仿,有了它,现代艺术对于现代社会就可以像古代艺术对于古代社会那样和谐一致了。悲剧和喜剧是一些衰竭的形式,它们已让位于"家庭悲剧"和"资产阶级戏剧"④,在这些戏剧形式中,当时的资产阶级读者公众可以了解自己;它们还让位于在都市中起积极作用的一些创作。狄德罗在《为俄国政府制定的大学计划》一信中暗示道:"要指令悲剧诗人去写那些应该宣传的民族美德,要指令喜剧诗人去写那些应该描述的民族笑料。"⑤把狄德罗的批评思想概括为这样两种基本的、不甚矛盾、反而互补的主张,也许算不上过分:要使艺术家服从于明确而又不可违拗的规则,却不再在其创作活动的细节上加以限制;但与此同时,要引导艺术家脱离巴那斯山的清高独尊,回到众人的都市中来——对于众人,艺术家应该懂得为他们提出适合于他们地位的真实而又富于教育意义的形象。说狄德罗具有某种浪漫主义,这只是看到了第一种主张:反对规则和理性。但不应说狄德罗是一位浪漫派作家:他一直研究美术以及对技巧感兴趣,应该说他是关心和了解他所代表的阶级的进步和需要的百科全书派哲学家。

狄德罗相信,天才是在具有精神力量的群众的土壤中产生的,因此在评论作家作品时,他相信群众是不大会看错的;而且在哲学上,他号召:让我们赶紧使哲学大众化吧!这在当时称得上是空谷足音,今天听来也是千古绝唱,正是这些,使狄德罗巍然屹立在人类史册上,永放光芒。

---

① 《批评:方法与历史》,第117页。
② 同上。
③ 同上。
④ 同上,第118页。
⑤ 同上。

第三节
崇古派的教条主义批评

在世纪之交的古今论争之后,仍然有一批死硬的崇古派,被称为"新古典主义"批评家。他们是学究式的教条主义者,他们概念混乱,对过去如此顶礼膜拜,使自己陷入了一种根据不足的呆板论证之中而不可自拔。《巴那斯之游》(1762)有一段话形象地描写了他们:"又有一伙人加入了我们的行列,他们是一批批评家。他们对行人严加检查,特别是对那些高人一等的人。我们听到他们不断地唠叨这些词语:措辞、欣赏趣味、和谐……他们把这些兜售给游人。我问过他们,这些词意味着什么;我看见他们支吾其词,他们以一种可怕的眼神看着我,使我落魄而逃。"①

他们忠于古典主义作家的教诲,以一种生硬、通常又是宗派的教条主义继续为作品分门别类,划归优劣。在进行这种不免还有点武断的批评时,首要的原则一般仍是区分体裁。每一种体裁都有其范围和其相配性要求,必须遵守各种笔调:或"崇高",或"雄壮",或"悲惋",或"朴素"②。人们根据在相配性方面的成就与不足来判断一种风格,而诗句之美,则在于按照诗的体裁写作,除固守诗法规则之外还要遵守措辞的相配性。在首先考虑体裁有高低之分的情况下,这种研究可以使我们对作品进行真正的划分。一个世纪以来,说"史诗高居在上"成了批评中的陈词滥调;马蒙泰尔1763年写的《诗学》再一次做了这样的肯定,因为史诗意味着"最高的天才和最多的集合才华"③。在每个体裁里,那创造了该体裁最完美典范的作家应荣居榜首,无可争议,这位作家就是荷马或基诺。今日作家,只有恭顺地去模仿每个体裁的大师们,而别无他路可循。惟有小说可以自由地发展,因为谁都不曾向小说家提供过任何典范。但这是受到古典主义评论极力诋毁的一种体裁,作者们只好用故事、轶事、回忆录来取代小说书名。

18世纪上半叶,艺术仍被视为是有教养的人们的消遣之物;批评家还想使艺术重新获得因满足矫揉造作的相宜性要求而失去的活力和社会价值,这便导致他们建立一种尤其为戏剧中的悲剧所显示出来的"现实主义"艺术。但是,这种"新的艺术"与惯于使用委婉的话语和高贵的辞令的新古典主义艺术一样矫揉造作,这里,夸张与离奇以模拟真实为幌子而制胜。

---

① 《批评:方法与历史》,第100—101页。
② 同上,第96页。
③ 同上。

如同上个世纪,出于对相宜性的一贯考虑,艺术家最终还是服从了上流社会的欣赏趣味,这种欣赏趣味过去由于本身规定过分系统,因而已被冲淡。取悦人的技巧由于补充了规则的专横性,也变得格外专横了。

一 模仿古典主义大作家

莫里哀影响着整个喜剧,拉辛和高乃依影响着整个悲剧。1749 年,弗雷隆强调指出,当今的喜剧作家们难于"达到这位大作家(莫里哀)的水平"。拉阿尔普于 1799 年写的《文学教程》中对此表示赞同:

> 一位像莫里哀那样的艺术家描写了一个吝啬鬼、一个伪君子、一个像恨世者那样的怒不可遏的哲学家、一个像儒尔当那样着魔似的、充当大贵族的资产者以及那些醉心于才智的女人,莫里哀从主要特征方面描述了这些古怪人物。自此之后,艺术家再也不需要来描写此类人物了。一位具有真正才华的人也决不再去尝试,因此,后来的高手将再也不会重复被一位高手利用过的题材,而只有二流的庸才会去重复……
>
> 第十一卷,第五章①

作家们自己也明白,这样做会被指责为低能。拉肖塞②在其《致克莱奥③的书简诗》中通过缪斯之口说出:今天什么创新也不去想,您只不过是别人的回响……迪费雷尼④在《不拘小节的人》序言中,通过诗人之口说出了这些话:

> 对我来讲,有了个莫里哀,真是糟糕透顶了,上帝要是让他于我之后出生该多好!……莫里哀把后来的戏剧搅得一团糟,如果有谁与其情趣一致,批评界立即会说,这是剽窃,这纯粹是莫里哀的。⑤

作家们都悲叹自己生不逢时。似乎都感到他们是被传讯到由那些批评家组成的法庭面前了。这些批评家不想理解也不想解释作品,从不把作品置于其环境之中去研究,也不关心作品是怎样产生的。只看作品如何遵守规则,把作品视为一份做得好或做得不好的作业而已。特吕布莱教士⑥在其《关于拉莫特先生的信》中就这样赞扬批评家拉莫特先生:"拉莫特先生是现有最杰出的批评家之一。

---

① 《批评:方法与历史》,第 97 页。
② 拉肖塞(1692—1754):法国剧作家。
③ 克莱奥:希腊神话中九缪斯之一,主管历史。
④ 迪费雷尼(1648—1724):法国作家和戏剧家。
⑤ 《批评:方法与历史》,第 97—98 页。
⑥ 特吕布莱教士(1697—1770):法国批评家、法兰西学院院士。

没有人能更好地了解规则和规则的道理。"①弗雷隆1750年在一篇文章中再一次描述了理想的批评家：

> 为了发掘一本书的美与不足，必须先研究立法者们的训辞，把这些训辞综合为整体，并且必须自己根据总的原则形成特殊的修辞方法。获得这些知识，代价是昂贵的。通过一事物对我们产生的骤然作用来评价该事物，是极为方便而且容易的。作家们从批评中既可以获益匪浅，又可以发现广大读者。②

然而，那些新的"循规蹈矩之士"却继续讲求对规则的解释。比菲埃神父③在《哲学论文和诗的实践》中为剧幕的细节做了规定。戈里埃于同一年出版了《亚里士多德、贺拉斯和德波雷奥作品中的诗学规则》，以两百页的篇幅规定了诗剧方面的章程。然而，最为系统化的，是1746年巴托教士撰写的《论归于同一原理的美术》，他这样解释他的意图：

> 人们无时不在抱怨规则的繁褥，它们既束缚意欲写作的作者，又捆住打算判断的爱好者。我绝不愿为其添枝加叶。我另有全然不同的心计，这就是把重复变得载之觉轻，使道路变得跋涉容易。规则因对作品的评论而繁衍，它们必须在这些评论归于一些共同原则的情况下得以简化。④

然而，对绘画、雕刻和文学方面伟大作品的观察使我们了解到，一切美术的实践都最终启迪于同一原则——对于美的自然模仿。这并不是说照抄"存在的真实"(le vrai qui est)，而是模仿"可能存在的真实"(le vrai qui peut être)。他以莫里哀为例，说他在写作《恨世者》时就是这样做的：

> 在莫里哀想描写恨世者时，他并不是在巴黎寻找一个艺术原型，如果那样的话，他的剧本就是一种准确的照搬，因为他只写了一个故事、一幅人物肖像，他只对问题研究了一半。但是，他把他在一切人身上注意到的全部忧郁性格特征都汇聚在一起：他把他的天才努力为其在同一体裁中所提供的一切都加上去，并从这些相近而且相配的特征出发，塑造出一个完整的性格，这种性格不是对真实的表现，而是对可能之事的表现。⑤

---

① 《批评：方法与历史》，第97—98页。
② 同上，第98页。
③ 比菲埃神父(1661—1737)：法国哲学家、神学家，耶稣会教士。
④ 《批评：方法与历史》，第99—100页。
⑤ 同上。

莫里哀式的天才人物的仿效者,应该使今天的行家和作家们在按照美应该是的样子建立一种理想典范的时候,能够判断自己正在阅读或正在创作的作品之美:

> 阅读最佳作品……我们为荷马的热情和激切,为维吉尔的智慧和准确性所感动。高乃依以其高贵使我们神往,拉辛以其温柔使我们陶醉。让我们把这些伟人的卓越之处进行巧妙的混合,我们一定会得到一种高于一切的理想典范,而这种典范将是我们全部决心的最高和最可靠规则。①

这样,模仿美的自然这一原则,也就归结为一条实用的、也是惟一的原则,即模仿古典主义大作家。

此外,那些狂热崇拜布瓦洛及其朋友的作家和批评家不失时机地悲叹上世纪古典主义纯文学的"堕落",普雷沃在《赞成还是反对》(*Le Pour et Contre*)中已经这样做了,他的这本书高度宣扬上流社会的欣赏趣味,反对马里沃②创新文风。普雷沃一心要揭示马里沃小说中的"堕落"迹象:"才智迟早要窒息理智。我们已开始味觉麻木……在某些人看来,圣·奥古斯丁或路易14世纪的作家们好像是平庸之辈"③。普雷沃的小说《曼侬·莱斯戈》就是为抵消这种欣赏趣味的"堕落"而做出的努力,他把自己的小说称之为最纯粹的古典欣赏趣味的不朽之作④。

二　德封泰纳与弗雷隆

弗雷隆⑤,18世纪著名的文学批评家,曾参与反对伏尔泰和哲学家们的论战,是《文学之年》的创办者。他曾经在用报纸对抗狄德罗的《百科全书》时说了这么一句话:让他继续在他的辞典里插入讽刺的话语攻击他(弗雷隆),在对开本的辞典里暗藏的讽刺短诗是刺不痛他的。他有着更绝的一招,当然一份小小报纸是比不上一部厚厚的、装帧精致的辞典。不过,小报表面上微不足道,可是人人都在读它,而辞典尽管内容丰富、贵重不凡,但人们最多只在需要时才肯光顾。然而,弗雷隆估计错了,他根本低估了像《百科全书》这样的辞典在大众中的传播力量,辞

---

① 《批评:方法与历史》,第100页。
② 马里沃(又译马利伏)(1688—1763):法国作家、剧作家,其作品主要反映贵族阶级的趣味。
③ 《批评:方法与历史》,第93页。
④ 德洛夫先生在《人文科学杂志》(*Revue des sciences humaines*)1962年4月—6月1号上发表的文章中指出,这种判断不是普雷沃的,而是德封泰纳的。
⑤ 弗雷隆(1718—1776):法国文学批评家,曾参与反对伏尔泰和哲学家们的论战,是《文学之年》的创办者。

典是强大的战斗武器。

弗雷隆曾受教于德封泰纳教士的学校,师徒俩都是18世纪古典主义秩序顽固的维护者。德封泰纳曾在报纸《巴那斯报道者》(*Le Nouvelliste du Parnasse*)上发起了对伏尔泰的声誉及其影响的攻击。他与格拉内、弗雷隆合作,在该报上发表了一封针对伏尔泰及其同道的措辞严厉的信。但是,德封泰纳必须承认他终于在1743年被打败了,当时,国王撤销了对他的特许,因为他既不尊重功绩卓著之士,也不尊重受国王殿下保护的最高贵、最受崇敬的近臣。在他于1745年悴然死去之后,他的学生弗雷隆继承其志,在《关于几部现代作品的书简》中,再次对伏尔泰等启蒙人士进行了攻击。这些《书简》报当时获得了重大成功,于1752年改为《文学之年》(*L'Année littéraire*)。费雷隆自称是一位批评的强手,他拒绝哲学强手与批评强手之间的和平条件。他们要以17世纪的名义强强对抗18世纪。哲学家与其论敌间在报刊上的论战是一种个人的批评,措辞激烈的批评,残酷无情的批评,其间,伏尔泰与弗雷隆之间不乏含沙射影的辱骂。报刊文学批评为了满足于这个进步世纪的公众的兴趣,开始着眼于现实性。它的视野扩大了,但获悉一切新内容的愿望又经常使它做出匆忙的反应,这些反映受哲学家与其论敌间的论战要求和当时的争斗所支配。

德封泰纳和弗雷隆最先坚信文学批评具有最高权力。德封泰纳在其《关于现代作品的批评》第二卷中就这样提到:"都说批评再容易不过了,对一部好作品的最佳批评远远比不上被批评的作品。然而,如果这部作品比平庸之作还逊色,那么这种格言还是真的吗?一位拙劣的画家难道比一位笑其糊涂乱抹、身为上流社会人士的行家更叫人喜欢吗?批评再容易不过了,这我当然愿意,但是,能正确进行批评的人,至少在这方面,难道不比在自己的作品中看不出由别人为自己指出的瑕疵的最伟大作家见地更高吗?如果这位大作家早已发现了自己的瑕疵,那为什么不去改正呢?贺拉斯、昆提利安[①]和朗吉努斯[②],难道他们在文坛上是微不足道的吗?"[③]批评的这种最高的权力,凭借一种周密的理性表现出来,这种理性以全部理由重申逻辑严密性之必要:"逻辑性在任何地方都应该处于支配地位,哪怕在诗中;在诗中,人们只愿它比在散文中被掩饰得更好、更光彩夺目、更无拘无束……最才华横溢的诗人(理智驾驭不了他)只不过是一位懂得安排词句、摆置音节和正确使用同韵的人"(《关于现代作品的批评》第14卷)[④]。弗雷隆也在《关于这个时期一些作品的信》中附和说:他相信假如《诗的艺术》今天出版,作者(指布瓦洛)的荣誉还不及一部获得一点点成功的、蹩脚的悲剧的作者。

---

① 昆提利安(约35—96):古罗马修辞学家与教师,著有《长篇雄辩术》。
② 朗吉努斯(约213—273):希腊哲学家和修辞学家。长期以来人们一直以为用希腊语写的《论崇高》一书为他所作,故也把他排入评论家之列,其实,《论崇高》一书为公元1世纪下半叶一位希腊无名氏作者所作。
③ 《批评:方法与历史》,第91页。
④ 同上。

在德封泰纳看来,伏尔泰就是那类不晓得很好地利用其天赋的缺乏理智的作家。他"无可争议地从自然获得了诗的天才"①,居然却不幸地操起哲学和历史,而它们需要的则是别的才能。

弗雷隆更露骨地骂伏尔泰是"高傲自负而又不学无术的作家"②。他在《文学之年》上,最初并不是攻击伏尔泰的哲学家身份(他难以在这个领域与之比试),而是嘲笑其成为各种体裁出类拔萃作家的抱负。他1749年8月4日发表的那封信,包含了对一部由佚名作者写的作品的简述,书名是《青年人所用的法兰西语言中诗歌和雄辩术的美与不足的知识》,这部作品,人们以为可能是伏尔泰写的,它由在一系列典型主题(sujet type)方面进行比较的文章汇编而成,可以说是真正的诗学。弗雷隆在书中惊奇地发现:"我在书中发现伏尔泰先生是惟一骑上了诗神骏马的人;太阳神从后面为他戴上了桂冠;高乃依、拉辛、布瓦洛、莫里哀、拉封丹、卢梭、克雷比荣③、丰特奈尔等及其拥护者们,都像是被他的天才之力所降服的对手,一一拜倒在他的脚下。"④他不得不承认,伏尔泰"比法兰西所出现的所有天才都受人欢迎"。他指责伏尔泰"傲气十足、出言不逊地自炫",……伏尔泰"被置于比整个世纪所崇尚的都高,比全部应该给后代以启示的东西都强,比各种体裁的大师——诗人、演说家、历史学家、寓言作家、剧作家和讽刺诗作家——都优胜一筹的地位"。⑤ 在古典主义的辩护士们看来,(伏尔泰)执意要超过上个世纪大作家们,这便是同时代作家犯下的最大罪过,伏尔泰的抱负正是他的错误所在。

弗雷隆又喋喋不休地谈论堕落这一论题:在戏剧方面,"主要的性格已枯竭了,今天,人们在昔日收获的地方拾掇"(1749年1月1日)⑥;在诗歌方面,"我们的诗学范围一天比一天狭窄"(1749年11月8日)⑦,等等。他盛气凌人,不遗余力地揭露新作品的缺点,而很少去注意特吕布莱教士的恼怒。特吕布莱教士希望有一种非全盘否定的批评,建议"对作品进行一种推理性的研究,以便使人们同时了解其好与坏"。弗雷隆以挖苦的口吻称赞这种"极妙的打算":"遗憾的是,它与圣皮埃尔教士的设想是一路货色"(1755年4月)⑧。他认为:好,只真正地存在于古典大作家的作品里,即那些"古代的"或诸如像17世纪法国诗人那样的"在他们的体裁上是一流的"作家作品里。他不放弃任何可以提到荷马或索福克勒斯作品之美的机会。例如,他在介绍蒲柏的《对荷马的批评与历史颂扬》一书时,就曾

---

① 《批评:方法与历史》,第91页。
② 同上,第92页。
③ 克雷比荣(1674—1762):法国戏剧作家。
④ 《批评:方法与历史》,第92页。
⑤ 同上,第93页。
⑥ 同上,第94页。
⑦ 同上。
⑧ 同上,第92页。

不厌其烦地这样做。他祝贺这位英国批评家,"坚定地回击了那些夜郎自大的人们对这位希腊诗人所做的一切错误批评",并借此提到伏尔泰在其《论史诗》中罗列了《伊利亚特》中的"明显错误"一事。他还想死守法国17世纪的全部遗产,包括"刻板而又警句连篇"的路易十三风格和路易十四时期比较"朴实而又富于教益"的艺术。① 他为高乃依辩护,反对拉辛的坚定拥戴者们,但是,他同意爱情在悲剧中是必要的,并称赞《贝蕾妮丝》(1752年5月),继而极力赞扬17世纪的全部法兰西悲剧,以回击在《四季》的一个脚注里曾诽谤过这个世纪悲剧的圣-朗贝尔②(1770年11月)。在他看来,道德考虑是主要的,他要"使公众厌弃这些败坏道德纯洁性的乏味而危险的读物"(1755年3月),并于1766年6月在其报纸上大声疾呼:"文学在我们之中是一种阴谋和小集团的事情。对于我来说,如果不是属于宗教、道德和礼貌方面的事,我与任何阴谋集团、任何智人团体、任何党派都无关系,不幸的是,我今天参与了其中一个。"③最后,弗雷隆凭借真正古典主义的标准——普遍性,来竭力贬低伏尔泰的天才。在他看来,伏尔泰不是一位古典主义作家:

> 伏尔泰先生,的确是法国最有才华的人物之一和文采盖世的诗人。他具有我国可爱女人的全部的美和全部活力;但是,人们决不承认他具有罗马人的美。他是实实在在的法兰西作家,这意味着他属于他的民族、他的世纪,但不像那些真正的诗人那样属于所有的国家和所有的时代。他往往屈服于处于主导地位的欣赏趣味,宁愿为同时代的人所了解,而不愿接受为我们后世子孙所崇敬的光荣(1750年6月)。④

弗雷隆和其他为过去时代辩解的批评家们,实际上都认为古典主义作家已永远地确定和规定了"一切国家和各个时代"⑤的真实与美。不过,弗雷隆在其批评实践中却不像在原则上那么武断。在他的笔下,人们看到了严格的历史学研究迹象:"要很好地判断古人,就必须追溯到他们生活过的世纪,而现在的人们把一切都与自己的道德规范、自己的习惯联系起来,这便是无数错误判断的根源。"⑥

三 摇摆不定的马蒙泰尔

虽然马蒙泰尔是《百科全书》大部分文学条目(后辑为《文学要素》)的作者,

---

① 《批评:方法与历史》,第92页。
② 圣-朗贝尔(1716—1805):法国百科全书派作家。
③ 《批评:方法与历史》,第95页。
④ 同上。
⑤ 同上。
⑥ 同上,第96页。

但是从他所写那些条目来看他的学说,他的立场常常是摇摆不定,甚至是矛盾的。

马蒙泰尔代表了新古典主义批评的教条主义和形式主义,然而,他也指责"对古代的迷信"①(见1776年出版的《百科全书补页》"厚古派"条目),并且,在他自己的《诗学》(1763)一书前言中,他坚持认为现代批评家应该可以自由地评价古典主义大作家:

> 我为我有时比这些伟人看得更准而感到自豪,因为我生在他们之后,我研究过他们,他们当中还没有一个人看到了他们分别看到的一切,也因为他们都教会了我以这一个人的看法去纠正那一个人的看法。我还比他们多了一点,就是我有从他们至我以前的各个时期的经验,而在这段间隔时间里,我非常看重半个世纪的哲学……②

他甚至还表示赞成想象的权利和感受的权利,这使他不敢大胆地攻击他视为二流批评家的布瓦洛(1756年出版的《百科全书》"评论"条)。此外,他建议诗人们不要局限于高贵的事物,从而扩大了从17世纪承袭的理想美之概念;他指出,关系到渺小事物的、按欣赏趣味选择和解释的见解,是可能合乎情理和亲切悦人的,并且,他在《诗学》第四章中详述了"萨瓦人"典型。最后,像所有百科全书派人物一样,马蒙泰尔尤其捍卫艺术必须有益的论断。这不单单在于古典主义批评极为看重的道德考虑——"戏剧对于坏事和可笑之事,就如同审判罪恶的法庭和惩罚罪恶的断头台对于罪恶"("喜剧"条)。

马蒙泰尔在其《诗学》的第一章就写道:"虚构的天赋是诗人的主要才华,因为他可能每时每刻都在润色他的对象……用大自然的色调描绘半身藏于火霞托浮的金红彩云之中正欲落山的太阳的诗人,比不上说明太阳完成了一天的历程正奔扑忒提斯③怀中休息的诗人更有才华。后者具有创作的天才,而前者具有模仿的天才。"④诗人的任务是赋予共有的观念一种"诗意的风格"。巴朗特(1782—1816)在其《论归于同一原理的美术》中对"曙光,清晨的女儿,她用玫瑰色的手指打开了东方的大门"⑤这种表达赞叹不已。这种批评助长了表达的拐弯抹角和造作(德利尔⑥在其著述中对此做了大量说明),并且不能激发真正新颖和大胆独创的文学生产。

捍卫古典秩序的学者曾经也热衷于一种形式主义的批评。它玩弄概念,仅仅

---

① 《批评:方法与历史》,第113页。
② 同上。
③ 忒提斯:希腊神话中的"美发女神"。
④ 《批评:方法与历史》,第102页。
⑤ 同上。
⑥ 德利尔教士(1738—1813):法国诗人。维吉尔的翻译者和教训诗歌《花园》(*Les Jardins*, 1780)的作者。

附兴于词句。在一部史诗中,人们会立即注意情节的展开是否包括开端(début)、祈求神助(invocation)、序曲(avant-scène),否则,作品就会受到指责。如果是一部戏剧的话,人们会立即注意,主要人物是不是从第一幕就出场并自报家门了呢?同一人物在第一幕中是不是屡屡出场呢?各幕是不是长短相当呢?批评注重数页数,数行数,不考虑作品,而只看时间的长短。主要注重"形式的高贵"致使批评家们顾不上布瓦洛的训辞,而认为艺术的顶峰不存在于对朴素的自然忠实不违之中。

圣伯夫在1843年为巴朗特撰写的一篇文章中十分惊异地指出了这一点:"多么古怪的事情!18世纪末,这个杰出的哲学时代文学批评,在大批的门徒那里变成了纯粹吹毛求疵的、咬文嚼字的批评了——它几乎只注重词句。"[1]圣伯夫又批评说:当他说直接产生于18世纪哲学的文学批评尤其依附词语时,他很清楚,在这些词语中,人们常把哲学和理性叫得最响;但是,在这种令人起敬却又空然无物的遮掩之下,人们通常都是语言纯正癖者和奴性十足之徒。

四 安德烈·谢尼埃与创造性模仿

在大革命前的一些年代里,安德烈·谢尼埃曾在其一些作品中开始了批评活动,他指责新派文学中的矫饰造作。在他看来,还是古代伟大,因为那时"诗人以其生动的描绘,雄辩家以其感人的推理,历史学家以其对伟大范例的叙述,哲学家以其最有说服力的论证,使人热爱并了解自然的某些奥秘、人的权利和美德的乐趣"。"当时,文学是令人敬重和神圣的,因为它是城邦生活中的一部分。"他愤慨激怒,认为今日文学在一个"金钱与阴谋几乎是达到一切目的的惟一途径"的社会里"被引入了歧途"[2]。文学失去了昔日那些自由而又自负的天才们所具有的古代的"朴实"。因此,必须找回古代的方式和古代的美。这种愿望不时在谢尼埃的作品中出现。在一篇很短的《评莫里哀》中,他写道:"应该按照古代的方式重写喜剧。不少人会以为我的意思是必须在戏剧中描述古代的风俗。我要说的恰恰相反。"[3]他在《评马莱伯》中,批评了《献给玛丽·德·美第奇的颂歌》,他认为这是堕落文学的例证,这是一种与现实毫无联系的"叫人无法忍受的、枯燥无味的奉承之辞的堆砌":

> 一位多产而又真正抒情的诗人,在向一位家姓为美第奇的公主谈话时,不可能忘记对这个名声显赫的家族大加赞扬,这个家族使文学和艺术在意大利并从意大利到整个欧洲得到了复苏。由于这个家族后来的影响遍及法国,

---

[1] 《批评:方法与历史》,第101页。
[2] 同上,第120页。
[3] 同上。

便有可能从此为这个国家的艺术和文学带来某种吉祥……如果他认真地阅读、研究和懂得了语言和品达①的语调的话(他以前极为蔑视这种语调而不去尽力知之一二),他也许就学会了以这种方式来处理颂歌。②

在以诗句写成的《论虚构》(De l'invention)中,他阐发和明确了这种"创造性的模仿"所要说明的意思:

噢,伯罗③的国土!和世人一起
我们去看埃比多④的敏捷差役,
他在内米⑤和埃里特⑥战功卓著;
让我们到剧场观看狂热的民族,
以俄底庇德⑦之调,圣洁的狂热
歌唱:爱情、人和上帝的专制王……
热情使人惊异,我们醉意朦胧,
传播它,在我们之间,在诗歌中;
把其古稀之花变成我们的蜜,
借其颜色来描绘我们的见地,
以其诗火来点燃我们的火炬,
以新的思想,写出古代的诗句。

谢尼埃是法国大革命的牺牲品,上了断头台。谢尼埃生前只写过两首诗,死后却名声大振。《论文学艺术盛衰之因果》未完成,却是他用社会学观点观察文艺现象的尝试,他虽然想把近代科学纳入诗的内容,但他又对寓言诗和象征诗感兴趣;他一方面用朗吉努斯的语言,要求灵魂的伟大活动激发出崇高的语言表达,从而为浪漫派的革新拉响了前奏曲,但他又把新的内容塞进旧的形式,从而提出"旧瓶装新酒"的名言。总之,就像他的家庭是一分为二的(他和父亲为一方,弟弟和母亲为一方),他的文学见解也是新旧相杂,一分为二的。

---

① 品达(前518—前438):古希腊抒情诗人,诗的风格夸张而晦涩,称品达风格(pindarisme)。
② 《批评:方法与历史》,第121页。
③ 伯罗:希腊神话中,以伯罗奔尼撒半岛为名命名的英雄。
④ 埃比多(Epidaure):希腊古城,位于伯罗奔尼撒半岛,靠萨罗尼卡海湾。
⑤ 内米(Nemie):位于伯罗奔尼撒半岛东北,今为科林斯城。
⑥ 埃里特(Elide):古希腊伯罗奔尼撒半岛东北部城市。
⑦ 欧里庇得斯(公元前480—前406):古希腊三大悲剧家之一。

第四节
世界主义与报刊文学批评

首先,"世界主义"思想加强了欧洲各国的社会和思想的交流,扩大了信息来源的范围,并扩展了人的视野,一个法国人想象和理解自己为一个世界的公民。18世纪,像伏尔泰等进步作家被法国当局驱逐出境,这些学者离开祖国,流亡于国外,他们发现英国人有他们的特色,西班牙人却有另一种不同的特色。异国情调和不同的色彩像一面镜子观照着法国自身。在异国的环境里生活使他们不禁对自身的价值观产生怀疑。1783年,《文学之年》杂志不禁自忖:法国的审美观和道德观是否就是美的准则?纳沙泰尔①人贝阿·德·米拉访问了巴黎和伦敦,写了《关于英国人与法国人的信札》(1725),他指出:法国人不如英国人风趣。

伏尔泰在英国流亡伊始,很不理解为什么莎士比亚的戏剧在伦敦那么叫座,后来才知晓,莎士比亚是一位创新型的天才,"他为自己开辟了一条前人未曾涉足的道路。他没有向导、没有艺规、没有戒律,但却在奔跑;他在跑道上有时也迷途失径,但却将一切全然靠理性和精确性的东西远远抛到身后。"②他称赞莎士比亚的戏剧是:"天赐妙笔",像"沉沉黑夜的闪电之光",令人"销魂摄魄";但按合宜、合度、合体的古典主义传统,他又称莎士比亚是无法无天的"怪物""乡下来的丑角""醉醺醺的生番"等。尽管如此,在理论与作品、规则与创作之间,他还是选择了后者。他认为批评家像一伙专制暴君,硬要自由的国度顺从他们的规矩,即令这些规矩正确无误,那又有何用?荷马、维吉尔、塔索、弥尔顿除听从自己的天才驱使外,极少附和别人的说教。因为想象的艺术同五金、矿藏等始终如一的自然作品不同,它无时不在演变,相依为邻的民族如此,同一民族仍然如此。莎士比亚一例最容易说明伏尔泰的态度了。在他的笔下,莎士比亚先是被其称颂(在写作《英国书简》时期),接着又遭其毁谤(特别是在勒图尔纳③改编莎剧时期),而最后的和冷静的判断,无疑包含在他1768年7月25日写给沃尔波④的信中:这是一位卓越的人物,但非常粗野;没有规则性,没有相宜性,没有技巧,粗俗与高雅相间,滑稽与可怖难分;这是悲剧的大杂烩,其中,却有无数灵思妙想。

法国批评界从英国一些演员,如加里克那里得知:一个悲剧演员的演技再精

---

① 纳沙泰尔(Neuchatel):亦称诺恩堡(Neuenbourg),瑞士西北部一城市。
② 伏尔泰:《伏尔泰论文艺》(丁世中译),北京:人民文学出版社,1993年,第310页。
③ 勒图尔纳(1736—1788):莎士比亚剧本的著名法文翻译家。
④ 霍勒斯·沃波尔(1717—1797):第四任奥福德伯爵,英国作家,著有《奥特兰托城堡》(1764)。

湛,也不可能既能演莎士比亚的剧本,也能演拉辛的剧本。两种剧本根本不同,可以容许一些人表演莎翁剧本,另一些人专门表演拉辛的作品。随着勒图尔纳在1776年至1782年翻译莎士比亚的剧本,法国批评界知道了英国批评家的观点,英国的自由批评渐渐将取代法国命令式的批评。法国批评家看到:高乃依、拉辛充满激情的剧本只停留在文学和剧院里,而莎士比亚的戏剧却融入生活中。

倍尔于1684年发表的《文艺共和国新闻》中首次提出"文艺共和国",他不仅仅指文学,还包括历史、哲学和神学。伏尔泰继续发挥"文艺共和国"这一概念,他认为,世界历史上有四个文化技艺臻于完美的时代,即古希腊的伯利克里斯时代、古罗马的奥古斯都时代、穆罕默德二世攻占君士坦丁堡之后的时代、路易十四时代;而路易十四时代文学、艺术、科学的发达,就得力于在欧洲无形中形成的"文化知识的共和国",在这个共和国内,各国学者可以资源共享、成果共尝、广泛联系、多方吸纳、互相学习、互相挑战、取长补短、共同进步。他还特别指出:"在文艺方面我们愿属于世界各国,但首先属于本国",他引用拉莫特的诗句:

> 我们只有通过努力学习,
> 方能同历代人相知如同代,
> 与各国人相处如胞泽兄弟。①

伏尔泰的"文艺共和国"隐含着世界主义的思想,在启蒙时期,学者的视野扩大了,不仅仅被流放的伏尔泰,崇古派学者弗雷隆也对于一种胸襟开阔的世界主义思想发出断言:对我们邻国的作品之美不闻不问是错误的,这会使人感到我们带有哥特人和蛮族人的味道,文坛包容整个天下,天才不识国界,而只认世界之限。后来歌德于1827年首先提出,马克思、恩格斯1847年在《共产党宣言》加以独特论述的"世界文学"这一概念,是当时启蒙学者提出的"世界主义"在文艺领域的体现,是有重大意义的。

世界主义思想扩大了文学生活视野,也鼓励了某些作者改进批评本身的方法。最大的突破出自那些把对文学作品清点造册的做法,推广到全部人类的成果和知识的人,即百科全书派。他们依靠资产阶级及其在各方面的成就,和资产阶级一道反对一切对于经济自由、政治自由、哲学自由和宗教自由的阻碍。针对从上个世纪因袭而来的等级分明、界限清楚的那套权威观念学,他们建立了一种思想解放而且博取百家的观念学,其中的各种论述按其所属的思想范畴、按这些范畴与社会生活的经济和物质条件联系直接与否,创新程度各有差别。美术和文学在他们的考虑中并不占据首要位置,而且他们在这个领域的探讨,也还是全面因袭根深蒂固的传统做法。

---

① 《伏尔泰论文艺》,第145页。

学术性批评只关注过去的作品,然而一种信息性的文学刊物在发展(《学人报》只发表书评),很快就夺取评判作品的权力。报刊批评向作家、哲学家和教授开放(如马蒙泰尔、达朗贝尔和拉阿尔普继多讷·德·维扎创办的《风流信使》之后与《法兰西信使》合作),组织了好多场文学论战。最可怕的批评者大概是《文学年》(创建于1754年)主编弗雷隆,他是一位肆无忌惮、毫无才华的、"自吹自擂的学究",在伏尔泰看来,他是"可笑的象征"。

与此同时,文笔流畅、形式多样的文学报业也在蓬勃发展。在文学报纸上,每种出版物都可以得到很快的分析、研究和判断。报刊给法国人提供了远距离对话的方便:普雷沃、格林、图森、弗雷隆等人办了《外国报》(1754—1762),萨朗格尔和圣-亚森特办的《文学报》(1713—1736)在海牙出版,圣-亚森特还创办了《欧洲学术》(1717—1720)。《日耳曼图书馆或德国、瑞士和北欧文学史》(1720—1740)来自柏林,福尔梅和佩罗主编的《日耳曼新图书馆》(1746—1759)紧随其后。当时,许多外国人侨居巴黎:格林和加里亚尼教士,卡拉希奥利,还有一些游客,如霍勒斯·沃波尔,更加强了法国与外界的联系和与欧洲思想的融合。

我们已经看到,报刊的增多为法国带来了有关英国、德国和意大利的消息,因而使人们更容易了解外国。的确,这些偏重传播知识、神学和科学的报刊给文学带来了影响,但也不应过分夸大它们的作用。只有普雷沃教士的《赞成与反对》为人们真正了解英国文学做出了贡献,不过,当它出版的时候,公众的兴趣已为伏尔泰的《哲学书简》所吸引,而在此之前,还有纳沙泰尔人贝阿·德·米拉的《关于英国人与法国人的信札》(1725)。这部著作为人们了解这两个民族的特性做出了初步努力,它教诲法国人要允许区别存在,敦促他们意识到自己的"本性"并非是"放之四海而皆准"的普遍性。正是在这种尚不牢靠的基础上(贝阿的著作在法国一出版就受到了激烈的抨击),当勒图尔纳翻译了莎士比亚的著作和英国批评家的序言之后,逐渐形成了一种真正的英国热(anglomanie),而伏尔泰在其晚年却对此极力反对。

《学人报》继续发行,它还是不作判断,而是仅仅推荐一些类似"所有书籍"(1724年"告读者")之精粹的"节录"(即阐述)。它像是享有对任何新出版物都征收某种贡物特权的报界长者,甚至像君王一样。因此,后来创办的报刊首先效仿它的做法。文学批评在报纸上经常变成一种准确而又枯燥的分析,一种对书籍的描述,而记者则以纯粹和忠实地向读者作报道为己任。多数情况下,文学批评都是以寄给兴许是臆想中的通讯人的《信札》(Lettres)形式出现的,人们对这些通讯人介绍文学和艺术生活中发生的一切事件。

一个世纪前,洛雷①的"奇怪报纸"《历史缪斯》(Muse historique)已经这样做

---

① 洛雷(生于17世纪初,卒于1665年):法国报人,先以八韵诗体出版小报,1655年之后,该报改名为《历史缪斯》。

了,《历史缪斯》是以诗句为体、寄语德·隆格维尔小姐的编年史,从 1650 年一直出版到 1665 年。多诺·德·维泽①的《文雅信史报》(Mercure galante)因袭上述的做法,态度极为严厉认真,然而,他在同时代作家那里却声誉欠佳,他的这种名声不济,已为无情的中篇小说肖像作家拉布吕耶尔所证实。1721 年,获得创办《新信使报》(Nouvelle Mercure)特许的一些编辑宣布:"我们把《信使报》看做一个竞技场,我们毫无偏爱地向天才的斗士们开放,他们可以在这里打一场文学的擂台。我们将仅作他们业绩的见证人,而永远不当法官。《信使报》必须一贯保持中立,永远不为任何集团帮腔……不偏不倚是我们的首要职责。"② 1724 年,《新信使报》改用《法兰西信使》(Mercure de France)为刊名,从而成为一种正式出版的报纸,它为许多青年文学作者支付膳宿费,并为最著名的作家们开辟栏目。马蒙泰尔曾一度是经理。《法兰西信使》旨在通过比较的方法,去研究那些有文学的民族引为自豪的作家,以便能够发现和充实文学人才。庞库克③使这一事业成就辉煌,为之配备了具有专长的撰稿人负责各种专栏,其中,絮亚尔④负责哲学、自然科学和艺术,拉阿尔普负责文学,达朗贝尔、马蒙泰尔和孔多塞⑤负责伦理和玄学。由此,哲学家们在《法兰西信使》上找到了一个讲台,以回击那些反对他们的数目众多的报纸。

实际上,1701 年,耶稣会教士们(我们说过他们曾经使萨洛创办的第一家《学人报》归于失败)就开始发行《科学和艺术史回忆录》,而更出名的刊名是《特雷乌报》(Journal de Trévoux,1701 年创刊,1767 年停刊)。他们在确定了以《学人报》为对手来报道科学和文学消息的首要宗旨之后,不久便宣布他们的意图是"毫不留情地攻击宗教的死敌和揭露隐藏的敌人":"我们无法避免把批评揉进我们的简述中去。因为不这样做,就是放弃我们最基本的职责,就是背叛在对书的了解当中把我们当作向导的读者,而让他们听任吓人的标题的引诱,向他们遮掩他们必然遇到的困难。"⑥

于是,文学报纸便逐渐不再局限于普通的分析和报道了。它们开始反映古代秩序的维护者与新精神的宣传者之间、17 世纪的辩护士与 18 世纪当代哲学家之间的斗争。

德封泰纳的《巴那斯报道者》(Le Nouvelliste du Parnasse)这份报纸创办于 1730 年,它不限于对新书作普通的简述,而是还要提出对于这些书籍的一些看法。德封泰纳称,一位"巴那斯"的报道者,不应只是一个办报的人。他应该思考、判断、论辩……他们的批评是有些大胆果断的,但是,只要这种大胆果断讲求

---

① 多诺·德·维泽(1638—1710):法国作家、记者。
② 《批评:方法与历史》,第 82 页。
③ 庞库克(1736—1798):法国出版家。他买下了《法兰西信使》,使之有了巨大发展。
④ 絮亚尔(1732—1817):法国作家、记者。
⑤ 孔多塞(1743—1794):法国哲学家、数学家和政治家。
⑥ 《批评:方法与历史》,第 83 页。

礼貌并通篇都严格地保守中立，他们的批评就不会使公正的人们扫兴。然而，这种大胆果断却造成了这份报纸于 1732 年停刊。但是三年之后，作为酬答他为文学事业和国家所付出的努力，德封泰纳又获得了特许创办一种新的期刊，他将之定名为《关于现代作品的批评》（Observations sur les écrits modernes）。

这些报纸着眼于现实性，它们或从刊登《法萨罗》①的最后译本到分析《关于搪瓷画颜色的论述》止，或从刊登《圣父、殉难者和其他主要圣人生平》的最后一卷，到研究伏尔泰的最后一部著作止。与此同时，别的一些报纸有着比巴黎的出版物更为广阔的视野，它们企图重新担负起《学人报》过去报道全世界的使命。于是，从 1733 年到 1740 年间，普雷沃教士在其《一位贵人回忆录的作者的赞同与反对》小报上，就借鉴了艾迪生②、斯蒂尔③和约翰逊④的报纸编辑方式。他保证在他以后阐述的主题中公正地说明所有值得称赞或所有需要批评的内容，同时总是留给读者去定论。他的报纸独特新颖之处在于辟有英国文学栏目。在收到英国期刊后，他从中选登有关英国作家的报道和评述，他向法国读者推荐有关罗彻斯特⑤、丹尼斯⑥、威彻利⑦、萨瓦奇⑧的简介和关于莎士比亚的丰富多彩的分析，甚至还介绍了德莱登⑨的《马克-安托万》（Marc-Antoine）译文和斯蒂尔的一部喜剧⑩。

在国外出版的报纸也同样起着这种对于外国文学的传播作用，尤其在荷兰，那里，聚集着因南特赦令撤销而被迫流亡的一些文人墨客。1713 至 1736 年，在海牙出版了由法国各地区来的记者联合编辑的《文学报》（Journal littéraire）。他们在创刊《前言》中为自己公开规定了批评家的角色。因为他们远离巴黎而不受其审查，这便使他们可以不必做谨慎的简述："通常，记者的职责是不去决定一部书籍的好坏，而是让人们依据其所做简述去猜想一部作品在质量上应该属于哪一等。我们认为这太过分谨慎了，毫无意义，我们决定直言不讳地说明我们在一本书中认为好的和坏的东西（他们不去接触神学方面的题材和与宗教有关的哲学主题）。"⑪

1717 年，人们在这份报纸上读到一篇饶有趣味的《论英国诗歌》（Dissertation

---

① 《法萨罗》（La pharsale）或《内战》（La Guerre civile）：拉丁诗人吕坎（39—65）的一部史诗，共十章，叙述的是恺撒与庞培（Pompée）之争。
② 艾迪生（1672—1719）：英国记者、诗人、剧作家和政治家。
③ 斯蒂尔（1672—1729）：爱尔兰记者、随笔作家、剧作家和政治家。
④ 约翰逊（1709—1784）：英国伦理学家和文艺批评家。出版过期刊《漫谈者》（1750）、《游民》（1758）。
⑤ 罗彻斯特（1647—1680）：英国诗人。
⑥ 丹尼斯（1657—1734）：英国诗人和批评家。
⑦ 威彻利（1640—1716）：英国作家。
⑧ 萨瓦奇（1697—1743）：英国诗人和剧作家。
⑨ 德莱登（1631—1700）：英国剧作家和随笔作家。
⑩ 转引自《批评：方法与历史》，第 86 页。
⑪ 《批评：方法与历史》，第 86—87 页。

sur la poésie anglaise),其中第一部分把法国作家和英国作家做了总的比较:"尽管英国作家应该在才智方面折服于法国作家,但不应该认为这是缺乏天资。想象之火在他们身上与在这方面出类拔萃的人民身上一样燃放光明;遗憾的是,这种想象之火并非总是遵守常情为其规定的规则,并且在英国也忽视这些规则;而在法国,人们却对这些规则进行过非常认真、非常有益的研究。"①该文第二部分对一些作品进行了分析,尤其是《哈姆雷特》(*Hamlet*)、《理查三世》(*Richard III*)和《奥赛罗》(*Othello*),并伴随着一种对于莎士比亚的全面判断,这种判断使多年后伏尔泰所进行的判断大大失去了其新颖独特之妙:"莎士比亚委实有无限的天才;由于他可以说是在碰运气式地写作,所以他不时地捕捉到一些无法模拟的特征,但是却常常伴有一些极不高贵的东西,以致人们想不透在他的作品里是卑劣衬托崇高,还是崇高更使人强烈地去感觉卑劣。"②

在18世纪整个上半叶,相继出现了一些旨在向公众报道欧洲各国文化生活不同侧面的报纸。《英格兰图书馆报》于1717年至1728年间在阿姆斯特丹创办发行,"其目的是用在大不列颠印刷的书籍来丰富外国人的知识,尤其是不懂英语的外国人。这是一个科学和艺术与世界上任何一个地方同样繁荣的国家——它们是在自由之中得以发展的,因此,能有人报道这个国家发生的事情是很重要的。"不过,人们还是把报纸的主要版面安排给博学著作和神学著作,真正意义上的文学在此是相当不受重视的。1731年至1747年间出版的《不列颠图书馆报》又继续这样的做法。对于德国的报道,有由信奉新教的一位法国牧师雅克·朗方③创办的《德意志图书馆报》,该报也效仿此举,1720年至1740年在柏林出版;对于意大利的报道,有1726至1734年在日内瓦出版的《意大利图书馆报》。普雷沃、格里姆④、阿尔诺⑤、絮亚尔等人为之撰稿的《国外新闻》曾试图于1754年把这些局限于不同国家的报纸进行整合……该报的雄心是用法语使人们了解世界上所有艺术家及学者们的发现和杰作。此举困难重重,他们被迫于1762年放弃,而后阿尔诺和絮亚尔又以出版《欧洲文学报》把这一事业继续进行了一段时间。

与上述报纸极为接近(但仅为少数王公贵族服务)的,是世纪中叶发展起来的各种《文学通讯》。例如皮埃尔·克莱芒1748年至1752年写给亨利·沃尔德格雷夫的文学通讯,他让后者了解法国文学界及戏剧方面所出现的一切"新的、可喜的和有点意思的东西",同时,又以一个因为生于加尔文⑥的故乡和书香门第家庭从而属于"双重共和"者的自由来对这些东西加以评价。再如格里姆于1773年

---

① 《批评:方法与历史》,第86—87页。
② 同上,第87页。
③ 雅克·朗方(1664—1728):旅居德国的法国新教教士。
④ 格里姆(1723—1807):德国作家和批评家。
⑤ 阿尔诺(1718—1805):法国作家。
⑥ 加尔文(1509—1564),法国宗教改革先驱和作家,出生于庇卡底省的努瓦永城(Noyon)。

至1790年,先是在狄德罗(他在其《沙龙》中有所论述)和代皮奈夫人①的帮助下,接着又在梅斯特的帮助下写给一些王公和外国要人的通讯。最后还有拉阿尔普于1774年至1789年出版的致俄国大公的通讯。

不管是反对新派作品,还是在试图对其加以严格规定的同时承认它们,或者是为了鼓励产生符合古代理想的新作品,18世纪的评论差不多一致承认和服膺于以往时代的古典主义。恰是为了和这些新崇古派人物比试,新厚今派批评家们不久便致力于确定自己的立场和树立自己的威望。不过,在18世纪,"哲学"公开地进入了文学论战之中,同时也常发生这种情况:在重大的哲学论题和新的伟大词汇掩盖之下,"文学"注重传统和超乎一般的空洞却依然如故。

总之,报刊新媒体的文学批评深刻地震荡了传统文学的各种框架。大革命前,18世纪的文学批评充斥着"哲学",并参与了哲学家反对传统主义的斗争。大革命后,文学批评充满了政治色彩,一直延伸到后来19世纪初保守派②和激进派③之间无休止的斗争。

---

① 代皮奈夫人(1726—1783):法国女作家。
② 保守派(Résistance):法国七月王朝期间以吉佐(1784—1874)为首的政派。该党反对一切民主改革。1832年,该派执政,直至七月王朝倒台。
③ 激进派(Mouvement):法国七月王朝期间以巴罗(1791—1873)为首的政派。该派认为1830年的革命仅仅是民主改革的开端,很快被保守派击败。

第二篇

法国19世纪文学批评

第一章 浪漫主义时代的文学批评

19世纪初的浪漫主义思潮深深地更新了批评的方向。对于那些对经典和摹仿深恶痛绝的作家来说,从此以后主观性美学可以摆脱古典主义的清规戒律,关注艺术作品的"形式"。与此同时,批评家的评判活动建立在对作品的透彻的理解上,如同创作主体一样,接受主体依据作品给人的感性产生的印象和激情,能够重新找到作家创作的途径。夏多布里昂经常说的一句名言:应该用"既伟大又困难的审美批评"代替"既渺小又容易的检错批评"①。所谓"审美批评",在斯塔尔夫人②看来,是考察作家的"创作天才"③。雨果说得更具体:"不久,我们都会知道:不应该根据规则和体裁——这些自然和艺术之外的东西来判断作家,而是应该根据艺术永恒的原则和个人组织的特殊规律去判断……为了探讨一部作品,我们赞同以作者的观点置身期间,用他的目光审视主题……正如夏多布里昂说的,放弃平庸的检错批评,代之以伟大的、丰富的审美批评。"④

然而,从摹仿的艺术观念过渡到创新的艺术观念不是一蹴而就的,而是经历了从古典主义夕阳西下到19世纪上半叶浪漫主义的旭日东升这一漫长的时间。要想了解在这期间那些预备性和决定性的因素,就必须知道:在古典主义和巴洛克时期,存在着一个宫廷社会,在这个社会里,良好的教养直接与习俗、礼仪相联系,或更准确地说,与上流社会的审美情趣是紧紧相连的,而艺术的创新必须从属于这个社会的需要。随着资产阶级的上升,18世纪启蒙运动中个人概念的出现促使审美领域发生了质的变化。此外,符号产业市场的存在,包括书籍市场的存在,给了创作者一个合法地位。1777年,博马舍⑤成立了戏剧家协会。1791年和1793年的法律确定了"文学知识产权"。正如贝纳丹·德·圣-皮埃尔⑥说:为了使艺术作品被准确地视为一个真正的创作主体的发明,应该承认"一部书、一台机器或者某种有用的发明的作者(在这种发明中人花费他的时间、劳作和天才),完全有权从卖书商或使用人那里获取一种永久的税收,如同封建领主从在他的土地

---

① F.-R. CHATEAUBRIAND, *Mélanges littéraires*, in *Œuvres complètes*, Garnier frères, t. VI, 1911.
② 斯塔尔夫人(1766—1817):法国评论家和小说家。她的全名是安妮·露易丝·热尔曼娜·内克。
③ G. DE STAEL, *De l'Allemagne* [Ed. 1810], Flammarion, «GF», 1968, p. 85.
④ V. HUGO, «Préface de *Cromwell*» [Ed. 1827], in *Œuvres complètes*, Club français du livre, t. III, 1970, p. 85.
⑤ 博马舍(1732—1799):法国剧作家,他的《费加罗婚礼》吹响法国大革命的前奏。
⑥ 贝纳丹·德·圣-皮埃尔(1737—1814):法国作家。

上建设的人身上抽取土地转移税一样。"①

然而时代的车轮不断推进,出现了一种新的批评类型,更确切地说是一种现代的批评手段,即报刊批评和学院派批评。

作为这两个派别的代表,记者和教授与生俱来就是互不相容的。总的来说报刊批评是一种即时性的批评方式,或多或少都与记者本身的心情有关。相反学院派的批评还需通过时间的验证,耐性的考验。它的研究往往更加深入和谨慎,比起报刊上的文章更能经得起时间的磨砺,它可能运用工具,以更保守的态度和观点使之应对时代和人物时保持相对客观的态度。由此看来,这两种研究方法是相互补充的,而退一步说,记者及教授们的文献又为整个19世纪文学界绘制了各有差异的历史画卷。

第一节
启蒙世纪的遗产

一 美学理论的准备

18世纪的最后几年勾勒出了具有决定性的政治与文化背景。对美的思考开创了多元论和相对论的道路,正是这些孕育了批评活动。早在莱辛于1766年在其著作中提出原则前,狄德罗就已经提出了艺术团体的问题并思考了诗歌和散文各自的特点。柏克②和康德③丰富了有关崇高的思考,这种"崇高"在激发美的乐趣方面产生新的价值和意义。

一、创作主体

18世纪初,英国学者沙夫茨伯里(1671—1713)继承剑桥学派的理论,自称是一位新柏拉图主义者,假设人具有一种对美、善的先天的感知。他在《关于热情之信》里论及天才,彻底与亚里士多德的摹仿的传统概念决裂。他认为:热情(l'enthousiasme)是一切创作的矢量,通过热情,作家激发出他所称之的"世界伟大

---

① B. DE SAINT-PIERRE, «Etudes de la nature», in *Œuvres complètes*, Méquignon-Marvis, t. VII, 1820, pp. 22-23.
② 埃德蒙德·柏克(1729—1797):柏克是爱尔兰人,后迁居英格兰。他是著名的政治家、作家、演说家、政治理论家和哲学家。他的《反思法国大革命》为"恐怖"下定义而出名。这部随笔自1765年起在法国被翻译,第二版发表于1801年。
③ 伊曼努尔·康德(1724—1804):德国哲学家、天文学家。他被认为是对现代欧洲最具影响力的思想家之一,也是启蒙运动最后一位主要哲学家。

的天才",由此传统的摹仿被质疑。在他看来,作家摹仿的不是被看到的客体,而应是创作的行为本身。总之,作家成为"朱比特之后的第二位创造者"①。

启蒙时期由狄德罗主编的《百科全书》里,"天才"这个词条由圣-朗贝尔撰写,已经谈及英国这位散文家的思想,还论及热情是天才的特点之一,这种情感特别表现为一种印象深刻的、非同寻常的赋性,天才可能感知世间的一切东西。热情指那种在情感方式上的天才感性固有的能力。"观察的审美"、"那种迅速俯瞰辽阔的空间、将万物尽收眼底"②的天分,补充了这个被动的动力。人在不知不觉中不断地积累知识,也在毫无感知的情况下进行观察。天才的灵感"才思泉涌"是感性在不停运作的外化。

同年,在《关于〈私生子〉的谈话》(1757)中,多华尔的热情,被狄德罗说成是一种生理现象,就像是身体的冲动一样,如同性爱愉悦一样。这种热情传遍身体,将整个身体燃烧,又将其折磨,其结果也是献出"灵魂"③。一般地说,对于狄德罗,天才的灵感与原始的性有着部分的关联。没有人参与的大自然激发了多华尔的"热情"。在《论戏剧体诗》(1758)中,狄德罗认为"诗歌欲表达一些异常的、粗俗的、野蛮的东西"④。创作的动力在梦的未分化状态和危机的状态下会找到能量的储藏,在原始状态之下,人才可以毫无拘束地表现这种活力和情感,混沌会激发诗人的灵感。热情,是一种有限的状态,可以激发疯狂的想象。在《关于〈私生子〉的谈话》(1757)中,多华尔需要停下来缓和自己的激情是具有深远意义的。热情可变成极度的狂热。无论它是什么,狄德罗总是使他的人物流露出天才的、热烈的、梦游症似的、狂想曲般的话语,以致这些话语成为表演话语。天才性的舞台是双重的,就像理性的措辞要阻止梦的话语,对于狄德罗来说,它也还是理性,但尤其重要的是情感。

梅西埃在世纪末时,通过那些准莱布尼兹公式,在作家身上看到了"可以让人们想到自然界最美好事物的发光点⑤"。艺术家对和谐十分敏感,他是一面综合的同心镜,他转向另一个全体,即社会。作家在发挥其天才,充当多重的中介,此时,人就像伟大的浪漫主义者的预测一样感知,但是事实上应该在康德的《判断力批判》中寻找一个与创作主体一致的定义;这个定义超越了狄德罗作品中的矛盾,并且深化了沙夫茨伯里的直觉。

对于康德来说,趣味不允许创造出天才的作品,而艺术品的美也不可能来自预先制定好的规则。给艺术作品赋予形式属于主观性美学的义务。所有创新的、

---

① J.-L. CABANES, G. LARROUX, *Critique et théorie littéraires en France*, BELIN, 2005, p. 13.
② *Critique et théorie littéraires en France*, p. 13.
③ D. DIDEROT, «Entretiens sur "Le Fils naturel"», in *Œuvres esthétiques*, Classiques Garnier, 1959, p. 98.
④ D. DIDEROT, «De la poésie dramatique», in *Œuvres esthétiques*, Classiques Garnier, 1959, p. 261.
⑤ L. S. MERCIER, «Le Bonheur des gens de lettres», in *Eloges et discours philosophiques*, van Harrevelt, 1776, p. 273.

独特的形式都遵循一个内部的逻辑,这便是想象力和理解力结合的产物。尽管天才作品不作为模仿的对象,它们却允许其他艺术家对他们的天才性采取"措施"。在这方面,作品的天才性也给他们以灵感。人们完全能够彻底地破坏标准的诗学,创造出一个完全反对模仿的、其天才真正是来自创作的主体。

二、感觉性和感觉主义:接受主体

18世纪初,迪博教士在他的《关于诗歌和绘画的批评思考》(1719)中,非常重视情感的根本作用。情感不与感觉混淆,就像迪博教士所说的,它是"第六感官"①,是一种支配所有通过我们五官的积极或者消极评价的机制(一种颜色的美丑,一种味道的好坏);它不仅决定着道德评价的恰当,而且支配着美学评价的贴切。对美的感知是瞬间的,它是一种来自内心的指令,其结果和标志是情感的震荡。这些对美学判断新的构思方式与那些天才性的新定义是相符的。

迪博教士的这些论断将会继续被争论下去,人们可以看到,为了捍卫这些理论,形成了阿尼·贝克所谓的"情感战线②"。19世纪伊始,卡巴尼斯③从完全不同的意识形态的角度观察,认为美的衡量标准是由感情的震荡决定的。根据这位有机生命论、接近意识形态的医生的看法,美的快感来自身体,它在我们身体的最深处,几乎是在我们无意识的状态下。这种观点离浪漫理想主义越来越靠近了,已经非常接近司汤达了。美被置于张力和活力之下,近乎于一种欣喜若狂的状态。

一场关于批评视点的革命展开了,批评家们不再将关注集中于作品与诗学的一致性上,而是集中在主体上,集中在主体的印象、感情、情感、"认同感"上,或者按卡巴尼斯的说法,集中于创作者如何努力对接受主体的情感产生影响的方式上④。

三、"崇高"新概念的出现

批评判断的转变带来了"崇高"新概念的出现。柏克在其名著《关于崇高与美的思想渊源的哲学研究》(1757)中区分了美与崇高的范畴,美是以规则、光滑、思想清晰为特征,它能增强社交性;而"崇高"通常指不规则、黑暗、丧失、过度和无止境。这部著作通过激发自我封闭的感情,使每个主体都产生一种对世界有限与无限的意识。

"崇高"尤其会引起反常的快乐("一种充满忧郁的快乐,一种带有一丝恐惧

---

① *Critique et théorie littéraires en France*, p. 16.
② A. BECK, *Genèse de l'esthétique française moderne (1680-1814)*, Albin Michel, 1994, p. 16.
③ 卡巴尼斯(1757—1808):法国医生和哲学家。这位孔多塞的朋友在1802年发表了《人的身体与道德的关系》(1802),该书的目的是建立一元心理学。
④ "占有情感能力是所有艺术不可或缺的条件;但是这样的天分总是与感情一致的。"(*Lettre à M. Thurot*, p. 335.)

的安宁"①)。这便是不规则得到了美的合理性。事实上,自然物品或艺术品以其不幸,以其无穷,扰乱我们的感官,摧毁我们的方位,改变我们视看的方式,由此引起崇高的快感。于是,新的美学观念宣告了摹仿式的诗歌彻底完蛋了。这位爱尔兰评论家以弥尔顿的《失乐园》为样板,颂扬诗歌意象的"黑色是合理的","黑暗"②具有的美学丰富性。

这部论著的反响是巨大的,尤其在法国,对狄德罗的影响是很大的,这位哲学家在《1767的沙龙》中宣称:"一切使灵魂震惊的,一切给情感赋予恐惧的都归于崇高"③,此外,他高度颂扬暗色和黑暗主义。对于梅西埃来说,"崇高总是会引发某些恐惧,这些恐惧只有那些向往伟大的灵魂才能感觉到"④。

康德在《判断力批判》中,对柏克的论断有了新的发展。他区分"崇高"的两种形式:数学崇高和力学崇高。数学崇高以无穷大将表现能力搞得迷茫失措;而力学崇高使我们面对那种要夺走我们和摧毁我们的自然力。无限的场景、狂怒的大自然的景象,要么我们用理解力了解它们,要么我们用生命力抗拒它们,二者都使我们意识到人力的限度。然而,康德通过一种语义学革命,指出"崇高不存在于自然界的任何事物中,而仅仅存在于我们的理智中"⑤。如何解释那些无限的、风暴、悬崖和深渊的恐怖景象给我们带来的美的快乐呢?席勒⑥说,大自然最终"使用一种情感工具,让我们明白:我们比简单的有感情的自然更伟大"⑦。这句话忠实地阐释了康德的分析哲学。根据这位德国哲学家的意思,那些恐怖的崇高的景致迫使人们主观地思考大自然整体本身,如同某种些超感觉的事物的显示(présentation)不能被客观地描写。除了新柏拉图的传统途径外,通过其他途径,由无限的威慑力产生的情感最终将伦理、美学和玄学汇聚在一起。

"崇高"的新定义质疑了古典理性、笛卡尔理论、明晰思想的最高美德、规则和对称的美学。我们不能把它们与文学背景区分开来。恐怖小说、神怪故事,关注古代克尔特族歌颂英雄及其业绩的行吟诗人和麦克夫森改编的或创作的莪相⑧,都会在崇高的理论中找到美的证据。柏克在 1757 年写的著作是富有意义的。爱德华·扬的《夜思》(Nuits)发表于 1742 到 1745 年间,而沃波尔的《奥特兰托城堡》发表于 1764 年,在后者,读者可以读到第一本恐怖小说。美学理论的更

---

① *Critique et théorie littéraires en France*, p. 17.
② *Ibid* p. 18.
③ D. DIDEROT, *Œuvres complètes*, Club français du Livre, t. VII, 1970, p. 182.
④ L.-S. MERCIER, «Discours sur la lecture», in *Eloges et discours philosophiques*, van Harrevelt, 1776, p. 255.
⑤ E. KANT, *Critique de la faculté de juger*, Vrin, 1966, p. 1035.
⑥ 席勒(1759—1805):德国 18 世纪著名诗人、哲学家、历史学家和剧作家,德国启蒙文学的代表人物之一。
⑦ SCHILLER, *Sur le sublime* [Ed. 1801], repris dans P. Hartmann, *Du sublime, de Boileau à Schiller*, Presses universitaires de Strasbourg, 1997, p. 175.
⑧ 莪相:传说中的 3 世纪苏格兰说唱诗人。

新与文学题材的革新并驾齐驱。在当时以个人概念的出现和以颂扬力的魅力为标志的时代背景下,两者皆得以肯定。

四、理想的美

19世纪上半叶的艺术以美的理想主义形式追求伟大,同时这种伟大引导着法国浪漫主义文学理论。为了了解这种对伟大的憧憬,应该回忆一下对18世纪中期以新古典主义形式出现的洛可可艺术的反抗:拉凡·德·圣-耶内①从1747年起指责布歇;还有著名的古玩商凯律斯②伯爵为回到"伟大的方式"③而辩护;1755年,温克尔曼④在《关于模仿古希腊绘画和雕刻的思考》中,颂扬希腊艺术中的"高贵的简朴"(Edle Einfalt)和"平静的伟大"⑤(Stille Grösse)。希腊人远没有依样画葫芦地模仿,而是通过一种先验的理想化,成功地从那种来自在最美的客体里淘汰的感情体验中,提炼出一个可以超越大自然本身的"理想模式"⑥(Urbild)。古希腊的气候、民主有利于这种无与伦比的艺术发展,使其他艺术无法与之匹敌。因此,应当将它所表现的规范内化,以便重新找到伟大艺术的道路。

显然,没有什么比回忆一种无法模仿的、却要模仿的艺术更远离浪漫主义。那么如何理解司汤达在《拉辛与莎士比亚》中表示的对《大卫》的赞赏,以及斯塔尔夫人继歌德之后在《论德国》中为温克尔曼辩护?出现于18世纪的新古典主义与初期浪漫主义有着共同的利益:共同反对洛可可艺术的弯曲,它们都渴望伟大,而这种伟大,在浪漫主义作家那里变成了对"力"的赞美。此外,温克尔曼的一些论点与浪漫主义关于"艺术作品必定是象征的自然"的思考有相通之处。

在这里,应该回顾一下卡特勒梅尔·坎西⑦在法国的重要地位。这位似乎想要调解亚里士多德与柏拉图的美学家认为,艺术创作应该使"艺术家灵魂深处的那种美"⑧成为现实。这又把我们带到了文艺复兴时期的新柏拉图学说,想起了拉斐尔⑨颂扬的、斯塔尔夫人共鸣的设计(disegno):"温克尔曼发展了艺术中关于理想和关于完美的自然那些现已承认的真正原理,这种自然的类型在我们的想象

---

① 拉凡·德·圣-耶内(1688—1771):法国艺术批评的奠基人。
② 凯律斯伯爵(1692—1765):他爱好收集古希腊、古罗马和高卢时期的古玩。他颂扬古代"伟大的方式",远离洛可可文学。
③ *Critique et théorie littéraires en France*, p. 19.
④ 温克尔曼(1717—1768):这位德国考古学者是艺术史的创始者之一。他的《古希腊绘画和雕刻作品的模仿思考》和《古典艺术史》,产生了巨大的反响。
⑤ *Critique et théorie littéraires en France*, p. 19.
⑥ *Ibid.*
⑦ 卡特勒梅尔·坎西(1755—1849):他是法国考古学者和艺术历史学家,理想美的支持者之一,在温克尔曼的思想传播过程中起了重要作用。他曾经试图调解亚里士多德学说和新柏拉图学说。
⑧ Q. QUINCY, *Sur l'idéal dans les arts du dessin*, Department of the history of art of Oxford, 1805, p. 12.
⑨ 拉斐尔(1483—1520):意大利画家。

之中,而不在我们身外。"① 自相矛盾的是:温克尔曼的美学理想主义主张模仿希腊艺术。斯塔尔夫人在《论德国》中,以温克尔曼和理想美的名义,赞扬想象和创作主体。

其他的一些小变化也会同时产生,它们可以和以下的努力联系在一起:对象征的思考,如同歌德所做的,将象征和寓意分开,在这个感觉的世界中像天启论者圣-马丁②一样发现到一张感应网。茹弗鲁瓦③认为,艺术品的价值与其说它具有模仿能力,更不如说在于激发人的想象。因此,艺术品的象征功能只有在艺术家善于将无形物具体化的情况下才充分发挥:"抽象地描绘的灵魂不会感动人。"④ 表现效力来自一种很难达到的平衡:一部作品的参指功能——个体性的东西与将普遍象征形式化之间的平衡。"在有限与无限之间移动的平面"⑤,根据维克多·库赞⑥的格言,美像一种流逝的完美。汇聚着三种方法:哲学家的方法,他试图解开命运的含义,却遭遇了昏暗的世界;艺术家的方法,他希望创造一种美的形式,却遭遇了语言的抵抗;艺术爱好者的方法,他大概重新找到创作的道路,发现了在一种形式的物质性中隐含着一种无形的美以及艺术家瞥见的理想性。然而,这种汇聚可能会让人们相信两种明显的寻觅偶然地混杂在一起:一种是抽象的或者精神上的,另一种是美学的,这种汇聚事实上要比看起来没有那么紧密。当然,对于维克多·库赞来说,真善美在价值天空中结合,但是即使它们有一个共同的神的起源,它们的目的论也是不同的:"艺术创造了精神的完美,却不去探求这种完美。"⑦ 继康德之后,维克多·库赞在雨果《东方集》或戈蒂埃的《莫班小姐》的序言前面,假设艺术的自主:"应该为了宗教而宗教,为了道德而道德,为了艺术而艺术。"⑧

折中哲学的世俗唯灵论曾经产生过巨大反响。圣伯夫继承茹弗鲁瓦的理论。就像保罗·贝尼舒指出的那样,这些理论本身继续了对理想美以及对艺术品象征价值的思考,特别是艺术品象征价值在法国热月到复辟期间得到了充分的发展。后来,在乔治桑以及戈蒂埃的作品中,以及在德拉克洛瓦的《日记》中,显然,也在文学批评中,都可以找到这种美学理想主义的影响。

---

① *De l'Allemagne*, p. 187.
② 圣-马丁(1743—1803):外号叫"陌生的"法国哲学家。他对认识了解瑞典"袄教祭祀"斯韦登伯格的天启论理论做出了贡献。
③ 茹弗鲁瓦(1796—1842):法国哲学家。圣伯夫听过他的美学课。他的讲义发表于 1843 年。
④ T. S. JOUFFROY, *Cours d'esthétique*, Hachette, 1845.
⑤ V. COUSIN, *Du vrai, du beau, du rien*, Hachette, 1836, p. 210.
⑥ 库赞(1792—1867):法国哲学家,被认为是哲学唯灵论折中主义和哲学史的创始人,他首先引进了黑格尔的哲学。七月王朝时期,他成为国民教育部长。1843 年后,也就是路易十四时期,他尤其主张重读帕斯卡尔的《思想录》。
⑦ *Du vrai, du beau, du rien*, pp. 223-224.
⑧ *Ibid.*

二　观念学派的文学纲领

观念学派(la Société des idéologues)是法国 18 世纪末 19 世纪初哲学和政治派别,其主要代表人物是德斯蒂·德·特拉西(1754—1836)、卡巴尼斯(1757—1808)。该学派由德斯蒂·德·特拉西于 1804 年写的《观念要素》一书而得名,其影响在督政府和执政府期间达到顶峰。"观念学者"这一术语,起先是由夏多布里昂和拿破仑贬义地使用,它指那些把经验主义和由孔狄亚克的理性主义综合起来,运用于知识的不同的领域的学者。他们是一批科学家、哲学家以及有启蒙思想的人,对人文主义怀有一种现代的憧憬。其代表人物为多努(1761—1840)和沃尔内[①],他们的著作——《历史课程》为建立民族性的现代社会学作出了贡献。观念派学者是乐观的唯理论者,百科全书和启蒙时代的新的活力许多是归功于他们的贡献。他们忠实于百科全书派的哲学,相信人类的可完善性,谴责大革命的罪恶的过激行为。

他们的文学纲领催生了一份哲学、政治和文学的报纸——《旬报》,由冉格内(1748—1816)于共和二年花月 10 日创立。《旬报》于 1794 年到 1807 年间发行,该报的合作发行者有卡巴尼斯、德斯蒂·德·特拉西、诗人安德里厄、艺术史学家阿莫里·迪瓦尔(1760—1839)和经济学家 J.-B. 塞(1767—1832)。

《旬报》践行一种展望的批评,启示未来作品的特点,主张文学的民主化。"扩大、解放",这正是被称为观念学者的口号。

在文学批评中,《旬报》丝毫没有宗教派性,它的编辑们因此被指责为不信教。《旬报》激烈反对"作家们过去只为贵族阶级写作",指出 18 世纪"几乎没有值得重视的法语小说",斥责那时的文学只局限于贵族阶级视野的狭隘性:"描写上尽是打诨插科而激情不足,着笔精巧细腻而无画面;人们从中极少看见真实所在,极少看见那些属于所有的人而又为使所有的人都能认出和感觉到才勾勒的特点。"[②]

《旬报》提醒人们注意 1797 年再版的孔迪亚克的作品、新版的埃尔韦絮斯的《全集》和达朗贝尔的《遗作》。该报尤其欢呼 1798 年 2 月(共和六年雨月),由内戎出版社出版的狄德罗的著作。这个学派效仿狄德罗,试图根据经验确定肉体与精神的关系,他们在分析观念的构成时尤其注重分析语言、语法和逻辑。这个学派认为,在人的身上,个人因素和集体因素由一种严格的决定论所控制。这种理论直接或间接地影响了 19 世纪许多作家。

然而,《旬报》却认为小说是一种未来最适合回应现代读者的期待的体裁。

[①] 沃尔内伯爵(1757—1820):他在《废墟,或关于帝国革命的思考》(1791)里,夏尔·迪皮在《崇拜的根源》(1794)里,把宗教描述成促进专制、逼迫人们走进灭亡的虚幻。

[②] 《批评:方法与历史》,第 132 页。

《旬报》丝毫没有民族主义色彩,也给外国文学空出了位置,其创办者冉格内于1798年被任命为共和国驻都灵的大使,他对意大利文学兴味盎然,写了卷帙浩繁的《意大利文学史》(共9卷,1811年出版)。即便当时法国同英国打仗,观念学派也没有离弃英国小说,视它们是"哲学"小说的典范,但并不推荐引进。观念学者们通过歌德也注意到德国文学与法国精神相距甚远;他们辨认出民族性格的特殊之处,这一些都是为了修复18世纪哲学家们的理性主义。

在普通文学美学的思考上,观念学者带来最具革新意义的贡献。他们所希望的是,出现一种首先关心教育人民懂得其义务和权利的文学,这种文学从国家生活的重大事件中选取题材,它面向所有的公民,不再是有闲者消愁解闷的手段,而是一种新民主的表现方式——人民的节日,诗人们要写出赞歌,演说家们要大谈特谈英雄们的功德,戏剧家们要为传播爱国主义和公民责任感写出剧本。那些最富有教益的体裁后来占据了特殊的位置,例如在这种意义上"符合道德的""戏剧诗和革命故事",人们借这些体裁特别"捉弄极为可笑的旧事物秩序"。①

从哲学上看,他们"崇拜事实",否定先验的知识,从而动摇了教条式的批评,以感觉的实证主义来作为判断的标准,他们在审视文学作品时,不以外部特征来判断作品,不依据规则来给作品分类,而是首先把文学作品产生的心理效果联系在一起。因为优美的作品会打动理性、想象力或感受力。各种体裁的规则和区别特征并不重要,重要的是打动听者、观众或读者的内心,以引起共鸣。

1807年,卡巴尼斯在给 M. 蒂罗的一封关于荷马史诗的信中指出诗人的天才在于有能力"夺取感情官能",即可以在读者或听众间产生心理的共鸣,而不是在于构建一部史诗的形态上的结构。他在信里说:"具有令人喜悦的特点,是一切艺术必不可少的一个条件。"②他认为,荷马的《伊利亚特》和《奥德赛》的美并非源于它们是史诗的理想典范,只是因为"人心的全部激情"在诗中"得到了生动表现",诗主要的伟大和光荣之处是表达了"人类真正联系的那些情感"③。古希腊人曾在一段时间里以宗教式的热情赞颂这两部伟大的史诗。因为在古希腊人看来:它们以最引人注目的方式描述了一个时代——即构成神话时期和有文字记载的历史时期分界的那个时代。卡巴尼斯的批评是建立在从历史角度结合人类行为和各种不同风俗的心理学基础上。在他看来,只有建立在坚实的哲学基础上,文学批评才是可能的。因此,他蔑视拉阿尔普文字流畅的文学课本,说它"没有一点属于作者自己的思想"④。

尽管观念派革新的雄心勃勃,口号吹得很响,事实上其文学纲领太广泛,几乎

---

① 《批评:方法与历史》,第132页。
② 同上,第134—135页。
③ 同上。
④ 同上。

没有出现优秀的作品。譬如勒布伦(1729—1807)写诗赞颂法国"复仇者"号战舰①,依然离不开照搬传统古典主义的技巧。甚至有的诗人运用一些粗野的夸张(尤其在充斥舞台的情节剧里),斯塔尔夫人专为这些夸张发明了"粗俗"②一词。

1. 冉格内③与文学史的出现

观念学者常常强调文学是文化的一个组成部分。他们易于接受外国文学,漠视一般文学规则,因为美的欣赏不是以符合规范为衡量的尺度。文学被政治、宗教机构所制约,反过来又对它们产生影响。文学既是起因又是结果,它表达了民族性。这就是我们从福里埃尔、昂佩尔和斯塔尔夫人那里重新找到的观点。在复辟时期,自由历史学家巴朗特、吉佐④把文学作品看作重要的文献。他们认为借助文学作品,可以理解民族的道德与精神特点的发展进程。1825年,米舍莱甚至有这样的决定:让大学把文学史课与政治史课合并。因此必须把浪漫主义或自由主义的历史编纂学的进步与一种学术性文学批评的出现看作一个整体。冉格内发表在《旬报》的众多论文中和他写的《意大利文学史》的序言里制定了这种批评的纲领。

在美学方面,将文学放在历史与社会进程中意味着相对主义。冉格内批评拉阿尔普通过考察体裁的特点去研究文学,而不是把文学作品置于它们所属的历史环境中。

这种美学相对主义必然否定文学的同一属性的分类,同时拒绝传记研究。在《意大利文学史》中,冉格内力求使作品与本笃会修士东卡尔梅、圣-莫尔的作品不同,后者喜欢收集大量的生平素材,回忆描述名人和文人的生活。冉格内宣称:"如果作者名不见经传或不值得一提,那么他们的生平细节就不值得什么研究……至于那些值得引人关注的作家,我们更喜欢把注意力放在他们的作品上。"⑤甚至斯塔尔夫人也拒绝做传记考察。要等到圣伯夫,揭露作家的内心情感才掀起了新的热潮。

在《意大利文学史》中,冉格内首先指出奥克抒情诗成为意大利诗歌的典范,随后赞扬《神曲》的作者是位"天真的"诗人,因为他第一次表现了意大利民族的天才。从冉格内开始,文学史方法竭力确定它的合法性。另外,寻找起源的魅力

---

① "复仇者"号战舰:法国维拉雷·德·儒阿耶兹(1750—1812)海军上将率领的舰队中的一艘军舰,该战舰曾只身与十艘英国军舰交火六小时,被击沉后,舰上军士殉难时高呼:"共和国万岁!"
② 《批评:方法与历史》,第131页。
③ 皮埃尔·冉格内(1748—1816):他创办的《旬报》(*La Décade*)是观念学者的喉舌。它在1794至1807年间发表。该报经常登载英语小说,对历史民族背景下的根深蒂固的文学作品十分敏感,它继承了启蒙时期的遗产。
④ 吉佐(1787—1874):法国政治家、历史学家。
⑤ P. GINGUENE, *Histoire littéraire d'Italie*, 14 vol., Michaud, 1811, p. 11.

吸引了德国的赫尔德、格林①兄弟还有克莱门斯·布雷塔诺②和阿希姆·冯·阿尔尼姆③,促使他们收集民间歌曲和民间故事。西斯蒙第在详细研究奥克抒情诗的形式的过程中,指出法国南方12、13世纪的行吟诗人,作为诗律学的创始人,创造了一种学术价值高、非常考究的诗歌,这种诗歌却是从阿拉伯诗歌那边借用过来的。因此我们必须追溯到比中世纪更早一些的时期,以便发现各民族的幼年时代。此时,文献学来帮助了衰退的文学史。

所以,正像维尔曼④所说的那样:最初起源的寻找,文学作品相互借用的发现最终代表着我们现代文学批评的普通研究。文献学的研究,民族文学的产生条件的分析,和比较研究法构成了一个新的文学史的基础。

2. 福里埃尔⑤

他是共和国军队的军官,长期以来也是保安部部长福歇的亲密伙伴,他同时又是斯塔尔夫人的朋友。1802年以共和派自居,后来坚决辞掉警官职务,自此闭门研究法国南部历史、语言、文学,他通晓多种语言。

为了建立文学史,必须进行文学系谱研究这个步骤。同时,也必须思考语言、文学和民族的起源,这三者是相互联系的。福里埃尔觉得应该承认这么一个事实:世上存在着许许多多不同特点、不同形式的文学,如同世上存在许许多多讲不同语言、有不同风俗、生活在不同的气候下、受不同政府治理的民族。人们往往回溯到远古时代,颂扬民族最初的天才,但是这种寻根解构了它引起的种种神话。福里埃尔用一个"复合型天才"的形象,代替了但丁这个原先被称为"最早的诗人"的形象。

在福里埃尔看来,在罗马帝国末期,一种民间方言和拉丁语并存。蛮族人的入侵远没有摧毁民间方言,反而加强方言的使用,并使之正统化。为了使方言成为文学语言,就必须借助政治环境以促其完善。从11世纪开始,在意大利,存在着这些政治气氛,加上几次共和政体的形成。但是,普罗旺斯诗歌的广泛流行,导致其他诗歌把它作为范例而太过忠实地模仿,从而延迟了纯粹意大利文学的诞生。到了14世纪,一位诗人(但丁)挖掘了语言的文学潜在性,在文学作品中反映出意大利所遭受的政治冲突。他给意大利诗歌带来一股强有力的新力量,他虚构了一部最基础的叙事诗,集中地描述他生活年代的历史。因此他完全值得被称为国家诗人。在福里埃尔对《神曲》的研究中,从第一帝国末期到七月王朝这段时期,福里埃尔利用了文学史的研究方法,他的研究方式有综合的价值。在他的研

---

① 格林(1785—1863)和他的兄弟威廉(1876—1859)一起收集日耳曼故事和传说。
② 克莱门斯·布雷塔诺(1778—1842)和他的朋友阿希姆·冯·阿尔尼姆(1781—1831)出版民歌集。
③ 阿希姆·冯·阿尔尼姆(1781—1831):德国诗人、小说家。
④ 维尔曼(1790—1870):法国政治家,曾任巴黎大学教授,1821年被选任法兰西学院院士。
⑤ 福里埃尔(1772—1844):他因解读赫尔德作品而出名。他发表了《普罗旺斯诗史》(1846)和《但丁与意大利语言与文学的起源》(1854),影响巨大。

究活动中不乏响应者。

1810年,福里埃尔给丹麦作家巴格森(1764—1826)的诗《少女》(La Partheneide)作序时,对文学体裁的概念提出质疑,后来雨果提及此事。各种诗歌体裁的传统定义忽略了重要的一点:各种各样形式的诗歌主要在于表现想象力。这篇《序》还解释了观念派学者们对于一种与关于人类行为的哲学联系密切的、新的文学批评所形成的概念。当时的问题是弄清这首由一位丹麦作家用德文写的诗属于英雄诗、还是属于田园诗。福里埃尔避开了传统的归类法。他指出:传统的归类只根据形式上的相似或相异把诗歌作品分组划类,实际上作品的内容差别很大。他认为任何定义的出发点都应在诗作对于读者所产生的印象中去寻找。福里埃尔又发挥了"心理效果"的主要价值论断。在诗歌作品之间所能做的真正的区分,应该建立在诗歌作品产生的各种心理效果基础上:"有多少种真正不同、真正有区别的方式(它在人们想象中可以通过对人的命运和人类行动的描述表现出来),就有多少种不同的诗歌表现形式。"[1]他确认心理效果的多样性产生了类型的多元化,而不是根据已定的形式那样一劳永逸地分类。心理学同样帮助批评家依理建立相对主义和多元主义。

福里埃尔还花血本学习梵文和阿拉伯语,他把通俗歌唱技巧和对普罗旺斯诗歌的现代研究引入法国(他收集希腊人在争取独立时所唱的赞歌);他在亲希腊时期,1825年,翻译和出版了《希腊民间诗歌集》。他重提了并更真切表达了埃尔代关于使用通俗诗歌来表达民族特性的主张,但他的提法与德国学派有所区别,因为他的首要兴趣是在拉丁语言国家。从与曼佐尼的对话中,他提出了关于古典神话基督教化的新观点,这些新看法促使其写出了《但丁及意大利文学起源》(1854年出版),该书还涉及了探寻起源、民族身份和外国文化的形态。从1830至1844年间,他在索邦大学教授外国文学,他的一些讲义在他去世后以《普罗旺斯诗歌史》为题结集出版,该书将普罗旺斯诗歌作为了中世纪史诗各种形态的源头。

第二节
德国浪漫主义的输入

18世纪末期,一批德国知识分子汇聚在德国城市耶拿,他们分别是诗人、哲学家、批评家、翻译家及散文家,他们最早提出了浪漫主义的概念,并较为详尽地

---

[1] 《批评:方法与历史》,第135—136页。

阐述了浪漫主义的文学主张。他们反对古典主义,要求创作的绝对自由,放纵主观幻想,追求神秘和奇异。理论奠基人是施莱格尔兄弟,代表成员还有诺瓦利斯①、蒂克等。耶拿派创办的杂志名为《雅典女神神殿》。

耶拿派学者奠定了早期浪漫主义的基础,并尝试确立一个能够反抗当时已在法国盛行的革命恐怖的艺术体系。在他们眼中,能够改变世界的唯一手段就存在于精神世界中。仅凭个人力量将一事无成,为了达到目的必须要建立起创造性的团队合作。他们集体创作并仅以集体名义署名,文本由若干片段组合起来,最终形成了他们审美理念的基本元素。

他们需竭力应对四重危机:

首先是伴随着法国大革命而来的政治问题。他们反对大革命,但又意识到不可能回归到革命前的状况,因此还需建立起新的价值体系并通过艺术的手段来实现这一壮举。他们考虑的不再是一个建立于神学理论或平等原则基础之上的组织,而是一个起始于人的内心而探求其更高层面的观念。

第二重危机属于哲学范畴并起因于康德。他曾将主观主义引入这一思维能力中,其间颠覆了其原本形而上学理论基础,并反对所有绝对性的说辞。对于浪漫主义者来说,只有艺术才能探索绝对。

第三重危机涉及宗教。18世纪,无论是天主教会还是新教都经历了教条主义,以及对当局的效忠。而其中冉森教派却对此提出异议,一方面指责与启蒙运动时期受世人认可的科学发展并进的宗教信仰的改善,另一方面又批判教士的妥协态度。在德国,是施本尔②反其道而行,他呼吁回归虔诚(la piété)("敬虔主义"由此得名)和提高内心境界,这一点被认为是信仰的真谛。人们开始重新发现莱茵河畔的神秘主义,关注起真实而非肉眼所能见的教会。

第四重危机,也是最后一个危机,是审美方面的。在18世纪,音乐处于艺术阶层的顶峰位置,比起其他艺术形式更擅长表达,音乐更能够实现灵魂的升华,表达无法言喻的事物。从此,文学尝试着吸收音乐手段。

为了应对多重危机,耶拿派的成员提出一些重要理论,以期通过创作和思考来投入到实践活动中。

首先,他们想要把文学变成一种绝对,然而,同时又希望永远达不到这一绝对,这是一种自相矛盾的意图,因此,它如同一个"期待视野",并非在接受的理论范畴,而在于文学创作的理论范围中。从与艺术哲学相似的宗教方面而言,艺术家的创作行为可被看作是对每个人心中神秘方面的揭示。

---

① 诺瓦利斯(1772—1801):德国浪漫主义诗人。
② 施本尔(1635—1705):敬虔主义(piétisme)的创始人,年轻时接触神秘主义,后来又受清教徒著作的影响,但他一直留在路德宗内。当他在德国法兰克福(Frankfurt)担任路德教会主任牧师时,他开始倡导在家庭中举行研经和祈祷聚会,并且讨论上个主日牧师的讲道及在生活中的应用,是现代"家庭查经班"的创始人,这些家庭聚会在历史上称"敬虔小会"(Collegia Pietatis),敬虔主义由此得名。

德国浪漫主义思想家走在拉康精神分析理论之前,认为人可以在语言中和通过语言发现绝对。语言并不是用来描绘世界的,而是要与世界的灵魂建立联系。这是一种神秘,一个拥有自身特定秩序的自动生产。浪漫主义者翘首期待一种语言学理论,来充当其他所有学科的研究模式。从这一意义上来说,他们可以算是结构主义的先驱了。

他们同时还偏爱象征,胜过寓意。寓意是一个文化、修辞的代码,后者给一种形象赋予某种涵义。它依托于文化代码,一旦脱离了它,寓意就无法被人理解(例如:猫头鹰被譬喻成公正的象征)。相反,象征则是一个谜样的形象,它并未与任何特定的代码相关联,对它的解码永远都只是部分的,因此象征隐匿着无穷可能的含义。

此外,文学还处在一个与模仿决裂的、自主的文学空间中。它不再以表现真实为目标,艺术与其说从自我产生,不如说从虚无自身产生,这一点就解释了在浪漫主义小说中故事套故事的重要性——在叙事作品的中心读者又找到一个人物正在写读者假设正在阅读的文本。在自我形成过程中,文学还创建了它自身的理论,而作为其典型体裁的小说,又冲破了所有的条条框框,并具备了融合所有话语类型的能力,而不迎合任何规则或单一体裁的创作原则。只有当小说能够创作新的东西后,理论才能被确立下来。

与此同时,德国浪漫主义者还注重文学碎片的美学。每一部作品都是大写的"书"中的一个碎片,而所谓大写的"书"便是所有作品的总称,这是一种绝对的实现,其中一个作家的每一个文本都仅是一个组成部分。这样的大写的"书"并不是一个已经被实现的概念,甚至是无法实现的,它囊括了所有已经铸就的作品,及所有尚在创作中的文字。就某种意义上说,《圣经》便是这种大写的"书"的代表。

所以,碎片是个人对这部集体作品的贡献的痕迹,例如耶拿浪漫主义学派在合作编写期刊时便是以一种现代手法,汇集几位观点一致的作者的创作文本进行出版。碎片的特性首先在于它的未完成性,它拥有单一性和自主性,但独立于作品之外;它是直觉、精神特征或天赋的理想场所,没有一个固定的顺序去阅读它,好几个作者又共处在一个匿名的整体中。从逻辑上讲未完成性来源于先前的命题,它也同时赋予了读者一个特殊的角色并参与到作品的创作中,作品从其定义上说处于不断变化发展中。

在耶拿浪漫主义学派关于大写的"书"的观点及其他关于文学的哲学观中,总有些纯粹如同犹太教中救世主般的成分在其中。救世主总是会来解救世人的,最后他来不来就看人类了,但他必须保持着即将到来的状态。人们便是朝着这样一个期望视野在不懈地前进,但在某种意义上人们又必须期待永远不会到达这一终点。不然那便意味着等待的完结,同样对于大写的"书"来说,那就象征着文学可能到达的终点。

耶拿派浪漫主义者所发展的文学观点不仅对德国本土的文学理论和创作产

生深远影响,它还在接下去的两个世纪中影响到其他国家。由于其充满着神秘主义色彩,带有许多犹太教神秘哲学的元素,这种观点有助于将文学视为一个绝对化的固定形象,这个形象长期地、永远地禁止并摆脱这个偏见:将"高雅"文学与其他书面生产,或简单地从广义上说,与其他文化生产区分开来。

法国大革命后流亡在国外、尤其是流亡德国的一部分法国精英,从某种意义上讲扩大了法国文学批评视野。许多法籍流亡者不得不为了生计而工作,主要是在书店工作和从事翻译。诚然,大部分人是为了保留法国精神,并不是真正地对接纳国的文学感兴趣。但也有例外,譬如夏尔·德·维尔,他致力于研究德国文学,翻译了康德的《北方的观念》里的文章,1806年,他出版了《情诗比较或散文——法国诗人与德国诗人对待"爱情"的主要方式的不同》。在比较研究基础上,他认为德国诗歌更胜一等,德国诗歌理想化,重道德,而法国的作品充满情欲,注重现实。这位比较文学研究的奠基人同样也得出了一些与观念派学者们相反的结论,他斥责18世纪的文学,虽然他和观念派学者一样都赞同相对主义。

一 斯塔尔夫人

1789年法国革命爆发时,斯塔尔夫人热情欢呼革命,但不久态度冷淡,雅各宾党当政时,她逃至日内瓦她父亲的故乡。拿破仑执政时,不许她留居巴黎,她前往欧洲各国游历。在流放期间,她四处旅行,并以瑞士各地的旅馆为家。1814年拿破仑倒台之后,她才得以返回巴黎,重新建立文学沙龙,接待文坛名流。这件历史事件无疑也有助于她形成一种新的文学观念:文学的历史性和社会性要先于文字本身。同时,这种观念也来源于其凭借自身特质与当时最伟大的国内外作家的频繁接触。她还将批评家和作家身份联系起来,尽管这种结合还不算十分充分,然而,她将艺术融入批评是源于她独特的天分。

这种天分首先来源于其父母,她的父亲就是赫赫有名的雅克·内克尔,而她的母亲则开办一间文学沙龙,许多当时著名的作家都是此处的常客,他们用卢梭式的理论教育她,很快她便也能参与到文学交际活动中,与作家们对话。在她20岁的时候,她已开始撰写了关于卢梭的研究《关于让雅克卢梭文章和他性格的信札》,并于两年之后得以发表。

斯塔尔夫人的文学生涯始于批评研究。15岁时,她创作了一本关于《论法的精神》的配有孟德斯鸠评论的文集。在这部处女作中,斯塔尔夫人下力气读懂孟氏这部被诽谤的作品,她保持了审慎的评价。

她嫁给了瑞典驻法大使斯塔尔-荷尔斯泰因男爵,但婚后生活并不太幸福,斯塔尔夫人于是随退休的父亲到靠近日内瓦的科佩居住。她在1795年写了一篇题为《关于小说的随笔》的短文,表达了作者对"模仿自然的崇尚"和对"超自然方法"的蔑视,歌德将其翻译。在涉足关于图画的抽象同时,斯塔尔夫人潜心于表达一个全新的世界,开辟了一种新的小说形式,这就是后来心理小说和观念小说的端倪。

斯塔尔夫人身兼作者和评论家的双重身份,深知文学不仅仅是一种消遣或是文化的事宜,而且是——至少可能成为——一项重大的政治行为。她把文学确定为一种介入,一种自由意识的介入,她的余生都在践行着这种文学观念。

1797 年回到巴黎后,斯塔尔夫人开了一家沙龙,邦雅曼·贡斯当是沙龙的常客。她在 1800 年发表了《论文学与社会建制的关系》,在前言中,她明确了自己的设想:

> "我曾意欲探究宗教、风俗和法律对文学如何影响,而文学对宗教、风俗和法律又是如何产生影响。在法语语言中,对于书写技巧和鉴赏准则已经具备了恰如其分的标准,然而我觉得我们对改变文学精神的风俗和政治原因的分析似乎还是不够的。我们好像尚未研究:从荷马时代至今,通过各类不朽的著作,人类的才智如何不断地发展。"①

她的这种研究方式借鉴了现代和古代作家的最精华的思想。从现代文学中,斯塔尔夫人吸取了其思想:如果人们想要理解某一阶段的文学,还必须同时关注它所处的确切背景。从古代文论中,她重新鼓起对古典文学的热情,并将古今相连,因为一旦斩断了古典这条脐带,当今的文学也无法被透彻地理解。在《论文学与社会建制的关系》中,她根据狄德罗关于文学与社会风尚互相联系的论点,评论从古希腊直到 18 世纪的西欧文学,并论述了欧洲北方与南方的文学,以及古典主义与浪漫主义文学,表示出对于浪漫主义的偏爱。

然而,她比现代作家走得更远。她超越了简单的审美问题,确信文学不仅仅关乎美学,还和伦理道德、政治制度有关。时间不断作用于文学中,想要更好地理解,并没有什么恒久不变万能的标准,惟有将其放在某个特定的背景中;而反过来说,文学也作用于时间进程,作用于人类和城邦,积极地参与到人类进步中。

在这部著作里,她分析了宗教、风俗、政治对文学的影响后,表达了多元主义的观点。这一观念的出发点是气候、习俗和历史为每一个时期和每一个人缔造了独特的思想。书的题目也指出了一个全新的前瞻方向。在文学上实践了孟德斯鸠用于政治和法律的方法后,这种将进步思想和地理多元主义结合在一起的构想颠覆了普遍古典主义美学的基础。

1. 地理决定论:欧洲北部和南部

拿破仑的流放政策使许多人远离巴黎,旅行家、偶遇之人和读者将斯塔尔夫

---

① G. DE STAEL, *De la littérature considérée dans ses rapports avec les institutions sociales* [Ed. 1800], Flammarion, «GF», 1991, p. 17.

人的兴趣引向了德国文学;在她看来,与德国相比,法国文化常常有沦为陪衬的危险:"我认为人的精神,仿佛是从一个国家旅行到另一个国家,现在这个精神在德国。"①这是她在 1802 年 11 月 16 日给夏尔·德·维莱尔的一封信中谈到的。1803 年和 1808 年的两次旅行带回的资料更强化了这种看法。斯塔尔夫人于 1810 年完成了《论德国》,全称是《论德国与德国人的风俗》,该书在法国被禁,1813 年在英国出版。《论德国》的第一章指出德国人是理想主义者,重感情,富有艺术才能。德国人的严肃、沉稳的态度和法国人的轻率、机巧的气质形成对比。第二章专论文学艺术,详细介绍了德国诗歌、小说、戏剧、美术和史学著作,同时介绍包括莱辛、歌德、席勒在内的若干著名德国作家。第三章评论德国的哲学与伦理学,指出德国人比较喜爱抽象探索,而不喜欢实验哲学,并阐明 18 世纪德国哲学对德国文学艺术的影响。最后一章论述宗教与热情,表明德国人倾向于"神秘感"和热情,颂扬了热情的积极作用。书中流露出个人声音,表达几许遗憾和乡愁,更使此书倍增价值。这些著作也使作者不仅成为一个身在德国的、却具有法国审美情趣的大使,也成为一个身在法国、却具有德国天赋的预言家。

斯塔尔夫人把民族置于一个更广泛的地理范围,民族对语言的起源和社会制度的产生了极大的影响。在其作品《论文学》中,她划分欧洲北部和南部,在《柯丽娜》(*Corinne*, 1807)中也作了这种二元的划分法。她的朋友们成了她的弟子,西斯蒙第在 1813 年写了《欧洲南方文学》,而邦斯泰唐于 1824 年写了《南方人与北方人》。

南北对立在孟德斯鸠的《论法的精神》中已经是基本的论述内容,也是作为斯塔尔夫人思考文明史的出发点。气候的因素解释了为什么北部文学呈现忧郁的特点。大自然使人处在一片荒无人烟、广袤无垠的景致中。由此产生了两种情绪:孤独感孕育了内在性,缺失和被剥夺(寒冷、死寂、天空黑暗阴霾)反而使人积极地憧憬无限性。另外,气候的各种因素解释了北部地区人民独立不羁、强悍野蛮的原因。"土壤的粗糙"和"天空的忧郁"使北方人"无法忍受被奴役"②。自由是他们唯一的财富。因此,甚至在英国建立自由国家之前,北部诸国已经存在独立国家。

斯塔尔夫人指出造成不同民族文学的原因。基督教的传播赋予了北方人民表达特有情感的能力。在北方,人们具有宗教和骑士的情感,敏感,忧郁。北方更易出现真正的哲学诗人,因为愁绪早已深入骨髓,进入人的命运和其他一切安排之中。人类最伟大之处在于把不完整命运带来的痛苦情感融入文学之中。这样的论述不仅仅是一个客观的记录,它同样具有预言价值,它证明了北方文学占有重要位置。

---

① J.-T. ORDMANN, *La Critique littéraire française au XIXe siècle*, Brodard & Taupin, 2001, pp. 29-30.
② *De la littérature considérée dans ses rapports avec les institutions sociales*, p. 206.

除了气候决定论外,还有历史和文化的因素。在南部地区,民族的意识自远古就存在。可以说,异教是罗马文学中的潜意识。对于南部文学来说,回归他们的本源,越过影响他们的基督教,就是重新找寻荷马神话,然而对于北部文学来说,我想写就他们自己的传说。

另一方面,加尔文改革或路德改革促进了自由批判精神,然而从 16 世纪开始,意大利或西班牙的纯文学遭受了教权主义的压迫或宗教裁判所的调查。无论在英国或是在德国,社会政治传统表明这些国家具备一种怀疑文学规定和规范的诗学。

在斯塔尔夫人看来,法国文学因拘泥于戏剧、记述文学和启蒙文学这几种形式,抒情对于法国人来说是一禁区。在即将步入浪漫主义时代时,她的比较研究促进了思想的交流,这样的思想交流使斯塔尔夫人的书成为了文学上的世界宪章:"国家与国家之间应相互引导。我们认识到:所有国家都应接纳外国思想,这样的一种热情好客将为接受这些思想的国家创造财富。"[1]从更广的层面上讲,她实际上在追寻一种文学形式,这种文学被冠以浪漫的名称,它从骑士和基督教中诞生出来,与古典文学对立。"浪漫"和"古典"这两对术语的对立之处并不仅仅是地理上的南方与北,也不仅是基督教和实用主义,它区分了一种"原生文学"和一种"移植文学"。她强调"移植"和"借鉴"对本土文学的作用:

"德国的文学和哲学出自欧洲大陆最具修为和最有思想的作家群体,绝对有资格让人们投入精力,加以关注。我反对有些论调认为其品位不佳或是超出常理。也许有些文学不能够符合我们的审美标准,但却包含着些我们能引以为鉴,加以改造以更好地适应本土文化的新思想,就好像拉辛对古希腊的传承和伏尔泰的若干正剧作品对莎士比亚的借鉴一般。我们的文学正在濒临枯竭,这使我们意识到法国式的思维迫切需要依靠一种更具生机的活力加以改造,而因为这个社会考究的品位可能隐含着某些不足,我们尤其需要寻找一种新的审美源泉。"[2]

事实上,当我们表达此文化的优越性的同时,不可避免地、或多或少地会暗示彼文化的劣势地位,而斯塔尔夫人的智慧之处在于她更在意作品和作家本身,而不在于比较国籍归属问题,她以此为起点将各种文化交融在一起,她深知这是唯一一种丰富自身文化的方式。她说:"我想要在文学和哲学方面将国外的观点引入到法国主流的思潮中,对于这样的意愿我从不加以掩饰。但是无论这些观点正确与否,无论我们是想要吸取还是批判它们,这都能够发人深省。因为我想我们并无意愿要在法国文化这个范畴周围筑起一座像中国长城般的围墙来抵御其他思想的入侵。"[3]这部作品对 19 世纪初期法国浪漫主义文学的发展起了促进作用。

---

[1] *La Critique littéraire française au XIXe siècle*, p. 31.
[2] *Ibid.*, p. 30.
[3] *Ibid.*, p. 31.

2. 可完善性与文学伤感

从广义上说,文学确保了一种共同文化归属感。它创造"对于我们来说,一个社会,一种和已故作家的交流,和那些现在仍然健在的人交流,和那些与我们一样欣赏我们阅读的作品的人交流"①的机会。它总是承载着一种关于人类、社会、政治的知识。为了描述它的演变进程,必须着手进行一种理性的谱系研究。人类的精神从来也没有停歇过。中世纪的脚步从来就没有暂停。为了评价这次缓慢的进步,只要思考古代最后的伟人和"现代第一批在科学和文学生涯享有盛誉的伟人"之间的距离。"培根、马基雅维利②和蒙田的思想和学识远远超过普林尼③和马克-奥雷尔"④。然而,在宗教狂热的影响下,在 16 世纪末,意大利文学"衰退"了,此时,科学以一种典型的补偿方式出现(比如伽利略),就在文学衰退之际繁荣兴盛。因此,描绘人类精神的历史,必须与科学的进步和文学体裁的演变联系起来。如果我们只考虑这两者中的一个,如果我们只参考一个单独的国家,使用一种整体观,无视退步与表面的衰退,去观察连续进步的进程,那么必然会有缺陷、断层。由此,斯塔尔夫人明白:政治自由对于文学的繁荣发展是必需的,反过来文学推动了政治自由。这样就产生一种没完没了的辩证法。对当下的不满足中反而会预见理想的曙光。

重构人类精神的进步同时也要辨认表现人类精神的连续形式。斯塔尔夫人把文学与想象和哲学区别开来。起初形象或者说是形象的表征,荷马史诗是想象的产物,而且阿里奥斯托、塔索的小说或伏尔泰、拉辛的悲剧也是同样的情况。斯塔尔夫人像一些诸如沃尔内、迪皮观念学者一样,在《论文学》中贬低古代神话和传说。然而它们却是人类童年的见证。一些文学形式变得无效,因为它们不再和一个时代的科学和哲学成果协调相处。在 19 世纪初,试图激活荷马史诗或阿里奥斯托的骑士小说的神奇是徒劳的。至于路易十四时期的文学,君主集权制禁止它讨论"一些很重要的问题","诸如政府原则的分析,宗教教义的研究,权势人士的评价"。⑤ 文学被幽禁在虚构里。文学仍以形式美取悦人们,而上流社会制定的贵族性规则贬低想象,当时的文学正是这种想象的产物。斯塔尔夫人因而把法国的古典主义看作是宫廷社会的愉悦艺术。

然而,在《论文学》中她明显将形象与概念对立,其实,她不应该坚持这种简单的两级对立。哲学精神不是以破坏想象文学为目的的。它大概要改造文学,并深入到各种文学体裁中。斯塔尔夫人认为英国小说是"没有神奇,也没有寓意的"⑥,胜过其他国家的小说。至于诗歌,她认为:再也不能抄袭古典神话,它应该

---

① *De la littérature considérée dans ses rapports avec les institutions sociales*, p. 84.
② 马基雅维利(1469—1527):意大利政治家、作家,作品有《君主论》。
③ (老)普林尼(23—79):古罗马作家,著有《博物志》。
④ *De la littérature considérée dans ses rapports avec les institutions sociales*, p. 177.
⑤ *Ibid.*, p. 280.
⑥ *Critique et théorie littéraires en France*, p. 36.

朝卢梭、贝纳丹和圣-皮埃尔的散文发展,因为他们重建了大自然给予的情感。涉及北部文学和英国诗歌,斯塔尔夫人建议诗人的思想应该打开一个无限的空间,分析理性让一种冥想的伤感的魅力出现,这是一种道德与美的质量的标志。

斯塔尔夫人认为文学批评应该描述作品的力量,个人的独特性成为了一种首要的价值。批评揭示创造者的独特性,对每一个对象进行区分,独特性给批评更多的趣味。她热衷于美的批评,隐约可见现代批评的特征。

斯塔尔夫人反对以是否合乎规则这一标准来检验作品,她提出了一种革新的批评,将文学作品放入它们的历史关系中,朝着未来看,这种批评避免了教条主义。她的观念重新检验了文学价值的等级,将拉丁文学置于希腊文学之上,并开始恢复中世纪文学的声誉。她的进步观念使新时期的法国文学超越古典主义成为了可能,并得以发展。

二 科佩团体与文学类型

在瑞士小城科佩的莱芒湖边,斯塔尔夫人拥有一座城堡。在这里,她身边聚集了新教徒和怀有世界主义精神的学者,形成了以斯塔尔夫人为首的科佩文学团体,这些学者以欧洲文化的多元主义为名,质疑法国的古典传统。自1805年起,在科佩,他们经常相互交谈、通信、讨论,试图建立一种新的美学,崇尚一种新的文学。由此,这些浪漫主义作家以多元的形式发展了法国文学。

科佩团体强调时空范围的决定性作用,文学形式分析与政治体制结合,这些有利于书写文学史,这一研究方法一直延续到19世纪下半叶,尤其是泰纳的批评。但是这个团体的理论研究扩展到另一个领域。斯塔尔夫人和她的朋友们开始思考文学体裁。1795年,她出版了《论虚构小说》(*Essais sur les fictions*)。1802年,她在《苔尔芬》的序言里继续思考。对于斯塔尔夫人来说,小说应避免说教。一方面,激情绘画产生浪漫的兴趣;另一方面,这种画风具有陶冶情操的优点。斯塔尔夫人甚至喜欢幻想虚构体裁,在那里,"野心、骄傲、吝啬和虚荣成为小说叙述的主要对象。"[1]这是想把情感的情节小说变成道德小说。

然而,斯塔尔夫人回忆德国戏剧和诗歌时,在《论德国》中更新了文学体裁的定义。因此她使施莱格尔的浪漫主义诗歌概念适应法国本土。古典主义的诗歌(是建立在模仿古人的基础上),是一种"被移植的文学",而浪漫主义文学却"扎根在我们自己的土壤中"[2],它显示了"骑士"传统。因此,我们可以看到两种不同的观点在《论德国》中汇合。一方面,必须超越古典主义,寻找法国自己的传统;另一方面,要借助法国大革命所取得的成就,创造一个优美的现代文学。

---

[1] *Critique et théorie littéraires en France*, p. 38.
[2] *De l'Allemagne*, pp. 211–213.

各民族的历史实质上是悲惨的。它可以为戏剧提供无数的题材,这些题材总是可以引起现代人的共鸣,因为它们构成一个民族集体的回忆。为了在舞台上显现历史的戏剧潜在性,为了重建真实的复杂性,就必须忽略规则,不再局限于时间一律、地点一律规定的舞台空间中。而且,为了感动观众,必须结束"英雄木偶"①这样的人物,结束他们在古典悲剧中所用大量的高谈阔论的对白。有时必要创造一些多层次的、复杂的人物——施莱格尔支持这一论点:"粗俗实质上经常和崇高混同一起,而且有时候显示出效果。"②

贡斯当(1767—1830)在他 1809 年翻译的席勒的作品《瓦伦斯坦》中加入了前言,他说:"随处可以感受到许多美,在那它们不是一种虚弱的柔和,而是强大的能力。"③他接受了多元主义,他用德国戏剧的生动丰富来反对法国古典戏剧的呆板僵硬。在科佩上演的拉辛戏剧成为了仿效戏剧的参照。贡斯当欣赏拉辛悲剧的表演,反对将"个性"与"激情"混为一谈(个性是数不胜数的,戏剧的激情数量却是很少的)。

1804 年,在贡斯当的笔下第一次出现了"为艺术而艺术"④的话语,这可能是出自他对席勒作品的阅读。

1809 年,贡斯当在《瓦伦斯坦》的序言中,更加反对规则。《瓦伦斯坦》是用诗改编席勒的三联剧。为了还原作品的当地特色,对于贡斯当来说,改变作品中一系列的次要人物是必要的,这样能够重建整个社会环境。贡斯当在《关于悲剧的思考》中尤其强调个人与压迫社会的冲突导致一个新形式的悲剧,幸运的是,这种悲剧在现代正剧中可以代替古代的命定性。

对于席勒的正剧的欣赏引发了科佩团体严厉地批评法国悲剧,斯塔尔夫人更是激烈地攻击规则的枯燥乏味,因为它使得抒情诗变得麻木。抒情诗应该回到大自然,提倡"同情的奇迹",这种情绪将人和大自然的各种元素连接起来,并且表达了"我们人和宇宙的各种奇迹秘密的结合"⑤。其实,应该"使物理的我与精神世界达成一致"。然而,斯塔尔夫人不仅仅满足于创立和谐的诗学,而且她在抒情诗里发现诗人狂喜时刻的扩张。这个美学显示的瞬间从某种程度上来说好像也是伦理表现的瞬间,这个瞬间把诗歌和本体论连接起来。

西斯蒙第在研究奥克语的抒情诗的同时,在分析和谐诗学上走得更远。他在诗律学的研究中补充了几乎是克劳德关于诗歌节奏和心脏搏动关系的假设。抒情诗,如果我们可以这么说的话,和身体息息相关。韵律通过摆动的运动,激起读者的回忆和期待。

---

① *De l'Allemagne*, p. 259.
② *Ibid*., p. 256.
③ *La Critique littéraire française au XIXe siecle*, p. 32.
④ *Ibid*., p. 38.
⑤ *Critique et théorie littéraires en France*, p. 39.

西斯蒙第在讲授1813年出版的《欧洲南方文学》的课程中还提出了拉丁中世纪历史的基础概念。他拒绝模仿创作的原则,提出不要将创作作品和范例作品混为一谈,因为范例作品只是提供给那些愿意成为可悲的模仿者的人。与孟德斯鸠和斯塔尔夫人不同,他认为气候并不是至关重要的因素,他将注意力放在组织上,特别是宗教组织。与此相关,他注意到大部分的南方国家都保留着基督教的、骑士的、世俗的文学,用一个词概括就是"浪漫"。他指出古典美学和现代精神难以相适应,他用施莱格尔的论点来反对莫里哀与拉辛。这种对古典主义的终极质疑激起了《法兰西信使》和《帝国报》的批评家们的强烈反弹。

科佩团体这些新的见解表明了他们思考的范围。他们追随着或者说扩大了冉格内和福里埃尔所建立的文学史研究。这些见解表现了文学体裁的创新,尤其是正剧和抒情类的文学作品的创新;它们普及了施莱格尔的美学并为后来的法国浪漫主义提供理论基石。至少,涉及戏剧的部分迅速地影响了司汤达、吉佐,以及《环球报》的编辑者。

第三节
古典秩序的回潮:从古典主义发展到绝对主义

拿破仑的政权主张文学复辟,鼓励学者建立一种与帝国相适应的国家古典主义,反对浪漫主义开放自由的文学思潮。在《法兰西信使》上,路易·德·丰塔诺①着手开始重建文学秩序,就像执政官在政治上重建秩序一样。1808年5月7日当局颁布政令任命他为法国教育部部长,在拿破仑的授意下重组法兰西学院,他与一些哲学家展开争斗,主张重回到路易十四时代古典主义那种繁荣昌盛的局面。

丰塔诺身边的一些人想让沙龙重回法国大革命之前的辉煌。这种趋势的代表人物是约瑟夫·茹贝尔②,他致力于完成一个法国文学的对照表,表中区别了两种精神:一种是"错误的"(卢梭、狄德罗、伏尔泰);另一种是"正确的"(高乃依、莫里哀和拉布吕耶尔)。他把自己的使命当作是一种辨别的练习,他表示"对精神的认识正是批评的魅力所在;保持良好的标准只是批评的职责和最终的用

---

① 路易·德·丰塔诺(1757—1821):这位用古典主义表达手法的诗人在1808年成为了拿破仑大学的大讲师。
② 约瑟夫·茹贝尔(1754—1824):他的美学的理想主义非常重视内在性。即便艺术品不是来自创作的想象,它也不是简单的模仿,而是对往事的记忆。

途"①。他在给莫雷的一封信中谈到了夏多布里昂的性格,这封信被认为是践行作者性格研究的心理分析很好的范例。他被任命为帝国大学的总学监。茹贝尔还没有著作出版,但由夏多布里昂整理的一本名为《他的思想》的文集先后于1838年和1842年出版,其中将他位列于法国一流的醒世作家行列。

良好的审美和法国精神的必然联系,催生了一种被认为在整个19世纪扮演重要角色的形式——戏剧专栏。这种批评有其独特性:戏剧批评家不仅是一位读者,他往往也是一位观众,他对演员的表演要作出反应,演员表演的质量加强了作品的表现。同时,批评家和其他观众坐在一起,分享了他们的印象和情感。此外,戏剧批评是在很短时间之内完成,有时甚至是即兴而作,很少有时间去思考和收集材料。戏剧批评并没有因此而终止其昙花一现的使命。

在《论报》上,朱利安-路易·若弗鲁瓦(1743—1814)发明了专栏的术语;从1800年到1814年,他努力维护一种莫里哀剧团传统式的、完全未受莎士比亚影响的古典主义;他对18世纪戏剧革新和启蒙思想持敌视态度,与拉阿尔普不同,他的贡献在于质疑伏尔泰戏剧作品的价值,认为在文学批评上不应把道德研究和社会研究分开,在他眼中,维护审美也就是维护社会秩序。他所主张的古典主义激发了他写作《拉辛戏剧评论》的灵感,但并未让他以一种苛刻的态度来评价在帝国时代上演的数量众多的新古典主义悲剧。作为一个崇古之人,他对未来可能扰乱他所信奉的那些价值而苦恼,但他并不屈服。他的评论言辞刻薄,被人指控被收买,但这样的评论却取得了巨大的成功,并真正地对戏剧产生了影响。他的一部分文章在他去世之后被收录在1818年出版的《戏剧文学教程》中,他在专栏中使用的一些术语还常常被使用和引用。

除若弗鲁瓦之外,其他一些批评家也在《论报》上为古典主义精神辩护,尤其是奥夫曼(1760—1828)、迪索(1769—1824)和费勒茨神父(1767—1850)。这三人都重点攻击和排斥施莱格尔的观点,他们揭露其中的蒙昧,指责其是在形而上学上瓦解文学。虽然其他的大报(如《法兰西信使》或《巴黎时报》)没有赞同这种文学上的民族主义,它们的批评也源自同一古典审美情趣,渴望回归有序和崇尚结合的古代。

一 拉阿尔普的转向

让-弗朗索瓦·德·拉阿尔普是一位诗人、评论家、剧作家,他创作的多部悲剧作品和抒情诗入选学院竞赛,但他思想陈旧,仍属于一位18世纪的学者。他在《政治与文学报》上有一个文学批评的专栏,每月发表三篇文章,该报于1781年与《法兰西信使》合并。1786至1788年这段时间高校还没有开设文学研究,拉阿尔

---

① *La Critique littéraire française au XIXe siècle*, pp. 23-24.

普在高中讲授的课程提供了一种法国文学和有组织的希腊拉丁文学的综合研究。他根据古典诗学的原则，开始区分不同文学类型，勾勒出审美的原则与规定。拉阿尔普以定义标准的文集为研究基础，不求助于欧洲其他国家的文学，即使求助也是次要的——在大多数的情况下，论证可信的例子。在第一时期，课程的精神来源于启蒙时期的思想家，或者说就是来自于伏尔泰。伏尔泰为拉阿尔普早期成为悲剧作家提供了支持，并在1776年拉阿尔普入选法兰西学院提供了帮助。直至1792年，拉阿尔普信奉新思想，他在《法兰西信使》发表长文反对蒙昧主义，然而因质疑罗伯斯庇尔的才能，他在恐怖时代被当局监禁四个月，在被囚禁期间他翻译了《诗篇》(*Les Psaumes*)。在热月9日被释放后，他重掌教鞭，被任命为国民工会创立的师范学院的教授，教授雄辩术。自此之后，他打算揭露哲学的危害，并出版了多部反对革命精神的学说的小册子。

从1797至1805年，拉阿尔普出版了《文学教程》(*Lycée ou cours de littérature*)，收录完整课程讲义。他的课程也许为在法国出版的第一部系统的文学史提供了详实的资料，然而却是建立在二手的学识和对古典时期文章以及中世纪文学有缺陷的认识之上的。拉阿尔普坚定地支持布瓦洛的思想，在文学上以"普遍的美"的名义维护古典主义规则。他同时自愿从技术角度去研究被树立为经典的伟大作家们的作品。当出现一些天才理论时，拉阿尔普维护由"礼仪的情感"来定义的审美观点。他同时打算从使用角度建立法国文学总结，尽管他的观点已不同于1794年之前或之后他所表达的，尽管他是第一批向夏多布里昂《基督徒的真谛》致敬的人之一，拉阿尔普仍忠于美学和伏尔泰的选择。他确定了范例的标准和打上了法国传统教育烙印的文学价值，并激发了19世纪头十年教材编者的灵感。

法国大革命造成了拉阿尔普性格的分裂，这位伏尔泰的门生却成了启蒙时期的"背叛者"。18世纪，哲学本应是"一流学科"，但在他的笔下，启蒙时期成了诡辩者的时代，这些哲学家都成了"二流"。结论很明了："哲学世纪这个伟大的称号，对于我们子孙后代来说，如同对于明智人一样，只是一个非常滑稽的绰号、一句反语，就像欧墨尼得斯①的名字那样"②。在《文学教程》的序言中，拉阿尔普野心勃勃，要给读者提供一部从荷马到今天所有精神、想象艺术的推理历史。然而，他却小心翼翼地把自己的研究与前人的研究进行区分，并暗自与圣-莫尔本笃会博学研究保持距离。他的研究方案实际上是另一回事：既没有传记，也没有名人的生平，更没有书目校订，而是一项根据作品的价值度、体裁及世纪来编目录的研究。所有的"文学"作品都分布在这些自定的栏目中：诗歌、演讲、历史、哲学以及混合文学。他只给小说一个有限的地位（放在混合文学栏目内），与书信体一样，

---

① 欧墨尼得斯：复仇三女神。
② J.-F. DE LA HARPE, *Cours de littérature*, Agasse, t. XV, 1805, p. 3.

而居于体裁等级顶层的,是史诗和悲剧。他亦步亦趋地遵照口才时代特有的分类:拉阿尔普非常重视演说家——教授的口才和律师的口才,他还高度颂扬了亚里士多德和那些规则。

拉阿尔普相信人类历史存在着伟大的时代:伯利克里的时代、奥古斯都的时代、利奥十世(1475-1521)的时代以及路易十四时代,在那个时期,艺术达到了完美,随后就走向衰落。因此,《文学教程》否认历史的连续性,以便更好地实施规范的诗学。拉辛的《费德尔》(Phèdre)是悲剧的典型,高于任何形式的悲剧。那些诸如中世纪一样的过渡时期是沙漠或者野蛮的时代。因此,伟大时代的出现并不意味着存在天才创作者。拉阿尔普之所以放弃传记,是因为这是他一贯的做法。人们从来就不可能无中生有。创造总是相对的,应该由这个词去重建古典修辞赋予它的狭义。

他的观点不仅仅与观念学者的历史决定论背道而驰,而且也与从启蒙时期到浪漫主义时期所有寻找天才新定义的人分道扬镳。

《文学教程》是一部反动的作品,然而却是一部奠基性作品。拉阿尔普不仅通过心理内容来解释作品的价值,还通过文本的组织形式来解释其价值,他把文学批评当作独立自主的学科。这并不意味着把文本作为独立封闭的体系。《文学教程》事实上建立于文本阅读的方法上。重要的是,在可教学的知识范畴内,建立一次新的分配法。有意思的是:拉阿尔普在巴黎高等师范学校创办后就离开中学教席,被聘到巴黎高师教书。正如他所理解的,文学主要包含着文学史,变成了教学的对象。正是通过这一点,充实了修辞学教学,最终,引入了两个学科的竞争——人们知道在第三共和国里,这种竞争很激烈。

与拉阿尔普不谋而合的批评家博纳尔德[①]是一位政治思想家。然而,他的绝对主义及神权政治梦想引导他对作家的社会地位进行批判的思考。他首先把重点放在公民责任上:"文学具有一种公共职能"[②],这个论点使他揭露启蒙哲学家在社会衰落中所起的作用。与赞扬伏尔泰的悲剧价值的拉阿尔普相反,博纳尔德对其提出质疑,并且不乏中肯之处。对于17世纪的作家来说,悲剧题材产生于冲突,其中私有利益被宗教和国家的要求束缚着。古典戏剧从未是资产阶级戏剧,相反,伏尔泰致力于描写家庭不幸来煽情。伏尔泰的悲剧沦落到私生活的矫揉造作中,而此时,启蒙时期所指责的道德和人生观正在坍塌。

"文学即是社会的表达"这句著名的格言会找到它的全部含义。如果人们回想一下,一方面,对于博纳尔德来说,绝对王权是最好的政体,另一方面,社会这个

---

① 博纳尔德(1754—1840):这是一位独裁和宗教的保护者。他把人定义为一种社会存在,被嵌入一个阶级秩序中,而不是一个自主的主体。

② L. DE BONALD, *Mélanges littéraires, politiques et philosophiques*, 4e édition, Adrien Le Clerc, 1858, p. 10.

词"对于他意味着政治和宗教的组织"①。这种观点从布封的另一句名言得到补充:"风格是人自己"②。因此,就有可能写出一部诗歌与写作的历史,论述伟大作家的天才性。例如,博须埃就把关注"社会组织"的理智美与建立"在人性"的想象美结合在一起。但是,在古典时代作为绝对参照系的情况下,这部诗史被提前宣判为没有前途。

斯塔尔夫人和夏多布里昂的批评作品脱离了这一正统教义,他们更重视用历史的前瞻性来考察作品,并将国外成功的相似范例融入本国文学遗产中。他们的研究成果把1802年博纳尔德(1754—1840)的那句"文学即是社会的表达"具体化,在1802年《法兰西信使》的一篇名为《论风格与文学》中延伸了布丰"风格即是人自己"的原则。一场整体运动开始显现,那种检查是否与范例相符的批评开始逐渐让位于一种探讨创作才华的独特性和效果的批评。

规范的或者绝对主义的种种诗学总是否认美可以是复数的或相对的,这些诗学是旧秩序的最后证人;它们标志着批评家怀念口才时代、亚里士多德学说和古典主义秩序。对于一个像博纳尔德一样的反动思想家来说,诗学似乎与绝对王权难以割舍。

除了宣扬两派各不相同的观点,对于现代和古典派间的争论还表现出了西方文化的一种常态,那便是一种思潮必须要处在与另一种思潮的对峙中才能生存下来。我们所称之为绝对主义的批评学派正是相对于浪漫主义应运而生,并确立它的方法和论点。

看待事物还须放在一定的背景中,毕竟绝对主义论思想是19世纪一股不容忽视的思潮,其来源能追溯到几世纪前的民族主义,后来发展到坚决捍卫资产阶级。他们站在现代主义者的角度追忆着法国语言和文化的权威地位,而到19世纪末特别是到20世纪的中叶,演变成了法西斯主义排外和反对犹太民族的意识形态。

二 德西雷·尼扎尔

打从20岁起,这位聪明的年轻人就投入到报刊界,任职于《论坛报》(*Journal des débats*),随后因其笔风极其僵化和教条,成为了学院派批评最典型的代表人物。

德西雷·尼扎尔(1806—1888)记者出身,于七月革命后转投向自由党报刊《民族》(*National*),此后就开始猛烈抨击浪漫主义当时最著名的几位人物,包括维克多·雨果。

---

① *La Critique littéraire française au XIXᵉ siècle*, p. 26.
② *Ibid.*

对于这样一位野心勃勃的年轻人来说,新闻媒体只不过是第一步,在比利时和法国学术界,由于同时任教于法国高等师范大学、法国国家学术院和索邦大学,他的地位不断上升,并在教育行政管理方面占有一席之地。最终于 1850 年阿尔弗雷德·德·缪塞死后取代其法兰西学院院士的位置。

德西雷·尼扎尔与斯塔尔夫人立场相对立,后者巧妙地借用了古典与现代派各自的优点来做文章,而尼扎尔和绝对主义者则凭借完全相反的观点,只捍卫古典文学一家之言获得成功。

他采用古典派的思想,认为唯有古代文学才具有可读性。自从彼此争论展开以来,时间不断流逝,也就是到了布瓦洛及其盟友的年代才有些值得称赞之处。对尼扎尔来说最理想的文学便是 17 世纪的古典文学作品,这之后的水平就衰落了,"衰落"成为他文学批评中的关键词之一。1833 年,他发表了《反对简易文学的宣言》(*Manifeste contre la littérature facile*),在书中他批判了在 19 世纪占据决定性地位的散文体作品,包括长篇和中短篇小说对现代派作品的消极影响。同时,古典派学者还捍卫诗歌、正剧及其他古典体裁。对他来说,"(散文体作品)是一个平庸的领域,充斥着毫无意义的长篇大论,汇聚着满脑子尚未成形的思想和目的不明确的参与者。他们犹豫着,错把不切实际的幻想当作是趣味,一旦有看不顺眼的就嗤之以鼻。其中大多数的年轻人能写两个字就自以为有思想力,只听命于脑海中无力的思想浪花。一旦有人赞其文学具备个人特色,便以个性化诗人自居,并凭借'我思故我有理'的谬论获得大众的认可"①。

而法国文学渐渐丧失了这种由三大板块——人文主义、法兰西天赋和法语——组成的理想境地,于是,尼扎尔将现代绝对主义中的民族主义思想融入了法国文学。在他的观念中,对古典主义的称颂总要伴随着对法兰西的讴歌。他曾公开表明:"正是在法兰西精神支配下的浩瀚书海中,我才逐渐理解了人文主义最完整,最纯粹的形象。"②在这"三重理想"的标准下,他以最简单的方式对其他文学作品进行评估:"凡是靠近此标准就是好的,凡是与此相背离的就是差的。"③来自高等学府这一特殊阶层的知识分子根据文章、行文方式和世界观的理解等标准对文章的价值进行判断,由此标准自行将专业人士和普通批评家区别开来。

尼扎尔和他的同伴,例如自由党人、记者和同是索邦大学的教授圣-马克·吉拉尔丹并肩作战,成为了资产阶级秩序的捍卫者,反对所有浪漫主义对个人主义、自由主义和一切从"自我"出发等的论证。他致力于教育和对年轻学生及作家的道德关注,他不仅注重文学的规范性和清晰度,还意图通过文学创作和阅读来感染他人。在审美方面,绝对主义者首先根据古典标准来定义"美"并补充了道德方面和真理上的要求,因此文学应该被赋予一种道德功能。而批评的科学指导功

---

① VINCENLENGH, *Histoire de la critique littéraire des XIXe et XXe siècles*, Bruylant, 1998, p. 22.
② *Ibid*.
③ *Ibid*.

能刚刚受到认可,就意图要以一种精确的方式呈现并指导文学创作,为文学指明道路确立规则。由此,我们不难看出批评正以一种全新的教育热情力图通过不同的方式开辟出一条社会和文化之路。

尼扎尔在他的作品《对衰落时期拉丁诗的批评和风俗研究》的前言中承认绝对主义者的批评毫无疑问对意识形态有长远的构思。在这部作品中,他运用了对古典文学的探究方法,却从现代文学的道德层面进行评论:"在这样一个罗马文化日渐没落的时期,比起我们所获得的,我更惊愕于那些我们所失去的……毕竟如果我身处一个完好健康的时代,如果没有那么多所谓的个人主义者、有品位的人和所谓文学独立,而多一些常理,我可能就不会那么咄咄逼人,抱着唯我独尊的学说不放了……但是如今的时代非常糟糕,比起伟大作家来说人们更想当文学的统领者。人们把令人晕头转向的鲁莽称作为天资,把毫无根据的自豪称作天命。许多人在此期间丧失了评价标准,更有甚者还丧失了道德标准。看到我们的作家变得独断独行,无法无天,我毅然决定要重新树立准则来反对一切阿谀献媚及毫无主见的中庸派,反对文学将会因为道德问题而变得愈加复杂,宣称文学批评更有利于一个自由的国家,并可能展现出其智慧和勇气的一面来拯救文学学科和那些未来留给我们的存有争议的所谓天才,却以冲破种种束缚为借口牺牲仅有的一些毫无争议的原则。"[1]

从某个方面讲,我们必须承认尼扎尔是有点胆识的,他倡导一种权威的批评并捍卫原则,之所以如此是因为批评已经意识到文学本身就在捍卫着其他学科。因此,尼扎尔可能在并非出自本意的情况下,进行了某种真正的民主的对话,尽管说话的场所因其各不相同的社会价值,而不同程度地扭曲了他所一向信奉的准则。他并不限于此,另外他还赋予了文学批评以一种特殊的使命,特别是就法国文学而言,已远远超越了美学范畴:

"根据不同的时间地点,批评可以成为一种思辨,或是一种职责。如果在一个国家里,文学不能对人们的政治、社会状态产生直接影响,而仅仅是一种教育或消遣方式而不参与到文化中,仅仅只能反映出社会状态而不能推动它向前,那批评将因仅满足于任人构思而变得简单易懂。这样的特质能使它不断扩大其娱乐受众范围,讨好脾气最古怪最令人反感的人,因为它能满足各式各样的读者的精神状态。但如果在一个国家里,文学能够支配精神,主导政治统治国家权力,是所有需求都得到实现的手段,所有的进步都能得以体现,所有抱怨都能被他人听到,在这样的国度中,批评将不再是对于被侵占的自由的一种补偿,而是作为一种最为活跃的自由形式出现,在那里它的影响范围将超越国家范围而面向全世界。文学批评将不再是一种随意性的思辨,而是兼具了文学性和道德性的使命。它必须

---

[1] D. NISARD, *Etudes de mœurs et de critique sur les poètes latins de la décadence*, Calmann-Lévy, 1867, pp. 267-268.

是智慧的,同时又不能对任何事物妥协,它必须是博学的,但同时又并非以证明一切为目的,最重要的是,它不能轻易地引用其他可疑的美学理论,而将法语整个完美的语言体系置于险境。"①

以上便是尼扎尔从一个审视者的角度确定了文学的传奇性的重要性,即能够统领世界并作为意识和革命的衡量标准。确实,这样的论点在今日看来是错的,但是无需再强调,这种文学批评还是参与到当时文学大环境的形成过程。其批评标准曾经在某个特定时期或积极或消极地为文学创作提供条件,因此对其了解决不是无意义的。我们不应就字面意义去理解这种批评方式,而是应将其看作是众多能帮助我们破解文学批评这样一个复杂情况的资料的一部分。

这种特定的批评方式最初是以驳斥某种文学为其使命的,或者以今天的眼光看就好似是反对某个电视节目一般。随着时间的推移,这样的功能或多或少会一再被重申和肯定,而无须去追究究竟尼扎尔的论调是属于一个冷静的时期,还是一个动荡的时期。在某年代处于统治地位的论调可能会给我们带来不容忽视的一些元素,帮助我们认识到这一时期的学术环境。

三 勒梅西埃

与尼扎尔、圣-马克·吉拉尔丹相比,勒梅西埃(1771—1840)的情况就有所不同了,特别要考虑到他同时也是一名作家。可悲的是,他的情况非常模棱两可:他毕生都在猛烈地批判浪漫主义,特别是反对夏多布里昂和雨果。他鼓吹对亚里士多德准则的敬仰并在他的作品《普通文学分析教程》(1820)中称:"喜剧必须要满足 22 个条件,史诗有 23 个条件而悲剧有 26 个(条件)。"②他把分析的原则应用到文学研究中去,如同在利内和孔狄亚克的时代,分析在自然科学领域特别重要。勒梅西埃,这位自称的"科学家",主张"对每一个体裁进行分类",再"区分体裁下的类型"③。这些特征经分析、梳理、假设,在真实作品下发现存在一个具体的理想原型,若不认真分析,这个原型并非那么容易找到。在他看来,拉辛的《阿达莉》尽管不完美,却是一切悲剧的模范。唯有莫里哀写的喜剧使形式具体化。这个诗歌批评方法假定,每一个体裁都是由那些理性可以发现和客观化的规则确定的。规则是有限的,如同现代叙事学抽离出的叙事功能一样。

然而,勒梅西埃自身的写作实践却与他对浪漫主义批判的原则相矛盾,比起古典主义来说,他更接近于现代派的审美标准。雨果的《欧那尼》中著名的战争场景与勒梅西埃 1809 年在戏剧作品《克里斯托夫·克隆》中所表现的相比简直不

---

① D. NISARD, *Etudes de mœurs et de critique sur les poètes latins de la décadence*, Calmann-Lévy, 1867, p. 268.

② *Histoire de la critique littéraire des XIXe et XXe siècles*, p. 25.

③ *Ibid.*

可同日而语:第二次演出中就有起死亡事故而军队则始终候在演出大厅,直到最后演出不得不宣告暂停。勒梅西埃触及到了历史剧的范畴却始终不肯承认。雨果及其兄弟创办的捍卫浪漫主义作家地位的报刊《文学保守者》也曾向勒梅西埃的作品致敬。

绝对主义者的观点使人们开始思考文学批评的几大问题,它们曾在19世纪初引发过轩然大波和激烈论战:批评究竟应该是一种判断还是理解?另外,它是应该创立出一套关乎标准的原则还是满足于对作品的描绘?19世纪起批评与教学所建立的关系是什么?批评究竟该不该影响到教学的方式和标准?在以教育年轻人为己任的口号下,批评能不能筛弃去那些不符合标准的作品?而另一方面对当下和今后的作家,批评能不能规定某种创作的定式?批评该不该在学生中培养分析批评能力使他们今后能形成个人意见?现在看来这些问题都是相当幼稚的,至少在原则上我们会偏向于更自由开放的选项。但是我们也必须考虑到,这些问题看上去并不过时。即便不着手解决这些棘手的问题,起码我们也意识到了一个关键性的方面,那便是就批评而言,勒梅西埃根据某个时代所确立的特定标准去斥责某部新作品是不明智的,甚至是可笑的,因为这个时代标准很可能将被证明是有误区的。

既然勒梅西埃曾斥责过像维克多·雨果、巴尔扎克、波德莱尔、兰波等倍受世人认可的文豪,如今我们又该如何对这样一位批评家作出评断呢?我们曾称他为"批评家"或也称他为"大作家",我们曾毫不吝啬地对一些现在早已被历史所遗忘的作家加以褒奖,这岂不是可笑?马塞尔·普鲁斯特曾在尼扎尔死后近百年写道:"我们很难凭借人们公认的原则,从一位新兴作家的外部表征上看出什么能被称之为'巨大天赋'的典型特征。正是因为他的表征是前所未见的,所以我们不可能会联想起先前被我们所熟知公认的'天赋'特点。"[1]然而我们还必须避免借口某部作品不符合现代标准中的优秀作品而对其嗤之以鼻。的确,就如同普鲁斯特所说的那样,时间上与作品的契合并不能保证我们对此拥有绝佳的视角,但无论怎样,尽管这些观点现在看来是错误的,对于想要更好了解文学史或仅仅想读懂那些过去被我们称之为"著作"的人来说,这些观点都是珍贵的历史见证,激发了反对派的反抗和驳斥,并继而成为新兴的具备文学天赋的作家脚下的奠基石,使他能站在更高的位置为文学添砖加瓦。尼扎尔针对雨果的指责有错在先,但是我们能否因此就确定他对那些今时今日名声不再的作家的赞赏也是错误的呢?此处争论的焦点并不在判断出究竟哪位批评家更可笑,而仅是要观察,或试着理解究竟在那个年代,评价文学作品的标准是哪些。理解尼扎尔和他的同伴也就能更好的令世人明白斯塔尔夫人理在何处:她深信文学对其社会和政治背景的依赖程度。尽管文学批评一再宣称其客观性,它归根到底受到其背景影响还有其特定

---

[1] M. PROUST, *A la recherche du temps perdu*, Gallimard, «Bibliothèque de la Pléiade», t. I, 1950, p. 98.

的论调,甚至可能比文学创作本身受到的局限性更大。从这种观点来看,对绝对主义的研究尚具有学术价值,并不是因为其在文学批评史上占据重要地位,而是因为这批学者见证了当年居统治地位的资产阶级秩序,而它恰是那些我们现今誉为当时最优秀的文学作品以公开或半公开的方式所批判的秩序。

我们对此加以强调还有另外一个理由:20世纪的一部分学院派批评一味批判尼扎尔及其同伴,其实学院派批评也可能面临同样的问题。学院派批评仍然认为只有古时的文学才值得引起注意,因此,他们保留着对绝对主义者和古典派的偏见之辞。此外,学院派批评不如绝对主义者等先驱那样有勇气在批评同时代的作家作品的同时,承担起自己的论调引发的后果。学院派批评这种胆小怕事的风气影响了某些学校,使得人们长期以来仅关注直至普鲁斯特之前的文学作品。也因为各种原因,人们总讨厌研究当代的作品,学院派批评不愿意再冒险犯下不可弥补的错误。

四 维尔曼

1814年4月21日在俄国沙皇和普鲁士国王莅临时,维尔曼作为法兰西学院最年轻的获奖者在法兰西学院宣读了他的《论批评的益处与麻烦》。他认为,批评将永远是那些善于哗众取宠的、词藻华丽的作家的一种练习。他的雄心更多是在政治方面,而不是在文学方面。他曾经就任过内务部文学科的科长,接着是印刷和出版局局长,从而成为德卡兹①的心腹,直至贝里公爵②被暗杀之后。1815年以后,他主持巴黎大学法国雄辩术讲座,他在第一讲里,就试图说明法国雄辩术的堕落是由于社会习俗和错误学说的影响导致的。他于1822年重返讲坛,所讲与前大不相同。他了解新的精神的进步,不再重述教条和抽象的批评的那些定规。他极重视研究作家的生平,研究各种体裁的演变,并留意外国影响的大小。1822年,他讲授18世纪上半叶的文学,重申了他对古典主义的信念,并以一句话巧妙地指责了每个流派的偏颇:"错误在于为了卡尔德朗③就丢弃维吉尔,为了洛佩·德·维加就丢弃拉辛,为了莎士比亚就丢弃高乃依。"④

维尔曼出版了《法国文学讲稿》,讲授的是18世纪文学。他与库赞、吉佐一起成了大学生们崇拜的偶像,每次讲课,一般总有1200个到1500个听众。但是,讲台经常变成政治论坛,例如他这样大声疾呼:"我们看一看,一种较好的政治秩序、一种较公正的立法、一些较文雅的社会习俗、那种公民的平等以及那种思想上的

---

① 德卡兹(1780—1860):公爵、法国政治家、路易十八的参议,1818—1820年间,法国政府的实际首脑。
② 贝里公爵(1778—1820):法王查理十世的次子,极端保王派分子。
③ 卡尔德朗(1600—1681):西班牙诗剧作家。
④ 《批评:方法与历史》,第154页。

公共自由,一句话,这些为目前所有文明的民族所获得、所要求或所希望的伟大事物,难道不正是源于 18 世纪的哲学吗?"①因此,他讲授的文学史比拉阿尔普的文学史有着更多的判断和知识。

五　居斯塔夫·普朗什

居斯塔夫·普朗什(1808—1857)的评论极为严格,因此树敌较多,包括雨果,但他也有一些重要的朋友,如乔治桑和巴尔扎克。按乔治桑的说法,普朗什在其批评家的职业中加进了他的"无法论证"的严厉性。按巴尔扎克的说法,普朗什在批评方面是"刽子手"。从他在《两世界评论》工作起(1831 年末),他就对新文学表现出一副咄咄逼人的面孔。他以铁面无私的分析家身份来研究作品,指责雨果和大仲马的戏剧,说他们的作品不配取代尽管已经"死亡"的悲剧;他指责巴尔扎克的小说,说其"才能散发着鸦片、潘趣酒和咖啡的气味";他指责他称之为"花花公子"的缪塞诗意浮浅。②

普朗什曾经一度是乔治桑的密友,他经常指出作家和评论家、创作者和解释者应该组成和谐的一对。普朗什考察了文学批评的各种不同形式,诋毁了"冷漠的批评""精神上的批评",充满傲慢和夸张的"博学的批评"以及"流派的批评",随后,他赞赏一种"独立的"批评:它能够解释作家的创作,而作家能够实现"辩证法者的预见"。③

普朗什瞧不起圣伯夫对"作家生平"的考察。他承认在某些时候,个人对于解释艺术家具有重要性,但他不愿意去搜罗那些介绍个人生平的小事,而圣伯夫则热衷于研究这些东西。圣伯夫在其《备忘录》中给予回击:这位如此严厉认真的批评家,说穿了,是在其判断中最有偏见、最听从其自尊心摆布的批评家。

普朗什和亨利·拉图什的关系很不寻常。拉图什是戴尚沙龙里一位常客,他心胸狭窄,老是嫉妒那些更为年轻、更富有灵感的诗坛新秀的成就。他在《巴黎杂志》上发表文章,指责文学界的友谊。普朗什当时大肆攻击拉图什的《文学怨仇》一书,斥责他是低能而又嫉妒的剽窃者。但是,奇怪的是,起先势不两立的俩人,不久后,便握手言欢,捐弃前嫌,步入被炫耀得天花乱坠的友谊之中。

普朗什还曾经探讨"诗的道德观",他拒绝那种被他称之为"当今的现实主义诗歌"的浪漫派诗歌,但却赞成伟大的古典主义传统。然而,他崇尚古代,比尼扎尔灵活得多,他不只尊崇唯一的"伟大世纪",而是认为索福克勒斯、莎士比亚和拉辛都同样是典范。正是借这些人的名义,他不停地进行反对"现实主义"的斗争,他认为现实主义是对艺术的否定,因为真正的艺术家应该懂得"按照诗的需

---

① 《批评:方法与历史》,第 155 页。
② 同上,第 181 页。
③ *Critique et théorie littéraires en France*, p. 74.

要"来破坏自然和完善自然。因此,批评家的作用在于研究真正的艺术家"解释"①宇宙的方式和注意文学创作在其各个阶段——想象、构思、写作——中的构成情况。

第四节
浪漫主义批评之论争

在法国执政府时期,尤其是在第一帝国时期,文学批评实际上是由国家专制部门严格控制的。文学回归到单一模式——国家古典主义文学模式。按圣伯夫的说法,费勒茨教士、迪索、奥夫曼、若弗鲁瓦②都是"文学的警察"。

斗争在两条战线展开。第一帝国竭力孤立这些观念学者:1794 年,皮埃尔·冉格内创办了《旬报》,它反对规则和规范的诗学,并且被认为是共和派思想的喉舌。由于《旬报》与著名的大学教师丰塔诺创办的《法兰西信使》"同流合污",1807 年被停刊。此外,第一帝国还要应付来自国外的自然敌人:所有推崇英国和日耳曼文学的人,或者更笼统地说,所有主张不同文化自由交流的世界主义者都成了攻击的对象。移居国外者夏尔·德·维莱尔成了这些"自然"敌人之一,他是康德哲学在法国的引入者之一。1806 年,他在蒙斯特上发表了《色情比较》(*Erotique comparée*),斯塔尔夫人曾在《论德国》中提及过。她在其中肯定了德国理想主义的或者道德的爱情诗歌比法国情诗更优越,同时赞扬了克洛卜施托克③和歌德的天才。斯塔尔夫人多次被认为是观念派的继承者和英德学派的信徒,她是官方媒体主要攻击的对象之一。然而,执政府时期反革命思想者与首席执政的拥护者形成的统一战线,在安吉恩公爵刺杀事件之后便瓦解了。夏多布里昂因《基督教的真谛》一书受到波拿巴主义媒体的赞扬,却因《殉教者》一书被奥夫曼在《帝国学报》中抨击。1807 年,夏多布里昂这位魔法师在《法兰西信使》上以回忆亚历山大·德·拉波尔德的《西班牙观光》为借口,揭发帝国的独裁。谢尼埃猛烈地抨击夏多布里昂的《阿塔拉》,间接地成为了拿破仑皇帝的新助手。然而,谢尼埃却坚持着他的自由职业。第一帝国末期,不得不承认一股不可遏制的文学运动再次出现,尽管过去人们曾经枉然地对其指责、扼杀过。冉格内是《旬报》的创立者,他在 1811 年发表了《意大利文学史》的第一卷。1813 年,西斯蒙第发表

---

① 《批评:方法与历史》,第 184 页。
② 这几位作家都是古典主义的拥护者,他们的目标是攻击施莱格尔。
③ 克洛卜施托克(1724—1803):德国诗人。他的《弥赛亚》(*Messiade*, 1748—1777)是基督教史诗,被夏多布里昂和斯塔尔夫人称赞。

了随笔《欧洲南方文学》。同年斯塔尔夫人发表了《论德国》。该书在传统的南北文学的二元对立上又增添一个新的对立:古典诗歌与浪漫诗歌。

复辟混淆了所有的界限,或更进一步说,产生了新的交叉。自由主义者勒梅西埃于1815至1817年间在瑞士、比利时中学教书,他编写的《文学分析教程》仍然忠于启蒙时期的思想。维尔曼的情况也是如此,他从1815年开始在索邦大学担任法国文学讲座教授,发表了一部关于文学批评的重要著作《18世纪法国文学概论》。这两位都是"古典主义者"。然而,维尔曼巧妙地把折中主义思想输进文学批评中。他尤其赞扬雨果的《颂歌与杂诗》,继承了观念学者的遗产和他们比较文学史的实践。

在其他领域,雨果兄弟创办了《文学保守者》杂志,年轻的诗人围绕在亚历山大·苏梅①周围。在《法兰西缪斯》杂志上,吉罗、雷塞吉耶、戴尚兄弟、加斯帕尔·德·蓬斯、维尼、雨果发表诗作,他们对18世纪的精神抱有敌意。这些诗人起初大都是浪漫主义保皇派,拉马丁在其作品《沉思集》(1820)里,甚至还有其他诗人呼吁补偿前一世纪亵渎宗教的言行,那时的唯物主义几乎使诗源枯竭。

浪漫主义保皇派在1821年创建的"美文团体"(La Société des bonnes lettres),主张古典秩序,而这些年轻的激进者的诗歌背离旧秩序。这个团体本来打算集合"那些像拥戴路易大帝的王位一样拥戴布瓦洛的权威的合法性及荣誉的捍卫者",但是后来,这个团体却慢慢转向支持年轻浪漫主义诗人。

自由派的队伍也是四分五裂。按保罗·贝尼舒所说,《立宪报》(Le Constitutionnel)是"积极反浪漫主义的重要的战斗堡垒"。其中,人们可以找到坚守在这一阵营的帝国时期的老作家:雅伊、茹伊、艾蒂安②、维埃内。拉图什支持了巴尔扎克以及乔治桑初期的创作,并且重新发现了谢尼埃,却并不怎么欣赏《法兰西缪斯》杂志上所创作的与宗教混合的诗。然而,他却自愿成为浪漫主义者,并且在1825年4月发表了以反话写的抨击文章《大仇得报的古典作家》(Les Classiques vengés)。1825年他成为了《法兰西信使》的主编之后,向1825年6月已停刊的《法国缪斯》的老撰稿者开放这本杂志。司汤达是自由主义作家,他讨厌夏多布里昂的散文,在《拉辛与莎士比亚》(1823—1825)中,以浪漫主义者的名义主张戏剧改革。《环球报》由保罗·弗朗索瓦和皮埃尔·勒卢③创立,它在这场争论中起着重要作用,当时雨果在《克伦威尔》序以及《东方集》的序中都缓和了原先极端保皇主义的观点。圣伯夫是《环球报》的记者,与雨果很熟,扮演说情者的角色。在自由主义初期之后,1829年,于勒·雅南为《日报》(La Quotidienne)撰

---

① 亚历山大·苏梅(1788—1845):这位诗人和戏剧家曾参加法国浪漫主义诗社,但他胆小怕事,写出《萨于尔》(Saül,1822)和《贞德》(Jeanne d'Arc,1825)这样的作品,企图更新法国悲剧。
② 艾蒂安(1777—1845):是《立宪报》的负责人,这种自由报创于1815年。
③ 勒卢(1797—1871):参加创办《环球报》,在其《论人类与他的原则和前途》(1840)中阐明自己的社会主义乌托邦观点,主张圣西门主义。在百科杂志《时代诗歌》中他主张拜伦主义。

稿。在出版《当代诗歌选》时,他一度站在浪漫主义保皇党人的立场上。于是,在复辟末期,以评判为特点的文学批评与拉阿尔普在其《文学教程》中的论点针锋相对。

一　夏多布里昂与其"文学团体":启发性的诗学

夏多布里昂在《法国信使报》上发表文章的同时,首先加入到了反革命的阵营中。然而,夏多布里昂的诗学离拉阿尔普的诗学还很遥远。实际上,后者从未力图赞扬天主教的美学观,他的古典主义审美观并没有导致他赞扬弥尔顿或者是克洛卜施托克的作品,而是诋毁北方文学。夏多布里昂似乎站在博纳尔德这一边,后者在《法国信使报》上的文章"原始立法"(La Législation primitive)里赞扬过他。不过,夏多布里昂仍然批评博纳尔德的语言不清晰,还批评他对语言起源提出了一些不可靠的假设。

夏多布里昂在《基督教真谛》中偶尔论述反革命的观点,但是若要以反革命观点作为主线来分析这部书,那是徒然的。夏多布里昂的这一部散文和其他文学作品一样,完美地体现了这位难以界定的两面派,在他身上同时存有启蒙思想和浪漫主义。

这位接近"古典主义"的"魔法师"从不认为莎士比亚胜过高乃依和拉辛。1836年,夏多布里昂在《论英国文学》中,重新陈述了他在1801年的作品中提到的对英国剧作家的严厉批评。他批评了他们笔调含糊,指责他们将诙谐与悲怆混合在一起。他在这篇著作里中批评浪漫主义戏剧是毫不奇怪的,更准确地说,他攻击《克伦威尔》序言,尽管没有提及雨果的名字。在《墓外回忆录》的第四部分里,他同样嘲笑巴尔扎克式的现实主义。从表面上看,夏多布里昂似乎在责怪奥古斯特·拉封丹,其实他就在同一页上指名道姓地斥责巴尔扎克的现实主义。对于夏多布里昂来说,文学和美术应该通过努力将理想的身体美和理想的心灵美形象化,以便使现实升华。有时这种理想性与艺术家灵魂的构思(disegno)相似,有时它又表现出一种所有人追求的完美的欲望,这是一种一代代人逐步现实化和基督教神性典范支持的愿望。

但是,这仅仅是他的一面。为了完全地理解《基督教的真谛》,需要重读《论革命》(1797)。这部他在年轻时代写的作品塑造了一个被欲望折磨而不满的人的形象。在人类内心深处,有这样一种情绪矛盾的冲动,它促使人们想象完美,同时也使人以空想的名义违反现行的秩序。历史的动力来自这种欲望。由于这种欲望的冲动并没有使空想的愿望成形,它转换成了死亡的力量。夏多布里昂在《基督教的真谛》中宣称天主教使这种黑暗的力量和不满足感得到升华。它扩大了感情的范围并为激情的研究提供了一个新的深度。在描绘美德和内心的混乱时,现代作家要胜过古代作家。《费德尔》的心理分析和《新爱洛绮丝》中朱丽的心理分析比迪东的分析更深刻。这样,基督教带来的自相矛盾的贡献之一进一步扩展到自醒性和内在性的范围内,这样使描写痛苦的诗歌合法化。

天主教同样有利于描写诗歌的复兴。古老的神祇死亡,熟悉的神世界神灵减少可以使人们转向无限。

自然被挖空或增大只是为了更好地暗示在大自然的无穷中创造者的伟大,然而人类的灵魂由于无法依附在现实世界中与它相符的某一客体上,不得不用空间的真空来测量他的无限愿望,必须转向"隐蔽的上帝"(le Deus absconditus),它的形象以负片或浮雕的形式被印在创世的场景上。于是忧郁成为美学标准和深度的象征。从伟大的天才的作品中我们可以观察到比如帕斯卡尔在《思想录》中所写的"他们悲伤的深度"①。在援引《失乐园》的同时,这位魔法师回忆柏克,赞扬了一种"古代的、莫名的黑色崇高"②。他同时也暗示现代产生了一种"激情的浪潮"③,加剧对无穷的憧憬。一位天主教作家应该完全展示了现代的忧伤。勒内是值得一提的例子。但是没有任何东西能超越约伯传记里的忧伤。这是哀歌和崇高、低级表达和高尚思想的不期而遇。不和谐成为了狂喜的原则。夏多布里昂在恐怖的崇高的启发下,重读了朗吉努斯④的论著《论崇高》。

他以自己的方式重写了纯文学的故事。他始终强调天主教促进人类的进步,他以同样的热情提出了文学的另一种定义。文学应该富有启发性("在生命中除了神秘的东西没有任何美、温柔和伟大"⑤),文学给人类空虚的心灵赋予艺术的丰满。夏多布里昂一方面似乎赞成新古典主义的所有价值观——他赞扬普桑,同时也赞颂这个"伟大的世纪"——另一方面,他也深知他寻求词的本义之外更加具有启发性的意义,这实际上是与布瓦洛的决裂。

在他的记事本中,夏多布里昂的某些批评语气十分损人:"伏尔泰不是诗人,他有时进入到诗歌当中,但很快就出来了。"⑥德利尔教士热衷美学的愉悦,但"他缺乏活力"⑦。规则和语法都不会取代创造性的想象:"拉阿尔普了解批评职业,但他对艺术一点也不懂。"诗歌语言的功效是暗示,从一个有限的符号里飞出一个无限的意义来,创造一些轻盈起飞的词语,创造一个共鸣的空间:"所有美好的语言都可能有多种意义"⑧。

因为"通常的清晰再也不够了",这种对诗歌的思考非常重视形象辞格,"灵

---

① *Critique et théorie littéraires en France*, p. 51.
② *Ibid.*
③ *Ibid.*
④ 朗吉努斯(约213—273):人们错误地认为《论崇高》(*Du sublime*)的论著是他写的,在这本著作里,一位辞藻华丽的匿名作家提出:伟大的艺术产生于高贵的灵魂,还认为这种崇高类似于入迷和陶醉。这部作品由布瓦洛翻译(1674)。
⑤ *Critique et théorie littéraires en France*, p. 51-52.
⑥ *Ibid.*
⑦ *Ibid.*
⑧ *Ibid.*

魂用比喻讲话"。这种语言独立自主,"诗歌是全部出于它自己"以致可以构建一种理想的创作:"可认识或可理解的世界是理智可以看到,也可以说是上帝看到的那个世界,理想的世界是诗人想象和创造出来的那个世界"①。他重新提到了马尔布朗什的关于看到上帝的论点,但又将这些论点转过来赞扬文学创作。除了德国的浪漫派作家,没有人比茹贝尔如此彻底地断定"想象是积极的、创造性的"②。但这位启蒙的颂扬者与前者距离是那么遥远。

在夏多布里昂的散文诗里,茹贝尔觉察到他将一种魔力运用到写作方面。《基督教的真谛》的作者成为魔法师,是一个能把人带到遥远的世界的、独特的神灵。

二 司汤达

司汤达远离雄辩术,他为自己创造了一种技术批评,这种批评注重记录作品的影响并在作者使用的手法中寻找缘由。批评吸引着他,他把它看得比任何其他文学活动形式都重要。早在青少年时代末期,他就致力于重读莫里哀的戏剧并作注释,为以后在喜剧运动方面的发展作了准备。此外,他在米兰的七年受到了意大利自由浪漫主义的熏陶,与拜伦和曼佐尼都有交情,并创作了一些随笔。这些随笔开始显露了作品历史相对性的观点,他在1823年的作品中也有运用。司汤达与福里埃尔一样对南方文学价值非常兴趣,同时也从来自北方的日尔曼文学影响中获取得了新美学。

1822年7月,一个英国剧团来巴黎上演了几出莎士比亚的戏剧;然而,因自由主义者对前一年被流放的拿破仑的死耿耿于怀,该剧在巴黎反响惨淡。同为自由派人士,司汤达对观众这种态度感到义愤,他在1821年10月于伦敦观看的演出加强了他自青年时代起那种对莎翁戏剧的喜爱。他在《巴黎月评》上发表了两篇文章进行反击,这是一本在巴黎出版的英国杂志,其中有一篇抨击性的文章《拉辛与莎士比亚》。司汤达的文章表面上内容不连续,其实论证非常严密,他呼吁悲剧要现代化。第一部分是一位"浪漫主义者"和一位"法兰西学院院士"的对话;这段对话讲述了传统悲剧的模式,尤其是三一律的约束、亚历山大诗体的形式主义,这对于司汤达来说,不再仅是一种"潜藏的愚笨"和大段的台词;他从逻辑学到心理学,在讨论中,他用关于能力的询问代替了关于真实性的质疑;现代戏剧努力使观众产生一种快乐的"完美幻觉"③,在古典戏剧中是少有的,因为古典戏剧中诗句形式和冗长的台词成为了观众融入剧中的障碍。第二部分勾勒莫里哀喜剧中喜剧理论的元素,并将其与同时代的社会理想做了比较;司汤达认为喜剧感来自个人自认为比他人优越的意识,他指出这种意识是不稳定的,它是由戏剧产

---

① *Critique et théorie littéraires en France*, p. 51-52.
② J. JOUBERT, *Carnets*, Gallimard, 1938, p. 49.
③ *La Critique littéraire française au XIXe siècle*, p. 46.

生的相对愉悦的状态。

在第三部分,司汤达给这个由意大利语来的名词"浪漫主义"(romanticisme)下了一个著名的定义(他更倾向于斯塔尔夫人使用的形容词 romantique):"在大众的习俗和信仰的现状下,以艺术的方式向他们介绍一些可能给他们带来最大的快乐的文学作品。"①司汤达改变了批评术语的定义,用创作者和受众的关系代替内部的对应。他变成了与《法兰西缪斯》的诗人们的浪漫主义毫无共同之处的另一种"浪漫主义"的传播者。尽管他站在浪漫派一边,但他仍指责维克多·雨果是"极端保王派诗人",说他"一直被虚假地夸大了"(1823年1月1日专栏文章)。他以挖苦的口吻欢迎维尼的《埃洛亚》(Eloa),说其"令人难以置信地把荒诞与对圣物的亵渎掺揉在一起",而人们竟敢在巴黎把它奉为是"对拜伦的成功模仿"(1824年12月1日)。1825年6月20日,他惋惜地指出,"曾经对自由大加赞扬"的拉马丁也被保王派俘虏,并从此满足于"含混、粗俗、而且更晦涩的"观念。② 总之,司汤达为思想和文学的一种真正解放开辟了新的道路。

司汤达对创造与自由精神和批评精神的结合的关注,促成了两年后第二部《拉辛与莎士比亚》的出版;这部作品被看作是他对由法兰西学院极端党派的领导者奥热尔③宣扬的反浪漫主义活动的回应。司汤达需要面对一些攻击,他的还击体现了自由主义者和浪漫主义者不断加强的话语权,他确认了为同时代人写作的必要性。

1825年出版的第二部《拉辛与莎士比亚》共十个章节,以"古典的"和"浪漫的"之间的交流联系来呈现。司汤达还谈论"新民族戏剧"并宣称:"现在,亚历山大诗体不再仅是一种潜藏的愚笨。"④他投身到反对令人厌烦的戏剧和争取以莎士比亚为榜样而不再以拉辛为楷模的解放戏剧的斗争之中。司汤达为文学批评史带来了关于作品、关于效果的心理学分析的案例。在戏剧观众的愉悦之中,要培育一种对真理幻想的有限空间的观察。他希望有一种灵活的、有生气的、而不高谈阔论的文学批评。司汤达的批评反对法兰西学院中的古典封建主义,独立于其他浪漫主义小团体,它在观念学派的感觉论和后来的实证主义之间建立了一座连接的桥梁,同时他的批评勾勒出了革新的世界主义文学的轮廓。

三 雨果:反对规则和雅致的天才

雨果对法国人来说,首先是一位伟大的民族诗人,他的诗歌结合了自由主义

---

① *La Critique littéraire française au XIXe siècle*, p. 46.
② 《批评:方法与历史》,第158页。
③ 奥热尔(1772—1829):第一帝国时狂热的波拿巴主义分子,批判自由主义者,反对浪漫主义。他于1825年发表了《论喜剧》。
④ *La Critique littéraire française au XIXe siècle*, pp. 47-48.

和神秘主义。在1822到1827年间,雨果从捍卫诗歌应为君主制度和宗教服务,转到了诗歌应该宣扬艺术的绝对自由,尊重自然和寻求真理。这是一种巨大的转变!

青年的雨果是一个矛盾的结合体。在1819年的《文学保守主义》一书中的文章里(重新收录于1834年的《混合的文学与哲学》中的第一章里),雨果表现了两种交替的情感:一种是保皇派和基督教新门徒的热情,另一种是他倾向于自由派的情感。昂瑟罗保皇派人士卡西米尔·德尔瓦涅在1823年对伏尔泰作出了公正的评价。与此同时,雨果对拉图什出版谢尼埃的诗歌表示欢迎,同时又对拉马丁的《沉思集》表现出了极大的热情,但在表达欣赏之余,他对马瑟林悲歌中缺少宗教灵感表示遗憾。

在戴尚①的鼓动下,浪漫主义的第一个"学社"(Cénacle)成立了,从1823年到1824年学社创办了《法兰西缪斯》杂志,雨果在上面发表了一些重要的文章,尤其是关于拉梅内和司各特②的文章,他证实这两位作家已在发挥戏剧小说的才能,在戏剧小说中,想象的动作在真实多样的情境中展开,如同生活中真实发生的事件一样。

1824年《新颂歌》的前言起到了调和的作用:"古典主义"和"浪漫主义"互相指责对方是骗子和无用的,雨果并未作出决断;1826年8月,在《短曲与民谣集》的前言中,他不再排斥浪漫主义,并将其归为表达一种自然"秩序",即"从内部"并反对所有"规则的"外在形式;1827年,雨果在《旺多姆广场圆柱颂歌》中赞扬了拿破仑。雨果定居于田园圣母院街(Notre-Dame-des-champs)并在他家中聚集了著名的"学社",学社不仅集中了来自阿瑟那尔和诺迪埃沙龙的浪漫派常客,还包括了拉马丁、戈迪埃、缪塞和奈瓦尔,以及《环球报》编委等学者。

1827年这一年是雨果真正转向浪漫主义的一年:圣伯夫在《环球报》发表了赞美雨果《短曲与民谣集》的诗文,这标志着报纸向浪漫主义诗歌敞开了大门,同时他将雨果看作是该流派的代表。此外,莎士比亚的戏剧五年前在巴黎引来一片嘘声,如今演出获得了巨大成功。雨果完成了《克伦威尔》的写作并精心创作了重要的前言,在前言中融入了美学和历史哲学上的丰富思考。这一年巴朗什开始出版他的三个神秘主义情景下的人类史诗——《论社会的轮回》,同年,米舍莱翻译了维科③的《哲学原则》。这本书把宇宙历史分为了三个阶段:神圣时代、英雄时代和人类时代。也是同一年,库赞开始使黑格尔的历史哲学在法国重获价值。

《克伦威尔序言》在文学体裁的历史性理论中,确定了一种适应新世纪的编剧理论。雨果首次用浪漫主义戏剧的真正理论,为久负盛名却因长度而无法上演

---

① 埃米尔·戴尚(1719—1871):他参与了《法兰西缪斯》(1823)的创办。他为《法国与外国研究》(1828)写的序言显示出其浪漫主义的特征。他说道:"模仿的时代已经过去,需要创造或表达。"
② 沃尔特·司各特爵士(1771—1832):苏格兰浪漫主义历史小说家。
③ 维科(1668—1744):意大利历史学家、哲学家。

的剧本辩白。序言以追忆人类发展的三个阶段为开端,这三个阶段分别对应人类文明的三个发展阶段及诗歌的三种形式。这种三元论让人想起了黑格尔哲学。原始时期是没有国王与战争的黄金时代,这是一个抒情诗的时代,以《创世纪》(《圣经·旧约》第一卷)为最佳例子。接下来是古代时期:人们组成不同的民族和王国,民族和王国间的冲突为诸如荷马一类的史诗创作提供了素材。随着基督教的到来,出现了天上和地上两种命运,这对应一种二元性——肉身和灵魂,人的双重命运产生了好奇和忧愁两种情感。"现代缪斯"在创作时能关注整体性,它感觉到"丑就在美的旁边,畸形靠近着优美,滑稽藏在崇高背后,善与恶并存,黑暗与光明同在。"①

雨果的创作运用了这种二元对照的美学原则,适应了诗歌和戏剧更为完整的新形式。莎士比亚的戏剧也体现了这些原则。

崇高与滑稽的美学二元对照原则与"现代"定义的物质和精神二元论相对应,二元论允许多种多样的组合形式,反对古典主义批评所热衷的种种分类。戏剧通过混合各种题材,或者更确切地说混合各种曲调,给人塑造一个完整的形象;崇高涵盖了史诗、悲剧、抒情所表现的人性所可能的高尚形式,而滑稽代表了生命力和想象力的所有失常。在此,雨果美学又找到了巴洛克风格的传统。此外,关于滑稽的延伸意义是最为丰富的,而雨果揭示了一种直至当时尚未发掘的类型在艺术中的重要性,从而进行了革新。

时间和地点的一致被以逼真性为由否认,而雨果承认"行动或者整体的一致"。但是这个准则的运用丝毫不排除风格化上的效仿。这在戏剧中甚至应该是非常重要的,戏剧是一面"集中的镜子",不能仅限于反射现实,像一个"刻板的平面镜"一样映照出事物暗淡、平面的形象。"舞台是一个视觉的集中点。世界上、历史上、生活中和人类中的一切都应该而且能够在其中得到反映,但是必须是在艺术魔棍的作用下方可达成。"②艺术,是特色的选择。而如果"地方色彩"对戏剧的真实性有所贡献的话,它应当成为作品中一个内在的成分而渗透于作品深处。

雨果以风格化需要为由,称戏剧应当以韵文形式表现,这与司汤达的观点——悲剧使用散文形式相违背。他宣扬一种自由的韵文,"一种自由、坦诚而忠实的韵文,它敢于毫不矫饰地说出一切,毫不考究地表现一切……它爱用延长句子的跨行句甚于混淆意义的倒装句;它忠于韵律这一位受制约的王后"。③ 但是他与司汤达在向往创作一些民族性、历史性的戏剧上有着一致的观点。尽管如此,司汤达的《拉辛和莎士比亚》既谈悲剧,也涉及小说;同样雨果的《克伦威尔序言》也超越了它当时的目标,使人隐隐感到他后来谱写《历代传奇》这样的史诗和伟大神话的想象力。

---

① *La Critique littéraire française au XIXe siècle*, p. 53.
② *Ibid.*
③ *Ibid.*, pp. 54–55.

《序言》的结尾抛弃对"旧的文学制度"的武断批评,取而代之以中肯的评论:"为了了解一部作品,我们都会同意从作者的观点出发,用他的眼光去看待作品的主题";举例来说,雨果赞同夏多布里昂关于用"既伟大又困难的审美批评"代替"既渺小又容易的检错批评"①模式,他指出创作者的个性形成了一个不可分割的整体,这一观点成为这个天才后来所发展的理论之基础,尤其表现在《威廉·莎士比亚》一书中。

在与《克伦威尔序言》思想相近的另一思想中,首个文学社团及文学杂志《法兰西缪斯》的组织者埃米尔·戴尚在 1828 年《法国和外国研究》一书的序言中强调,新一代诗人的成就和才华足以使他们找到新的灵感源泉,而不需要从过去汲取:"一个伟大的文学时代从来不是另一个时代的延续"。文学应当不断地更新,"模仿的时代已经过去,现在的我们需要创造和翻译"。②了解外国作品、改变诗风、自我的表达都为这种必要的更新提供了便利。

如果圣伯夫想通过批评言论从事作家事业,与之对称,作家经常通过批评弘扬他们的批评精神。可以看到在《东方集》的序言里,雨果认为艺术家要有选择主题的自由。从《克伦威尔》的序言到《威廉·莎士比亚》,他不断用讽刺的语调谴责把美局限在"雅致的情趣"中的人。这部辉煌的论著在很多方面是对七月王朝时期批评家们的"指责的回应"。

雨果继续阐述《克伦威尔》序言中的论点,宣称天才摆脱所有的规则,他是一个"如同自然的整体,并想和自然一样被纯粹地、简单地接受。"③每一真正的批评应建立在欣赏上,这在《威廉·莎士比亚》的一章中得到了证实:"佐伊尔④和荷马一样永恒。"事实上天才"与周围不和谐",他们必定"被激怒"。从某种角度看,"强者、伟人、智者都是咄咄逼人的"。⑤ 天才的特征在于他能掌握全局,并能用最通俗的语言表达最高深的事⑥。重读那些报刊连载对《吕布拉》的戏剧评论,在那些反对雨果的批评家看来,雨果在其中变成了二元对照先生,他们指责他过于简单化的二元对照美学,雨果戏剧的特点在于不知疲倦地滥用单一的方法。在《威廉·莎士比亚》中,作者反驳了那些向他夸赞莎士比亚戏剧的批评家,这等于雨果间接地为自我点赞,为其诗学辩护。

四 巴尔扎克:批评的理论与运用

巴尔扎克同雨果一样成为说教批评攻击的对象。他不顾这些攻击,一贯主张

---

① *La Critique littéraire française au XIXe siècle*, p. 53.
② *Ibid*, pp. 54–55.
③ *Critique et théorie littéraires en France*, p. 89.
④ 佐伊尔:传说他是古希腊一位查禁荷马著作的语法学家。
⑤ *Critique et théorie littéraires en France*, p. 89.
⑥ 拉丁文:"totus in antithesi"。

应该把作品当作一个有机整体。在《高老头》第二版的序言中,他以对照的形式风趣地列出了他小说中出现的品德高尚的妇女和品德败坏的妇女,目的在于指出他更偏向于再现善,而不是恶。通过菲里克斯·达万,巴尔扎克确定自己的诗学,更严厉地反驳了对其不道德的指控。这位作家"想描绘整个时代"并展示"他所见到的一切"(《风俗研究引论》1835)①。小说的趣味导致了"对照的必要":对照能够以真实风格化来表现真实。类似的观点出现在1842年《人间喜剧》的前言。作为辩护,在给批评家伊波利特·卡斯蒂伊(《周刊》,1846年10月11日)的一封信中,巴尔扎克明确提出恶也有诗,但丁的地狱比天堂有价值。最后指出既然描绘恶只是抚平伤口和使人看到罪的一种方式,那么这种描绘本身并没有什么伤风败俗之处。巴尔扎克将此交给读者用批评思维和道德观来评断:"如果一个青年在看《人间喜剧》时,觉得鲁斯托一家(les Lousteau)、吕西安·德·吕邦普雷一家(les Luciens de Rubempré)等不应受指责,那么他是什么样的人,大家都心知肚明了。"②

然而作家并不仅仅揭发蒙蒂昂(Monthyon)奖的爱好者,在《幻灭》中,巴尔扎克在吕西安·德·吕邦普雷"杜撰"的文章中通过模仿新闻惯例,痛斥了批评的唯利是图。特别是于勒·雅南的离题,在《论坛报》的记者专栏里打着别出心裁的幌子:出现的笑话都成为攻击的靶子。因此,巴尔扎克的批评言论表现为:居心险恶的传授者布伦岱教给吕西安的方法和步骤。巴尔扎克通过虚构的故事讽刺地拆穿新闻修辞手法,从未展开一场真正意义上的美学论战,一部作品的问题焦点也从未得到厘清,他斥责道:批评唯利是图,只局限于观点的斗争、人的斗争冲突中。

巴尔扎克首要的对手、私敌是圣伯夫。他们不和的起因是1834年11月发表在《两世界杂志》上的关于"绝对的研究"的文章。布罗兹和巴尔扎克之间的冲突以及两个人在《幽谷百合》出版时的诉讼案,都不能改善巴尔扎克同这个杂志的编辑们和圣伯夫的紧张关系,因为圣伯夫站在布罗兹一边。作为反驳,巴尔扎克在《放荡不羁的王子》(*Un prince de la bohème*)中无情地模仿这位著名的批评家——拿当(Nathan)朝洛什菲德(Rochefide)轻松地说:"圣伯夫的语言吧!是一种新的法语。"这些内容最初以《克洛迪娜的幻想》(*Les Fantaisies de Claudine*)为题在《巴黎杂志》上发表,后来为了延续,被改写成另一篇文章《关于圣伯夫的心》,在同一天(即1840年8月25日)同一杂志上登载,该文章尤其针对一种批评方法。巴尔扎克指责圣伯夫在《波尔-罗雅尔修道院史》一书里没有梳理出主线,却喜欢收集大量偶发的小事,淹没了书中所发生的大事件的意识形态和戏剧性意义之中。圣伯夫这个"苍白的缪斯"努力地搜寻历史被遗忘的东西,却把什么东

---

① *Critique et théorie littéraires en France*, p. 91.
② *Ibid.*

西都放在一个麻袋里:把"军队的笨伯"和伟大的人物相提并论,因为他是那种"使历史人物复活的"博学者,不懂得主次轻重,圣伯夫的批评染上一种病:文学的近视①。

巴尔扎克指责圣伯夫抵抗不住"把不相干的东西混在一起的狂热",以致这位文学历史学家"混淆时代,把这个时代的精神胡乱地套在另一个时代上"②。这种负荷越来越重,在《波尔-罗雅尔修道院史》里两种互不相容的方案矛盾地共存,一种是探讨风俗、意识形态的历史演变过程,另一种是在一个比较系统中构建思想流派、非历史的方向。

除了这种对圣伯夫的方法规则的攻击,以及更广义上说对记者及专栏作家的揭发外,在《外省的缪斯》(*La Muse du département*,1843)中,巴尔扎克还对批评应当如何开展进行了一番思考。他主张一种建立在"对作品充分理解"基础上的批评,重新提出其在"关于文学、戏剧和艺术的信札"中已经辩护过的论点。在他看来,真正的批评家是"极博学的作家,他思考各种手段,了解艺术的源头,本着解释、欣赏的意图批评,认同文学科学的方法,读过他所涉及的作品"。巴尔扎克作为新闻工作者和小说家,一直试图承担这一法官的使命。在《欧那尼》的论战中,他使人听出一个不协调的声音,既不说雨果一派的语言,也不说他所轻视的新古典主义的话语。虽然他没有站在"老顽固"一边,但他还是使雨果戏剧的弱点暴露出来了。他认为:不管怎样,《欧那尼》的作者理应追随"古典的轨迹"③,保留独白和效果好的对话,舞台上传统的展示太多了,有损于戏剧的趣味性。雨果所处理的主题适宜于叙事诗,而一点也不适合场景。

回想起巴尔扎克曾是司汤达《巴马修道院》的热心读者,人们尤其欣赏他评论的中肯。在《巴黎杂志》上发表的《关于贝尔先生④的研究》(*Les Etudes sur M. Beyle*)这篇论文里,巴尔扎克不只旨在承认一部杰出的作品和一个伟大的作家,他还在文中很快提及法国文学的地位,区分出三个流派:18 世纪的"思维文学";基本上是浪漫主义"形象文学",通常表现为抒情、悲哀、沉思;处于两个流派之间的"折中"文学。司汤达本应是"思维文学"的继承人,但在《巴马修道院》中,其他两个流派也有所体现。其特点是持久的崇高性:意大利风景的崇高,人物(莫斯卡、拉·桑塞维利纳、费朗特·帕拉)的崇高。小说家所炫耀的意大利风味在巴尔扎克看来是对"资产阶级不平等的法律"所发起的挑战。⑤ 因为小说高扬着美好的灵魂和崇高的思想,《巴马修道院》将是一部高雅的小说。

巴尔扎克也从中发现政治小说,即马基雅维利的王子的同类,被拉·桑塞维

---

① 发表在《巴黎杂志》1840 年 7 月。
② 同上。
③ *Critique et théorie littéraires en France*, p. 93.
④ 即司汤达,他的另一个名字是亨利·贝尔。
⑤ *Critique et théorie littéraires en France*, p. 94.

利纳和莫斯卡所吸引,巴尔扎克似乎对法布里斯没那么感兴趣。但是他惊人地发现在《巴马修道院》中,主人公的"天真"、天生的优雅、自发性与力量、激情并非对立。此外,司汤达本能地创造出巴尔扎克理想的典型人物。作家言简意赅的风格隐含着寓意。巴尔扎克用自己的诗学来评价《巴马修道院》,但并不完全理解司汤达这部小说的结局,然而,在当时,人们还不认同《红与黑》的作者,他就能够承认司汤达与自己不相上下,50 年之后,直到泰纳特别是保罗·布尔热①,才对司汤达的小说世界作出同样有利的评价。

在文学场域内部,连载小说作家在与像巴尔扎克这样伟大的创作者的竞争中,努力为他们的力量和声誉辩护。他们从一个完全相反的角度出发,必须反对学院式批评的强迫,以使读者承认他们所创作的形式的合法化。巴尔扎克在《幻灭》中指出记者的实践和真正的创作实践是不可兼容的。他认为,文学作品反对受制于意识形态和时尚的支配,以及昙花一现的评论,文学作品需要有思想的文学社团,才会不断发展走向成熟。19 世纪下半叶,一种越来越严重的决裂将那些意识到自己有创作天赋的作家与依靠政治和金钱权力的报刊对立起来。

五 戈蒂埃:从唯美到热衷不规则

泰奥菲勒·戈蒂埃(1811—1872)在《莫班小姐》一书著名的序言中发表了自己对批评的看法。1834 年的这篇文章激烈地揭露了"专栏的贞洁"和伪道德:一些专栏作家以败坏道德的名义抨击革新的书。戈蒂埃从两方面展开论述:首先,"书是风俗的产物"。因为时代是"不道德的"(如果这个词意味着某种东西),这种不道德在当时的作品中被提及并不足为怪:作品充当显影剂。其次,不能如批评家一样混淆人物和作者:"照这么说,莎士比亚、高乃依和所有的悲剧作家都应该被处死。"②

戈蒂埃掀起了另一场论战。在 1832 年 10 月《阿尔贝蒂》(*Albertus*)的序言中,他指责"功利主义者、空想家、经济学家、圣西门主义者等",声称"当一物有用时,它就不再美观了。艺术,这是自由、奢华、繁荣,是灵魂在悠闲中全面发展"③。他怀疑艺术的教化使命,继孔多赛和斯塔尔夫人之后,所有坚信可完善性的人都不停地倚仗着它。在《莫班小姐》的序言中,文学被描绘成一个自主的世界,它的目的论只是美学范畴,由此,可以考虑重提康德的论点以及在《判断力批判》中提

---

① 布尔热(1859—1941):在他的《当代心理学论文集》(*Essais de psychologie contemporaine*)里,他注重研究组成作者风格的精神意象。应该要通过对"世纪末"忧郁的分析和通过对作品内部的分析,灵巧地识别出作者的结构性动机,这些动机构成了作者风格的独特。
② *Critique et théorie littéraires en France*, p. 95.
③ *Ibid.*

到的这个"无止境的目的论"①。但是,对于戈蒂埃来说,如果艺术作品摆脱实用的支配权,那么美观的乐趣首先只是一种感官快乐。戈蒂埃的美学近乎建立在对社会的失望和忧郁之上的享乐主义。

在另一方面,《莫班小姐》的作者有所创新,他使同时代的人认识了巴洛克文学:他组织了一组《论滑稽》的文章(1834—1836),表明了对路易十三时期艺术的兴趣。这在奈瓦尔的作品中也存在。戈蒂埃欣赏巴洛克不规则的艺术和幻想的魅力,同时引用了龚古尔兄弟和一些没落的作家所推崇的美学标准:自然周而复始,缺乏创造性;古典主义的大作家同自我模仿的自然一样因循守旧。诚然,巴洛克文学并不完善,但是他说:(巴洛克文学)奇异的作品的制作如同摄生法的调配一样创新,这种文学摄生法使乏味的宫殿恢复了生机。

戈蒂埃首先倚仗一种关注风格突发光亮的、脱离常规的阅读,其次引用一种神奇的、给人惊喜的美学,去解读泰奥菲勒·德·维奥和圣-阿芒的作品,最后高度评价斯卡龙的叙事怪癖和怪诞,以及西哈诺·德·贝尔热拉克的想象力,他揭示圣-阿芒的"闪闪发光与漆黑一团的不平等"②。他指出,诗歌尤其是发明辞格、新颖的隐喻和表现性的风格的领域。由此,戈蒂埃将两个文学流派对立起来:龙沙使法国大地上点燃了"诗歌神奇的太阳",与此对立的是"嫉妒、不出成果、咬文嚼字的语法学家流"③。人们后来了解,戈蒂埃属于为"马莱伯来了"而感遗憾的一类人。对龙沙和巴洛克诗歌的歌颂间接地为任性、即兴文学服务,收在《论滑稽》中的文章间接地回应了尼扎尔对简易文学和被视为没落文学的浪漫主义所作出的指控。

戈蒂埃傲慢地陷入新闻界的沙漠中,颇为讽刺的是,尽管他喜欢绘画、音乐、哑剧、舞蹈,却供认他对戏剧不太感兴趣,只喜欢莎士比亚的喜剧形式,但为了维持生计,自1838年起被迫在《报刊》(*La Presse*)主持戏剧专栏。为此,他赞赏滑稽表演、街头卖艺和非正式的戏剧,这样,他仍然表现出他是一位创新者。

然而,戈蒂埃并不是在对戏剧演出的审查中展现他的批评才能的,而是在1858年为巴尔扎克写的漂亮的评论中,还有在1868年《恶之花》第三版的前言中。他的世界、他的美学信条和美学爱好以两种方式形成流派:一种是邦维尔所青睐的想象力,另一种是波德莱尔所推崇的唯美(即对美的排他性关注)。

---

① *Critique et théorie littéraires en France*, p. 95.
② T. GAUTIER, *Les Grotesques* [Ed. 1844], Bassac, «Plein Chant», 1993, p. 161.
③ *Critique et théorie littéraires en France*, p. 96.

第五节
圣伯夫的文学批评

圣伯夫(1804—1869),19世纪法国文学批评的代表人物。从圣伯夫以后,法国文艺评论才成为一个专门领域而获得蓬勃发展。他无疑是19世纪法国文学界最富有、也最复杂的人物。作为一名作家和文学批评家,他首先以记者身份进入报刊界,之后又在比利时列日及法国国家学术院任教,之后又成为法兰西学院院士。圣伯夫一生写下了数量惊人、才华横溢的评论著作,其中最重要的有《16世纪法国诗歌和法国戏剧概貌》《妇女肖像》《当代人物肖像》《波尔-罗雅尔修道院史》《月曜日丛谈》和《新月曜日丛谈》等。圣伯夫的评论,往往从作家的个人条件,如性格、气质、心理诸因素去解释作品。他所涉及的范围包揽整个19世纪的文学种类和流派,因此有时也不免将各种类型混为一谈。从未有一个批评家好似他那么阿谀献媚地奉承,批评时却又那么不留情面;他时而支持,时而批驳,时而态度暧昧,时而观点鲜明。因此他也成为各式抨击文章的批评对象,其中最出名的就是普鲁斯特的《反对圣伯夫》。

圣伯夫的批评活动分为不同的几个阶段:

初期作为记者深受斯塔尔夫人影响。1828年,他发表了一项重要的学术成果,题为《16世纪法兰西诗歌和戏剧概貌》,他再次研究"七星社",并欣赏当时革新的表达形式,同时批驳这个文学团体阻断了法国文学与中世纪时期对高卢传统的继承和延续。他还致力将古代和现代进行确切的、有启发性的对比,他这一批评方法也受到了后人效仿。然而,他对16世纪的文学批评促进了对浪漫主义的宣传,他认为浪漫主义完全实现了"七星社"未竟的事业,即自我革新又不丧失其民族特质。他的研究方法完全是古为今用。而所谓"进步",在他看来,不过就是不断地用新的办法来解决过去无法解决的问题罢了。

自1829年以来圣伯夫开始尝试以人物肖像的形式来描绘维克多·雨果及其他浪漫主义友人的地位。"肖像"是由人物生平和作品批评共同构成。圣伯夫将作者置于他所处的历史社会和家庭背景中,并带着某种特定的批评眼光,加入一些同情理解的成分。这种同情和情感融合的批评方式最终铸就了他于1859年完成的评著《波尔-罗雅尔修道院史》。在经历了近20年高强度的工作之后,他由最初对浪漫主义的初步认同转向了深层怀疑,这也印证了文学批评对批评家起反作用的假设。

19世纪60年代标志着他与浪漫主义的决裂,他开始对在当时正在盛行的因果论感兴趣。令人惊讶的是,圣伯夫竟无视福楼拜和波德莱尔的天赋,而又过分赞赏其他一些今日已被人遗忘的作者。然而,他会如此矛盾地身处于两种压力之中,不仅源于其本身个性的复杂多变,而且也因为他为人敏感又渴望得到认同:希望被人视为一位伟大的作家,可惜又苦于无法实现他这一愿望。最初,他不断赞赏那些他自认为与自己天分相当的作家,到最后,他转而挖掘未来的新人,又唏嘘自己年事已高,错过了机会。

一 浪漫派的圣伯夫

圣伯夫先是反对"浪漫派"诗人,因为他不赞成保王主义和神秘主义。1827年他在《新月曜日丛谈》里,突然变成了雨果的《短曲与民谣集》的辩护士。自此之后,他似乎全心全意地促进他朋友的成功。他参与了《欧那尼》战役,是雨果与人交往的真正引导者。1831年12月15日,他在《两世界评论》上发表颂扬雨果《秋叶集》的文章,赞扬雨果达到了顶点:雨果是"继龙沙之后法国有史以来最伟大的抒情诗的创作者"①,被指定去完善谢尼埃已经开辟的道路方向。在圣伯夫看来,在《秋叶集》里,诗人在"游览虚幻世界和物质世界"后,回到了"简朴温馨的生活方式"②。在评论雨果的《秋叶集》时,圣伯夫赞扬一种大胆的批评:准备加快现代诗人的胜利,能够合理地选定他的主人公和诗人,而且能够给他们爱和劝告。然而,认真审视他对雨果过分的赞扬,有时也有些牵强附会。然而,圣伯夫对《短曲与民谣集》的幻想,以及《东方集》或《巴黎圣母院》中的物质的描写,就不怎么看好,很低调地评价它们。圣伯夫之所以认为《秋叶集》远在雨果其他所有诗集之上,首先是因为他觉得能在那里找到自己曾在《慰藉》(*Les Consolations*)中确定的方向。他以偏重内心情感的美学的名义赞扬了雨果的诗歌,然而在他与维克多·帕维的往来书信中可以看出他对雨果在《欧那尼》战役后发表的戏剧保留意见,它们离开了"人的真实"和"自然"③。在七月王朝时期,他从未表现出完全支持描述性文学的态度,不管是对于雨果的诗歌还是巴尔扎克的小说。圣伯夫的两篇文章标志了他与雨果的决裂:一是在1834年2月1日于《两世界评论》上发表的针对米拉博的《回忆录》和雨果《关于米拉博的研究》的文章;另一篇是于1835年11月1日发表的书评。事实上,雨果在《黄昏之歌》里抱怨圣伯夫在之前发表的文章中保持沉默和迟疑的态度。与雨果的关系破裂后,这位评论家开始揭露雨果作品中处处可见的连篇空话。1840年,在为《两世界评论》撰写的文章中,圣伯夫指出雨果的作品中存

---

① *Critique et théorie littéraires en France*, p. 71.
② *Ibid.*, p. 72.
③ *Ibid.*

在一个"独眼巨人",一个"陶醉的、浮夸的"卡里邦(*Caliban*)①,这一现象在一部几近完美的诗集《秋叶集》中几乎消失了,随后却诱使作家一味追求夸张,乐于重复表现畸形或者巨大的东西,其中包括在词汇方面,结果是"天才的奇迹"的伪造在他诗中留下痕迹。但圣伯夫的这篇文章在生前并未发表。

巴尔扎克则成了圣伯夫批判的目标。1834年11月15日发表在《两世界评论》上的文章狡黠地讽刺了巴尔扎克的生理学描写。1850年,圣伯夫为刚刚去世的巴尔扎克写了一份"故人生平"的悼词,发表在《立宪报》上,仍不放过批评攻击的机会,圣伯夫认为巴尔扎克的创作风格是:"丰富、大量、充盈,充满思想、典型和创造力,不断重复而不知疲倦。"他认为,《人间喜剧》常见的夸张使读者精疲力竭。因此,这也是一个"非道德主义的巨人"②,圣伯夫在雨果的作品里发现"巨人"后,又在巴尔扎克的作品找到同样的畸形独眼巨人。相对而言,乔治桑的作品虽然不太会使人物栩栩如生,但圣伯夫觉得她这样的风格反而更克制,不那么夸张。

在这一点上,圣伯夫赞同一种普遍被认同的观点,更确切地说,他成为一种自由批评的传声筒。夏多布里昂曾给散文带来的魅力深深地吸引这种自由批评,尽管如此,自由批评仍要排除在他看来是浪漫主义糟粕的部分。自由批评同时表明了一种审美观和一种世界观。圣伯夫欣赏英国湖畔诗人的朦胧诗,喜欢代博尔德-瓦尔莫(1786—1859)早期的诗中的黯淡阴沉,以及塞南库尔的小说《奥伯曼》③中的悲哀情调,更普遍的是,他偏爱那种暗喻的表达法,而不是那些臃肿的文字。因此,在1834年之后,他开始拒绝闪闪发光的浪漫主义、充满力量的诗学或者体现在《吕布拉》中雨果的怪诞,即便如此,他还是承认雨果和巴尔扎克两人占据不可撼动的庄严地位。他不喜欢他们的美学观,但对他来说,这些诗人或者小说家还是一流的,仍然统治着他们的时代。

二 肖像的业余爱好者

圣伯夫在另一个方面表现出创造的天赋:他初期写的文学史侧重于考察政治、文化、风俗,但很少关注艺术品与作者的气质。随后,圣伯夫改变早期的研究,试图把作家当成创作主体去理解,因此,他认为勾勒出作者的肖像很重要。自1832年,批评界重视相面术及肉体与精神的关系,从卡巴尼斯到迈内·德·毕朗的许多论著将外部的表象和内心联系在一起。

圣伯夫感到,他成为肖像批评家,更新了两种不同的形式:学术颂词,名人生

---

① *Critique et théorie littéraires en France*, p. 72.
② *Ibid.*
③ 塞南库尔的小说《奥伯曼》于1804年发表时无人问津,但小说表现出的一种"世纪病"的哀伤情调深深地打动一代代读者。普鲁斯特高度赞赏此书,他说:"塞南库尔,是我。"

平。学术赞美词不把在世的作家作为唯一的对象，在这种情况下，文学肖像似乎与悼词竞争。文学肖像出现在杂志上，来自记者的灵感。圣伯夫觉察到雄辩时代的结束，通过创造一种新的体裁，来抬高肖像的功能，它是那些已经部分过时的形式的再现，而圣伯夫想改变它并使其复活。

因此，肖像的特点表现在双重性。一方面，圣伯夫拒绝归因于伟人的神性，他要推翻库赞的折中主义和浪漫主义史学所力图建立的神话论。另一方面，在关注作者的私生活及其对创作活动产生的影响的同时，他又自相矛盾地企图增强文学场的自主权。"肖像"类似元话语，本身想成为艺术"作品"，事实上，文学通过肖像在自我审视。批评家持着一面精心制作的艺术镜子，在那里，作者和作品交相辉映，须臾不可分离。肖像经常是私生活中的轶事，它有时只是"坟墓"的意义。

"肖像"是一种极具可塑性的体裁，其巨大的优越性表现在文学肖像功能的复杂性和多样性。"肖像"的地位模棱两可，介于新闻和纯创作、博学与上流文学之间，其对文学神圣化起到间接的推动作用，有时又使作家跌下神坛。这种体裁得到了诗人、小说家、记者、漫画家等的青睐。自1836年起，普朗什紧随圣伯夫发表了题为《文学肖像》的文集，1844年，泰奥菲勒·戈蒂埃的《论滑稽》问世。此后，有关"肖像"的研究论著排成一条长廊：马拉梅写了《立像》（Portrait en pied），左拉题为《假面具与石膏像》（Masques et Plâtres）的文集，雷米·德·古尔蒙①的《面罩之书》（Le Livre des masques），一直到艾莱娜·迪弗尔的《句制肖像》（Portraits en phrases），此类著作数不胜数，不断演变。接着，蒙斯雷及其著作《文学的观剧镜》（La Lorgnette littéraire）成为娱乐消遣，最后，雷米·德·古尔蒙推动了一座象征主义先贤祠的建立。

圣伯夫是这一体裁的创始人，同时开创了一种新的文学研究。要了解19世纪，关键词之一就是"生平"。从毕沙到屈维耶，从若弗鲁瓦·圣-伊莱尔到奥古斯特伯爵，"生平"表现为一种先验，这种先验无法概念化，却可在所有自然和人文科学中作为常见的参照系。在批评领域里，哪怕是死者的肖像都应该是栩栩如生的。为了使这一文学特性如实地反映在读者面前，就应该从作者的生平出发对创作进行批评性的分析。这是作品滋生的土壤，传记材料有解释的效能，同时把批评引到了摹仿的道路上，肖像具有相似的魅力，在风格上，产生一种"生平"的效果。

然而圣伯夫给批评带来的贡献不限于创造一种体裁，他丰富多产的作品涉及许多文学领域。他曾在《环球报》任编辑，随后为《巴黎杂志》和《两世界评论》撰稿，1837至1838年间在洛桑教授波尔-罗雅尔修道院的历史，自1850年起为《立宪报》撰写《丛谈》。在圣伯夫的学术大厦里，最后这段经历给文学史、博学、离题

---

① 雷米·德·古尔蒙（1858—1915）：法国作家、记者、艺术批评家。象征主义的捍卫者，《法兰西信使》的创办人之一。

的轶事对话奠定了重要的位置。

三 《波尔-罗雅尔修道院史》：文学史和"总体"批评

与同时代的作家和思想家一样，圣伯夫对历史的解释力和决定性非常敏感。他的巨著《波尔-罗雅尔修道院史》被所有奉行文学史的人引为典范。他于1837年11月6日在洛桑的首堂课描述了背景："波尔-罗雅尔修道院的改革产生的社会宗教背景"。① 需要注意的是这并不是一个孤立的历史事件，它的背景是一场深刻的宗教危机。多项其他的改革，包括建立新的教会组织等，试图解决这一危机。圣-西朗和贝吕勒是同代人，安热里克·阿尔诺女修道院长是圣-让娜·德·尚塔尔同代人。因此，这些冉森教派教徒坚持自己的论点，这样，圣伯夫把读者引入到当时的神学争端中，以及对自由意志和对圣体的辩论当中。这些难道没有对17世纪的文学创作起到重要的作用吗？譬如在高乃依的《波利耶克特》(*Polyeucte*) 和帕斯卡尔的《致外省人书》(*Les Provinciales*) 中？实际上，《波尔-罗雅尔修道院史》中最重要的部分从属于后来所谓的思想史。同样，圣伯夫发展了一种社会历史学的观点，该观点被认定将产生巨大影响，人们不禁想起吕西安·戈德曼的研究："波尔-罗雅尔修道院是法国中产阶级精英分子的宗教组织"②，应该理解为"中上层阶级、议会阶级，是在神圣同盟下的一个政党阶级"。③ 这就足以解释王权和冉森教的对立以及在这种思潮下，启蒙思想家对反抗君主专制精神的歌颂，都是事出有因。

波尔-罗雅尔修道院看起来更像一个家，一个聚集地。从这里，人们可了解整个世纪，从《波利耶克特》知道高乃依站在波尔-罗雅尔修道院一边——可解释那致命的一击，而从《达尔蒂夫》知道莫里哀的立场。圣伯夫自觉地承认有时他在主题外过度拓展，他这种结合背景的研究预示着这应是一种"总体"批评，即考察某个时期历史事件和文学生产的整体关系。

一种对修辞符号的分析补充了这些历史社会学的研究，而前者的分析与思想史不曾分离。在圣伯夫看来，也许存在一个冉森教派美学，圣-西朗制定其教义，它给拉辛和帕斯卡尔的作品赋予特色，他们的诗学如同为了对称做了一个假的窗户，几乎是与巴尔扎克和其同类人、以及那些强迫词汇做反衬的作家的创作风格大相径庭。波尔-罗雅尔修道院对政治、对神学的抵制伴随着对学术雄辩术的排斥。

圣伯夫把这一"严肃"的批评引导到另一条道上，回顾了帕斯卡尔的《思想录》的不同版本及其被接受的状况，提及伏尔泰和孔多塞论战的意见，以及19世

---

① SAINTE-BEUVE, *Port-Royal*, Gallimard, «Bibliothèque de la Pléiade», t. I, 1953, p. 96.
② *Port-Royal*, t. I, p. 99.
③ *Critique et théorie littéraires en France*, p. 81.

纪初产生的对帕斯卡尔有利的反响。其实,夏多布里昂在维克多·库赞之前就做出回应。从这里我们将看到借助文学史进行批评的思路已初显端倪,就像朗松设想的那样:研究作品的境况。

《波尔-罗雅尔修道院史》也发展了对历史分期的反思,分期围绕在"代"上,而这个概念一直萦绕在文学批评上。自1828年,在《16世纪法国诗歌和法国戏剧概貌》中,圣伯夫开始提出"代"的概念,并在《夏多布里昂及其文学团体》中将其作为组织原则。圣伯夫这位"魔法师"更喜欢"囊括"①帝国、王朝复辟和七月王朝三个时代,也就是说俯瞰三个文学时代的空间,其中每个"代"大约持续了15年。

在圣伯夫的批评里,"团体"的观点——它取代了"流派"的观点——起到了必不可少的作用。"团体"预设存在一个由同伴帮助和承认的头目。帕斯卡尔和冉森派组成一个"团体",如同"诗社"一样。斯塔尔夫人及其朋友邦雅曼·贡斯当、巴朗特、西斯蒙第有很深的学术友谊。与夏多布里昂相识的丰塔诺、茹贝尔、谢纳多莱②也毫不逊色。在圣伯夫看来,团体有一个聚会的地方,一个"诗学、批评的中心"③,应该研究其形成和发展。如果每个时期都以表述的方式为特点,那么就同样可以找出一个文学团体的特征、主题、风格,找到这个团体的领袖天才的特殊标志。因此,我们理解为什么在《波尔-罗雅尔修道院史》里,圣伯夫写的文学史徘徊在肖像、专题研究及情景之间,还有为什么它彷徨在对特殊作品和个人风格的研究,以及对一个文学团体的集体编码和独特的学说的分析之间。

四 圣伯夫文学批评方法中的分类学

要更好地概括圣伯夫的文学批评方法,就应该如他所设想的那样记住,批评首要是分析和描述。他乐于依靠分类来把玩相似和对立系统。由此两种类型成为必要:自然科学和病理解剖学,即一种分类科学和一种症状学。

在圣伯夫看来,要恰当评价一部作品,应该将它放到产生的时代中,避免时代错误。同时不应将其孤立地进行评定,由此得出:重读过去的书,好好理解它们,避免先入之见,要形成自己的观点,对不同时期的风俗和思维方式有正确的了解。让我们和自然主义者一样,收集好资料。④ 但当圣伯夫欲揭示精神流派的存在时,在批评的语境里参考自然科学的方法是适宜的。批评家的工作在于将其编成

---

① SAJNTE-BEUVE, *Chateaubriand et son groupe littéraire*, 1re édition, Calmann-lévy, t. I, 1889, p. 44–45.
② 谢纳多莱(1769—1833):曾移居比利时、荷兰,并在德国遇到了诗人克洛卜施托克,后者是其颂诗《发明》的灵感来源。1797年左右,他离开汉堡,结识了斯塔尔夫人,接着回法国和夏多布里昂成为了朋友,并打算娶其妹吕西尔。1807年发表《人的天才》,1820年发表的《诗歌研究》促发了德利尔转变为浪漫主义派。
③ SAINTE-BEUVE, *Portraits littéraires*, Gallimard, «Bibliothèque de la Pléiade», t. II, 1949, p. 280.
④ SAINTE-BEUVE, *Causeries de lundi*, Garnier, t. XII, 1851–1862, p. 191.

目录,分析不同的心理类型,他说:"我主要研究伦理、自然史和性格的分类。"①

在《波尔-罗雅尔修道院史》里,他区别了两个戏剧天才的阵营。第一类在塑造人物时显得"较安静、较漠不关心、较冷淡",被他们搬上舞台的任何人物都不代表他们:"所有人物都生活在自己的范围里,人人过着一种如自然般自发、多彩、简朴的生活。"这类作家有歌德、莎士比亚和莫里哀。圣伯夫找出另一类与前面相反的作家,他们有时全精力地投入作品中,选择"符合自己"的人物,如高乃依、席勒和马洛。另一种区别是在基督教里存在两种性格类别:"一些人比较温和、比较柔软;另一些人比较坚定、比较顽强、比较热情"②,圣琼和圣-皮埃尔一对,圣-弗朗索瓦·达西斯和圣-博纳旺蒂尔一对,以及费奈隆和博须埃一对都证明了这种双重性。这种"自然分类"预先假设:作品证实了一种它与世界、与语言的关系,一种可比较的心理,使表面不同的作品实现了跨越时代的对话,最终目的在于超越历史的界限。这项"伦理"植物学最终梦想建立一门依赖于一种性格学的普遍遗传学。

圣伯夫试图弄清文学团体与其头目之间的关系,表明人既可以从属于同一个精神派别,也可以是创作主体。由此,他在18世纪末19世纪初涉及肉体与灵魂关系的论述中,又找出了个人观念的产生所引起的一切悖论。个性是在分类的基础上被表述的,个性化是暗含地承认普遍类型的存在,个性与共性被自相矛盾地分类。批评被当作一门伦理科学,建立在同样的原则上。它清点痕迹为的是把握个体真实。批评家可比作解剖医生:他有犀利的"穿透"目光,可以分离出符号,并由此入手组成精神外貌和风格外貌。这种穿透力假设可以超越表面,透过显像。批评工作和解剖一样,使深层的东西展现出来。圣伯夫笔下的医学隐喻地证明用传记方法寻找作品的秘密是可行的。批评如同一种被欲望指引的阐释学,欲深入到作品或人物内部中去,也像X光机所做的那样:"继灵魂和眼睛一场奇特的病之后,我获得了这个能穿透的视力:对我来说,所有人都是变色龙。"③

五 圣伯夫在寻找深层内心

普鲁斯特在《反对圣伯夫》中指责圣伯夫热衷于通过考察作家的社会"自我"去解释文学作品。在这一点上,普鲁斯特真的冤枉了圣伯夫。恰恰相反,圣伯夫在批评实践中努力摆脱一切表面的东西,深入作家内心试图了解其真正的个性。他梦想揭开作家所有的面具,透过其所扮演的不同角色从而更好地抓住创作主体。这就足以解释圣伯夫对书信、揭示性的逸事及对大作家的性格、习俗、生平所有细节所给予的重视。正如若塞·路易斯·迪亚兹指出的那样,生平研究并非旨在系统的博学,也并非试图探求因果性和决定论,而是寻找和谐一致。在圣伯夫

---

① 1838年5月21日圣伯夫给夏尔·拉比特的信。
② *Port-Royal*, t. I, pp. 203–204.
③ SAINTE-BEUVE, *Mes poisons*, UGE, 1965, p. 15.

看来,由于作家全精力地介入作品中,作品和作家本人乃至他的生理融为一体。因此,批评步骤是双向的,它从生平材料中分离出揭示性的细节、症状、迹象;同时它又力图弄清一个伟大的作家怎么展示自己的世界,这样就要记录、分析风格特征,因为它们是生存态度的显示符号。寻找揭示性的逸事和深入作品内部研究并不冲突:两者殊途同归,目的是为了深入到创作的秘密暗箱里。

为了捕捉作家的深层自我,圣伯夫重视作家最初的代表作,这个时段是作家开始发挥其创作才能的空间,批评家应该抓住这个"神奇的环"[①]。往往作家进入写作生涯,先摸索、试音、调声,有时,他却突然转调,改变原有的主题,尽管如此,他的歌唱将可被识别,于是,由批评家来确定作家的音质和乐感。

为此,圣伯夫努力在寻找作家作品中的"关键词",来表现作家的措辞特征,他说:"每个作家都有其所偏好的词。"[②]比如斯塔尔夫人作品中的"生命",塞南库尔书中的"永恒",因此,存在一种词汇和语义学的识别标志。然而在第二帝国时期,圣伯夫似乎一度赞同唯科学主义的观点,不过在一个基本点上一直反对泰纳,因为泰纳抓不到"天才、才华的个性"[③]。圣伯夫认为,没有什么比作家喜欢的形象或速度更能表现这种个性,他试图据此来定义蒙田的风格:"蒙田也许比其他任何人都擅长表达与描绘,其风格永恒又不断更新。读者只通过图像接受思想,思想随时都会从简单、显而易见的不同画面中流露出来,几乎就是一个无饰的、抽象的、短暂的间隔,一个沟壑的单纯的宽度,跳跃的时间,然后又开始。"[④]

然而,文学和生命的节奏的特征不足以重现一种风格的不同特征,批评家的直觉不可完全客观化,除非借助于隐喻。为了让读者衡量一部作品,超越分析与解码阶段,必须考察在客观描写之外暗示性的相似话语。为了理解蒙田狂想式的写作,圣伯夫自己做了一个隐喻网:"他作品的任何一页都像最肥沃最茂盛的草原一样:*自由未开垦的土地上*,杂草丛生,带刺的花点缀其中,释放出阵阵花香,昆虫在唱歌,小溪潺潺流过,到处拥挤而喧闹。"[⑤]这儿斜体字同隐喻一样表达批评家情感归化的意愿,这种认同批评自称是另一种文本的艺术反映,批评家没有抄袭,却重新创作,这是表达内心情感的结果。正如人们所知,这种内心情感并非对生平秘密的领会的概述,而是以创造性改写的形式去理解作家的原始创作行为。

六 认同批评和"批评之水"[⑥]

克洛德·佩舒瓦分析的一个形象显示了圣伯夫情感同化的意愿,即"批评之

---

① *Critique et théorie littéraires en France*, p. 85.
② Ibid.
③ Ibid.
④ *Port-Royal*, t. I, p. 863.
⑤ *Port-Royal*, p. 863.
⑥ C. PICHOIS, «Sainte-Beuve ou l'eau critique», in *Revue des Sciences humaines*, juill.-sept., 1969.

水"的意愿。它不仅意味着再适应和融合,而且是一种穿过作品表面,囊括所有细节并使其再现的能力。液体的隐喻指批评不仅如解剖刀一样硬行插入,而且有水一般的灵活柔韧。此外,水面如镜映入所有风景,在关系束中重组文学的整体。多亏批评家,人们才将不同时期风格迥异的作品联系起来。事实上,批评,不管是湖还是河,其使命是要反映文学的思想本身,这个思想正是孕育着所有作品的共同的核心。圣伯夫有时强调文学批评必须要谦虚:自我应该消失,去迎接他者,这种谦卑有其辉煌的背面。正因为文学批评导致了一个明显的事实:文学形成整体,文学概念的产生使得"批评主体"合法化,这个主体可将过去似乎只能以多重形式陈述的东西,作为一个统一的整体来把握。

不管圣伯夫有多么大的好奇心,其抱负并未完全实现。也许需要重回到液体的隐喻才能理解这种相对的失败。有些作品挫败了可塑性和包容的柔韧性。它们将山洪激流与作者青睐的涓涓细流对立起来。巴尔扎克是圣伯夫的死敌,圣伯夫在他写的悼词中两次明确地形容巴尔扎克是一股不可抵挡的激流。雨果的精力也引起圣伯夫的反感。然而,认同批评最赞同蒙田的狂热的写作。在《随笔》中水的流动性的隐喻难道没有起到主要作用吗?令人钦佩的是,圣伯夫常常能够重现从拉罗什富科到茹贝尔,从拉布吕耶尔到沃韦纳格等法国道德家话语的深层涵义。为使读者察觉到作者的声音,这种乐趣促使他关注细节和援引的技巧,使他在《包法利夫人》中分离出小说最美丽的片段之一,也就是夏尔入迷地听到雪融化后滴在爱玛小阳伞上的声音。但是在指出这一细节后,圣伯夫又指责:后来福楼拜的"心变硬了",甚至经常沉默寡语。遗憾的是圣伯夫没有发现福楼拜的创新之处。

圣伯夫能够最好地解读一部作品的中心主题,并展示其网络,因此,后来的主题批评可以追溯到他身上。他对差异与特殊性非常敏感,但它们不妨碍他喜欢探讨暗含的意义,它们先在他心里发出回声,随后视读者为知音一样共鸣。圣伯夫参照造型艺术,想要描写、绘制"画卷"和"文学肖像",他以自己的方式实践闲聊艺术,以便更好地说服读者。圣伯夫既是传记作家又是历史学家,既是分析家又是阐释家,他暴露、揭穿,他谋求、深入、偏袒、挑剔,他同样想在批评中引入"一种魅力,以及比过去更多的真实性,简而言之,诗意和某种生理学"①,这是他欲使批评合法地成为美学的形式和真理的陈述。这些"漫谈"有时被人误称为"讨厌的二次话语"或"理解的"文本,偶尔近乎艺术的转换。从一个作家措辞引起的评论中,可认出一种圣伯夫特有的声音。

他反对绝对主义的观点,摒弃所有教条并表明批评的对象不仅仅是作品及其作者,更应该涉及批评家。他首先预感到文学领域的复杂性和多样性,想要理解它必须要在深入其内部的同时与之保持一定的距离。文学不仅揭示了作家和时代背景,同时也能反映它的读者。圣伯夫宣告印象主义者的诞生,他们信奉文学批评不仅在

---

① *Mes poisons*, p. 122.

说别人,其实人们真正谈论的是自己本人。然而出于其对渊博学识的关注,通过其独到品位和见解,他也确实也开创了一条属于科学性的、实证的批评之路。

第六节
体裁批评与报刊批评

一 浪漫主义诗学和其包含的体裁

1. 戏剧

在法国复辟王朝时期,批评家为改革戏剧制定了种种方案,设立了分界线。司汤达主张:散文是唯一的戏剧语言,适合那些大革命的后代和那些追求思想崇高甚于辞藻华丽的人。在《环球报》投稿的学者或者德雷克吕兹沙龙的常客基本上都是自由派作家,不管是他们写的历史戏剧,还是维泰的戏剧三部曲——《团体》(*La Ligue*,1826-1829),或者是梅里美的《雅克团》(*La Jacquerie*,1828),差不多都遵循司汤达的规则创作,特别是舞台上出现的流血情节和喜剧情节的互相交替。相反地,雨果在《克伦威尔》的序言中希望戏剧用诗句写。亚历山大体的诗是可塑的,是一种接纳所有东西的形式,为了把一切传递给观众:法语、拉丁语、法律文本、王室的粗话、通俗的短语、喜剧、悲剧、欢笑、眼泪、散文、诗歌等。它分享语言的戏剧风格化,它使人有力地表达思想,使思想变得锐利,抒情的世界进入到戏剧的舞台,这就是施莱格尔所主张的戏剧。

雨果前期偏爱诗歌,后来他却使那些《环球报》的撰稿作家在体裁的混合方面做出小小的变化,这两个时期的雨果很难区别开来。雨果在文学理论史上规定了一种新的美学类型:滑稽怪诞,它不是总能激起欢笑,滑稽也是奇形怪状的、畸形的、行为上的诙谐。假定戏剧描写丑陋的灵魂和身体,它同样出现古怪的面貌。总之,与正常的状态比较有一定的偏差。说话怪异,像疯子一样打破语言和社会的规则,怪物和畸形是自然法则内部反常的显露。对于维克多·雨果来说,现实里包含许多超现实、梦幻的东西。自然结识怪物。怪诞的身体和语言尽管是可笑或者是奇怪的,是反常规的,唯一出现在戏剧舞台上的可能就是用来破坏规则和习惯,必然是夸张的,它们彰显出另外一种怪诞:崇高。另外要说明的是这种怪诞代表着"低级的崇高"。

从两种文学类型的碰撞中产生了戏剧的痉挛美。体裁的混合在最后时刻不在于表现一种平均的人性,而在于赋予戏剧语言以诗的光辉。如果戏剧反映自然,那么被反射的图象不应该是灰暗的、无光泽的。戏剧舞台应该是聚焦的镜子,浓缩、突出、显露人物性格,这样,戏剧文本通过这个"聚焦点",才转变成艺术作品。

由此我们可以估计到:雨果的观念与1829年维尼在其《给阁下的信》(*Lettre à Lord*)中所设想的改革大相径庭。的确,这位《奥赛罗》①的翻译者也致力于风格问题,希望戏剧的风格可以有多种形式:通俗的,喜剧的,悲剧的,有时还有史诗的。然而,维尼没有寻求创造典型,没有突破表达的限度,走向畸形,而是首先想使人物生活在散文戏剧中。心理上的真实意味着使用专有的术语,但是没有产生那种在《克伦威尔》的序言中最重要的戏剧文本诗歌化。

在复辟时期,吉佐是公开的反对者,他想要扩大君主制的议会,但受到选举权的纳税额的限制没有成功。对于吉佐来说,戏剧诗歌产生于人民之间,首先是为了娱乐人民。在暂时消除日常生活中的辛苦和欠缺中得到娱乐,断然不是这种集体性节日的唯一功能。在这个时候,诗人激起懒惰的想象,唤醒被单调的生活逼迫、在闲散中沉睡的能力。在邦雅曼·贡斯当之后,吉佐把正剧看作综合的艺术。如果这种艺术只围绕着上流社会阶层,那么它可能在陈规的作诗法和三一律的压力下退化。如果它无视美学的调节,满足于寻求感动民众,那么它就会沉陷于情节剧的浮夸。实际上,它既要说给高人一等的智者听,也要讲给智商平平的普通人听。在吉佐看来,戏剧诗人的激情促使来自不同社会阶层的人们更加团结。这个人群是国家的形象,也就是一个有机的整体。

在和奥热尔这位反对浪漫主义文章的作者进行论战时,司汤达用同样的激情揭发了"自由的"作家和《立宪报》的记者,他们以民族主义的名义,煽动年轻人向英国喜剧演员在圣-马丁门表演的《奥赛罗》喝倒彩。其实,在观看戏剧表演的人们之中可以感受到一种经验、喜悦和不同的感情,司汤达正是建立在这些情感上提出他的批评的判断。当然,起先观众"非常清楚他们观看的是戏剧,是一个艺术作品的演出,而不是一个真正的事实"②。但是有时候,在得意忘形的时刻,这种自觉就消失了。在这个时刻,观众"狂喜",已经忘了自我。莎士比亚的正剧比拉辛的悲剧更能产生这个被称为崇高的时刻,在那时刻,人们忘记了身处于戏剧中。法国十二音节诗,时间一律和大段独白,这么多的阻碍阻挡了"完美的幻觉"的产生。传统的戏剧必须要强调时间,因此增加了不必要的时段。在这些时段中,那些本可以产生的快乐灰飞烟灭。因此,情感的震荡演绎了美学全部功能,这和卡巴尼斯这样的观念学派提出的观点是一致的。

喜剧的分析来源于相同的前提。司汤达指出当我们观看莫里哀的《伪君子》的演出时不经常笑。比起古希腊阿里斯托芬的作品,莫里哀的作品变化不够,复调不多,而阿里斯托芬"经常为了逗得观众发出快乐的笑,作品中充满太多的讽

---

① 《奥赛罗》(*Othello*):莎士比亚的四大悲剧之一,莎士比亚大约于1603年所作。
② *Critique et théorie littéraires en France*, p. 40.

刺"①。因此,在一部好的喜剧作品里,必须变换喜剧的形式,有时候创造荒唐,让观众享受诙谐幽默的快乐。总之,在"狂笑"时现实感丧失了,此时也消除了真实。在司汤达看来,莫里哀的戏剧似乎达不到这种"狂笑",因为莫里哀的喜剧受到宗教的约束,要"语气温和",观众只可适度"笑",不可过分"狂笑"。

在《拉辛和莎士比亚》中,关于诗学论述,可以看出司汤达经常论述的观点:追逐幸福瞬间,颂扬滑稽诙谐,拒绝陈规。在其他方面,司汤达和科佩团体、吉佐,甚至是他的意大利朋友贝尔歇的论点相互呼应:必须扩大观众,创造"一种属于人民的文学作品,一种历史的和民族的悲剧"②。为了使文学作品充分打动人民,为了充分煽起激情的力量,它用散文来说明:"心灵的呐喊一点也不允许语序倒置"③。

2. 抒情诗

我们可以说,在拉马丁的《沉思集》(*Méditations poétiques*)出版之前的散文诗都是描写现实的,夏尔-马丽·德斯格朗热在 1817 年引用了一篇发表在《档案》(*Les Archives*)里的文章。匿名的编辑阐述了一种观点:新诗不再是像荷马史诗那样描绘自然,而是一种内心的诗歌,要深入到"人的内心深处"④。七年之后,也就是 1823 年,于勒·德·雷塞吉耶在《法兰西缪斯》里评述吉罗的哀歌,似乎是对他的一种回应:现代作家的想象需要进一步深入到我们的内心深处。围绕在维克多·雨果和亚历山大·苏梅身边的批评家和年轻诗人用当下的不幸来解释这种诗歌的内心化。1822 年,圣-瓦尔利在《文学艺术年鉴》中称赞维克多·雨果的《颂歌》是一首"严肃的、宗教的、忧郁的诗歌,它适合我们这些人,因为我们忍受太多的不幸,父辈告诉过我们那么多的事"⑤。此外,表达内心感情的诗不仅仅是自我的倾诉,而是按照《短曲与民谣集》(1822)的序言中的说法,"表达了所有人内心的东西"。抒情诗人聆听外面的场景,却在心里回响,他陈述一个历史以创伤的形式在他心里打开的空缺。同时,通过沉思和梦想,他努力进入人的内心深处。

从这里区分了那些从事诗歌创造的作家和那些自称为散文家的作家。浪漫主义的对手揭露了诗人们的空泛的幻想。埃米尔·迪帕特里在《密涅瓦》(*La Minerve*)里,观察到在《沉思集》里"空想的云雾"、"神秘的蒸汽"和"感伤的薄雾",这些掩盖了思想的空虚⑥。卡米尔·若尔丹在《文学艺术年鉴》(1823)里嘲笑浪漫主义作家想要创立一种"新体裁的诗歌,他们称之为幻想体裁"的诗。正

---

① *Critique et théorie littéraires en France*, p. 42.
② *Ibid.*, p. 43.
③ *Ibid.*
④ C.-M. DESGRANGES, *La Presse littérature sous la Restauration, 1815—1830* [Ed. 1907], Slatkine Reprints, t. II, 1967, p. 453.
⑤ *Ibid.*, p. 261.
⑥ *Ibid.*, p. 256.

如人们所猜想的,这种"幻想的能力"似乎是浪漫主义抒情诗的主要欠缺的渊源:"缺少关联顺序,缺乏思想意义"。恰好相反,梅里亚克赞扬拉马丁通过一种"理想而神秘的模糊"给想象以冲击。1823年,弗朗索瓦·迪朗热尔在以笔名奥尔蒙迪朗(Holmondurand)发表在《法兰西缪斯》的一篇文章里,同样赞扬了拉马丁的诗歌通过"最美妙的遐想"①表现自己的特征。对于一些人来说,空想、不确定性成为美德,而另外一些人则永远夸耀古典的明晰。

拉马丁的首部诗集名为《沉思集》,诗人将自己变为幻想者。诗歌不再是轻佻的东西,而是被饰以神圣的光环,就像雨果在《法兰西缪斯》里发表《埃洛亚》的书评时说道:"诗人通过沉思唤起灵感,就像预言家通过祈祷达到出神入化。"②总之,幻想象征着一种认识的手段,然而已知世界的标记却变得模糊了,爱幻想的和受惊吓的诗人却碰到语言的限制。雨果在《幻想的坡》(*La Pente de la rêverie*)里非常精辟地论述到了这一点。无论是对于它的诽谤者,或是《法兰西缪斯》的诗人而言,幻想、忧伤和不确定性好像成为了浪漫主义抒情诗的特点。

另外一个补充先前论战的焦点在于形象化的语言和隐喻的创造。奥夫曼在1824年6月14日的《论坛报》上评述《新颂歌》(*Nouvelles Odes*),指责了浪漫主义作家偏爱大量空虚的词语(空间、无穷、无尽)。他尤其批评了在他看起来缺乏连贯或太出人意料的修辞,他反对勒卢对形象表达的赞扬。对于《论坛报》的批评家来说,在《短曲与民谣集》里没有任何东西比噩梦的譬喻更荒谬的了:

  自然界的怪物有了二十种新的形式
  一会儿在死水里拖着它蓝色的身体
  一会儿它的笑声迸出红色的火星
  两道闪电是它的眼睛,两道火苗是它的翅膀
  它在火红的湖面上飞翔③

诗中的形象被攻击,批评浪漫主义作家不参照"自然"而靠"理想和幻觉"来支持他们的隐喻。奥夫曼根本没有想到:形象化的表达可以是创造性的,是精神或想象的纯净的创造。在这种背景下,埃米尔·戴尚在《法兰西缪斯》(1824)里提议用散文和诗意的词语替代古典诗体。这样浪漫主义的形象词语就没有什么好令人惊讶的了。浪漫派作家不是天才般地征服了过去两个世纪都不出众的三类体裁——史诗,抒情诗和哀歌吗?

---

① *La Presse littérature sous la Restauration, 1815-1830* [Ed. 1907], p. 265, p. 267.
② V. HUGO, *Œuvres complètes*, le Club français du livre, t. II, 1967, p. 453.
③ *Critique et théorie littéraires en France*, p. 55.

3. 历史小说

在法国王朝复辟时期,历史小说是理论争鸣的焦点,自由派浪漫主义作家和保皇派浪漫主义作家经常互相攻击。梅里美在《查理九世王朝的纪事》(*Chronique du règne de Charles IX*, 1829)的序言中,表达了他对回忆录和逸闻趣事的偏爱。它们揭示了"特定年代的道德和特性"①。正如一则司汤达式的社会小新闻,它们代表着现实象征性的缩影,它以一种叙事或话语的形式潜在地本质化。梅里美的小说以《纪事》为题没有什么奇怪的。编年体小说不是综合的,它展现历史的边缘和幕后,以及历史事件对私生活的影响,它努力地表现真实,主观地、片面地重现历史。

维尼在他的《艺术中的真实之思考》(*Réflexions sur la vérité dans l'art*)里从另外的假定出发。他与司各特的历史小说的模式决裂,使一些伟大的历史人物出现在《三月五日》(*Cinq-Mars*)的前台。他不去追求事实的真相,反而想借助艺术的想象凸现一种思想:每个人物都"应该表现在后代的眼里"。小说家打算"把理想带入到编年史中",由他去描写"一个被激情折磨的人的哲理性的场景"。② 历史小说毫不犹豫地自认为是一种虚构小说,它重组事件的马赛克结构,以便说出历史的意义。想象是真实的哲理性的奇遇。

雨果在《法兰西缪斯》里对康坦·迪瓦尔进行评述时,打开了新的视野。他高度评价司各特建立了一种新的艺术形式,使书信体小说的虚构和叙述体小说一样不合时宜。这位作家的伟大功绩在于他将"想象行为"分割成一系列"真实而多样的图画"。在那里用小说的描写符号替代了古希腊戏剧作者对演员的演出指示,而对话使角色"自我描绘",从而有助于叙事的戏剧化。雨果对历史小说进行了高超的分析。如果说历史小说在他看来首先代表"戏剧小说"③——与其他亚体裁(书信体小说、叙述体小说)对立——《法兰西缪斯》这位年轻的编辑者赋予了它另外的价值。司各特的小说预先确保一种可能性:将这位苏格兰作家在散文方面的革命转移到诗歌范围。我们从这里可以看到"当代文学如何向伟大的史诗过渡,我们的诗歌时代可使我们瞥见这个过渡"。④

巴尔扎克是这位苏格兰小说家的热忱的崇拜者,1828年在《加尔的忠告》(*Avertissement du Gars*)里同样赞扬了他"留下令人羡慕的图画"。巴尔扎克称赞,司各特善于在"一个唯一的舞台上"中表达一个世纪的"天才"和"面貌"。但他也指责司各特不懂得展现爱的激情——这种批评在《人间喜剧》的前言里重新出现。但是实际上,这位未来写《朱安党人》(*Les Chouans*)的小说家在"序言"里草拟的提纲,与一个完全由司各特构思的大纲如出一辙。他实际上在后来的一部作

---

① *Critique et théorie littéraires en France*, p. 58.
② *Ibid*, p. 59.
③ *Ibid*.
④ *Ibid*, pp. 58–61.

品中提议"描绘几个世纪无数生活细节"①,展示历史冲突在私人生活中引起的反响,重点描写几个代表民族精神的英雄人物,来反映这个伟大的民族。在巴尔扎克的世界里创造典型的个性预示着有一个美好的未来,我们同样可以看到,绘画的参照把学院派清楚区别的东西、体裁的场景和历史的画卷放在同一个平面上。通过绘画的这个转弯使小说调和了私生活的内心情感和史诗情感。在司各特的小说中对爱情的追忆让人猜想巴尔扎克心里存在另一种抱负:要使历史小说更加戏剧化,可能通过追忆激情,使抒情的主题在散文体中同样适用。

这种摆脱了传统规则的美学要么把小说、要么把戏剧视为合并体裁。在这种美学中,借雨果的话,"艺术的边界"②好像是变化不定的。在《东方集》的序言里雨果要求艺术家拥有自由选择主题的权利,与此同时,诗人发起了对批评的挑战,隐约地要求批评除了规范的诗学外用不同的标准评判。这种同感的批评以作家对话的形式被实现。在《环球报》和各种伴随着浪漫主义产生的小杂志的记者笔下,这种同感的批评找到了继承者。

在19世纪前三分之一的时间里,理论发展是相当大的。一方面,我们看到了关于美学类型和体裁的边界的思考的发展。另一方面,与民族思想不可分离的文化比较主义促进了文学历史的发展。对许多时期有了新的研究,比如中世纪,文艺复兴时期。发生了富有意义的事——1828年把16世纪作为学院竞赛的题目。圣伯夫没有把他的《16世纪法国诗歌和法国戏剧概貌》③介绍给评审委员会,而圣-马克·吉拉尔丹和菲拉雷特·沙勒在竞赛中成功了。前者平庸地论述了七星诗社作者盲目模仿古代的传统主题,而后者的作品值得重读。这位批评家指明龙沙如何"使法语诗歌臻于完美"。在引用《赞美诗》(Les Hymnes)和《反加斯蒂内的樵夫哀歌》(L'Élégie contre les bûcherons de la forêt de Gastine)的同时,沙勒比圣伯夫更认真研究龙沙的"伟大的"诗歌,他发现了龙沙的诗歌"风格高雅,直到今天我们诗人都不知道"④。

这种对被遗忘的时代的兴趣代替了寻根研究。有些人找到素材证明历史是一个连续的过程,另外一些人用来发展他们的美学信条。在圣伯夫的笔下,赞美龙沙是间接地承认雨果的诗歌里大胆的韵律的合法性。这样一来,尽管浪漫主义有很多阻力,在一个像后来20世纪上半叶的时代里,作家和评论家同舟共济,迎来一个评论随笔的美好时代。

---

① *Critique et théorie littéraires en France*, pp. 58-61.
② *Ibid.*
③ 圣伯夫在《16世纪法国诗歌和戏剧概貌》的总结部分里,指出维克多·雨果和"诗社"的诗人又找到了文艺复兴时期的诗歌的情调,或者是11年前由拉丁示编辑的谢尼埃的诗歌里灵活大胆的节奏。
④ S.-M. GIRARDIN, *Tableau de la poésie française et du théâtre français au XVIe siècle*, Didot, 1829, p. 119.

二 报刊批评

1.《环球报》——自由浪漫主义的喉舌

《环球报》自1824年创办以来,在文学批评的历史和变革中起了重要作用。这本"两天出版一次的文学报",是由于保罗·弗朗索瓦和杜布瓦·皮埃尔·勒卢的相遇而诞生的。在这些编辑当中,茹弗洛尼、达米隆、德斯洛热、维泰、迪韦吉埃·德·奥拉纳、马涅南、雷米扎、圣伯夫、让-雅克·昂佩尔在文坛上都很出名了。还有一些名人:吉佐、库赞、梯叶里也给《环球报》撰稿,提供"好的文章"。自从它创刊以来,杜布瓦的社论使其突出,《环球报》力图树立权威,体现一种"认真严肃的"①、民族的和自由的文学批评。他们的雄心是"把批评从政治买卖和政治野心中解脱出来,独立地维护公正"。②

《环球报》的编辑们经常关注外国文学,和杂志的名字相符。夏尔·马涅南③认为:"《耶路撒冷》、《失乐园》和莎士比亚的作品的翻译,使法国获得了更多的诗学快乐,比任何一本自称原版的、在我们国家同一时间出版的著作都传播了更多的思想。"④(1825年4月6日)在另一方面,《环球报》的编辑认为我们不能否认法国大革命带来的成果。必须把孔多塞和一些观念学者的可完善性思想,与梯叶里和自由历史学家提出的"事物的力量"⑤概念联系起来。

《环球报》的编辑们仔细地分析了一些伟大的自由历史学家(吉佐、巴朗特、梯叶里)的作品。"按维泰说,认真研究历史,难道要变成——可以这么说——我们时代的热情吗?"⑥(1825年6月12日)每个历史事实(但我们也可以说是每篇文学作品)应该被认为是独立的,但也可以被认为是"一条铁链上的一环"(1826年4月22日)。圣伯夫就是持这样的观点写下他最初的文章,他说:

  路易十四那个世纪的文学是建立在16世纪和17世纪上半叶的法国文学基础上的。它就这么孕育、萌芽,然后脱颖而出;如果要深究它的发展方向,我们就要回溯看那时的文学,以便对它的发展形成一个完整的、自然的观点。(1827年9月15日)⑦

---

① *Critique et théorie littéraires en France*, p. 43.
② *La Critique littéraire française au XIXe siècle*, p. 49.
③ 马涅南(1796—1862):发表了两篇重要的论文,一篇是《自古至今木偶剧历史》,另一篇是《古代和现代戏剧的起源》。
④ *Critique et théorie littéraires en France*, p. 43.
⑤ Ibid., p. 44.
⑥ Ibid.
⑦ Ibid.

《环球报》的编辑们强调历史总是在变化的,嘲笑那些反对革命的思想家,如博纳尔德,或是一些忠实于古典主义的自由主义者。编辑们相信:"被称作'浪漫主义'的文学作品必然取得胜利(或是以'浪漫主义'这个名字,或是另外的名字),不管这样反对或是那样诽谤都是徒劳的,因为只有生命、运动、向前进步的运动。"(迪韦吉埃·德·奥拉纳,1825年3月24日)

浪漫主义运动的写作首先需要文学体裁的分类,或者至少力图重新考虑它们的框架。一篇发表于1826年8月8日的匿名文章赞扬小说,"杂种的文学体裁,也就是说自由的体裁,在那里自然精神为了躲避亚里士多德的戒尺和经典文学的限制,像在避难所一样躲藏起来"。通常读者都很喜欢司各特的作品,就像库珀的作品一样。"这些作品是小说,我们很高兴,因为我们把小说当作最理性的和最多产的文学形式。"(1827年6月19日)难道它不是可塑的形式,可以打开"一条在现代文明中通往诗歌的新道路?就是通过这种文学体裁,其他所有的文学体裁都必须要修改或是重新淬火[……]"(1825年5月17日)

但是《环球报》的编辑随后将注意力转向戏剧。他们想按施莱格尔和斯塔尔夫人或是吉佐支持的观点,改革戏剧。他们主张摆脱规则的束缚,学习莎士比亚、曼佐尼和席勒的戏剧。雷米扎做了重要的对比:"希腊的天才,像施莱格尔观察到的一样,是雕塑的天才。而我们的天才是景画的天才。"这是借助图画的思维。(1826年9月20日)这个思维可以用两种方式解读:戏剧的绘画性属于地方色彩和与众不同的特性。但是这个概念假设与亚里士多德的悲剧概念决裂。在《诗学》里,悲剧必须被有组织地创作。但是,对于《环球报》的编辑来说,戏剧文本的分割突出人的复杂性。历史场景可以刻画"像蒙田描述的一样,摇摆波动的、性格迥异的人类"(雷米扎,1828年1月30日)。一些编辑不仅质疑"地点一律",他们的批评矛头指得更远。迪韦吉埃·德·奥拉纳在两篇名为《喜剧与悲剧的混合》的文章中(1826年5月6日),甚至还抨击了"语调一致性"的规则,因为这种高雅的写作风格延续了古典悲剧的修辞学,但是它已经不适于历史正剧。因此,《克伦威尔》序言中的一些主题已经在一本杂志中的一些文章中出现。在这本杂志中,以杜布瓦为首的编辑们不停地探讨如何不通过模仿学会写出像莎士比亚一样的戏剧。

《环球报》的编辑们以运动写作的名义提倡的美学,在许多方面也和司汤达颂扬的价值观一致:自然、纯朴和遒劲。昂佩尔赞扬喜剧像克拉拉·加居尔的戏剧一样"朴实"。如果我们相信圣伯夫的话,阿纳克雷昂的诗歌是建立在印象、感觉和瞬间的捕捉上,他的诗歌因此是"快感的即兴曲"(1827年3月1日)。阿尔菲里的戏剧"在构思完全实现时显得遒劲有力"(1826年6月29日)。所有这些意象特别重视将情感、思想和表达生动的语言紧密融合。雨果和维尼曾因他们的反革命思想被指责,这就是为什么他们从1826年开始得到宽容的眼光。虽然杜布瓦揭露雨果的《短曲与民谣集》中"语言粗鲁、轻蔑","喜爱不连贯的意象",

"节奏的粗糙",然而他也颂扬年轻诗人的严密表达:"雨果创作诗歌如同德拉克洛瓦在作画:在这些不按规则的、形成强烈对比的线条底下,总是律动着伟大的想法和深沉的感情。我认可它们,我喜欢这种年轻又青涩的力量。我斥责作品的冰冷,而这些作品让我走出艺术致命的冰冷,如今这就是优点。"(1826年9月4日)。

在《环球报》的编辑中,圣伯夫的参与加强了对雨果的支持。《颂歌》(Odes)的第一卷得到这位批评家热情的欢迎,一下子凝结了两人的友谊。圣伯夫从《颂歌》中发现"热烈的写作风格,闪光的意象,跳跃的和谐"(1827年1月2日)。我们能够理解,在这种背景下,《克伦威尔》的序言获得《环球报》的编辑们的欢迎,何况雨果好像是重述了《环球报》其中几个编辑支持的论点。雷米扎也支持诗人雨果:"他关于艺术的想法跟我们的没什么不同。[……]他的著作提出的理论体系似乎是要更新我们的戏剧。"(1828年1月26日)

然而,虽然《环球报》的编辑们对戏剧的形式表现出先锋派的特点,但是他们对于抒情诗的态度却模棱两可。这些自由的评论对拉马丁的作品在思想上没有怀多大的同情:"《沉思集》只是失望、怀疑主义和闲散的赞歌。"(雷米扎,1825年3月12日)事实上,对于大部分《环球报》的编辑,在分析什么是"抒情体裁"的能力上和批评的判断之间存在真正的差距。对于雷米扎来说,抒情诗是用于描写当时因"世纪病"流行而产生的不安情绪。通过表现"个人感情",抒情诗应该获得普遍性("宇宙和个人,即无限和个人,这种对立是构成抒情诗的基础"①)。尽管作出了这些理论性的思考,这位批评家更喜欢加西米尔·德拉维涅②或者是贝朗瑞的诗,而不是《沉思集》。这种不理解不是普遍的,茹弗鲁瓦对于拉马丁的拜伦式的情调是很敏感的。皮埃尔·勒卢在伤感中将看到对立的文学的标志,在一篇名为《论象征风格》(Du Style symbolique)(《环球报》,1829年4月8日)的文章里认为抒情诗基本上是富有隐喻的类比,自我与世界通感、和谐对抒情诗来说是同样存在的。

2.《论坛报》的批评家们

《论坛报》创办于1789年,在复辟时期,改名为《政治文学论坛》,这是一份教条主义保守派的报纸,批评家大都是具有正统思想的人。尼扎尔20岁就进入这家编辑部工作,圣·马克·吉拉尔丹和尼扎尔一样,公开地恪守教条和教训别人,坚持道德与美不能分开。他在《论文学与道德》(Essais de littérature et de morale,1844)一书中,指出批评家要研究在各国文学的杰作中作家如何颂扬诸如父爱、爱国主义、宗教情感等传统美德,批评家还要探讨如何从文学作品中汲取道德教诲,

---

① *Critique et théorie littéraires en France*, p. 46.
② 加西米尔·德拉维涅(1793—1843):法国剧作家。这个自由主义者在莎士比亚正剧和古典戏剧之间寻找折中。

同时他以此为借口指责浪漫主义作品对情感的唯物主义（matérialisme romantique）的描写毒害人性的本能。1843 年至 1863 年间出版的五卷本《戏剧文学讲稿》(Cours de littérature dramatique)，借助比较文学不厌其烦地重述这种道德说教。他把《俄狄浦斯在科洛诺》《李尔王》和《高老头》相比较，认为索福克勒斯和莎士比亚胜过巴尔扎克，前者"尽可能地使他们的人物之死精神化"，而巴尔扎克却"尽可能地把死具体化"：竟然描写高老头垂死时的抽搐。在吉拉尔丹看来，这种唯物主义的描写使小说失去其优点。这部《讲稿》每一章都以指责现代文学收尾，说其"内容"都是些"无限度的情欲，丑陋可憎的性格，放肆而又嘲弄人的罪孽"①。

居维利埃·弗勒里（1802—1887）在 1827 年曾担任过奥马尔公爵的家庭教师，他这时甚至把其良师的角色也用在了文学批评上。他是奥尔良家族和资产阶级新政权的忠实支持者，他不像《论坛报》的其他同事那样，总是哀叹当时文学的"堕落"（尼扎尔语）。他在 1834 年就圣伯夫的小说《享乐》(Volupté)的出版发表的一篇文章中，反对那些指责现代"感觉主义"的人们。他为他所处的时代辩护，说这是一个"明智、进步和爱争辩"的世纪。他说："我不喜欢这种盲目而又缺乏考虑的放纵行为，因为它打破了传统约束，但是我更不高兴看到拜倒在典范面前的这种狂热崇拜。我希望人们考虑过去时代获得的经验，但不要把其变成人类精神的完美导师。我请求人们崇尚我们以往的先师、崇尚人们无法模仿的先行者，但我同样请求人们珍爱进步，珍爱智力的自由，珍爱智力的创作、智力的发现和智力的胜利！"②他在文学批评上像他在政治上一样，采取折中主义的态度，圆滑灵通，八面玲珑，总是充当"正确方面"的理想代表。

《论坛报》最主要的批评家是于勒·雅南，他负责戏剧专栏长达四十年之久。他的主要精力用于评论他同时代的戏剧，撰写了差不多二千五百多篇专栏文章，人们封他为"批评家之王"。他名利双收：当时的读者惊叹不已，当时所有演员和剧作家都对他谈虎色变；在批评家当中他收入最高，每周为《论坛报》撰稿一篇，年薪十二万法郎。

于勒·雅南的成功主要在于他抓住两点：一是抓住报刊批评的这种最高权力，充分施展专栏作家特权，他毫不掩饰地说："报纸是当今世界的最高主人，是意志如钢的现代独裁者，是惟一不能亵渎的最高权力……在某些时代，您会看到表面上属于二流职业的评论，会一跃而成为最荣耀、最有权威、备受好评、最有裨益的职业……"③

另一方面，他善于以"新兴文学"的代言人身份自居，也正是以这种名义，他

---

① 《批评：方法与历史》，第 171 页。
② 同上，第 173 页。
③ J. Janin, *Œuvres diverses de Jules Janin: L'Ane mort et la femme guillotinée*, Librairie des bibliophiles, 1876, p. XLIX.

驳斥了尼扎尔的《反对简易文学》宣言。他当时指出,尼扎尔是文学社团作家的一位爱嫉妒的反对派,因为尼扎尔说这些人是一些不停地"以叫人懊恼的简单方式"来"生产"作品并"取悦其所处时代"的作家。而他则盛赞雨果、大仲马、欧仁·苏的小说,并大声疾呼:"尼扎尔,注意!你将不得不去寻找一种难以找到,而在找到之后又叫人非常讨厌的东西——费解的文学!"①

他千方百计地在历史悲剧和戏剧的"荒漠中"寻找一位"新兴文学的剧作家——蓬萨尔(1814—1867),后者在1842年发表《吕克莱丝》。这个剧本在雅南看来是"一部严肃而又罕见的杰作,其中,人的意识与技巧、天才和欣赏趣味都同样占有一定的位置"。②

于勒·雅南也把连载小说斥为真正的"文学霍乱"③。尤其是阿尔弗雷德·内特芒(1805—1869)不遗余力地揭露"连载小说"的缺点,说这种小说"使很大一部分青年人脱离更为严肃、更为有益的工作;他们的才能若是用于写作需要长时期努力才能完成的作品和写出较高级体裁的作品,很可能会为他们的时代和国家带来益处和光荣"。唉!"文学水平和道德水平都在走下坡路","法语……越来越失去了曾使它成为人类理智的语言的那些鲜明、准确、明晰、高雅、贴切和无所不适的特点"④。圣伯夫1839年发明了"投机取巧的文学"(littérature industrielle)⑤这个说法,来指责这些行为。

3.《两世界评论》与比较文学

《两世界评论》顾名思义,以宣传世界主义思想为己任,主编布罗兹(1803—1877)于1831年把《两世界评论》改为文学性杂志,把向法国读者介绍外国文学作品作为自己的主要任务。在浪漫主义时代,该杂志出现三位著名的批评家:菲拉莱特·夏斯勒(1798—1873)、昂佩尔(1800—1864)、格扎维埃·马米埃(1808—1892)。

菲拉莱特·夏斯勒曾客居英国多年,是英国文学的专家。然而,他的雄心在于研究文学在世界文明中的地位,同时打破教条和民族的偏见。在夏斯勒看来,文学作品可以帮助人们理解外国的观念、习俗和历史。他作为历史学家和分析家,在其如此宏大的志向鼓舞之下撰写了大量的批评著作。他于1835年1月出版了《中学开课讲稿》(*Cours d'ouverture à l'Athénée*),他说道:

"不应该仅仅把作家推崇为风格的调节者和句子的独裁者,而应该把他

---

① 《批评:方法与历史》,第172页。
② 同上,第174页。
③ 同上,第167页。
④ 同上,第175页。
⑤ 同上,第167页。

们视为世界文明的传播者来研究……了解他们的天分,了解他们从前人继承了什么,又为后人提供了什么;估量一下某种思想对于另一种思想的作用,各国人民相互影响的方式,每个国家的人民的贡献或从别国人民那里汲取了什么,由这种交换作用引起的各国的变化;了解长期与外界隔离的北方的天才最终如何听任南方的天才的渗入;了解法国曾经对于美国的强大吸引力是什么;了解欧洲每个国家如何受到其他国家的影响又转而统治了他们;了解神学治国的德国、艺术繁荣的意大利、积极进取的法国、天主教的西班牙、基督教的英国这些国家各自对外的特殊影响;了解这一切,那该是极为有趣的。"①

菲拉莱特·夏斯勒制定了比较的方案。在发现创作的最初的原则后,他试图将其与泰纳所称的"主要性能"联系起来:"所有的精神都拥有一个必不可少的财富,如同一个点一样,它们的心里存在的所有光芒都汇聚到此点,到此中心。"②

昂佩尔是一个大旅行家,他在《环球报》和《两世界评论》介绍了他在德国、斯堪的纳维亚、埃及和北美的所见所闻。他也是位教授,力主创建"文学科学":"文学的哲学、文学的历史,这是文学科学的两个组成部分。"昂佩尔认为,这种文学科学不能取代批评,却是批评的先导。"批评的首要任务是把值得在历史上占一定地位的作品加以区分,并确定其各自应该归属的行列。"③

1830 年在马赛"中学"(Athénée)的课堂上,昂佩尔提出要抓住文学作品的意义就不应该将其孤立,而应该通过想象置身于作者的生活习惯中,因此,"塞维涅夫人④是拉辛的一个出色的评论家"。回忆录,书信和道德小说都可以看作使人们更好地理解文学巨著的参考文献。

在同一节课上,昂佩尔同样阐述到伟人的创作天赋,也许他想起了库赞在《哲学史引论》(1828)中的一句话:"地点、人民、伟人,一个时代的精神正是通过这三者表现出来的。"⑤昂佩尔像是记住了这位哲学家的话:大凡伟大的作家在他本身和他的作品里都超越了普遍性和特殊性的对立。作家的职责在于反映他的时代,揭示潜藏的东西。

想要明确一部文学作品的重要性,乃至其质量的优劣,不仅仅需要考虑形式上的标准,还需要考虑其在读者精神上产生的影响以及它对道德风尚起作用的方式。昂佩尔于 1834 年在法兰西学院首堂课上指出:"伟大的法官,不是历

---

① 《批评:方法与历史》,第 176 页。
② P. CHASLES, *L'Angleterre littéraire*, citée par R. Fayolle, in *La Critique*, Armand Colin, 1978, p. 101.
③ 《批评:方法与历史》,第 178 页。
④ 塞维涅夫人(1626—1696):法国女作家,以书简著称于世。
⑤ V. COUSIN, *Introduction à l'histoire de la philosophie*, Didier, 1868, p. 168.

史,也不是评论,而是人类。"①后代集体的裁决决定了作品的等级,这种裁决又是完全公正的。因为好的作品直接改变人类历史的发展方向。昂佩尔的研究使文学批评倾向于认为:对一部作品的考察应当经受时间所作出的公正的判决。

格扎维埃·马米埃作为《德意志杂志》(*Revue germanique*)的撰稿人,他首先把现代德国文学介绍给法国读者。他谙熟德国文化,1833 年出版了多卷本的《歌德研究》(*Etudes sur Goethe*)。但是,他的兴趣是多方面的:

"我希望能以一种不变的比较观点最终搞懂各国现代文学;我希望明白在什么时代一种文学达到其极盛,而另一种则走下坡路;我希望了解现代各国人民的文学在其前进的各个阶段和各种变化之中的发展情况。"②

——《致韦斯的信》,1834 年

马米埃也是一位大旅行家,他去过冰岛、斯堪的纳维亚、俄国、北非、北美、中欧等地。他是民间文学的真正研究者,大力推广北方各国文学中的传说故事。

《两世界评论》的这三位撰稿人俨然是三位开拓者,他们的批评指出的新方向具有价值。但是,在这一杂志上,真正的批评裁决是由两位令人生畏的专栏作家执行的——居斯塔夫·普朗什和圣伯夫。

19 世纪 20 年代,印刷费用的提高使书籍成了高级读物。出版物趁机传播小说,尤其是短篇小说。吉拉尔丹(1806—1881)早就想把日报本身变成与书籍抗衡的东西。要使这样一项事业成功,必须依靠扩大发行和刊登较多的广告启事;为了获得更多广告启事,就必须保证使某种广告栏的每一页都吸引广大订户;而为了争取广大订户,就必须找到一种东西,它能为各种舆论所接受,并以一种普遍为人感兴趣的内容代替政治内容,这种东西便是连载小说。于勒·雅南骂连载小说是真正的"文学霍乱"。《两世界评论》的一位撰稿人肖德泽格承认:这种文学上的重商主义极为严重,以致被认为是病入膏肓。

《两世界评论》传播世界文学,促进了比较文学和文学史的发展。1830 年后,比较文学和文学史得到公众的真正的认可。1830 年,索邦大学首次设立外国文学讲台。1833 年昂佩尔被任命为法兰西学院教授,后于 1841 年菲拉莱特·夏斯

---

① J.-J. AMPERE, *Journal général de l'Instruction publique*, 20 février 1834, no°32, p.151.
② 《批评:方法与历史》,第 180 页。

勒成为该院教授。他们的共同点在于想用自己的方式继承斯塔尔夫人的事业。而作为旅行家,昂佩尔怀着难以满足的好奇心游历了德国、斯堪的纳维亚,并对欧洲中世纪的文学产生了兴趣(连续发表了《十二世纪前法国文学史》,1839—1840;《中世纪法国文学史》,1841)。菲拉莱特·夏斯勒撰写了关于英国文学和美国文明的评著(《18世纪的英国》,1846),他对西班牙文学也有很深的造诣(《关于西班牙与西班牙文学对法国与意大利的影响研究》,1847),以及对德国文学也有所涉猎。他对让-保罗·迪克和荷尔德林的作品同样熟悉。《关于歌德研究》的作者埃克扎维埃·马尔米埃通过翻译席勒的戏剧来巩固他的文学批评,同时他还把研究领域拓展到斯堪的纳维亚文学(如《丹麦和瑞典文学史》,1839)和北欧的神话传说。

  这些博学的比较批评家逐渐地转向考察那些决定创作过程中的众多因素。根据泰纳回忆起的维尔曼的一句话,他们把文学"一次又一次地视为一个客体和一部历史的艺术品"①。因此,人们毫不奇怪地看到昂佩尔努力于梳理"源头",以及奥克语抒情诗先前所受的影响,同时阐述它独有的标志:骑士爱情的创造。② 一切就像是把考古学的研究方法运用到了另一个领域——文学史研究:1835年埃克扎维埃·马尔米埃在《歌德研究》中主张回溯到作者创作戏剧或喜剧时的初衷。③ 创作起点的研究影响到想要寻找一个最初的核心,以及一个能让作家的才能得到尽情发挥的主导思想。这样,博学、比较的批评经常在广阔的历史角度与探究一部特定的作品的创作力和精神源之间摇摆不定就不足为奇了。

---

① A.-F. VILLEMAIN, *Cours de littérature française*, Pichon et Didier, 1830, p. 192.
② J.-J. AMPERE, *L'Histoire de la littérature française du Moyen Age*, Just Tessier, 1841, p. 19.
③ X. MARMIER, *Etudes sur Goethe*, Levrault, 1835, pp. 16-17.

第二章 科学实证主义时代

从第二帝国初直至1884与1885年间这一时期,文坛的特点便是一些思潮相互矛盾,相互抵牾,从而产生了张力。在不同程度上,在笛卡尔式主体的解构和对创造者主体的能力的赞扬之间,在对科学神话的赞扬和对一种主观形式主义的肯定之间,以及在对文学场的独立的肯定和对心理和身体决定论的或明或暗的参考之间,文学和评论似乎在徘徊,在摇摆不定。某些作家如巴尔贝·多尔维利①和波德莱尔自称为"老浪漫主义者",再现了这一时期的复杂性。巴尔贝·多尔维利、波德莱尔在他们的评论文章中更加倾注感情,而对于福楼拜和龚古尔兄弟来说,能够创造出个性化的散文才是真正的艺术家。在此之外,诗人与小说家,在反抗和抵制官方的审查之下,总是凭着自己的天分、情绪和趣味才华横溢地发表评论,为法国文学批评增添了一道靓丽的风景线。

第一节
帝国文学监控　新潮覆盖旧潮

在第二帝国,报刊批评达到顶峰。尽管对报刊实行严格的法规约束,尽管政界发生各种突变,廉价报刊得到了高速的发展。由报刊《小报》(Le Petit Journal)在1863年发明的"一文钱"的报纸面向大众发行。最著名的报刊发行量达到百万份,而在复辟时期发行量超过一万份的报纸就成大报了。报刊逐渐成为家喻户晓的媒体,发行到全国千家万户。在一些外省报中也出现了文学专栏:1864年,于勒·瓦莱斯在《里昂的进步》(Progrès de Lyon)上发表了一些评论小说的重要文章。不过,外省报的文学专栏往往是直接复述或抄袭巴黎的报刊上的批评。与此同时,书店也像雨后春笋般增加,铁路网的架设也缩短了发行的时间。自此之后,读者越来越需要报刊发表一些能够启发他们、帮助他们选择读物的指导性文章。左拉从1866年2月起在《事件》(L'Evènement)上负责"今日与明日书籍"专栏正

---

① 巴尔贝·多尔维利(1808—1889):法国文学批评家,著有《恶魔集》。他的批评作品数量众多,部分收录于《作品与人》里。

是回应读者的需求。评论自此成为了一个真正的职业,为文学专栏定期提供评论成为一些文人的谋生之路。

一 文字狱

1851年12月2日拿破仑三世的政变开启了审查的时代。一些严厉的法令迫使不少报纸停刊,最后只剩下寥寥无几的出刊极为审慎的报纸。一切反政府意志的东西都不能再印发;连载小说要交纳税收,为的是"打击一种败坏新闻事业的投机取巧行为"①;官方设立了一个委员会,专门负责开列得到他们允许的书目,这个委员会有权力以司法起诉来对付那些颇有见地的批评家。在专制帝国统治之下,文学批评只能关注政治和道德秩序的稳定,在某种程度上成了这个委员会的附庸。

于是,"那些伤风败俗、亵渎宗教和对其尊贵的使者不恭、对历史胡编乱造的作品"②便受到了查封。因此,除那些不出名的受害者们之外,1853年,龚古尔兄弟因在《巴黎》杂志上的一篇文章中引用了雅克·塔于罗③的所谓"猥亵的"诗句,表现了"显然是淫秽的形象",④被轻罪法庭传讯受审。1857年,福楼拜因《包法利夫人》而卷入诉讼案件。同年,波德莱尔因出版《恶之花》而被处罚,被判三个月牢狱。1857年7月5日在《费加罗》上登载了居斯塔夫·布尔丹⑤对此判决的报道,这位记者写道:"此书(《恶之花》)替这样可怕的怪物做广告,没有什么能为其行为辩护。"⑥这一等级体制,这一文学监控与天主教和教皇绝对权力主义的刊物结成了暂时同盟,为虎作伥。

路易·弗约⑦这位反动的批评家欢呼1851年12月2日这一天,视其为对于这种"丑陋文学"的所有名家的一种决定性胜利。为了帝国(也不全是,不久他便与之相悖而立),为了宗教甚至是天主教会的利益,他竭尽全力对文学进行高压管制。从1850年起,路易·弗约在《宇宙》(*L'Univers*)报上公开表示抵制"伏尔泰世纪",连篇累牍地攻击法国文学,说它从路易十四的世纪末以后只制造了不幸:"在法国,文学本身无任何光彩之处。它是新教的婢女,与异教徒有着千丝万缕的联系——怀疑主义、冷嘲热讽、道德败坏,是其主要特征。"(《伏尔泰世纪》,1850年1月)⑧1855年,他嘲讽当时正被流放的《静观集》的作者道:"这是佩特莫斯的

---

① 《批评:方法与历史》,第197—198页。
② 同上。
③ 雅克·塔于罗(1527—1555):法国文艺复兴时的诗人。
④ 《批评:方法与历史》,第198页。
⑤ 居斯塔夫·布尔丹(1820—1870):《费加罗报》董事的女婿。
⑥ *Critique et théorie littéraires en France*, p. 101.
⑦ 路易·弗约(1813—1883):1848年成为《宇宙》的编辑。他是教皇绝对权力主义的论战者,归附于拿破仑三世,随后又反对帝国关于意大利的政策,接着《宇宙》便被停刊了(1860)。
⑧ 《批评:方法与历史》,第198页。

若克里斯。"①而且从此,他便不断地呼吁艺术家们以文学和道德上的反革命来支持政治上反革命的胜利。他只有一个口号:"除了教会,艺术便无法得救!""只有一种方法可以振兴和创造新的文学,这就是以基督教徒的身份去想、去写。"(1852年2月10日)②

阿尔芒·德·蓬马丹③接替普朗什任《两世界评论》的主编,同样恶毒地攻击"文学偶像:伏尔泰、拉马丁、巴尔扎克、雨果"④。人们觉得他既不欣赏福楼拜,也不欣赏左拉。巴尔贝·多尔维利带着矛盾的心情揭露了其他偶像:歌德和狄德罗。

19世纪的两场文学诉讼——《包法利夫人》和《恶之花》在法庭裁判的前与后,经受了批评的可怕的裁判。

——《包法利夫人》被指控为"一部非人称、非道德的小说"⑤

福楼拜的小说首先被《巴黎杂谈》主编洛朗-皮沙责难,他要求作者作70个地方的删减。然而,作者在1856年底似乎没有进行任何修改。在小说成书后,1857年1月福楼拜和洛朗-皮沙都被宣告无罪后,批评界指责文学写作技术——不偏不倚的技术产生的非道德的后果:作者"没有反应,没有任何评论,在恶习和德行之间表现高度的冷漠。主角是生活中的角色。这不容讨价还价。这就是非人称的(客观)作品。……道德的真实在哪里?"⑥在《巴黎报》上,托尼·勒维永埋怨小说缺少"一个同情的人物"⑦。遗憾的是在当时赫赫有名的批评家圣伯夫的"慧眼"也没有发现这位文学的新星。福楼拜尊称圣伯夫为"亲爱的老师",关于包法利夫人,他要求老师给予"赐教"(5月5日的信)。圣伯夫在回答时对这种非个性的技巧敷衍了几句后,在总结他的"全球导报"一文时表示他的保留意见:"我深知作者诗艺的高超,方法的高明,但我对此书的看法是太缺乏'善',没有一个人物代表它。"⑧

——《恶之花》:"骇人听闻"⑨的诗集

波德莱尔,他的出版商普莱-马拉希和印刷商德·布鲁瓦斯没有像福楼拜和《巴黎杂志》主编那么容易摆脱困境:波德莱尔交付三百法郎罚金,其他两位商人

---

① 佩特莫斯岛:爱琴海东南部多德卡尼斯群岛,传说圣约翰被罗马人流放到此,在这个岛上的山洞里得到了天启,写下了《启示录》等圣书,小岛也由此闻名于世。若克里斯(Jocrisse)是戏剧中一个很容易影响人的滑稽角色。
② 《批评:方法与历史》,第199页。
③ 阿尔芒·德·蓬马丹(1811—1890):是正统主义批评家,道德的坚定维护者。
④ *Critique et théorie littéraires en France*, p. 101.
⑤ *La Critique littéraire*, p. 67.
⑥ 参见《论坛报》上居维利埃-弗勒里的报道(1857年5月26日)。
⑦ 参见《巴黎报》上托尼·勒维永的指责(1857年10月18日)。
⑧ *La Critique littéraire*, p. 68.
⑨ *Ibid.*

交付一百法郎。1855 年,《恶之花》的 19 首诗在《两世界评论》上发表,《费加罗》报立即发动攻击:先是通过古达尔,他不接受这种癫痫性的诗歌,然后是通过迪朗蒂,他痛斥作者是工于心计的人,"为使公众感到诧异,他故意使用神秘和可怖的蠢话"①。1857 年 6 月 21 日诗集出售,《费加罗》报的居斯塔夫·布尔丹立即发动一场诋毁运动。7 月 12 日《费加罗》发表阿邦的文章,猛烈攻击波德莱尔,随后,保安局起诉他。在波德莱尔写给辩护律师的照会中,他是这样自我辩护的:"诗集无论从整体上判断……其中都有公众该遵守的正面、实用的道德,而且还有艺术的道德。"②仅有四个批评家支持他。圣伯夫都没有介入,援引伊万·勒克莱尔的话说,这位帝国时期的美文学大臣在写给波德莱尔的信(后来,普鲁斯特在《反对圣伯夫》中评论了这封信)中,回忆作者那种好学的天才,以一腔家长主义的口吻说:"我亲爱的孩子,你大概受了不少的苦!"③伊万·勒克莱尔以文学的原因(圣伯夫是一位诗人、学术型的批评家),同样以社会和政治原因解释这种态度:"(圣伯夫是)官方的批评家,在他发表关于《包法利夫人》的评论之后被排斥在《箴言报》之外,因他写了几篇关于《包法利夫人》和费多的《范妮》(Fanny)的文章,被同僚视为'背德的后台老板'。而圣伯夫的《快感》则被塞纳尔点名批评,称之为参加一个临终涂油礼现场却没有究诉的作者。圣伯夫这位觊觎上议院的院士宁可置身于他从文学角度认为不严肃的事件之外,以他自己设计的人的形象评判作品。"④

圣伯夫善于看风使舵,与时俱进,他梳理、总结、展望这一时代文学演变的方式,大大地丰富了他的批评作品的本质价值,完善了他作为官方批评家的代表性,使他成为一个从浪漫主义时代向实证时代转变的见证和象征。但是,圣伯夫的态度是模棱两可的,他归附于第三帝国,就不再在《立宪报》(Le Constitutionnel)上发表他的《月曜日丛谈》,而是从 1852 年起发表在所谓的官方刊物《箴言报》上。我们看到他在对传统的赞扬(《理性和文化的原则》,1858)和与泰纳竞争的意愿之间徘徊不定。当选为参议员后,他那曲折的经历使这位批评家转而反对帝国体制,这是他最后一次改变立场。路易·弗约曾想将圣伯夫归入到"秩序派作家"的行列中(《宇宙》,1850 年 10 月 9 日)。自 1851 年起,圣伯夫的艺术爱好促使这位论战者变得不那么善良。1860 年,蓬马丹将在他的《夏尔博诺夫人的周四》中按照卡里蒂德的容貌来描绘圣伯夫的肖像:他曾特别斥责圣伯夫未履行批评的权利,局限在对文学的好奇上。

事实上,圣伯夫远没有正统主义记者那么刻毒或抱有偏见。福楼拜、波德莱尔之所以要寻求他的支持,是因为他们认为圣伯夫是一位能懂得他们价值的

---

① *La Critique littéraire*, p. 68.
② "七星社丛书"第一卷,第 193—194 页。
③ 同上,第 230 页。
④ 同上。

批评家。我们应该理解圣伯夫的处境,应该回想一下,他曾被人批评在《恶之花》的诉讼过程中讨好波德莱尔。圣伯夫在 1857 年赞扬了《包法利夫人》,1863 年却强烈批判了《萨朗波》,但他却从未否认过福楼拜的伟大天赋。圣伯夫远离教权主义,被认为是一位自由思想家,他在著名的马尼自由晚宴上与龚古尔兄弟、泰纳、勒南、克洛德·贝尔纳聚在一起。圣伯夫和左拉之间就《泰莱丝·拉甘》的书信往来从许多方面来说都是具有象征意义的:左拉还是年轻的小说家,转向圣伯夫这位大评论家,就是为了寻求认可。左拉曾在早期文章中称赞这位批评家是深刻的解剖学家。但是圣伯夫的回信(1868 年 6 月 10 日),总体来说是赞赏的,尽管他后来抵赖,也证明了他赞同小说的一种理想主义的方式:"老实说,尽管我不算是理想主义者,但我仍思索着是否有必要只选择没有一点乐趣的、庸俗的作品作为批评的对象(我甚至已经就我的朋友龚古尔兄弟的《热曼妮·拉瑟顿》(Germinie Lacerteux)的问题进行了思考)[……]"①尽管圣伯夫不想以道德标准来履行其批评职责,但他仍然借助文学中的意识形态。

因此,第二帝国时作家们被困在道德主义和习惯的唯心主义中,习惯上区分正派和下流的作品,高雅的和低级的主题。作为标志,阿尔塞纳·勒格雷勒曾在《公共教育杂志》(1859 年 8—9 月)中称新的小说表现了"人的生理的许多敏感点,为了人永久不受耻辱,人的生存必须设置同样的条件避免提及它们"②。在左拉的《泰莱丝·拉甘》出版时,路易·于尔巴克在 1868 年 1 月 23 日的《费加罗》上提出了小说家中的"堕落学派"③,他把左拉和龚古尔兄弟都归入了这一学派。

批评的判断是依据意识形态的标准提出。弗朗西斯克·萨尔塞④在 1869 年成为《时代报》(Temps)的专栏作家后统治着戏剧批评,表面上禁止教条主义,但是,他这样做是为了更好地迎合大众趣味。在第二帝国时期,很少有专栏作家表现出夏多布里昂和斯塔尔夫人所颂扬的情感同化批评。保罗·德·圣-维克多⑤在雨果的《海上劳工》和《悲惨世界》中确认了小说—诗歌体裁,还有埃米尔·蒙泰居曾同样热情地赞扬雨果的《海上劳工》。这两位批评家是例外的。

---

① *Critique et théorie littéraires en France*, p. 102.
② Ibid.
③ Ibid.
④ 弗朗西斯克·萨尔塞(1827—1899):这位毕业于巴黎高师的批评家自 1859 年起在《公共舆论》报(*L'Opinion publique*)担任戏剧评论家,1867 年起在《时代报》工作。他对易卜生的戏剧充满敌意。他死后出版了《戏剧四十年》。
⑤ 保罗·德·圣-维克多伯爵(1825—1881):他是拉马丁的秘书,始终忠实于浪漫主义,忠实于雨果,欣赏龚古尔兄弟的小说。

二　艺术美与道德的争论

　　法国 19 世纪下半叶著名的文学批评家巴尔贝·多尔维利的批评价值判断建立在对力量的崇尚上，但也间接地建立在清晰有力的风格上。他喜欢所有不符合惯例的、非学院派的作品。这位《恶魔集》(*Diaboliques*)的作者想以寻找"深层的、形而上学的、罕见的意义"的名义来分析文学作品。在《恶之花》中，他发现了一种"地狱(inferno)"，即与颓废时代相适应的恶之史诗。《国家》(*Le Pays*)杂志拒绝刊登巴尔贝的一篇文章。在文章中，巴尔贝用一句生动的、准确的话把诗人定义为"对罪恶生活的愤世嫉俗者"①。巴尔贝·多尔维利经常与正统天主教徒弗约和蓬马丹产生矛盾。他在《恶魔集》的前言中概括了他把道德、力量和美联系起来的思想："伟大的画家能够描绘所有的东西[……]，当绘画是悲剧性时，当它表现出它所画的东西的恐怖时，那么它总是包含相当的道德。"②

　　其实，巴尔贝所炫耀的价值体系来源于浪漫主义。这位咄咄逼人的批评家崇尚力量，这使他认为司汤达和巴尔扎克一样，是 19 世纪最伟大的小说家："他极其精明，这是他目光的力量，同样，他表达非常精炼，那是他语言的力量。"③他对海涅十分欣赏，并将海涅与拜伦和拉马丁一起称为 19 世纪最伟大的诗人，这种评价也很令人吃惊。海涅，这位《阿塔·特罗尔》(*Atta Troll*)的作者兼具讽刺与抒情，他是杰出的现代诗人。但是，他既诅咒当代世界又赞颂现代性，既偏爱天主教道德又忘记所有道德，结果，巴尔贝不把海涅当作不可知论者和伏尔泰信徒，只把他视为一个诗人：

> [……]这个人可能犯错了！我从他的作品里发现了这一点，他在生活中可能了犯了错误。但是他的作品存在着，在他和上帝之间！我们是否真的有权利去发掘这些呢？……他通过诗歌与世界和历史直接接触，创作出了诗歌，创作出了美的作品。创作美的作品是诗人的美德，因为美净化心灵，使人产生英雄主义。④

　　对美的追求有一种它固有的崇高性；若将波德莱尔的一句话改写一下：在商业时代，对美的追求可能是一种"现代生活中的英雄主义"。

　　当时法国文坛存在着两股负面的支流：一股是专栏作家羞羞答答的道德主义；另一股是那些"中庸"的批评家所颂扬的"有教养的"文学，如蓬萨尔或埃米

---

① 巴尔贝·多尔维利把这篇文章寄给了波德莱尔。参见《波德莱尔全集》(*Œuvres complètes*)。
② *Critique et théorie littéraires en France*, p. 104.
③ B. D'AUREVILLY, *Les Œuvres et les hommes*, Slatkine Reprints, t. XL, 1968, p. 53.
④ *Ibid.*, p. 163.

尔·奥吉耶的戏剧,或是受伟大作家诅咒的弗耶或桑多的得体小说。龚古尔兄弟、波德莱尔、福楼拜决不与它们同流合污,旗帜鲜明地宣扬他们的诗学。波德莱尔在 1851 年 11 月 27 日的《戏剧周刊》上讽刺了"有教养的戏剧和小说",讽刺了所谓"理性(Bon sens)"派。巴尔贝谴责了于勒·桑多的"注定苍白的文体"。在这一负面的背景下,艺术家都在寻求自我的自由。一些批评家一哄而起地指责:《包法利夫人》是一部无一人物"表现了道德"的小说。波德莱尔为福楼拜辩护,反对他们的指控,严正地说"一种真正的艺术作品不需要起诉。作品的逻辑性完全可以满足道德的要求,读者应从结尾中得出结论。"①巴尔贝也同样指出,研究《恶之花》必须从诗集的整体而不是独立的诗篇来阅读:"作者(指波德莱尔)很清楚自己在做什么,他会认真安排诗篇的顺序。从艺术和美学感受来说,如果没有按照这个顺序来阅读,那么孤立的诗篇就丧失了很多意义。从道德作用的角度来说,它们丧失的东西更多[……]"②因此,波德莱尔、巴尔贝都在同声呼吁:如果没有考虑诗学,人们就不能做出伦理评判。整体的形式组织是价值论的真正矢量。

这一辩论存在着另一个方面。戈蒂埃反对圣西门的理论,他在《莫班小姐》的序言中已经宣布了艺术的社会无用论。波德莱尔在"有教养的戏剧和小说"中把鼓吹"资产阶级道德"的人和"社会主义道德"的人归入了同一类:他们将艺术变成了"宣传"③。雨果发表的《威廉·莎士比亚》和 1885 年蒲鲁东死后出版的论著《论艺术原则和它的社会用途》将再次挑起论战。对于雨果来说,艺术没有进步,却有连续的、但不同的崇高性,美仍然是"真的仆人"。这位《惩罚集》的作者反驳戈蒂埃倡导的"艺术为艺术"的纯美学论点,马拉梅在看完了《威廉·莎士比亚》后愤怒地说道:"有些地方精雕细作,但是有那么多恐怖的东西!其中一个可耻的章节称'美是真的仆人'[……]"④年轻诗人的反应与波德莱尔不谋而合。波德莱尔收到《街上与林中之歌》一个版本后,1865 年 10 月 28 日在一封写给马内的信中关于题词说道:"我了解维克多·雨果在拉丁语里的意思——手牵着手以拯救人类。但我对人类毫无兴趣,他还没有认识到这一点。"⑤左拉在《普济》(*Le Salut public*, 1865 年 7 月 26 日和 8 月 31 日)上对蒲鲁东的书的评论中的反应同样具有象征意义。他强烈谴责了社会主义思想家将个人压扁,以拓展人类的道路。左拉声明道:"我,我认为原则上作品因其独创性而存在。在每部作品中,我应该能重新找到一个个体的人,抑或作品使我心冷,我断然要为艺术家牺牲掉整个人类。"⑥

每一文学作品,更广义地说,每一艺术品,都建立在对世界的独特视角上,或

---

① 《批评:方法与历史》,第 195 页。
② *Critique et théorie littéraires en France*, pp. 104-105.
③ C. BAUDELAIRE, *Œuvres complètes*, Gallimard, «Bibliothèque de la Pléiade», t. II, 1975, pp. 41.
④ S. MALLARME, *Correspondance*, Gallimard, t. II, 1959, pp. 115-116.
⑤ *Ibid.*, p. 539.
⑥ E. ZOLA, *Mes haines*, in *Œuvres complètes*, Cercle du Livre Précieux, t. X, 1986, p. 38.

者,借用左拉多次使用的说法,建立在"人的气质"的基础上,那么批评家的任务就是真实地领会它。正如1869年2月2日福楼拜写给乔治桑的一封信中所说的,批评家也应指出"作者的观点",确定作家的"无意识诗学"。① 波德莱尔努力回应这双重要求。

三 波德莱尔与现代性艺术批评

波德莱尔早在1843年就在题为《文学形势的几种真实》的文章中,察觉到了他所处时代文学与艺术出现的无政府主义状态,"艺术丑人"满天飞,他描述了文坛上一片混乱的状况:"天才人物间的无政府状态是全面性的;每个人都以核心自居,每个人都自称为王。"他高声喊道:那么多既不能接受又不能理解新事物的"非神秘的神秘人物"占据文坛,这简直是"堕落文学"! 然而,这种高喊又有什么用呢?(《爱伦·坡新论》,1857年)在这种情况下,他认为必须求助于一种严格的批评,这种批评能够把失去的力量和尊严重新赋予艺术。

波德莱尔反对一种固执地缅怀过去并善于冷嘲热讽的批评,主张一种能激起热情的批评。他在其文章《批评有什么用?》中指出:"公正的批评,有其存在理由的批评,应该是有所偏袒的、富于激情的、带有政治性的,也就是说,这种批评是根据一种排他性的观点作出的,而这种观点又能打开最广阔的视野。"② 在他看来,所谓"不偏不倚"的"公正"批评,实质是用条条框框扼杀作家的创作个性,相反,如果能以一种"偏袒"之心,去宽容作品的出格之处,以一份"激情"去体悟作品内部的生命活力,才能够达到批评真正的公正,才能够"打开最广阔的视野"。波德莱尔还说:"最好的批评是那种既有趣又有诗意的批评,而不是那种冷冰冰的、代数式的批评,以解释一切为名,既没有恨,也没有爱,故意把所有感情的流露都剥夺净尽。"③ 这里提到的"诗意的批评",作为批评家的波德莱尔仍然保持着自己诗人的特征,他的批评不是为了教训或指导作家,而是为了一种诗人的乐趣,那是一种在批评对象中发现美,同时也发现自我的神奇体验。他认为,唯有诗人能够构想这种批评:"我把诗人视为批评家中的佼佼者。"只有他们能果断地对艺术表态,并能指出艺术与道德无任何联系。波德莱尔要求批评家表明自己鲜明的态度,说出喜爱的东西(夏多布里昂和德拉克洛瓦的浪漫主义,爱伦·坡的作品),或讨厌的东西。波德莱尔既不喜欢理性派,也不喜欢"忧郁—滑稽"派。在他看来,缪塞就是"忧郁—滑稽"派的代表。他们应根据自己的文学热情来还原艺术作品中所包含的独特性。

波德莱尔提出"美与道德无涉"。他在《再论埃德加·爱伦·坡》中指出:

---

① *Critique et théorie littéraires en France*, p. 106.
② 波德莱尔:《美学珍玩》(郭宏安译),上海:上海译文出版社,2009年,第79页。
③ 同上。

"许多人认为诗的目的是某种教诲,它或是应该增强道德心,或是应该改良风俗,或是应该证明某种有用的东西……只要人们愿意深入到自己的内心中去,询问自己的灵魂,再现那些激起热情的回忆,就会知道,诗除了自身之外没有其他目的;它不可能有其他目的,除了纯粹为写诗的快乐而写的诗之外,没有任何诗是伟大、高贵、真正无愧于诗这个名词的。"①

波德莱尔赞成"为艺术而艺术",把追求至高无上的美作为诗人的任务,否认文学应有道德目的。正因此,当福楼拜的《包法利夫人》被指控为"伤风败俗"时,波德莱尔在其《论包法利夫人》中进行了辩护:"真正的艺术品不需要指控。作品的逻辑足以表达道德的要求,得出结论是读者的事。"②同样的指控也曾在他的《恶之花》出版时发生。在波德莱尔看来,文学并非用来歌功颂德,"恶"的题材也并非不能进入文学,关键在于以何种方式去感受和表现恶。倘若能以艺术的手法,对恶进行淋漓尽致的刻画,使读者产生仿佛身临其境的心灵震撼,这已然是艺术表现力的成功。倘若在恶的描绘中,作家展现出人类面对艰难处境时内心深刻的复杂性以及人性的闪光点,这岂不是达到了在恶中发掘美、以恶反衬美的艺术极致?

波德莱尔在其批评实践中,形成了自己的一套方法。首先是感同身受、进入角色。波德莱尔在为法国歌谣作家皮埃尔·杜邦写的批评文章中指出,要想表演好杜邦先生的作品,"你们应该'进入角色',深刻地体会角色所表达的感情,直至你们觉得这就是你们自己的作品"③。正是这种进入角色的意识,使波德莱尔被誉为认同批评的先行者。波德莱尔在其批评文章《论包法利夫人》中采用了这种同情、认同的方法,后来福楼拜谈到波德莱尔的这篇评论时说:"你进入到了我作品的秘密中去,仿佛我的大脑是你的一样。"④

从某种意义上来说,《恶之花》的诗人可以说是设身处地地站在福楼拜的位置上,重新把他的世界据为己有。在一次分析拟人法时,诗人模仿了《包法利夫人》的创作:"我依靠在分析和逻辑上前进。于是,我依据主题被处理的方式,证实了它们都无所谓是好或坏,最低俗的也能成为最好的。"但是,波德莱尔的情感同化批评走得更远,他察觉到爱玛"在她的同类中,在她的小环境中,在她面对的小世界中,算是一个高尚的女子"⑤。这就是在《包法利夫人》里找到福楼拜的"讽刺和抒情的杰出的才能",它后来大大地启发作家在《圣安东尼的诱惑》里的创作。

---

① 波德莱尔:《浪漫派的艺术》(郭宏安译),上海:上海译文出版社,2009年,第307页。
② 同上,第92页。
③ 《美学珍玩》,第41页。
④ F. GUSTAVE, *Œuvres complètes de Gustave Flaubert*, 4ᵉ série, Louis Conard, 1927.
⑤ *Ibid.*, t. II, pp. 76-86.

批评家进入作品之后,试图理解作家发出的暗示,并应答作品的意蕴。波德莱尔在批评一部作品时,往往使用一些隐喻或象征,来表现一些情境。这些情境并非作品中原原本本呈现出的样子,但却同作品的意蕴有着惊人的神似。这种批评更像是一种对话,一种在认同、理解的基础上,批评者与作家之间相互启发、相互应答、不断沟通的过程。批评家在应答作品的同时,也表达出了自己隐秘的情感。

这位变身为批评家的诗人其实一直在致力于将诗学与对世界的理解联系起来。在这一方面,波德莱尔评论巴尔扎克的文章就是例子,这不仅是因为他在文章中指出巴尔扎克的长处是一个幻想者,甚至一个热情的幻想者——这一点菲拉莱特·夏斯勒,尤其是戈蒂埃已经在他之前说过了——更是因为他将巴尔扎克想象的优点与写作的文体特征联系起来。巴尔扎克在文本中喜欢使用对照、加重的线条以及经常使用夸张的程度都与他的能量学有关。同时,波德莱尔暗示,描写的精细迫使巴尔扎克更强烈地突出主线。表面的符号和整体的组合体现了一种动力学,这种动力学使巴尔扎克的整个世界朝向戏剧化和幻象的变形①。

波德莱尔试图了解一种创作个性,了解它使一个形式出现或转向的方式,进而从中梳理出每个作家的一种主要才能,并用一句象征的话语将它总结出来。例如:夏多布里昂"吟唱忧郁的痛苦光荣";雨果俨然是一尊"行走着的思考雕像"。批评的情感同化使作家特有的修辞变成了一种寓意的装置。移情用凝聚的方法凸现作家的风格特点和一种世界观,从而将作品的众元素凝结起来。这样设计的批评变成了艺术的重组。

但是,在阅读波德莱尔的批评作品的时候,我们尤其发现一种被体裁诗学继续发展的美学。勒贡特·德·李勒(1818—1894)尽管在《当代诗人》(1864)的前言中揭露现代批评理论的弊端,但是他仍然高度评价雨果、维尼和波德莱尔试图将美作为唯一的标准。因此,必须厘清这一以美为标准的、但尚存模糊的概念。波德莱尔向泰奥菲勒·戈蒂埃致意以及他对爱伦·坡诗学的评论正是回应这一点。对波德莱尔来说,爱伦·坡近乎一个亲如兄弟的天才。对于戈蒂埃,波德莱尔称赞他是"杰出的作家,因为他完全服从于他的义务,因为他始终不渝地服从于他的需要,因为在他看来对美的鉴赏就是一座神殿,因为他把他的义务变成了一种确定的理想"②。他在戈蒂埃的作品中发现了"一种感应论和普遍的象征主义先验的伟大睿智"③,并就同一诗人,他说:灵巧地操作一种语言,就是实践一种"招魂的巫术"④。以自反的效果确定他本身的修辞学。这篇颂词汇集了两个基

---

① *Œuvres complètes de Gustave Flaubert*, p. 120.
② 见于1859年5月发表于《艺术家》的论戈蒂埃的文章,后收入《浪漫艺术》。
③ *Critique et théorie littéraires en France*, pp. 107-108.
④ *Ibid.*

本数据:赞颂创作想象力(这一"能力的王后"①)和阐明一门集中的诗学。在1846年4月15日发表在《公共精神》杂志上《给爱好文学的年轻人的劝告》一文上已经初见端倪:波德莱尔在上面揭露了"迪马和费瓦尔及其党羽的可怕的痫疾"②。

对爱伦·坡的阅读增强了这种追求完美和精细的愿望。《恶之花》的作者认为,一方面,"奇特性[……]是所有美不可缺少的调味剂"③,另一方面,一门卓有成效的修辞学也是必不可少的。由于对简短形式的赞赏,中篇小说更胜过长篇小说。后来象征主义作家和继承他们的那些作家,如纪德④和瓦莱里,不厌其烦地重复这些话题。波德莱尔深信,没有一种明智的定向的想象力,自然本身不会产生任何美,他强调修辞学和韵律学的效用,可现代批评家甚至不敢参照修辞学和韵律学:

> "显然,修辞学和韵律学都不是随意编造的暴政,而是由精神实体的组织本身所要求的一整套规则。韵律学和修辞学从未妨碍独创性因人而异地发展。相反,它们曾有助于独创性的发挥。这可能永远是比较正确的。"⑤

——现代性

波德莱尔诗学的另一个关键因素,对现代性的赞赏,应该根据背景来评价。1858年戈蒂埃在《艺术家》杂志上刊登的一篇评价巴尔扎克的漂亮文章中借用了这个新词,而第一个使用新词的可能是《人间喜剧》的作者。根据《莫班小姐》作者的说法,巴尔扎克"对现代事物,尤其是金钱有着深刻的理解"。他非常成功地"概括他的时代":这一"现代性"迫使这位小说家"创造出一种独特的语言"⑥。继戈蒂埃之后,1867年,龚古尔兄弟也在他们的《日记》和《玛耐特·萨洛蒙》里颂扬了《人间喜剧》的现代性。通过他们的人物之一,夏沙涅诺尔(Chassagnol),他们将重新阐释戈蒂埃的论点:"今天的美可能被包藏,被埋葬,被集中……要找到它,就得近视地[……]看,巴尔扎克? 他不是在金钱、家务、现代事物的肮脏中找到伟大了么?"⑦是波德莱尔真正地将现代性归入了美的范畴。1863年,《现代生活的画家》中,诗人颂扬了贡斯当丹·居伊(1802—1892)。后者从时尚中离析出

---

① *Critique et théorie littéraires en France*, pp. 107-108.
② *Ibid.*
③ C. BAUDELAIRE, *Etudes sur Poe*, in *Œuvres complètes*, Gallimard, «Bibliothèque de la Pléiade», t. II, 1975, p. 336.
④ 安德烈·纪德(1869—1957):法国诗人、小说家、批评家、剧作家,1947年诺贝尔文学奖获得者。
⑤ 《批评:方法与历史》,第196页。
⑥ *Critique et théorie littéraires en France*, pp. 108-109.
⑦ E. et J. DE CONCOURT, *Manette Salomon*, Gallimard, «Folio», 1996, p. 419.

它在历史中包含着的诗学的东西,他从"短暂中抽离出永恒"①。波德莱尔提出了"现代性"的概念:"现代性就是过渡、短暂、偶然,就是艺术的一半,另一半是永恒和不变。"②这里蕴含着永恒与短暂的辩证关系。"构成美的一种成分是永恒的、不变的,其多少极难加以确定;另一种成分是相对的、暂时的,可以说它是时代、风尚、道德、情欲,或是其中一种,或是兼容并蓄。"③可见,波德莱尔承认美既具有永恒性,又有其暂时性、变化性;每个古代画家都有一种现代性,古代留下来的大部分美丽的肖像都穿着当时的衣服。他们是完全协调的,因为服装、发型、举止、目光和微笑(每个时代都有自己的仪态、眼神和微笑)构成了全部生命力的主体。其"现代性"是一个审美概念,只属于美学的范畴,更加看重表面的、短暂的、次要的东西,假设人们能从偶然、从时下提取出持久的形态。瞬间值得固定,因为其存在是短暂的,对瞬间的赞扬与《巴黎场景》的诗学以及《包法利夫人》《玛耐特·萨洛蒙》《情感教育》三本书里写的平庸相一致。它表明了与理想美的学派信徒之间的明显决裂。

波德莱尔的"现代性"注重当下,而"当下"并非凝固不动,而是随着时间不断过渡、不断变换。因此,寻找现代性的实质,就"在于从流行的东西中提取出它可能包含着的在历史中富有诗意的东西,从过渡中抽出永恒"④。这项从过渡中提取永恒之美的工作显然需要美学家敏锐的感受力和洞察力。

因此,我们从戈蒂埃、波德莱尔的批评文章或龚古尔兄弟的《日记》中看到了一种新美学的取向。如同波德莱尔所做的,批评别人的文章,从中梳理出"无意识的诗学",再一次确定了新的游戏规则:所有艺术作品都证实了艺术家不参照实用和道德,以主体或他体的形式来充分表达自我的能力;艺术作品使瞬间的东西本质化;由于它所处理的主题和它的风格特点的原因,它必然是创意的、现代的。创作一部高浓度、无杂质、完全艺术的作品的愿望与艺术家作为纯主体的确定不可分割。结果,这一意愿产生了反作用,不仅怀疑报刊批评——龚古尔兄弟和福楼拜最激烈地谴责这类批评,也揭露另一种文学、历史学、语法学、社会学或心理学的批评方法,这种批评借口将作品放在更广范围内进行解释,却忽视作品的独特性。这样,福楼拜、龚古尔兄弟摒弃泰纳的论点也是合乎逻辑的,他们拒绝泰纳的批评系统。这些作家对科学的渴望是建立在永恒的艺术家—国王神话的基础上,而在左拉的纲领性的文本和批评文章中,科学主义模式在不抛弃现代性这一概念下得到肯定。

---

① C. BAUDELAIRE, *Œuvres complètes*, Gallimard, «Bibliothèque de la Pléiade», t. II, 1975, p. 694.
② 《美学珍玩》,第369页。
③ 同上,第359页。
④ 同上,第369页。

四　现实主义和自然主义批评

19世纪下半叶,科学的发展,物质的进步,促发了现实主义文学的诞生,新的文学思潮取代过度抒情的浪漫主义文学。大凡创立就要否定。尚福勒里和迪朗蒂是少数敢于自称"现实主义"的批评家,左拉紧随其后。他们想彻底与浪漫主义决裂,指责浪漫主义过分滥用想象力。这个想象力生下一大群魔鬼,是"一大批怪物故事""不良效果的文学"①的根源,于勒·阿塞扎在《现实主义》杂志(1856年11月15日)上摒弃这种文学。左拉在《试验小说》里也同样谴责浪漫主义。龚古尔兄弟在序言里,特别是在《谢丽》(*Chérie*)的序言里走得更极端,他们希望消灭浪漫性的东西,摒弃情节,去除小说的戏剧性,创作一种反小说。

现实主义作家群起反对浪漫主义修辞。迪朗蒂在评论雨果的《静观集》时,毫不犹豫地批评雨果只会"夸张"(《现实主义》,1857年2月15日)。左拉要人们结束"崇高的恐怖"②,以便重新找到语言的简练。浪漫主义是一种太显眼的装饰,它把虚构作品变成了情节剧,因此,它是一种过分的、人为的艺术,或且正如人们所说的,一门虚假的艺术,因为它把抒情带到各类话语(呼语、祝词、"戏剧"对白)里,它将爱的情感理想化。尚福勒里、迪朗蒂和左拉的现实主义文学意欲着重表现普通人,而不是表现不同寻常的和奇特的境遇,抑或以表现世界的散文代替夸张的抒情。迪朗蒂在《现实主义》(1856年7月10日)杂志上以挑衅的口吻叫喊:"兔子,啮齿类动物,以难以相信的速度繁殖;然而,诗人(指浪漫主义诗人)繁殖得还更快。但是,他们是公共的敌人,是另一类繁殖很快的啮齿动物,它们崇拜夸张、荒唐和矫揉造作,不停地打击公正和真实的情感。"③28年之后,路易·德普雷总结说:"(现实主义)在小说领地赢得战役,抒情被打败了[……]逃到戏剧这块老生常谈的舞台上[……]"④

左拉对当代诗歌的评判如同一篇愚人录,这并不令人感到奇怪。在他看来,其实,波德莱尔好像是"一个古典学究,勤勉地工作,却被一种纯洁癖的偏执狂毁坏"。⑤ 至于马拉梅,他耕种形式主义,一直到脑子失常。人们忽视了对科佩或叙利-普吕多姆的诗的赞赏和令人悲痛的评价。对"现代诗人"的评论在开头就指明"小说家占据文学的首要地位"⑥。就是说,从今以后,小说不满足于与悲剧竞争,正如龚古尔兄弟在《热曼妮·拉瑟顿》(1865)的序言里指出的,但是小说被视

---

① *Critique et théorie littéraires en France*, p. 117.
② E. ZOLA, *Le Roman expérimental* [Ed. 1879], In *Œuvres complètes*, Cercle du Livre Précieux, t. X, 1986, p. 1200.
③ *Critique et théorie littéraires en France*, p. 117.
④ L. DESPREZ, *L'Evolution naturaliste*, Tasse, 1884, p. 13.
⑤ *Critique et théorie littéraires en France*, p. 118.
⑥ *Ibid*.

为一个造型的、现代的和包容的形式("它侵入和剥夺其他体裁"①)。这样,左拉的批评发展了一个体裁的历史,确立了文学演变的历史分期。在《试验小说》里时而将文学演变阐述成为对孔德实证主义所喜爱的三个等级规律的滑稽模仿,时而从达尔文式的隐喻出发阐述这个演变。事实上,左拉意欲描写"理想主义者与自然主义者之间的决定命运的斗争"②,抑或描写一种改变小说和戏剧的科学精神的诞生,摧毁古典美丽的规则。他在反抗浪漫主义的思潮中结结巴巴地数说许多之后,与自然主义作家一道取得了胜利。

这个文学史论战的设想旨在建立自然主义和现实主义的考古学。在伟大的祖先中,左拉援引了狄德罗,当然还有巴尔扎克、司汤达。尚福勒里在《现实主义》的论文集里回溯到罗贝尔·夏尔编的《法国名人》中,他是这本书的发现者。《现实主义》杂志的主编们特别提到马利服和雷蒂夫·德·拉布勒托内两人的小说。

一个文学流派的产生分为几个渐进的阶段。司汤达是世纪间过渡的人物,但在左拉看来,他只是一个心理学家,或且一个太轻视环境决定作用的观念学者。"现代"小说真正是从巴尔扎克开始,《人间喜剧》——借用一句泰纳的评论——是一个巨大的"文献仓库",是一个实验的场地,在那里,显示出环境和在人的行为里的直觉。左拉不仅在《贝姨》的作者身上看到一个"社会科学博士"③,这位博士从金钱中离析出在我们时代它所包含的可怕的哀婉之处。巴尔扎克是第一个从生理要素表现人的作家。他与先前的小说家的理想主义的惯习决裂。

最后,福楼拜"高举斧头和火把,来到巴尔扎克错综复杂的森林里"④,在《包法利夫人》里,带来了叙事的逻辑和气质的决定论。因为他不再叱喝读者直接介入叙事,因为他不借用离题万里的解释和不合时宜的议论去评论叙事的过程,他的功绩不仅仅在于创造适应于科学新时代的叙述技巧,而且在他的艺术散文里,浪漫主义的抒情升华了。龚古尔兄弟在《热曼妮·拉瑟顿》里"将人民写入小说"⑤,他们像福楼拜一样,是艺术家、解剖学家、艺术作家,是创造有血有肉的人物的小说家:他们将自身的烦躁与人物的烦躁很好地协调起来。

在这一点上,那些挂着现实主义头衔的理论家的评论与左拉的评论迥然不同。实际上,尚福勒里、迪朗蒂指责福楼拜的描写过分偏爱细节,近乎于刻板的描绘。于是,他们划分两类作家:一类是那些既描写真实细节,又努力创造出一种散文艺术的作家(如福楼拜、龚古尔兄弟);另一类是那些认为现实主义离不开风格效果,特别是离不开细节描写的效果的作家。

---

① *Le Roman expérimental*, p. 1240.
② *Critique et théorie littéraires en France*, p. 118.
③ *Ibid.*
④ E. ZOLA, *Les Romanciers naturalistes* [Ed. 1881], In *Œuvres complètes*, Cercle du Livre Précieux, t. XI, 1986, p. 98.
⑤ *Critique et théorie littéraires en France*, p. 119.

小说史,如同左拉在《实验小说》中的阐述,好像通过汇合两种资料,从两个方向各自互相借用:一种是社会——历史方向(小说像一种社会和心理调查,它以虚构的形式继续科学的不断征服);另一种是美学方向(它因支配作品的叙事和象征逻辑,被视为艺术作品)。小说句法的调整本身产生逼真的效果。的确,现实主义小说家是一位观察家;他特别是一位逻辑学家,通过在想象出来的事物中实验,设计一种构造的形式,最终揭示人这个动物的未被察觉的角落。科学的愿望总是伴随着一种真实的想象物。观察的逻辑在符号的创造中找到升华的机会,宛若在准确观察的跳板上溅出一朵朵火花。

左拉的记者生涯的重要性使他与职业批评家保持距离。他没有走向批评家萨尔塞、蓬马丹、巴尔贝·多尔维利一边。他们中的一些人旨在满足读者大众的趣味,另一部分人坚持反动的态度,只要作品稍微做出一点革新,就判定作品失败。他们为做美学判断,所借用的意识形态成为盲目的屏障。还有一种博学的批评,即圣伯夫和泰纳的批评,尝试博学兼科学的批评。

泰纳引进决定论到人文科学里,首先受到左拉的赞赏。阅读左拉在《自然主义小说家》里对《人间喜剧》的评论,使人想起泰纳的《批评与历史论文集》。如果将两者的主题一个个地进行比较,就会发现许多论点异曲同工。不妨在其他方面也做这种平行比较。人们在《当代批评》中找到的论点肯定是泰纳式的:"离开了人所属的社会,离开人活动的环境,就不可能有文学和社会表达。"还有这种形式的历史观仍是泰纳式:"一个惯用语是历史和社会环境赋予的工具……"[1]

然而,艺术品不是简单的反映,而是一个供人探秘的对象。左拉借用克罗德·贝尔纳的实验的方法,把作家变成实验的分析师。文学模仿是秘密的探索、解码和再现。小说家从表面符号到隐藏的深层,那里找到支配社会身体和鼓动人类动物的冲动的原动力。同时,轮到批评家以分析的方法解构作品,找出其独特性。左拉在《大理石和石膏》里赞扬圣伯夫的肖像研究,为他辩解道:"他作为批评家实践解剖方法,因为他过去学医时学过这一技术。他剖析智力,他考量人以便理解作品,考量环境以便了解人。"[2]除了社会历史调查,又做另一种调查,用同一热情解码一个作家的秘密和他生产的作品的秘密。因此,左拉赞美埃米尔·德夏内尔和其著作《作家和艺术家的心理学》(1864)。借助这种"深入"的批评可以领会在艺术创作中——或我们更喜欢说在身体里——气质是何物。我们知道一句著名的话:"一部艺术品是一种通过气质创作的烙印。"[3]

于是,左拉的批评里有一个盲点:他不欣赏艺术写作的精雕细作。他是否忽视语言和修辞?现实主义/自然主义写作难道不应该比作一个从未引人注意的半透明的视屏?不过,尽管左拉指责司汤达的小说过分注重描写,但是他仍非常重

---

[1] E. ZOLA, *Œuvres complètes*, Cercle du Livre Précieux, t. XII, 1986, p. 306.
[2] *Ibid.*, t. X, p. 234.
[3] *Critique et théorie littéraires en France*, p. 121.

视创作出一种漂亮的形式。如果他没有把小说视为一种艺术品,那他对福楼拜的赞扬就是自相矛盾的。的确,在他看来,一本书的质量是从它的布局、它的构造、它的气息来衡量的。天才之作的标准是生命的独特的风格。

这些张力明显地出现在左拉的批评文章里。他非常认真地考察都德的小说的措辞,虽然后者的小说不断被人叱责。此外,左拉还探索福楼拜的叙事人的表面的退隐。他还仔细地研究龚古尔散文的巨大的偏离,表述的高程差,低俗主题与艺术家的偏见之间的对立。然而,连他自己还无法弄清楚自然主义写作的规则和约束。因为他从未想到以幻想修辞学的名义去达到逼真。1887 年,莫泊桑在其著名的著作《小说》里进行了幻想修辞学的研究。

我们刚刚指出左拉批评的不足之处大概不会掩饰他的分析的精到。左拉以更新的方式分析文学机构(学士院、杂志)的资料,分析作家生涯中金钱的作用,揭示文坛的竞争——这是经常被职业批评家所忽视的东西。他还竭力重建文学创作方法(描写)的历史和它们引起的意义效果的历史。应该指出他具有精深的知识,虽然他的批评总是受到目的论的预设指引,这个目的论使自然主义变成形式演变的一个必不可少的阶段。

第二节
科学的工具理性

1848 至 1885 年间,这段时期的特点是科学神话发展,同时,从笛卡尔到维克多·库赞以来人文理性的意识行为的传统表征受到质疑。自然科学突飞猛进,涉及人类活动的各个领域。正是在文学批评的理论与实践中,最直接地感受到科学模式的主导性影响。实证主义哲学从科学模式中提取了现代性的范例,这种实证论哲学不能归纳为单单是奥古斯特·孔德①的学说。根据科学模型的这种统治地位,关于批评的争论主要集中在方法论的问题上。然而,实证科学的影响表现在科学的工具和理性精神的传播。在对科学模式的争论中,文学批评得到极大的启发。1857 年,《包法利夫人》出版的那一年,泰纳出版了《法国哲学家》,还写了一本小册子,批判了折中主义,并为孔狄亚克(1715—1780)和某些观念学者的感觉主义平反。不久,在这位"心理学家"的眼中,环境、文化、种族便成了决定因素。其他莫名的冲力、性冲动、气质有时成了现实主义作家津津乐道的东西。因此,应该注意一种新的话语的形成,它怀疑主体在意识下决定其行为的能力。然

---

① 奥古斯特·孔德(1798—1857):法国哲学家,实证主义创始人。

而,这一危机丝毫不会阻碍作家强调其主观性的意愿。

一　伊波利特·泰纳：系统化和"分析"

同圣伯夫一样,泰纳相当渊博。如果说他在文学创作领域仅算小试牛刀的话,那是因为他在最初阶段想从事的是文学批评以外的工作。他所感兴趣的其实是哲学,但由于历史的动荡变故,哲学博士之门却永远地在他面前关上了,于是他便投身于拉封丹的寓言研究中。之后,在经历了一系列灾难、挫折和成功之后,他虽始终未成为一名高校教授,但在经过第一次尝试失败的四年后终于成为了科学院院士。

泰纳是法国美学艺术领域内试图用实证的纯客观观点来建立理论基础的第一人。他早期倾心于黑格尔和斯宾诺莎的形而上学的思辨哲学,后期转向孔德的实证主义和达尔文的进化论,这种哲学与科学的双重给养,奠定了他美学研究的基本走向。泰纳试图用自然界的规律解释艺术现象,认为精神科学、艺术研究与自然科学在方法上是相类似的;世界上的一切事物(包括精神现象和物质存在),都可以解释,一切事物的产生、发展、灭亡,都有规律可循。于是,泰纳就在理论中,把哲学、社会学、历史学、文化学、美学、心理学和自然科学熔于一炉,形成综合的审视逻辑,建立起"社会历史—文化精神—中心人物—艺术形式"的链式系统。进而运用实证的方法,沿着这一发展链条,对艺术从生活摹仿上升到审美创造的根本条件、艺术产生的外部原因、人在艺术创造中的关键作用等问题进行探讨,以此构建起以"三因素说"和"特征说"为核心的文化历史学的美学思想体系。

对于泰纳来说,博学本身毫无价值,历史学家复活伟大浪漫主义的举动还不是我们的目的:应该要在可见的人背后捕捉住不可见的人,即引人注意的"特性类型和感情类型"的人[①]。就像圣伯夫在他的《波尔-罗雅尔修道院史》中,也进行相似的解码,以找出隐藏的动力。然而泰纳在他的《批评与历史的论文集》(*Essais de critique et d'histoire*)中摒弃了传记批评。《月曜日丛谈》的作者试图制作肖像,描绘一个人物,而这并不是泰纳的目的。他说:"使人见到一个人物诚然是件美丽的事,但更重要的是通过分析在一生中促使一系列事件发生的原动力,让人理解这是什么样的人。"[②]

在《英国文学史》的前言里泰纳首先提出了艺术的审美内容问题。他认为,艺术在引导人们去认识一个"真正的人",把人们带进一个无限的、隐蔽的新世界——心理和情感的世界。但是人的各种心理,都有发生的原因。泰纳列举出三个基本原因,即种族、环境和时代。他把这三者称为"三个原始力量",并依据其

[①] H. TAINE, *L'Histoire de la littérature anglaise*, Hachette, t. I, 1863, p. X.
[②] H. TAINE, *Essais de critique et d'histoire*, Hachette, 1858, p. VII.

作用不同,分别称之为"内部主源""外部压力"和"后天动量"①。在泰纳看来,艺术作品是记录人类心理的文献。他主张研究作家作品,必须在这三个方面收集大量材料,运用科学的方法进行分析研究。

然而,在许多方面,泰纳和达尔文都是同一时代的人。他们的世界观都来自于同一知识体系。现代人只要稍微一下审视自己,就会明白他在重演所有前人的东西。从某种意义上说存在着一门文化信息的遗传学,在那里,生物性(种族)和一种特定文明的习性互相交错。经验也与先天同样成为遗产。巴雷斯②在《背井离乡者》里将泰纳写成:他在荣军院广场小公园一棵树前入迷地凝视着,每个人都是巨大的叶丛中的一片树叶,从最深的土壤中汲取了一滴汁液。多种信息数据串有机地相联。它们通过相互之间的关系,组成了一个双重体系:横向的和纵向的。

第一个体系反映的是时代的精神。泰纳指出:在特定时段里存在特殊的话语系统。它与人们不久前所说的结构相似:"例如,在同一世纪里,哲学、宗教、艺术、家庭和政府的形式,公共和私人习俗,国家生活的所有部分互为前提,如果其他因素没有变化,那么它们中的任何一个也都无法变化。"③另一个"纵向"体系,假定每个人在他表述世界的方式里借助了文明的历史长河里出现的古老知识("分析的习惯来自于17世纪,思想的自由起源于启蒙运动"④);此外,他还接受着种族这一古代基质的信息。这就假定了存在盎格鲁-撒克逊国家人、克尔特人、斯拉夫人和各个不同族群的特殊思考方式。它们根据地理位置和气候,用不同方式为情感着色。

如何将艺术作品这一有特定结构的东西与我们刚刚所描绘的两个"体系"联系起来?文学文本必然被真正当作美学形式,因为它反映人类精神的某一时刻,象征着不朽之作和文献。泰纳说道,伟大的作品:

> 是一种概述,它以感性的形式,在精神上,有时表述历史时代的主要特点,有时表征种族最初的本能和能力,有时表现普通人的某一方面和那些引发人类事件的基本心理力量。⑤

后来,在《艺术哲学》中,他还认为种族是植物的种子,全部生命力都在里面,起着孕育生命的作用;环境和时代,犹如自然界的气候,起着自然选择与淘汰的作用。泰纳是通过结合种族、环境和时代等数据来诠释一位作者。种族便是一系列生理和心理组成要素的集合体,它是某个人类群体共有的,且通过遗传继承下去。

---

① *Critique et théorie littéraires en France*, p. 113.
② 巴雷斯(1862—1923):法国作家,歌颂民族主义。
③ *Essais de critique et d'histoire*, pp. I-II.
④ *Ibid.*, p. XIV.
⑤ H. TAINE, *De l'idéal dans l'art*, Germer-Baillière, 1867, p. 59.

环境决定了某个人类群体的社会和文化背景。最后,时代又是了解环境不可或缺的要素。在黑格尔的观点中,正是一个特殊时刻激活了某个种族在某种环境下的潜能。

为了使文学作品能以寓意、形象表现一个时代,我们应该假定存在着伟大作家的个人天赋。存在一种艺术家的智慧,它不同于博学者或科学家的智慧,但它使他成为一个思想家。因此,我们能从拉封丹的《寓言》里发现一个世界,并带有一个对世界的评判。文本包含的智慧的首要功效是更新我们的视野,为我们提供世界的新形象,因为文学作品通过重组世界,不同寻常地凸显它所表征的东西。因此泰纳的美学把迹象美学和典型美学结合起来。诗歌将作品从"科学身上解开[……],它使抽象的东西变得具体"。但是,当文本听从一个汇聚原则的情况下,它凝聚化,本质化,理想化:"诗歌是一种这样的艺术:把总体思想变成可感觉的小事,又将可感觉的小事汇聚在总体思想下,以至于精神可以感觉它的思想,并思考它的感觉。"①汇聚是美的根本表现。假如作家向自己展示他想象的东西,结果,却给它们蒙上一种幻觉的色彩②,一种起组织原则作用的主要官能预先引导着这一内部透视法。在艺术家身上,个人的心理天赋用来揭示环境特性、时代精神和种族的远古话语。

我们可以考问一下这一理论的应用。《论拉封丹和他的寓言》的第二版可以使人们相信泰纳首先考察了环境、传记生平、历史信息,通过一个个同心圈接近他所要研究的作品。在种族方面,拉封丹是高卢精神的绝佳代表;在环境方面,一方面他来自于香槟省,另一方面则是他的宫廷背景;时代方面,他身处17世纪后半叶路易十四的统治时期。在泰纳看来,我们不能脱离这三个组成部分来孤立地理解拉封丹。即便是同一个时代背景下的同一人种也不见得能在一个作家身上创造出同样的成就,因为环境也是其来源之一。相反,还必须要有"首要能力"③的综合介入才能产生作品和艺术,因为仅仅只是发扬高卢精神的话,一位路易十四时期阿谀奉承的香槟省人也无法最终成为拉封丹,特别是考虑到泰纳所创立的这一体系在决定论中还占有很重的位置。凭借"首要能力"这个连他本人从来都无法说清楚的观点,泰纳从偶然事件中抽离了出来,并由此潜心于诗意和幻想引领下的理想世界中。

然而,如果我们相信他对狄更斯的评论的话,那么这种受到佩吉嘲讽的方法并不是泰纳体系建立的基础。他实际的批评方法是:首先分析作家所偏好的表达方法,然后是他们想象的特殊形式。"我们对一位艺术家提出的第一个问题应该是:他怎么看待事物?带着何种明晰的思维,怀着何种冲动,何种力量?这个答案

---

① H. TAINE, *La Fontaine et ses fables*, 19e édition, Hachette, 1911, p. 319, p. 327.
② 泰纳为写论文《论智力(*De l'intelligence*)》,请求过福楼拜分析"艺术幻觉"。
③ *Histoire de la critique littéraire des XIXe et XXe siècles*, p. 35.

就可以确定他的整部作品,因为每一行他想象[……]"①他还论述道:"推理有权力分析目光所能及的和心里所感受的事物。于是我便能思考究竟这些优缺点,这些热情和思想是从何而来的;究竟哪些是因,哪些是果;它们来源于哪些未经开发的原始才能。如果我们沿着这些埋于深处的才能却不能追溯到一个共同的源头……那它(科学批评)就与这些会构成原因的力量有关,正是它们制造了生命中一系列的事件。"②其次,对社会环境的研究,对种族或民族要素的考察,进一步证实了对作品、表述、写作所确定的心像的研究已揭示的东西。严格的传记研究被摒弃。感人法和讽刺话的混合构成了狄更斯小说的特点,显然也构成了他精神的特点。对这些手法的考察属于传统的历史研究。它反映了英国典型的社交性形式,在这种形式中,实证的精神经常为热烈的敏感所抵消,正是从作品出发我们将发现作者精神的内部钟表设备,发现使他激动的主导官能。

泰纳在批评中是非常重视作家表达的,或作家与之对话的理想的读者,这是一个在位的人物。在 17 世纪,读者群是上流社会那些"有教养的人";到了 18 世纪,是那些有情感的人。小说的读者、大众的意见是很重要的:巴尔扎克、狄更斯不是为上流社会贵族写作,而是为资产阶级写作。指责《人间喜剧》的作家没有用沙龙语言写作是徒劳的。从风格上看,那个时代没有确定的规范,而是逐渐地适应他的语言。风格依赖于作家潜在的读者群。因此,泰纳为巴尔扎克被人贬低的风格平反,后者被指责"把商业变成诗学"。③ 巴尔扎克通过形象的游戏终于使人看到世间万物中不被怀疑的关系。

泰纳对个别作品的批评分析比他在《英国文学史》的序言中所让人看到的更丰富、更精彩。泰纳是巴尔扎克和司汤达小说的杰出的读者。他发现司汤达是一个卓越的心理作家,他的人物在自反式的独白中徘徊于清醒和自尊的幻觉之间。泰纳还是一个熟知英国作家(斯宾塞、菲尔丁④、斯特恩、狄更斯)的批评家。

在艺术本质问题上,泰纳又提出了"特征"说。他认为,艺术品的本质在于把一个对象的基本特征,至少是重要特征,表现得越占主导地位越好,越明显越好。艺术家为此特别删除那些遮盖特征的东西,挑出那些表明特征的东西,对于特征变质的部分都加以修正,对于特征消失的部分都加以改造。其中的"特征"包括四方面内容:1.事物的某个凸现的属性;2.事物的某种主要状态;3.艺术家对对象的主要观念;4.哲学家所说的事物的本质。

泰纳创立了某些现代批评的基础要素,特别是在历史和文学的社会性方面。他对他所涉及的三个领域具有相当大的影响,他曾在哲学方面著有《艺术哲学》等佳作;在历史方面他又为历史研究贡献出重要的文献,如《现代法国的起源》;

---

① *Essais de critique et d'histoire*, p. 75.
② *Ibid.*, p. XX.
③ *Critique et théorie littéraires en France*, p. 116.
④ 亨利·菲尔丁(1707—1754):英国第一个伟大的小说家,英国小说得以定型的奠基人。

最后他还有文学方面的贡献。如果没有公正评价泰纳意欲建立的系统,没有全盘了解他的批评活动,就无法理解他对 19 世纪下半叶的影响,特别是对左拉或对布尔热的影响。

不仅 20 世纪的文学批评很大程度上受到他的理论影响(主要是居斯塔夫·朗松),而且左拉也极富热情地借用他的理论形成了决定论。左拉对其由种族、环境和时代所构成的决定论推崇备至。从《泰莱斯·拉甘》(Thérèse Raquin)开始,左拉就创立了独特的自然主义流派。而泰纳的心理分析、社会学以及文学史研究都使左拉相信一部作品的灵感并非凭空而来,它源于一个来自外部的不可忽视的决定性因素。

若马内公正地分析了泰纳的思想在当今时代四处碰壁的原因:"有时,泰纳文章中明显的直白会让人觉得过于简单。读者会跳过讨论的步骤,而不去费时间试图加以解释。对于他所开创的进步和研究,他曾被誉为是奠基石而却很快地又反过来被他自己的理论所抛弃。他对人类群体精神现象的研究使其成为社会学和文化人类学的先驱,但由于他将心理学放在中心位置,他又因此遭到冷落,因为涂尔干①及其学派批判了各种形式的心理主义。泰纳对个人创作与社会间的关系的认识有时会接近于马克思主义的美学观点,然而他却否认唯物主义。因为他对心理学的偏爱,他在马克思主义者的眼里是个不切实际的理想主义者。外部心理学、精神分析法等其他心理学试图建立在创造性的个性结构及其创作结果之间,而泰纳的'首要能力'的心理学观点也恰能看作是对这些林林总总的思考的总结。可悲的是,在当今那些投身于人文科学各个领域中的专家看来,泰纳在所有这些方面都显得太过文学化了。②"

可以说后一个世纪中的所有文学运动都是围绕着泰纳的原则展开。至少有一部分人受到他的理论的启发加以发展并最终推动了人文科学的新进步,例如社会学批评、文学史和比较文学等。而另一部分人则义无反顾地批驳他的理论,形成了形式主义、主题批评和结构主义等。仅凭这一点就足以证明人们对泰纳仍抱有兴趣,只是他却依然承受着比圣伯夫更强烈的攻击。

二 勒南③:文献学是历史的辅助科学

泰纳和勒南常被看作实证主义的作家,与其说他们受到奥古斯特·孔德的影响,倒不如说是受黑格尔的影响。理性在历史中不断发展——这就是他们的信条——使他们建立与自然科学平行的"人文科学"的愿望合理化。对于勒南来

---

① 涂尔干(1858—1917):法国社会学家,社会学的创始人。
② *Histoire de la critique littéraire des XIXᵉ et XXᵉ siècles*, p. 36.
③ 埃内斯特·勒南(1823—1892):法国唯理论作家,著有《耶稣的一生》。

说,历史——他指的是"人类思想的历史"——是"我们时代的真正哲学"①,然而,泰纳在赞成勒南这一说法的同时,更多地将心理学当作是哲学的现代替代品。他们两位都怀疑纯主体这一概念,他们把作者与作品放置在集体的、人民的表达之中:作者只是在人类、民族这个整体上的"一个时空点上"②。此外,他们还认为种族、文化遗产、语言本身潜在地影响人的习俗和表征,这种影响的方式是至关重要的。我们还应注意到,对这两位思想家来说,生命被视为一个组织。他们对文化和社会的形成的分析,以及对文化信息的生物遗传的分析,是放在一个隐喻的有机组织中进行的。然而,尽管人们觉得勒南和泰纳的作品非常相似,但他们的科学性都带有不同的色彩。勒南参加圣经注释,他赞扬博学和文献学,文献学被认为是历史辅助科学。泰纳的雄心却不同:没有体系的制定就不能称为科学。

勒南的批评方法主要体现在他年轻时的一部作品《科学的未来》(1848)中,这部作品直到1890年才出版。它包含了指导他以后研究的主要原则。在勒南看来,"人类真正的科学是历史学和文献学"③,真正的文献学家"同时是语言学家、历史学家、考古学家、艺术家和哲学家"④。在他看来,这一"精神的真正科学"好像保证了思想的自由,它是野蛮的解毒剂。

然而,文献学无法在自身中找到自己的目的。它是一门辅助科学,能让研究人员探索起源;它使学者深入到支配人类进化的动力中心,这一动力与自然繁殖力不可分割。"如果没有使之理想化的意识存在,这种动力就毫无意义"⑤,尤其是艺术作品的形式存在。因此,文献学具有美学、哲学和伦理学的三重重要性。

勒南并不借助规范和美学原则来评判作品,他倡导"按照作品的本来面目来批评作品,即完全按照它的顺序,出色地表现它所表现的东西"⑥。借用莱布尼兹的一句名言:一切存在的都应该存在。从这个意义上来说,美学应以历史的必要性这一尺度来衡量,不仅如此,唯有历史才能使人理解美。被文献学家考察的作品向他示意:在这部不朽之作中凝聚着人文精神的一种形式,此时,他受到知识的启示,心醉神迷,终于捕捉住这个美。因此,没有一点传记批评:人物就是面具,面具背后表现精神的力量("最美的事物是匿名的[……]这一游离于人类和我之间的人把我变成了什么?他的名字毫无意义的音节关我什么事?")⑦。相反,重要的是在一种耐心的、并突然受启示的阐释中超越自我或遗忘自我。文献学家有他们自己的启示。

历史总结了文献学的所有发现,它把所有不朽之作联系起来并从一种更高的

---

① E. RENAN, *Essais de morale et de critique*, Calmann-Lévy, 4ᵉ édition, 1889, p. 83.
② *Critique et théorie littéraires en France*, p. 111.
③ *Essais de morale et de critique*, p. 83.
④ E. RENAN, *L'Avenir de la science*, Calmann-Lévy, 1890, p. 130.
⑤ *Critique et théorie littéraires en France*, p. 112.
⑥ *Ibid.*
⑦ *L'Avenir de la science*, p. 194.

角度来理解它们,理解人文精神的生成。从而,历史驯服了过去根深蒂固的相异性。文献学家是一位阐释学者,为了给其他人重塑意义,评估和解码一个在一种形式中象征化的生成时刻。从某种角度来说,用批评和文献学的方法探索文学作品所处的过去时刻,所发现的精神本身就是历史。

三 对泰纳的批评的争论

埃米尔·蒙泰居(1825—1895)和埃德蒙·什莱(1815—1889)以同样的热情揭露自然主义和泰纳批评方法的某些东西。这两位批评家是《两世界评论》的撰稿人,前者深谙英国文学。根据这个杂志的世界主义精神,他向法国人介绍了爱默生(1803—1882)、托马斯·卡莱尔(1795—1881),评介艾米莉·勃朗特(1818—1848)的小说《呼啸山庄》的美。他使法国读者熟悉盎格鲁-撒克逊文学,有时有助于论战。与法国自然主义和现实主义作家的作品里的"野蛮性"相比较,埃米尔·蒙泰居赞扬乔治·艾里略小说的诗性和人性。他的批评"慧眼"发觉到法国现实主义的代表作品:《包法利夫人》。当时,一些批评家仿效《自然主义小说》的作者布伦蒂埃,区分出"好"的或可接受的现实主义——都德、莫泊桑和托尔斯泰的现实主义,与之对立的是被怀疑是野蛮的或庸俗的现实主义(如左拉的现实主义),埃米尔·蒙泰居为这些批评家提供了全部理由。

表面上蒙泰居赞扬泰纳,实际上他批驳泰纳的一些论点。他认为,种族的概念只能相对地解释:它在法国民族的漫长的历史中没有起任何作用。蒙泰居认为以决定论指导文学创作,那是搞错目的。首先我们要看到每一位作家在创作时都作出努力,试图从规则的束缚下解放出来:作家的"灵魂沉默、盲目、麻木","开始在昏暗的亲缘襁褓里受束缚,随后受到外部环境、时代境遇的控制和压制",但它要"迎接光芒,用行动分娩出来,用话语肯定自己的存在"①。埃米尔·蒙泰居忠实于唯灵论,他借助一种抒情的批评,甚至创作的批评,这使人想到圣伯夫所确定的目的:

> "创作批评就是理解,不仅仅抓住一件事和一部作品的主要、简单的特点,介入这件事或这部作品的生命本身,融入它的灵魂和本质,暂时没有其他的人性只有它的个性,与它亲密地沉浸一起,从这个紧密的、几乎是享乐般的交媾中诞生出一个形象,这个形象不仅类似人的身体,而且从魔术上称为透明体……远不是与它硬生生地媾和,而是两者融化为一体。"②

---

① E. MONTEGUT, *Essais sur la littérature anglaise*, Hachette, 1883, p. 83, p. 96.
② *Critique et théorie littéraires en France*, p. 112.

这种批评已经预示着后来乔治·普莱所热衷的以及整个日内瓦学派所推崇的认同批评。

埃德蒙·什莱仿效勒南，从神学到科学介入文学批评。他曾在斯特拉斯堡大学学习神学，后当过牧师。他从初期的宗教信仰中解放出来，后来仍对这段经历怀旧。他在其论著《当代文学研究》里，赞扬泰纳，但也明确指出其方法的不足之处：如何能知道那些常说的首要能力呢？它们难道是一切的起点？或且是一个统辖整个作品的所有特点的主导特性？其实，在他看来，诸如泰纳所设想的心理学，好像是建立在有争议的决定论上，泰纳所用的概念装置使他想起一把用来"打开两文钱的挂锁"的"金钥匙"①。

埃德蒙·什莱是研究埃米尔②的批评家，他善于梳理出这位日记体作家在写作中反复探索内省的心理要素：他发现埃米尔在日记中对现实描写细腻，不时带有失望之感，思维非常清晰，总是倾向于自我批评，内省的态度极其诚恳。埃米尔的日记影响了20世纪初的托尔斯泰。但是，埃德蒙·什莱内存着一个狭窄的道德主义，使他坚决拒绝波德莱尔的作品，看不见波德莱尔诗歌的现代性："事实是波德莱尔既不是艺术家，也不是诗人。他既缺少精神，也缺少思想；既缺少活力，也缺少情趣。毫无天分。"③他在《时代》(1869年12月7日)上发表的评论《情感教育》的文章里，再次强调文学批评不大可能摆脱美学的理想主义，折中主义哲学已经将它通俗化。事实上，什莱说过："理想主义和现实主义不是两种理解艺术的方式，它们是两极，一切艺术在这两极间运动。[……]在两极之外，只有贫乏的抽象或贫乏的表征。"④在他看来，福楼拜的小说很倒霉，好像体现了这个伪抉择中的第二个词汇。

埃米尔·蒙泰居和埃德蒙·什莱对决定论的质疑体现了批评中循环出现的进退两难的一个问题。如果坚持探索一个作家自身的创作问题，那么是否可能做到科学——如同泰纳的意愿？能否将自然科学的基础规律和人文科学执意要抛弃的因果律放在同一平面上？蒙泰居的情感同化批评是否会反被美学和意识形态的偏见弄得失去判断力？如何描述既属于一个时代的惯习，又属于一个作家自身的风格？在1884—1885年之后，以上这些问题提得越来越尖锐。它们由埃米尔·埃纳坎⑤明确地提出，保罗·布尔热在《当代心理学评论》里间接地提出。在布伦蒂埃与阿纳托尔·法朗士⑥或与于勒·勒迈特的论战中也提出这些问题。

---

① E. SCHERER, *Etudes sur la littérature contemporaine*, Calmann-Lévy, t. IV, 1886, p. 274.
② 亨利·弗雷德里克·埃米尔(1821—1881)：瑞士作家。他死后留下17000页的日记(1839—1881)。
③ *Etudes sur la littérature contemporaine*, p. 291.
④ *Critique et théorie littéraires en France*, p. 124.
⑤ 埃米尔·埃纳坎(1858—1888)：他的批评旨在分析文学作品的接受群体和由作品决定的读者类型，由此，他发明了一种心理文体学。
⑥ 阿纳托尔·法朗士(1844—1924)：法国作家、文学评论家、社会活动家。

雷米·德·古尔蒙的主观主义和朗松的历史主义之间的鸿沟表现了世纪末确定与不确定的选择。

四 保罗·布尔热和埃米尔·埃纳坎的批评

保罗·布尔热和埃米尔·埃纳坎则致力于把泰纳的理论和"世纪末"的主观主义结合起来。两个人都认为文艺作品应该从双重的角度来分析,即既要从心理又要从社会的角度来分析,他们还竭力想调和文本的主观和美学研究方法与对心理学的参考两者间的关系。与泰纳一样,他们认为文学文本有一种符号价值,同时体现了作者深处的自我和时代以及读者群体的敏感心理。根据泰纳的理论,社会和历史决定论使文本本身成为时代精神的缩影。但是,布尔热反对仅仅用历史和社会决定论来分析作品。他认为,文本有必要通过树立新的、别出心裁的目标而使自己超越决定它的东西:因为所有有生命力的东西,实质上,既是先前一系列现象的结果,又是一个总结了它们而超越了它们的新的现象。

因此应该研究作品里的生活。埃纳坎更加蔑视文本的上游,而对接受美学的历史情有独钟。他认为,真正的批评,应该是解释性的,应该从作品在读者身上所激起的美学情感出发对它进行重构。布尔热的《现代心理学论文集》和埃纳坎的《科学批评》由此好像开辟了新的道路,尽管他们所依凭的泰纳或者是泰奥迪勒·里博的"临床"心理学早已建立。

1. 保罗·布尔热:从心理学研究到风格研究

保罗·布尔热把1881年12月15日到1885年10月1日发表在朱丽叶·亚当的《新杂志》(Nouvelle Revue)上的十篇文章结成集子,分别题为《当代心理学论文集》和《当代新心理学论文集》出版。在上面,他明确指出他事业的其中一个目标:确立和解释感觉历史的一个时期。《论文集》由一系列专题研究的论文组成,他研究了波德莱尔、福楼拜、司汤达、泰纳、勒南、小仲马、勒孔特·德·李勒、龚古尔兄弟、屠格涅夫、埃米尔。这是布尔热唯一的一部研究著作:贯穿其间的主线是阐明19世纪80年代初的文学悲观主义或对文学艺术的爱好。是否应该回溯,一直追溯到司汤达,来分析一种与弗洛伊德所说的"文明病"[①]相似的新的"世纪病"呢?

布尔热认为,新一代总是从前一代中找到决定他们理解世界的模式。波德莱尔、福楼拜、龚古尔兄弟很少被他们的同代人所理解,但正像安德烈·居约所说的,他们为"后代人做了投资"[②]。他们对世界失望,后一代的读者才发现他们这

---

① *Critique et théorie littéraires en France*, p. 144.
② 安德烈·居约为布尔热的《当代心理学论文集》写的序,第19页。

种对世界的醒悟。司汤达还不是到了布尔热的时代才被发现吗？布尔热和泰纳是发现他的主要批评家，直到1880年，读者对《巴马修道院》的作者的理解、接受是当代人心理的表现，这种回溯是合理的。

还有一个要点：在《论文集》里被评论的10位作家都具有分析精神这一特性。他们表达的方式就体现了他们的独特性。这些专题研究的论文只能以多元且断续的形式结集，因为——这正是布尔热所持的观点——只有深入探讨作者们"最私密的情感"时，作家们才代表着"一大批有特性的人"："为了取得一种典型价值，应该尽可能地体现个人的特色。"①

布尔热向我们描绘的，其实是一部悲观主义史。浪漫主义喜欢表现离乡背井、超越自我和社会乌托邦的梦想。当人们把现实与现实的文学形象进行对比时，就由此产生一种痛苦的失落感。我们对世界的表征其实是间接的。可以举福楼拜和他创作的几个人物为例子：他们都深受浪漫的形象的影响，以至于人们可以说这是一种文学毒害。科学使分析精神更加敏锐，有助于浪漫派幻想的破灭。此外，文明的进步使艺术家的感觉敏锐极了，从而我们对世界的领会更加精细起来，于是，随着个人主义的提升，社会主体不再是有机整体，它被解体了。

布尔热在文学研究中发现的以上三种特性之间互相干扰，似乎可以解释波德莱尔和福楼拜的作品所表现的当代悲观主义和矛盾预设，这也是波德莱尔和福楼拜作品的特点。浪漫的憧憬，在这些作家身上，如同在勒南身上，实际上总是和分析思想相冲突。在《恶之花》里，有一种神秘的、放纵的、尤其是分析的爱情观。在快感中心隐含着一个双重的自我，一种自我分析，一种反省。在福楼拜的作品的另一种形式里也可以找到这种心理：这位"用形象表达的艺术家是一位生理学家，这位抒情作家是一位细心的博学者。"②布尔热由此提出一种分析文学，它存在于整个19世纪，从邦雅曼·贡斯当到埃米尔，或从司汤达到波德莱尔的作品中都可以发现它。

应该特别注意，布尔热用泰纳的术语，努力概括一种世界观的特点："第一个要问作者的问题应该是：当他闭上眼的时候，在他头脑这间暗房里会产生哪些形象？这是他创作天分的第一要素。也就是他思想本身。"所以，"一个作者的想象力特别表现在他的风格上"③。这就是为什么布尔热为了概括作家的"言语"特征，不仅仅要理解循环出现的子题网，还要领会作家的写作方法和表达方式。在他看来，这些就是作者的标记。

布尔热的批评注意专题分析福楼拜小说中的"面纱"主题，比如说《萨朗波》里塔尼(Tanit)的面纱（"我们的欲望像塔尼的面纱一样在我们前面漂浮"）或者还有《情感教育》中阿尔努(Arnoux)夫人的几乎被偶像化了的衣服："这个女人的裙

---

① P. BOURGET, *Essais de psychologie contemporaine*, Gallimard, «Tel», 1993, p. 41.
② *Ibid.*, p. 4, p. 92.
③ *Ibid.*, pp. 183, 31.

摆在费雷德里克(Frédéric)眼前浮现,阻止了他真心去爱他的情人,他一直都搂抱不住这个幽灵。他觉得这个女人的魅力就在于她宛如幽灵一样,觉得他以前都是活在虚无中。"①在文体学方面,对福楼拜作品意象的分析,对艺术写作手法的研究(倒装、迂回、遣词造句、意义相矛盾的词的组合、形容词的名词化),对龚古尔小说中对未完成过去时的特殊运用的分析,从各方面共同构成了他新的研究方向。另外,他对司汤达的创作手法的研究也不乏新意,他将创作手法与一种哲学,即概念派的哲学结合起来研究。

《当代心理学论文集》既注意作品表面符号,又关注宏观结构,提出了一些可普遍操作的方法。这些方法试图在世界观、主题研究、诗学之间建立联系,要么阐明一个社会集体事实,一种颓废的风格,集体感觉的病症;要么从反面揭示一个独特的世界。布尔热的贡献在于:批评家以心理学的名义,将作品的内部、作家的想象物体、对一代人的表述特征的分析和这代人的精神状态互相联系,在此之间来回穿梭考察。

2. 埃米尔·埃纳坎的科学批评

埃米尔·埃纳坎在他的《科学批评》里的批评理论研究成果累累,同样开辟了一条新的批评途径,对20世纪的康士坦茨学派影响很大。埃米尔·埃纳坎是泰纳的一个离经叛道的弟子,他区别了两种实践起来完全相反的批评:第一种,批评家们仅满足于进行"几乎是司法上的工作",热衷于判断,热衷于"明确地宣布这部或那部作品的价值";第二种是,唯一科学地去寻找"美学的、心理学的和社会学的信息"。对于第一种,应该保留使用批评这个词。对于第二种,埃纳坎建议创造一个新词来形容它,即"审美心理学"(esthopsychologie)这种新批评:"审美心理学是关于作为符号的艺术作品的科学"②。这种美学似乎像是一种关于符号的科学,其研究方式和泰纳的完全相反。

正像埃米尔·蒙泰居一样,埃米尔·埃纳坎实际上认为"种族"概念没有可操作性:"一个国家是不同种族的集合体。"而"环境"这个概念,埃纳坎认为也同样缺乏对作品的解释效力:"作家与所处的社会环境两者对立的情况比两者协调的情况更常见。"另外,当我们看到在同一个历史时代下出现"截然不同的、互为对抗的天才"③时,该不该认同"时代"的决定性的影响呢? 所以,应该抛弃泰纳的社会学定律,而在方法上,进行一场真正的革命。

实际上,埃米尔·埃纳坎要批评家重视作品对读者产生的效应,要从三个不同的角度分析效应:美学、心理学和社会学。把文学作品既当作产生美的情绪符

---

① *Essais de psychologie contemporaine*, p. 93, p. 95.
② *Critique et théorie littéraires en France*, p. 148.
③ E. HENNEQUIN, *La Critique scientifique* [Ed. 1888], 3ᵉ édition, Perrin, 1894, p. 102, p. 108, p. 127.

号(美学分析),又当作生产这种作品的人的符号(心理分析),也当作某种在作品中可被认识的环境符号(社会学分析)。鉴于文学文本的性质,文本分析首先应是美学分析,因为文本被定义为"通过各种意象[……]旨在读者身上产生一种反常的美学情感的、书面的或口头的句子的总和"①。这种情感经常导致着读者感受到虚构人物的痛楚,但是这种同情也会引起欢愉,原因是简单的。甚至当我们的情感被深深震撼时,我们会模糊地意识到阅读时产生的这些"感人的幻觉"是一些"心理形象":"艺术是在我们心中创造一个没有动作、没有痛苦、有力的生命。"②

于是,埃纳坎认为应由批评家去科学地分析各种类型的美学情感和引起这些情感的表现手法。埃纳坎梳理出三种艺术表达的模式:暗示、表达本身、象征。暗示是指使用暗含、隐喻、影射,以及"点彩派手法"(指语篇碎片式的断续)和未完成诗学("未完成写作")等手法的表达。暗示是诗的主要特点。主宰散文诗的"表达"风格是分析。与"暗示"风格不同,"表达"风格是在读者身上产生让其理解而不是让其感觉的意象。象征,正如埃纳坎所设想的,是一个习惯性的符号,是作品的读者或者作品的凝视者总是那样感知的符号。皮维斯·德·夏凡纳③的寓意画尤其善于使用这种手法,而一切文本也趋向于创造明晰的象征,让人把某个人物、某种场景视为典型。埃纳坎把批评引向了符号学、语用学和语篇逻辑学方向。

同时,他在效果修辞学的基础上重新发现了"体裁"这个概念:小说、历史故事、史诗、戏剧是第一种体裁。它们所引起的美学情感来源于叙述文本的虚构品质。埃纳坎指出,属于第二种体裁的有教化诗、文学批评、科学文本和话语的各种形式。它们的共同点是都采用展示和劝说的方式,属于"教化"类。第三种体裁,抒情类,是以有助于创造诗性咒语,尤其是以节奏、意象的形式来确定的。这种属类的划分很有趣。它参照马拉梅诗学的重新分类,或者更广泛一点,参照象征主义诗学所进行的分类:象征主义诗学经常把诗歌和散文对立起来,把话语和暗示对立起来,把长篇小说和简短的形式对立起来,把言语的信息功能和诗学功能对立起来。埃纳坎宣布了体裁逻辑,如同现代诗学家所建构的体裁逻辑。

这种分类和理论构筑在其他方式下发展,在那里,人们发现这可能是后来俄罗斯形式主义研究的雏形。埃纳坎认为,应该从两方面看文学作品。一方面,文学作品所采用的表达方式是文本外的东西;表达方式属于语言使用者所使用的数据的一部分(词汇、句法),或者说还属于传统修辞手法的一部分,作家用此来美化文本。但是,还要关注"被表达的对象",也就是说在小说里要关注人物、地点、情节,从某种上说,这些是文本的效果。埃纳坎把它们归为"内部对

---

① E. HENNEQUIN, *La Critique scientifique* [Ed. 1888], 3e édition, Perrin, 1894, p. 37, p. 40.
② *La Critique scientifique*, p. 37, p. 40.
③ 皮维斯·德·夏凡纳(1824—1898):法国象征主义画家。

象"。在逻辑上分析应该从"外部"出发,首先研究词汇、句法这些被定义为表面符号的东西,然后才能进入"内部",也就是说接触文本的创造"对象"①。进行一种比较研究,即研究同一作家的某些小说,可以让我们觉察出几个常数(人物体系、背景安排)。

然后是心理研究。实际上,埃纳坎假定,人们可以在研究作品的美学特殊性的基础上分析作家精神的特殊性。他要求人们不要忽视对作品本身的研究:"分析家必须从对作品的研究中获得为研究他想要知道的作者或艺术家的精神所需要的征象"②。

"审美心理学"研究的最后一个步骤应该是社会学研究。埃纳坎对作品的"动力"很感兴趣,"动力"即作品的接受和读者群的历史。这个历史的分析从社会学家让-加布里埃尔·德·塔尔德③(1843—1904)的论点出发。埃纳坎认为,存在一个重复和模仿原则,它把读者群体聚集在一起,使作品能够不朽,并对一代代人产生影响。但是,除了引起共鸣和情感"震荡"以外,也应该想到真正的文艺作品所具有的创造性。这些作品把读者群提升"到它们的水平"。以某种方式,它们创造了读者群体,至少它们会显露出这个群体,最终,逐渐地扩大那些重要的感觉,产生一种领会世界的新方式:"人类要识别自然需要几个世纪;对城市的描写应该追溯到现代现实主义。"④

埃纳坎同时对读者的类型学做了粗略的描绘。大概存在"现实主义的读者和理想主义的读者,如同存在着属于这两个流派的两种书一样"⑤。这种对读者群体的心理—社会学的分析暗示了文本承载着一个价值体系,一个价值观。

尽管《科学批评》的批评步骤是从美学、心理学、社会学三个不同的角度展开,但是好像都沿着同样的轨迹前进:总是从文艺作品到它的接受者。那么是否应该抛弃作家的传记研究,抛弃对作家的环境考察? 只要人们关心的不是堆积事实,而是掌握一种生命的演变动力,那埃纳坎就没有拒绝传记的方法。最终,心理美学主张对一系列资料的综合:修辞学、美学、社会学的研究使人发现作家深层自我的资料,以及来自历史的和作者生平的调查的资料。但是这些资料始终是处于第二位的,它们只是起辅助作用。

这位年轻的美学家,只活到 30 岁,除了一些评论福楼拜、雨果、左拉、陀思妥耶夫斯基⑥的文章外几乎没有时间把他的理论运用到实践操作中。这些文章既鼓舞人心又令人失望。埃米尔·埃纳坎根据审美心理学的雄心勃勃的目标,愉快地研究作家们的风格,或更广义地说,研究他们的诗学。于是,他指出福楼拜作品

---

① *Critique et théorie littéraires en France*, p. 149.
② *La Critique scientifique*, p. 86.
③ 让-加布里埃尔·德·塔尔德(1843—1904):法国社会学家、哲学家。
④ *La Critique scientifique*, pp. 136-137.
⑤ Ibid.
⑥ 陀思妥耶夫斯基(1821—1881):19 世纪俄国著名作家,他的作品善于心理剖析,在法国有较大影响。

中句子并列的重要性:心理状态经常通过事实、话语、动作间接地描绘出来。他也指出福楼拜对人物的想象生活的重视。他认为左拉"第一个有这样一个伟大的想法,可惜没有实施,即小说不应该是写个人的,而是写一群人的,这样整个时代就在小说中展现,小说,无论是分散的或无限的,也由此囊括了一个时代、生活在一座城市里的所有的人"。他总结说,《卢贡-马卡尔家族》"是未来通俗小说的鼻祖"。①而雨果世界的特点就是不断的重复:雨果的才干就是在"词语的群峰"里"搬移难以想象的东西"。他的天才表现在滔滔不绝地使用负面的词语(黑暗、阴影、洞穴、黑夜等)和抽象的词语(神秘、恐怖、永恒)。埃纳坎拒绝给雨果一个思想家的头衔,他却为雨果的《世纪传说》和《静观集》里奇特的结局所着迷,这是雨果想"表达不可表达和不可辨认的东西的绝望的尝试"②。这些漂亮的分析足以让埃纳坎成为19世纪下半叶与波德莱尔、布尔热平起平坐的批评家。但是,这些分析却把主题的研究和文体学的研究与作家的心理联系起来,这样不免有些牵强附会。通过一种暗喻的跳跃,从对福楼拜的句子并置手法的研究,过渡到在心理学层面上的联系研究可能还欠缺说服力。在埃纳坎看来,雨果的重复好像是一种话语病理学的升华。但是,布尔热也同样作了如此结论。

对心理批评家而言,每一艺术创作都是在病理潜在性虚构上的夸张和现实化,因为他们把风格认为是一种独特的、写作的病。所以,他们被判定为玩弄概念的杂技演员。他们不断援引的"科学"(病态心理学),几乎把文体学研究所认为是优点的东西变成错误的。如果说美是不健康的小前提,那么艺术品的美学品质应该是在潜在异常的基础上的升华,它成为人的不完美性的悖论的症候。精神分析批评家也不一定能揭开这些疑难。

总之,埃米尔·埃纳坎主张的科学批评可以说是个全新的项目,向批评家提出了一种范围很广的研究纲领,时刻都以作品为出发点和中心。现代许多批评家也许并不了解他,但是却在进行着他所开创的事业。

五　科学主义批评的其他遗产

奥古斯特·安热利耶(1847—1911)于1893年发表了一篇关于比尔纳③的论文,文中他指出把作品和民族特点联系在一起是难以忍受并且没有用的;他提出了一种重视个人天才,同时偏重美学研究的方法。保罗·拉孔布(1839—1919)在1898年发表的《文学史引论》中也强调个人天才的主要作用,在他看来这正是泰纳所忽略的地方。这一点上他和后来的柏格森④相似,可能他自己并不知道。他

---

① E. HENNEQUIN, *Etude de critique scientifique*, Perrin, 1890, p. 103-104.
② *Etude de critique scientifique*, p. 115.
③ 比尔纳(又名 Rabbie Burns,1759—1796):苏格兰诗人。
④ 亨利·柏格森(1859—1941):法国哲学家,文笔优美,思想富于吸引力,曾获诺贝尔文学奖。

认为文学批评应该去发现和分析一部作品创作时产生的最初情感。

安托万·阿尔巴拉①(1856—1930)是一名记者,并非教授,他赞同文学史作家具有灵感的说法,也附和福楼拜的观点,重视表达的意识和愿望。尽管他发表的《写作技巧二十课》受到嘲讽,但他仍然毫不犹豫地研究作家的手稿,以便解释作者对原稿做的改动。阿尔巴拉又重新采纳了布伦蒂埃关于作品可以衍生出作品的观点。他认为外部条件对作品的影响是次要的,支持一种重视作家的写作方法和惯用表达的批评方法,同时支持对技巧的分析。他写了一部法国文学史,其主要思想是排除文学流派和情感性,重点研究文学本身写作技巧的延续性。

相反,其他作者强调文学史首先应该研究历史,乔治·勒纳尔就是这么做的,他试图作出一个原则上的区别,即区分对过去作品的批评和对现代作品的批评,前者作为客观研究的素材,后者作为审美情趣的练习。勒纳尔在 1900 年发表的《文学史的科学方法》(*La Méthode scientifique de l'histoire littéraire*)中,以雄辩性的方式论及大量关于文学作品历史分期和美学、历史分析的基本问题。无独有偶,两年前朗格卢瓦和塞涅博斯也发表了《历史研究引论》(*Introduction aux études historiques*)。勒纳尔的作品里面材料的编排顺序,有时会让人联想到 20 世纪美国大学中普遍使用的《文学理论》教材。

19 世纪末,比较文学最终成为了独立学科;至少在法国,它与国际文学研究联系特别密切。人们经常把约瑟夫·特克斯特在 1895 年答辩的论文《让-雅克·卢梭和文学世界主义的渊源》(*Jean-Jacques Rousseau et les origines du cosmopolitisme littéraire*)作为一门学科在大学正式创立的标志。而保罗·斯塔菲尔(1840-1917)无疑从 70 年代就是它真正的创始人之一。他后来成为了波尔多大学的教授,是雨果在根西岛(Guernesey)流亡时的同伴,后来成为支持德雷福斯的坚定分子。他有着广泛的兴趣并从事多种活动,对古代戏剧、外国戏剧和法国古典主义的名著以及浪漫主义的名著进行了深入的比较研究。通过撰写《文学的声誉》(*Des réputations littéraires*,1890-1913),他以经验论简明扼要地奠定了作品接受研究的基础。

第三节
世纪末的危机与出路

在 1883—1885 年一系列危机开始出现:自然主义文学危机、小说危机、理性

---

① 阿尔巴拉(1856—1930):他的理论有两个预设前提:一部作品的创作总是以一部预先存在的作品为起点;所有伟大的风格都是有意识的和有意的劳动的结果。

主义危机。另外也要注意到以股市暴跌为标志而并由此引发的经济危机。人们对科学和技术的质疑可能更强烈,尤其是因为经济形势与第二帝国时的情况不同,此时已进入了循环大萧条。同时,以密集的理论活动为特征的颓废主义和象征主义使许多文学业余爱好者介入文学领域。如果说学院派博学的文学批评不太能切中肯綮地分析当代伟大的文本的话,一种理解的批评出现了,这就是雷米·德·古尔蒙和泰奥多尔·德·维齐瓦①的批评,他们转向文学现实,从某种方式上以杂志为媒介创造了它。与此同时,一些批评家怀旧古典的形式。布伦蒂埃、法盖和莫拉斯均认为古典主义是当前要讨论的问题。在德雷福斯案件的年代,像于勒·勒迈特这样的业余爱好者们成了文坛上的风云人物。另外也是在世纪末,朗松致力于把文学史建立在实证主义的基础上,似乎要证明理性主义并没有消亡。

一 对自然主义的质疑和向内心世界的回归

自然主义小说,在将近1880年时,好像占领了整个文学领地。之前,左拉的小说《普拉桑的征服》(*La Conquête de Plassans*, 1874)使布伦蒂埃几乎毫无还手之力。这位批评家认为粗俗化是左拉惯用的写作手法,仍想承认他有一股"作家的气息"②;而阿纳托尔·法朗士则认为这部作品有着很好的建构并且结构严谨(《时代》,1877年6月27日);保罗·布尔热于1877年2月2日在给《小酒店》的作者的信中倾诉了他对小说的欣赏:"您已经创造出了一种方法,它像所有新发现一样撩拨人心,它是那么深刻地扰乱固有的观念,以至于要欣赏您还需要胆量,正如您敢这么写需要勇气一样。我喜欢您,我……"③然而,我们参照于勒·于雷于1891年写的《关于文学演变的调查》,此书的作者曾要求那些最负盛名的作家们对文学运动做一个总结,巴雷斯、布尔热、法朗士和象征派诗人都没有宣布自然主义已经死亡,这是对的。保罗·亚历克西所发的著名电报中有这样一句话:"信随后到。自然主义没有消亡。"④那么如何解释,在一段如此短的时间内发生的动荡呢?

有两个因素在起着干扰:一个是左拉的科学主义不再适应"世纪末"文学界所关注的东西;另一个是新一代心理派作家的涌现,诸如勒迈特、巴雷斯、法朗士、布尔热,他们扮演着有影响力的角色。他们比自然主义作家更资产阶级,更"有文凭",他们发现左拉的小说完全转向外部世界而似乎忽略了细腻的心理世界。

---

① 泰奥多尔·德·维齐瓦(1862—1917):出生在波兰的法国艺术、音乐、文学批评家,多语作家、翻译家,是法国象征主义运动的前驱。
② 见《两世界评论》1875年4月1日。
③ *Critique et théorie littéraires en France*, p. 130.
④ *Ibid.*

在这一方面,心理小说家们和布伦蒂埃汇合起来。事实上,布伦蒂埃从来没有停止在《两世界评论》上宣称:自然主义美学只是看重对世界和物体的外部描写,从而是肤浅的美学。他们在"教授"队伍找到偶然的同盟,这些心理小说家都是煊赫的"新闻"人:布尔热是由朱丽叶·亚当主编的《大杂志》(Grande Revue)的撰稿人,阿纳托尔·法朗士是《时代》杂志的连载小说作家,而巴雷斯在《伏尔泰》杂志发表文章。

1883—1885 年的危机表现在外国文学的引进和新的文学模式的出现。保罗·布尔热重新评估邦雅曼·贡斯当或司汤达的作品的价值;巴雷斯在其小说《一位自由的人》(Un Homme libre, 1889)中凭借阿道夫(Adolphe)获得声名。梅尔基奥尔·德·沃居埃一心想把果戈里、托尔斯泰和陀思妥耶夫斯基的作品介绍给法国。在 1879 至 1885 年间出版的、后来于 1886 年汇总在《俄罗斯小说》的一些文章,赞扬了那些既是现实主义又是心理学家的作家的道德价值,他们与法国自然主义者不同,他们对自己笔下的人物充满了理解和同情。埃米尔·埃纳坎在《当代评论》(Revue contemporaine, 1885 年 9 月,第 44 页)中的一篇文章里对陀思妥耶夫斯基的《罪与罚》和《被欺凌与被侮辱的》中的新颖的艺术感到震惊。未受决定的小说成为新的模式代替了自然主义受决定的小说。陀思妥耶夫斯基"既不知道也没吐露他笔下人物的动机,人物的行动与他们头脑涌现的情感潮一样不寻常[⋯⋯]"①在于斯曼的《逆流》②或是在他的"意识形态"小说中,自我排挤世界这个写作的舞台。参照叔本华的理论或是冯·哈特曼(1842—1906)的"无意识哲学",人们会觉得这种小说是合理的。雷米·德·古尔蒙为了建立自己的批评理论,借助叔本华和泰奥多尔·德·维齐瓦的美学,并援引德国理想主义,当然会对现实的概念提出质疑。

二 散文危机与诗歌危机:一种文学体裁的新格局

这种新的意识形态包含着一种对自然主义小说家所推崇的写作手法的质疑。批评的论战焦点之一是叙述视点问题。莫泊桑在一篇题为《巧妙》(Les Subtils, 1884 年 6 月 3 日)的文章中把小说家分为两类,一类是客观的,一类是导演的。导演的小说家采取相反的手法来展现人物的内心生活。布尔热在《当代心理学新评论》中暗示在龚古尔兄弟的小说中存在着内部冲突:"由于作家的敏锐的想象力,它们使人想起内部、风景、街道。而那个被放在这个背景的人却无法这样

---

① *Critique et théorie littéraires en France*, p. 130.
② 《逆流》(A Rebours, 1884)是乔里-卡尔·于斯曼的一部奇特的小说。作者将几乎全部的注意力集中在主人公德泽森特——一名古怪、隐遁的审美家身上,深度剖析他的内心世界。

看。"①换句话说，描写若被聚焦，它还应该和人物"知道看"相符。泰奥多尔·德·维齐瓦则表现得尤其严格，他责备莱昂·埃尼克②，说他忽视了对地点和事件的描绘要与他所构建的人物的特殊智力条件保持一致（《独立杂志》，*Revue indépendante*，1887 年 3 月）。

这种对描写的批评离不开对文学的观察，甚至对小说的普遍怀疑。巴雷斯在《伏尔泰》(1887 年 11 月 18 日)上发表一篇文章，他在自传里看到唯一能完全满足我们最感人的、最独特的形式。同时，象征主义颓废派作家继承波德莱尔或爱伦·坡的论点，宣布他们更偏爱中篇小说、故事、甚至散文诗——"这滴新鲜的果汁"③，于斯曼在《逆流》里曾经激动地赞扬它。

在《桑加诺兄弟》(*Les Frères Zemganno*)的序言里，埃德蒙·德·龚古尔在 1879 年依仗着"艺术家写作"，他也想诗化散文；他的弟子弗朗西斯·普瓦科特万想搞乱粗俗的常用词，这两种语言实践有区别：一种属于交际语言，另一种表现出浓厚的文学性。诗歌比其他体裁更具超越性，大部分象征主义作家都这么认为。马拉梅在勒内·吉尔④的《论动词》(1887) 的前言里强调，话语的双重状态表现在诗歌语言要与日常言语的分离，诗歌语言要脱离"用来计数的"⑤交际话语。语言的这种二元对立构成诗的明义与暗义的对立，造成诗的晦涩的必然性，这样，诗人必然思考诗的神秘性。这个理论化的研究不仅仅在纲领性的文本里，而且在那些或多或少欢迎象征主义的文章里也有体现，莫雷亚斯在 1886 年 9 月 18 日的《费加罗》报上发表一篇宣言，公开宣称象征主义是一个文学流派。

三　象征主义的价值肯定：杂志的作用

在 1884 年，魏尔伦于 1883 年在《吕泰斯》(*Lutèce*)⑥杂志上发表过的文章结成集子，以《被诅咒的诗人》(*Les Poètes maudits*)为题出版。这些文章致力于介绍科比埃尔、兰波、马拉梅和维利埃·德·里勒－亚当的作品。同样，1884 年于斯曼在《逆流》里高度评价现代派的明星——波德莱尔、维利埃、爱伦·坡、科比埃尔、魏尔伦、马拉梅。巴雷斯也在他的昙花一现的刊物《墨汁》(*Les Taches d'encre*)上指出：《恶之花》诗集的作者创造了一种感觉的新方法，创造了一种新的语言。他也欣赏马拉梅压缩到极致的诗歌，并认为这个诗人首先是建立在波德莱尔的通感直觉的理论基础上，为了最终"取消了比喻性的陈述，此后，读者一接触到象征，比

---

① P. BOURGET, *Nouveaux essais de psychologie contemporaine* [Ed. 1885], repris dans *Essais de psychologie contemporaine*, Gallimard, «Tel», 1993, p. 341.
② 莱昂·埃尼克(1850—1935)：法国自然主义作家。
③ *Critique et théorie littéraires en France*, p. 132.
④ 勒内·吉尔(1862—1925)：法国现代派诗人。
⑤ *Critique et théorie littéraires en France*, p. 132.
⑥ 公元三世纪前高卢人称"巴黎"为"Lutèce（吕泰斯）"。

喻就在头脑中形成"①。巴雷斯同时也非常欣赏兰波和其诗歌中闪烁的才华。《墨汁》杂志有选择地发表批评性的小品文,它们通过追求时髦,写给那些"高级学者"看。

相反,我们会注意到,布伦蒂埃在反对自然主义的同时也对波德莱尔主义进行了尖刻的批评。其实,他对象征派作家的态度是双重的。一方面,在1891年4月1日的《两世界评论》上发表的文章中,他祝贺象征派作家对诗歌的高要求并承认他们的美学价值。他承认诗歌要有"一定的隐晦度"②,否则,就和散文没什么区别。另一方面,他又认为象征派诗人的错误在于企图革新语言和追随波德莱尔崇尚人为的色彩。布伦蒂埃在1889年6月1日的同一杂志上咒骂这个诗人,说他是故弄玄虚的,把"嗜血又淫乱"③的形象混在一起;他的词汇像是自然主义作家惯用的话语;他故作姿态,表现邪恶。波德莱尔主义很难理解,引起了批评界热烈的辩论。

杂志的作用抵消了这些无知和咒骂。这些杂志有时刊登的是未出版的或是不为人知的作品。由莱奥·多费尔和居斯塔夫·卡恩于1866年创办的《时尚》(*La Vogue*)就发表了兰波的《灵光集》和《地狱一季》。而由爱德华·迪雅尔丹主持的《独立杂志》也于1887年出版了马拉梅《诗集》的第一版和《牧神的午后》。

这些杂志成了批评家和创作者进行理论交流乃至角色互换的阵地。爱德华·迪雅尔丹在1885年创办了《独立杂志》。马拉梅在这个杂志上发表了他对音乐和诗歌的关系、对神话的思索("理查德·瓦格纳④,一个法国诗人的梦想。"⑤)。他同时也于1886—1887年间,在《独立杂志》上主持戏剧专栏,以此来表达一些美学思想,贝特朗·马沙尔曾经概述过他的雄心:

——拒绝传统舞台布景,去掉不必要的装饰和寄生式的景物;除掉自然主义的过多装饰,应该走向"空无一物",成为让观众的想象可以自由驰骋的地方;

——拒绝拟人化的形象,为替代它们,诗人给抽象的类型赋予生命。⑥

在"世纪末"两大著名杂志上——创立于1889年的《白色杂志》(*Revue blanche*)和创立于1890年的《法兰西信使》,人们察觉到这种从批评到创作的转换。《法兰西信使》的批评家雷米·德·古尔蒙同时是象征派小说《西克丝蒂娜》(*Sixtine*)的作者。吕西安·米尔费尔德是《白色杂志》的第一任秘书——后于

---

① M. BARRES, *Les Taches d'encre*, in *Œuvres complètes*, Club de l'honnête homme, t. I, 1965, p. 396.
② *Critique et théorie littéraires en France*, p. 133.
③ *Ibid.*
④ 威廉·理查德·瓦格纳(1813—1883):德国作曲家。
⑤ *Critique et théorie littéraires en France*, p. 344.
⑥ B. MARCHAL, *La Religion de Mallarmé*, José Corti, 1988, p. 220.

1895 年被费利克斯·费奈隆所取代——也表现出对改革小说形式的兴趣,而后成为小说家。在他于 1891 年 12 月发表的一篇评论爱德华·埃斯托尼耶的《善良的太太》(Bonne-Dame)的文章中,他设想一种多面体的小说存在的可能性。在这种小说里,人物的介绍在不连续的而是平行的章节中展开,随着主题和叙述的角度的变化而不断展开(人们可以相继了解他的生理、心理和他的传奇)。

我们同样可以在杂志中看到关于美学的讨论。普鲁斯特于 1896 年在《白色杂志》上揭示象征派诗人的晦涩难懂,而得到米尔费尔德(对象征主义很少感兴趣)坚定的回应和马拉梅强烈的反驳。这次思想的交锋涉及到两种美学情感观念。普鲁斯特将哲学话语与文学文本对立起来。他认为文学文本能引起直接的美学情感,就好像是自然一样,在一个特定的时刻,本身就会自我艺术化。相反,哲学并不是以获得美感快乐为目的,它通过运用一种"特殊的语言"①唤醒我们的逻辑思维能力。它的隐晦,是短暂的而且是合理的。但这种隐晦不是诗歌的隐晦。我们会在《追忆逝水年华》中发现他对世纪末人为的技巧和文学文本的理智化持一种相同的怀疑。

马拉梅觉得普鲁斯特好像是上流社会的代言人,他回答说:隐晦不是存在于文本中而是存在于读者身上。而被陈词滥调或是老生常谈的表述异化了的读者,却没有意识到在自己身上本来就存在的创作天分,这种天分其实每个人都有。而诗人,正是以唤醒人们身上这个沉睡的奥秘为己任,音乐是"无词的诗"②,以召唤为己任。由作家将陈述文本音乐化,通过句法保证可理解性的钥匙,启发读者内心深处的无意识。在马拉梅的总结里,《文字里的神秘》提供一堂阅读课,在字里行间鼓励读者重新寻找一种离析出"声乐"的方式,要挣脱语言表征的束缚迎接它。

然而,在《白色杂志》里,能够达到这种水平的辩论是很少的。不过应该提一下自由诗的创始人之一居斯塔夫·卡恩在 1901 年 2 月 15 日发表的严厉谴责的文章。杜米克继布伦蒂埃之后担任《两世界评论》的主编,他质疑魏尔伦作品中诗的质量。居斯塔夫·卡恩则回答说长期受传统影响的大学教授"自认为他们就是珍贵遗产的捍卫者"。在面对新的秩序的现象时,他们缺乏一种特殊的智慧,而且笃定地弄错了。于是,他突然做了一个毫不客气的比较:教授批评如同"驮着圣骨的驴"③。

莱昂·布卢姆在《白色杂志》上主持新书专栏,口气不是那么咄咄逼人。在他的《歌德与艾克曼④的新对话》里,他为自己对批评教条主义的缄默辩解。没有规则,没有规范,但对新事物思想开放。在布卢姆看来,一切好像要把"追求幸福"转移到文学评价上。司汤达就想把它变成一种生活的艺术。为此,布卢姆还

---

① *Critique et théorie littéraires en France*, p. 135.
② *Ibid.*
③ *Ibid.*, p.136.
④ 约翰·彼得·艾克曼(1792—1854):德国作家,歌德的秘书和朋友。

专门写了一本关于司汤达的论著《司汤达和贝尔精神①》。安德烈·纪德也有一段时间在《白色杂志》里主持新书专栏。而马塞尔·德鲁安②和亨利·盖昂③两位偶然的合作者,遇到了《新法兰西评论》主编纪德。《白色杂志》的大多数批评家支持象征主义,但是也欢迎其他美学价值观。《白色杂志》和纳比、西尼雅克、德彪西(在该杂志上主持过专栏)等学者密切合作,对外国文学也持开放态度(曾经对作家们作过问卷调查:《对斯堪的纳维亚文学的影响的调查》,1897 年 2 月 15 日),与费内翁一道支持无政府主义,1898 年又支持德雷福斯。总之,《白色杂志》在意识形态上时左时右,八面玲珑,兼收并蓄,在欢迎《法兰西信使》的创始人之一于勒·勒纳尔的同时,也欢迎马拉梅、特里斯唐·贝尔纳、阿波利奈尔或者是佩吉。

四 象征主义批评大师:泰奥多尔·德·维齐瓦与雷米·德·古尔蒙

雷米·德·古尔蒙是《法兰西信使》杂志专职撰稿人,而不是《白色杂志》的编辑,虽然他也时不时地在后者上发表文章。同他一道的是另一位象征主义伟大的批评家,泰奥多尔·德·维齐瓦,他为《瓦格纳杂志》《独立杂志》《蓝色杂志》等杂志撰稿,在 1893 年以后,开始在《两世界评论》上发表文章。

泰奥多尔·德·维齐瓦将他在《瓦格纳杂志》《独立杂志》上发表的文章结集出版,题为《我们的大师们》(*Nos maîtres*,1895)。在前言中,宣布了他对唯科学主义和唯理主义的拒绝:"我们能接触永恒的自然,是通过我们的感觉和心灵,而决不是通过我们的理智。"④这个原则同样适用于评论文艺作品。人们会担心:这本书对大师们(维利埃、拉福格、马拉梅等)的赞颂纯粹是感情的抒发。这位于勒·拉福格的朋友在这位诗人身上察觉到了他的天才和纯真。但是,正是这种天才式的纯真提出这样一个问题:它如何具体地表现在文本里呢?比如说,人们会想到诗人所表现出对无意识和对原始的兴趣。但是,这些都不是泰奥多尔·德·维齐瓦所关心的。

更有趣的是泰奥多尔·德·维齐瓦在《时尚》杂志 1886 年 7 月 5 日和 12 日两期上发表的评论马拉梅的文章。作为瓦格纳的爱好者,他也在爱德华·迪雅尔丹办的杂志上发表过对瓦格纳的评论。他和圣富瓦合作,共同撰写了关于莫扎特的里程碑式的著作。

泰奥多尔·德·维齐瓦很好地解释了马拉梅的诗歌怎样从音乐里取之精华,

---

① 贝尔精神:指法国作家司汤达小说中主人公的个人奋斗等,司汤达原名亨利·贝尔。
② 马塞尔·德鲁安(1871—1943);安德烈·纪德的姐夫。他在《法兰西新评论》上以米歇尔·阿尔诺(Michel Arnauld)的笔名发表文章。他还和《自由评论》合作,发表了一些论述歌德的文章。
③ 亨利·盖昂(1875—1944);真名是亨利·旺容(Henri Vangeon),安德烈·纪德的朋友。他的批评活动对文学主体的美学方向的定义作出了贡献。后期与和纪德绝交,并且开始接近法兰西行动党派。
④ *Critique et théorie littéraires en France*, p. 137.

而不是玩韵律和节奏游戏,只是用来构建诗句。这才是理解马拉梅的诗的关键,诗句的插入形式好像遵循了音乐的对位法艺术。于是,泰奥多尔·德·维齐瓦朗读了几首诗,他指出诗的主题,以及音乐对主题的伴奏。

然而,这位批评家并不仅仅局限于在《我们的大师们》上建造象征主义的先贤祠,他也同样大量评介外国作家,当一个外国文学的"二传手":史蒂文森①、沃尔特·佩特②、加布里埃尔·邓南遮③、惠特曼④、尼采。人们特别注意维齐瓦在《瓦格纳杂志》(1886年6月8日)上描述的未来小说的样子:

"小说家建构一个唯一的心灵,并完全激活起来;通过它,形像被感知,论证被推理,情感被感受:通过这个作家激活生命的、独一无二的和准确的心灵,不管读者或且作者观察一切,观察事物和人物。艺术家应该把他想建构的生命的时限缩减到最短。这样,他可以在这仅有几个小时的生命中重建思想的所有细节或是相互之间的连贯[……]新的一代将会出现,并继续着心理状态。"⑤

这种小说的设想果真在第二年实现,《瓦格纳杂志》的主编爱德华·迪雅尔丹创作的小说《月桂树被砍倒了》(Les Lauriers sont coupés)中一段人物的内心独白就是这么写的。由此人们可以想象普鲁斯特和乔伊斯是如何继承这位批评家的美学观点的。维齐瓦在象征主义盛年充当一个发现者,而后却在"论新颖"的文章(《法兰西信使》,1893年7月1日)里宣布他的幻想破灭。

相反,雷米·德·古尔蒙却对象征主义保持着一贯的忠诚。他对教条主义的方法深恶痛绝,他认为,在艺术领域,个人是唯一重要的。比尔多在1888年翻译了叔本华的《作为意志和表象的世界》,古尔蒙受到叔本华的影响,认为我们从来不会把握世界的本质:"我们只能认识现象,我们只能在表象层面上进行理性思维,本质是无法到达的。叔本华用了一句简单明了的话普及了这种思想:世界是我的表征。"⑥

古尔蒙这是曲解哲学家的观点,叔本华在"表征"中看到意志的客观化。叔本华认为,在我们沉思出了神时,"我们自身获取了一种本质的东西,它似乎只是我们的实体的偶性。这种体验构成了艺术的基础:艺术通过纯粹的沉思或者说通

---

① 罗伯特·路易斯·史蒂文森(1850—1894):英国作家。著有小说《金银岛》,是英国浪漫主义代表作家之一。
② 沃尔特·佩特(1839—1894):英国著名文艺批评家、作家。
③ 加布里埃尔·邓南遮 (1863—1938):意大利诗人、记者、小说家戏剧家和冒险者。他常被视作贝尼托·墨索里尼的先驱者,在政治上颇受争议。主要作品有《玫瑰三部曲》。
④ 沃尔特·惠特曼(1819—1892):美国诗人,散文家和记者。
⑤ M. RAIMOND, *La Crise du roman*, José Corti, 1966, p. 46.
⑥ R. DE GOURMOND, *Le Livre des masques*, Mercure de France, 1896, p. 12.

过世界的表象中的本质且持久的东西,来再现永恒的理念"①。表面上看,雷米·德·古尔蒙好像也依赖一种美学理想主义。难道他没有在文学中看到"理念的艺术发展"吗？但是理念这个古老的词不应该让人产生幻想。对于《法兰西信使》杂志的这位批评家,"理念"首先是以"象征的"形式体现的一种印象,一种感知,一种感觉。一切写作是在搬移一种个人的体验,即是从形象开始身体或生理的一种悸动。这些意象的作用是双重的：它们凝结一种敏感,一种对世界的统觉；同时,它们将之与读者交流,使读者深入到创作主体的内心。文学批评,正如雷米·德·古尔蒙所认为的那样,其使命是指出作家不可还原的独特性的组成因素。作家大概"使特殊变得特殊到无与伦比"②。

在普鲁斯特之前,古尔蒙根据他的主观主义,已经注意区分深处的自我和社会的自我。社会的自我是没有个体特征的,因为它说的是所有人都在说的语言,因为它既躲不过千篇一律,也躲不过构成日常生活的突发事件。所以,它不会在作品里留下主体的个人烙印。这样,福楼拜所谓的非人格性只是陈词滥调,这些老一套被移注到他的小说里,那么他的社会个性也就不怎么有趣了。

雷米·德·古尔蒙继续坚持这个论点,和阿尔巴拉展开了一场辩论。阿尔巴拉在《论吸收作家精华形成自己风格》中称：人可以通过模仿伟大作家们的艺术来学习写作。而古尔蒙,这位《法兰西信使》的评论家的确也承认"一个作家甚至是一个伟大的作家在刚开始要依赖他的阅读和他对同代人的作品的欣赏"。但是他认为"重要的,不是出发点,而是终点。每个人的起点是相同的；但终点是各有特点的"③。此外,阿尔巴拉混淆了两个有区别的层面：主题和形式。我们有时会不自觉地重写以前有的作家已经写过的主题,它们越来越多样但不会无限扩展。"乔治·波尔蒂曾经把戏剧中的场景分类整理,然后发现只有 36 种。"④重要的是,风格,它是无法模仿的。所以,像阿尔巴拉所主张的,教一种写作技巧,恐怕必然的结果是越学写得越差。

由此,雷米·德·古尔蒙接下去考察二度文学。在《关于风格问题》里,他把三种再写的形式区别开来：抄袭,近乎一种游戏的有意模仿,对文本的滑稽模仿。第三种形式要求对所模仿的作品有深刻的理解。对雷米·德·古尔蒙而言,无论是这些模仿还是这些游戏式的移植,都不能算是真正的文艺创作,因为,一方面,"风格只有一种,即无意识的风格"；另一方面,"风格若没有一种强有力的思想做依靠,那么没有什么比这种风格死得快"⑤。滑稽模仿忍受一种本体无能的痛苦：

---

① A. SCHOPENHAUER, *Le Monde comme volonté et comme représentation*, PUF, 1966, p. 234, p. 239.
② R. DE GOURMOND, *Esthétique de la langue française*, 4ᵉ édition, Mercure de France, 1905, p. 130.
③ R. DE GOURMOND, *Le Problème du style* [Ed. 1902], Mercure de France, 1924, p. 101.
④ *Critique et théorie littéraires en France*, p. 139.
⑤ *Le Problème du style*, p. 101.

它没有本体的存在。

这些言论发展变成一种接受美学。在伟大作品的航迹里,诞生了这样一些书,它们由于曾经模仿原作品的风格,阻碍了人们正常地阅读那些被他们抄袭的文本。这就解释了为什么一些作品暂时被打入冷宫。由此,产生一种淹析,模仿文学如沉渣坠低,被人忘记;而那些创新作品却蒙恩降生。

雷米·德·古尔蒙是现代性的坚定捍卫者,尤其体现在意象的创造上。他的《关于风格问题》和《法兰西语言的美学》两部著作在这个领域提出了一些论点,艾里略和庞德借用这些论点,因此,他的理论对盎格鲁-撒克逊文学产生很大的影响。雷米·德·古尔蒙认为,起先,要感知。作家是一只眼和一种记忆。他继语义学家布雷亚尔之后,联想起拉丁语"lacertus"的隐喻(法语"蜥蜴"的拉丁语叫做"lacerta")是指一只"肌肉发达的"胳膊。于是,于勒·勒纳尔在他的《牧歌》(*Bucoliques*)又一次提到这个隐喻:"她摆动着蜥蜴式的胳膊对我说……"①所以,文学彰显语言和文学的生命组成的东西。作家有时会重新给古词确定语义性质——于勒·勒纳尔就从他对世界的新的视角出发,"重新使用拉丁语的隐喻"②;有时作家又使闻所未闻的类比降生。形象通过结合隐喻会变得更加绚烂多彩。雷米·德·古尔蒙在勒韦迪和布雷东之前就重视这种隐喻而不是明喻。在荷马史诗里有很多的明喻而很少有隐喻。我们应该在里面发现一种原始文学的迹象:"明喻是想象的基本形式,它在隐喻之前。而隐喻则是一种两物本质不同,但两物存在相似的比喻,用此物暗喻彼物的比较。荷马作品里没有隐喻;这是原始文学的迹象。"③

形象表达令人惊奇的效用成为一种美学的标准。形象的新颖性具有一种特色的价值。夏多布里昂的《墓外回忆录》好像是"一条粼光闪闪的隐喻的河流"④。在《马尔多罗之歌》⑤里,古尔蒙赞扬了"形象的独特性和新颖性","那些意象在诗歌里的逻辑排列好像是在生动地描写一次海难一样"⑥。

要阐明所喜欢的作品的深层网络里的隐喻系统,批评家自己应该创造出一种能重塑作家世界观的形象写作。古尔蒙在《面罩之书》(*Le Livre des masques*)中就经常使用隐喻的手法。在为马拉梅、魏尔伦、维利埃、拉福格、于斯曼、洛特雷阿蒙建造先贤祠时,古尔蒙改写了象征派的典型文本。如果大家都参照他预先设定的美学前提,那么批评家就糟糕了,可能会掉进模仿的陷阱。但是,最常

---

① *Critique et théorie littéraires en France*, p. 141.
② *Esthétique de la langue française*, p. 185.
③ *Le Problème du style*, p. 86-87.
④ Ibid., p. 101.
⑤ 《马尔多罗之歌》(*Les Chants de Maldoror*)是洛特雷阿蒙的长篇散文诗,诗里出现了185种动物的名称及其变形和嗜血的文字描述,在内容上以"恶"为主题,反人类、反伦理,并充斥了渎神的反叛,作品以惊人的破坏力对文学进行了颠覆性的尝试。20世纪的超现实主义流派受其启发,留给了后人广阔的评论空间和解读角度。
⑥ *Le Livre des masques*, p. 141-142.

见的是,《面罩之书》成了散文诗,这一写法预示着后来超现实主义作家们的"综合"批评。

五 费迪南·布伦蒂埃[①]

唯有提到实证主义时,才能将布伦蒂埃和泰纳相提并论。但布伦蒂埃不同于泰纳,前者从完全不同的角度表现出他对科学的渴望,虽然这是很短暂的一段时期。布伦蒂埃想成为一位古典理性主义者。由此,对他来说,应该以理性建立概括性的审美观,并且找到能够分析形式的存在、演变及消亡的法则。在布伦蒂埃看来,批评家应该集历史学家、传记作家、心理学家、科学家的素质于一身。

布伦蒂埃担任过巴黎高等师范学院的教授和《两世界评论》杂志的主编,他于1889年在巴黎高等师范学院讲授的课程中,将分析文学史中的体裁演变作为首要任务。文学史在生命的科学中寻找科学的合理性。文学批评史应作为一部巨著的开篇之作,这部巨著应该分为三个阶段:法国悲剧史(用以阐明一种文学体裁的构成、确立以及消亡)、抒情诗史(旨在证明从一种体裁到另一种体裁的转化,讲台上的雄辩术被引用到浪漫主义的抒情里)、法国小说史。布伦蒂埃在1890年出版了《文学批评的演变》(即布伦蒂埃于1889年公开讲授的课程的内容),在1892年和1894年也相继发表了一些作品,如《法国戏剧各个时代》《抒情诗的演变》,但它们都偏离了最初的目标。

由于这种新样式的影响,文学史变形为一部错综复杂的家谱,是用于阐明文学体裁的区分、确立,或者发现和决定它们转变以及消亡的变性剂。这种仿效的进化论假设可能有一个完善期或成熟期。继体裁的消亡之后,再继文学的堕落之后,出现一种"古典主义"。按布伦蒂埃的说法,悲剧的例子就恰恰印证了这个过程。至于小说,它的命运就和好几种体裁的消亡是不可分割的。

今天对于我们来说,这种从一个生物学模式那里借用的解释是难以接受的,然而,布伦蒂埃的一些论点倒是有趣的。宣布浪漫主义抒情可能继承神圣的口才雄辩术,这样的假设也许有些不慎。但是在雨果、拉马丁或者缪塞的诗中,特别是在为数众多的罗拉(rollaque)式的呼语中,证明了口语风格的持久性和这些诗人愿承担的道德权威,这个假设的长处是突出了这一点。同样有趣的是他看到:小说从其他体裁中吸取了独有的式样(如矫揉造作、喜剧性),从伦理学家那里学到他们的长处,然后给自己似乎只属于诗歌的绘画权利。这种同一属性的可塑性,以及把小说视为合并的形式的定义,幸运地把文学理论和形式的历史结合

[①] 费迪南·布伦蒂埃(1849—1906):1875年进《两世界杂志》工作,1894年成为主编。1886年任巴黎高等师范大学校委会主任。他在《法国文学批评研究》(1880—1907)和未完成的散文集《体裁的演变》显示出其渊博的学识,抵消了他在文学上对达尔文主义大胆的应用所带来的质疑。

在一起。

然而,布伦蒂埃的所谓"科学"雄心是一目了然的。但是对宗教的皈依促使他宣称"科学的破产"①,在《访梵蒂冈后》(1879)里他确定信仰天主教。这里我们暂且不考虑这些,不过必须看到他很早就揭露博学、文献学以及语言学在批评中的滥用(参见"当代博学和法国中世纪文学",《两世界评论》,1879年6月1日)。他反对将文学史引入到中等教育中,于是他成了修辞学的卫道士(参见"为修辞学辩护",《两世界评论》,1892年12月1日)。他始终力求将自然科学与人文科学分开,后者不能归结为突出普遍意义的决定论。在1888年7月1日《两世界评论》上的一篇文章里,实际上,布伦蒂埃认为:"人会作出艰辛的努力,促使批评和历史永远成为科学。如果从'科学'一词严格的意义上说,在科学的因果过程中,一些学科中被以各种方式制约的东西才成为科学;相反,自由的东西,抑或被当作存在的东西,才真正属于人类。"②最终,批评总会引用美学的定性标准,那么它们是否会像众所周知的标准那样客观地强加给大家?布伦蒂埃是这么想的。然而它们却险些被意识形态搅乱了方寸。在布伦蒂埃的作品里,他对博须埃的颂扬暗含着对费奈隆强烈的反感;而他对古典文学的偏爱则频频表现在他对此卓越的研究中,相反他却对伏尔泰加以诋毁。论战者的秉性伤害了他意欲建立"一种客观的批评"的愿望。

布伦蒂埃将达尔文主义或海克尔③主义的模式引进到文学理论中的行为其实与同一时期的社会学家(如赫伯特·斯宾塞④)、语言学家(如奥古斯特·施莱歇尔)、小说家(如著有《萌芽》和《崩溃》的左拉)的行为有异曲同工之妙。他们都以优胜劣汰、进化论的术语阐释社会阶级间的竞争、民族间的竞争、语言的存在与消亡。另外,布伦蒂埃感觉到自己也经过了一条轨迹:它曾经引导维尔曼、吉佐和库赞将历史引入到文学批评中;引导圣伯夫依赖自然科学;引导泰纳将自然主义者,特别是米尔恩-爱德华⑤青睐的"相互依存规律"引进人文科学里,从而自称为心理学家。实际上,布伦蒂埃对他的前人取长补短,力求寻找一种新的科学模式。他受达尔文的影响,创立了自己的以"种类"为划分标准的批评体系。他的观点建立在如下基础之上:当时,所有包括人文科学在内的学科都在运用自然科学的方法,并互相比较得出判断,由此,客观性的批评不仅是可能的,而且是不可或缺的。因为所有的作品,所有的"种类",所有个体都不是孤立存在的,而是处在与其他作品、其他种类和其他个体的相互关联中。与动物种类一样,文学作品

---

① La Critique littéraire française au XIXe siècle, p. 119.
② 见《两世界评论》,1888年7月1日。
③ 恩斯特·海克尔(1834—1919):德国生物学家、博物学家、哲学家、艺术家,同时也是医生、教授。海克尔将达尔文的进化论引入德国并在此基础上继续完善了人类的进化论理论。
④ 赫伯特·斯宾塞(1820—1903):英国哲学家。他为人所共知的就是"社会达尔文主义之父",所提出一套的学说把进化理论适者生存应用在社会学上,尤其是教育及阶级斗争。
⑤ 亨利·米尔恩·爱德华(1800—1885):法国动物学家。

的种类也在根据某些确切的规则不断演变,所以,将作品在每个种类的范围内按照高低、好坏分类,既是显而易见的,又是相当必要的,同时还需要在每个种类中确立一个作品进化的终极形式,他说:

"只有将一类文学与整个有机组织阶层中另一种进行类比——就好像有比较才得出脊椎动物高过软体动物,而在脊椎动物中猫和狗又比鸭嘴兽要高级的结论——我们才能判断一种文学种类是否超出另一种,或是在同种文学类别,譬如戏剧、颂歌或小说中,某部作品是不是比另一部更理想。这就是理解'知识的相对性'理想的方法,也是唯一一种并非诡辩或纯粹空谈的手段。无论我们所拥有的是'苍蝇般多面的复眼'还是'猩猩般简单又鲁莽的头脑',万千事物所呈现的方面或意义都会改变,但是它们之间持续相互维系的关系,及这些关系形成的某个系统却是恒久不变的。"①

对布伦蒂埃来说,相对性只有在这些体裁间的对比关系中才能得以体现。而这样的相对性也只有当这些等级是相对划分的、并有赖于它所处时代(即某个地点或时间,此处是为了借用与他同时代的泰纳的术语)所偏爱的某些意义,才能存在。但他并未考虑到在某些时代某种体裁可能走到了巅峰或是处于低谷期,甚至已经无人问津。他也未预感到:如果某种体裁的理想标准设立得太过明确或苛刻,那种类型势必会走向灭亡,而所有诠释这些标准的作品都只能是越来越俗套,越来越缺乏新意罢了。对一个受达尔文主义影响如此之深的人来说,他并没考虑到:一种发展中的体裁的标准是历史客观形成的,而所有的"创造者"都不过是在以一种或新颖或老套的方式来重新塑造过去的作品体裁罢了。他指出:

"一位作家的独到之处并不是与自己相比来判断的,这样做只会自相矛盾;也不应该和自我来比较,因为自我并不见得比他者更有见地;只有和其他作家、剧作家和小说家前辈,或是那些曾经创立这种体裁规则的前人等已经作古的人相比较,才能说明其新奇之处。"②

但是又是谁在保证作品体裁的质量的同时创造出它的规则呢?在这方面,我们发现可以如同对待达尔文的理论一般,严肃又愈加激进地持有保留意见。因为达尔文的贡献在他的领域中是不可或缺的,然而布伦蒂埃的成果因坚持用科学方法研究而差点名誉扫地,除此之外,他在文学批评界并未起到巨大的推动作用,他所欠缺的并不限于一个小小环节。他不断将文学批评同科学做对比,他否认批评

---

① *Essais sur la littérature contemporaine.*
② *Ibid.*

的客观性并由此质疑其他批评家的理论基础。然而,他也承认批评并非是科学,至多也不过是借用后者的研究方法而已。

六 教条主义与印象主义的论战

布伦蒂埃既反对艺术爱好主义,也反对印象主义,从未停止过宣称应按等级划分作品。这显然将文学批评置于进退两难之地。也正是基于这一点,这位《两世界评论》的主编分别与于勒·勒迈特及阿纳托尔·法朗士展开了激烈的论战。

布伦蒂埃于 1891 年在其《印象主义批评》一书中陈述了他的全部论点。他试图极力缩小审美趣味判断的相对性。他肯定地说:"所有的文人,都赞成明显的价值等级划分。"①在澄清我们的印象是来自阅读的偏见,或是课堂权威教育的影响之后,我们便能够在文学史和作家传记基础上进行分析。布伦蒂埃还认为,在这些坚实的基础上,有可能客观地评价一部作品,脱离批评家的个人好恶。

与之截然相反的是,于勒·勒迈特大声要求他的"印象主义"。此外,他将一些发表过的文章收集在 1896 年《当代人》(*Les Contemporains*)里,在第一卷的前言中说,它们是"精心记录下的真诚的印象"②,其实就是重现圣伯夫在《约瑟夫·德罗姆的生平、诗歌与思想》(*Vie, poésies et pensées de Joseph Delorme*)中对批评下的定义。这种印象主义是建立在好感的基础上的,它的出发点是美学情感,其背景是这位直接感受的读者具备很高的文化水平和丰富的阅读经验。这种好感的思想导致"批评家与他所喜欢的作家完全同化,甚至原谅他的缺点"③。在第二阶段,由批评家根据他从作品中得到的印象确定作家从"事物"中得到的印象。

勒迈特自称为完全的"现代派",承认布伦蒂埃身上具有一种学问、一些观点、一种哲学的思想,但勒迈特认为他的实践近乎于一个大胆的、咄咄逼人的正统派,犹如一个异端的鼻祖!这是个"尼扎尔式"的教条主义者,"不那么可爱,不那么优雅,也不那么精致"④。勒迈特指责布伦蒂埃对当代作家的批评是负面的。这位教条主义者充满着陈旧过时的偏见。

布伦蒂埃与阿纳托尔·法朗士的论战同样很激烈。布伦蒂埃经常改变看法,至少具有驱除"笼罩在我们头上普遍的神秘"⑤的大胆的愿望。阿纳托尔·法朗士却视他为变色龙,一个自相矛盾的科学捍卫者。法朗士指出:在布尔热的《弟子》(*Le Disciple*)出版之际,尽管布伦蒂埃受进化论影响企图建立一种体裁理论,他仍主张科学从属于精神,谴责达尔文主义。

---

① *Critique et théorie littéraires en France*, p. 156.
② Ibid.
③ Ibid.
④ A. FRANCE, «La morale et la science», Préface à *La Vie littéraire*, 3e série, *Œuvres complètes*, t. VII, Calmann-Lévy, 1926, p. 76.
⑤ *Critique et théorie littéraires en France*, p. 157.

但是这种自称为对科学的捍卫首先是为论战的策略服务的。法朗士并不想向批评领域引入科学知识。客观性批评在他看来只是一种诱饵。它规定的所有标准都是飘忽不定的:"美学没有建立在任何牢固的基础上。它只是一座空中楼阁。人们想依靠伦理,但是没有伦理学,也没有社会学。科学达到完善的情形只存在于孔德先生的脑海里,他的作品就是一种预言。"①没有限制主观主义,任凭自己被书籍所产生的效果牵着鼻子走。一位好的批评家要善于叙述他的灵魂在这些重要作品里的历险。

印象主义产生的第一个效果就是将文学爱好者和批评家混为一体,在享乐主义者和纯文学爱好者眼里,他们与作家三位一体。这个形象与传统的老学究的形象完全不同。后者是那些教条的学院派学者,写东西免不了拈须推敲。人们大声地谴责布伦蒂埃先生,就像后来反对草率的、博学的朗松弟子一样。此外,法朗士在反对布伦蒂埃的同时,大声赞扬波德莱尔。

埃米尔·法盖②在文学批评领域处于中间派的位置,也就是说处在布伦蒂埃的教条主义和印象主义批评中间。我们可以从这个大学教员身上看到他最痛恨"普遍思想"。就这一点他与《两世界评论》的主编势不两立:"布伦蒂埃是一个具有普遍思想的人。"③法盖不太赞成教条主义和系统精神。在那里他看到一种令人讨厌的先验,一个预先存在的目录,他谴责泰纳的决定论。渊博的学识并不是他的长处,他也会偶然地当上业余艺术爱好者。然而他也不会因此就完全让他的美学情感牵着鼻子走。法盖反对卢梭,如同莫拉斯拥护者所做的一样,与北方文学为敌,他反对以感觉作为美学评判的第一原则,他主张应将理性、文化和知识放于优先的地位:"它比知识更真实,知识是感觉的前提,感觉是知识的条件。"④他甚至还支持索邦大学对莫拉斯拥护者的抨击。

在《17 世纪、19 世纪、18 世纪文学研究》续篇中,法盖常常化身文化传统的捍卫者。这部续篇与其说是文学史,不如说是一系列作家的专题研究。因为博学的作用是相对的,批评从不考察围绕在作品周边的背景,它们只着眼于文本本身,从中梳理主要的原理。在否定了泰纳的决定论后,法盖认为:在一切作品中,存在着"有意义的部分";作品的结构紧密是美的最显著的符号。在逻辑之后,被考察的应是修辞。将研究的中心重新转回到文本内部,排除一种子题的研究——希望梳理出一个主题网,通过情感同化发现一个个人的世界。对文本内容的分析对于一个想当心理学家的批评家是非常重要的。但是他的心理学的坚实的基础是一些引人注目的事,换言之,也就是被人一眼看出的要素,它们使他能精确地揭示一部

---

① A. FRANCE, *La Vie littéraire*, 3e série, *Œuvres complètes*, t. VII, Calmann-Lévy, 1926, p. 385.
② 埃米尔·法盖(1847—1916):索邦大学法语诗歌教授,偶然的机会让他走进了新闻界,接替朱尔·勒迈特在《论坛报》(*Journal des Débats*)的工作。他游移于文学批评爱好和建立修辞规则之间。
③ *Critique et théorie littéraires en France*, p. 159.
④ *Ibid.*

作品的主线，抑或揭露与结构紧密原则相违背的东西。法盖如布伦蒂埃一样，却从不同的侧面，与18世纪文学进行鲜明的比较，极力颂扬古典文学。

埃米尔·法盖多次转向新闻界：1896年他取代于勒·勒迈特在《论坛报》中负责戏剧批评，而且很多年来他基本一个人主编并主稿《拉丁杂志》（*La Revue latine*）。法盖对写作的癖好可以成为研究对象，他的词句表达机制可以成为丰富的教学语料库；法盖把他脑子里想的东西执着自发地、滔滔不绝地倾洒在白纸上，笔锋闪耀着思想的火花，他边写边想，一串串句子就好像拉手风琴一般忽而展开，忽而收缩，文思如泉，涌出的句子表达得贴切且简练。如果说不上它们是一种演说，那么这样盘旋起伏的句子会让人想到一种在评论话语中展开的内心独白，因为法盖的思想，即使是在最初的状态，也有一种自然连接的形式。法盖是一个写过很多题材并且多产的作家，他常为一些作家撰写前言、绪论，发表各种评论文章，还不乏一些辛辣讽刺的话语来评论伏尔泰，他的评论似乎很少重复，并且很少相互矛盾。他还写了很多评论集和专题著作，例如他给法国文学每个世纪的文学写一部概况，形成系列专著。从他的《孟德斯鸠、伏尔泰和卢梭的比较政治》一书看，他习惯于专题讨论，关注新世纪重大政治思想（自由主义、社会主义和民族主义），撰写了一系列的著作。法盖在索邦大学是法国诗歌的讲座教授（有人从他讲的课上梳理出11卷《法国从文艺复兴到浪漫主义诗歌史》，实际上是从马莱伯一直到法国大革命时期的），梳理了批评界对文艺复兴以来几个世纪中的重要作家进行研究并已发表的作品，从整体上是对法国文学的一次检阅，但他没有对它们进行深入的研究。

1910年法国反对高等教育的运动中有人攻击大学教授的博学研究，法盖虽置身于边缘，却捍卫这种博学研究。他首先是一个读者，然后再将《阅读的技巧》教给他的众多的读者。他在1912年写成了这部短小却精致的著作，通过这本书，他意识到文学史和文学批评的不同：前者是后者的条件；前者给人参观的地图，后者则是提供旅行的感受。在他的教学中，法盖常常先梳理出所研究作家的精神和道德肖像的大体轮廓，然后再将作家的演变压缩成几个基本要素，从而把作品相互连成一个整体。在世纪末，他无论是在法国还是在其他国家都享有盛名，他的评论被学界视为权威。

事实上，文学批评爱好者和教条主义者，无论他们的对立是多么明显，但他们经常相聚在共同的领土上：他们的文学趣味是传统的，政治上也是如此。法盖的研究不讨厌任何事物，也不排除对社会主义的研究。布伦蒂埃反对德雷福斯派，勒迈特成为法兰西祖国联盟的主席。毫不奇怪的是，他接替布伦蒂埃后，指责卢梭，指责夏多布里昂，简言之，就是反对浪漫主义、反对世界主义。在1909年，他不是宣称他加入保皇党了吗？只有阿纳托尔·法朗士，忠诚地站在德雷福斯派一边，反对这种变化。于是一些分化就产生了，除了对立外，或且除了文学品味和方法论上的相同外，分化反映了意识形态上的冲突。

七 保罗·拉孔布和乔治·勒纳尔：对一种方法的探究

居斯塔夫·朗松是跨世纪的文学批评家，他对文学史的博学批评将放在20世纪文学批评里阐述，但他早在19世纪末就主张文学史的编写要从有关制度和背景环境的资料上寻找其意义所在。正如安托万·孔帕尼翁①指出的那样，我们应注意到，他并不是那个时代唯一可以作为这个学科方法论创始人的人。在这里，应该提及到两部作品：一是保罗·拉孔布②的《文学史导论》(1898)；另一部是乔治·勒纳尔③的《文学史的科学方法》(1900)。拉孔布是个历史学家。乔治·勒纳尔在1890年出版的《一门尚年轻的批评学的泰斗们》(*Les Princes de la jeune critique*)里攻击他们，即谴责布尔热、法朗士和布伦蒂埃等人，他是《小共和国》杂志的专栏作家，随后从事社会学工作。在这两部论著里，作者都在探讨：文学史应该如何在批评的传统领域外部重新建立起来。

保罗·拉孔布试图将心理学（里博④的理论）和历史方法论结合起来。首先他必须排除一个障碍：没有什么东西比文学概念更难以捉摸。他受到统领法国大学的哲学新康德主义的影响，提出来第一个定义："在我看来，作品是被一种想将无私的情感与他者交流的欲望激发而创作的，文学领域就是由这些的作品组成的。"⑤但是他的这个定义常常遭受指摘。那么，米舍莱的作品要归到哪一类呢？出于对风格的考虑，它们归属于文学的范畴。这是有教益的判断，因为那些实证主义历史学家，譬如朗格卢瓦和塞尼奥博斯，他们努力赋予历史一种科学的地位，他们也指出：与其说历史学家和文学家竞争，倒不如说米舍莱反映历史事实，直接明了地表达史实。

同样，保罗·拉孔布从心理发生学的角度，依赖一类起因小说试图给文学下定义，斯宾塞和里博在他之前曾经陈述了这类小说的情节概要。游戏活动、补偿性的模拟都是艺术的起因。如果现实带给人的情感经常是痛苦的、难以忍受的，那么对这个可恶的现实的模拟会以一种游戏的形式给人很强烈的情感，人们会引导这个游戏，它将转变为一种文学的陶冶(catharsis)。相信听过弗洛伊德的解释，我们会毫不奇怪保罗·拉孔布建议批评家去挖掘在一个作品中起组织作用的主题，它反映了作家在创作中投射的感情。

这部《文学史的导论》的与众不同之处是从社会学角度加以论述。布伦蒂埃

---

① 安托万·孔帕尼翁(1950—)：法国文学史家，普鲁斯特研究专家。
② 保罗·拉孔布(1830—1919)：法国历史学家，试图创新文学史的研究方法。他惯用的手法是通过研究统领作品的原始的感动和发挥想象力的儿童游戏，再用弗洛伊德的理论来加以分析。
③ 乔治·勒纳尔(1847—1930)：法兰西中学的教师，专门从事社会学工作。他的《文学史的科学方法》(1900)在文学创作中涉及经济学和社会学知识的方面有着重要影响。
④ 泰奥迪勒·里博(1839—1916)：法国哲学家，通常被视为现代心理学的奠基人。
⑤ P. LACOMBE, *Introduction à l'histoire littéraire*, Hachette, 1898, p. 3.

虽然把文学体裁视为活生生的存在体,却没有看到精神的生产最终生成为对人格发展产生影响的社会机构。依照定义,法国的学士院就是这种社会机构,集体的审美趣味的某种形式,对一部作品读者群的接受,诸如三一律这样的规范标准等都是社会机构。保罗·拉孔布总结道:"在一个行为,或一种劳作,还是一部作品中,每一特点会唤起在另一个人,更不必说其他人的行为,或劳作,或是作品里某个已经存在、可视见的特点,它又折射到机构上。"[1]所以,要由文学史来汰选:对待个人如同对待一个既含有生前机构的痕迹、又是后继机构的起点的事件一样。

乔治·勒纳尔在他的《文学史的科学方法》(1900)中规定的标准部分是具有可比较性的。一部通史首先应着眼于历史分期和文学分期的连贯性上。然而,它并不是完全从属于政治事件,有时文学形式的变化可以先于政治的变革,或且反过来。这种分期工作一旦完成,更可以梳理出一个时代的共同主题,也可以进入对一些特殊的文学作品的研究。乔治·勒纳尔努力确定那些引导文本自身研究的规则。在这一点上,他试图建立一种内在研究的批评,他开列出一张长长的建议的单子,这些建议的主要目的是要揭示作家偏爱的思想、感情或作品的调性,以及他对幻想和非理性的趣味,抑或他对社会问题的兴趣。然而,这种被反常地称作外部的研究却包含着叙述学和修辞学的研究方法。

这部关于方法论的著作还涉及社会、经济的问题。在乔治·勒纳尔看来,应该考虑决定出版合同的经济学数据,同时,也应该关心文学工作者的社会地位,以及他们与同时代政权的关系,书籍的销售情况,或者从一个法律和政治的角度,考察一些话语权的条件。在一个越来越总体化的研究中,乔治·勒纳尔重视比较研究法。在他看来,在法国文学和外国文学,文学和艺术,文学和科学之间必须建立关系。这个充满雄心壮志的计划至少有从宏观的角度考虑文学史的意义。乔治·勒纳尔对作品展开科学研究,针对每一种问题,他都开列了一大堆参考书籍,作为研究的先决条件。这些书单目录见证了他追求完整性的愿望,但没有成功地提出问题,除了像招标细则的表格外,它更像一张主题表,而不像一种真正的批评方法。

---

[1] *Introduction à l'histoire littéraire*, p. 29.

第三篇

法国20世纪上半叶文学批评

第一章 世纪之交的批评

第一节
朗松的文学史方法论

居斯塔夫·朗松①成为大学教授批评的代表,部分原因是出于大学的制度:他毕业于巴黎高师,然后通过了中学教师资格会考,并以《尼维尔·德·拉肖塞和流泪戏剧》(*Nivelle de la Chaussée et la comédie larmoyante*)的论文获得了文学博士学位。在巴黎的中学教了多年书之后,20 世纪初被聘为索邦大学法国演讲学的讲座教授。1902 年中等教育改革着力反思现代人文科学问题,他是教改的支持者,其观点始终不变,被视为现代派和民主阵营里的中坚人物。一些人反对他的观点,其中就有他的桀骜不驯的学生佩吉,后者对他的理论观点进行仔细的研究后,猛烈地攻击老师。

一 朗松的方法论

朗松试图确定文学史的使命和目标,以创建一个不同寻常的批评方法论,而这条道路是曲折的。1895 年,在一部题为《人与书》(*Hommes et livres*)论文集的前言里,他对布伦蒂埃进行了大肆赞扬,犹如布伦蒂埃的一个信徒。但是,同样在 1895 年,朗松出版了《法国文学的历史》(*Histoire de la Littérature française*),这部作品被孔帕尼翁誉为"文学教师的培训教材"②,因为它可以弥补取消修辞学引起的欠缺。这场旨在废除修辞学的运动早在 1880 年就开始了策划,直到 1902 年才得以实行。法语写作课取代了演说课,然而对文本的解释被引进到修辞学原先的教室里。在这一点上,与布伦蒂埃不同的是,朗松在各个方面来说都算是个现代派,他属于中等教育和高等教育改革派。在德雷福斯(Dreyfus)事件(朗松是德雷福斯派)和政教分离的背景下,文本诠释和文学史课程属于公民教育。它们被看作是实施教育思想、遵循严格的科学和客观性的课程。自 1895 年起,朗松在意识形态、教学理念和政治上的选择使他与布伦蒂埃越来越疏远。

---

① 居斯塔夫·朗松(1857—1934):他力求在法国文学研究中引入丰富的哲学、历史、社会学的知识,因为他观察到文学史应重新构建在一个坚实的基础上。

② A. COMPAGNON, *La Troisième République des lettres de Flaubert à Proust*, Seuil, 1983, p. 42.

在《人与书》的前言中,朗松有一句名言:圣伯夫不是用传记来解释作品,而是用作品去编织传记。在朗松看来,这就是圣伯夫为什么在《波尔—罗雅尔修道院史》和《月曜日丛谈》里对文学巨著分析相对薄弱的缘由。然而,朗松却自相矛盾地说:我们应该喜爱并欣赏圣伯夫的谨慎。圣伯夫醉心于科学,然而他从来不认为自己的工作和拉马克①、布兰维尔②、马让迪③的有相同之处。相反地,泰纳和布伦蒂埃则让自己"陶醉于化学家、物理学家和自然学家们的重大发现里"。④ 因此,文学史应避免两个陷阱:一是向传记的偏离;二是凭借错误的类似,将生命科学和文学研究叠合起来,去设计一个错误的模型。

为了规避这个陷阱,应为这个学科划定一个界限。文学史应从老式的批评中分离开来。这种老式的批评过分接近报刊批评。它与"一种耐心的、精确的、科学的文学研究"是相悖的。⑤ 同样地,文学史也不应该被视为一种文学的科学。它的结果具有历史这门科学相对的可靠性。此外,只需加上一个"文学的"修饰词,就使得所谓文学史不再完全是一部历史。事实上,历史学家们挖掘的过去与文学史家朝向的过去不属于同一类型。显然,艺术品依赖于一个背景,那里已经被注明了日期。但是,它们不同于档案文献,同时是生机勃勃的:它们总是给我们产生一种美的效应。如果文学的史学家们不能全盘否认印象主义(他们使我们接触到美),那么他们就该调节、控制属于主观范畴的东西:"一个词就够了。区分'知'与'感',即区分能够知道的东西和大概感到的东西,但能知却不感;别相信感即知。"⑥那么这就是全部的方法了吗? 一种社会学的雄心有时会为朗松确定的目标染上色彩。他不是主张"发现文学作品创作的社会条件"和写"一群在幕后默默无闻的、不亚于著名作家的读者的历史"⑦吗? 吕西安·费夫尔在《年鉴》里对此作了高度的评价。("从朗松到莫尔内:一种舍弃",《年鉴》,1941年7月),因为他在朗松的这个计划里似乎看到了谱写一部精神史的预兆。但是这个社会学的雄心也有负面的东西。从另一个侧面来讲,再次出现圣伯夫这位文学史学家的阴影,他惯用的方法:捕捉唯一的现象,描绘人物的特征。怎样既考虑到属于一个老生常谈的话题的东西、又考虑到属于"个人天资"的东西呢? 只有通过研究渊源和影响。

在这个领域里,重要的是考察是什么把最初版本与在当代的批评中常说的"互文性"概念分离,拉马丁的《沉思集》和伏尔泰的《哲学信札》的校刊本提供了

---

① 拉马克(1744—1829):法国博物学家。
② 布兰维尔(1777—1850):法国动物学家和解剖学家。
③ 马让迪(1783—1855):法国医生。
④ G. LANSON, «L'Esprit scientifique et la méthode de l'histoire littéraire», in *Méthodes de l'histoire littéraire*, 1925, rééd. Slatkine, 1979, p. 22, p. 23.
⑤ *Ibid.*, p. 35.
⑥ *Ibid.*, p. 30.
⑦ G. LANSON, *Programme d'études sur l'histoire provinciale de la vie littéraire en France*, 1904, repris dans *Etudes sur l'histoire littéraire*, Champion, 1930, p. 8.

最初版本的例子。最初版本与"互文性"概念的目的性各自不同。朗松主张进行分类,他的目的不是寻找重写的动力。有意思的是他借用化学词汇来形容:"卓越的作家大多是前代人的沉淀物,又是当时事件的收集器。"① 重要的是从他的作品中离析出那些渗透在内的东西,即那些不属于它本质的东西,为的是更好地欣赏那些"不可解释的沉淀物",那就是作家的天才的标志。

关心考古学和文献学的文学史学家似乎要变成遗传学家。朗松于 1908 年发表在《当月杂志》上的"《保尔和维尔吉妮》的一份手稿(*Un manuscrit de Paul et Virginie*)"一文中,他就建议在对它迟疑不决、慢慢地弄清楚的研究过程中追踪作家的创造。朗松试图从这个考察中梳理出某些反映作者才干和趣味的标志,这包含着借助规范的判断。然而他建议灵活地追踪"一种积极的自发性的努力,而思考会帮助这个自发性"。② 居斯塔夫·吕德莱③将朗松主义引进牛津大学,他在《文学批评和文学史的技巧》(1923)中主张使用一个比较的办法。他的目的论不同于当时的遗传学,因为朗松和吕德莱仔细研究原稿,为的是优先领会创作的心理。

这个暗含或明晰的心理主义在另外的领域产生后果。朗松观察到在几个世纪的接受过程中,这些文学作品经历了各种各样的阐释:一部大作家的作品包含有取之不尽的思想和情感的可能性。所以,领会文章的"历史意义"和"现在意义"的意愿是正当的。朗松也假设存在一个"作者的意义",批评应该总是从这一点出发。④ 而"作者的意义"在两种阅读后会凸现出来:第一种阅读应是文献学层面上的,另一种应特别关注历史和文化背景的信息。我们要考虑到文学史的缺陷:它不能确定一条诠释的主线,它不能从深层探讨意义的复杂结构,也许因为它还缺少文本理论。

然而,在阅读了普鲁斯特的作品后,朗松似乎产生了某种怀疑。他自问:他在研究蒙田的《随笔》和帕斯卡尔的《思想录》中努力寻找意义,这种努力是不是徒劳的?诚然,文学史学家拒绝广义的相对主义,因为在他们看来它似乎是普鲁斯特的客观主义的结果。然而,后来他为一篇解释文本的论文增加了一个注解,表明朗松没有把自己的信条变成一种教条。另外,不应该把这位文学史学家开辟的广阔批评场域只局限在研究作品的渊源、起因和影响,建立详尽的参考书目,整理一个时代有特性的主题等。这就是忘记思想史对朗松来说具有的重要性,或且忘记体裁的历史。在朗松的研究中,他的批评方法多变,他能睿智地使用一个时代的智能工具。可惜他的弟子有时近视,使人忘记这些。

---

① G. LANSON, *Méthode de l'histoire littéraire*, repris dans *Essais de méthode, de critique et d'histoire littéraire*, édités et présentés par H. Peyre, Champion, 1930, pp. 41-42.
② G. LANSON, *Un manuscrit de Paul et Virginie*, Editions de la Revue du mois, 1908, p. 6, p. 35.
③ 居斯塔夫·吕德莱(1872—1957)在他所著的《文学批评与文学史的技术》(1923)里将朗松主义引进牛津大学。
④ *Méthode de l'histoire littéraire*, pp. 41-42.

二 朗松的文学史研究与批评实践

朗松的研究工作建立在文学史的概念上,这个概念与文学批评有明显的区别。与其说它从历史科学搬移公式,不如说是借来一种精神状态,这种精神状态首先就是"好奇无私,刚正不阿,勤劳耐心,尊重事实"①。文学史处于一个特别的位置,没有文学批评那种人人可以评判的自由:朗松在1910年发表在《当月杂志》(La Revue du mois)上的一篇关于研究文学史方法的重要文章中说,"我们的理想是构建一个天主教徒和反教权的人都不会否认的博须埃或者伏尔泰,还原他们真正的形象并且用他们接受的情感形容词来修饰。"②

为了达到这个客观的理想,应该筛选一部文学作品所引起的印象,以区分哪些是属于读者的个性,哪些是作者的真实或可能的意图。还应该更加重视读者的反应,因为客观的形式来自诸多主观的对抗,把读者的反应综合起来,将提供有关作品的质量和特点的丰富的参考价值:"它们充满了不协调的整体和谐,构成了我们称之为作品效果的东西。"③因此,知和感的差异与互补是朗松文学批评的原则:如果印象主义是读者反应的出发点,"那么我们就要善于在保留它的同时,区别它,评价它,控制它,限制它:这就是朗松批评方法的四个条件。一切的最终目的都是不要把知和感混到一起,要小心谨慎,以便使感成为获取知合法的手段。"朗松只在其学术生涯后期谈起普鲁斯特的时候,才小心翼翼地谈论感和知互通的可能性,因为当时周围的相对主义理论逼得他保持谨慎态度。但在他一生绝大部分时间里,丝毫没有怀疑过感觉的单义性。

文学史和造型艺术史的比较彰显了这种客观性的研究:作品的存在与流传,与给予它的种种评论无关;关于这个存在的问题属于另一类问题,不是对其历史意义或美学价值的研究。文学史与普通历史学既有亲缘关系,又有它自身的特点,必须把两者区别开来:"历史学家的目标对象是过去,那些只存在一些痕迹和碎片的过去,人们借助这些蛛丝马迹来重建对它的概念。而我们的目标,也是过去,但是一个存在于现在的过去——文学既是过去也是现在。"④在朗松看来,作品既为读者观察提供材料,同时也为批评家审美操作提供素材,文学史的作用这一基本假设,可以确定其目标:"把我们理解中的情感部分压缩成为最小、不可或缺和合理的要素。"⑤因此,文学史是处在批评之外,它以其丰富的知识辅助批评的趣味,它为文学批评准备素材。

---

① La Critique littéraire française au XIXe siècle, p. 185.
② Ibid., pp. 186–187.
③ Ibid.
④ Ibid.
⑤ Ibid.

朗松把文学史扩大到对现代文学的研究,将加斯东·帕里斯①(1839—1903)从德国引介研究古典文本时使用的文献学方法应用到对中世纪文学的研究中。例如他的杂志《罗曼》(Romania)就给1894年创办的杂志《法国文学史杂志》带来了灵感,这本杂志迅速成为了朗松博学批评的正统期刊。即使朗松的名字没有出现在杂志初期的编委会中,但他很快就和这个杂志建立了定期的合作关系:他在其中发表的第一篇论文是《高乃依笔下的英雄与笛卡尔概念中的英勇》(Le Héros cornélien et le «généreux» selon Descartes)。与其说这是一篇支持刊物的博学批评论文,倒不如说是一篇讨论关于个性和总体潮流关系的典范的批评论文,论文的结论是:笛卡尔和高乃依之间的关系更像是两位大师的偶遇,而不只是影响一个词汇的本身意义。

然而,如果我们可以在本笃会编纂的文集中为文学史寻找丰富的渊源,那么就不应忽略维克多·库赞(1792—1867)所起的先驱作用。他从1843年转到对历史和文学的研究,这使我们能够用文献学的方法大大更新我们对帕斯卡尔、沙龙的矫饰文学和17世纪的社会的认识。最后,朗松根据年代顺序排列的客观资料,为文学史开拓了综合的视角,补充了历史大事分类和串联的理论,朗格卢瓦和塞涅博斯曾经于1898年合作撰写了一篇论文《历史研究导论》(Introduction aux études historiques),文中阐述了这一理论。朗松想通过增加已确定的历史事实,去控制和缩小个人感情,他把这一思想很大程度上归功于这两位作家对建立历史事实的重视和对资源的分类理论。

朗松对文本的偏爱限制了他对个人传记资料的兴趣。从1895年开始,在《人与书》(Hommes et livres)的前言中,他明显地与圣伯夫保持距离。他承认对精神自然史的兴趣,却表示了极大的不满:圣伯夫"放弃了文学批评的艰辛研究[……],他用作品来写传记而不是借助传记来解释作品[……]。在他的研究中,人掩盖了作品,作品从属于人,其实它的反面才是正确的"②。这些话的意思是说,批评家在写作者自传中作品被冲淡和淹没。他揭露了在圣伯夫笔下文学作品变成了简单的文献。不过,朗松承认圣伯夫批评中文学评论所占据的重要位置。1904年他在列日纪念圣伯夫诞辰100周年仪式上的演讲中说,圣伯夫的文学批评得益于他诗人和小说家的身份:"他的创作活动给批评带来益处,[……]他对书的评判中有一种精准、一种非专业人士不可能有的细腻的观察视角。不像文学家谈论油画和音乐,艺术批评家谈论油画和交响乐,两者完全不同。"③

朗松在大学的职位使他有机会主编、出版系列丛书,组织研究文学创作渊源并形成学派,以及制定、主持研究课题计划和分派研究任务等。从1909到1914

---

① 加斯东·帕里斯(1839—1903):索邦大学教师,中世纪文学专家,经常招致非议,特别是被布伦蒂埃指责将繁复的日耳曼语文学引入法国。
② *La Critique littéraire française au XIXe siècle*, p. 188-189.
③ Ibid.

年，朗松编写了里程碑式的巨著《现代法国文学书目指南》(*Manuel bibliographique de la littérature française*)，全书共有 5 大卷，有 20000 多条引注。同时，他完成了伏尔泰的《哲学信札》(1909) 和拉马丁的《沉思集》的校勘本，力求详尽，为文学研究提供了与文学史同样重要的创作渊源。由此就产生了一个新的版本，其中文本每几行间就穿插大量历史和文献学的评注，评注在书中占据了相当多的篇幅。

创作渊源的梳理帮助我们了解作家创作过程，只有如此，它才有意义。朗松 1906 年在《大学杂志》(*Revue universitaire*) 中发表的论文《龙沙如何创作》(*Comment Ronsard invente*) 中证明了这一点：泰纳曾经在批评中假设拉封丹面对他的前辈作出如何的反应，朗松也效法泰纳，假设龙沙如何创作：龙沙仿效前人结合模糊的记忆，有时也只记得一个词，在贺拉斯、维吉尔、桑纳扎罗①中选择主题、色调和表达，它们给《坟墓的选择》的颂歌带来趣味。朗松使作家的创作过程变得可以感知，而不是通过一种创作的微分复现，局限于从已完成的作品抽取出他预先假定的创作渊源。

另外，朗松草拟了一个文学事件和机构的历史大纲，用来描写作品产生和传播的社会历史环境。在他于 1930 年写的《法国文学生活的外省史研究纲领》(*Programme d'études sur l'histoire provinciale de la vie littéraire en France*) 中，他指出文学文本的确立及其对作者的研究应该用一些调查加以补充，尤其是研究作品在外省的传播时，应调查外省文化生活受巴黎影响的各种方面，例如其阅读和写作实践的多样性；要注意不要把文学史局限在研究作品的渊源上，还要关注作品被接受的情况："为理解文学，有人觉得研究那些写作的人已经做得够多了，但是还有那些读文学的人。书是为了读者而存在的。"②总之，他希望有人去写科学院史、学院史、外省歌剧史、报纸史、印刷史、书店史和禁书史，并且希望有人清点图书馆藏。吕西安·费弗尔代表的史学家和年鉴派向朗松式的直觉致敬并呼吁将它发扬光大，同时也为诸如达尼埃尔·莫尔内那些大学中的文学研究者只从朗松身上学到皮毛而感到遗憾。

第二年，在涂尔干的煽动下，朗松又重新拾起了他《研究纲领》中的一些观点，去考察文学史和社会学之间的关系。他强调文学作品的社会特点，作品"把作家的思想传递给读者大众"③，另一方面，文学作品本身"已经把读者群包含进去了"④，有时是一个理想中或者未来的读者群，但是他们的形象对于作家来说就是一个对话者。此外，同一个作家有源源不断的读者就是社会事实："笛卡尔和卢梭的作品本身被每一代阅读，每一代读者按自己的形象和需要创造出一个笛卡尔和

---

① 桑纳扎罗（1456—1530）的田园小说《阿卡迪亚》对于欧洲田园小说和田园诗的发展有深远的影响。
② *La Critique littéraire française au XIXe siècle*, p. 190.
③ *Ibid.*
④ *Ibid.*

卢梭。书籍本身就是一个在演变的社会现象。"①为了圈定这些多重关系,朗松提出要比较一系列事实,以便"确定某些定律,一些简单的定律",亦即普通的定律,而不是物理学家使用的恒定和必要的关系。这种命名的谨慎使他与泰纳和布伦蒂埃粗鲁的表达截然不同。

朗松从16世纪以来的文学史中梳理出的定律有不同的性质和意义。"文学和生活相关的定律"使文学被定义为"社会的表达""生活的补充",文学"补偿现实的不足",有时它"表达人们对明天所希望的东西"而不是今天的现实。"外国影响的定律"指出仿效外国如何补偿本国的不足。根据"体裁晶结"定律,代表作固化为传统的经典,成为束缚作家自由创作的框架。相反,"形式和美学目的关联的定律"让我们看到创作者们在体裁和形式上获得益处,他们的灵感给体裁赋予更多丰富的内容和意义。"代表作问世定律"使人看到成功带来的价值,促使批评家评估先驱的作用。"书籍给公众的影响定律"借助埃纳坎和居约的观点,认为书"不仅仅是一个符号,还是公共精神的一个因子"。②除了这些概括,朗松还提出了一些问卷、阅读表格和研究假设,相当于古典修辞学为方便"创作"而制定的那些"老一套"。

总之,文学史不过是研究作品的一个条件。在《法国文学史》一书的前言中,朗松将直接阅读作品作为首要的原则:"走进文本,抛弃注释和评论吧!不要忘记,正是在这里文学有效地、极好地重生。"③勒南竟在《科学的未来》中说:"文学史的研究在很大部分就是要取代对人类精神作品的直接阅读。"④为此,他感到愤慨。他取笑一些人"没有阅读原文就分析,把他们查找的资料制成卡片,就认为做得够多了"⑤。朗松也认为掌握相关资料是必要的,但不是读者与文学关系的全部:"文学不是学问的对象。它是练习、趣味、娱乐,人不知它,人也可不学它。人应实践它,培养它,热爱它。"⑥在蒂博岱之前,朗松在1910年的一篇论文里打了一个酿酒工艺学的比方告诉我们,好的作品就像美酒,"没有任何东西可以取代对它的品尝"⑦。1902年的改革使对作品的阅读现代化,认可了这种阅读的经验。朗松实践创作的练习,尤其他在国外任职的经历,如同法国的民主给建立新的人类秩序带来的贡献。他对严谨和客观性的要求不是排他的,远远不是,而是带有一种爱国主义热情。因此,他每年都会讲授一些课程,通过文学培养法国的理想。

《法国文学史》是朗松1894年还在中学任教时完成的巨著,上述那些观点使得这本书意义非凡,体现了朗松在文学创作方面的法国式的天才。这本文学史再

---

① *La Critique littéraire française au XIXe siècle*, p. 190.
② Ibid., p. 191.
③ Ibid., p. 192.
④ Ibid.
⑤ Ibid.
⑥ Ibid.
⑦ Ibid.

版了许多次,其质量远远胜过其他同类作品。朗松饱览群书,从著名的文学作品到相关的文学批评,他是一位无需与人合作就能够写出几百年历史的通史作家。然而研究的专门化还需要集体的合作,例如:与此同时,巴黎文学院院长珀蒂·德·朱勒维尔主编的《法国文学史》全书共8卷,就是集体的成果。朗松的文学史不是纯资料的收集,里面有丰富的关于历史时期及其流派的图表、彩色的肖像画,以及对文学产生影响的哲学的清晰注解。朗松在书中一鼓作气,既写作,又分析和评价。朗松丝毫不掩饰对古典作家的平衡的偏爱。他给了17世纪古典主义肯定的评价,没有继续使用尼扎尔惯用的童年、成熟和衰落三部曲写历史,在布伦蒂埃作品中我们也能经常看到这三阶段的八股。朗松赞美一种扩大的古典主义:它带有积极的现实主义,能够接受浪漫主义许多革新,有助于启蒙精神,使古典主义符合法国精神。如此看来,朗松的文学史有时会让人联想到泰纳写的《英国文学史》,它从整体上表现出了文学和民族特点之间的互动。由此看到,他的研究含有爱国意义,他的文学史知识也使法国的民族意识更加明晰和强烈。

随着这部文学史不断再版,朗松不断意识到书中他的个人情感的投入,他不满足于文学史仅仅提供他的研究信息。他想要指出每一次新的阅读是如何改变他的情感,这就是曾经多次谈论过的、经常被人取笑的"修改",也是他的真诚的见证。例如,佩吉曾对朗松作了最恶毒的诽谤,而朗松却在书中对他正面评价,赞赏有加,体现了一种慷慨和泰然。这些修改也证明了朗松情趣的变化。朗松特别关注19世纪文学。他高度赞扬拉马丁、维尼、福楼拜、勒南和米舍勒,而对巴尔扎克和司汤达谨慎评价,在对雨果的评价上却有不同的意见。朗松对波德莱尔怀有敌意,揭露他是卑下的、自负的、粗野的浪漫主义诗人。朗松对马拉梅也毫不留情,贬低他的诗歌没有什么价值。朗松的文学史的最后一章题为"正在形成的文学",①似有弦外之音,表示对现代文学作出公正评论存在着种种困难。

除了这些不足外,朗松对历史的分期有时也会引起争论。朗松的书本意是用来当做教材的,很自然,它浓墨重描17世纪古典主义,对那一时期的作家的介绍在学校文学教材占很大的篇幅。为了在篇幅上与17世纪平衡,朗松在写18世纪文学史时增添了许多章节,这样他却把17世纪初的诗人置于带有贬义色彩的"落后和迷失"②的残留类别中。而后来学者对巴洛克文学的重新发现,使我们时代产生对它的尊敬并给予高度评价。尽管如此,他的文学史今天读起来仍然令人十分愉快,因为他为我们提供了一个文学的批评历史,而不仅仅是一个关于文学事实的历史。由于在历史和批评之间寻求一致的平衡,朗松对高乃依、布瓦洛和伏尔泰的综合评价使他们个个栩栩如生。阿歇特(Hachette)出版社依据朗松的评价在"法国伟大作家"(Les grands écrivains français)丛书中专题出版他们的评传,

---

① *La Critique littéraire française au XIXe siècle*, p. 194.
② *Ibid.*

其中很多章节不乏作者的真知灼见,真实和新鲜的史料有机结合,令读者拍案叫绝。

朗松的一些最博学的论文充满教学的意识,使他编写了许多普及性质的十分有用的作品。1887 年,他的第一本书《写作与风格原则》(*Principes de composition et de style*)原本是给年轻女孩写的教材,也为不熟悉希腊、拉丁人文文化的读者大众提供了一些与新方法的精神兼容的、现代化的、清晰的修辞学的基本要素。朗松热衷于区分每阶段教学的目的,他认为在中学阶段不必学习文学史,应该放在大学里学习,重点关注文本的美学意义,从而重视对学生智力上的培养。带着这种理念,在"年鉴大学(Université des Annales)"里,面对大部分上流社会的女性,他作了一个关于《散文的艺术》(*L'Art de la prose*)的巡回演讲,十分恰当地结合了文体学的观察和美学鉴赏。另外,他细致地计数音节,又仔细观察相关作家的遣词造句的方法,研究节奏的效果,并想让人们知道"除了印象主义,必须区别不同的风格,在对时代、阶层和流派的了解上加以区别"[①]。这些演讲的内容被多次重印,并被许多文学教授用作参考书,因为它构成了一种法国式的解释作品的教材。教材的编纂,伴随着文学史的发展,同时也提供了建立在历史文体学基础上的应用修辞学的要素。

尽管朗松经常不被理解,并且经常被攻击和蔑视,但他的作品在今天还是很值得重读。亨利·佩尔在 1965 年编纂完朗松最有启发性的选集,并作了详细的介绍,还提供了一些理论实践的章节,补充了《法国文学史》。其中大部分内容至今仍葆有学术的活力,阅读它可以让人看到一个勇往直前、自强不息的朗松。

但正如经常发生的情况那样,什么样的老师教出什么样的弟子。朗松的学生把文学史局限在对寻找作品真实的、甚至可能的创作渊源的博学研究中。在外国,文学研究和哲学探讨相互联系,相反,法国大学学科林立,重重壁垒加重了这种封闭的研究,致使文学研究受到损害。居斯塔夫·吕德莱(1872—1957)是朗松的弟子,也是佩吉的攻击对象。他厚厚的博士论文研究邦雅曼·康斯坦青年时代的创作,随之,他从一种"实验"观点得到启发,编写了一部法语教材,他在《大学杂志》的书评里用一种抒情的笔调赞赏朗松,但这种笔调却遭到那些诽谤朗松的学者的嘲笑。后来,居斯塔夫·吕德莱写了一部实践性的论著《文学批评史与批评的技巧》,将朗松的方法介绍到英国。达尼埃尔·莫尔内(1878—1954)是朗松最忠实的追随者,他的博士论文题目是《从卢梭到贝纳丹·德·圣-皮埃尔的自然感》,他对朗松本人怀有一种最忠实的崇拜,发表了一些新颖的研究成果,尤其是具有启发意义的《法国澄明史》(*Histoire de la clarté française*),这本书在大量普及性作品中,尤其是学校教材中独树一帜。

在 19 世纪与 20 世纪之交,朗松的博学批评成为法国大学文学批评的主流。

---

① *La Critique littéraire française au XIXe siècle*, p. 195.

至于布伦蒂埃的学生，他们经常出没于文学批评的边缘，他们的教权主义有时给经院批评一种一本正经的形象。他们在《两世界评论》中尤其出名，这本杂志由勒内·杜米克(1860—1937)主编，他倾其所有威望与新文学做斗争。他的文学史教材发行了成百上千份单行本，散发出布伦蒂埃拉丁文《圣经》的气息，经常在和朗松的竞争中取得胜利。但是他的书中既没有准确，也没有深度和平衡。第一次世界大战爆发前夕，在杜米克身边，维克多·吉罗(1868—1953)妄想在30年后为某一个年龄段的读者，撰写一部和布尔热的《当代心理学文集》(*Essais de psychologie contemporaine*)相当的作品，他以泰纳的批评模式编写《当下文学大师》的论著，但他的选择仅局限于那些出现在19世纪80年代杂志中正统保守的作家。在布伦蒂埃的弟子中，福蒂纳·斯特罗夫斯基(1866—1952)是上流社会博学者，除了对蒙田和圣-弗朗索瓦·德·萨勒的博学研究外，他还在专栏上发表大量的戏剧批评的文章，这使他成为扎比斯基的楷模，后者是索邦大学的教授和沙龙的红人，于勒·罗曼在长河小说《善良的人们》(*Les Hommes de bonne volonté*)的第23卷中用好几页讨人喜欢地描述了其教学法。

在朗松主义之外，1924年皮埃尔·奥迪亚在他的博士论文：《文学作品的传记研究》(*La Biographie de l'œuvre littéraire*)的第一页提出了这个无可辩驳的论断：在这五十年来哲学几乎完全被革新了，批评方法论只完善了他们的调研方法。文学史无视病理心理学(奥迪亚已经提到过精神分析法)已经对理性主体产生的怀疑。文学史好像假设作家始终主宰着他们原先的写作大纲。朗松的接班人无视这种由柏格森主义引起的决定论观念的危机。所以，皮埃尔·奥迪亚就主张应该给批评方法论赋予一些新的哲学基础："将创造与写作——即风格的写作加以区分是错误的。只有一种创造在延续生命，只有一个思想被实现。"① 换言之，所有的事情都如同皮埃尔·奥迪亚所希望的那样：要了解柏格森派关于时间和绵延的概念，用来分析文学作品的形成。

《文学作品的传记研究》以全新的方式，将批评的关系定义为由一个已被作者塑造角色的读者的重塑：

"如果批评家的目标是做读者所做的——扮演作者在文本里规定的角色，那么批评家就应该明白：他不去做一个不可能完成的任务。读者与批评之间的差异，就是前者无意识地、自发性地完成阅读行为；而后者则是自愿地、有意识地完成阅读行为。"②

另外，皮埃尔·奥迪亚的论文还勾勒出一种发生学的比较研究计划，区别于德利尔神父的固定计划、左拉的意识计划、波德莱尔的纲领性的计划，区别于多方面的计划和概述的计划。特别要指出，这使包括诸如左拉在内的、自我约束的一

---

① P. AUDIAT, *La Biographie de l'œuvre littéraire*, Champion, 1924, p. 42.
② *Ibid.*, p. 41.

些作家看到:从创造到表达的整个过程会改变原创的思想。"这个原有的思想在作家的帮助下不断演变,反过来它帮助作者,引发对细节的创作"①,它冒着被这些创作过程改变的危险。这里,已经很接近当代发生学的研究了。

作家让·普雷沃②在索邦大学答辩的博士论文《司汤达作品世界的创作》(*La Création chez Stendhal*)打开了景观丰富的视野。在论文里学院派的博学仍然能找到适当的位置,这位创作小说《布甘关兄弟公司》(*Frères Bouquinquant*, 1930)的作者便凭借自己的创作经历,希望从创作技巧方面着手研究司汤达的作品。他的研究从诗学入手,部分上与起源批评和传记批评分道扬镳。富有意义的是,让·普雷沃在当代作家的评论中寻找支柱来巩固他的假设。③ 这篇论文虽然带有一点朗松主义,但是在 1942 年被阿扎尔接受,那是批评的态度出现转变的征兆。到了 1950 年,诞生了一批新的研究,明确地名为小说诗学。人们想到乔治·布兰的书《司汤达与小说问题》(1954)和罗贝尔·里卡特的书《龚古尔兄弟的小说创作》(1953)。而且,在让·波米耶的影响下,渊源研究于 1950 年前后得到发展。其中,比如玛丽-雅纳·迪里的作品(《福楼拜与他未曾发表过的写作计划》1950),罗贝尔·里卡特关于《艾丽莎女郎》(*La Fille Elisa*)④的渊源的补充论文,还有奥克塔夫·纳达尔关于《年轻的命运女神》(*La Jeune Parque*, 1917)⑤的手稿研究(1957)。显然,我们要区分那些在预先的手稿中发现值得评价的文本的人(如罗贝尔·里卡特)与那些仿效奥克塔夫·纳达尔却只发现一连串流产失败的人。然而,所有这些研究不可否认地表明了对技术材料的新的关注。解开一门诗学的秘密的愿望预先引导了发生学的研究。自 1910 到 1950 年,在法国大学以外产生的种种批评反思中,渊源研究受益颇多。

第二节
卫道士批评

尽管朗松采取了一些预防措施,与泰纳和勒南的科学主义保持距离,但其文学史还是常被看作一种文学批评仿效自然科学的客观性和严密性的直接实践。文学史的发展在世纪之交受到了猛烈的攻击,这些攻击无论是来自浪漫主义或是

---

① *La Biographie de l'œuvre littéraire*, p. 187.
② 让·普雷沃(1901—1944):法国作家、记者、批评家。
③ J. PREVOST, *La Création chez Stendhal*, Mercure de France, 1951, p. 25.
④ 埃德蒙·龚古尔创作的《艾丽莎女郎》(1877)。
⑤ 保尔·瓦莱里(1871—1945)创作的诗歌《年轻的命运女神》(*La Jeune Parque*, 1917)。

象征主义,都宣扬回归古典主义,都反映出一种科学思想的危机。

一 朗松主义被质疑

在第一次世界大战前,文学史在大学里无可争议地变成了一门学科。相反地,"法语高级教育"——皮埃尔·拉塞尔①这么称呼——在大学校园围墙外引起了一片论战。它们此起彼伏,从1908年持续到1914年。这些论战的主题并不总是新的。一种民族主义的传统致使文学史从1870年起抛弃了一种有意识地带有"日耳曼"特点的博学,勒南曾努力在教学中避免繁复啰嗦。布伦蒂埃在1879年第一期的《两世界评论》上发表了一篇文章,题为"当代博学与中世纪的法国文学",他不遗余力地批判加斯东·帕里斯的教学,这在他看来显得太语文化了。据他的反对者说,朗松的批评方法的特点是对卡片的崇拜,引起阿纳托尔·法朗士和于勒·勒迈特的讽刺——"卡片佬"或"卡片癖",在他们眼里,朗松象征着文学度量衡的调节器。

然而,反对索邦大学的论战几乎都是老生常谈的东西,我们不能将它抽象起来而脱离了意识形态的背景。在"法兰西行动"的阵营里,1910年,阿加顿(即亨利·马西斯②,和阿尔弗雷德·德·塔尔德一起)写的檄文《新索邦大学的精神》激起了轩然大波,他们捍卫修辞学和受到玷污的人文科学。皮埃尔·勒吉的作品(《索邦大学》)批判了现代主义的教学。在《大学的正统学说》《国家高等教育的批判》和《古典人文学科的理论和捍卫》中,皮埃尔·拉塞尔发起了激烈的抨击。他指责朗松堆积材料而丝毫不考虑将其分类,而且总是喜欢在阅读和诠释中给出大量的数据,聚集大量的资源和影响,却收效甚微:"新索邦大学常常派一军团部队去捕捉一只蚂蚁。"③在这个评论法庭里,有两篇论文出庭受审:一篇是达尼埃尔·莫尔内的《从卢梭到贝纳丹·德·圣-皮埃尔的自然感》,一篇是费尔南·巴尔当斯佩热的《法国的歌德》。拉塞尔无情地揭露在莫尔内的论文里"作者给思想留下的空间很小"。大学教授的批评简化为"他的笔记式的生硬的陈述"。这样,通过对比,只产生出肤浅的解释:"编撰、编撰、再编撰,莫尔内先生分析、分析、只是分析。"④对材料盲目崇拜的结果是,一种无穷无尽的分割,和一个完全沉浸在对细节的崇拜中的分析,失去了对作品的整体把握。因此,朗松的批评方法论只有助于平庸的评论。

---

① 皮埃尔·拉塞尔(1867—1930):他的关于《法兰西浪漫主义》的论文为浪漫主义的反对者提供了一个"弹药库"。

② 亨利·马西斯(1886—1970):法国批评家。"法兰西行动"的成员之一。曾与阿尔弗雷德·德·塔尔德一起,在一个关于"今日青年人"的调查中指责新索邦精神,这个调查以阿加顿(Agathon)的笔名出版。

③ P. LASSERRE, *La Doctrine officielle de l'Université*, Mercure de France, 1913, p. 288.

④ *Ibid.*, pp. 259-260.

朗松有时也遭到夏尔·佩吉①的抨击,这位德雷福斯派最虔诚的信徒,《半月刊》(*Cahiers de la Quinzaine*, 1900)的创立者,他不厌其烦地揭露知识分子的背叛和学院派批评的目光短浅。1904 年,高等师范学院的改革使它失去了自主权,因为它的有特色的教师队伍被否定了。显然,在佩吉发起的反对拉维斯、朗格卢瓦和朗松的攻击中,这次改革起了非常重要的作用。这些教师们,虽然他们原来都是师范生,却表现出了对这次改革极大的兴趣。然而论战的发生还有更深层的原因。佩吉首先对勒南和泰纳的方法论发起了攻击,然后再攻击朗松以及其同伙。然而,论战经常围绕着一些同样的主题展开。它的重点是揭示分析性的话语无法找到文学创作的动力。

佩吉曾在《赞格威尔》②中指责泰纳的"环球航行",意思是说泰纳使用的是一种"环绕"的批评方法,要求读者先考察那些能解释作品产生的社会的、历史的、地理的种种因素,随后才接近作品。在佩吉的《维克多-玛丽·雨果伯爵》(*Victor-Marie, comte Hugo*)中,再次讽刺一些批评家"为了理解文本,寻找光明——在这种情况下,只要不是在文本中——去照亮文本"③。这种"外推的方法"的缺点不仅仅是偏爱外部批评,而且缺乏综合性的研究。它混淆了分析和理解,挥舞着决定论的大棒,热衷于对渊源的挖掘和对枯燥的细节的探究,使人眼花缭乱。因此,泰纳的理智主义和朗松对起源的研究是带有史实主义和决定论特点的一个知识体系(épistémè)。而《维克多-玛丽·雨果伯爵》的作者却努力以柏格森主义的名义与史实主义和决定论决裂。

没有比针对居斯塔夫·吕德莱的攻击更能反映这一点的了。居斯塔夫·吕德莱是朗松的狂热的信徒。显然,这些攻击表明这位信徒对老师的虔诚像可笑的偶像崇拜。但是,这再次揭露了他们企图通过对作品根源的探寻去发现一部作品的意义的奢望。实际上,佩吉批判的是"一个历史学(?)、科学(!)(?)的方法论,它重复着,它固执地说,吹嘘着:为了接近对伏尔泰的《哲学信札》一种感官享受的研究,需要做二十本书的笔记,这当然不是说与文本无关的评论,而是细致地游离于文本之外。"④佩吉更相信柏格森主义的直觉,而不是推论和分析的方法。他指控这种理智主义无法发现创作的动力。他认为:批评既不应该寻找关系,也不应该探讨推动文学创作的动力。我们知道:在他的评论中,他赞赏那些意志坚强的作家或者哲学家。笛卡尔、"英勇的"高乃依和雨果都是思想自由人。他们的作品都体现了英雄主义的价值观。我们不能从佩吉的评论中分离出对优美和自由的思考,对高乃依的赞扬和对"残酷"的拉辛的诽谤。任何人都应去创造他自

---

① 夏尔·佩吉(1873—1914):法国作家,激进的德雷福斯派、柏格森派、天主教徒,反对宿命论。他是一个卫道士,重新掀起对圣女贞德的典故和对笛卡尔、雨果作品的阅读研究狂潮。
② 伊斯雷尔·赞格威尔(1864—1926):英国犹太小说家、戏剧家、评论家和政治活动家。
③ *Critique et théorie littéraires en France*, p. 168.
④ C. PEGUY, *Œuvres en prose*, Gallimard, «Bibliothèque de la Pléiade», t. II, 1961, p. 813.

己的命运,以行动的自由自我肯定。佩吉非常具有逻辑性,他信赖一种批评方法:遵循柏格森主义的直觉,以赞赏的态度将那些能同他的个性共鸣的作家视为同一。然而,他一反常态,猛烈地攻击博学者的目光短浅以及在人文科学领域里使用决定论概念的方式。

针对朗松派的抨击在1922年所谓"课本"事件的发生时又一次掀起了高潮。费尔南·旺代朗讥讽勒内·杜米克、布伦蒂埃以及居斯塔夫·朗松在他们的教程中无法反映当代文学。他怀疑朗松抄袭了布伦蒂埃,和他的前辈一样,没有对波德莱尔给出公正的评价,因为 R. 杜米克已经没有为这位诗人留出一点位置。1923年,《时代》的专栏作家保罗·苏代重新点燃了关于起源的争执。这两次争鸣是前面论战的反弹,论战在以前吸引了读者大众的注目,到了后来就不再有什么现实意义了。第一次战争结束了,法国大学仍以博学高深的学术名望而自居。索邦大学在公众眼中的形象成了"专家们"的小堡垒。学院派的批评在20世纪前四分之一世纪中仍固守自己的阵地,远离了哲学辩论,也远离思想史,则显得不那么具有思辨性了。

二 佩吉反对现代世界

夏尔·佩吉(1873—1914)反对现代世界的主线之一是对批评的批评。这个现代世界在理智上坚持历史决定主义。佩吉是柏格森虔诚的听众,《关于笛卡尔的附注》(Note conjointe sur M.Descartes)的主要部分就是阐述柏格森的哲学,佩吉贬低科学主义的形而上学,认为科学主义妄想支配取之不尽的现实。从词的广义来讲,两种实证主义的神话激起了佩吉的愤怒:一个是决定论,认为相同的原因总是导致相同的结果;另一个是人类无限进步的神话,在人类史的尽头把进步与上帝视为同一。在这个反对用科学篡夺神权的战斗中,佩吉将雨果的冲动与柏格森的直观里结合起来,他在《半月刊》(Cahiers de la Quinzaine)中描述了这段纷乱的生活。他不接受勒南的科学的累加概念,如同他自发地重新找到雨果关于艺术的概念"平等区(région des égaux)"一样:天才是在历史的缝隙里,而不是在它的延续中迸发出来的。"历史车轮滚滚向前,这个运动只要暂时中断一下,哪怕一瞬间就够了,此时在时间之窗,在顷刻的罅隙里,天才立刻出现。"[①]

佩吉对泰纳怀着强烈的敌意,在1904年在《赞格威尔》的笔记中揭露了泰纳的"环球航行"的方法:在"从哪里开始?"这个问题上,有两个对立的答案,与柏格森对分析和直觉的对立区别一样,一个答案是从外部出发调查,另一个是深入到客体、作者和分析文本的中心研究。佩吉从泰纳的《拉封丹与他的寓言》出发,认为泰纳的"环绕法"是毫无价值的:这个批评方法就像围绕巴黎的郊区铁路一样

[①] *La Critique littéraire française au XIXe siècle*, p. 203.

环城一圈,批评家试图通过系统地罗列作品产生的所有条件去接触文学作品。佩吉在泰纳的方法里看到了"现代历史方法"的原则和根源。他取笑这种文学旅行:泰纳的评论著作一开始先把读者带到香槟地区,而迟迟不介绍诗人及其寓言。为了用形象表示这种推迟,佩吉毫不犹豫地把泰纳著作的目录及其前几页重抄一遍,展示给人看。

然而,他这样无耐心,是否准确地阅读了泰纳?从泰纳选取的例子中就可以看出,阅读前了解的一些信息可以避免匆忙阅读可能引起的误解。对《拉封丹及其寓言》一书来源的认识使佩吉的批评显得十分无力。他在抨击文章中攻击的那几页只在泰纳对论著进行了很多改动后的第二版中才出现,并且在这一版中泰纳颠倒了论证的第一部分和最后一部分的次序。泰纳首先细读拉封丹寓言,随后梳理出寓言的文学特点,然后研究寓言所表现的世界,最后将它们与寓言作家的历史环境联系起来。对香槟地区和路易十四时代的总体观察只在最后部分才提及。因此,泰纳评论拉封丹的寓言的例子可以说明对作品来源的认识可以使其意义明晰,这使对"环绕法"的质疑不攻自破。

佩吉没有因为这种误解而停止论战,因果认知可以掌握真实,这是科学主义的基础,佩吉极力攻击这种幻想。他坚决与那种事先完整地统计所有背景情况的批评方法决裂,主张直接深入到作品中,谴责历史实证主义的各种形式:它们企图打开外部的批评视角。在佩吉的《维克多—玛丽·雨果伯爵》中,他贬低现代派的文学史,"这不是一门科学",仅是徒劳的方式,"为理解文本,到处寻找对文本参照的东西。然而,唯一的情况是,它并没有进入在文本中去寻找。"①

和这种反常情况相反的是,佩吉大声呼吁回归文本的必要性,认为这是唯一可以带来最大收获的阅读方法,正如《克里奥》(Clio)中所说的:"拿起一个文本,在你和文本中间就没有任何东西,尤其是没有回忆。让我告诉您,而且我也许是所有人中最有权力告诉您的,在您和作品之间没有任何历史。也请让我告诉您下面的话:在您和作品之间同样没有任何欣赏,没有任何仰慕。拿起书本,读它,就像读一卷上周才写好的书一样。"②20 世纪,盎格鲁-撒克逊国家的一些新批评流派主张"封闭阅读",也提出同样的方法,在《钱(续)》(L'Argent suite)中,提出读者在阅读文本之前不要了解任何东西。在我们面前,每一部名著都有大量的评论资料,形成一个厚重的传统,新批评劝导读者都不要理睬它们,不带先入之见,直接去读作品。"理解《熙德》最好的人是一位细读文本本身,深入文本和在文本的土壤里挖掘的人,尤其是那些不知道法国戏剧历史的人。"③

阅读优先不是被动的服从。阅读是作品和读者的合作;根据佩吉在《克里

---

① *La Critique littéraire française au XIXe siècle*, p. 204.
② *Ibid.*
③ *Ibid.*

奥》中一句最有名的话,它是"阅读的人和被读的文本共同的活动"①。这个概念重新恢复了批评的地位,如同一种能带来意义的阅读的特具生命力的形式:"如此多的名著,如此多伟人的书,如此伟大的人物的著作还能够接受我们的阅读,得到最后的完善、有一个完满的结局,这是一个多么美妙的、近乎异常的命运啊!"②

  但是这个十分高雅的阅读概念仍然诽谤文学史为阅读服务的方法。尽管他们同属于支持德雷福斯的阵营,佩吉却对朗松没有好感,这样说还是太轻。在《追钱》中,佩吉回忆了朗松的三段生涯,首先他是"一个只要求从中学离开的教师",然后第二个阶段是作为巴黎高师一个"尖酸、有野心、多虑、甜言蜜语"③的副教授。佩吉见证过他的第二阶段生涯,回忆他曾经听过朗松的课,称他(朗松)饱读诗书,熟知高乃依之前所有法国戏剧和法语戏剧。(……)他付出艰辛的劳作。拉辛创作一部《伊菲莱涅亚》④,高乃依遭受彻底失败。这个灾难是在一个表面上规则和有条理的演变中发生,突然出现了一个天才(拉辛),高乃依的前人以及同辈都无法望其项背,就连博学者的全知都无法比肩新秀的才华。

  佩吉大概后来认真研究了朗松的批评,对其非常了解,试想一个如此伟大的悲剧新星(拉辛)的出现,他觉得朗松没有准备好接受他。朗松发表《法国悲剧史提纲》(*Esquisse d'une histoire de la tragédie française*)是否间接地拒绝佩吉的观点?尽管如此,这部像课堂笔记的作品,揭穿了佩吉的谎言,这部著作把高乃依定位到他的时代,与他的前辈作比较,但同时也指出高乃依的悲剧的创新和"在吸收传统的基础上超越传统"。⑤

  朗松几乎像公证人似地清点高乃依的贡献,而佩吉在《关于笛卡尔的附注》中充满激情地赞扬《波利耶克特》⑥是一首圣宠的诗,两者的语气明显地不同。但是,朗松有条不紊地、详实地指出高乃依作品的崇高之处,在他的这种平静的语气中,仍然可以看出他那种"环球旅行"的批评方法,他具有佩吉后来在《关于笛卡尔的附注》中称赞笛卡尔的胆识:"要去,就要去一个从未去过的地方。"⑦如果将朗松笔下英雄慷慨的高乃依与佩吉眼里基督圣宠的高乃依对立,那就太简单了。至少朗松和佩吉都对高乃依戏剧的大段独白作了新的评价,都使我们关注他们对独白中生动的自由的颂扬。佩吉把爱、荣誉和圣宠构成高乃依世界的基础结构,

---

  ① *La Critique littéraire française au XIXe siècle*, p. 204.
  ② *Ibid*., p. 205.
  ③ *Ibid*.
  ④ 高乃依写的舞台剧,通常以男人为主,以女人为辅;而拉辛写的舞台剧,却以女人为主,以男人为辅。高乃依的戏里意志经过种种磨难最后战胜了情欲;而拉辛的戏里情欲在地狱般的煎熬中还是压倒了意志。路易十四被尊为路易大帝,踌躇满志,在凡尔赛宫大宴群臣,拉辛的《伊菲莱涅亚》(*Iphigénie*)被选中在宫里演出,后来又在巴黎演出,使拉辛的名声盖过高乃依。
  ⑤ *La Critique littéraire française au XIXe siècle*, p. 206.
  ⑥ 《波利耶克特》(*Polyeucte*),高乃依的悲剧。
  ⑦ *La Critique littéraire française au XIXe siècle*, p. 206.

他的这三个要素更多归功于朗松,后者却不是《追钱》中任人假设的那种尖酸形象。

在最有启发性的分析中,佩吉实际上很实用主义地使用了文学史的资源。他自相矛盾地借助文本解释的方法,有时又热衷于主题批评的方法,全神贯注地反复寻找循环出现的主题和潜在的顽念。他会选择一些关键的章节,对它们进行深入研究,揭示出它们深层的意义。例如,从1905年开始,在《哀求者对比研究》(*Les Suppliants parallèles*)中,将索福克勒斯一个悲剧的不同版本进行对照,他使读者通过历史差异的深层含义,理解了古代与现代概念的不同:在古代,哀求者才是主人,然而对于现代人而言,被哀求者才无一例外地处于上方。

评论家如同对诗歌一样充满热情地关注文本字面,是否真的排除了那些自传批评带来的启发?在《维克多-玛丽·雨果伯爵》里佩吉不是很喜欢探讨诗人的个性吗?诗人获得短暂的成功和世俗的成功的第一段生涯,仍为佩吉提供雨果从神秘主义者后来转变为政治活动家的例子;但对后来作品的欣赏是否受到它的影响?它们把诗联结在雨果的诗学的持续性上。佩吉到了这里,不无讽刺地自忖:是否"在索邦街上建立一个法国文学实验室"①?尽管如此,他仍然像"勘探过不同岩层的地质学家一样研究过诗的不同层次"②,并揭示出诗节间结构中有意义的对称。佩吉在《克里奥》中对雨果的《惩罚集》使人晕头转向的阅读似乎与大学教授批评方法相反。然而他仍然借用了后者的几个步骤,从文献学的博学到主题研究:从一个对雨果诗中的印刷错误研究的失败计划出发,进而延伸到考察诗的模糊回忆的细小要素,扩大到诗的资源的古典问题,这种阅读围绕着对《盛典》(*Le Sacre*)这首诗详细的评论、对时间的研究以及诗集的历史。从这个角度看,佩吉对雨果诗歌的解读与评论没有独特之处。他通过对《马尔布鲁克之歌》(*La Chanson de Malbrouck*)的文献学和诗律的研究,在《费加罗婚礼》里谢吕班(Chérubin)唱的浪漫曲和宗教仪式的骷髅舞之间建立亲缘联系,由此展开了《惩罚集》的第五卷作品;对"优雅的浪漫曲"和"出殡的行列"③的对比最终引向到衰老——时间的自然法则的思考。

佩吉熟练地运用解释文本的技巧,表现出高超、精湛的技艺,他的评论有许多章节在表面上符合朗松的精神。评论家全神贯注深入作品,渐渐地将作家视为同一,反刍思索着,这里实际上把朗松的直观作为起点,但是研究的步骤还是由佩吉本人计划的。佩吉生前从他作品中选取出批评文章编成评论集,其他的在他身后大量出版。关于他的文学批评理论和实践的专集还有待于编辑。他的评论集必将使我们更清楚地了解他给文学的主题和形式带来的智慧之光。尽管佩吉具有偏见和盲目性,但是由于他的热情和对本质的洞察,他应该可以算得上20世纪初

---

① *La Critique littéraire française au XIXe siècle*, p. 207-208.
② *Ibid.*
③ *Ibid.*

一流的批评家。

三 法兰西行动：为纯洁民族清除浪漫主义

在一种更激进的文学体裁中，法兰西行动（l'action française）将由于德雷福斯事件而变得更激烈的政治对立与美学和批评论战结合起来，从而组织了一场无情的战斗，反对批评的唯理主义，反对共和国大学（l'Université républicaine）。法兰西行动涉及联盟、报纸（从1908年开始是日报）、政党、学说团体，要为复辟的君主政体服务。

夏尔·莫拉斯①给法兰西行动建立了一个严密的学说，其影响已经超过了他在德雷福斯事件时期参加的保王党事业，他发动了一场无休止的反对现代世界的重大斗争，一场反对改革、浪漫主义和革命的斗争，他把文学思考置于他的斗争视觉之下。莫拉斯的古典主义信条建立在对传统的赞赏、对象征主义的拒绝之上，他有比利时人可怕的无节制的特点和赞赏模糊美学之嫌。莫拉斯说：没有外形的秩序，作品、诗歌、章节什么都不是，只是美的种子和因子。

对莫拉斯的作品进行研究有时会产生误读，因为他在他政治生涯的开始和结束时两个事件中表现出极端的狂热和盲目：一是他为法国参谋部反对德雷福斯上尉作伪证；二是他坚持排犹，支持维希政权和纳粹疯狂迫害犹太人。莫拉斯很早就重听，后来完全耳聋，很快就生活在封闭的世界里。

1916年，在《当法国人不互爱时》（*Quand les Français ne s'aimaient pas*）中，莫拉斯声明："我们的民族主义从美学开始。"②他和莫雷亚斯③一起建立罗曼学派，庆贺米斯特拉尔④获诺贝尔文学奖，在莫拉斯看来，这是一种对地中海的价值的弘扬，法国作为希腊和罗马的长女应该保存和发扬这种价值。罗曼学派要将希腊拉丁的遗产作为法国文学的基本原则。普罗旺斯成了一片神圣的土地，希腊语拉丁语在这里交汇。在莫拉斯看来，米斯特拉尔将产生酷似雨果的巨大的文学影响。然而，莫拉斯对拉马丁、奈瓦尔，甚至魏尔伦，都表现出了宽容的态度。他的散文诗里还称赞莫里斯·德·盖朗。在同时代的人中，虽然他们的观念不同，莫拉斯十分欣赏阿纳托尔·法朗士，将其视为保持法国原味的作家。他在《百科全书杂志》的专栏中，热情地赞美了巴雷斯。

莫拉斯也像斯塔尔夫人一样划分南北，不过他将她的词义倒了过来，他否认斯拉夫和日耳曼文学给法国文学带来的贡献，只承认希腊拉丁和普罗旺斯的影

---

① 夏尔·莫拉斯（1868—1952）：20世纪初"法兰西行动"的头目。他反对浪漫主义以及1789年革命，主张建立一个强大的君主专制的国家，但同时又要分权、合作，以此来确立个人与地区、部族、家庭、职业的关系。
② *La Critique littéraire française au XIXe siècle*, p. 212.
③ 莫雷亚斯（1856—1910）：法国象征主义诗人。
④ 米斯特拉尔（1830—1914）：法国普罗旺斯诗人、语言学家。1904年获诺贝尔文学奖。

响。对"法兰西行动"的成员来说,浪漫主义被视为一个实体,一个理性的东西,似乎是恶的化身。作为颓废的煽动者,它联合影响极坏的德国的个人主义,并搞乱理性战胜情感的性能等级。美主要存在于秩序中,无限被带到了一个"可恶的混乱"①中。所有这些论点中,无论它们如何刻毒,莫拉斯的批评都不会使我们忘记它的基本原则和主要内容都是来自布伦蒂埃。尽管莫拉斯毫不留情地批评他,但是除了体裁发展问题之外,在其他方面他几乎没有和前者产生分歧,并非常忠实地继承了前者的古典主义、重理性和传统的观念,还把它们推向了白热化的程度。

对莫拉斯来说,批评不应局限于描述作品和解释作品。他在1896年去希腊旅行归来后写的《论批评》的序中明确地肯定这一观点:批评"在于区别并使人看出精神作品中的好和坏"②,而后将之交给个人去感受。

因此,判断是批评的基本行为,它参照古典传统定义的标准趣味。莫拉斯在《知识分子的未来》(1905)中把浪漫主义诗人与他们的继承者视为女人、小女人:"雨果表现出一种像湖畔派诗人③或拉马丁一样的女性化情感[……]夏多布里昂和一个爱打扮的奇妙的女人没有什么区别,缪塞是个内心疯狂的冒失鬼,波德莱尔和魏尔伦像狂舞的老巫婆。"④在这些情感的充分流露中,《威尼斯的情夫》(*Les Amants de Venise*, 1902)中的乔治桑和缪塞一对情人的书信被评论成感情喷放的漫画。为反对这种堕落,莫拉斯在《昂迪内亚》(*Anthinéa*, 1901)中激情昂扬地宣扬要回归到健康的、辉煌的古希腊理性。他对古典趣味的崇尚甚至胜过了政治分歧,因为莫拉斯的美学教条主义未能让他把诗歌和政治混到一起。因此,阿纳托尔·法朗士向左翼的发展没有改变莫拉斯对这位继承拉辛风格的作家的文学赞赏。

与这个阿波罗式古典主义不同,像酒神狄俄尼索斯一样富有激情的莱昂·都德⑤是法兰西行动中最粗野的批评家。他生来就是个论战者,善于发现文学新星——普鲁斯特和塞利纳的成名应该归功于他,并重新发现一些名家,例如瓦莱斯。1896年,他在《莎士比亚的旅行》创造了一种集批评、抒情和小说化传记于一体的作品:假设莎士比亚到荷兰和丹麦旅行,我们看到剧作家找到了戏剧的素材,像雨果的议论一样的、叙述性的台词展现出莎士比亚的想象世界。都德的批评中的自相矛盾之处在于过分的浪漫,他却以此肆意诛伐法国的浪漫主义,全面地指责它所有的缺点,尤其是在他所有论著中最著名的《19世纪的愚蠢》中。

皮埃尔·拉塞尔(1867—1930)是莫拉斯的继承者,于1907年在索邦大学提交了一篇题为《法国浪漫主义》的博士学位论文,这篇论文把浪漫主义的情感视

---

① *La Critique littérature française au XIXe siècle*, p. 213.
② *Ibid.*
③ 18世纪末19世纪初英国湖畔派诗人,以描写英国西北部湖泊美景为己任。
④ *La Critique littérature française au XIXe siècle*, p. 213.
⑤ 莱昂·都德(1867—1942):A. 都德的长子,1904年成为《法兰西行动》的主编。

为"受过教化的人类本性的激情混乱"①。19世纪大名鼎鼎的人物——斯塔尔夫人、夏多布里昂、贡斯丹、米舍莱和雨果,他们用想象和感性去篡夺智力和理智的霸权。这个判决性的定义像一个测高器一样,这些作家都得站在测高器下量身。但是司汤达、巴尔扎克和圣伯夫却从这个大鱼网里溜掉了,法兰西运动的批评通常免除对这三人的浪漫主义指控。拉塞尔说:"浪漫主义坚持系统化,颂扬沉醉于纯粹的主观主义。"②浪漫主义运动的显著特点是夸张、咬文嚼字,"无限地使用悲怆"。浪漫主义的内部,像"一个病毒的有机结构"③。这种暗喻,在那些极右派的言论中,比如莱昂·都德,变得更加夸张——浪漫主义似乎成了一种"灵魂病"④。然而,拉塞尔的这篇博士学位论文最终没有得到"及格"的评语。

拉塞尔写了一篇抨击文章《大学官方学说》(*La Doctrine officielle de l'université*),反驳答辩委员会的评语,这篇文章用莫拉斯的观点反对共和国教育。他指责朗松牺牲掉古典趣味的文化,而沉迷于糟粕的美学:朗松的"艺术散文"糅合了福楼拜的"艺术为艺术",龚古尔的"艺术家的写作"和马拉梅的象征主义,这样大大地贬低古典主义时代。拉塞尔从对《牺牲》(*Martyrs*)中一页的评论开始,指出这种感觉主义(sensationnisme)是如何偏爱一种对细节和眼前的重视,而损害作品中整体、连贯的意义:"一旦介入文学进入了这条道路,离这个时候也就不远了:丢了整页,拣了句子,丢了句子,拣了词语,直到最后丢了无能为力的词语,搔搔痒几下子。"⑤

但是当拉塞尔渐渐远离这个教条主义的批评时,亨利·马西斯加入了这个阵营。他先后是阿兰和柏格森的学生,曾经感兴趣于研究左拉的小说技巧,也迷恋于巴雷斯的抒情诗中一种严格的道德和纯洁的形式的古典主义,即便如此,也没有使自己转移方向。甚至在加入法兰西运动和接受所有教义之前,他就参加了反对共和国教育的斗争。同时从1910年7月到1911年7月在《舆论》(*L'Opinion*)中,他就以柏拉图式的笔名阿加顿发表了一系列文章,抨击"新索邦精神"⑥。他使用"新索邦"这个词臆造一个集体的对手,指控它牺牲掉法国民族的道德标准。

阿加顿讽刺科学器具,讽刺目录学与文献学的辅助学科,还嘲笑文学史妄图企图揭示创作的神秘,他认为这些研究实际上阻碍读者与名著之间有益和健康的交流。他揭露文学史"这个科学企图固定住作品的历史面貌,凝固住文本,以致我们的头脑不能再对它们进行研究"⑦。由此,他以朗松不用的词语在人文主义和博学之间设了一道鸿沟。

---

① *La Critique littérature française au XIXe siècle*, p. 214.
② P. LASSERRE, *Le Romantisme français* [Ed. 1907], Mercure de France, 1913, p. 177.
③ *Ibid.*, p. 19.
④ L. DAUDET, *Devant la douleur* [Ed. 1914], Grasset, 1941, p. VIII.
⑤ *La Critique littéraire française au XIXe siècle*, p. 215-216.
⑥ *Ibid.*
⑦ *Ibid.*

20世纪初,雅克·班维尔(1879—1936)在《法兰西行动》中发表许多文学和戏剧批评的文章,都是以同样的美学正统观念精神为依据。但是,班维尔的风格和语气不同于君主主义运动的其他斗士:有时简练的讽刺胜过激烈的攻击或滔滔不绝的争辩。

在法兰西运动的周边,《思想与书籍的批评杂志》好像是一个更加混合的新古典主义的喉舌。这个杂志带有崇拜司汤达的性质,许多处于正统边缘的莫拉斯分子也曾如此。他的合作者皮埃尔·吉尔贝(1883—1914)和欧仁·马尔桑(1882—1936)通过对高雅和悖论的研究写了很多出色的杂文。

多产的埃内斯特·塞依埃(1866—1956)男爵同样处在法兰西运动的边缘,但在对浪漫主义的批评上接近它。他设计一个表格,将各种各样的作家划分为两类概念:一是帝国主义的,接近尼采的"权力意志"的概念;二是神秘主义的,求助于超感觉,去支持自我扩张。塞依埃区分了情感的神秘主义、美学的神秘主义和社会神秘主义;情感的神秘主义坚信激情是人心中"上帝的声音";美学的神秘主义是艺术家,是神的意志的优先代言人;社会神秘主义在拒绝文化的基础上培养人民自我管理能力。尽管他不善于区分细微的差别,但他的尝试暗示着建立一种思想部分自主历史的可能,并将思想组成概念的情结,后来结构主义的一些形式实现了这样的愿望。

第二章　革新与探索

在20世纪，文化和历史经历了三次革命，分别归功于弗洛伊德、爱因斯坦和马克思。这三个人在人类思想意识里所引起的剧变比起哥白尼的革命影响更强烈，并体现在西方思想和行为的每一个领域。此外，20世纪也经历了两次世界大战，饱受军国主义和法西斯的摧残。这其中酝酿着一种力量，一种不稳定感，被一直关注运动概念重要性的哲学家柏格森所预感。传统逐渐被质疑，所有价值观被侵蚀，各种学派相互对峙。如此泛滥成灾的局面，以至于一个明智的历史学家也不能简单地像从前那样把如此含糊不清的题材理出头绪。

第一节
开启世纪文学大门的两位伟人

《新法兰西评论》的批评活动离不开纪德、普鲁斯特和瓦莱里的著作里的理论思考，这些大文豪拒绝文学史的信条。在他们看来，不应该从历史学角度去领会文学，也不应该为寻找因果关系去探索文学的渊源影响。

一　柏格森和新批评的哲学基础

文学艺术在柏格森的哲学思想中占有相当重要的地位。在他看来，文学艺术是一种特殊的东西，是一种持续创造力的最为丰富的证据之一。柏格森主义从哲学层面为对科学主义的异议在哲学上提供了重要的理论支持。亨利·柏格森（1859—1941）于1899年发表了三篇论文，直接参与了文学批评，这三篇文章集成了他的一部最通俗的著作《笑，论滑稽的意义》（*Le Rire, essai sur la signification du comique*），在这部作品中有大量的文学分析，是和文艺思想关系最为密切的著作。在这一论著中，他运用他对生命、记忆和自我的理解，来解决"人为什么要笑"这个看似简单实际相当复杂的问题，从中也研究了喜剧的源泉。柏格森尤其喜欢参考莫里哀和拉比什的喜剧。他给喜剧下的定义是："呆板地跟随内心迈步的身体""字面与内容无理取闹"和更加笼统的定义——"紧贴在活人身上的机械"①，这一定义集合了经常被批评反对的概念。论文集的最后一部分讨论性格喜剧，阐述他的学说所构建的美学的大体原则。高超的喜剧表现人物性格，通过普通的角色，揭示"在我们的身上天性的东西"②。这样，它与其他艺术形式形成了鲜明对照，因为艺术的意图是通过一种对感知和语言的功利惯用的报复来达到物和人的个性化。

　　柏格森多次说道：为了阻碍人对变幻不停的现实深入认知，日常语言设立了障碍，因此，从某种程度上说需要通过形象来清理和更新。因此，他在《精神的力量》(*L'Energie spirituelle*)中写道："作家的艺术尤其在于让我们忘记他是在使用词语。"③除了这个和象征主义不谋而合的对功利主义语言的批评外，柏格森在澄清象征主义的同时，还继续探讨浪漫主义的本质，他在《道德和宗教两种资源》(*Les Deux Sources de la morale et de la religion*)中提出关于主人公的特殊魅力的观点，这在某些方面很接近米舍莱的观点和雨果在《威廉·莎士比亚》中所阐述的关于天才的概念。

　　柏格森在《创造的进化》(*L'Evolution créatrice*)一书里的重要论断更进一步指出了文学批评要改变的地方。1903年出版的《形而上学导论》(*Introduction à la métaphysique*)把分析和直觉的对立看成两种认知方式：其中一种停留在相对上，而另一种则针对绝对；一种停留在已知客体的外部，而另一种则在深处认识客体。直觉，是一种"同感，通过他人进入客体内部，与客体的唯一的、甚至难以表达的东西融成一体。相反，分析是一种分解，把客体分解为各种已知的要素，即与本客体和其他事物共通的要素。"④这种对立被应用到对文学的认知中，使人想起泰纳对圣伯夫的画家和分析家的反对。但是这反过来是重直观轻分析，因为对于柏格森来说，分析只能增加近似的模糊，无法达到本质，然而直觉一下就能到达本质，免去了认知和陈述的渐进推理的步骤。这种直接和内部认知的思维比自然科学中外部和渐进的方法更适合文学，因此，文学批评立即吸收了这种直观的方法。

　　除了这种直观与分析的对立外，还有按年代顺序排列的方法和根据创造性的进展的方法形成的对比。传统上文学史是按时间顺序排列的一系列文学事件组成的历史，文学史可能按均质划分各个时间段（如按世纪划分），对于一些文学现象，既可插入又可分开，既可回溯又可前仰。柏格森反对这一思想，提出了一种进化论，在这种进化中每一个时刻都能对先前状态作出不可还原的更新，而没有任何东西让人真正预见这一更新。在《思想与运动》(*La Pensée et le Mouvant*)中收录的一篇重要哲学随笔论述了"可能和真实"的问题，柏格森通过文学的例子再

---

① *La Critique littéraire française au XIXe siècle*, p. 198.
② *Ibid.*
③ *Ibid.*
④ *Ibid.*, 199.

次阐明了这个不可预见的新事物的持续创造的思想:面对什么是未来最伟大的戏剧作品的问题,他回答:"如果我知道,我自己就写了。"① 关于区别"可能"一词的两种意义的问题,他反对那个缺少阻碍的纯粹负面之意,提出"在思想形式下预先存在"②,关于真正的新事物,这个思想只是一个回溯的幻觉。因为可以说,柏格森的一个发现直到最后才作出结论:肯定创作思想是新奇的新事物。如同对绝对的直观使分析处于认知地位一样,不可预料的出现降低了那种均质事件按直线排列的历史方法的地位。在文学史中,这种观点导致对连续的、先前的和循序渐进事件的低估,对新事物高度重视,特别关注在独特中出现的新奇。

另外,为了理解独创性,柏格森主义提供了特别的资源。在哲学研究中应用直觉的思想,柏格森把它变成一个统一的原则,如同发生源:在 1911 年波兰哲学大会上演讲,后又在《思想与运动》中再次论述,他提出了一种很"文学"的深入研究的哲学方法;随着研究的深入,一个大哲学家的所有作品似乎就集中到了"唯一的点"上了,它的复杂性无非是"他的简单的直觉和他用来表达的方法之间的不可通约"③。对于表达者来说,这个直觉和话语的对立不排除一种可能性:重新获得和确定"在具体的直觉的简单性和表达它的抽象的复杂性之间建立某种中介的形象"。

捕捉这个形象,就是找到哲学家展开灵感的运动,就是与创造学说的生命冲动认同,这种冲动的系统化只是自然而降,正如诗人苏东坡精辟地说道:"吾文如万斛泉源,不择地皆可出。在平地,滔滔汩汩,虽一日千里无难。"柏格森通过斯宾诺莎和乔治·伯克利④的例子指出捕捉这个中间形象的生命力。于是,解释者就可以在一个运动中找到所研究的哲学的理想的起源,这个运动使人想起泰纳统一多样作品的方式。才能是创作者的个性元素之一,而形象是一种作者要面对并要努力用程式和手段表现的景象,才能与形象之间的差异被忽视,而泰纳用一种主要的才能统一各种作品的多样性。

柏格森在 1902 年写了一篇关于"理智力"的论文,后收入《精神的力量》一书中。在此文中,他试图将创作过程准确地分为各个阶段:他把发明描述成一个有待于达到目的的纲要表象渐进转变成为真正的表象的过程,即具体的和形象的表象:"写小说的作家、创造人物和场景的剧作家、谱写交响乐的音乐家和写颂歌的诗人,他们都首先在脑中有一些简单和抽象的东西,我把它叫做无形的东西。这个对于音乐家或者诗人来说就是一个新的、要转变成声音或者图像的印象……他们在一个整体的简图上努力构思,当他们脑力有一个轮廓明显的图像时,结果就

---

① *La Critique littéraire française au XIXᵉ siècle*, p. 200.
② Ibid.
③ Ibid.
④ 乔治·伯克利(1685—1753):爱尔兰哲学家。

来了。"①这个渐进式转变又使人想到泰纳,他在《艺术哲学》里把写作前作家通过构思达到理想表象的过程称作创作。但是区别不大的是,柏格森把它叫作一个"有活力的简图",一个更灵活、似乎充满本能力量的概念,而不是一个预先存在的图像;在泰纳坚持表象的古典概念上,柏格森引入了"表象运动"的、更有生机的概念。通过对创作过程而不是只对作品的关注,这些理论框架将会更新对创作的渊源研究。

二 普鲁斯特在批评辩论中的贡献

马塞尔·普鲁斯特(1871—1922)参加过反对科学主义继承文学史方法的斗争,但在一战后他的作品才被披露,才真正被人知道。他写于1908—1909年的文章在1954年才发表,收入《驳圣伯夫》一书里,肯定了最聪明的解释者的直觉,同时指出了普鲁斯特的小说是如何离不开批评的思考,尽管在小说之中没有显现。但是普鲁斯特的所有作品都有关于实证认知和美学直观的相对地位的辩论的性质。即使普鲁斯特自己的思考和柏格森的哲学观点是相联系的,但他至少是在他的心理学概念中,尤其是在社会生活的习惯性与个人真实之间的对立中,否认受过柏格森哲学的直接启发。只有在意识深层里,以及在世俗存在与创作世界之间关联性的分离中寻找个人真实。

普鲁斯特的哲学和美学修养带有把德国唯心主义主要流派法国化的痕迹,一种和象征派美学毗邻的、并同时奠定批评思考和小说研究的美学从中得到营养。人陷入日常习惯,最经常地阻碍我们区别两种世界:一是现象和经验的世界,即是日常生活的世界;另一个是本体的世界,即深层真实的、本质的世界。这种区别是小说家和批评家各自使命的基础:前者通过艺术的渠道把我们带到他对这个隐藏世界的视野中,后者则为我们指出前者是如何达到这一目标的。由此要求批评家能够帮助我们溯流而上地感知伟大作家的采地——本源,就是说,要求批评家垂直地潜游到文本深处。与此相关,他在对圣伯夫的指责中,谴责那种把人与世界之间的交际形式变成如同对话一样横向关系的肤浅特性,这种变化是社交及其变种造成的。

普鲁斯特和圣伯夫的对立不仅仅表现在一种接近文本的方式,相应的也是一种对世界的态度,其中对圣伯夫来说,真实可以在对话的社交性中被感知,而对普鲁斯特来说,对真实的寻求则意味着倒退和回溯。古典人道主义把阅读当作与过去作者的一场"对话",甚至阅读相对上也被贬低,被视为社交的附属形式:"阅读是通往精神世界的入口,它可以引我们入门,但它却不是里面世界的组成部

---

① *La Critique littéraire française au XIXe siècle*, p. 201.

分。"①阅读的价值与其说是引向认知的入口,不如说是朝创作的飞跃。

由此引出对传记批评与生活和作品混合的质疑。普鲁斯特在《反对圣伯夫》批驳了圣伯夫的文学史方法的大部分论点,他说,圣伯夫的方法"不懂得稍稍深入了解我们的心灵就会使我们知道:一本书是另一个自我的产品,而不是在我们的习惯中、在社会中、在我们的各种恶习中表现的自我的产物"②。圣伯夫在1862年的一篇论文中对夏多布里昂进行问卷调查,把批评简化为侦探小说式的调查,普鲁斯特对此表示不屑一顾。圣伯夫对诸如巴尔扎克、司汤达、福楼拜、奈瓦尔等他的同代天才的研究的失败,根本的错误在于他坚持把社会的人和写作的人混淆一起。作品与作家本我的联系不归于历史范畴内。批评的成功与否在于能否建立这种联系。

普鲁斯特拒绝偶像,他必然要揭露崇拜偶像的现象。亨利·詹姆斯在其小说《出生的房间》里塑造一位崇拜偶像的人,这个人对一位作家的坟墓抑或出生的房屋顶礼膜拜,似乎可以在那里重新找到旧时灵感的气息。崇拜偶像的人还包括在尊重作家的层面展示自己博学的学者,通过一种或另一种迂回的方法,放弃他们所体验到的美学情感,将之推到外面的动机,这些人通常也被怀疑崇拜偶像。

圣伯夫尤其是一个崇拜偶像者,他不研究作品本身,也不为作品而研究人的本身。他酷嗜比较研究,他总是处在作品的外面,最终还是喜欢一个含有趣闻轶事的比较研究,而忘记了他觉得要分析的文本。

"圣伯夫研究巴尔扎克,如同他一贯做的那样,他不是说巴尔扎克笔下的30岁女人,而是说巴尔扎克身边的30岁女人……将'关于他的绝对研究本身'扔在一边,去援引这本小册子的大段引言,自然毫无文学意义。"③

这还不是最严重的错误。圣伯夫的批评方法主要是传记式的,他不知道如何深入到作者内心去挖掘。普鲁斯特认为:圣伯夫的批评通常是在作品外围游荡,忽视了对作品的分析,没有深入到诸如司汤达、巴尔扎克、波德莱尔和奈瓦尔的作品里去。必须使用另一种批评方法——直接阅读作品是揭示深层自我的关键。

这位《追忆逝水年华》的作者与他的时代相一致,挑剔理智的差错,怀疑理智的肤浅。在《反对圣伯夫》里,普鲁斯特的反理智主义("每天,我不很重视理智。"④)是另一种类。对艺术符号的理解,包含着对一个读者或一个观众表现的一种美学情感的深入研究。普鲁斯特主张应该辨认铭刻在我们心中最深处的美学情感流露出来的痕迹。批评活动预先假设要降落到内心深处探索,这比对艺术品的意志主义探讨更深入。这种自我心理分析要结合伟大的创作家的做法,他们不是把作品建立在一种抽象思想上,而是在对《重新找回时间》所说的这本"内部

---

① *La Critique littéraire française au XIXe siècle*, p. 210.
② *Ibid.*
③ M. PROUST, *Contre Sainte-Beuve*, posth., Gallimard, 1954, p. 278.
④ *Critique et théorie littéraires en France*, p. 192.

书"的解读上。

罗斯金①关于美学的思考使普鲁斯特更加坚信文本的深层和每个艺术家视角的独特性相互联系。在普鲁斯特看来,批评家不顾作家的差别,而把作家按流派和团体划分,这种努力是很可笑的;此外,圣伯夫和泰纳用自然史的方法考察作家的精神世界,这种方法也是非常古老的。由此,可以看出:使用普遍的阅读填格去解释作品的批评也是无效的。然而,批评家只有通过持续创造的方法,才能铸造出钥匙,去打开真正艺术家已经在其中的"天国"大门。在所有的钥匙中,发现在文本表面上一些词语或素材的重复大概是最可以直接被感知的了。

于是,人们会考问普鲁斯特的仿作批评功能,普鲁斯特认为:他对巴尔扎克、福楼拜、龚古尔兄弟作品的仿作是对这些作家的一种真正的尊重和了解。在《朝拜的日子》中,他说:在(批评家)自己心里重新创作一位大师所感觉的东西,没有比这种方式更好地了解作家,哪怕与作家保持距离。在普鲁斯特的作品里,模仿是以批评家的自我去追回作家的自我,从某种方面可以说是批评必不可少的一个步骤。没有这种追补,文学的使命就无法实现。因此,不能把二度写作与《芝麻与百合》的序言中的论点分离:美好的作品伟大、神奇的特点之一,就是使我们了解到读者在我们的精神生活里所能起到的主要和有限的作用;作品对作者可称为"结论",对读者可称为"激励"。因此,模仿既是拿回,又是放开;既是感情同化,又是讽刺;既是解构,又是创作。

普鲁斯特的批评直觉也使他成为出色的仿作者。仿作批评是建立在对文本表面上循环出现的东西的敏感性。艺术品需要它解释清楚其组织,那些吸引读者注意的、使读者回头重读的符号或短语,可能是文本的一些主题。它们带有作者深层自我留下的痕迹,抑或违背语法规则的独特表达。普鲁斯特发现:司汤达作品有着"某种与精神生活有关的高度感"②;巴尔贝·多尔维利作品表现出一种"生理的淡红色"③,这可能是一种个人眼光具有风格特色的标志。普鲁斯特心中的风格远不是某些人所相信的一种修饰,也不是一种技巧问题。风格如同画家的颜色,是一种眼光特色,是每个人自己能看到的、而其他人看不到的特殊世界的显影剂。1920年元月第一期《新法兰西评论》上普鲁斯特在回应蒂博岱的一篇刺激性的文章中,对福楼拜使用的未完成时作了精彩的分析,就证明了这一点。

普鲁斯特的批评方法建立在另一个假设上:一个作家的所有作品形成一个系统。这个有机的统一并非先天地存在于一个预先设计的提纲里,以后的写作只不过是实践提纲而已。巴尔扎克的人物重现的方法,是在他后来创作过程中才形成的。这位天才的作家在创作过程突然感觉到人物的添加,能使一个个分离的作品建立联系,从而组合成有机统一的《人间喜剧》。巴尔扎克这种美丽的直觉最终

---

① 罗斯金(1819—1900):英国艺术评论家,社会学家。
② *Critique et théorie littéraires en France*, p. 195.
③ *Ibid.*

获得了整体的写作法。在这里,普鲁斯特也间接地指出他写《追忆逝水年华》是如何运作的:在创作过程逐渐找到它特有的顺序,而达到整体浑然一体。他确定自己的美学标准,他要求批评家要看到作家是如何探索性地创作。普鲁斯特的方法,正如批评家已经从他的作品梳理出的方法,作品有好几个入口,假设在作品表面上存在可以发现作家鲜明特点的标志,譬如典型的句子,并将艺术品视为一个有机整体去理解,批评家在标志的"点"与整体的"面"之间,在表面与深层之间来回穿梭运行,寻找作家创作的冲力。

在普鲁斯特看来,风格并非一个"技巧"问题,而是作家的"观点",即便如此,他对名著的批评论点给后来的主题批评和文体批评奠定了基础,特别是促进了两种批评方法相互联系,这一点也不奇怪。从关注文本表面的词语走向感知创作原则;从描述福楼拜的未完成过去时、间隔和韵律的悲剧性,到洞察司汤达关于高度的内心化,又到感知奈瓦尔的诗歌深度,再到以陀思妥耶夫斯基的方式对德·塞维尼侯爵夫人的书简高度赞赏,按我们感知的顺序将一件件事铺陈在我们眼前,而不是先通过原因来解释诸事,神奇地呈现出与传统批评完全不同的另一个拉辛,另一个巴尔扎克。普鲁斯特不仅仅反对历史批评的原则,而且他的作品对文本的解释以其明晰著称,以其严谨态度把模仿的批评作品升高到"行动的批评"地位。他的作品翻开了文学批评新的一页,将文学重新置于批评中心的地位,即将文学作为批评的基础,对20世纪产生了深远的影响。

第二节
超现实主义革命与新诗学批评

一 超现实主义的反批评

超现实主义运动是由一群参加过第一次世界大战的法国青年发起的,他们目睹战争的荒谬与破坏,对以理性为核心的传统的理想、文化、道德产生怀疑。旧的信念失去了魅力,需要一种新的理想来代替。超现实主义就是他们在探索道路上的尝试。

超现实主义运动是在文艺及其他文化领域里对资本主义传统文化思想的反叛运动,其影响波及欧美其他国家。它的内容不限于文学,也涉及绘画、音乐等艺术领域。它提出了创作源泉、创作方法、创作目的等问题,以及关于资本主义社会制度和人们的生存条件等社会问题。超现实主义者自称他们进行的是一场"精神革命"。

超现实主义者的宗旨是离开现实,返回原始,否认理性的作用,强调人们的下意识或无意识活动。法国的主观唯心主义哲学家柏格森的直觉主义与奥地利精神病理学家弗洛伊德的"潜意识"学说奠定了超现实主义的哲学和理论基础。

超现实主义呼唤一种彻底的新的语言,创造一类令人惊愕的意象。它使陈述的力量引起革命,它想摧毁社会的惯例习俗。这种拒绝强制性的逻辑,这种仰仗潜意识难以表达的丰富的革命性的愿望,表达了对理性的怀疑。

在超现实主义作家看来,人们称之为现实的东西只是一个变得贫乏的现实。语言纯参考的用途引导着思想,以至于思想不再思想。诗的冒险致力于扩大陈述场,以便给世界上的人增添力量。话语是一种行为,将束缚它的地方解放出来,打乱社会的惯例习俗,让欲望讲话,最终在对未知的探究中改变生命。由此,超现实主义作家醉心于将要入睡的状态、梦、精神错乱,赞赏"弗洛伊德的发现"①。第一部《宣言》(1924)指出,诗人应该和科学家一样,到潜意识深处去探险。超现实主义发明了自动写作和作诗游戏,在《无玷始胎》(*L'Immaculée Conception*)里讲述了精神病的"模拟"等,在这些创作活动中,可看到各种智力的操练和一种与逻辑彻底决裂的方式,以增强语言和精神的力量。

这种打乱现实的前提是一种对想象的完全相信。想象不再是欺骗的力量,它的功能是多种的,它否认给定的范围,捕捉任何逻辑无法解释的东西。但是,它同样固定住可能存在、给欲望赋予形式的形象。安德烈·布勒东②回忆皮埃尔·勒韦迪在《北—南》中写的定义,以改进这位诗人的意志主义:

> "形象是一种精神的纯创造。它不能产生于一种比较,而是产生于两个多少远离的现实的接近。两个现实的关系越遥远、越确切,形象越伟大,它越有感染力,越有诗的现实。"③

这里涉及用类似和自由结合的方法跨越那个分析理性不停地在情感世界里建立的鸿沟。"疯狂的爱"④突然地吸引作家与世界的相遇,使他们退到神秘的欲望,退到那尚未意识到本身的内心,这些符号使内心激动不已,为的是使人知道内心情感。

诗里的无限同样温顺地听从,不需要假设存在一个背后世界:梦展开它的全景图。超现实主义继续浪漫主义和主张政教分离者的事业。梦破门而入打开了自由之门,打通了监狱之路,这一切都在超验性之外。

由于美产生的身体混乱,美终于被识别了:它兴高采烈,大声惊叹。安德烈·

---

① *Critique et théorie littéraires en France*, p. 200.
② 安德烈·布勒东(1896—1966):法国诗人和评论家,超现实主义创始人之一。
③ A. BRETON, *Second manifeste du surréalisme*, Kra, 1930, p. 325.
④ *Critique et théorie littéraires en France*, p. 201.

布勒东在《娜嘉》后在《疯狂的爱》中给"这个情感的王权"下了一个定义:"痉挛的美是情欲的—掩饰的,爆发的—固定的,神奇的—应时的,抑或什么都不是。"①它给人"一种这样的感觉:如同一只白鹭突然在眼前掠过,全身顿感一阵颤抖"。②

这种感叹的诗学("看好:惊叹总是美的"③)的相反效果是强烈拒绝传统的形式和政治的保守主义。这种拒绝就像一场挑衅的机遇剧(1950—1960年在美国出现的一种戏剧,要求观众积极参与,演员可随机应变,即兴发挥)。1924年,正值法朗士去世,一篇集体(阿拉贡、布勒东、艾吕雅等一起签名)的抨击文章辛辣地攻击一位作家,超现实主义者想:这位作家声称支持革命思想时,他仍然站在学院派一边。在布勒东看来,一个人在形式上仍然站在保守派一边,那么他在意识形态上不可能走向先锋派。不过,这通常可能是现实主义小说的嫌疑,因为它过分考虑逻辑动机,逼真的效果就是建立在此基础上。其实,布勒东与马拉梅一样,指责报道文学,在第一篇《宣言》里称它是"提供信息的风格"。④ 指控分为两个方面:一是现实主义作品表现的纯粹是环境的;二是描写的展开变成列举,没有求助于读者的想象力。从某种方面说,读者似乎占有作家的一大叠"明信片",反而受束缚。心理小说也是一样束缚人,它总是使读者从不懂到懂得,它喜欢煽起"对情感分析的欲望"。⑤ 从某个方面说,超现实主义可能是唯一的现实主义,精确地说是因为它的雄心包含着梦和潜意识、非确定的或非逻辑的东西,以及在诗化的叙事中想象、离题的创造性。

超现实主义为建立它的先贤祠或为建立一个文学的地狱,自己制定政治、道德和美学标准。事实上,存在着"一个超现实主义的图书馆,作家们自愿建立书目,在第一次《宣言》里就是这个意思。在《论风格》里,轮到阿拉贡用抒情的技巧说明他的偏好。这篇批评随笔滔滔不绝,却变成了诗歌,在那里听见一种时而叫人回忆雨果的声音:'是的,我读,我有这个笑料。'时而洛特雷阿蒙:'噢!浪漫主义雄赳赳的螃蟹,你侧边横行,举着一只夹钳高谈阔论,另一只在纸上天才地写着你的绝望。'"⑥

批评实践的诗性化有时还以另一种形式呈现。它接近一种二度创作,阿拉贡称之为"综合批评"。这种批评在超现实主义运动初期盛行,倾向于以一种隐喻的、暗示的短文形式概括一部作品。这样,我们可逃避传统的读书笔记,超现实主义作家否认其分析的长处。

尽管如此,随着超现实主义的论点越来越明确,综合批评不久就让位给更具论说文性质的批评。安德烈·布勒东在《失步》(*Les Pas perdus*)收集的文章表明

---

① A. BRETON, *Œuvres complètes*, Gallimard, «Bibliothèque de la Pléiade», 1988-1992, p. 687.
② *Critique et théorie littéraires en France*, p. 201.
③ *Œuvres complètes*, p. 319.
④ *Critique et théorie littéraires en France*, p. 202.
⑤ *Ibid.*, p. 204.
⑥ *Ibid.*

了这一演变。然而,这部简短的随笔仍然是抒情的。评论瓦谢的文章的开头(滚雪球的世纪在滚动中只集结着人的小小步伐)和路易·贝特朗的作品《夜里的加斯帕尔》(Gaspard de la Nuit)的读书报告的结尾都布满着令人赞赏的形象化的比喻。超现实主义批评中炫耀知识和论战的狂热,欣赏的评论总是附上一连串图像。

这种抒情并非与博学的知识不兼容。布勒东去国家图书馆抄下洛特雷阿蒙的《诗歌》的手稿,他是此书的第一个发行人。他在阿希姆·冯·阿尔尼姆的《奇异的故事》中写的引言以其博学著称。这种博学有其客观的偶然性。它必然是新的发明,它引起人们的赞叹以促进理论的构建。比如,布勒东经常参照那些名不见经传的作家,从而提出一种黑色幽默的理论。起初,瓦谢给"l'umour(原文如此)"下一个定义:"我认为这是一种感觉——我几乎要说——也是——戏剧废话(没有一点快乐)的一种感觉。"①阿拉贡继续瓦谢的定义,在其《风格的论文》中把幽默视为"诗歌的负面条件"。② 如果幽默陈述话语破坏那种反诗学的东西,它产生的惊喜的效果可与惊叹、超现实主义图像引起的冲击相比拟。布勒东从《诙谐词和它与潜意识的关系》一书得到灵感,从弗洛伊德那里得到启发:幽默"毫不屈从,它敢于挑战,它不仅包含着自我的胜利,而且含有快乐的原则。即使外部现实不利,却找到了表达的手段,从而获得快乐"。③ 黑格尔所说的"客观幽默",他在《诗的贫穷》和《文选》的序言里着重提到,它预先假设解决两种倾向:一是把幽默者变成为一种纯主体,他将世界视为一个先验的滑稽(我们可重新找到弗里德里希·施莱格尔④所定义的浪漫主义的"反话");二是要幽默者任凭自己被"客体和它的真实的形式吸引"⑤。这样,幽默预先假设距离、突发的念头、主体可能依赖一切,以及自我和世界的客观化。

超现实主义批评的各种形式,如抒情、讽刺、理论,总是类似于一种反批评的练习。文学史没有经历空虚的东西——在一种叙事和解释的连续中,一切维持着,一切都有其意义;相反,超现实主义评论集中在一些异乎寻常的作家或作品上,他(它)们就像孤立的灯塔一样从时间的虚无中出现。不管所评论的作家说了什么,这些评论高度重视一种天才的先验论概念。那是"行人"在游荡,如同流星一样瞬间闪现,搞乱了文坛的温暖气候。这些通灵者以诗的形式如流星般地出现。介绍他们,加上赞扬他们,只是一种极好的抒情练习。像学生高声报数一样从兰波或从科比埃尔开始列举,是诗歌文本偏爱的结构之一。这个表格的另一种

---

① *Critique et théorie littéraire en France*, pp. 204-205.
② L. ARAGON, *Traité du style* [Ed. 1928], Gallimard, «Tel», 1999, p. 138.
③ S. FREUD, *Le Mot d'esprit et sa relation à l'inconscient* [Ed. 1905], Gallimard, «Idées», 1979, pp. 402-403.
④ 弗里德里希·施莱格尔(1772—1829):德国哲学家、文学家。
⑤ A. BRETON, *Anthologie de l'humour noir*, in *Œuvres complètes*, 3 vol., Gallimard, «Bibliothèque de la Pléiade», 1988-1992, p. 870.

效果,还是创作一些文集。

这种批评的功绩发明了新的古典,这也是它的相互矛盾的成功之处。超现实主义批评家重新发现了萨德、洛特雷阿蒙,吸引读者不仅注意佩特鲁斯·波莱尔或泽维尔·福内雷①,还有德国浪漫主义。他们高度赞扬奈瓦尔,赋予他大作家的地位。他们——特别是阿拉贡——还是刘易斯·卡罗尔②的颂扬者,而且重新发现恐怖小说。总之,他们要求文学史更新它的价值观。

价值观处于危机中,导致超现实主义与共产党纷乱的关系,阿拉贡和布勒东曾经于 1927 年加入共产党。由亨利·巴比塞③创办的杂志《光明》(*Clarté*),1926年由皮埃尔·纳维尔当主编,与超现实主义作家的关系非常亲密。从 1929 年开始苏联开展清党镇压,1932 年《世界报》紧随其后也开始清洗,标志着一个时代的结束。那年阿拉贡无条件紧随共产党,布勒东却退出共产党。最终,他将许多革命的作家和艺术家驱逐出超现实主义联盟。

在此期间,要确定这个人或那个人的态度,没有比这更棘手的了。《光明》并不总是与共产党领导走同一条道。《人道报》却偶然地支持超现实主义作家,他们与资产阶级秩序对立,反对《世界报》。这家报纸也是亨利·巴比塞创办的,但就连该报共产党出身的主编也觉得:1929 年它已经偏离到令人讨厌的混合状态。

我们来看看这些争论的焦点是什么。其中也涉及无产阶级文学概念。对此,安德烈·布勒东的立场是坚持不变的,与托洛茨基④于 1924 年在《真理报》上发表的立场是一致的。除非在一个尚待建立的无阶级社会里,否则不可能有无产阶级的艺术。他在第二个《宣言》里明确地表明这一观点:"我认为目前不可能存在一个表达工人阶级愿望的文学和艺术。我之所以不相信,是因为在革命前的阶段里,那些作家和艺术家必定接受资产阶级教育,显然他们没有能力表达工人阶级的愿望。"⑤这显然与巴比塞对立,因为他梦想看到大众艺术的复兴。在巴比塞看来,中世纪史诗或神秘剧表现过大众的艺术,他在《人道报》的专栏文章里热烈欢迎工人出身的作家发表作品,如:普拉耶、马克·贝纳尔,此外,还有路易·吉尤,尽管后者拒绝无产阶级文学这一提法。普拉耶于 1929 年 3 月发表的宣言曾大力普及了这一概念。

是否可能创作大众艺术这一问题也引起了大辩论,《世界报》(1928—1929)还对这个问题进行了广泛的调查。所得到的答案和与此同时发表的文章使人又提出其他问题。人们特别考问"现代"小说的批评意义和文学价值。两个题目尤

---

① 泽维尔·福内雷(1809—1884):法国作家。
② 刘易斯·卡罗尔(1832—1898):真名叫查尔斯·勒特威奇·道奇森,英国数学家,对小说、诗歌、逻辑学都颇有造诣,著有《爱丽丝漫游仙境》。
③ 亨利·巴比塞(1873—1935):法国作家,作品有《火线》。
④ 托洛茨基(1879—1840):俄国十月革命领导人之一,与斯大林对立,建立第四国际,后被暗杀。
⑤ *Second manifeste du surréalisme*, p. 804.

其引起人们的注意:多斯·帕索斯①的《曼哈顿中转站》(1925),马尔罗②的《征服者》。伊利亚·爱伦堡③认为这两位作家调解了形式的新颖性和社会的批评。从1928年开始,对左拉的评论又出现在法国意识形态的舞台上。巴比塞在《世界报》上高度评价他,由于左拉的史诗式的方法,多斯·帕索斯和马尔罗的剪辑效果,一些作家虽然不能被视为无产阶级作家,但成功地摆脱学院式的写作规范,成为加速"资产阶级思想死亡"的先驱。此语来自贝勒于1928年发表的一部评著,他也赞扬左拉、多斯·帕索斯和马尔罗三个作家。

这些评价却使超现实主义者不快。我们已经知道,他们把小说视为"用旧"的体裁。在1928—1929年这段关键的时期,阿拉贡和布勒东与俄罗斯的一些作家联合起来反对巴比塞。在俄罗斯,一些作家揭发对文学现代主义的崇拜,不仅激烈地批评巴贝尔、鲍里斯·皮涅克④,而且攻击左拉、多斯·帕索斯和马尔罗。即使这种结盟有点令人尴尬,但它没有不合逻辑的地方,因为在布勒东看来,人们不能把一种文学的革命意义与形式上的先锋派分离开来。人们料想到:1935年,他在《与作家谈文化的捍卫》里必然猛烈地否认社会主义现实主义。布勒东的理论和批评作品能够浑然一体,其准确的原因是它们给文学一种探索性的效能,在它们的陈述或表述中"表达"它们叛离的意义。这样,正如人们所看到的,它们调解了抒情和论战。相反,马克思主义批评大概要等到1945年之后,卢卡契的论著在法国产生极大影响时,才从社会主义现实主义的虎钳里摆脱出来。

二 诗学批评与宗教的神秘主义

1. 保罗·克洛岱尔⑤及其诗学批评

保罗·克洛岱尔的批评主要收录在两部题为《立场与建议》(Positions et propositions, 1928—1934)的书中,后又有《接触与环境》(Contact et Circonstances, 初版于1940年为德军所毁)、一部艺术批评文集《眼睛在听》(L'Œil écoute, 1946)和一部《关于让·拉辛的会话》(Conversation sur Jean Racine, 1955)加以补充。克洛岱尔极为认真地对待批评。他说:"文学批评不是真正意义上的一种文学工作,它首先是一种科学工作。一种写出的东西,就是一种认识对象,对它的研究,应该伴有理性调查,而尤其要有严肃、认真的态度。这种研究要付出许多劳动和

---

① 多斯·帕索斯(1896—1970):美国小说家。
② 安德烈·马尔罗(1901—1976):法国作家、政治活动家。1933年发表《人的状况》。在《新法兰西评论》的专栏中,他精彩地评论了福克纳、贝尔纳诺、路易·吉尤的小说。
③ 伊利亚·爱伦堡(1891—1967):前苏联作家和记者。
④ 鲍里斯·皮涅克(1894—1937):鲍里斯·安德里维奇·维高的化名,俄罗斯小说家。《荒年》(1922)写的是俄罗斯内战时期的资产阶级知识分子,这部小说被共产主义批评家攻击为反革命。
⑤ 保罗·克洛岱尔(1868—1955):法国20世纪重要诗人、剧作家、职业外交官,曾任驻华使节。

许多冷静的精神思考。"①正像其他许多艺术家一样,他也讨厌生平批评或心理批评的原则。他反驳说:"作品既然是艺术家的产物,这几乎可以认为,了解这一个就可以理解另一个。然而,只要稍加思索便可以知道,这种观念是不全面的。牡蛎无法解释珍珠,工人的精神面貌与他编的笑话无任何关系。"②

克洛岱尔对兰波或魏尔伦的作品有着深切的爱和清晰的理解。他深入理解兰波或魏尔伦的技巧秘密,细腻地论述了拉辛和马拉梅,创造了一种独特的诗学批评。

克洛岱尔说:最初有一种原初的振动,宛如心脏跳动,又如抑扬格的节奏,故此产生诗歌的拍打声;同样在思想流露中还有着一种张力。我们难道不能延续地思考下去:"思想像大脑和心脏一样跳动着"③,白页上符号的布局是另一种形式的振动。在1925年"书的哲学"的一次讲座上,他对马拉梅的一首诗的题目赞不绝口:骰子一掷绝不会破坏偶然。因此,克洛岱尔相比于同时代的其他作家,对书写的分布、文学所必需的空间维度,或者说文学宽敞的空间更为敏感。

古典巨著的主要优点在于有灵感,为人们打开了宽阔的视野。1949年的一篇文章——《〈风〉的颂歌》,赞扬了史歌般的诗歌,以及卢克莱修④的描述性及教育性的诗歌,它们被认为能给人以沉思的力量,圣琼·佩斯似乎从中重新找到了诗歌的精神。克洛岱尔完全违反了马拉梅的《圣经》,他梦想能把散文和诗歌的资源结合在一起。克洛岱尔反对圣伯夫,他喜欢赞扬《山谷百合》,说它是一种"不可比拟的诗歌"⑤。真正的诗歌在诗歌小说或散文诗中才能找到。他说:法国伟大的诗人、伟大的作家不是马莱伯、伏尔泰,也不是拉辛、波德莱尔或马拉梅,他们是拉伯雷、帕斯卡尔、圣-西门、夏多布里昂、巴尔扎克、米舍莱。他还非常诗意地赞叹法国散文犹如大海的潮水,在巨大及强劲的波浪之后,最终汹涌地冲击海岸,变为无数的泡沫及小鸟。这些美丽的小鸟就像兰波的诗句一样。⑥

传统的韵律又重新遭到质疑。传统马莱伯式诗歌的韵律让人联想到"可恶的节拍器",或且"旋转铁叉发出的敲打声"⑦,除此之外,作诗还有其他方式。在《关于法语诗》中,克洛岱尔讽刺了所有受韵律束缚的爱好者,特别是班维尔和他的《论韵律学》。但也可能讽刺了瓦雷利。正如亨利·梅肖尼克⑧所指出的那样,克洛岱尔批判了韵律学的研究。韵律学的分析很少考虑到句法。这些句法不仅仅通过一些不规则的语言效果(倒移,跨行)表现出来,而且也给诗歌带来更多的激情和活力。虽然克洛岱尔不是很喜欢这些浪漫诗人,但他还是承认,这些诗人创

---

① 《批评:方法与历史》,第296页。
② 同上,第295页。
③ P. CLAUDEL, *Réflexions sur la poésie*, Gallimard, «Folio-Essais», 1963, p. 7.
④ 卢克莱修(约公元前98—前55):拉丁诗人、哲学家,作品有《物性论》。
⑤ *Critique et théorie littéraires en France*, p. 208.
⑥ *Réflexions sur la poésie*, pp. 88-89.
⑦ *Critique et théorie littéraires en France*, p. 209.
⑧ 亨利·梅肖尼克(1932—2009):法国诗学家、语言理论家、文学批评家、诗人。

造了一种超越了传统两行诗而使人激情澎湃的节奏。这种节奏主要围绕一个"富有活力的主题",并同时赋予主题一个形式,给予其爆发力。

虽然这些伟大的诗人同时也是伟大的句法家,然而,在克洛岱尔看来,浪漫主义抒情诗的演说运动的弱点,是没有完全同古老韵律学所决裂,因而听起来像下脚料和废话。克洛岱尔至少在一点上与瓦雷利持相同的态度:一部作品必须有增之一分则嫌多、减之一分则嫌少的效果。但这一点却不是来自作家之外的修辞学和韵律学。(女子的)男性意象(Animus)和(男子的)女性意象(Anima)的寓言暗示着,诗歌没有情感就不能存在,换句话说没有精神活动,就无法生存。

未健全的、仍有空缺的万物世界要求我们将它引向终极,带给创世的上帝。现在由这位作家在一个文本里给这个世界形式和意义,这个文本像一件奉献祭品礼,或像一份祭品一样。由灵感而起的诗歌行为代替了展示世界的陈列柜。塞尚希望"能将那自然漂泊的双手合掌(祈祷)"[1]。克洛岱尔认为:诗人通过形象的游戏,应该瞄准一个共同的目标:诗人能够在事物之间建立新的联系,一种不是由逻辑或者因果关系而决定的联系,而是经由一种和谐的联合达到一种意义。

克洛岱尔的诗学将美的快乐、赞赏及精神性都融在一起。《五首伟大颂歌》的作者所作的关于文学作品的评论永远也离不开这些标准。这也就解释了他为什么抛弃了建立在对创作美的否认上的现实主义。同时,又是出于意识形态上的考虑,克洛岱尔对雨果的诗抱着双重的态度。他谴责雨果的意识形态:"雨果没有宗教的宗教就像没有酒精的酒,没有咖啡因的咖啡,就像土豆这个穷亲戚一样的洋姜。"[2]克洛岱尔也不得不承认《静观集》的诗人是一个布莱克[3]式的通灵者,这也使他以崇敬的心情谈起雨果的恐惧:"在这个被吓坏了的人的灵魂里积累足够的墨汁,这使得他在《海上劳工》《九三年》和《笑面人》中浓墨重彩地描绘了不计其数的令人震撼的画面。"[4]

克洛岱尔对于马拉梅的态度也同样充满了双重性。马拉梅和爱伦·坡、波德莱尔一样被称作夜晚的诗人,或者说是阴暗的诗人。这才值得我们为19世纪最美丽最感人的戏剧《伊纪杜尔》(Igitur)写出优美的评论。这部戏剧是由什么组成的呢?由意识组成:剧场外表盛大的装置,事实上是一片空白和空缺。或且还由认识组成:偶然性永远无法达到绝对,只是实现脆弱的、从今以后无意义的结合。克洛岱尔发现了马拉梅身上标志了整个世纪的超验的不安的一面。但是他不太关注马拉梅诗里那种歌颂人身上的能力:既能创作虚构作品,又能创造宗教、象征、一种太阳的礼拜仪式。他应该将诗人的作品悲剧化,以便指出"上帝永恒缺席"这一思想所引向的死胡同。

---

[1] *Critique et théorie littéraires en France*, p. 209.
[2] P. CLAUDEL, «Sur le vers français», in *Réflexions sur la poésie*, Gallimard, «Folio-Essais», 1963, p. 49.
[3] 布莱克(1757—1827):英国诗人、画家、版画家。
[4] «Sur le vers français» in *Réflxions sur la poésie*, p. 50, p. 52.

第二个评论针对的是马拉梅作品里的这些"小摆设",事物的世界被剥夺了意义,因为诗人与创世者不存在关系,于是将自己与世界隔绝起来,这就成了所谓的隐居者,没有向无限开放。相反,克洛岱尔这位天主教诗人从词源学的角度来说,是普遍性的诗人,整体地创作一种意象、一种视野。

　　因此,兰波将被颂扬,因为他突破了那个世纪所存在的局限,在那个世纪,一切都不再等待着恩泽,由于无神论而让所有物质的东西践踏着精神。古希腊的林神魏尔伦在年轻的时候就聆听到(男子的)女性意象无法表达的话:他半开着基督教诗歌的入口,但克洛岱尔却是对兰波表达了他的真正的崇拜。他把兰波在死榻上皈依的传奇变成了自己的传奇,同时他毫无怀疑地把《地狱的一季》不仅当作兰波所写的最后一首诗,而且视为一种在"诗人的沉默"之前的忏悔。他在1912年版本的前言里建立了一个兰波神话,称之为"野蛮状态下的神秘主义"①。

　　我们无法怀疑他的真诚:在这个方面,据他所说,我们可以说兰波的皈依是无独有偶,克洛岱尔也于1886年皈依天主教。克洛岱尔在《地狱的一季》的作者那里发现了一个青年天才,一个让人听到那未变质的孩童声音的青年天才,他的言语是如此的幼稚,以至于(女子的)男性意象——教书先生也不能拿起戒尺惩罚他。克洛岱尔还把兰波视为一个无辜的怪物,一个无意的先知。尽管他同时也是一个在美学上创造新形式的人,但他总希望逃亡,这说明了他对真实生活的追求。这种不太引起争议的天主教的解读同时又是对节奏的特别有效的研究方式。克洛岱尔用一种很现代的方式观察到:对《地狱的一季》的作者来说,言语的意义不在于表达,而在于符号。

　　克洛岱尔对魏尔伦的评论是非常重要的,主要是空间诗学的建树。从对长诗的称颂到对兰波弄错的分析,从对马拉梅内在人格的集中研究到1949年对圣琼·佩斯的《风》(Vents)的赞美,从魏尔伦笔下的阿登高原②的山丘、沟壑的观察到对"平原的人"无拘无束的幻想,可以看到克洛岱尔一直关注诗歌语言与其来源地的关系。这种语言重新建立了一种在世界上生存的方式,同时在思想灵感的帮助下创建一种其特有的空间。哪怕再伟大的作品都得使用同语反复,这是一个美学标准,一拃的距离就有无限宽广。克洛岱尔不停地要从"世纪末"文学的狭窄的房间逃离。在他看来,兰波这位飞跃性的诗人似乎打开了一扇扇精神的大门。

2. 亨利·布雷蒙神父③和灵感的神秘主义

　　诚然,布雷蒙神父可能在纯诗歌争论中不适当地依仗着克洛岱尔的名声,但他却对17世纪神秘主义作家以及莱茵河的神秘主义特别感兴趣。他于1916年

---

① *Critique et théorie littéraires en France*, p. 211.
② 阿登高原位于法、比、卢三国交界的地区。
③ 亨利·布雷蒙(1865—1933):法国文学批评家、历史学家。

和 1928 年出版的不朽的两卷《从宗教战争至今的法国宗教情感的文学历史》，介绍了一个与圣伯夫所介绍的完全不同的 17 世纪。布雷蒙神父回顾了神秘主义在 17 世纪初的飞跃发展，他十分推崇圣-弗朗索瓦·德·萨勒神甫、舒兰神甫、贝吕勒、奥利维耶神父的散文，他还欣赏一股神学潮流，却遭到冉森教派和那些只把宗教当作精神完德之人的反对。波尔-罗雅尔修道院和博须埃却并不看好这种神秘主义。17 世纪初神秘主义在其全盛时期碰上了宗教的理性主义形式。费奈隆出现太迟，无法复活被路易十四所汲干的东西。

布雷蒙称颂了一批今天我们看作巴洛克风格的神秘主义作家，他以为当今文学批评受到莫拉斯的信徒们的影响，或是接近于《新法兰西评论》，都依仗古典主义。莫拉斯、拉塞尔、纪德等曾经激烈反对浪漫主义，布雷蒙却毫不犹豫地为浪漫主义辩护。可以这么说，这是神职这个职业所决定的态度。他在《为了浪漫主义》(1923) 的前言中说：我很喜欢 M. 塞依埃将浪漫主义和神秘主义拉近，直到把它们混在一起。与其对这同一家庭的两个分支恶语相加，不如祝福它们的完美结合。他在诗学经验与宗教经验之间所做的这番比较，浪漫派作家在文学领域里正是神秘主义者们在宗教领域里的那种情形。

布雷蒙在写给法兰西学院的一份报告 (1925) 中提出了"纯诗"的概念，由此爆发了一场关于纯诗歌的论战。这份报告附有一系列文章，用以回答保罗·苏代及所有"不具神秘意识"[①]之士的指责。全部材料于 1926 年以《纯诗》(*La Poésie pure*) 为名出版，又有《祈祷与诗歌》(*Prière et poésie*) 一文对其做了补充。在这篇文章中，他指出所有的艺术"都希望——但每一种都是通过其专有的神奇中介（词语、音符、颜色、线条）——与祈祷相接"[②]。布雷蒙在反对古典美学的同时称颂了浪漫主义，他认为浪漫主义重新恢复了"人类在诗歌方面的传统"[③]。其实这次所瞄准的是亚里士多德和柏拉图所遗留下的那些传统，也就是布雷蒙神父夸张地称作索菲亚 (sophia) 的法西斯主义的东西。当理性欲分析一首诗的魅力时，它进行了注释。应该承认它失败了，其批注也失败了。魅力在于语言的变化中，应该抓住其自身的魔力。

布雷蒙认为他在瓦莱里的评论《对女神的认识的前言》中，找到了支持他论点的证明。在这篇评论中，《海滨墓园》的作者揭示了两种诗歌创作之间的断裂。一方面，存在一些教训诗和故事诗，它们在散文可能接受的概念中借用了部分内容和感兴趣的东西；另一方面，我们看到自波德莱尔以来存在另一种倾向：将诗与除它本身外的所有本质彻底地离析开来。当然，当瓦莱里说到"诗歌到纯正状态的准备过程"[④]时，他用了纯正这个词，更多的是从这个词的化学之义来说；而布

---

① 《批评：方法与历史》，第 299 页。
② 同上。
③ H. BREMOND, *Prière et poésie*, Grasset, 1926, p. 52.
④ *Critique et théorie littéraires en France*, p. 214.

雷蒙神父好像赋予了这个纯正的概念玄学的意义。纯正、神秘、灵感对他来说组成语义的复合体。诗歌的神秘既是其效果的神秘(必然不可还原到理性分析)，又是其创作的神秘，或者其灵感的神秘，就像一个照亮的圣恩。

如果说诗人的目的在于将我们和他一起带到一个诗歌的境界，那么我们用传记，或者说用精神分析法去批评是毫无作用的：文学中内在的那个我不是来自无意识的。更好的办法是应用神秘主义的体验和圣-泰蕾兹所称作的"内在的城堡"①。在《拉辛与瓦莱里》中，布雷蒙彻底地抛弃了自传式的研究。拉蒙·费尔南德斯②是莫里哀的自传作家，弗朗索瓦·莫里亚克是拉辛的自传作家，布雷蒙讽刺他们说："博学者、医生、牧师，什么礼服他们都想穿，我只希望他们把它们扔到缪斯神庙里去！"③在他看来，只有两种批评的方法是合理的。一种是情感同化的方法，另一种是探讨诗歌创作的唯灵论心理学，这套理论克洛岱尔在《男女性意象(*Paraboles d'Animus et d'Anima*)寓言》的前言中已经做出过概述。另外，对华兹华斯诗句的沉思给我们带来了灵感，他的诗把我们引向一种黑夜的心醉神迷："当意义的光明离去，带着它所揭示的一道闪光，那不可视的世界啊！"④这就是为什么诗歌的经验接近神秘主义，但它却不可还原到神秘主义。诗人从沉思中凸现出一种话语，神秘主义的经验总是在沉默中完成：它的照射并不是美学，但它却照亮在诗歌创造最深处里蠢蠢欲动的东西。

人们发现，布雷蒙神父非常怀疑理智，他几乎不相信科学批评的可能性。作品永远不能得到解释，受泰纳方法启示的一种徒劳无益的评论只会使人变得无力去欣赏优美的作品。布雷蒙对莫里斯·鲁佐的研究著作《批评何处去》(1931)的回答佐证了这一观点：

"把文学批评附属于科学，这毫无意义……评论上的科学主义，由泰纳开始，布伦蒂埃接过后又使之严重化了。从人文主义批评，即关于美和不足的批评，如费莱隆的批评或拉阿尔普的批评，到今天的批评，有了重大的发展；但是，如果这种进步引起、并经常引起对批评家最初定义的否定的话，那么它就会消亡，批评家应该是讲授情趣的教师——他品评优美的东西并教人怎样品评。"⑤

3. 雅克·马里坦⑥的新托马斯主义

布雷蒙神父在《祈祷与诗歌》里所维护的论点，即非理性主义和纯洁主义不

---

① *Critique et théorie littéraires en France*, p. 214.
② 拉蒙·费尔南德斯(1894—1944)：他是《新法兰西评论》重要的批评家，他的文学批评是一种实践柏格森哲学的批评，不将作者意图与实际的作品以及传记的自我与深层的人格相混淆进行辩护。批评的任务之一是解释艺术作品如何总是与生活呼应，但是答案并不是简单机械的折射。
③ H. BREMOND, *Racine et Valéry*, Grasset, 1930, p. 39.
④ *Prière et poésie*, p. 86.
⑤ 《批评：方法与历史》，第 296 页。
⑥ 雅克·马里坦(1882—1973)：法国哲学家，托马斯主义在 20 世纪的重要人物。

可避免地引来了争论,特别是引起了《时代》的专栏作家保罗·苏代的批评。在这次争论期间,克洛岱尔给布雷蒙神父的信并不一定是一封支持的信。雅克·马里坦在这个问题上有所保留,这是很清楚的。这个托马斯主义的哲学家揭露在"纯"艺术中忘记物质会引起一种纯洁主义的自杀。在《诗歌的状态》中,我们可以看到另一种不满:布雷蒙神父似乎在诗的活动中看到了神秘主义自然的、世俗的显露。但是它们却没有同样的结果,也没有同样的源头。神秘主义作家为爱而认识,而诗人却是为了创造而沉思。总之,应该指责《祈祷和诗歌》的作者没能理解艺术的本质。

如果我们还能回忆起,雅克·马里坦致力于将托马斯主义①的思想和他同时期的作家的诗学协调起来,那么这些严厉的批评就可以被理解了。1920年,《艺术和经院哲学》的发布就是为了实现雅克·马里坦这一目标。马里坦从托马斯主义中得出这一观点:艺术的客体,作为产品,是一种活动习性的结果,也就是说,"它来自那些在主体的本性系统中完善主体的稳定的禀性。它先在理性中被构思、揉捏、酝酿、孕育、成形、成熟,最终成为材料产品"。② 从亚里士多德的角度看,给予艺术作品意义的同时也赋予它形式。它从智力中出现,不是来自概念。其实,艺术家的思想最终完全地通过一个有创意的计划加上美的灵感来实现。美感包含着对世界的一个直观的认识。如马里坦介绍的那样,托马斯的美学的后果不仅在于拒绝模仿,更在于拒绝那些形成作品外在意图的东西,这就是一个艺术家所要阐明的论点。

这种双重否定奠定了一个负面的基调,由此开始,一种新托马斯主义和现代艺术相遇了。我们知道,马里坦一伙试图把那个时代的文化精英引向天主教。然而,人们想说,随着《金色芦苇》的主编(这本书属于普隆书店出版的系列丛书,这家书店出版布雷纳诺的作品)执行了这个计划,同时与科克托或者同朱利安·格林建立关系,不管什么样,马里坦的观点接近布雷蒙神父的论点。在他看来,诗歌像是来源于一些逐渐化为果实的、模糊的体验。我们还会提到托马斯主义的词汇,在这里我们可以很直接地找到圣-托马斯的翻译所谓的"结果实(fruition)"③。然而,新托马斯主义在《艺术和经院哲学》中似乎把宗教和理性结合在一起,《诗歌的边界》和《诗歌的现状》却任凭非理性主义的侵入。

根据他们的论点,雷萨和雅克·马里坦开始改变克洛岱尔所建立的兰波神话。事实上,他们发现,在《彩画集》中存在一种极端的诗学,一种绝对的诱惑,最终这一切都转过来反对诗歌本身。兰波狂歌醉舞的诗性充溢着原始的生命,他那激昂放纵的诗歌,要求一个绝对生命追求纯真的幻觉;他的艺术世界里充满了符

---

① 托马斯·阿奎那:中世纪神学家和经院哲学家。出身意大利贵族,天主教多明我会会士。他的哲学和神学体系叫做托马斯主义。

② J. MARITAIN, *Art et scolastique*, Libraire de l'art catholique, 1920, p. 11.

③ *Critique et théorie littéraires en France*, p. 215.

号、幻想、梦境和视觉幻象,希望一切都存在,并将一切都给予诗的世界。从某种角度来说,他的诗歌弄错了目的。他的诗歌渴望着得到一种预知力,这被他们认为同神秘主义一样重要。随后,只有沉默,只有同时放弃作品和诗歌。兰波不仅仅是停止了写作,他还对诗歌进行了报复。

超现实主义作家也同样弄错了道路。他们混淆了诗歌经验的沉思的消极性与心理学的自动性:"内在的我"和"动物的无意识"①。实际上,为了解放被束缚的话语,超现实主义者们总是无意识地停留在技术的领域内。这一揭示并没有阻止雅克·马里坦承认他的折中主义。他特别赞扬了米肖。但是,在《诗歌的情况》中,我们感觉到批评家好像疑惑地在两者中徘徊:一是肯定对艺术必然的精神性;二是反复地肯定所有的作品都应该作为形式加以分析,或者说正如雷萨和马里坦所说的那样,作为"词语的形式"②加以分析。这包含着在托马斯主义、亚里士多德的词汇和一个现代主义的词汇之间的"游戏"。这样,诗歌状态的特点、寂静主义的沉思和"结果实"的连接,如同布雷蒙神父所热衷的灵感一样,成了一种神秘主义。

三 修辞学与诗学批评

1. 保尔·瓦莱里:修辞学的回潮

瓦莱里的批评方向主要是诗学的,也表明对历史和传记的系统怀疑,在《幻美集》(1922)的作者看来,"最重要的东西——缪斯的最高行为——不受传记中的一切——历险、生活类型、一系列细小事情的束缚。历史能观察到的一切都是微不足道的。"③与此相对的是,瓦莱里不停地在其《笔记》里重复肯定运用修辞学的作家:"写作的人不能不考虑他的白纸黑字对读者的影响。"④此外,他的批评实践总是努力达到普遍性,找到规律。被评论的作品从某种意义上说成为一种诗学的版本,这种诗学竭力以变革、组合的思想来看待文学创作。

瓦莱里首先依仗一种从马拉梅那里得到启发的体裁诗学。他也将散文语言与诗歌语言对立起来,诗歌语言是一些华丽的辞藻,它排除叙事和描写的意愿,旨在把诗建成一个基本封闭、完整的自足世界。诗越短,其效力越紧凑,因为它小心地避免描写、叙事或哲理的东西,还因为它趋向于一种"纯粹"。因此,他对《恶之花》赞扬道:"诗集里没有历史诗,没有传记,一点也没有叙事,也见不到大段的哲理说教,更不见政治内容,描写也很少见,一切都富有意义。"⑤诚然,如果指出波

---

① *Critique et théorie littéraires en France*, p. 216.
② *Ibid.*
③ P. VALERY, *Au sujet d'Adonis*, t. Ⅰ, Gallimard, 1966, p. 483.
④ *Ibid.*, p. 594.
⑤ *Ibid.*, p. 610.

德莱尔作品中叙事占了相当大的部分,那很容易发现这种分析太急促,值得商榷。此外,他还不适当地把波德莱尔看作一位古典诗人。不过,瓦莱里把诗歌中的叙述、描写的内容指责为负面的内容,由此,他消灭了一种诗语言的定义。在他看来,马拉梅的诗提供了诗语言的理想样板:诗应该建立在"形式与内容、声与义、行动与素材之间的等价之上"①。因此,诗表现为一种对符号任意性(索绪尔语)的挑衅。

相反,在瓦莱里看来,小说是一个除了受幻想修辞学的束缚外不太受其他束缚的体裁,如果从几何学方面对其叙述性加以审视,如同一个功能的组合体,那么它便找到其合理性。《年轻的命运女神》(1917)的诗人曾经在其《笔记》里草拟"一部心理小说",②在那里,情节概要像纯数学一样描述,这个大纲讽刺地表明:写一部小说并不难,他的功绩在于用叙述逻辑分析故事的形式,指明对话和描写是同一属性的惯例,并把人物的心理归到文本的一种效果。因此,他的分析接近俄罗斯的形式主义批评家,这个纲要使人解除了对"文学的迷信"。③

瓦莱里从这个角度看,非常合乎逻辑地讽刺现实主义叙事和自传体叙事想将艺术与真实结合的抱负,人无法创作一个自我封闭的文学文本。他的批评走得更远:"在文学里,真实是无法构思的。"④一切都是选择,包括在自传里。文学的"真实"不会多于历史的"真实",至多是一种修辞用于创造真实的效果:"现实主义"的愿望在于寻找越来越有力的表达手段,逼真之处的导向技术。作家借口准确地重现一些现实,包含着"真与假"⑤。这样,现实主义文学作品就成了一间健身房,装配着各种健身的器具。

瓦莱里将诗学导向一门语用学和一门关注文学作品产生影响的修辞学。有一种影响是无限的,一首好的诗应被视为一个对读者产生的共鸣不断更新的客体;另一种影响更直接,它表明一种意识形态的设想,一种叙事或话语的操作,人们不会不知道这属于社会特有习性,属于陈述者所要求的道德立场。瓦莱里不信任感人法的一切形式:"帕斯卡尔演奏死亡,雨果演奏贫穷,他们都是演奏感人器具的高手,却使人根深蒂固地讨厌,工于算计、引人流泪、撕心痛苦,用太美、太悲来刺激,却使我毫不宽容。"⑥一切修辞学都是邪恶的,远没有激发一种美学的情感,首先旨在煽动情感,为的是更好地灌输一种观点。如果作家无法做到去关注他的读者,至少他的艺术应该依赖于激发的唯一效果:欣赏。"言语行为应该努力产生使之沉默的东西,表达沉默。"正如瓦莱里所暗示的,美"不说任何东西"⑦,正

---

① *Au sujet d'Adonis*, t. I, p. 658.
② *Critique et théorie littéraires en France*, pp. 196-197.
③ *Ibid.*
④ *Au sujet d'Adonis*, t. I, p. 571.
⑤ *Ibid.*, t. II. p. 584.
⑥ P. VALERY, «Propos me concernant», in André Berne-Jouffoy, *Présence de Valéry*, Pion, 1944, p. 54.
⑦ P. VALERY, *Œuvres*, Gallimard, «Bibliothèque de la Pléiade», t. I, 1957, p. 374.

是这种难以形容不停地引人阐释,确保美学效果无限地发展。

那么,是否轮到批评被人判处沉默?它首先应该承认:"生产者和消费者是根本上分离的系统,我们只能看到作品与其生产者的关系,抑或作品与被它一下子改变的读者的关系。"① 如果这次改变开启阐释的无限场域,在一场瓦莱里强调偶然的阐释行为之外,那么批评家就变成诗学家,他应该考问作品的制造、辞格和写作,文本应该用做(faire)而不是生存(vivre)的观点加以审视。瓦莱里在《视野》里对手稿感兴趣,于是,诗学成为一门遗传学。

总之,必须承认《海滨墓园》的作者是其所处时代唯一的(至少在法国如此)试图在文本语言本质上建立一种文学理论的批评家。瓦莱里的文学批评理论涉及体裁的概念、现实主义的准则、人物的心理学等,他的思考重点经常放在创作实践上,以及在明示或暗含的修辞学上。

2. 让·波朗②对修辞学富有争议的称赞

波朗一系列论著的目标总是针对语言本身的探讨。《塔布之花》(1930—1940)、《诗歌的关键》(1944)、《F. F 或批评》(1945)、《批评的小前言》(1951),这些著作的共同目标就在于对语言符号本质进行深入的思考,由此引起对批评实践的极大质疑。

怎样定义在文学中的恐惧?它像一种具有活力的消极性,其腐蚀的效果影响着体裁、模式甚至文学的概念。它在浪漫主义的初期出现,始于在大革命雄辩时期的后期,它同超现实主义一道快速发展。在美学方面灵活地运动的东西——如与传统形式的偏离、寻找奇特、同一属性的干扰——也在主题方面体现出来。小说家们选择性地表现一些"不正常"的人物:乞丐、同性恋者、妓女。同时,他们尝试着描写浪漫的散文:要么在修辞学花园里蹂躏(如司汤达、左拉),要么在文中用辞藻极尽妆饰粉面(如龚古尔、洛蒂、于斯曼)。在后一种情况下,悖论来自描写等同于一种过分的写作。另一种风格在"恐怖主义作家"中得到体现。由此产生"我们这个时代所见到的最有活力的作品"。它要求"诗人,通过某种炼金术,运用另一种句法,一种新的语法,直到一些新颖的词汇——那里重新激活原始的纯洁,以及语言的已丧失的某种配合,去表述世界万物。这曾经是兰波、阿波利奈尔和乔伊斯的一个梦想,但有时也是一种成功。"③然而,一个新的悖论又浮现而出,在自然主义作家和超现实主义作家之间存在着一种令人惊异的趋同:对不负责任的辩护。前者在文献前消失自身,至少这是他们想做的,后者"在思想的口述下"写作。然而讽刺者这么下结论:"这就是我们的文学,(像钟摆一样)从新闻手

---

① *Réflexions sur l'art*, pp. 63-64.
② 让·波朗(1884—1968):法国作家、评论家。
③ J. PAULHAN, *Les Fleurs de Tarbes ou La Terreur dans les lettres (1936-1941)*, Gallimard, «Folio essais», 1990, p. 32.

段向中音区摇摆。"①

但"恐怖"掉入了自己设的陷阱里。它忘记了正是其他词汇证实了人们从语词中逃逸出来。它使自己也陷入了拘泥文字之中,或者说陷入约定俗成的惯习之中:正所谓"一首超现实主义诗比十四行诗更容易被模仿"②。至于浪漫主义,它的修饰与"三一律"一样约定俗成。因为它们想要以一切代价摧毁罗兰·巴特后来所指出的语言的法西斯主义,"恐怖主义作家"是他们的自我欺骗。为了不说幼稚的话,他们甚至有纯洁主义的嫌疑。所以,要反对他们,需要称颂陈词滥调,人人都无法逃脱。另外,修辞学的功劳在于自相矛盾地促进一种独特性的表达,以确保人与人之间的正常沟通。

波朗用恐怖主义作家的论据反对他们的论点。但是这里揭露的并不是现代文学,而是其所依靠的理论基础。例如,超现实主义者认为思想可以先于表达存在,他们的错误完全是哲学及语言学的错误。

不应该把波朗的作品局限在《塔布之花》里的论点里。这一部经过深思熟虑的论著应该是两部姐妹书的第一部,《诗歌的关键》(1944)是其中第二部,是前一部论著的辩证延续。

大家都同意从神秘出发研究诗歌。波朗从这一事实出发忖:如果没有使它被人接受,那将使它化为乌有,但是要在一个模式定律的形式下确定恒量,这条定律包含着神秘,它没有让它毁坏却要让位给它。然而,波朗走近诗人时,发现他们分别属于两个对立的阵营:"一个坚持形式来源于内容,另一个则坚持内容来源于形式。"③但所有人都承认诗歌中存在着一定的规则。越接近观察,我们越发现诗人——修辞学家关注的不仅仅是词汇的唯物主义,而且根据组合原则重组词语,他们根据韵律或节奏,对照或隐喻,夸张或提喻连接词汇。但与此相对的是,"恐怖主义作家"却不接受来自思想的东西,不论它说什么:"他们排除陈词滥调,为的是孤立那些来自精神的自发思潮。"④"恐怖主义作家"在布局自己的思想,为了让丰富的无意识在话语中体现出来。尽管如此,修辞学者及恐怖主义者所依仗的那些技巧是自相矛盾的,它们无力揭示诗的神秘的理由。人们不会向语言学家寻求帮助,因为它们自己的研究领域也分成语音学和语义学两个方面。两者都拘泥于对符号的某一个方面的分析,然而要分析诗歌的效果,应该详细地研究能指和所指两者之间的关系。

怎样避免学者和语言学家知识之间的分裂,或者修辞学诗学与恐怖主义作家诗学对立的二分法?当然是运用可逆性的原则。诗歌的特性,是一种语言的使

---

① J. PAULHAN, *Les Fleurs de Tarbes ou La Terreur dans les lettres (1936-1941)*, Gallimard, «Folio essais», 1990, p. 35.
② *Les Fleurs de Tarbes ou La Terreur dans les lettres*, p. 136.
③ *Ibid.*, p. 29.
④ *Ibid.*, pp. 33-34.

用,诗人在一种规则的形式下陈述语言:"诗歌在表达音和意的特殊关系时,在不丢失自身的标志和逼真的同时能够颠覆这两个词的顺序:即位置被倒置了。"波朗补充说:"我的意思是说从此以后它用意义确认它首先表达词的东西,而不是用词语表达它确认意义的东西。"①

一个通常的句子,有时可以倒置句子成分的顺序,而意思仍然不变,甚至我们能用同义词来替换;相反地,诗歌有一种必然性的特点,也就是如果我们随意颠倒组合轴的顺序,诗歌深沉的效果就会得到改变。诗歌的意义在于句子的整体,而不在于其部件。这一发现在所指层面也是如此。另外还存在一种相隔的元素、词的内部交换以及语义星座布局的复杂性。事实上,波朗所陈述的规则是希望阐明:诗歌烙上音与意必要结合的印,恐怖主义诗人的自由组合和修辞学家的结合,其实,诗歌是在努力地取消符号的任意性。这样,波朗把诗歌,甚至在更大范围内,把文学文本当作一个符号学家能够了解的意义——形式体。只有抛弃新的批评方法的理论基础,通过对文学系统内的能指—所指的关系的思考,才能重新奠定语言和思想的关系。

四 两位反柏格森主义的批评家

保罗·苏代②和朱利安·邦达③在柏格森哲学里看到了代表现代文学部分特征的非理性主义的苗头。邦达在其著作《柏格森主义或活动性的哲学》里反对从1912年兴起的难以捉摸的直觉主义,并使这一讨论一直持续到1941年,也就是这位《贝尔菲高耳——法国当今社会的美学论》(1918)的作者完成《拜占庭式的法国》的那一年。至于保罗·苏代,他在他的一部小作品《批判的对话》中表达了他的不满。在这部书中,他反对柏格森,援引了瓦莱里的"理智主义者"诗学作为解毒药。在这部对话论著中,这位《时代》的专栏作家指责他是站在教权派和天主教派一边,这些教徒刚刚发现"波德莱尔是一名基督教徒、天主教徒及反民主人士"④,就把他捧上天,并准备将他列为圣人。保罗·苏代在发现瓦莱里几近发明了一种真正科学的批评后,就用瓦莱里来反对布雷蒙神父,后者在其《祈祷与诗歌》的论点中,局限于难以表达的东西里。因此,他们两人与那些集结在"纯诗"这个空泛的概念下的时代朋友脱离开来。正如人们所猜想的那样,这位《时代》的专栏作家也拒绝超现实主义意象(《时代》,1925年7月25日)。然而,保罗·苏代承认理智不会给人豁达的指望,并拒绝折中主义(他说,人们无法做到同时赞赏瓦莱里和超现实主义诗人)。因此,他承认了同时代几个伟大的作家的重要性:

---

① *Les Fleurs de Tarbes ou La Terreur dans les lettres*, p. 11.
② 保罗·苏代(1869—1929):法国文学批评家。曾任《时代》的专栏作家,写过普鲁斯特传记。
③ 朱利安·邦达(1867—1956):法国文学批评家、哲学家、作家。
④ P. SOUDAY, *Dialogues critiques*, Editions des Cahiers fibres, 1929, p. 86.

纪德、普鲁斯特和瓦莱里。

朱利安·邦达反对现代主义异端,重谈理性的普遍主义。有两种背叛需要被揭发:当教士拥护现代主义时,当他只顾狭隘的利益而损害更广泛的价值时,他就背叛了自己的使命。巴雷斯就是这样,在德雷福斯案里他是反对派,爱祖国胜过爱真理(《教士的背叛》);他曾先后在《贝尔菲高耳》和《拜占庭式的法国》两书中揭露另一类背叛,它主要在于"现代"作品,所给予的是一种感官的满足,而不是一种智慧的满足。

在《拜占庭式的法国》里,作者把两种完全不同的情况放在了一道,但在他看来,这两者又有可交汇之处:1.独尊文学形式、摒弃宗教关怀的感官主义;2.超越智力的局限与绝对沟通的灵感。现代文学正是以这两种名义摒弃理智主义。在这两种情况下,作家自恋地享受着自己作品的形式的魅力。

现代美学的特点既是一种主观主义(这一点在普鲁斯特和纪德身上就表现得淋漓尽致),也是一种在梦的体验中自我边缘的消融的愿望(这一点可以从超现实主义作家身上体现出来)。因此,不存在固定论,而是运动的,因为运动令人感动:纪德随期而至无拘无束;普鲁斯特的自我后浪推前浪纷至沓来;还有通过梦和通过超现实主义,作家将陌生的、遥远的意象相碰,自我身份被质疑了。于是,人们在马拉梅笔下的虚无的礼拜仪式中重新找到这种超现实主义体制中否定面的变种。邦达的论战檄文很明显地将矛头对准了那些非理性主义的哲学家:柏格森、巴舍拉尔、克尔凯郭尔,这些"主观的思想家"[①]。

因此,这位斗士以他的方式划定了波朗所称作的恐怖的疆界。但是他本身是一位真正的恐怖主义者。事实上,他不太考虑修辞学,对他来说最重要的——在人们思考和清楚地表达之前——可能就是考察语言和思想的关系。

---

① *Critique et théorie littéraires en France*, p. 217.

第三章 《新法兰西评论》时代

第一节
《新法兰西评论》与它的掌舵人

那些兴起于世纪之交的讨论,在20世纪20年代时仍有现实意义。象征主义作家的继承者(纪德、瓦莱里)在考量着古典主义和浪漫主义的概念,并致力于使马拉梅的诗学现实化。在这期间,出现了一份新的文学杂志《新法兰西评论》(*La Nouvelle Revue française*),它极好地表达了这场理论之争的持久性及其演变过程,它是20世纪上半叶洪亮的回声,反映了这个时期文学的担忧与需求,以及批评领域的变革。

一 《新法兰西评论》

1.《新法兰西评论》的创立

在追溯以往时,《新法兰西评论》的创办无疑是文学史,尤其是文学批评史上具有重大意义的事件。对它的创建者而言,它必须应对世纪初文学及文学批评遭遇的危机。《新法兰西评论》是一群批评家由于友谊的力量集合在安德烈·纪德(1869—1951)周围而创立,而不是受共同思想的推动。在1914年之前主持《新法兰西评论》的施伦贝格[①]说:"我们不是为着一个纲领而团结在一起,而这个纲领却是我们团结的表现。"[②]

随着象征主义的退潮,新流派如雨后春笋,他们的团结就是对这一状态作出的共同反应。安德烈·纪德在小圈子里因创作享有声誉(《安德烈·瓦尔特的笔记》出版后几乎没有什么反应,《人间的食粮》在三年中只卖了几百本,真正出名是1909年出版的《窄门》,起先《巴黎杂志》不肯登载,后来在新成立的《新法兰西评论》毫不费力地发表)后,很快成为文学批评的权威,尽管他的批评很分散,但其观点是一致的。他的批评提出一种新古典主义,迥异于法兰西行动的古典主义,对外国的影响是开放的,反对夸夸其谈,认为文学的目的不是要证明什么,也

[①] 让·施伦贝格(1877—1968):作为纪德的朋友参与了《新法兰西评论》的创办。在他的惊世之作《高乃依研究之乐》(1936)中,他陈述了一种康德主义的责任观。

[②] *La Critique littéraire française au XIXe siècle*, p. 217.

不是要建树什么,如果说纪德喜欢把道德当做是"美学的一块属地"①,他是想把他的古典主义提高到一个文学伦理的层面上。纪德的古典主义与生机论的新形式一致,反对颓废,自称是向前的,不是倒退的。它引发一种接受的批评和澄清的批评,通过这种批评,他可以追求一种与他的其他作品平行的任务,按让·普雷沃的话说:"显示,权衡价值。"②

在一个"错误的开始"之后,该杂志在1909年2月1日问世。让·施伦贝格以社论形式发表的"评论"阐明了这个小组的纲领。施伦贝格为一种扩大的古典主义辩护,它吸收现代主义的东西,而不是重复或总是崇拜那些不可改变的规则。作为总结,他们接受象征主义的传统,拒绝新浪漫主义感情滥用,以精英主义姿态站在那些胡乱发表宣言的流派的边缘。纪德还说,文学如同"奥吉亚斯③的马厩",他们决心将之清理干净,寻求在世纪末文学的退却,和自然主义、未来主义、一致主义文学重新征服外面世界的扩张之间的平衡。这个杂志恢复了文学批评的词源,即"筛选"功能。杂志创办者的批评态度首先必须特别关注文学实体,构成了《新法兰西评论》长时间来对批评要求的一个很有意义的标准。

2. 一个全新的批评领域

总体来讲,文学批评在评著方面是在哲学家那里而不是在历史学家那里寻找范本。直到1930年左右,柏格森不再充当朱利安·邦达或是保罗·苏代的陪衬。批评家们(狄波、苏亚雷斯④、蒂博岱)、小说家们首先关心的是他们作品中人物的自由,并且拒绝机械地使用一系列的因果关系,他们在柏格森主义中重新找回了那份创作的、本质的、自由的激情。想要理解那些精神作品,需要有经历过的经验和直接的体验,同时还要有一种内部理解的态度。

这个新的批评领域的另一个特点在于,小说家和批评家常常在私人日记以及随笔等出版物上相遇。从1887年起,龚古尔兄弟的《日记》的发行标志着日记体的写作的转变。当文学界崇尚自治的时候,龚古尔两兄弟并没有沉湎于自省的乐趣之中,而是主张由他们自己来定义他们在文学革新中的角色,并经常将自我写作与文人的社会性描写联系起来。于勒·勒纳尔的《日记》以及纪德的《日记》都朝着这一方向改革。于是,私人日记成为了即时性文学故事得天独厚的工具,它要求我们进行一种相悖的批评练习:其中我们要保持绝对的客观性(我们记述我们的精神状态以及对话),同样,又在陈述绝对的主观性的、个人情趣

---

① *La Critique littéraire française au XIXe siècle*, p. 218.
② Ibid.
③ 奥吉亚斯:希腊神中的厄里斯国王,阿耳戈英雄之一。
④ 安德烈·苏亚雷斯(1868—1948):法国作家、批评家。与罗曼·罗兰、佩吉、克洛岱尔交往甚密,他为意大利这样一个充满力量的国家而疯狂,他总是在英雄或伟人的神话中,描绘音乐家瓦格纳、德彪西,还有作家托尔斯泰、陀思妥耶夫斯基、帕斯卡尔和歌德。

的判断。

总的来说,日记活动与批评活动越来越接近了。一方面,莫里斯·布瓦萨尔,亦名莱奥托①,负责《法兰西信使》的戏剧专栏,也短期在《新法兰西评论》撰写过文章;另一方面,他也编写他的《文学报》。这位司汤达的痴迷者在文章中描写那些令人着迷的文人形象,表达他对高乃依式英雄主义的反感以及对克洛岱尔可疑的夸张的反感。在另一个完全不同的观点中,夏尔·狄波在日记体写作中找到了一种对文学作品思考的理想框架,这种思考逐渐固定在艺术中的"精神性"的东西上。私人日记的转变——自我写作建立在对他人写作不停的参考之上——使批评家进入文学,并且有助于文学体裁的革新。

文学评论随笔的传播以及私人日记的转变表明了一种对文学史的怀疑,这也成为世纪之初的特征,同时它也见证了对学院派写作的抵制。以下批评家发表的论著的题目是富有意义的。纪德发表了《托辞》(*Prétextes*,1903)和《新托辞》(*Nouveaux prétextes*),里维埃的《研究》(*Etudes*)以及《新的研究》(*Nouvelles Etudes*),阿兰的《谈话》(*Propos*),夏尔·狄波的《大概》(*Approximation*)。其中,一部分评论随笔的形式是一种未命名的诗歌,它们想以"原样"——人们会想起瓦莱里的话——的方式献给读者。但是,如果作家们承认他们偏爱碎片式的写作(瓦莱里)、离题、狂想曲(阿兰)、蓄意的絮语并回到自身(佩吉),那么我们可以将这种不连续性或这些刻意的重复,与萨特式的连贯的、系统的论证对立起来。于是,这些风格迥异的评著的共同点和相通的地方究竟是什么呢?随笔批评家从不放弃主观,甚至以此为荣(陈述为证)。他们试图交流对文学的"体验",并指出文学认知是以阅读中内心的、个人的行为为基础。在随笔批评的话语形式上,要么是一种类似的情感同化的话语("我"成为"他人"),要么是一种通过分析阅读这一理解行为发现主观性的话语。此外,随笔批评家们经常依仗哲学模式(柏格森式的直觉,现象学的研究方式)加以论证。这样,我们在随笔批评里便可以看到哲学模式与批评话语的形式之间的紧密关系。如阿兰、苏亚雷斯、狄波总是将自己看作阅读的主体。他们不再将作品置于决定性的、解释性的历史背景中,而是讲述一个"批评关系"的故事,像一种存在体验。

3. 一个合理的文学权威机构

在这一新的批评领域中,《新法兰西评论》像一个公认的权威机构。它逐渐成功,与此相反,《两世界评论》却渐渐地衰退。后者继布伦蒂埃担任主编之后,从1916年起由勒内·杜米克②负责。他把最好的版面留给洛蒂、巴雷斯、莫里亚

---

① 莱奥托(1872—1956):与 Adolphe Vau Bever 共同出版了一部专集《今日诗人》(1880—1900),这是一部象征主义的总结。1907年至1929年间,他化名 Maurice Boissard 在《法兰西信使》担任戏剧专栏作家。1920年转入《新法兰西评论》。

② 勒内·杜米克(1878—1954):继布伦蒂埃这一保守派之后,负责《两世界杂志》。

克、达南齐奥等名作家,但这一切努力都是徒劳的。该杂志的专栏作家们以及连载小说作家们都处于现代文学潮流之外,维克多·吉洛①仍继承泰纳的传统,坚持时空决定论来解释作品的产生,使之更加僵化。安德烈·贝莱索尔②年轻时周游世界,可是观点仍旧陈腐。安德烈·博米耶的观点也很狭隘。《两世界评论》和《法兰西行动》的批评家们联系紧密,互相支持,结果布罗兹主编的《两世界评论》这家自由的古老杂志却成为传统主义者的避难所。

《法兰西信使》曾欢迎青年作家们,如弗朗西斯·雅姆、克洛岱尔、阿波利奈尔、维克多·谢阁兰。雷米·德·古蒙聚集了一些编写"文学漫步"的专栏作家,直到 1915 年他去世。但是,1910 年,克洛岱尔离开这个杂志投奔《新法兰西评论》,似乎预示了《法兰西信使》颓势的出现。战后,1923 年安德烈·热尔曼、埃德蒙·雅卢③、瓦雷里·拉尔波创办《欧洲杂志》,他们对先锋派以及外国文学显得尤其开放。埃德蒙·雅卢对英国以及德国的浪漫派更是独具慧眼。瓦雷里·拉尔波是《尤利西斯》的译者,菲利普·苏波将查拉、马克斯·雅克布、皮兰代尔纳入旗下,1927 年又由格拉赛掌管《欧洲杂志》,之后贝纳尔·费伊任主编,这本杂志失去了先锋派的面貌。为了与《新法兰西评论》竞争,它吸纳了吉罗杜、桑德拉尔、莫朗以及格拉塞出版社的作家们,但也无法挫败对手。1931 年,它出版最后一期后惨痛地关门。

4.《新法兰西评论》古典主义与莫拉斯的古典主义

万事开头难,《新法兰西评论》也遇到了同样的问题。1908 年 11 月,在安德烈·纪德以及欧仁·蒙福尔④的双重领导下(后者是一位靠近自然主义的小说家),该刊创办初期便困难重重。两篇文章给一场决裂找到借口:一篇是马塞尔·布朗热——他这人总是有些过火——对达南齐奥写的颂词,二是莱昂·博凯对让-马克·贝尔纳的文章《马拉梅诗歌里的无能思想》(*L'idée d'impuissance chez Mallarmé*)写的述评。特别是贝尔纳的文章侵害了一位诗人的荣誉,纪德和瓦莱里总是承认马拉梅是他们的老师。这样,《新法兰西评论》杂志实际上是在 1909 年 2 月 1 日诞生的。雅克·科波、马塞尔·德鲁安、安德烈·纪德、亨利·盖昂、

---

① 维克多·吉洛(1868—1953):自称是泰纳的弟子,从泰纳那里领会了批评的方向,可是却没有发现黑格尔哲学才是真正的导师。

② 安德烈·贝莱索尔(1866—1942):曾到锡兰、罗马尼亚、瑞典旅行,1914 年回到教学。曾任《两世界杂志》的秘书。

③ 埃德蒙·雅卢(1878—1949):这个马赛人来到巴黎,在《文学新闻》(1922—1940)以《书神》为题担任固定专栏作家。从 1929 年起在《时代》担任半月刊专栏作家。他的小说正如他的评论一样见证了他对英国以及德国文学的喜好。

④ 欧仁·蒙福尔(1877—1949):他与莫里斯·勒布隆以及圣-乔治·勒布克利耶一起,在世纪末发起了一场文学运动。他们反对象征主义,提倡赞美诗与生活相结合,这与美国诗人惠特曼以及福音书中对于劳动的辩护不谋而合。

安德烈·吕泰尔①、让·施伦贝格让它重新接受洗礼。让·施伦贝格在他的"观察"栏目中确定了伦理学和美学的取向。他颂扬约束,因为对他来说美学规范是深入人心的最佳手段,同时也可以使未挖掘的世界呈现出来。

《新法兰西评论》回归古典主义让外界误认为与莫拉主义者串通。事实上,纪德怀着同情的态度欢迎皮埃尔·拉塞尔的著作《法国浪漫主义》,甚至在他的《日记》中以赞美的口气进行引用。此外,人们曾试图将莫拉斯在《知识分子的未来》(1905)中的观点与施伦贝格在其社论中对秩序的辩护进行比较。

纪德是否自己也这么简化了?在1909年6月1日的《新法兰西评论》中,他说:"我欢呼拉塞尔先生的作品,但是我对浪漫主义和美学的无政府主义总是反感。"②("关于'法郎吉'③的调查")然而,亨利·科卢阿尔提出了问题:古典主义是否表达法兰西民族的本质?在回答他的问题时,纪德转移了问题的关键:"一部没有个人意义的作品是没有民族意义的。"④他引用了埃贝尔的话:"个性不是一个目的却是一条途径,它不是最好的,却是唯一的。"⑤

1901年,在一个关于"艺术的局限"的会议上,他与所有的传统主义者持相反意见,表明了他对新事物由衷的喜欢:"对于一个优秀的艺术家,再也不可依赖昨日的艺术,想努力取得成绩,再也不可打破艺术的局限,而是应该改变艺术的方向本身,用自己的努力开辟一片新的方向。"⑥如何将这些观点与《新法兰西评论》回归古典主义这一典型愿望相结合?事实上,纪德主张人们应该从浪漫主义作家那里夺取一块尚未开垦的处女地:"在希腊神话中奥雷斯特斯(Oreste)、赫敏(Hermione)、费德尔(Phèdre)或巴雅泽(Bajazet)等诸神的低俗的、野蛮的、狂热的、没有打扫的地方,给拉辛提供了取之不尽的艺术源泉。如果拉辛不知道这些,他就不配拥有这么高的荣誉。同样,波德莱尔也是如此。"⑦施伦贝格提出的约束,纪德在王尔德和波德莱尔之后依仗批评的睿智,其目的是在一个崇高艺术中组织灵感的冲力,抑或探索未开垦的处女地。《新法兰西评论》的古典主义与浪漫主义、象征主义以及颓废主义的象牙之塔决裂,它主张探索人的内心深处,建立了一种形式,后者既是探索工具又是发现的表达介质。

---

① 安德烈·吕泰尔(1876—1952):在1896年至1907年间发表大量作品,之后封笔不写。他的作品深受纪德和尼采的影响。从1908年至1914年主管《新法兰西评论》。
② *Critique et théorie littéraires en France*, p. 182.
③ 法郎吉(La Phalange):法国空想社会主义者傅立叶幻想建立一种社会基层组织,即法伦斯泰尔(phalanstère)。
④ *Critique et théorie littéraires en France*, p. 182.
⑤ A. GIDE, «Nationalisme et littérature», in *Prétextes. Suivi de Nouveaux prétextes*, Mercure de France, 1990, p. 178.
⑥ *Critique et théorie littéraires en France*, p. 184.
⑦ «Nationalisme et littérature», pp. 22-28.

5. 开放

《新法兰西评论》对外也足够开放，使得它可以接受持不同观点的批评家以及随笔作家。阿尔贝·蒂博岱从 1911 年开始加入。1912 年 4 月，苏亚雷斯主持专栏。意大利文学专家邦亚曼·克雷米厄①，齐美尔②和哲学家狄尔泰③、贝尔纳·格勒热桑④，以及杂志后来的主编让·波朗纷纷加盟。翌年，阿兰第一次出现，莱奥托负责戏剧专栏。1922 年，马尔塞·阿尔朗⑤、朱利安·邦达、夏尔·狄波加入。1923 年，拉蒙·费尔南德斯被纳入旗下。当时主要的作家也同样被邀请加入。1920 年 1 月，应蒂博岱约稿，普鲁斯特对福楼拜的风格作了精彩分析。同年 6 月 1 日，布勒东颂扬《马尔多之歌》(Les Chants de Maldoror)。1922 年 4 月，瓦雷里·拉尔波写了一篇评介乔伊斯的文章。1925 年，莫里亚克继莱奥托和德里厄·拉·罗谢勒⑥之后暂时接任戏剧专栏作家。1931 年，阿尔托⑦发表了一篇关于巴黎戏剧的思考的文章。1932 年，他发表《残酷的戏剧》。1934 年，发表《戏剧与鼠疫》短评。还不得不提到安德烈·马尔罗对贝尔纳诺的《骗子》(1928) 的分析，还有关于《D. H. 劳伦斯和色情》(1932) 的评论，1933 年发表的关于福克纳的小说《圣堂》的精彩分析，其中他发现了"希腊悲剧对侦探小说的影响"⑧。1938 年，萨特同样在《新法兰西评论》中，分析了福克纳的小说《萨托里斯》以及多斯·帕索斯的《1919》。这些不完全的例子，证明了阿尔贝·蒂博岱的话，在他看来，《新法兰西评论》逐渐成为了"一种小说的科学院，一个正如布伦蒂埃所讲的，小说进行自我反思，探索其形式演变路线的地方。"⑨没有比里维埃对于冒险小说更好的诠释了，他反对自然主义，赞颂陀思妥耶夫斯基式的不确定性。

然而，众所周知，作品审读会于 1913 年拒绝出版普鲁斯特的《在斯万家那边》的手稿。纪德将这一拒绝视为"他一生中最痛苦的回忆和内疚"⑩。后来，柏格森派的作家蒂博岱和弗洛伊德派作家里维埃，两人的"慧眼"识别出普鲁斯特小说

---

① 邦亚曼·克雷米厄(1888—1944)：意大利文学专家，1920 年进入《新法兰西评论》，曾把他在该刊发表的一些文章结集出版，题为《20 世纪》(1924，1925)，其中有对普鲁斯特的出色评论。
② 格奥尔格·齐美尔(1858—1918，又译为西美尔或齐默尔)：德国社会学家、哲学家。主要著作有《货币哲学》和《社会学》。是形式社会学的开创者。
③ 狄尔泰(1833—1911)：德国哲学家，批评实证主义，反对建立在决定论研究基础上的自然科学，推崇建立在宽容的研究方法基础上的人文科学。
④ 贝尔纳·格勒热桑(1880—1946)：祖籍德国，深受狄尔泰影响，熟读马克思的作品，广泛阅读 18 世纪启蒙哲学家卢梭、孟德斯鸠的作品，并对他们作出了出色的研究。著有《资产阶级精神起源》。由于他在《新法兰西评论》中的地位，他使得在德国魏玛政府统治下的思想运动为人所知，也促成了 1935 年后批评新领域的出现。
⑤ 马尔塞·阿尔朗(1899—1986)：法国批评家、小说家。1929 年发表《论新的世纪病》，超现实主义者对这篇文章进行了嘲讽。1953 年他成为《新法兰西评论》主编波朗的助理，1968 年他成为主编。
⑥ 德里厄·拉·罗谢勒(1893—1945)：与阿拉贡十分亲近，却是莫拉斯的崇拜者，超现实主义杂志的合作者，同时也是《新法兰西评论》的合作者。1945 年，他自杀身亡。
⑦ 安托南·阿尔托(1896—1948)：法国诗人、小说家、戏剧理论家、演员。
⑧ Critique et théorie littéraires en France, p. 186.
⑨ 《新法兰西评论》, 1933 年 3 月。
⑩ 同上。

的新写法。特别是雅克·里维埃是普鲁斯特的知音,《在斯万家那边》出版后,他给普鲁斯特写信,表达了自己的"惊叹和激动"。普鲁斯特在回信上称他为"一位猜到了我的书是有明确信念、有完整结构的作品的读者"。人们终于发现《追忆似水年华》的作者的小说设计的才能,这位探索人的心理源泉的作家,正是《新法兰西评论》要寻找的。杂志显得比以前更有洞察力。

可能塞利纳就不那么幸运了。欧仁·达比①对塞利纳的《茫茫黑夜漫游》(Voyage au bout de la nuit)的评论显得十分平淡。但是《新法兰西评论》意识到《茫茫黑夜漫游》的出版是一个文学事件。马塞尔·阿尔朗从1933年直到战争爆发一直负责小说专栏,他指出:"这是一部史诗,它揭示一种没有炫耀、没有繁琐、没有表面的伟大的悲惨……是一个在一个失落的世界中溃逃的人的故事。"他补充道:有人指责"作者乐于堆积那些被视为下流的东西",或者"小说语言无定形",作者夸大卑鄙等,这些责备是没有用的。"彼此相互联系"②的这些特质才使作品统一(1933年3月1日)。《茫茫黑夜漫游》的确是在卑鄙的主题中和在夸大的措辞中揭示那些赋予作品形式的东西和那些使作品浑然一体的东西,这样给这部作品下定义没有错。

事实上,没有一部重要的作品、没有一次写作技术的革新、没有一位作家的小说世界是为《新法兰西评论》所不知的。两次世界大战之间的小说家们都在这家杂志上被同行或批评家以理解的方式加以评判,批评家们都善于梳理出一个作家的诗学特点及其内心世界。

如果说,《新法兰西评论》的"古典主义"在小说方面能成功地与先锋派调和,那么它在诗歌方面是否也同样成功呢?1913年8月,亨利·盖昂在评论《醇酒集》(Alcools)之时,对这部作品进行了适度的赞扬。1919年,在罗热·阿拉尔的笔下,杂志表现出了极大的开放,赞扬了桑德拉尔的《十九首轻快诗》(Dix-neuf poèmes élastiques)。1926年弗朗西·蓬热和1927年亨利·米肖通过波朗的介绍成为《新法兰西评论》的主要诗人。

但是《新法兰西评论》与达达主义及其后的超现实主义作家也进行过密切的交流。在纪德看来,1914—1918年的战争解释了达达主义的虚无主义。这场以撼动语言为特征的"毁灭运动"③,在他看来会使作家们患上失语症(1920年4月1日)。对于里维埃来说,"达达"由于它的过度,把纯粹的自我外化作为创作目的,由此将部分当代创作引入死胡同。但是他没有放弃教化年轻作家。事实上,《新法兰西评论》与安德烈·布勒东、路易·阿拉贡、菲利普·苏波创办的《文学》杂志关系密切——纪德、波朗、瓦莱里在第一期出现过,1920年6月1日布勒东也

---

① 欧仁·达比(1898—1936):民间作家,受到纪德和马丁·杜伽尔的鼓励。1929年出版《北方宾馆》。1932年成为无产阶级文学运动的一员,加入革命作家艺术家协会。与《新法兰西评论》合作。
② Critique et théorie littéraires en France, p. 187.
③ Ibid., p. 188.

曾在《新法兰西评论》发表了关于《马尔多之歌》的文章。

两种文学势力都颂扬语言的力量,但最终结果却完全不同。对于超现实主义诗人,叙述能力的解放是为了改变生活。可是,瓦莱里强调修辞。艾吕雅和布勒东于1929年在《超现实主义革命》发表的"诗评"中,反对瓦莱里这位《幻美集》的作者。瓦莱里认为诗应该是"智力的宴会",艾吕雅和布勒东将其推翻:"诗应该是智力的崩溃,别无其他"。①

事实上,超现实主义诗人与《新法兰西评论》之间的冲突经常是充满惊涛骇浪的。里维埃关于《泰莱马科历险记》(Les Aventures de Télémaque)的分析引起了笔战。里维埃发现阿拉贡有"卓越的才能",在他看来,这种才能却被"反对教条主义却最终沦为最狭隘的教条主义的愤怒"糟蹋了(1923年3月1日)。② 马塞尔·阿尔朗的文章将超现实主义比作"新的世纪病",好像"可以回收"③。1928年,阿拉贡在《风格论》中讽刺了这场老把戏。1922年,波朗与艾吕雅、格勒维尔、佩雷成为马克斯·埃内斯特的画作《朋友约会》里的人物。1927年他与安德烈·布勒东起了冲突,差点演变成决斗。然而,《新法兰西评论》欢迎游离在超现实主义边缘的作家或剧作家(米肖、舒佩维埃尔、法盖、阿尔托),甚至一些超现实主义作家。先前的纠纷并不意味着《新法兰西评论》对布勒东、阿拉贡完成的诗歌革命视而不见,这些纷争是波朗与布勒东在美学上的冲突。后于1936年,两人和解,合写了《塔尔布之花》(Les Fleurs de Tarbes)。这篇评论将超现实主义对传统文学的怀疑当作一种"恐怖"的极点,但仍然被它吸引。

二 《新法兰西评论》的创办者安德烈·纪德

纪德的立场似乎比较微妙。在一次讲座上,他大赞文学的"影响",实际上,那是一种迂回的赞扬。他区分"公共影响"和"个人影响":前者是"一个学派、一个集团、一个国家承受"的影响。往往是个人影响较广,那么前者就迫使"个人接受公共的影响"④,这样就可能消灭创造者身上只属于个人的东西。其实,纪德的矛头指向泰纳的方法,泰纳认为一部伟大的作品能够典范地体现时代精神,揭示时代的实质,因此泰纳把这些"公共影响"融入因果性和决定论。

在纪德看来,唯有个人影响才是重要的,个人影响指明的不是我们已有的生存状态,而是我们潜在的状态。

纪德认为:外国的影响可以是有益的,尤其是尼采和陀思妥耶夫斯基的影响。尼采是一位伟大的"解放者",因为,他剖析旧的作品,而不培育新的,但是他做得

---

① *Critique et théorie littéraires en France*, p. 188.
② *Ibid.*
③ *Ibid.*
④ *Ibid.*, p. 90.

更多——培育创造者。他诋毁创造者,是为了更多地要求他们①。

纪德研究陀思妥耶夫斯基的影响,尽管主要是借以解释其自身思想的"托辞",但他仍然把陀思妥耶夫斯基列为法国小说家的楷模,因为陀氏可以告诉他们人类内心的新秘密。纪德特别把对陀氏的小说世界的分析当作批评实践,认为《罪与罚》大大地更新了小说的素材。小说家们最青睐的社会心理学,在这位俄国作家身上又增加一种玄学,而由于陀思妥耶夫斯基人物有一种稳定的自我心理分析的特点,心理学更加深刻。纪德吸引读者将注意力转移到《地下室》,他觉得这个故事好像加强了陀思妥耶夫斯基人物的自我心理分析的反思性,并预示了在乔伊斯的内心自白里的叙事技巧。此外,根据这个俄国小说家的方法,就可以反对法国的伦理学家,后者总是仿效拉罗什富科,把心理生活固定为一种程式。

因此,纪德并不怎么关心某种经典的完美的民族特点,而是更为关心那些恰好可以呼应波德莱尔的一句副歌的创作,即"那里,只有秩序与美——豪华、静谧和感官享乐"②。他认为:只有风格迥然不同的作家们才能带来认识本身的丰富性。按照纪德的说法,这两行诗的每个词都可以用来做一部美学论著的章节名称。但是,他并不想在这种美学基础之上建立一种排他而且教条的批评。他解释了他的美学信条:艺术创作意味着向最完美的朴实努力。"艺术起于束缚,兴于斗争,死于自由。"③(1904 年 5 月)于是,这便再一次提出了古典主义。但是,纪德在树旗反对浪漫派作家和"野蛮派作家"④的同时,并不打算宣扬这种古典主义,也不打算为之辩护。恰恰相反,他之所以进行论战,首先是为了指责那些毁坏艺术之徒,因为他们粗暴地使用语言,例如圣-乔治·德·布埃利埃⑤,尔后又指责巴雷斯·莫拉斯以及他们道德说教式的批评。他在真正的檄文中,说明了民族主义的要求是怎样使思想服从于并非属于它的那些规则的。

纪德同样拒绝把文学压缩为思想概念。他觉得:没有比埃米尔·法盖的批评更徒劳。法盖在读波德莱尔的诗时,难道不是主张要欣赏诗人的"思想",以便离析出诗歌的可能价值和创新意义吗?纪德对他的这种调查感到十分失望:法盖得出的结论是,《恶之花》是一部极其平庸的作品,在法盖看来,诗歌的创新似乎在于诗人把新的思想"包装成诗"。

纪德不仅仅反对法盖,而且间接地谴责朗松。他指出:一部艺术品隐含着一个秘密,它有时来自"意象和思想之间、词与物之间的距离",此距离乃是"诗的情感将要居住的地方"。⑥ 在一个文学作品中那些陈腐的、不持久的东西,正是那些

---

① A. GIDE, *Prétextes. Suivi de Nouveaux prétextes*, Mercure de France, 1990, p. 165.
② 《批评:方法与历史》,第 269 页。
③ 同上,第 268 页。
④ 同上。
⑤ 圣-乔治·德·布埃利埃(1876—1947):法国作家、批评家、历史学家。
⑥ A. GIDE, «*Baudelaire et M. Faguet* » [Ed. 1911], in *Prétextes. Suivi de Nouveaux prétextes*, Mercure de France, 1990, p. 213.

直接诱惑读者的东西,也就是那些表现时代的气氛、昙花一现的思想。相反,使之永恒的是形式美,正是批评天赋的发挥促使美之花的怒放,没有这种天赋就无法进行艺术创作。

纪德由此区分两个对立的小说形式:一是小说里的"标杆是恒定的、平等的"①;二是小说里的人物是复杂的、费解的,充满着互相矛盾的感情。断续的心理生活表现自反性和同时性:每个人物总是意识到"他的不连贯和二重性"②。因此,纪德构思的一种小说理论,其实在《伪币制造者》创作中得到了直接延续。的确,在这部重要的作品里,他竭力调和"古典的"清晰和复杂性,即纪德在陀思妥耶夫斯基的讲座上所赞扬的复杂性。

作为批评家的纪德无法取代的功绩,在于很早就发现了克洛岱尔、瓦莱里、普鲁斯特、马丹·杜伽尔③等同时代最重要的作家。他正确地指出了这些作家对于艺术完美性的关注,在他看来,这种完美性是伟大作家的主要特征。他是这些作家的朋友和难得的顾问,他特别喜欢瓦莱里的诗集《幻美集》(*Charmes*)中的短诗,而不是那部《年轻的命运女神》(*La Jeune Parque*),更有甚者,他把《欢乐与时日》(*Les Plaisirs et les Jours*)置于普鲁斯特其他作品之上,他认为普鲁斯特是继瓦莱里之后最伟大的作家。

三 雅克·里维埃的批评

从《新法兰西评论》最初的文章开始,雅克·里维埃(1886—1925)就体现了这一批评方向:对他介绍的每一位作者,他都是先从形式,尤其是句子开始仔细研究的,然后回溯到一些激发灵感的基本元素,将它们变为作家的个人精神食粮。他的批评是一个活跃的读者,不仅仅局限于收集深刻的印象,而是为一个精神旅程设置路标;这个对主体探求的新古典主义完全有别于莫拉斯顺从的客体秩序的古典主义。

雅克·里维埃对小说的研究同样有独创之处:他的批评反对洛蒂的异国情调和布尔热的心理小说,吸收了陀思妥耶夫斯基、菲尔丁、史蒂文森小说的精华,面向未来,为那些想通过发明新形式以消除小说危机的人开辟了道路。里维埃主张模仿冒险小说,呼唤一种即将到达的小说问世。通过阅读这种小说,读者的智力能有一种预感并接近事件的快乐,以现在解释过去。与此不同的是,自然主义决定论以过去解释现在。这种小说中的人物不是典型人物,对小说家来说却是必不可少的,后者必须为他们开门。简言之,与其说它是冒险小说,倒不如说是小说的冒险。

保罗·克洛岱尔曾经称里维埃为"理想的读者"。从1907年开始两人经常通

---

① *Critique et théorie littéraires en France*, p. 191.
② *Ibid.*, p. 192.
③ 马丁·杜伽尔(1881—1958):法国著名小说家、剧作家,1937年诺贝尔文学奖获得者,主要作品为《蒂博一家》(*Les Thibault*)。

信。世纪之交法国社会动乱不安,里维埃对此作出反应。1913年他又皈依天主教,这证明了那个时代一些批评家对宗教的依恋,他们努力要更新小说诗学,他是其中的一个,发表了论文《论冒险小说》。里维埃如同《新法兰西评论》所愿望的那样,参加了对古典主义重新下定义的活动。作为主编,他思想还是比较开放,还能倾听当时激进诗人安托南·阿尔托的意见。

1909年,里维埃在《研究》(Etudes)上发表评论保罗·克洛岱尔的论文,阐明了克洛岱尔诗学的力线和他诗中的基本主题。里维埃指出,克洛岱尔在诗中呼唤着人,喝令他们出现。在这位诗人的作品中,隐喻远不止在装饰,更具有世界观的意义:对一个相信世间万物共存的诗人来说,隐喻实际上是连接万物的艺术。此外,里维埃还关注诗节的"呼吸",重视节奏的研究以及诗的句法研究。

克洛岱尔受到这种思想的熏陶,还表现在另一种形式上:里维埃关于兰波的研究文章发表在《新法兰西评论》1914年7月—8月刊上,身后又结集于1930年在克拉出版社出版。

里维埃从克洛岱尔那里借来一个清纯的兰波的形象:这是一个狂怒的、反抗的天使,对现存的一切感到不满足,迸发出一种神圣的、玄学的愤怒。他根据其"梦幻的玄学导论"[1],深入考察兰波的世界观,以增强这个形象。他相信这些论点的客观性。1914年,他表面上赞成克洛岱尔的观点,其实他拒绝在兰波身上看到一个基督教诗人的影子。他于1923年12月10日写给屈尔蒂于斯的一封信,证明了这一天他脱离了"野蛮状态的神秘的兰波的神话"。里维埃的批评的功劳在于他将主题研究与风格研究融合起来。在风格研究中,他发现兰波对"tout"(一切)的用法非常独特:"tout"似乎表示诗人对世间一切的拒绝,不容忍世间的"一切";然而诗人来到一个神秘的点上,在这里,他与一切存在相适应,他的灵魂无拘无束地自由地游荡在各个时代,穿行于各种文明,与各种人相遇。而他的主题批评的重点放在"末端""极限"。里维埃指出:兰波是一位受末端迫害的诗人。兰波的《彩画集》标志着解体、肢解和分散:"总之,通常的物体由于一种莫名的奇怪的失望,我们不停地滑入它们的纷乱之中。"[2]这样,里维埃将兰波的作品放置于一种碎片和分解的诗学下进行观照。

继他研究克洛岱尔之后,纪德和普鲁斯特是里维埃感兴趣的同代大作家。里维埃首先关注的是纪德的无数次的呼唤和回应。他的思维活跃,新思想一个接一个,关系紧密得像邻居一样,但前后观念互相否认,不肯同居一室。纪德的作品的特点是无穷无尽的对话。里维埃指出:一个作家的反话是内心思想的忠实的自发反映和无故的喷发。在纪德的作品里,有一种令人晕厥的、似乎有点喜剧的灵活,一种热情与反话不停的雄辩术。

---

[1] 《新法兰西评论》,1909年11月1日。
[2] J. RIVIERE, *Rimbaud*, Emile-Paul, 1938, p. 139.

雅克·里维埃作为杂志的创建者，表现出对普鲁斯特的迷恋：他在给普鲁斯特的信中高声地表达对他的赞美。他的信也收到了普鲁斯特热情的回复，因为后者为终于找到一个能读懂他书中严密的结构的读者感到高兴。这就是一段友谊的诞生，是友谊使《新法兰西评论》为普鲁斯特弥补回损失：从1914年6月份开始，为了支持这部作品，《新法兰西评论》接连发表《追忆似水年华》的片段。

里维埃在我们看来是一位研究普鲁斯特的杰出的评论家。他先前的一些研究普鲁斯特的论文给读者一个古典的普鲁斯特形象，也是受那个时代的特点所局限。更有趣的是他对《追忆逝水年华》的写作布局的批评，里维埃将普鲁斯特的方法说成是当时巴黎盛行的立体派的方法。他对普鲁斯特这部作品的题目的分析是一段著名的论述：它（题目）意味着作家与他的对象之间有一段距离，需要通过回忆、理智的思考，不停地跨越这段距离；它暗示着一种认知的需要；它预示着一种话语征服被追逐的事实。它无法更好地暗示叙事者寻找的深层方向，普鲁斯特试图通过一种写作，用自我追回自我，这种写作实现了在小说里的内心探险。这正是里维埃所梦想的，他与蒂博岱不同，后者将普鲁斯特的方法与精神分析法的阐释进行对比。的确，他没有提出一种对《追忆逝水年华》的临床分析方法。但相反，他暗示着，叙事者借助的解释学可与弗洛伊德所设想的符号阅读相比较。普鲁斯特的方法是返回到深层，试图通过写作和类似的重新结合，弄清抽象的理智无法捕捉的东西：

"我们的自尊心、激情、模仿精神、抽象理智、习惯，曾经做过的这个工作，正是我们要搞乱的东西，要逆行，将我们心中那个潜伏的、陌生的、我们跟踪的东西返回深层。"①

里维埃的研究把好几种方法交叉使用，经常像辞格和主题的内部分析。他指出弗洛伊德和普鲁斯特共同思考符号和思想在隐喻—换喻关系中结合的问题。此时，文学研究将思想史引向新的道路上。这不是考察时间—空间关系，而是分析一种知识体系（épistémè）的组成特点。

第二节
细读文本，深入"理解"

二战期间一大批批评家以批评理论争鸣著称。他们非常认真准确地捕捉一

---

① *A la recherche du temps perdu*, p. 986.

部作品里的子题和循环出现的形象,或者如阿兰、安德烈·苏亚雷斯那样,从阅读的体验中阐明一种哲学或一种道德。当人们依赖一种与他者心灵理解和共鸣的阅读体验时,从某些方面来说,文学变成了对自我和对世界进行思考的手段。

一 两位出色的阅读者

1. 安德烈·苏亚雷斯:文学中的英雄神话

在青年时期,苏亚雷斯曾经是罗曼·罗兰最亲密的朋友。在巴黎高等师范学院求学期间,两人因对托尔斯泰的崇拜而惺惺相惜。苏亚雷斯像佩吉一样属于反对象征主义的封闭的作家行列。相反,他极力称颂从路易十三到太阳王统治初期这一短暂的时期:在这个时期,力量取得了胜利,如作家高乃依或帕斯卡尔。他立场鲜明地反对那些推崇拉辛的莫拉斯信徒,重新找回佩吉所称颂的英雄价值,这就脱离了《新法兰西评论》所捍卫的阵线。

人们猜想这位评论家为判断艺术品所提出的标准既是伦理的也是美学的。这些标准参照艺术悲壮和浪漫的观点:"每一个英雄都是战斗中的一个生命。艺术家本身就是出色的斗士。"他推崇创作的主观性,"为了永恒的事业他起来反对瞬间"①。

如何重建伟大作品的精神呢?发挥想象力是唯一可以重新找到天才的原动力的方法。实际上,在苏亚雷斯看来,想象自己之外的他者生平的天赋比起历史意义更加重要。他认为经常被颂扬的直觉好像是"意识的最高状态,理性和感情首先在那里汇合和重叠"②。因此,批评必定是创作或再创作:它旨在对相异性的认识或再认识。它近乎人与影子或与一个缺席者的一场对话,阅读的使命就是使这个缺席者出现。《帕斯卡尔的力量》的第一章意味深长:这位批评家把他的驱邪咒搬上舞台:"惟我与他在黑暗中,夜幕降临了……"③苏亚雷斯的《肖像》具有创造性,是一些"前所未有的肖像",如果人们喜欢的话也可说是他想象出来的艺术品。我们可以把苏亚雷斯关于"诗人的批评"应用到这些作品中:"关于他们的褒贬臧否,他们将激情与情感化作诗。他们自我描绘,或将他们的梦幻变为现实世界。诗人的批评是在想象中旅游。"④

尽管他说过"在批评上,同情是智慧的太阳"⑤,然而他的批评实践却不是如此。他的矛头指向作家:说圣伯夫只有"很少的"审美趣味;伏尔泰只有《老实人》还值得赞扬,至于他的"完美"是可憎的;夏多布里昂被怀疑不真诚;尤其福楼拜

---

① A. SUARES, *Portraits sans modèles*, Grasset, 1935, p. 8.
② A. SUARES, *Puissances de Pascal*, Emile-Paul, 1923, pp. 103–104.
③ *Critique et théorie littéraires en France*, p. 224.
④ *Ibid.*
⑤ *Ibid.*

是"散文的安格尔①"。20世纪初的克洛岱尔曾同样恶毒地抨击《包法利夫人》的作者,这两人理由是相似的。同克洛岱尔一样,苏亚雷斯颂扬创作美,这位崇高的称颂者努力在一种美学的恍惚中与世界融合:"无论被魔鬼附身或我附他身,我陶醉在世界中。"②这位抒情者任凭热情冲动,只能表达对福楼拜的讽刺的反感。

这种反感也属于美学范畴,实际上苏亚雷斯将艺术品分为对立的两类:他所厌恶的"合成"艺术品和"有机"艺术品。合成作家(如福楼拜)仅仅是词语的工匠、泥瓦匠;真正的艺术家(陀思妥耶夫斯基)更像是"交响曲作者"③,他成功地使世界多样性在作品中再现,他在创作的键盘上演奏管风琴。

对苏亚雷斯来说,伟大的作品完全不是形式的构建,相反,它们总是对世界意义的考问:"形而上学和宗教的苦恼是思想王国与形式帝国深层的根源。"④艺术如同酒神狄俄尼索斯的一种舞蹈。曾经一度,这位批评家在艺术中发现了用音乐形式包装的生命冲动。尽管在1914年大战期间他与尼采关系疏远,他从未完全否认这种影响,从未放弃生机论和对力量的颂扬。

他的个人神话,对英雄的崇拜正是建立在这一双重颂扬上,但是苏亚雷斯批评论著的局限性也在于此。因为总的来说,我们从他习惯于赞颂的伟人或巨著中得到的东西很少,对他们的风格与形式结构几乎一无所知。他忙于诋毁夏多布里昂或福楼拜的作品。相反,他对塞万提斯、莎士比亚、帕斯卡尔和陀思妥耶夫斯基的赞赏,要么夸夸其谈,滔滔不绝,要么主观臆断,重绘肖像,其实只是新瓶装旧酒,老调重弹。他的创作批评差点要取代作品,可以说到了极端地步,甚至把作品的人物当作作品的评论者。因此,苏亚雷斯的批评成了隐迹批评:它通过英雄的神话,让遥远的他者声音传过来,而英雄神话事实上间接地从属于自我神话的再建造。

2. 阿兰:小说读者

阿兰如同安德烈·苏亚雷斯一样,在登上文坛后扮演读者这个角色。他对巴尔扎克的评价主要是对阅读的思考,对司汤达的评论中包括了一个意味深长的句子:"我贴近司汤达,亦步亦趋。"⑤

正如应这位哲学家所邀,我们从阅读现象学出发,重读一本小说的人不完全是被结局吸引,因为他已熟知结局。就算不了解也可以猜出"因为作者提前,总是提前"。阅读,就是用预感体验。但一旦贴近小说家,就会形成小说的一个法则:"该来的不会马上来。"⑥有待阿兰去翻转瓦莱里的论据:小说的本质存在于一种

---

① 安格尔(1780—1867):法国新古典主义画派领袖。
② *Critique et théorie littéraires en France*, p. 224.
③ *Ibid.*
④ A. SUARES, *Xénies*, Emile-Paul, 1923, pp. 206-207.
⑤ ALAIN, *Les Arts et les Dieux*, Gallimard, «Bibliothèque de la Pléiade», 1958, p. 756.
⑥ *Critique et théorie littéraires en France*, p. 225.

时间的延误中,或至少在一种使文章成形的方式里。小说的本质精确地阻止人们对其进行概括或将其分成文选的片断。

那么小说读者必然和《驴皮记》的主人公类似,后者知道其不可逆转的结局,但是他需要走完到终点的路程。一条不可改变的欲望法则应该成为现实,这也是对小说业余爱好者起作用的法则:尽管他知道阅读有尽头,但他想要文本永不结束。阿兰提醒我们:在"翻页的声音"中,人们听到"一去不复返"的声音。一方面,"小说行为应被认为是一种记忆的事实",另一方面,读者永远处在等待的状态,即使再读时,"我知道乡村医生将逝去,因为我知道他的死讯似霹雳。"① 小说是时间的艺术,它与可预见物的东西,与读者的学识在起作用,使不可预见变成美学资料,这样展现了时间性的所有矛盾。

阿兰总是与象征主义或超现实主义的拉丁文《圣经》(*Vulgate*) 背道而驰,在关于狄更斯的评论中他颂扬了描写。在他看来,描写就像一个"想象赋予自己支配权"②的空间,甚至在那里它化成诗章。在这篇评论中,他尤其阐明了描写的另一功能,它是文本的一个重要之处,小说家在那里增加标记的数据,描写一个环境的诗。小说里停顿下来做的描写不是一枚可以被省去的明信片。因此,小说为它平反,要求一种阅读行为的深入研究,只有这样,才能进行对时间性的哲学分析。

但阿兰的评论源于其他方面,尤其是伦理。对特殊作品的研究加强了对道德的思考。其中,《巴马修道院》的作者是一个自由的人,他敢于向陈旧的观念、规范的证人、"警察的条例"挑战,后者有点夸张地希望规则被人视为德行。司汤达与道德主义的教师爷相反,他把道德当作对自我的义务:"不是为公众舆论而设,一切甚至包括罪恶都是由内心的准则来判断的。"③

这种绝对自我的愿望与写作方式是密不可分的。在阿兰看来,司汤达在躲避理智时才最好地展示才能。他不是在他愤慨或嘲弄时真正完成作家的使命,而是当他沉醉于写作之中或思如泉涌之时。这就是阿兰特别欣赏《巴马修道院》的原因,他对司汤达的崇高非常敏感——所谓崇高,就是一旦遇到一种情感或是一个场景所产生的幸福的力量。

阿兰回忆起巴尔扎克在《未知的代表作》(*Le Chef-d'œuvre inconnu*) 中发表的格言,他强调只需"手握画笔地沉思"④,"正是写作本身决定和召唤思想"⑤。其实,这并不意味着巴尔扎克和司汤达在写小说时运用了同一方式。阿兰对两种创作方法的简单对比像让·普雷沃后来回忆的比较遗传学的草图。

在质疑小说创作的同时,这位哲学家同时分析了小说家与其创作的人物之间

---

① ALAIN, *Balzac*, Gallimard, «Tel», 1999, p. 21.
② *Les Arts et les Dieux*, p. 922.
③ *Ibid.*, p. 757.
④ *Balzac*, p. 45.
⑤ *Les Arts et les Dieux*, p. 805.

的关系。巴尔扎克同时构思好几本小说的大纲,其作品如雕刻家的雕塑一样,好像从无形的材料中出现。他批量地创造人物,有好几种创造的方式,按类型分,在同一系列中有记者、医生、姑娘;一些人物是对另一些人物的修改。但这不是最重要的:他们从来不单独地存在,他们需要与和自己对立或互补的另一个人共存:巴尔扎克的人物组成一个社会。阿兰显然没读过巴赫金①的研究论文,但他也把《人间喜剧》的特征视为一场巨大的交响乐。这种意欲创造一个世界、与创世相匹敌的雄心在巴尔扎克的风格中被折射出来,这种风格揭示"一与繁"②的辩证,表现一种真正理解或且说公正的态度。阿兰画了一幅斯宾诺莎式的巴尔扎克的肖像:巴尔扎克看着一切事物,在它们的必要性和具体性中理解它们。他使人了解"人的形式,它与工作、工具和产品相连"③。这样,巴尔扎克给哲学家或道德学家提供了一个模式:总是应该从具体出发,又回到具体。

阿兰在他的光彩夺目的评著、讲话、日记中,用了一种省略的、透明的、转弯抹角的、高度概括的、甚至有点晦涩难懂的语言,挖掘小说的虚构和想象的矛盾。

二 两位柏格森式的批评家:狄波与蒂博岱

1. 夏尔·狄波:情感同化的"近似法"

雅克·里维埃没有使自己的批评实践理论化,而夏尔·狄波却在其论著《近似法》中认真地给自己的批评方法下了定义。他是世界主义者,深谙盎格鲁-撒克逊的语言与文学(他的母亲是英国人)。他年轻时曾在住柏林居住过一段时间,这使他有机会了解狄尔泰和齐美尔的哲学。十七岁之后,发现了柏格森的哲学,他的哲学基础不断加固,促使他更加努力地把批评行为变成内心理解的行为。由于狄波的好奇心和他受过的良好的教育,他所涉猎的范围非常大,他对拜伦、雪莱、华兹华斯、济慈、布朗宁、沃尔特·佩特、亨利·詹姆斯特别感兴趣,日耳曼作家歌德、霍夫曼斯塔尔、里尔克、斯特凡、乔治,以及斯拉夫作家陀思妥耶夫斯基、契诃夫、托尔斯泰等都在他研究的范围。狄波特别欣赏内省式的写作和埃米尔、邦雅曼·康斯坦的自我分析。但这并不妨碍他对福楼拜的深入研究,他对现代派作家的兴趣促使他回头研究普鲁斯特和安德烈·纪德的作品。1927 年,他皈依天主教,这正可以解释他对莫里亚克重视的缘由(1933 年发表《弗朗索瓦·莫里亚克和天主教小说家的问题》)。他的皈依也解释了他身后发表的论著《论文学

---

① 米哈伊尔·巴赫金(1895—1975):1929 年因作品《陀思妥耶夫斯基诗学问题》(法文版,瑟伊出版社,1970)被发现,他还是《拉伯雷》(法文版,伽里玛出版社,1970)和《美学与小说理论》(法文版,伽里玛出版社,1978)的作者,这三部论著构成了他的诗学三部曲。1979 年,最后一卷未发表的作品以《语言创作美学》(伽里玛出版社)为题面世。托多罗夫在《米哈依尔·巴赫金与对话原则》(瑟伊出版社,1981)中描述了这部文学批评作品并阐述了巴赫金的思想。

② *Balzac*, p. 115.

③ *Ibid*, p. 57.

范畴里的教权》(1967)。

正如同时代的所有评论家,狄波不相信渊源的研究和决定论的定位,他也不喜欢精神分析:先将一个作品肢解,然后努力重构成一个完美连接的系统。他的论著《近似法——与安德烈·纪德对话》这个题目暗示着他从不想写成一种"概论",也不想写成一种标准的书,说白了,就是写一本普普通通的随笔。在这一点上,他受惠于普鲁斯特所主张的批评,也主张在文本表层上寻找循环出现的东西,然后,他在"专心的沉默"之中以一种近似的情感粘贴在深层,感知深层,这种近似表示一种不可还原的独特的情感符号,从这个近似出发,领会人所写的东西和人所说的东西,这个人就是自我,一个无意的自我。

狄波也关注小说的技巧问题。珀西·卢伯克的《小说技巧》(1921)成为他的模板,他在《日记》和《近似法》中多次参照它,继这位美国批评家之后,他指出:

"詹姆斯仿效许多小说家,从他开始写作到他后来相对比较固定的时期,从来没有给我们一个把考察的生活当作小说的主题。随着他对艺术越来越严格,他好像就逐渐倾向于研究某些人之间的关系,从而关注伟大主题的本质,他不是从人物本身方面,而是根据人物之间的关系考察这个人……"[1]

一方面,狄波与纪德不同,十分欣赏他称赞詹姆斯的"迷宫式的天才"[2]的东西;另一方面,他非常清楚这个伟大的小说家非常重视他的人物之间的关系。

因此,狄波的评著的主要兴趣点倒不是他对"技巧"的分析。主题批评家们应该感谢他和乔治·普莱,这两人致力于探索将作品变成诗的作家创作行为,而不是探索诗人与诗歌。他的功劳在于他介入创作,将作家的精神历险看作自己的冒险,他的参与能力影响了作家。如果我们相信让-皮埃尔·里夏尔的话,夏尔·狄波在其《近似法》里对福楼拜作了精彩的评论,从这篇短文可以看到他非常娴熟地运用这种认同批评。

狄波在几个隐喻的基础之上,研究福楼拜的"柔弱"主题,分析这个主题的负面状态:从迟钝感发展到惊愕,头脑里漂浮着一片雾霾。总之,他对他称为福楼拜的"内环境"[3]的东西进行了主题批评。这位批评家同样指明这种混乱如何变成融合的梦。此外,这种混乱被视为一种独特的负面背景。

为了在他心中模仿创作行为,狄波任凭自己被"柔弱"的隐喻驱使,融合,散开,分不清萦绕自己脑际的形象与小说叙事网络中的形象:他假设作品是一个难以分开的整体。他在这方面借助柏格森的理论,他参照这位哲学家所说的介质的想象。换言之,形象是一个介质,解释者头脑里渐渐清晰的形象,近似于一种在作

---

[1] C. DU BOS, *Journal*, t. I, Corréa, 1926, pp. 258-259.
[2] *Critique et théorie littéraires en France*, p. 231.
[3] *Ibid*, p. 232.

家脑子里以形象的形式出现的直觉。不管是狄波的解释学,或是蒂博岱的解释学,在深层里都依赖于柏格森的哲学模式。

2. 阿尔贝·蒂博岱

在这位《新法兰西评论》的专栏作家身上,我们可以看到两次世界大战之间最全面的批评家。他分别对马拉梅、福楼拜、埃米尔和蒙田进行专题研究,他探讨文学体裁、批评和小说的理论,他还是划分读者类型的先行者之一。他的《法国生活三十年》是一幅描绘法国知识分子的历史画卷,里面还描述了波尔-罗雅尔修道院修士的研究。他逝世后发表《自1789年到今天的法国文学史》,这部著作在大学教材的竞争中胜出成为大学教材。蒂博岱的研究几乎涉及了文学批评的所有领域。

蒂博岱在《新法兰西评论》中负责"文学"专栏,这个专栏后来为他赢得了巨大的声誉。他为这个杂志带来了后象征主义诗人放荡不羁的经验,带来了大学历史地理教师坚实的哲学训练的经验,他有一种观赏风景的敏锐力,如同一种观察中断、相连、连续性和中间性的感知力。

新批评与保罗·布尔热展开一场关于小说写作的争论,一战后还在持续着。布尔热认为小说应该像戏剧一样地组织,要有逻辑,像演说一样;蒂博岱针锋相对,把小说分为三类:"初具雏形的小说描绘一个时代,消极的小说展现人的一生,积极的小说避免一场危机。"他同时指出了作文法的三种意义:"有专写情节的艺术,刻画人物性格的艺术和描述状态的艺术。"① 从通常的种类开始,蒂博岱努力使批评的思考适合文学现实的多样性和各种色调,从而推动批评向前进步。土地测量员和地图绘制者的天赋在于善于利用细小的设计网的资源,而柏格森具有这样的才华,他的哲学也尽可能利用文学经验的资源,为此,蒂博岱的批评同样吸收了柏格森的才智。

同时蒂博岱出版了一本关于《马拉梅的诗歌》(*La Poésie de Stéphane Mallarmé*)的书。马拉梅的诗歌一直受到批评界的取笑和讽刺。这是第一部对他的诗歌进行系统、认真解读的论著。这本论著阐述"先锋派"批评的目的是发现有价值的新书,但也用了十分古典的表达手法:让人想起泰纳的方式,把分析与一个能凸现出创作结构的建构联系起来。在这一角度中,他既有条不紊地研究一首诗的"形式"和一个诗学的"元素",又系统地评论四首长诗。在这四首诗里,明显地感受到诗人的灵感"在行动",通过避免话语破碎的危险,创立一种新的诗歌语言。和对诗的"元素"和诗的"形式"系统的研究联系起来,蒂博岱竭力回击那些被称为隐晦的诗歌对批评提出的挑战。他详细地研究诗歌中的省略和浓缩,意义通过压缩而隐藏,但没有消失,就在诗的内在结构中。

---

① *La Critique littéraire française au XIXe siècle*, p. 220.

他对马拉梅的专题研究是激进的,预示着后来的结构主义。蒂博岱给自己规定解释诗人作品的方法:不借助作家生平,作品彼此互相解释。相反,在对福楼拜的研究中,他将福楼拜的作品放置在一生的运动中,这种方式突出连续性,便于捕捉创作的动力。因此,即使他留一章写福楼拜的东方旅行,而且还写了作家的私生活,但蒂博岱所采用的角度从来不是朗松弟子们的角度。他不是将"生平与作品"并列研究,也不是令其彼此解释,而是将作家存在的方式融合成一个整体,将艺术家的"创作"组成一道内心的风景。

可能应该以蒂博岱关于自传的讲话为依据,去判断他的方法与圣伯夫的方法的差异。实际上,他认为深层的自我更多地体现在虚构小说中,而不是在生平故事中。小说探讨深层心理的潜在性。因此,倘若批评家变成近视的传记作家,那是非常轻率的行为,因为在他看来,小说探索自我,给这些所有可能赋予形式。在现实生活中,这些可能只有在幻想的方式中才能实现。传记材料可以帮助批评家证实作品——它才是真实的生活——已经给他理解的东西,只有在这种情况下,批评家才参考它们。

蒂博岱的专题研究实际上已被一种体裁诗学和一种阅读美学预先定位,在后来的论著中进行理论化。它们的特点同样是主题批评方法或风格研究。《马拉梅的诗学》第十四章的题目是"负面的范畴"①,他认为马拉梅的诗是一种话语与沉默的综合:沉默就不开口的物体而言,话语就显示它的影射而言。蒂博岱看到,从马拉梅的《为埃桑特而作的散文诗》(*Prose pour des Esseintes*)开始,意象的集中包含着一种在深层的堆积。这种深度其实是纵向上的长度,传统类似的话语在纵向轴上延伸。此外,他发现诗人在意象连接上故意将意象分离,以及诗人为追求节奏清晰有力,喜欢在诗句里把关键性的词移到句末,从而达到脱节。他对马拉梅几首长诗《牧神的午后》《骰子一掷绝不会破坏偶然性》的解释表明了他对马拉梅诗歌的深刻理解。

蒂博岱对福楼拜的研究专著也是一个很好的参照。他在对作家的出色的风格研究中指出,未完成过去时与小说的布局、画面创作相联系。他还强调:在自由间接引语中,福楼拜大胆使用同一时间,将思想中出现的现实与在事物中展开的现实放在同一平面上。同样,他还指出现在分词的特点:它经常表达一种连续性。与此形成对照的是动词时间的个体的、突出的片刻。蒂博岱建立在非常准确的研究上,试图草拟一个风格心理学大纲。他的专题研究后来发展为更加理论化的论著。在他看来,《堂吉诃德》是一部"小说读书狂的小说",②这个读书狂给其他读书狂提供一个小说读书狂的故事。这位批评家以对《堂吉诃德》的分析为起点,交叉地思考文学的阅读问题和小说体裁诗学。与机械地阅读一切信息性文本的读者相比,读书狂首先是寻欢作乐者,他们在小说家给他们的合同上签字画押。然而,在蒂博岱看来,

---

① *Critique et théorie littéraires en France*, p. 234.
② A. THIBAUDET, *Le Liseur de romans*, Crès, 1925, p. XV.

塞万提斯也邀请我们把小说家视为另一类型的读书狂,特别是当他在其作品中出现一个小说读者的形象时。这个对阅读行为的自反游戏预先假定我们要重视那些在互文性的名义下没有表示的东西。特别是我们要知道:第一批伟大的小说总是以反小说开始。此外,塞万提斯的作品将两种完全相反的、后来分离的现实主义结合在一起:一是乔治·艾略特的现实主义,从人物平淡的生活中抽取崇高的胚芽;二是福楼拜的现实主义,朝着去神秘化、去幻想化的方向前进。

实际上,蒂博岱的所有论点的共同目的就是要寻找小说诗学的主线。小说诗学在主题小说里找到了理想的切入点。这个亚体裁必定在装腔作势,它在这个不确定的、强有力的音调中岂肯罢休?为了使读者体验到这种感情,人物不应该完全在创作前设计,人物不能是写作行为前的一个大纲或一种预先存在的思想的体现,正如在二战期间,在普鲁斯特、纪德、贝尔纳诺、莫里亚克的作品里,被陈述的神话都要求人物的自主性:随着人物的羽毛逐渐丰满,作家就应该给予他自由,摆脱原先大纲设计的人物模板,我们在这个神话里明显地察觉到对自然主义的决定论的否定,也发现小说写作过程被视为一种不停地发明的过程。在创作过程中,小说家丰富的想象力不断探索各种潜在性:"一个小说家在构思他的人物的雏形后,就和人物一起生活,作家被他们的生活要求牵着鼻子走,他们没有经历的事,作家可不能预见……"[1]

随后,蒂博岱的诗学研究转到作品的象征意义,他的诗学本身也像歌德一样区分寓意与象征。寓意的作品阐明一个概念,走向单义性,相反,象征的作品却是多义性的,它们的目的是说明人物行动的理由,保证叙事的逻辑。在这种情况下,现实主义根据定义,大概与象征主义的根本——暗示正好相反。然而,蒂博岱大声地肯定:一部作品的象征价值更高,即使这部作品在定义和概念里似乎包含极少的象征。象征没有被视为一种比喻,因为它的界限模糊,在作家的指示与读者的猜测之间有一个难以描述的中间地带。因此,每一部"象征"的作品都要求诠释,它在语义上是"开放的"[2]。对于蒂博岱,这涉及一种美学准则:福楼拜的现实主义是象征主义,而都德或龚古尔的现实主义一点也不是。

这种诗学的研究在另一个方向中完成:元批评。我们知道蒂博岱在其《批评生理学》里区分了自发、话语、公共批评与职业批评,后者又分为报刊专栏批评和大学教授批评,与教授批评对立的还有大师的批评。至于同情批评,人们又称作创作批评,它的使命是赞同对作品的渊源探索,努力想弄清作品的起源。然而,同情批评家试图完全达到作品的源头和深入到作家的主题意识里,这一理想是很难达到的,批评家不可避免地会感到失望。但表述批评探索的过程还是必要的,失望的批评家往往回头强调文学作品是多义性的、难以捉摸的。留给批评的另一个

---

[1] *Le Liseur de romans*, p. 48.
[2] *Critique et théorie littéraires en France*, p. 236.

领域"历史批评"也有它的合法性。在它之外,还有一个"纯批评"①领域,蒂博岱为它确定了三个研究对象:天才、体裁、书本。用柏格森主义考察从天才潜在性到它的现实化过程,这样,诗学成了一门可能的发生学。

---

① *Critique et théorie littéraires en France*, p. 237.

第四篇

法国20世纪下半叶文学批评

第一章　意识形态与历史社会

第一节
战后文坛态势与批评

法国文学界于1945年清算那些与法西斯合作的作家,此后,着力于全面组建战后文学。战前文坛上叱咤风云的那一代作家逐渐消失了,最伟大的代表之一安德烈·纪德于1951年去世。战后尚活着的作家们,无论30年代一致主义的创始人于勒·罗曼,或是超现实主义的鼻祖安德烈·布勒东,这两个风格截然相反的作家,并不总是能够找到他们原来的听众了。掌握文学权力的新的一代则是参加抵抗运动的作家。

一　为谁写作?

1. 作家的责任

战后,让-保罗·萨特发起成立了一家《现代》(*Les Temps modernes*)杂志,日后这家杂志在现代文学历史中占有举足轻重的地位。与此同时,1945年,他发表了一篇重要文章,以异常清晰的方式表达了战后重大的批评论战的观点,他第一句话就用了这样的口吻批评文学界:"所有出身资产阶级的作家们都有不负责任的倾向:一个世纪以来,这种倾向在文学领域里成了传统。"然而,另一位存在主义作家阿尔贝·加缪在其《瑞典演说辞》中针锋相对地唱反调称,"作家处在他所在时代的境遇中","介入"或者"卷入"[①]到这个时代中去。

萨特的这篇言辞激昂的文章的论点后来在1948年出版的论著《什么是文学?》中得到了进一步的发挥。这部论著是为回答那些认为文学在"介入"中可能误入歧途的人,这也是萨特在他的理论基础中不断拷问的观念。为此,必须先把文学(同样也把批评实践)从永恒观念中抽离出来,并且将文学优先看作一项自由创作活动:作家是一些处于境遇[②]的、自由的人,他们的创作承担揭示世界的重任。萨特整部论著都用第三部分的一个问题作标题:"为谁写作?"萨特考察了作家与读者的关系类型以及将两者联合在一起的意识形态,在19世纪,这种意识形

---

① *Critique et théorie littéraires en France*, p. 244.
② 境遇(la situation):表示当下的情况,时下的形势。

态却引向了不负责任性。文学在漫长历史和20世纪重大事件的推动下,最终可能得到充分的发展。

《现代》的编辑依靠集体的力量,依然忠实于它的初衷意愿,萨特和让·卡纳巴的文章尤其如此。无数论战是唇枪舌剑。在冷战结束时,加缪在《现代》专刊中发表《反抗的人》(1951)以反对萨特的言论。《现代》编辑部显然不赞同加缪发表的文章:他在文中以道德主义者的姿态,表达了对他所处时代的思想的担忧,他的观点与战后文坛中左派正统学说马克思主义格格不入。

2. 小说和政治

处在历史时刻里的文学离开原则立场,就陷入困难境地,甚至是进入死胡同。在50年代,两大事件已经非常具体地证明了其失败。首先,涉及萨特的《自由之路》,这部书未完成(第三卷,1949年出版,没有后续),与最初的计划相违背:它必须再绘1938—1944年某些社会团体追随的道路。按逻辑发展,故事的虚构理应面向法国光复时期的读者,他们事实上是萨特的第一批读者,而这也和《什么是文学?》相符合。他之所以无法把《自由之路》引向原先的计划,其中原因之一,他的作品的确创造了一个读者的"联合团体",但是可能作者所选择的叙述方式对这个读者群来说并不成功,1944年"联合团体"的巴黎暴动使萨特改变了决定。可能这并不是偶然:他接着为1951年的读者选择戏剧形式——剧院为他实现了团体的理想。

另一个失败是1951年阿拉贡对《共产党人》的抛弃。他原计划在1945年前完成《真实世界》(在战前,1934年就已开始的)系列的最后一部小说。但是对于《共产党人》的创作在1940年6月停止了。叙述被反常地打断,虽然作品的确遇到了它的读者群,也符合某种期待,适合一种政治的要求:他们显示了在二战中法国共产党的民族角色。"我没有继续写《共产党人》,因为小说必须根据人们的意愿去写,而不是根据我本人的意图写。"①阿拉贡在迟到的序言中揭示道。作家险些被异化:写作要听从读者,听从政治意识形态,听从历史时刻。此外,一些作家如同活在一个戏剧性的时代中:他们对于历史意义的直接感知过后被严格纠正。特别是,在法国光复时期意识到的幻象被以后突发的事件(尤其是在1952年,布拉格的诉讼和绞刑)毁灭了,它们在忠于共产主义的阿拉贡心中激起了"一种可怕的怀疑",②事实上,这使他从历史意义上和小说中脱离了他的信仰,至少是一段时间的脱离。出人意料的后果:1966—1967年阿拉贡重新提笔续写《共产党人》,这是让阿拉贡付出代价的决定,文学创作实践遇到的困难真是一言难尽。

---

① *Critique et théorie littéraires en France*, p. 246.
② *Ibid.*

二 批评中的不景气

1. 冰炭不容

法国文坛的学者并非都从《现代》杂志的角度来看待这个时代:并不是所有人都认为文学从属于政治(或有关文学的话语从属于政治)。那些文坛上的"轻骑兵"(安托万·布隆丹、罗热·尼米埃和雅克·洛朗①)展开了猛烈攻击,这个团体在某种程度上是与时代精神和萨特的学说背道而驰的;他们意欲继承司汤达主义的某些遗产,公开表明"不介入"的态度,有时被人指责为"右派无政府主义"。贝纳尔·弗朗克在 1952 年某期《现代》中发表了一篇精彩专栏文章,其中对"轻骑兵"的反击吸引了人们的眼球。

萨特的著作所传播的时代声音一开始就得到人们广泛的承认。比如,在 1948 年的《精神》杂志中,阿尔贝·贝甘发表了《浪漫精神与梦》一文,就用了"批评和介入"的口号,赞同批评的教学功能(批评可以教别人阅读)。但是这种历史和时代声音的影响力随着时间的推移在下降。在 1955 年 3 月,在《精神》杂志中的一篇名为《文学批评笔录》的文章里,同样是阿尔贝·贝甘,他却指责"文学和社会之间的所谓必要的和足够的联系"②,为的是捍卫他的一种更自然的观念:由于文学是最自由和最个人化的活动,它不应该屈从于任何社会功能,也不应该因为历史、心理学和社会学向文学批评提供一些观点和方法,就按照艺术的他律观点来看待文学。

其中,乔治·巴塔耶③的工作最引人注目。他创立于 1946 年的《批评》杂志(它很快地大量接受了新小说派和"新批评"),不仅重视文学,也关注人文科学和哲学领域。巴塔耶也同时以小说家、随笔作家、批评家、社会学家的身份亲自实践了这种多学科性。这也是日后人们称之为"批评王国"的《批评》杂志的突出特点之一。

在一期《批评》杂志中,乔治·巴塔耶提及了"法国文学生活的潜在的萧条"。1952 年保尔·艾吕雅逝世,他是一名超现实主义者和抵抗运动诗人,在他身上,巴塔耶看到了一种极少数幸运的成功,然而却不幸地"掩盖了而没有消除一个非常痛苦的裂缝"④,这个裂缝,也是法国文学的特征,就是法国贵族传统在平民大众和少部分精英之间产生的断裂。总之,法国文学"潜在的萧条"是冰冻三尺,而非一日之寒。在解放时期抱有的希望并未能使这个裂缝消失。要消除这个裂缝,需要动大手术,但巴塔耶不谈如何行动,不过他的杂志尽可能使最大数量的文学

---

① 雅克·洛朗(1919—2000):本名叫雅克·洛朗塞利,法国作家,"轻骑兵"派的理论家,1986 年当选法兰西学院院士。法国文坛"三剑客"中最具传奇色彩之人。

② *Critique et théorie littéraires en France*, p. 247.

③ 乔治·巴塔耶(1897—1962):他在 1936 年和罗歇·凯卢瓦(1913—1978)、米歇尔·莱里斯(1901—1990)共同创立了社会学学院。巴塔耶频繁阅读超现实主义,深受弗洛伊德、萨德和尼采的影响。这位反抗的思想者试图进行人文学科的交叉(特别是通过《批评》杂志),这种交叉影响了后半世纪。

④ *Critique et théorie littéraires en France*, p. 248.

创作互相接近。让·韦拉尔在 1951 年被任命担任《大众民族喜剧》(T. N. P.)杂志的主编,直到 1963 年,他把戏剧定义为"大众服务"的艺术。

2. 一篇抨击文章

在发表《流沙海岸》(Le Rivage des Syrtes)的前一年,朱利安·格拉克①发表了《肚里的文学》(La Littérature à l'estomac,1950),这是一篇诽谤性的文章,矛头指向被存在主义潮流搞糊涂的批评。这本小册子认为,从今以后文学组织的整体面临着一场真正的价值危机。作家是什么:真正被阅读的作品之作者,或是围绕作品疯狂炒作的中心? 读者是什么:阅读量有限,偶尔阅读的大众,还是一部分(有限制吗?)全心跟随的公众? 作品是什么:被时事吞噬的对象? 文学是什么:由时下的明星(拥有年俸、衔头、已取得或偷得的名誉)独揽的机关化的共和国? 这就是格拉克所认为的存在主义的状况:以非文学的名义对文学实行威吓和操纵。事实上,作品和作家都要经过媒体(论坛、报纸、收音机等)过滤,朱利安·格拉克描述文学如何首先进入雷吉斯·德布雷后来称为"新闻媒体"中的检验程序,事实上,新闻媒体存在严重的不稳定性。

在他看来,文学的评判已成危机:"一周又一周,批评的指针接连指向罗盘方位标的所有方向。"②——而让·波朗③也在他的《批评的小序言》(Petite Préface à toute critique,1951)中做出同样的诊断:"批评已经丢失了自己的方向"④,吹捧的批评,传统意义上充当说情者的功能,按政治立场划分,艰难地发挥作用,这种批评搞混了作品中真正的感知。同样他与萨特的《现代》也不合作。在《七星社笔记》中,他公开了一些不介入的甚至是"纳粹合作者",如塞利纳、夏尔博内或者儒昂多,还有马尔罗和纪德。让·波朗这个伟大的天才发现者是自由思想者,他说道:一个真正的批评并不是对他自己的教条。他的作品很杂,不好分类并且有点神秘性——人们不再阅读他的叙述。他最有名的文章是《塔尔布之花》(Les Fleurs de Tarbes,1941),副标题是"文学中的恐怖"。文章指出,文学从浪漫主义开始,以创新的名义,对修辞学的种种辞格、对各种文学形式的种种写作技巧,就存在极大的怀疑,对语言作为工具的表征,存在一种危机。浪漫主义是文学的自由主义,反对修辞学的种种束缚,由此,修辞学退出大学的课程。然而,在让·波

---

① 朱利安·格拉克(1910—2007):又译葛哈克,法国作家。他认为作家不该比作品出名,所以他是目前法国文坛中最低调的作家之一。他受德国浪漫主义以及超现实主义影响,他的作品掺杂着怪异的内容以及富有想象力的意象。他在 20 世纪 60 年代起开始发表许多批评文学的作品(《癖好》《大号字母上下集》《读它,写它》),这些作品显示出他崇高的文化素养及锐利的批评。

② Critique et théorie littéraires en France, p. 248.

③ 让·波朗(1884—1968):法国作家、批评家,法兰西学院院士。这个"法国文学的灰衣主教"是 1935 年《新法兰西评论》的总编,后来又是领导人,直到 1940 年被德里厄·拉·罗谢勒接手,1953 年他又重新领导《新法兰西评论》。在二战期间,他是《法兰西文学》(1941)的创办者之一,也是国家作家委员会的开创者之一。他既不与清洗政策合作,同样他也不与萨特的《现代》合作。

④ Critique et théorie littéraires en France, p. 248.

朗看来,恐怖分子争论是虚幻的,因为不存在修辞以外的真实性。让·波朗以他自己的方式保卫修辞,恢复修辞,他不是用 60 年代的理论家对修辞研究使用的方式,即使如此,人们正面承认他的贡献。

三 新的批评倾向

1. 新批评风格

大学教授们的批评也在为难,似乎时代也不知道该做什么。朱利安·格拉克提到的恫吓对批评也有影响:教授从事批评是次要活动,更严重的是一种"不负责任"的怀疑——可以说是加倍的不负责任——对批评产生作用,这就是为什么他们胆小谨慎、等待观望。阿尔贝·贝甘于 1948 年指出:批评已经不可能成为作品的品酒师,品赏这一特权已经丧失,今后批评家应该把注意力放在理解文本,并使作品进入它产生时的集体意识里。因此,批评新时代的中心话语已经被取代:理解代替判定。而且阿尔贝·贝甘根据新的情景赋予这个术语以新的内容。以莫里斯·布朗肖、克劳德-埃德蒙·马尼、乔治·布林、让-保罗·萨特为例,他发现批评有一种越来越哲学化的倾向。但另一方面,这次以朱利安·格拉克的书为例,在《安德烈·布勒东,作家的几个方面》(André Breton, quelques aspects de l'écrivain, 1947)中,他看到一种越来越注重美学范畴,越来越依赖精确的形式分析的批评逐渐形成。在那个时代,这种分割是清晰和有效的:它把哲学批评(特别是萨特式的批评)与文学批评(格拉克式的批评)区别开来。也就是说,一方面,借助作家或作品阐释某个哲学概念或做哲学沉思。另一方面,关注作品的形式,认为作品是靠自身形式而存在的艺术。

为判断这一分割的适切性,只要看看后来几年发展的情形就够了。从广义上的哲学倾向批评①,一方面,萨特在《让·热内:小丑与殉道者》(1952)中评论了让·热内的作品,而且另一方面,莫里斯·布朗肖的主要文章,《文学的空间》(1955)甚至带有哲学沉思论文的性质;除了这些作家兼评论家的著作外,还有吕西安·戈德曼的《隐藏的上帝》,在这部书里作者表现为"哲学和文学的历史学家"。与此完全不同的是,乔治·普莱的《关于人类时间的研究》(1949 年第一卷)、让-皮埃尔·里夏尔的《文学与感觉》(1954)、罗兰·巴特的《米舍莱》(1954)表现出一个新的批评潮流。总之,批评正在重建,新的批评风格产生了。结果,阿尔贝·贝甘所说的批评流派的对立越来越严重。作家的批评沿着他们自己选择的领域前进:萨特正在进行人类学批评的庞大计划,但是莫里斯·布朗肖一个作品接着一个作品地进行完全个人化的思考,这从他的《火部》(La Part du feu, 1949)就开始了。

---

① 广义的哲学倾向批评:用哲学观点指导文学批评,或文学批评中隐含着哲学概念。

2. 莫里斯·布朗肖

莫里斯·布朗肖(1907—2003),他和萨特同时代,在半个世纪中占据着极其特殊的位置。布朗肖是一个自我引退的思想者,就像他著作勒口上的自我介绍通常所描述的那样:莫里斯·布朗肖,小说家和批评家,生于1907年。他的一生完全奉献于文学以及属于文学的沉默。可是要知道这位几乎在我们视野里消失的大师,操办主宰了法国20世纪知识界近乎所有的大事件:从新小说到先锋文学,从阿尔及利亚的"121人宣言"到巴黎"五月风暴"的作家行动委员会,从对萨德、洛特雷阿蒙的重新发现到对荷尔德林、卡夫卡等人的崭新诠释。他既是萨特、巴塔耶的同辈人,又是福柯、巴特、德里达精神上的导师。而后半生逐渐消隐的他拒绝一切采访和抛头露面,就像戈达尔形容自己时所说的,成了"被遗忘者中最为著名的一个"。

为方便起见,人们利用"批评"这个词来指布朗肖的作品,对此他本人从不承认。事实上,他在《文学的空间》(1955)、《将来的书》(*Le Livre à venir*, 1959)、《无尽的交谈》(1962)里阐述的理论费解难懂,独辟蹊径。虽然他不属于任何学派,但他可以享有这样著名的文学地位。布朗肖主义的理论有时给文学研究增色,似乎应把这个著作归于解释批评,不过肯定不能归于传统的判断批评(如格拉克的批评)。这从他的早先文章中可以看出来:在其著作《失足》(*Faux pas*, 1943)中,非同寻常的作家比模仿写作的作家更受作者青睐,因为他们具有文学自治的意识。在《火部》(1949)中,与其说他是给在文学创作中真正冒险的作家写的随笔集,还不如说他在谈论抽象思辨或者沉思。孤独的沉思,自我满足的沉思。然而,把这种沉思称为"交谈",这完全是布朗肖式的专用词汇,却与书中的"缺场"这一重要主题相违背。这部作品谈论缺场、虚无,甚至指虚无为文学目的。这个"交谈"的具体对象是近距离的作品(如巴塔耶的作品)或更远的,如马拉梅、尼采、卡夫卡的作品。这些对莫里斯·布朗肖来说都是具有特权的对话者的作品,"交谈"以耐心而深刻的评论形式出现。可以发现,他的所有作品不管是批评或小说——都以隐晦的方式邀请读者"交谈"。这是很特殊的"交谈",因为它并不只是提供一个意义或是一个"信息",也不是感性的投入或认同,而是邀请读者进入词语世界,进入另外一个不安的,莫里斯·布朗肖精确地称之为"文学的"空间,在那里,我们对于真实和表达能力的所有确定性都被解除了。50年代出版的这本文集《文学的空间》是对萨特《文学是什么》的长文的回应,以马拉梅对大写的书的梦想和卡夫卡对自身写作的怀疑为例,布朗肖与巴塔耶一道自觉考察了文学写作活动本身的困难与悖论——写即是不写——来回应"一个词也太多"的书写要求。

布朗肖也是萨特的隐秘的对话者与反对者。在毕业于斯特拉斯堡大学哲学系之后(被布朗肖戏称为"兄长"的列维那斯也早他几年毕业于此),1930至1940年,他作为一名记者与报纸编辑,与一次世界大战之后的很多激进的知识分子一样,布朗肖的写作有强烈的反民主、反资本主义和超现实主义的无政府主义色彩。但是,他那时既是前法西斯主义,也是反闪族的,以致于在维希政府或德国占领时期,他与由这个政府所支持的文学组织有松散的联系。不过,他也参加过抵抗运动,还帮助过列维那斯的犹太家人躲避纳粹的捕杀。另外,他不可能漠视生命中的战争和集中营遭遇,因为它们极大地触动了人的思想,触动了整个人类,也触动了布朗肖本人。1994年出版的那本让人印象深刻的小说《我死亡的瞬间》,其中材料就是自传性质的。但是,布朗肖所追求的,是以不寻常的方式得以介入,彻底质问世界和人类社会,从离它们最遥远的东西——文学开始。因为在这里这种疑问建立在与我们最相关的事物上:表达、交流、人、意义。

然而,也不要过分夸大了莫里斯·布朗肖的与众不同。布朗肖的小说不像萨特的哲理小说,萨特的小说是以形象的、虚构的方式叙述一个故事,阐明一个哲学的道理,然而,布朗肖的小说与哲理断裂。在40年代初,他开始写小说,《含糊的托马斯》是其代表作,托马斯的形象与萨特《恶心》中的洛根丁有些相像,但比后者对虚无和陌异的经验更彻底,更加没有了同一性与存在依附的生存。他的小说写作直至60年代,后来主要是理论著作,从《死亡的停止》(1948)到《等待遗忘》(*L'Attente L'oubli*,1962),虽然挂着"小说"的名义,但书中再也没有虚构的故事了。如果他的这些"小说"能有一个虚构故事的形式,那他的作品就不会如此难读。因为布朗肖将虚构故事虚无化了,每部作品都越来越忽略叙述方式。丢弃了虚构,开门见山就提出问题,进入抽象的思辨的随笔形式。随后发表的小说《最后的人》是他思想的转折点,向"零度写作"的转变是通过对"最后之人"的叙述实现的,"最后之人"是尼采意义上的"末人",他以一张毫无表情的脸,面对着黑格尔百科全书的知识体系与大循环封闭之后的历史境况。60年代他曾以《友谊》为题结集,其中收录了他对很多作家的评论。

莫里斯·布朗肖的思想很难懂,因为这是关于界限的思想。首先,对他而言,文学经验是一种非同寻常的经验,与人类其他活动不同,但也大大超越了智力训练,如在瓦莱里创作里一样至高无上,也使那些沉湎于致命风险中的人追逐。布朗肖在《文学的空间》一书中说道:作品吸引那个为之献身、直至考验他的不可能性的人。这种经验和死亡密切相连,哲学家(黑格尔、尼采、海德格尔)称为存在的组成场域。但是当文学创作假设一场世界的凶杀和一个自治世界的形成时,这种经验和死亡密切相连也是文学创作的关键时刻。写作本身是通向缺场和死亡的活动;伟大的作家,就像卡夫卡,是建立"与死亡至高无上的关系"的人。

这个界限,也是文学的完美环境,文学不再能够是万能钥匙,更不是对含义的追求:文学是通过无尽的作品周而复始的永恒探寻。这甚至是"闲散"的含义:写出的作品即是缺失的作品,一旦文学把什么都说明,就只剩下检验到底。文学永远不会已经在那里,文学总是重新发现或者重新创造。阐明文学的人,什么都没有阐明。寻找文学的人,只在寻找谁劫持了文学;找到文学的人,只找到低于文学的或者,更糟的是,文学之外的东西。这就是为什么,最终,他喜爱的每一本书,他急切想要发现的本质,却是非文学的东西。80年代布朗肖在回应列维那斯的"他者伦理学"时,写出了后期最重要的著作《灾异的写作》。这部作品也是碎片式的,但碎片已是对灾异的见证。

四 批评大合唱

在法国,文学杂志因为对文学和精神生活的卓越表现而长期充当喉舌。我们不能肯定这一直是1945年以后的情况。文学杂志的数量没有减少,相反,文化范围改变了,使得他们的权力不如过去。《两世界评论》(1829年创立)并没有恢复其过去在文学和思想界的辉煌。《法兰西信使》(1890年创立)于1940年停止发行,在1946年重新出版,但是1965年停刊。最有趣的是《新法兰西评论》(1908年创刊),竟然在二战期间与德里厄·拉·罗谢勒合作,中止发行10年之后,在1953年以《新新法兰西评论》的名称发行,由马塞尔·阿尔朗、多米尼克·奥里、让·波朗三个人领导。它面向新生代作家,后来,又换了三驾马车(乔治·朗布里什、雅克·勒达、贝特朗·维萨热)主持杂志,但无法重新找回战前霸主的气势。与之相比,《精神》(1932年由天主教徒埃马纽埃尔埃·穆尼埃创办)略好些。二战以后,这本杂志拥有才华横溢的推动者:阿尔贝·贝甘与让-马丽·多梅内什。《欧洲》杂志情况也一样。战后,这个左派杂志的编辑部中拥有几个抵抗主义者,阿拉贡发挥着重要作用。政治赌注随着时间的推移被削弱,然而杂志还是忠实于最初的国际理念。它给予外国文学以很大的空间,仍不时出版关于伟大作家的专题性的刊号。

创新倒是从新办的杂志中产生。最引人注意的是《批评》和《现代》,前者由乔治·巴塔耶在1946年创立,是一本新型杂志,既欢迎文学(向新小说派作家和"新批评"敞开大门),也欢迎人文科学和哲学。这种多学科的特征一直保持到现在。萨特的杂志《现代》,从名称上就宣布要促使文化新生。它一开始就试图调和存在主义哲学和现象学,然后也给心理分析留有位置。它在思想上与《新法兰西评论》杂志的美学主义相反。长篇的文学并不孤立,还可以发表政治分析、调查和报告。杂志还有一些可贵的合作者,如布朗肖与埃蒂安布勒。《现代》杂志还发表著名现代作家的文章,如萨洛特、热内、阿尔托、格努。《现代》杂志经常对现实中出现的重大危机(冷战,反殖民主义,南美革命)展开争论,它已经非常政治化,从结果看来,它的介入引起了不同的反应。并不是只有《现代》如此。《法国文学》(*Les Lettres françaises*, 1942-1972)在解放后,已经变为法共的喉舌,而且从1953年起,变为"阿拉贡的日记"。这是最初的教条主义(维护社会现实主义,毕加索的斯大林的画像事件),即使在60年代,这本杂志变得更为自治并且支持先锋派创作者,如菲利普·索莱尔斯、米歇尔·布托、米歇尔·德基,这种印象仍然留在人们记忆中。

　　出版界因此远离了中立,而且,事实上,左派杂志和右派杂志之间的分界线长期存在。《现代》杂志被几位"轻骑兵"(安托万·布隆丹、罗热·尼米埃和雅克·洛朗)所攻击,这个团体拥有自己的杂志《巴黎杂志》(*La Parisienne*),杂志由雅克·洛朗和安德烈·帕里诺创办。在第一期,可以找到莱奥多、茹安多、布隆丹、尤其是科克托的名字。同样的思想自由和折中主义在周刊《艺术》(1924—1967)中得以体现,这个周刊在1950年左右达到鼎盛。由莫里亚克在1948年创立的《圆桌》杂志上,则可以发现蒂埃里·莫尔尼埃、朱利安·格林、马塞尔·阿尔朗、雅克·洛朗、罗热·尼米埃的名字,它以最传统的文学杂志的面貌出现。它很少接受有自己观点的文章,对现实保持沉默。《圆桌》杂志的专栏很大部分是文学和艺术的相关内容。批评的功能以精确和客观的方式进行。杂志活像一座先贤祠,一座著名作品的先贤祠。1953年1月刊,整刊都介绍刚获得诺贝尔文学奖的弗朗索瓦·莫里亚克,可以在杂志中读到贝尔纳诺或者朱利安·格拉克的最后作品的章节。

　　在启动《新文学》(*Les Lettres nouvelles*,1953-1977)杂志时,莫里斯·纳多(生于1911年)在50年代就说过要加强理论研究,他解释说他不想要像《现代》或《新法兰西评论》那样的杂志,也不要《巴黎人》或者《圆桌》一样的杂志。《新文学》在发展过程中转变过好几种形式:首先是月刊,然后是周刊,最后是双月刊。莫里斯·纳多的杂志发现了许多文学新秀:拉希德·布杰德拉、维托尔德·贡布罗维茨、杰克·凯鲁亚克、乔治·佩雷克、莱昂纳多·夏霞。他和《半月刊》(在1966年创办)一起坚持这个培育新人的政策。

　　除了杂志,其他的信息载体也在60年代出现,和其他载体相关联。报纸、周刊、杂志似乎轮流担任信息载体。在报纸上增设文学板块的想法特别使人想起两大媒体巨头:《费加罗报》和《世界报》。前者1942年停刊,1946年重新办报。1967年始,《费加罗报》设文学周刊专号,另外发售,以这种形式一直维持到1971年,那年是《费加罗报》最风光的时日,随后就开始衰落,甚至在1986年由让-玛丽·鲁亚尔亲自挂帅,也无力挽回颓势。在此期间,《解放报》诞生了(1973年),而且《世界报》增加了文学版(先由雅克琳·皮亚迪埃领导),特别是由皮埃尔-亨利·西蒙、伊夫·弗洛雷内、贝纳德·菲隆、弗朗索瓦·博特等人推动发展。连载小说到1972年都由皮埃尔-亨利·西蒙所写,后来由贝特朗·普瓦洛-德尔贝什接替。如今,《世界报新书专栏》反映文学现状,尽可能给读者一个完整视角,它还找到珍贵的合作者,如菲利普·索莱尔斯或赫克托·比昂西奥迪。周刊《新观察家》和《快报》也有文学板块,特别是《快报》与马德莱娜·沙普萨尔、安热洛·里纳尔迪合作。一个杂志因为所刊载文章的质量而与众不同:《文学杂志》(*Le Magazine littéraire*,1966年创立),由让-雅克·布罗歇尔领导。它为每一个作家或哲学家建立一份批评档案,或者为每一个问题建立档案。举几个最近的议题为例:"新的道德"(les nouvelles morales)、"关于忍耐的赌注"(les enjeux de la tolérance),"战争题材"(écrire la guerre)。鲜活的文学占据了有利地位,特别是相对于报告和采访来说。

准确意义上的采访,通过写作或者听说的途径,得到大大发展,这似乎已经代替了作家之间传统的交谈和接触。在收音机时代和之后的电视时代,如同在公众面前忏悔一般地出现——如可以这样说安德烈·布勒东的《对话》(Entretiens)——变为文学生活的一种规则。因此有两种声音:作家的声音和记者的声音。有著名的采访者:乔治·沙博尼耶、安德烈·帕里诺、让·昂卢仕、克罗德·博内弗瓦、马德莱娜·沙普萨尔、让-路易·艾梓内。很多作家都适合于采访:其中,50年代有纪德和桑德拉尔,70年代有季奥诺和萨特,如今有皮埃尔·米雄。随着时间的推移,采访已经移至电视的录音室进行。皮埃尔·德格洛普、皮埃尔·迪马伊埃和马克斯-波尔·弗歇三人主持的节目《为大家读书》(1953—1968年)就积累了重要经验,为主持著名的《猛浪谭》(Apostrophes)节目铺平道路。可以认为,贝尔纳·皮沃以记者而不是文学批评家面目主持的节目,结束了100年前始于于勒·于雷创办的《文学演变的调查》(1891年)的历史。在《猛浪谭》存在期间(1975—1990年),它对编辑市场产生了巨大的、直接可观的影响。贝尔纳·皮沃自己的书也列于《〈猛浪谭〉使之扬名的100本书》中。这个新的电视权威如同往昔的教会权威一样,人们对此产生不同的情感,对媒体的力量,对这种控制而感到震惊。

一切使我们相信,文学实际上从60年代就进入了雷吉斯·德布雷在《法国的知识权力》(1979年出版)中提到的"媒体阶段"(le cycle média)中。人们常常抱怨这种境况所带来的负面效应,这是很正常的:书籍作为文化产品而衰落,日暮西山,失去昔日的地位,作家不得不让图像异化(除非已经退隐的作家,如勒内·沙尔、西澳朗、格拉格)。但是同时,批评被信息所淹没,批评的作用被不断削弱,特别是对新作的介绍和对读者的引导方面。但是,这种介绍性的批评总是必要的,尤其是在文学生产不停地扩大,甚至已经全球化的背景之下。事实上,批评行为的地位随着时间而改变,不仅如此,文学在文化中的地位也随着时间而改变。知识史专家认为,进入"媒体阶段"意味着"文学在象征领域里的最高霸权"时代已经结束。

五 作为历史对象的作品

很多朗松的后裔致力于来源和影响的研究,力图重建流派和文学种类的研究。几个学院派在这个范围中研究,很多文学论文也从属于这个范围。我们不可能列举这个领域内的所有杰出研究成果,只简单地说明那些突出的名字是特别博学的大学教授,这些伟大学者从事的传记的和历史的研究,也力求重建文化背景,包括伟大的流派、类别和主题。在所列作品中,可以举出伟大的欧洲文学专家,如保罗·梵·蒂根(1871—1948),或者皮埃尔-乔治·卡斯特(《从诺蒂埃到莫泊桑:法国神怪故事》,1951),或者在神话或者文学类别领域的比较研究,如雷蒙·特鲁松于1964年发表的《欧洲文学中普罗米修斯主题》或者《皮埃尔·布吕内尔的伊莱克特拉神话》(1971)。

这些学者大规模地重建一种或几种文学,使我们看到文学史上的各种现象和体制方面,而这些巨著也成为文学教学的重要依据和资料。文学史既作为总结性学科,又以丰富多彩的形式出版各类书籍:丛书、字典、文集、课本。同时,专家们还对中学生和大学生使用的不同教材,进行切实可行的对比和研究。在过去的30年中,文学丛书的构思成了出版界的大事。在70和80年代,人们会记住两个事件,一是在阿尔托出版社由克洛德·皮舒瓦主编的九部专家撰写的书,显示从中世纪到当代的法国文学的全貌,以精确的方式审视了文学和历史文化的关系。二是1971和1982年在社会出版社由皮埃尔·亚伯拉罕和罗朗·德斯内合作编写的《法国文学史教材》偏重社会学批评。此外,离我们更近些的,德尼·奥里埃发表了《关于法国文学》(博尔达出版社,1993),作者不因循守旧,拒绝文学史通常的线性特征,收集了206篇论文。这种编纂也带有时代性的特点:它和现代历史学家的活动并不是没有关系的,他们更偏爱连续中的非连续性和巨幅画面中的片断。

从80年代末开始,对于历史的质疑和文学史的思想类别似乎开始回归到第一位,而传统方面(流派、类别、时代)继续吸引众多研究团体创造或者再创造他们的对象。究其原因,简单地说,喜剧或者田园式的概念又回来了。当然,由于方法的不同,文学问题对于专家、理论家来说却是相同的(什么运动、什么半个世纪、什么类别),就如人们在安托万·孔帕尼翁的作品中(《文学的第三共和国:从福楼拜到普鲁斯特》(1983)、《世纪之交的普鲁斯特》(1989)、《现代性的五个悖论》(1990)看到的那样。在学术研讨会上的某些主题也是如此,其中人们可以重新审视全球问题(由亨利·贝阿尔和罗热·法约尔在1990年主编《当今文学史》),或是"一个世纪的真实",甚至是"时代化的"原则。

1. 思想史批评

从专业的角度上看,文学研究领域具有"思想史"的特征。这个学科的基本前提是,文学承载着意识形态的内容。在法国,这个领域最突出的时代应该是在18世纪,这是个哲学世纪。19世纪,德国传统反对法国传统。这个思想史来自于19世纪文献学,它想要把人文思想的产品作为总科学,把"时代的精神"(zeitgeist)的概念放在首位。文学,准确地说,是以特殊方式表达一个"活的经验"(Erlebnis),表达作家身上的比常人更普通、更深刻的"内心经历"。

在法国,思想史的特点是分析性。对于一个既定时代,追随着思想的发展脉络,或是考察主导的思想。譬如:让·埃拉尔发表了《法国18世纪上半叶的自然思想》(1963),罗贝尔·莫兹发表了《17世纪法国文学与思想界里的幸福思想》(1960)。在其中涉及多个领域的博学的总结:不仅文学和艺术,还有哲学、科学、政治等。特别是对应该重新确立的历史的概念提出质疑,因为历史已经演变。对于18世纪的作家和思想家们来说,"幸福""创新""力量"这些词意味着什么?

思想史与调查类似,在看似异质的领域内有必要进行跨学科研究,最大程度地寻找到论据来证明假设。和历史研究一样,素材和时代划定的重要性显得突出。界定必须尽最大可能地恰当,譬如,米歇尔·德隆坚持1770至1820年这50年是特殊时代,是"启蒙世纪的转折点"。

同一种思想在哲学论著中被提出或在文学文本中被表达,具有不同的意义。一篇小说或者一首诗,这些载体不会被看作"世界观"的简单外衣,文学篇章具有特殊地位,思想史研究的危险是:对于内容的认定可能使人看不到文章的美学和诗学功能。

思想史的地位受到质疑。米歇尔·福柯攻击它,明确地反对思想史的学科运作,认为思想史将来可能会被"认识论"所替代。当然事实并非如此。很明显,思想史在文学领域的伟大成功表明思想史批评仍是必要的,是可操作的。

2. 保罗·贝尼舒:浪漫主义的回归

我们在这里把保罗·贝尼舒(1908—2001)的作品放在特殊地位,因为他以耐心和多产而出名。保罗·贝尼舒很早就开始在文学里研究思想史:1948年他发表《伟大世纪的道德》,《作家的加冕》(1973)研究19世纪的作家,随后的作品包括《预言家的时代:浪漫主义时代的学说》(1977)、《浪漫主义的魔术师》(1988)、《醒悟学派:圣伯夫、诺蒂埃、缪塞、奈瓦尔、戈蒂埃》(1992)以及他最近的作品《根据马拉梅》(1995)。这一连串的作品都只是梳理了19世纪的文学史。这类似于对一种流派的经典研究,明确地说,这个"流派"就是浪漫主义,完全是重回故地,给予平反,因为浪漫主义的一些定义(关于"自我"的抒情)被抛弃在诗学哲学的谷底。

我们看到保罗·贝尼舒这种研究和思想史的区别。这里的思想并不在文学之外:相反,它就是文学的思想,如浪漫主义一样,在启蒙时期过后,为了响应唯一历史时刻的号召锻造而成;这个思想,与法国大革命和法兰西帝国一起,看到支持它的旧世界和价值观的垮台。保罗·贝尼舒的著作就是围绕着这个时刻(从时间阶梯往上考察,即从下游向上游回溯而上)而展开的。这么说来,《作家的加冕》就是全部著作的序,其副标题是《在现代法国一种世俗精神权力的登基:从1750到1830》。作者描述了从18世纪起,旧的宗教制度是如何被一种新的信仰取代的,这种信仰只相信人而不是上帝。作品指明这个价值革新的工具就是贝尼舒称为"行会"(corporation)的组织:作家和思想家,他们推翻了旧的精神权力,要求继位。这个新的"圣职"首先是哲学家,后来是思想家和诗人。他们向真实社会指明一个希望和进步的前景。在关键的时候,先有拉马丁、维尼、雨果,稍后,在 1830 年,又有那些被称为"法国年轻人"指出的光明前景。浪漫主义不仅是世界观的一种新方式,它还是文学观的一种新方法,特别是诗歌,因为诗歌被上升到"尊严直至未知"①的地位。

在 70 年代,保罗·贝尼舒的研究与当时法国结构主义批评的强大潮流相违背。他坚定地表达了他对文学的观点:文学是"思想的载体"。他说:"如果只能用一种性质来定义文学,我会选择这样的性质:它使文学变为思想的自然表达。"②文学是用来陈述价值、公理,不会有别的用途。保罗·贝尼舒的批评使人想起思想史的伟大祖先圣伯夫,他通过使用时代划分法、团体和代的概念,通过"思想家族"、场面和画像的意义进行研究。在时间的长河中,随着人们对文学史的回归,这种做法赢得了更多的听众。意味深长的是,茨维坦·托多罗夫于 1984 年在其《批评的批评》一书的最后一章里写了和保罗·贝尼舒的谈话,这个谈话特别提到价值问题,在价值的重要性方面两位交谈者达成了共识。

3. 传记研究

作家传记同时从属于文学批评和无所不包的调查,适宜于发表新信息和未公开的资料。同时,作家传记是叙述艺术的特殊变形;对传记的认定因此依靠人们对叙述的信任。比如,萨特对叙述和传记的真实性就持保留态度,他把过于个人化的传记计划称为"真正的小说"。让-朗索瓦·利奥塔尔(生于 1924 年)也表示了同样的迟疑,他意外地当了传记作家,但是他在《马尔罗传》(*Signé Malraux*,1996)中明确地拒绝叙述,而采用星状的片断的特殊剪辑(en séquences étoilées),还创造了一种"次传记"(hypobiographie)的形式,就是说除了正式发生的事件外,其他东西由人们发挥想象力去增补。

传统传记之所以被最大程度地接受,主要原因在于叙述艺术,也就是说向广大公众以最完整和最高雅的形式介绍一种存在。最成功的传记作家如安德烈·莫卢瓦,或者我们更熟悉的,亨利·特罗亚。但是即使最"科学"的传记都不能完全跳过叙述,这个特征,在外行者看来,也许是传记最有魅力的地方。

传记,必须以开放的文体讲述。不仅对作家、批评家、历史学家开放,也对记者开放。同样对各种目的开放:庆祝、纪念、传播知识。作家的传记和其他所有人的传记之间不存在纯粹的区别。让·奥里厄(1907—1990)不断地写传记,发表了《塔列朗》(*Talleyrand*, 1970)、《拉封丹》(1976),还有《伏尔泰》(1977)。让·拉古迪尔(1921)撰写了《戴高乐传》(1965),还发表了《安德烈·马尔罗》(1973)和

---

① P. BENICHOU, *Sacre de l'écrivain*, Gallimard, 1973, p. 175.
② *Ibid.*, p. 18.

《弗朗索瓦·莫里亚克》(1980)。

对传记失去信念的最具创意的表达要数罗兰·巴特,他在《作者死了》(1968)一文中,表达了他面对人们对作品进行传统解释的愤慨。他呼吁另外一种能够以作品本身和阅读为中心的方法,一种他本人在《S/Z》(1970)中使用的方法。这本书是对巴尔扎克的《萨拉辛》的研究,但是书中无时无刻不在质疑巴尔扎克。有意思的是罗兰·巴特自己写的《罗兰·巴特看罗兰·巴特》(1975)。他不用叙述来描绘,而用家庭照片、片段、质疑等混合组成,根据这些信息让读者去想象、去组合罗兰·巴特其人。

第二节
萨特的文学批评

2000年,在萨特逝世20周年之际,"萨特的回归"涉及到很多方面;人们在思忖着,作家萨特(1905—1980)给人们留下了什么。他的戏剧作品再次引起导演的注意:《禁闭》《脏手》,甚至《魔鬼与上帝》再次登上舞台。在小说方面,有些萨特的作品已成了经典,特别是《恶心》和《词语》:《恶心》以全新的方式对存在进行现象学分析,《词语》毫无疑问成为现代自传的代表作。相反,萨特的文学批评似乎被遗忘:在他的全部作品中,他的批评论述数量巨大,但几乎被人们遗忘。他的著作《什么是文学?》和散落在《境况种种》(1947—1976年,十卷)里的许多文章的文学观点足见萨特的文艺批评思想。

这种富于感情的批评,首先表现在《境况种种》中萨特欢呼新写作风格的出现(如福克纳、多斯·帕索斯、加缪的风格),但是他也指责了在他看来有缺陷的行为:比如哲学前提与他不符,或者说在他看来哲学前提属于另外一个时代。在写给莫里亚克的著名文章《弗朗索瓦·莫里亚克先生与自由》中,这位《苔蕾丝·德斯盖鲁》的作者被指控采用了上帝的观点而忽视了相对论对小说同样有价值这一点。这种肯定的批评有两个常见的特征:一种强有力的介入和一种对真正的发明的特殊敏感,不论加缪的《局外人》,还是萨特为之作序的娜塔莉·萨洛特写的《一个陌生人的肖像》或是《圣·热内》,对文学作品中一种新的笔调的出现都非常敏感。萨特对这些作家的评价不大被人们认同。人们不太承认他给萨洛特那么大的盛名,至于让·热内,不夸张地说,多亏了萨特的批评他才咸鱼翻身。

"存在先于本质"是萨特存在主义的第一原则。这个著名论断指出,人的存在是首要的,然后人才能给自己下定义。萨特存在主义的另一个重要概念是"自由选择"。这个概念指出,人的存在中包含着自由选择的权利,因而人要为自己的命运负责。以这两点为出发点,萨特重视人的存在,并且主张用整体性的观念去理解和把握人的存在。萨特指出,实现"整体化"理解的方法就是"存在主义精神分析法"。该方法是萨特存在主义哲学理论体系的研究方法,更是萨特作为文艺批评家的重要成就之一。"存在主义精神分析法"包含以下几个重要概念:"原始危机""自欺""原始谋划","他人"以及"渐进—逆退"法。运用"渐进—逆退"法追溯人的童年,尽可能还原纷杂的人生事件背后隐藏的原始危机,揭示人的"原始谋划",以证明所谓命运就是自我选择的结果。

一 介入的文学观

1947年萨特在《现代》杂志上发表《文学是什么?》,这是萨特第一次以文字形式阐发"介入文学"(littérature engagée)这一概念。1948年该文经过部分修改发行单行本,此后收入《境况种种》第二卷。在这篇文章中,萨特第一次尝试将"介入文学"以理论化的形式呈现在众人面前。萨特并没有直接给出"介入文学"的定义,他从作家的角度来阐释"介入文学"的内涵。他说,"'介入'作家知道揭露就是变革,知道人们只有在计划引起变革时才能有所揭露。他放弃了不偏不倚地描绘社会和人的状况这一不可能的梦想。"①

萨特所阐发的"介入"理论受到具体的时代处境和他自己的处境的双重影响。在二战期间,他先后经历了"奇怪的战争"、1940年的溃退,以及直到1941年3月才结束的战俘生活。他被掳在战俘营里的生活激发出潜在的活力和行动力,并且在与其他战俘相处的过程中第一次发现群体的力量。萨特真正开始意识到自己是一个"社会的人"。也正是在此阶段,他认识到自己身上的责任和自己生存的意义。1941年萨特从战俘营出来之后立刻在巴黎成立了名为"社会主义与自由"的抵抗小组。1945年,在萨特、波伏娃、梅洛-庞蒂等人的倡导下,由伽利玛出版社出资筹办了《现代》杂志,萨特在该杂志头几期里开始阐述"介入"的概念。他谴责当代作家们缺乏社会责任感,并且强调作家的责任和义务与生俱来。在他撰写的《推荐〈现代〉杂志》一文中,他写道,"对我们来说,的确,作家既不是韦斯塔尔②,也不是阿里埃尔③:他是'染指其中'的,不论他怎么做,他身上总是留下烙印,总是受到牵连,即使他躲在遥远的隐居处。"④这篇文章被视为反对"为艺术而艺术"的宣言。1947年发表的《什么是文学?》一文算是他对文学"介入功能"的总结,文章一经发表便在文坛上引起了轩然大波。这种立场经过文坛的持续发酵

---

① 沈志明:《萨特文集》,北京:人民文学出版社,2005年,第7卷,第107页。
② 韦斯塔尔相传是古罗马供奉女灶神的贞女,这里指代一切贞洁女子。
③ 阿里埃尔是莎士比亚剧作《暴风雨》中的空气中的精灵,象征纯洁。
④ 米歇尔·维诺克:《法国知识分子的世纪——萨特时代》(孙桂荣等译),南京:江苏教育出版社,2006年,第12页。

就不免走了样,人们以是否爱国去衡量作家的道德水准,甚至有不少有成就的文人因为政治错误受到了法共及其盟友的口诛笔伐。站在"介入文学"对立面的是以让·波朗为代表的一批知识分子,他们厌恶这种道德绑架,主张抛开所谓道德和政治立场来评价作家的文学才能。的确,在当时的历史环境之下,萨特倡导的文学应该"介入"社会的观点总体上说来非常契合时代的需要,因而能够深入人心,也给当时的法国文坛带来了巨大的影响力。

萨特一生中写过诸多文艺评论并接受过多次采访和访谈,其中不乏论及文学的观点,但是集中表达萨特文学观的正是这篇引起巨大争论的《什么是文学?》。这篇文章从"什么是写作?""为什么写作?"和"为谁写作?"三个层面展开论述,并以 1947 年的作家处境为范本来证明他的文学介入观点。

在第一部分"什么是写作?"中,萨特阐明了什么样的艺术形式可以是介入的,即"写什么"的问题。他指出了文字与绘画、雕塑和音乐等其他艺术形式之间存在功能差异。在这里萨特借用了梅洛-庞蒂的知觉现象学的理论,即任何品质和感觉都附着了意义。但是色彩和声音不是符号,不能指向自身之外的东西,它们在形式上已经取得本质,因此只能是它们自身。"人们不可能画出意义,人们不可能把意义谱成音乐。"①从这一点来看,在艺术形式方面,绘画、音乐和雕塑都不具有"介入"的功能,这是由它们的表达形式决定的。因此不能要求画家或音乐家如同作家那样介入。

作家则不同,因为作家与意义打交道。但是在文学体裁方面,虽然诗歌和散文都使用文字,但是它们使用文字的方式不同。莫里哀曾经借剧中人物之口道出散文与诗歌的区别:"不是散文的就是诗,不是诗的就是散文。"②萨特指出,是文字选择了诗歌,而不是诗人使用文字创作诗歌。萨特认为,诗人对语言的把握方式比较特别,他是站在语言之外,以观察物体的方式来观察词语。诗人对于词语的选择串联,犹如画家把各种不同的颜料涂抹拼接在画布之上。尽管诗歌里面也表达了各种情绪,如激动、愤怒、仇恨等等,但是由于受到体裁的限制,所有通过特定词语表达的情绪都变成了物,萨特将之描述为一种"不透光性",即词语的涵义不具有单一性。诗人选择的每一个词都有着比词本身更多的涵义。由此可以确定,诗歌的实质甚于意义。

萨特还从修辞层面谈到诗歌的非介入性。为了实现介入功能,散文作家必须使用"责难""询问""持重"等修辞手法,从而使读者面对责难或询问时做出反应。而"诗人通过句子品尝责难、持重、分解等态度具有的辛辣味道,他注重的仅是这些味道本身;他把它们推向极致,使之成为句子的真实属性;整个句子成为责难,但又不是对任何东西的责难。"③诗歌中的询问也是如此,因为这些询问不要求回

---

① 让-保罗·萨特:《萨特文论选》(施康强译),北京:人民文学出版社,1991 年,第 91 页。
② 莫里哀的《贵人迷》第二幕第四场中,汝尔丹的哲学教师的台词。
③ 《萨特文集》,第 7 卷,第 103 页。

答,或者说这些询问本身就是回答。

如果说诗歌与绘画、雕塑和音乐具有相同的属性,那么散文则截然不同。散文家对于语言的使用与诗人不同,他不被词语挑选,他是使用语言的人。对于散文家来说,重要的不是关注每一个词语所隐含的色彩和音韵,而是它们是否能够明确地指向存在的某物或某种概念。因此萨特认为应该坚持散文的介入性,使其具有明确的精神指向性和明晰的文学意义。我们在区分介入性的散文和非介入性的诗歌、音乐、绘画后,应该能够清楚介入的意义,那就是对话语力量的清醒认知。散文作者的行动方式就是进行揭露,而揭露就意味着介入。其他类型的艺术形式由于其意义的模糊性和理解的朦胧性,使人们在理解其表现形式的时候无法做到百分百准确地捕捉意义,因而在介入问题上具有不确定性。

萨特还阐明了"介入"是一种责任,是一种主动的"选择"。他是这样表述的:"既然对我们来说一篇作品是一项事业,既然作家在死去以前是活着的,既然我们认为应该努力在我们的书里证明自己有理,既然,即便未来的岁月会判断我们是错了,这也不能成为事先就说我们错了的理由,既然我们主张作家应该全身心投入他的作品,不是使自己处于一种腐败的被动状态,陈列自己的恶习、不幸和弱点,而是把自己当作一个坚毅的意志,一种选择,当作生存这项总体事业——我们每个人都是这项事业——,那么我们就应该从头捡起这个问题,而且我们也应该自问:人们为什么写作?"①这一段话可以清楚地证明萨特的文学观从来都是积极入世的,而不是像人们指责的那样——存在主义是悲观主义或者虚无主义。

萨特的"介入"文学观里包含着一种审美观念,就是对于自由的无止境追求。遵循着"自由是人存在的第一要义",首先,萨特的文学观念里包含着强烈的自由要求。萨特认为,对于作家来说,对抗自在世界中的荒谬性的必要手段就是写作,写作是一种独特的创造活动,使人从自在的世界走向自为的世界。在生存的裂缝中发现虚无,把个人的自由注入到行动中去。其次,萨特关注知觉在阅读中的地位。他认为,阅读是由知觉和创造组成的综合体。一个阅读者为了准确地领会作者意图,必须同时发挥知觉和再创造两种能力。其中知觉是基本的生理条件,而再创造的能力可以后天养成。

二 存在主义精神分析方法:撰写"真实小说"

如果我们从弗洛伊德的理论出发,思考传记作家所从事的事业,尤其当他们为其他作家做传的时候,我们不免会有这样一些疑问:在写作的过程中如果他们把自己等同于作品中的主人公,亦即被记录的作家,他们如何能做到使作品客观真实呢?作品中有多少成分是他们幻想出来的?毕竟他们在分析人物时必然会

---

① 《萨特文集》,第7卷,第116页。

制造或衍生出一些非真实的东西,这如同心理医生在治疗的过程中使用逆转移法一样①,传记作家此时如同被记录作家的读者,他的作品也就是被安娜·格朗斯定义为可逆性文本的作品。萨特认为,人的一生当中不为他人所知的事情太多,基于这一点,虚构从某种程度上来说更有利于对精神现象进行剖析。评论家或者传记作家可以用想象的方法重新构造人物的一生,而这样的做法也许能够更加贴近人物内心,也能更加完整地了解艺术家的世界。

随着时间的流逝,伴随着理解工具的发展,批评也有了更明确的含义。从40年代开始就可以预感到这种变化,在《境况种种》的文章中萨特有时抱怨,人不得不使用已经失效和受限的工具,比如弗洛伊德和荣格的心理分析。在《存在和虚无》(1947)的最后部分中,他第一次形成了存在精神分析理论,排除了建立在"无意识"和"力比多"上的弗洛伊德主义的假设后,他试图追溯人和个体写作计划的源头,通过回溯阐明的方法,通过绝对客观的形式,通过主观选择,每个人如何成为自己,也就是说,向自己宣告他究竟是谁。正是这个选择或者这种自发性选择使萨特在其愈来愈庞大的研究中,努力确定专题研究波德莱尔、让·热内、福楼拜。

传记或者自传的唯一真实是可以通过虚构来实现的。萨特为了强调这个观点,创造了"真实小说"②这一概念。他的诸多作品,如《恶心》(1938)、《波德莱尔》(1947)、《圣·热内,小丑或殉难者》(1952)、《词语》(1964),还有《家庭的白痴:1821—1857年间的居斯塔夫·福楼拜》(1971—1972)都秉承了这一创作理念,可被称作"真实小说"。萨特认为,文学作品是作者智慧与个人感受的再现,带有个人独特经历的印记,自身的烦恼促使作家投身于文学以尝试摆脱悲剧命运。更确切地说,文学作品是作家的本体论愿望的具体实现,本体论愿望就是存在的基本选择,选择是自由的、有意识的,但又是前逻辑的,通过选择,他与世界建立独特关系。萨特创立了存在主义的精神分析法,他反对弗洛伊德分析法中的精神生物学决定论,并摒弃了"无意识"和"力比多"这些概念,他更偏向于醒的思想、成功的和适应的行为、风格等等。在萨特看来,必须客观地研究现实境遇中的人(通过虚构并借助信件、日记等见证性的文字等),这样才能理解一个人最初的思想,才能够从总体上去理解他的性格,以及了解他为理想的存在而进行的意识斗争——即为解决存在与本质,自在与自为之间不可调和的矛盾而进行的斗争。这种对于自我的追寻最终引导他走向了写作,并将之作为最后的出路。

"我们能从一个人身上了解什么",③这是创作传记或自传的基础。为了回答这个问题,萨特逐渐确定了他所使用的一些与弗洛伊德学说及马克思学说截然不同的基本概念性工具;其中两个最为重要,一方面是对意识表现的三种程度的区

---

① 指在精神分析中,与被分析者的转移方向相反的分析者的转移。
② 《萨特文集》,第7卷,第353页。
③ J.-P. SARTRE, *L'Idiot de la famille*, *Gustave Flaubert de 1821 à 1857*, Gallimard, 1988, p. 7.

分(意识是通过它所引起的原始选择显现出来的,而且从事实和时间层面加以显现);另一方面就是辩证的推理过程——这种方法在《波德莱尔》《圣·热内,小丑或殉道者》和《家庭的白痴》三部可同时称为小说和传记的作品中均得到了试验性的应用。

尽管这些作品都是专题研究的,但它们与依照传统意义上的"人物和作品"的样板书写的传记相差甚远。萨特并不会利用二者中的一个来阐释另一个。相反,在生活中的时间与作品中的题材之间,来往是永恒的。因此,根据让·热内的作品能读到其同性恋倾向,或者与小说场景和人物有关的福楼拜的中心人物。但是,传记写作不仅为讲述一个人生(甚至叙述就是一个重要方法),更多的是重组;总是用各种决定论——家庭的、社会的、历史的——来构成主体冲突的路线。这个路线,也追求自由的范畴,正如让·热内近乎总结性地说道:详细地描述解放的历史。为此,必须同时依赖于被研究得最多的调查,依靠日期和不同的证明、作品的分析,特别是这种萨特描述为"渐进—逆退"法的往复行动。

萨特创立的存在主义精神分析法是他的存在主义哲学的重要组成部分。萨特的存在主义精神分析法文学批评的建构与他的存在主义哲学同步前进和发展,理论发展的主要脉络呈现在《存在与虚无》《方法问题》和《辩证理性批判》三部著作中。

萨特在《存在与虚无》第一次对存在的精神分析法进行了表述,他从存在的本体论出发,阐明了从整体去理解一个人的必要性。其中对于作为自为存在的自由是人类行动的首要条件,因为从整体去把握人的存在就必须把理解人的自由作为起点。萨特指出人的实在可以用三个基本范畴来概括,即"拥有"(avoir)"作为"(faire)和"存在"(être)。人类的所有行为都可以概括在这三个范畴之内,比如"认识"这个行为就属于"拥有"的范畴。

论及对于自由的理解,萨特对决定论和自由意识论持质疑的态度。"人们尚未努力事先去解释行动这个观念本身含有的结构,就居然能对决定论和自由意识论进行无穷无尽的推理,为了一个论点或另一个论点举出一些例子,这真是件奇怪的事。"[①]萨特尤其批评了决定论的观点。决定论者主张任何活动都有意向性,指向一个特定的目的,这个目的就是动机(motif)。萨特认为"动机—意向—活动—目的"的结构模式并不能从根本上对行为做出解释,必须要考虑动机的深层原因,即"一个动机(或一个动力)何以能成为动机。"[②]但是这种对动机的探究不应该认为一切行为都可以用"无意识"和"性本能"来作出解释。动机通常应该是通过目的——非存在物被理解,动机就是否定性,这种否定性可以还原为某种情绪或者心理状态。萨特举出工人接受低工资这个例子:工人接受低工资可以解释

[①] 让-保罗·萨特:《存在与虚无》(陈宣良等译),北京:三联书店,2007年,第527页。
[②] 同上,第531页。

为他们对于饥饿的恐惧心理,因此恐惧就是这一行为的动机。这种恐惧心理不具有普遍适用特征,只有针对具体的人和具体的处境,才具有解释的功能。

萨特认为对于自为的存在应该能够把动机的价值赋予它本身。"动机和动力只有在一个恰恰是非存在物的总体即被谋划的整体内部才是有意义的。而这个总体,最终就是作为超越性的我本身,就是应该在我以外成为我自身的那个我。"①因此,动机背后隐藏的本质是"谋划",只有"谋划"才有可能引导我们理解人的整体的存在。

——"原始谋划"与"原始选择"

萨特认为每个人的生命中都有一个"原始危机(crise originelle)",原始危机是原始谋划的导火索。波德莱尔人生中的原始危机是其母的改嫁,而热内人生的原始危机是第一次偷窃行为被父母发现。

原始危机之所以能够引起原始谋划的产生,很大程度上是从羞耻心开始的。萨特在《存在与虚无》当中论述"为他的存在"时分析了羞耻这一情绪的产生原因。羞耻的结构是意向性的,"它是对某物的羞耻的领会,而这个某物就是我。我对我所是的东西感到羞耻。因此,羞耻实现了我与我的一种内在关系;我通过羞耻发现了我的存在的一种方式。"②而羞耻的原始结构是在某人面前的羞耻,某人在场的目光令人感到羞耻,即"我在他人面前对自己感到羞耻"③。他人所引发的羞耻心是促使主体产生原始谋划的最直接诱因。

在《家庭的白痴》里,萨特认为,福楼拜的"原始危机"事件是在福楼拜七岁那年发生的:家人忽然发现他七岁了竟然还不识字。萨特对此是这样述说的:"七岁那年的突然失宠对他来说无疑是巨大的心灵创伤。那一年在他身上埋下了轻度神经失常的种子。从此,他开始郁郁寡欢,用嗜睡和沉默来逃避现实。"④在这个事件后,他成为了父亲眼中的低能儿,而面对学业优秀的兄长,他更显得一无是处,"家庭的白痴"这一称谓从此伴随了福楼拜的一生。"神经官能症谋划"显然是福楼拜的原始谋划。在1844年1月初,他突然口吐白沫,四肢痉挛,昏倒在马车上,紧接着1月末又发作了一次。身为外科医生的父亲和兄长做出了诊断:癫痫。接下来福楼拜得偿所愿地放弃了学业,返回了鲁昂市。对于这样的结果他显然是满意的。萨特认为,对于一个各方面都处于劣势的孩子来说,为自己制造一种身体方面的疾病不失为逃避精神痛苦的良方。在孜孜不倦的摸索和尝试的过程中,福楼拜最终与第二个谋划不期而遇,即"文学谋划"。他的家庭不再逼迫他继续学习法律。他回到了科瓦塞(Croisset)自愿过起了幽闭的生活。他沉醉在写

---

① 《存在与虚无》,第532页。
② 同上,第297—299页。
③ 同上。
④ L'Idiot de la famille, p. 410.

作之中,怀着虔诚的信念潜心研究理想的写作手法。从此他的痛苦只源于写作,以及对美的追寻。萨特说,在福楼拜身上,"神经官能症谋划"和"文学谋划"不仅仅是共生这么简单,这两个谋划是互相成全的关系。

——"渐进—逆退"法

萨特在《存在与虚无》当中对于如何运用存在的精神分析法做了初步的设想。他认为"理解是在两种相反的意义上形成的:人们借助于溯逆或精神分析法重新回到上述活动,一直到我的最后可能——人们通过一种综合渐进,从这种最高的可能一直重降到面对的活动,并在整体的形式下把握住它的整合作用。"①

在1947年的《波德莱尔》和1952年的《圣·热内》这两部作品中,虽然实际上用到了渐进—逆退法,但是萨特对这种方法的把握明显还有疑虑。直至1957年他对马克思主义的思路渐趋明朗之后,他在《方法问题》一文中对渐进—逆退法做了细致的分析和梳理。此后写成的《家庭的白痴》比起前两部作品,对此方法的运用明显更为娴熟和自觉。与前两部相同的是,对人物的分析都是从童年开始的,萨特也在《方法问题》中一再强调幼儿时期的重要性。

萨特在《方法问题》(1957)里第一次将"渐进—逆退"作为存在主义以及存在主义精神分析法的具体方法论提了出来。其中他举出福楼拜的例子用以证明绝对环境决定论是不恰当的,要从整体上完整地理解一个人,必须以从童年出发,尽可能关注细节。但是在这部哲学著作中,萨特关于福楼拜的理解和观点依然没有得到完整表述。因此,从《存在与虚无》到《辩证理性批判》,撰写一部福楼拜专著的计划如箭在弦上蓄势待发。

萨特在《家庭的白痴》前言中申明,这部作品是《方法问题》的后续之作,其目的是为了回答"今天我们能从一个人身上了解些什么"这一问题。他希望通过操作一个具体的实例来说明他的方法。"……人从来都不是个体;每个人都是普通人中的独特一员:他是一个整体,带着自己时代的烙印。他把属于时代的东西融合在自己身上形成了属于自己的特性。他普通是因为人类历史的普遍性,他特别是因为他个人谋划的独特性。研究一个人的时候理应同时满足这两方面的需求。"②

在《家庭的白痴》的第一卷中,萨特主要从福楼拜的侄女所著的回忆录中寻找线索,做逆退式分析,同时结合渐进综合法。在后两卷中,萨特依然采用"双向往复"(va-et-vient)的方式,以福楼拜的"谋划"为重点证明个人如何克服家庭与社会环境的影响成就自我。

美国学者贝蒂·卡农在其论著《萨特与心理分析》中对"渐进—逆退"法有精

---

① 《存在与虚无》,第559页。
② L'Idiot de la famille, p. 7.

辟总结:"这个方法是萨特从马克思主义社会学家亨利·列斐伏尔处借用的,这个方法包括三个步骤:第一阶段是现象学描述阶段,也可以叫做借助经验和基础理论的观察阶段;第二阶段是对个人生涯或集体生涯中较早阶段的回溯分析;第三阶段是从过去向现在的渐进综合分析,以揭示个人的复杂独特性。"①

1. 波德莱尔研究

萨特最初为《恶之花》的作者作传,事实上这绝非一部普通意义上的传记。通过在这部作品中的具体操作,萨特初步展示了存在主义精神分析法与传统精神分析法的差异。传统的心理学主张将分析对象的一生剪裁为多个碎片,之后重新归类组合,其目标是对各个历史事件进行因果解释;而萨特主张的回溯式的辩证推理法则试图对此人的一生何以如此这般进行深层次的理解。在这部传记中,萨特剖析了波德莱尔何以获得"诗人"——这一命中注定同时也是自主选择的身份。

萨特细致研究了波德莱尔的作品以及信件等文字资料,纠集其人生各个时期的不同事件,证明"诗人"作为一种存在方式是波德莱尔无可回避的选择。诗人终其一生都在尝试超越自在的存在,追求自为的存在。自为的存在从根本上无法与自身重合。② 它是对现实存在的否定,表现为内在的否定力量以及虚无化。因此,自为存在的建立只能以自在存在为出发点通过对其否定而建立起来。这两种存在之间的无法分割、彼此不能战胜的关系在《存在与虚无》中有具体的阐述。萨特分析,波德莱尔对诗人这一身份的选择正是对人类追求自为存在的具体诠释。这二者之间永无孰胜孰败的可能,因此,波德莱尔永远无法成为主宰自己命运的上帝。最后萨特得出结论,"这个我们曾以为是随波逐流的悲惨的一生,我们现在明白是他自己精心编织的。"③这更间接证明了"存在主义是一种人道主义"的观点:"人对他自己所做的自由选择,与所谓的命运绝对等同"。④

2. 让·热内研究

《圣·热内,小丑或殉道者》最早源自萨特为小说家让·热内的作品全集所作的序言,1950 年萨特又陆续刊登了一些评论,至 1952 年集结为这部热内的传记。这部精神分析性质的传记可以算作萨特文学创作的过渡产品,是哲学与文学相结合的产物。萨特旨在证明弗洛伊德的精神分析法以及马克思主义解释学的局限性。同时,他用这部传记证明,只有把人作为一个能够做出自由选择的个体来考虑,才能够完整地展现他的全部。萨特塑造的主人公让·热内做出了自由的

---

① B. CANNON, *Sartre et la psychanalyse*, PUF, 1993, p. 31.
② 《存在与虚无》,第 117 页。
③ 让-保罗·萨特:《波德莱尔》,北京:北京燕山出版社,2006 年,第 148 页。
④ 同上,第 149 页。

选择,他终其一生与命运抗争:先是被各种各样的磨难压扁挤碎,之后从过往的废墟中站起身来慢慢消化掉它们。萨特笔下的热内虽然早就被人们认定了小偷的身份,他依然试图通过偷盗的习惯、通过对镜顾影自盼、透过恋人的目光,或是通过同性性行为、乃至希望从美学理论中找到与自己窃贼身份相符的东西。萨特认为,所谓天赋并非由上天赋予,而是身处绝境中的人为自己创造的一条出路。成为作家是一种人生选择,是对自我、对生活以及对世界观的一次选择。而这些人生历程上的蛛丝马迹都会体现在他的文字中以及写作风格上。热内已然意识到自己对理想存在的追求与他真实的存在状态不可能吻合,于是他寄情于写作以寻求救赎,即使身陷囹圄也笔耕不辍。萨特在这部作品中所要做的正是再现作家的寻求自由的自我解放之路。这个重组工作,如果没有恒久的耐心,没有巨大的情感同化(empathie)能力,是不可能完成的。同时还须特别注意变化、时期、事件存在的界限。在萨特看来,让·热内经历了两个变化:首先是从最初的无知到恶的选择,然后从恶的圣洁到写作的圣洁。

3. 福楼拜研究

《家庭的白痴》是一部宏篇巨著,这部近三千页的著作至萨特辞世都没有真正完成。这部作品依然沿用了萨特自己独创的存在主义精神分析法,是他潜心研究福楼拜生平之后为之所撰。作品的前两卷交替使用了逆退式的分析,其目的在于陈述事实,并通过研究人物年轻时代的文字作品和其他材料归纳出人物一生的基本框架;同时对人物进行渐进式的概括,这样可以了解主体存在的原始选择,而文字作品则是其选择的具体表现。萨特用这两种方法为我们展示了一个沉默被动的福楼拜,开始他隐匿于疾病当中,后来又把艺术作为绝对完美的避世藏身之处。

让我们简略回顾一下萨特笔下的福楼拜。福楼拜是次子,他的母亲因为已经有了一个儿子渴望生一个女儿,因此福楼拜自小便受到母亲的厌弃(这就是为什么后来母亲对妹妹卡洛琳娜的爱远超过他)。其父阿希尔-克罗巴是一个非常传统的人,他把所有的希望都放在长子身上,后来还指定其为继承人,而对福楼拜则疏于关心,因此居斯塔夫·福楼拜很小便体会到自己的存在是一种多余:自己跟兄长阿希尔截然不同,他的命运和未来是上天注定的,无法改变。这种宿命论导致了福楼拜性格中的被动性。萨特分析了1836年福楼拜在少年时代完成的一部心理研究作品,从而福楼拜幻想世界中的被动性得以显现:萨特笔下的少年福楼拜把情感寄托在书中名叫加里奥的男孩身上,这个猩猩与人的后代和他一样生性敏感、沉默寡言。加里奥的失语症是对外界一种充满诗意的脱逃,同样的,少年福楼拜也表现出了语言能力方面的迟滞,这是他在融入家庭和社会时遭遇困难的结果同时也是原因,但是在更深层次上,也是他在被动的生存状态中无意识做出的选择。既然生无所用,福楼拜干脆无所事事:父亲命令他从事律师行当,然而他在前往鲁昂的路上,在蓬莱韦克①发生了一件事,从此他彻底与这个职业以及资产阶级的生活方式挥手作别(他在自家的车上、在他兄长的眼皮底下癫痫症突发,跌倒在地,那个讨人喜欢的阿希尔当即吓得目瞪口呆。于是他得以重新回到他深深热爱的孤独冥想中)。萨特所描述的福楼拜,坚决但同时也是无意识地选择以疾病突发的方式退回到生命的幼年阶段,结果是从此以后他成为整个家庭关注的焦点。

  对于评论者,选择影响人物的决定性事件或时刻,既要非常谨慎,又得冒很大的风险。我们可以看得很清楚,福楼拜的所有存在都围绕着在蓬莱韦克扑地跌倒的危机而旋转,萨特详细地阐述了这一对福楼拜一生有很大影响的危机。这个危机要详细地描述,并且很早就渗进萨特对福楼拜的解释中。因此,要在福楼拜父亲与其病孩居斯塔夫的关系中,以及这小子对父亲规划好的资产阶级未来的拒绝中,理解他这次跌倒的意义。其实,福楼拜从儿时起就渴望跌倒:突然间,跌倒成了"典型时间"。通过它,这位神经官能症患者能自我选择和重组自己的艺术人生。福楼拜以后自己也承认这种"神经质的选择",并决定从"跌倒"开始重新规划。"骗局"是变为艺术家的条件,随后就要努力地工作,福楼拜处在仇恨中生存三十多年,"有所失,必有所得",这个韬光养晦的战略,带给神经官能症患者出人头地的成功。

  恶作喜剧、弄虚作假、神经官能症、选择文学道路等,这些惯用的手法在《家庭的白痴》中不同时刻出现,我们同样可以在《词语》(1964)中找到,也同样可以在《存在与虚无》中发现;但是,对福楼拜的参照已经在《存在与虚无》中体现了。正是福楼拜给了萨特一面镜子,提供了一个案例,可以看到,萨特作品之间的逻辑性是如此之强!不过,必须证实,存在主义心理分析并未形成流派。可能是因为其方法无论在内容上或在形式上都过于庞大——对"人"可以无所不知。但是,时代也是一个原因:70年代思维范式开始变化——"人死去"(罗兰·巴特语),存在主义心理分析不能与之适应。如今的"传记回归"对萨特的这部分遗产还未产生态度的转变,或许它被承认还需要时日。

  福楼拜——这个"家庭的白痴"开始了他的报复行为,他对父亲进行了"象征意义的谋杀"(阿希尔-克罗巴不明白儿子到底得了什么病,却不得不小心照顾他,既当父亲又当医生使得他身心俱疲)。从此,福楼拜能够潜心写作,并以此来发泄他对生活的不满和对死亡的恐惧。萨特判定这种自由的生存方式其实是被动得来的。

  要明白萨特何以能对自己笔下的人物感同身受,我们只需细细阅读他的传记作品及他的自传《词语》即可,其中都不乏虚构的成分。比如《圣·热内,小丑或殉道者》和《词语》有一处相当明显的共同点,即"照镜子"这一情节:在小热内与

---

① 蓬莱韦克(Pont-l'Evêque):法国城镇,位于科尔瓦多斯省,著名干酪产地。

小普鲁两个孩子的脑袋里,都有一个词语挥之不去,困扰热内的是"小偷"这个词,而让普鲁迷惑不解的是"魔鬼"这个词。于是两人都站在镜子前试图找出自己究竟哪里像"小偷"或者"魔鬼",但是他们一无所获,我们所看到的"只是一个孩子对着镜子龇牙咧嘴"。人无法"从镜子里窥到自己的灵魂"①……而《恶心》中的主人公罗冈丹和萨特塑造的福楼拜也都有对镜自我审视的举动。罗冈丹觉得镜子中自己的肉体越发与女人相似,充满淫荡,这让他感到深深的厌恶。而萨特对福楼拜所下的定语则是:"他自己的被动性格其实是隐秘女性化的'类同代理物'②。"③罗冈丹最终选择了写作作为自我超越的方式,如同福楼拜的选择。

无论在他的著作《境况种种》中,还是在他所做过的传记研究里,萨特都试图揭示出文学何以是这样一种活动,它能够使"'一个偶然的人'……在自身上以及所有其他人身上展现整个人类的特征"④。同时萨特借用了黑格尔提出的普遍与个别之间的辩证关系进一步作出解释,他只是把艺术家视为一个处于某个时代中的人——从这里也可以说他是被这个时代普遍化了的人,是一个能够以特殊的方式成功地表现时代的人。从这个意义上说,萨特的文学批评是人类学的。这种批评建立在文学交流的人道主义概念的基础上,而这种文学交流又与自由的哲学息息相关。

三 文学史就是一部作品接受史

对于萨特来说,文学史就是一部接受作品的历史,作品应该被重新放入时代中,因为它们反映了一个时代的客观精神和已经凝固的时代文化,即一个社会在特定时期的文化现象。萨特将文学和社会联系在一起,他把文学史看作是读者与作品之间的关系史。相比姚斯 1972 年所提出的接受美学理论,萨特在 1948 年就提出了读者接受理论。这两种理论之间是否存在渊源或传承,我们不敢妄加猜测,但是其共通之处毋庸置疑。

萨特在《境况种种》第二卷集中讨论了"文学是什么"这一论题并进一步申发了他的介入文学观点。他在书中说,写作不是孤独的个人行为或自恋行为,艺术只有为了他人并且通过他人才能实现。在这种情况下,一个"应该完全介入到他人的作品中去"的作家的目的⑤,应该是把他的创作意识的产品交给读者去评价,而唯有这个读者首先能够把一个特殊的、潜在的世界观客观化。作者与读者之间的关系应该是宽容与责任并存。"写作,既要揭开世界的本来面目,同时也要把它

---

① J.-P. SARTRE, *Saint-Genet, comédien et martyr*, Gallimard, 1969, p. 53, p. 89.
② 这是萨特创造的概念,意即对等物、代名词。
③ *L'Idiot de la famille*, p. 693.
④ J.-P. SARTRE, *Situations IV*, Gallimard, 1964, pp. 60-61.
⑤ J.-P. SARTRE, *Situations II*, Gallimard, 1948, p. 84.

作为一个任务交给宽容的读者。"①现在轮到读者来解读作品的意义,并把这个意义与读者所属的世界联系起来,也就是从中得出所有实用的结论。这样一来,对于所有的作家来说,"说话就是行动"②,而阅读"则是感知与创作的结合"③。事实上,读者之所以在作品的形成方面起着非常重要的作用,这是因为文字的难以识透性:"尽管文学的对象是通过语言实现的,但是它从来就不是语言写作给予的;相反,从本质上看它是话语的沉默和异议。"④

萨特认为事实上作品"同时包含了作为已成结构的文本(作为符号的假象),以及读者或观众对文本的接受或感受(也就是姚斯所说的与主体'作者'或接受主体'读者'相关的美学客体)"⑤。因此,一部作品,尤其对最初的作品而言,其含义不是恒定不变的,当作品出版之后,其含义就会跟随文学理论和标准的发展而演变:萨特证明了"无时间性"这一概念的意识形态性质。在他看来,"永恒"这个词是统治阶级的特权。而后来,姚斯更是推翻了"传世杰作"这一说法。更明确地说,一部作品的演变依赖两个因素:作品的创新程度和作品对读者的冲击。作品的接受史,由于借用关注问题和答案的解释学方法,可以使评论家重新发现作品最初出版时所回答的问题,并通过不同角度对作品的"具体化"诠释行为,发现作品中新的意象。对此,姚斯在他的接受美学理论中有具体表述。他说,为了能够使作品再次现实化,评论家所要做的就是重组作品的"期待视野",也就是"可以客观明确表达的参照系统。……这个系统来自三个主要因素:读者对于作品所属体裁预先拥有的经验,读者对先前其他作品的形式和主题的了解,诗化语言与使用语言、虚构世界与现实生活之间的差距"⑥。此外评论家还需要衡量与期待视野之间的距离,也就是估量其美学差距:差距越大,作品的信息量越大,创新程度越高,需要的接受时间越长;当作品成为"经典"之后这种差距就消失了,所谓"经典"也就成为了决定未来的文学前景的事实存在。因此文学史就是文学前景不断变化的过程:随着新颖作品的出现,特定时期占统治地位的美学标准被打碎,取而代之的是新的规范,而将来它们也会被其他的规范所替代,这样的变化会不停继续下去。

《境况种种》的第八、第九卷(1972年)提出这样一个观点:作者要表现一种既普遍又个别的心理体验时,通常以独特的方式运用集体语言进行写作,他要对抗集体语言的传达信息和表意功能。以这种写作方式完成的文本通常具有多重含义,而且很多层面并非明示,唯有读者有希望参透其中的多义性。换言之,作品的完整性和隐秘含义只有通过读者和只为了读者而存在。期望中的读者应该对词

---

① *Situations II*, p. 109.
② *Ibid.*, p. 72.
③ *Ibid.*, p. 93.
④ *Ibid.*, p. 94.
⑤ *Ibid.*, p. 212.
⑥ H. R. JAUSS, *Pour une esthétique de la réception*, Gallimard, «Tel», 1978, p. 49.

语的暗示性具有与作者相同的敏感度,能够通过阅读进而破译作者对世界的独特体验,通过他对作品的理解,作品的完整性和隐秘性才得以存在。

萨特在《境况种种》第二卷中以社会学方法研究了法国历史上作家们的社会状况,尤其是他们与读者的关系的演变,从而把法国文学史分为四个基本阶段:第一阶段是中世纪至18世纪之前。在这一时期文人只与同行交流思想。17世纪的作家们支持占据统治地位的意识形态,直到他们夹在贵族阶级和资产阶级之间无所适从,才开始充分表现出对现状的不满,开始要求和捍卫普遍的价值观(自由,平等……),正是这样,作家们才终于获得了自主权。可以说,18世纪之前的作家都是身受束缚的。第二阶段是18世纪至19世纪。从18世纪开始,资产阶级对功利主义的迫切要求与文学格格不入,于是作家们逃遁在对艺术的崇拜中,或者甘心"充当压迫阶级仅存的良知"[1],鼓励"对'人性'进行心理分析性质的诠释"[2]。第三阶段,从19世纪到第一次世界大战结束。19世纪完结的时候出现了超现实主义者,他们从属于福楼拜和马拉梅两个流派,他们把文学看作是"绝对否定"。然而当时绝大多数的作家并没有成为革命者,他们依然只是反抗者。20世纪上半叶法国的作家依然是保守的,在当时的世界作家群体中,他们是唯一保留着资产阶级身份的人。因此这一时期的大部分作家都与资产阶级站在同一阵营,并且秉承了资产阶级的价值观。这些作家当中相当一部分是在1914年一战前开始走上写作之路,一战后文笔日趋成熟,他们共同发展了所谓"避世文学"以及消费文学,其主题局限于家庭、爱情、游历等等。第四阶段,是第二次世界大战前后,萨特本人所代表的第三代现代作家出现。他们用"极端处境文学"来对抗前面所说的"中间处境文学":这些往往身兼哲学家的作家发现了当时的时代本质,开始对传统文学及其面对的公众即资产阶级提出质疑,他们的作品也力图反映这些人可悲的思想处境。萨特通过对文学史进行社会学的分析,重现了文学的批评功能,他这样表述:"通过文学(……),这个集团(资产阶级)开始思考和反思,他们开始感到自身的不幸,并发现自我形象已经失去平衡,因而开始不断矫正和改善这一形象。"[3]

此外,萨特对写作风格也颇有研究。《境况种种》第一卷(1947)中所收录的文章力图揭示作家正是通过对语言的重新掌控来表达自己对世界的看法,这也正是作家写作风格的表现;萨特还揭示了作家如何用自己的语言方式来表现他在世界中的存在状态,例如他对诗人蓬热的分析。他认为其作品《物语》(1942)带来了新的艺术革命,蓬热运用拟人的类比手法描述物体由内而外的闪光,最终赋予物体生命,从而达到贬损人类的目的;同时,蓬热通过大量的修辞手段(语句与段落的自主权、音律的模仿、论点优势以及词语的"语意深度")使得事物还原到本

---

[1] *Situations II*, p. 156.
[2] *Ibid.*, p. 187.
[3] *Ibid.*, p. 316.

真状态。此外,萨特从"小说技巧总是与小说家的形而上学有关"这一观点出发,分析了作家多斯·帕索斯。他认为帕索斯在讲故事方面极具天赋,他所虚构出来的世界散发着无穷魅力,萨特评价说,"只要按照美国新闻报道的方式足以叙述人的一生,这样的人生自然能够折射出社会性。"①对于福克纳,萨特一方面接受了他的写作艺术(叙述的叠加,制造短暂的"混乱意识的技巧",抽象和简化的风格……),另一方面则摒弃了福克纳认为世界是没有希望的消极观点。

第三节
社会学批评

纵观马克思主义社会学批评的发展历程,以卢卡契的《历史和阶级意识》一书的出版为标志而形成的西方马克思主义(以下简称为"西马")社会学批评给西马文论带来了崭新的面貌。西马文论和文学史批评一样,同样是遵循从背景到文本的文学研究方法,承认社会决定文本,文本是社会的反映这个原则。但不同的是,西马在此前提上更偏重文本反映方式的灵活性和复杂性。文本的独立性得到一定的重视。另外,因为西马始终以文本的反映方式和创作主体为主要研究对象,这也能说明西马更注重人的主观能动性,如吕西安·戈德曼的结构文学观。

但是,虽然在一定程度上恢复了文本的独立性和自身的美学价值,但西马的这种恢复是不彻底的,因为其始终摆脱不掉社会决定文本这个范式。而以皮埃尔·V·齐马为代表的文本社会学批评则把西马文论进一步向前推进。齐马受索绪尔结构主义语言学的影响,不再借社会背景来研究文本,而是直接把文本看成再生产社会的场所。在齐马眼中,文本不再反映社会,而是在建构社会。这样,文本的独立性以更明确的方式再次被提上日程。这里齐马的研究方法本身否决了以马克思主义"客观决定主观,社会存在决定社会意识"的原理为逻辑出发点。

总之,西方马克思主义社会学批评和文本社会学批评修正了"正统"的马克思主义社会学批评,一方面把文本与社会现实联系起来,另一方面又都重视文本的独立性和美学价值,还在不同程度上吸收了同时代结构主义学说的新鲜血液。所以,两者皆有很强的生命力,即使在当代也是文学批评界的重镇。

---

① J.-P. SARTRE, *Situations I*, Gallimard, 1947, p. 28.

一 戈德曼的结构文学观

汲取马克思主义社会学批评和皮亚杰发生学结构主义认识论[1]的养料,戈德曼以"有意义的结构"为核心概念,提出了文学结构与社会结构"同构"的理论,据此把结构作为文学分析的落脚点和切入点,运用文本结构分析和社会历史结构分析相统一的操作方法来分析文学作品。其中"有意义的结构"是指由各种成分要素有机结合组成的带有意指特征[2]并执行一定功能的整体。按这种定义,在具体的文学作品中,有意义的结构就是指文本结构(由词汇、话语等要素组成并共同承担表达创作主体某种思想倾向的功能);在具体的社会背景中,则是指社会精神结构或者说"世界观"(某一社会集团共同的价值取向)。戈德曼认为,判断一部作品是否伟大的标准是看文本结构是否和社会精神结构相吻合:"(文本)结构与集团整体所倾向的结构相适应;至于作品,尤其是随着其结构远离或接近这种严密的一致,会显得更为平凡或更为重要。"[3]

以《局外人》为例。在这部小说中,句子的结构简单明了,对具体事件的陈述很少掺杂表达性的词汇(mots expressifs),人物的心理活动和故事情节也都被淡化,如:Aujourd'hui, maman est morte. Ou peut-être hier, je ne sais pas.[4](今天,妈妈死了。或者是昨天,我不知道。) Le soir, Marie est venue me chercher et m'a demandé si je voulais me marier avec elle. J'ai dit que cela m'était égal et que nous pourrions le faire si elle le voulait.[5](晚上,玛丽来找我,问我愿意不愿意跟她结婚。我说怎么样都行,如果她想,我们可以结。) Alors, j'ai tiré encore quatre fois sur un corps inerte où les balles s'enfonçaient sans qu'il y parût.(这时,我又对准那具尸体开了四枪,子弹打进去,也看不出什么来。)[6]在这些平淡的叙述中我们看不到主人公墨尔索对他身边的社会现象有什么鲜明的喜恶(什么都无所谓),小说里不存在"任何正在进行中的追求"[7]和对主人公心理状态的描写。所以其文本结构是主人公个性的逐渐解体。联想加缪创作这部小说的年代:当时的社会处于垄断资本主义时期,由于竞争的自由市场经济(以自由个人主义为基础)逐渐被垄断

---

[1] 皮亚杰发生学结构主义认识论又被称作发生认识论心理学,他把认识的过程归为一个运算,基本公式是S(AT)R,其中S=客体的刺激,A=认知主体,T=认知主体的认知结构,R=认知主体的反应,总的表达即客体的刺激S同化于A的认知结构T中,然后得到反应R,由此在心理层面上在主客体之间创造一种平衡。

[2] 意指特征指有指向性和目的性的特征,具体来讲即指主体的意识倾向,主体希望既成形势向其所希望的方向发展的主观意图。

[3] 吕西安·戈德曼:《论小说的社会学》(吴岳添译),北京:中国社会科学出版社,1988年,第236页。

[4] A. CAMUS, *L'Etranger*, Gallimard, 1957, p. 9.

[5] *Ibid.*, p. 69.

[6] *Ibid.*, p. 95.

[7] 《论小说的社会学》,第20页。

经济所取代,个人的奋斗不再受到鼓励和重视,个人的重要性也就消失了,个体价值面临危机,所以当时的社会精神结构是个体价值进一步的弱化。这里,文本中主人公个性的逐渐解体和社会现实中个体价值进一步弱化的结构是一致的,相吻合的,根据戈德曼的理论,我们判定《局外人》是部杰出的小说。

在戈德曼的同构说中文学与社会之间根据结构的同质性直接建立联系,二者之间不存在中介:文本结构等于社会结构。

因为戈德曼的理论基础是马克思主义二元论,在建构其理论时,戈德曼先把文本结构与社会结构作为两个不同的事物对立起来(但这种对立不是对等的,是有主从关系的,社会结构决定文本结构),再用二者所拥有的共同的特点(同质)达成二者之间自然的联系。

另外,同构说中,文本仿佛一面反映社会的镜子。文本结构应该反映特定社会集团的世界观,因为客观存在的社会决定意识层面的文学内容,也就是说社会精神结构决定文本结构。正因如此,文本就只能反映一种世界观,即反映作者所属的社会集团的世界观。虽然戈德曼也注重文本反映的形式或者说文本的表现形式,但和其他西马文论家一样,他始终离不开社会与文本这个大的因果链条,离不开社会决定文本这个大原则。毕竟马克思主义文学批评是以真实地反映社会生活为己任。

戈德曼理论中,因为文本与社会之间没有中介联系,所以研究文本的立足点不确定,揭示文本与社会的联系即找出同构体,需要从文本各个可能的角度寻找二者的契合点。

也就是说,我们可以注意语言描写的特点,比如《局外人》中心理活动和故事情节的淡化;也可以关注小说内容,如人物的命运,例如《红与黑》中于连作为"有疑问的个人"[1]总是在试图实现他认为是可以实现的人生价值,最终以死亡结束自己的奋斗的命运。作者借于连的遭遇来说明当时的资本主义社会是堕落的社会,人与物、人与人之间的真实关系被一种堕落的交换价值的关系代替了,个人对人与人之间除了金钱以外的关系(如爱情、亲情等)的追求总以失败告终。

戈德曼理论中:创作主体是超个人主体,即集体主体。

戈德曼的同构理论中包括"有意义的结构""世界观"和"超个人主体"等基本概念:"有意义的结构"和"世界观"是针对文本对社会的反映方式提出的两个概念,"超个人主体"是针对创作主体提出的概念。

至于"超个人"主体,顾名思义是超越个人的主体,即集体主体,换句话说,就是有共同价值取向,持有共同"世界观"的某一特定的社会集团。戈德曼认为,创作主体是"超个人"主体,是作家所从属的社会集团。因为作家的创作是受社会

---

[1] 在资本主义社会中,经济生活只倾向于交换价值,即金钱;而倾向于使用价值的人则被置身于社会之外成为有疑问的个人。

集团的"集体意识"支配甚至控制的,所以在某种意义上可以说作家的创作活动是"非自主性的"。

二 齐马的文本社会学批评

齐马的文本社会学批评整合了社会学、结构主义以及精神分析的学术资源,立足于文学作品本身,研究社会问题和集团利益如何在语义、句法和叙述方面得到表现。其中,集团利益和集团意识形态在语义层是通过叙述主体对语义的选择和分类行为(对拥护一类词和反对另一类词)表现出来,因为词汇单位总会带上利益与社会冲突的烙印。而集团利益及其意识形态在句法层的表现是通过叙述主体对语义的组织行为,也就是说看叙述主体把什么样的词汇结合起来来完整地表达对一物或一事的褒或贬,取或舍(善恶两分法)。这样,根据语义分类和句法构成,我们可以建立一个参动者模式(包括六个要素:主体、客体、施动者、受动者、辅助者、反对者),以此推论出叙述主体的社会意识形态。简言之,就是在语义层中找出二元对立的词,在话语层中找出叙述主体在二元对立的词群中选择哪些词组合起来共同表达其对一类事物的拥护(叙述主体眼中的善)或反对(叙述主体眼中的恶),进而推论出参动者模式,最后从参动者模式挖掘出叙述主体的社会意识形态。总之,这个推论的过程是经过语义—词汇—句法—话语这四个层次,一环扣一环,彼此以前一个层次为基础的过程。

仍然以《局外人》为例。从预审推事在法庭上审讯墨尔索时(针对墨尔索开枪杀人,和墨尔索在母亲死后表现出的冷漠两件事)所说的话语中,我们可以推出他的善恶两分论。首先有这些词汇:crucifix(十字架),Dieu(上帝),coupable(有罪的),criminel(罪恶的,罪人),pardon(饶恕),repentir(后悔),confession(悔过),Antéchrist(反基督),chrétien(基督徒)[1]。这里预审推事把 crucifix(十字架),Dieu(上帝),repentir(后悔),confession(悔过),pardon(饶恕),chrétien(基督徒)归为一类来表现自己对上帝的信仰;而把 coupable,criminel(罪恶的,罪人),Antéchrist(反基督)归为另一类用以给墨尔索的行为定性。可见,在这个模式中,作为施动者的"上帝"把一种"拯救使命"赋予作为主体的"人",而人则应该为了获得客体即"灵魂得救"而行动,不知悔过的人则是反对者。这样不难推出其参动者模式:

主体—人;客体—灵魂得救;施动者—上帝;受动者—人类;辅助者—预审推事(基督徒);反对者——墨尔索(反基督)。

---

[1] *L'Etranger*, pp. 105–110.

这里叙述主体(预审推事)凭自己的主观意愿把墨尔索界定为有罪的、不知悔过的、反基督的,由此表现了基督教虚伪的人道主义意识形态。

在齐马文本社会学批评中,文本与社会以语言为中介建立联系,模式是:文本→语言→社会。

在齐氏理论中,"社会"经由"语言"这个中介,被推论为一种特定的"社会语言环境"或"社会语言结构",即"社会方言"或集体语言;文本通过语言构成含有语义层和句法层的文本结构。根据索绪尔的语言观,个体话语(parole)的来源是存放语言代码的抽象的集体记忆库,个体在自我表达的时候,就从记忆库中选择词汇并加以组合。把这个理论放在文学领域内,就是说特定的文学文本在特定的"社会语言结构"即集体语言中进行自觉或不自觉的选择和整理,形成文本语言。所以在文本结构中,社会方言以"话语"(énoncé)形式出现。这样,原来的"文学—语言—社会"模式则被"文本结构—集体语言—社会语言结构"模式替代,语言成为沟通文本结构与社会语言结构之间的桥梁。社会通过语言融入到文本之中,文本通过语言再生产社会。文本的创作本身是个社会化和历史化的过程。

这里要注意,批评家不关心文本中语言的意识形态是否反映了当时的社会意识形态(因为这个问题是不言自明的,语言有着社会意识形态的烙印),而只是专注于文本中的社会,文本中都有什么样的社会意识形态。文本自成一个社会,所以文本中体现的社会意识形态可能不止一个。如《局外人》中就存在两个不同的意识形态:预审推事的意识形态和墨尔索的意识形态。

齐马理论明确说明文本与社会的联系是依靠语言建立起来的,因此要揭示这种联系,立足点明显要放在作为中介的语言上。

更具体地说,立足点是放在语义/词汇层面和话语/叙述层面上的。比如《局外人》中揭示预审推事的意识形态,批评家就把立足点放在形容善的词汇和形容恶的词汇上;而墨尔索的意识形态则表现在那些没有任何价值取向的词汇上,如 Cela ne veut rien dire①(这不能说明什么);Je ne sais pas②(我不知道);Cela n'a aucune importance③(这没什么要紧),rien n'avait d'importance④(什么都不重要)等等。

但是戈德曼并没有否认作家个体的能动性作用,作家个体的任务是更清楚地去认识他所属的社会集团的世界观,从而通过各种艺术表现手法与社会精神结构之间建立更多的契合点,这样作品就会获得更高的艺术成就。

在齐马的文本社会学批评中,创作主体即作者有很大的自主性,他可以通过不同的叙述主体的语义选择,建立不同的参动者模式,进而表现不同的社会集团利益及其意识形态。

---

① *L'Etranger*, p. 9.
② *Ibid.*, p. 9, p. 14.
③ *Ibid.*, p. 17.
④ *Ibid.*, p. 183.

另外,作者还可以对叙述行为的主体(可能是作者所属的社会集团的代表人物)的话语所表达的社会利益和历史价值进行思考,借助另外一个叙述行为的主体对这种意识形态的不理解,体现自己批判尤其是自我批判的态度。这种态度,也有助于文本向其他"社会方言"和话语开放。

三　社会学批评阅读

在马克思主义批评的时代,他们重读古典主义作品并卓有成效。但是到了我们的时代,那些战斗者的方法却带着很可怕的危险,他们会随意给作家贴上荣誉或惩罚的标签。最著名的是福楼拜案例。卢卡契(在他的《历史小说》中)认为,和其他伟大的现实主义作家相比,福楼拜是一种退化。于是我们发现文化场的局限性:如果说他们对戏剧尤其是对小说的批评只是偏爱猎奇得来的野味,那么诗歌则很少被过问,除非它的话语意思表达得很明确。但也要注意到阿拉贡,他在他的总结式文章《法国现实主义》里试图证明缪塞是语言大师,尤其在对十二音节诗的使用方面。最后,马克思主义式阅读的奠基者们还缺乏一种科学的严谨。他们喜欢围绕灯塔式作品发表言论,所以总会在已经被构建好的文学的先贤祠里面寻找目标。新一代的马克思主义批评者在这点上付出了很大的努力。他们的努力更新了文学史。他们采用一种新的广延式的研究。他们的研究专深而且敏感,另外对文本本身的论述,他们也会采用一种新的武器。这种武器类似于文学符号学和精神分析学。

克洛德·杜歇所谈及的"小说中的社会",是文本自身所生产的社会而不仅仅是对现实社会的反映。这种学说超越了简单天真的社会学至上论,它同时分析效应文本(明含或暗藏着但需要注意的现实的文本,比如《包法利夫人》中的一次性物品、邮购和做饭的开始)和文本的效应。这也是巴迪乌的观点。他认为文本不是对现实的反射而是反射出来的现实。这就是他的写作唯物分析。他的最有名的结论是,社会学批评不是老学究的理论,它不是无视文本,而是推动文本并为文学服务。他所主张的"形式的意义"的观点也吸引了卢卡契的注意:一方面,不存在"思想"和"感情",另一方面也不存在"风格";存在的应该是文本有组织的并且创新式的行为,通过这种行为,现实从潜藏变为明示。

和所有的发展阶段一样,这个学说使"变成"(devenir)和"复现"(récurrent)的问题浮出水面。"变成"指的是对写作行为和阅读行为,人们有或可能有比其本身所包含的内容更为广泛的理解;"复现"指的是现实不会生产文本中的事实。我们能较好地领会到写作所要表达的含意,但是我们并不会因此能指导作家如何更好地写作。这同政治科学是一样的道理:有很长一段时间,人们认为政治学能够通过借鉴以前的政治事实建立起一种"正确的政治"(圣西门主义者的词汇,后来被拉马丁于1831年再次使用)。和无意识、语言工具(从来不会失去活力并且一直被锤炼)有着密切关系的写作行为,是种前进的行为,但也是一种寻找庇护所的行为,是一种拒绝行为。从这点上看,所有的文本都是偷渡者,都是诈骗犯,即使是人尽皆知的文本也不例外。所有的文本都是隐语、片段、密码。如哈姆雷特的药片、圣西门私密的《回忆录》、帕斯卡尔的无条理、司汤达札记的混乱。

因此,现代批评通过前文本和外围文本来解释这些片段和混乱,另外,它也不再像以前那样只把注意力放在一些伟大的作品上。它注重"话语"的概念,无论它是什么样的形式。于是,正是从这里,原来本想以阐释诗为任务的社会学批评开始丰富和发展一个老问题:谁是执笔人?谁是口授者?像所有真正的研究方法一样,社会学批评督促我们反问自己消遣和自我欺骗的能力:文本生产了什么?正如问权利喜欢什么,想要什么或在实施什么这个问题一样。在这个方向上,社会学批评不再为当权者服务。带着想看清事物系统的愿望,它终于能用新的术语提出主题的问题,并开始讲述我们的生活。它构筑环境中具体的人和社会边缘上具体的人性。

——显性阅读

瓦尔蒙(Valmont)表态,虽然短暂但确实说过,他属于一个没有明天的社会阶级。综合工科学校的毕业生奥克塔夫·德·马利维尔(Octave de Malivert)问在蒸汽机主宰世界的今天,出现的新名词会是什么。多米尼克(Dominique),纯粹的玛德莱娜的热爱者,谈起他在1848年前曾经加入一个共和社团,或者说是有社会主义倾向的社团。还有1830年革命,尽管历史上确实发生过,尽管在《一个世纪儿的忏悔》和《悲惨世界》(1828年末,A B C 的朋友们筹划一场革命,这场革命将是1832年革命)的故事中曾经提到,这场革命在文学作品中一直没出现过,直到《包法利夫人》中的鲁昂社团,这场革命才被影射。

无论是兴旺还是颓废,文本中始终存在着某些东西。我们不应该去压抑这些东西而是应该予以考虑。社会学批评的零度不应该把那些明显的话语视为次要的或是可忽略的。面对精神分析学和非历史化的传统(这个传统以前是指永恒的人,现在是指文本的纯形式),社会学批评应该挖掘出文本中本来就已经存在的,但却被置于社会边缘的,或被遗弃的东西。它并不是指一个隐晦的象征,而是指一些有待重建的,有可能分散在作品各处的清晰的参照物:司汤达的《红与黑》中德雷纳尔先生有一个钉子制造厂,他同时和政府签署了一些合同,我们之后会在小说中得知;这些合同只能是向军人的鞋子供应铁钉的合同,这就暗示了维里埃尔市长在帝国以及复辟王朝时一直没有中断过的工业活动。于是资本家利益所体现的跨体制的特点便很明显地被表现出来,企业主即贵族。德雷纳尔先生曾经支持波拿巴,但是正如舆论所批评他的那样,他曾经让老外科医生投波拿巴的反对票。

我们由此得知:被压抑的和未被解读出的东西都是和经济、政治有关的,它们都反映了社会关系。因此,挖掘在文本中已被指出的东西是很重要的。这应该朝两个方向努力:重读文本和对那些未读出之物进行批评,并分析其原因。

但是文本并不是一直都是这种反资产阶级的态度。

在《死神和樵夫》中,在看出债权人(也就是指高利贷者和资产阶级)无论对穷人还是对庄园主和国王来说都同等重要后,还有另外一个巨大的工作要做。

——隐性阅读

一个文本不会全是由一目了然的东西组成,也不会全是由我们看不懂或是不想看的东西组成。一个文本也是一个和社会历史有关的秘密,表现这个秘密只能用美学的、精神的或者道德的手段。作者是否故意用某种手段来表现这个秘密已经是次要的;只有文本是唯一重要的。雅克·利奈尔在作品《嫉妒》(*La Jalousie*)中读出了欧洲和非洲这两个种族的对立,但《嫉妒》的作者罗伯-格里耶想过要表现这种对立吗?从《布洛涅森林的太太们》(*Les Dames du Bois de Boulogne*)到《去年在马里安巴德》(*L'Année dernière à Marienbad*)所体现的,使悲剧重生或是使悲剧出现的新古典主义的残余意味着什么?什么和《天堂的孩儿》(*Enfants du Paradis*)的丰富内容有关?而上面这些被改编成电影的作品获得成功的原因,是它们和我们比较古老的实践有关:戏剧实践,这种戏剧采用一种新的表达技术。挖掘出文本中的暗含之物(实际上也是可读之物和待读之物)要围绕以下三个中心:

① **堵塞和僵局**

在所有的文本中,总是有语言的和/或行为的干扰,总是有一些和相对清晰的生活和世界的发展形成对比的模糊之处。某个以不同于常人的方式说话或者行动(失语症或多语癖,躲避或侵犯)的人总是会产生一些失望和/或异化的情绪,这些失望或异化似乎成为了人格障碍和存在性的问题,但它们又总是反映出真实社会历史中的危机与痼疾。可能正因为如此,言行异常的疯癫者和流浪汉的出现(《包法利夫人》中的盲乞同时也是一个诗人和通灵者)才如此重要。反叛、丑闻、自杀都可能或多或少地反映社会问题:价值观和法律总是被质疑。哈姆雷特、堂吉诃德和爱玛·包法利,还有阿尔塞斯特和勒内的结局要求读者找出让这些人自杀的原因和解决的方案。这就是伟大的现代的秘密之所在。虚构和以前史诗样的建构形成对比(维吉尔):缺乏、没有、别处、"其他"组成现代性特征(比较费奈隆的《忒勒马科斯》中荷马式的风格)。伟大的批评(如卢卡契的阐释)把来自亲本的和来自历史的因素结合起来。这种杂交和私生的现象,是萨特谈到孩童时期时指出的:"世界整体在个人特殊的模式上被经历"。各种不同的压抑和不同的无意识结合起来共同组成虚构的源泉。

因此,有了在宣传中被过于明了化的形象:一个"朱安党人",从文学方面上讲,只是代表一种对某个过于简单的事业的狭隘的忠诚。而对一个"革命者"来讲,情况也是一样,他只代表一种要实现政治自由的需要。于是,社会学批评暴露出了它的局限之处。家庭、夫妇和社会作为放高利贷和幻觉的场所出现,它们之间的相似性扩展了历史—政治性的局限。于是新的俄狄浦斯中心出现了。一种新的理论自玛尔特·罗贝尔的构想和勒内·吉拉尔的三角欲望理论开始诞生:个人总是植根于公众之中,但是公众也总是只能通过某种生产语言的个人内心活动才能进入能指本身。

② 形式的违反

所有文本都会违反诗学的艺术,而且文学的争论一般都是风格之争:应该如何建构一个句子,应该如何使用音律学,应该如何铺展情节,应该如何塑造人物或者应该使用哪种语级都可能成为争论的焦点。在所有的文本里,总会有一个人持众人的腔调,他从来不会有异于别人的声音(《哈姆雷特》中的波隆尼尔或者是《包法利夫人》中的莱昂,被勒弗朗斯瓦夫人评论说:他把我们给他的所有食物都吃掉,以免成为善饥症患者或是厌食症患者,这跟避免成为失语症患者或是多语癖患者的道理一样)。而因违反国家的语言、家庭的语言和秩序的语言而使用的语言却成为权威的语言。克莱夫夫人对她丈夫的招认,《费加罗的婚礼》中的四幕,哈姆雷特为了威胁国王王位而安排出演的一幕,18世纪末的散文诗(原来散文只是用来演讲,而诗已经变得僵化),福楼拜的不完美,普鲁斯特写了两页的句子,都是另一种语言。这种语言被认为是对现存秩序的威胁,它召唤另外一种力量来夺取政权。而这种力量首先应该是文学力量。对形式的违反并不仅仅发生在学术领域和教育领域。

采用另外一种方式写作一直都暗含一种政治意味,比如说在1825年发生的围绕《拉辛和莎士比亚》展开的著名争议:对作品本来已经完美的情节进行解构,把确定性的独白解读成存在性和哲理性的,引用其他语言——如暗语或者内心独白,曲解无止境梦境的无言收场(巴尔扎克的"侯爵夫人沉思着"这句话第一次被解读成她改变了五点钟出去的习惯)或者是宣布未完成的作品在阅读方面的有效性,比如说在司汤达的《吕西安·娄万》里,认为公众和当权者之间存在着一种紧张的关系。文学扰乱可能是有主题性的(勒内对他姐姐的爱情),但这种扰乱首先尤其是美学性的,如,雨果的《颂歌与杂诗》是一个燃烧式主题,它的德意志式的野蛮诗歌给学术遗产带来了影响。故此表达的手段(比如说物品和功能:是日常的物品而不再是镜子或是剑,是丑角或流浪汉而不再是国王,是浪漫的哲人而不再是情人和爱情剧的男主角)本身不再是文本的装饰而成为一种独立的存在。

③ "历史"的三种概念

这种"历史"的三分式说法和三分式概念为下文提供了一个很好的出发点。

历史(真实历史):可认识的客观的历史事实和历史进程。

历史(历史记载):历史话语,即历史学家撰写的史记,对历史事实和历史进程进行的有命令性质或者说教性质的解释。

历史(虚构历史):寓言、叙事作品、主题和主题的安排。它们对同样的历史事实和同样的历史进程就它们所要表达的主题和它们所要针对的可能的大众提供了另外一种不同于当时意识形态和清晰的政治社会计划的解释。虚构的故事经常和同时代的历史话语相反,它会预示未来的历史体系。因此,通过给真实的历史一种更精确的阐释,虚构历史拥有一种预知的能力。比如说雨果写的小说《九三年》。

关于社会历史的长时程①和精神面貌问题,首先是在虚构的历史里面被论及。它所谈论的长时程和精神面貌,正是之后历史话语应该要在历史客体和科学客体上建构的。因此,历史话语仍然是服务于当时的上层建筑的,比如说历史事实——它是按一些里程碑式事件(如法国大革命)铺展开来的。比如说虚构的事实——是在虚构的历史里面,出现了对 19 世纪的西部战争的重新解读。这些战争被认为是贫农和资产阶级——国家财产的占有者之间的矛盾产物,而不再是贵族和民主党派、自由党派历史学家人士之间的矛盾产物:巴尔扎克和巴尔贝(《朱安党人》《中魔》)通过虚构一个西部的人类社会,描绘了旺代地区和布列塔尼地区的现代历史学家的样子(保罗·布瓦、让·克勒蒙·马丁、罗热·迪皮伊)。

以上建议的这种三分式说法和三分式阅读法解释了 19 世纪小说的意图——它们想成为历史,而不仅仅是带着浓厚地方色彩的民间传说。历史的三种形式与概念提出了意识和真实之间的关系问题:总有一个官方的历史话语最终给真实的历史盖棺定论;但是总会有一些虚构的历史叙事来扰乱这个游戏,重新发牌。另外,虚构的历史和历史话语可以根据语言学家对叙事作品(récit)和话语(discours)的解释首先区别开来:历史—叙事作品总是会阻止文本变成生硬的历史话语,阻止文本固化为历史,但是叙事作品仍然属于科学的范畴,虽然它同时也是存在性和问题性的。读者可能只能通过顿悟来真正理解叙事作品。因此,文学文本是认识现实的重要文件之一。出人意料的是,"新历史"的历史学家们很少意识到新的历史现象,以至于他们不能用更适当的历史话语来代替之前的。这可能是文本所带来的另外一方面的愉悦。它们会发现新的历史现象,构建新的历史现象,如果可能的话,会构建一种新的价值观和认知力量。

——社会学批评的新读者观

1. 所有的读者都属于某个社会,都具有某种社会性,这两者决定了他们的阅读行为,为他们开启了解读空间,既限制他们又给予他们以自由和创造性。

2. 所有的读者都是一个来自于家庭关系和象征关系的自我,这两者同样决

---

① 社会历史的长时程即指一个社会能长久存在的状态,与革命相反。

定他们的阅读行为,为他们开启研究和解读的空间。

上述两点,一方面对读者起着命令和禁止的作用,一方面又煽动读者进行创造和违反。它们直至今天都在干扰着作品本身的意图。历史的自我和被自我经历的历史,始终使用一种言语作为媒介、工具和方法,来编织其和文本的关系:所有的自我和所有的历史都是一个基底和计划,本原和乌托邦。因此所有的文本都能同时调动读者对过去的回忆和对未来的向往。辨认、认同的力量和研究、创造的力量永远都在文本中发挥着作用。幻觉和集体的进程都会在符号学上有所体现。

3. 如果说我们的社会学批评阅读带有一种社会历史性,相对于这种社会历史性,我们的阅读既被它决定,又同时和它保持一定的距离以便进行创造(如果说人是产品的话,那么同时他也具有意识),那么这种阅读同样会考虑并同时也受事先已经存在的被建立好的话语和符号系统的限制。这些系统并不是一成不变的(诗学艺术的各种体裁从来没有想过要巩固那些从各方面而言都在发展的东西)。阅读行为也会对这些系统进行劳作和再劳作。小说、十四行诗、颂诗和戏剧的新形式("市民"剧孕育了一种新的小说性和一种新的小说,即现实主义的和体现现当代悲剧性的小说和小说性;而古典主义只是提出喜剧和悲剧的区别:喜剧是对习俗的描绘,悲剧是对生活悲剧性的表达)已经在亚里士多德和贺拉斯的边缘迅速繁殖。同时,一种形式间和体裁间的阅读也产生了。这种阅读旨在在表面上属于各种明显的体裁的一些文本中去寻找分布在它们之间的一种可以采取多种形式的话语——"浪漫主义",如我们在 1820—1825 年所说的那样,它不是诗、不是戏剧或是小说(也不是画作或是歌剧),它首先并在本质上是浪漫主义的,是一种看和说的新方式,它丰富了学院派的笔调,并且出现在报纸专栏中。它分别产生了以下几个结果:

这些与历史记载(即历史话语)明显不同的形式(现实主义小说和社会小说,以及"现代"政治剧)似乎首先是社会学批评阅读所要关注的。伟大的德国戏剧(席勒的和歌德的)或者是法国(缪塞的和雨果的)戏剧,司各特、歌德、司汤达、巴尔扎克、福楼拜的小说都在哪些方面对历史记载有所补充?同时又在哪些方面证实了历史记载?社会学批评首先要寻找的明显是一种与当时公民状况不同的一种文学,这种文学以一种直接的,或是一种间接的,或是一种象征性的方式指出历史的、社会的和政治的事实。当小说家们预备把自身变为历史学家的时候,他们也为社会学批评开启了一条辉煌的道路。

但是,那些比较缺乏历史化和社会化的,也就是说不是直接带有历史性的文学话语、诗歌和小说并不因此在社会学批评阅读范围之外。通过历史纪年表,通过阶级关系,通过对客观历史的重读,我们可以在《追忆逝水年华》中读到另一个同时也是历史性的小说(文本中维尔迪兰一家接替盖尔芒特一家是影射德雷福斯案件的胜利,普鲁斯特借此要表达的可能比于勒·罗曼的人性本善的教化论要多)。但是,要注意的是:马拉梅的社会历史性有待发现。相反,阿拉贡的社会历史性可能是在别处而不是体现在他的明显的信息中(《巴尔的钟声》中的"新女性",或是没有权利和知识的共产主义者盖里克)。

因此,社会学批评承担了两个表面上似乎互相冲突的任务:对文本中容易被忽视的历史性和社会性进行历史化和社会化的解读;对文本中有点过于明显的社会历史信息进行纠正和重新鉴赏(同样的,帕斯卡尔的"基督教"和夏多布里昂的"基督教",或者是克洛岱尔的和莫里亚克的,应该从另一种角度去重新解读,而不是仅仅把它们看做是天主教的居高临下演讲)。在这两个任务中,我们敢说,很多文学作品有待进一步阅读和解读,比如说里面的象征性和具象化的内容不能仅仅从抽象的"诗学"角度去分析。总之,在今天,社会学批评尤其提出了一种伟大的思想、世界理论和自我理论构想。

4. 对历史进行虚构和认识客观历史不仅仅是一种清晰的意识,也不仅仅是一种追求明知或者是追求纯粹理智的行为,也就是说不仅仅是要追求确定的目的和结局。无论是科学,还是政治,或是政客,都不能保证能制造出幸福和可靠性,这也就是现代性的所在。自从 16 世纪以来,我们开始质疑炮火,质疑航海技术的进步,因为它们制造了美洲大屠杀。拉布吕耶尔,之后是年轻的歌德,曾经反问过自己,自从清楚地知道了星辰的运行之后,人类在哪些方面才会更加幸福。大革命后,法国人开始对 1789—1815 年资产阶级的后代,对暴力,对专制进行思考。到了 20 世纪,疑问越来越多(生态系统的恶化;自由主义和市场的泛滥;国内"革命"的恐怖主义倾向;科学的各种让人发昏的负效应;盲目崇拜和蒙昧主义的死灰复燃)。因此,社会学批评阅读的任务除了研究革命的终极目标和进步性之外,也担负着发现僵局和冲突的使命。这些僵局和冲突在文本中比在意识形态系统内体现得更为明显。

四 皮埃尔·布尔迪厄与文学场

皮埃尔·布尔迪厄(1930—2002)发现,在文学研究领域里,一方面,盛行着主观主义或本质主义的文学分析方法,诸如浪漫主义者基于卡理斯玛意识形态,将作者视为独创者;新批评派之类的形式主义者沉迷于文本的形式之中,将陌生化等形式因素视为文学性的一般特质;实证主义者相信经验数据的科学性,把赖以统计的分类范畴当成文学事实的自在范畴;萨特在传记材料中寻求作者的个人特性,并将它与文学作品中所呈现的特性混为一谈;弗洛伊德或荣格借助于俄狄浦斯情结或集体无意识来解释文学的本质;而福柯则拒绝在话语场之外发现文学发生的解释原则……凡此种种,都不同程度地把文学观念、文学实践和文学作品当作理所当然的现实加以接受,而完全忽视了这种现实在人的头脑中赖以构成的社会条件和历史条件;另一方面,一些马克思主义者,例如卢卡契或者以发生学结构主义者自命的戈德曼,则完全无视文学自身相对独立的形式特性,无视作家作为能动者在文学生产中对于文学意义的塑造,而将作者简化为某个社会集团的无意识代理人,将文学的发生发展简化为政治经济力量的直接作用。布尔迪厄的研究目的是超越主观主义与客观主义、唯心主义与唯物主义、经验研究和理论研究、内部阅读与外部阅读、存在主义与结构主义等之间的二元对立,采用新的理论工具,如场域、资本和惯习等概念去研究文化与文学。

就文学而言,布尔迪厄使用了文学场域或者文化生产场域的概念。一方面,文学场域在作为元场域的权力场中居于被支配地位,也就是说,归根到底,还是要受到政治经济因素的制约;另一方面,文学场可以被描述为独立于政治、经济之外,具有自身运行法则,具有相对自主性的封闭的社会宇宙。

对于布尔迪厄来说,文学场域的隐喻不仅仅是对于文学与宏观的社会世界之间互动关系的一个阐释工具,重要的是,它还是超越上述二元对立、反对本质主义文学观的一种叙事框架,同时也是理解文学的本质、文学作品的形式与内容、文学家的文学观与创作轨迹、文学史的发展与变革、文学的生产和消费等等重大文学理论问题的手段。

从实践的角度,布尔迪厄提出实践经济学的思想。1.经济资本:符号形式是金钱,通过产权作为制度化的因素而得以保障和传承。2.社会资本:符号形式是社会声誉和头衔,通过社会规约的制度化形式得以保障。3.文化资本:符号形式是作品、学历、文凭和头衔等,通过学位、职称的评定作为制度化形式。每一种资本都有自己的符号形式,或者叫符号经济、象征经济。三种资本可相互转换。

布尔迪厄考虑到文化活动的典型象征性质,高度发达的西方社会中,文化活动越来越构成最核心和最决定性的人类象征性实践。他越来越集中关注"文化资本"。客观化、制度化的文化资本的不平等分配,是现代社会中的不平等的关键方面之一,它造成并强化了阶级的分化和社会的区隔。文化资本有三种状态:1.具体的状态;2.客观化的状态;3.体制化的状态。

在文学场域,行动者所拥有的最重要的资本就是文化资本、符号资本或者说文学资本,行动者的文化资本的构成及其数量决定了他在文学场上的地位,这就是统治地位或者被统治地位;与此同时,也决定了他的文学观,比如捍卫或者颠覆文学场主流话语的基本立场。

潘诺夫斯基的《哥特式建筑与经院哲学思想》对布尔迪厄的"惯习"概念起直接启迪的作用;在经过阿尔及利亚的人类学研究之后,布尔迪厄意识到社会变迁和人类性情之间存在联系。无论是前期萨特的存在主义和列维-斯特劳斯[①]的结构主义都无法说明该问题。"惯习"概念是一种可持续的、可转换的倾向系统,倾

---

① 列维-斯特劳斯(1908—2009):法国卓越的人类学家、亲缘关系和神话研究专家,伟大的神话爱好者和严谨的神话分析者。

向于使被结构的结构发挥具有结构能力的结构的功能。

布尔迪厄发展惯习这个概念是为了摆脱客观主义和主观主义观点的二元论。在他看来,惯习的即兴反应不仅仅是对环境刺激的反应,也是策略性的因素;不仅仅表达了个别行为者的主观意图,而且具有结构基础。它们是布尔迪厄称之为"资本的积累"的策略。为了详细阐释这一想法,布尔迪厄借鉴了维特根斯坦和奥斯汀关于作为社会行为的语言用法,以及英美话语策略性行为,尤其是经济最大化方面的词汇。布尔迪厄指出:在文学场里,惯习是经由一系列社会轨迹筛积、凝聚而成的某种性情倾向。正是布尔迪厄称之为习性的这种性情系统,决定了行动者的"实践感"。

布尔迪厄用文化社会学来分析福楼拜时代的法国文学场域中的种种区分和福楼拜在这个文学场域中的定位。他用这些区分和定位来说明一个道理,那就是,艺术主张和实践乃是一种在客观存在的可能性中进行的主观选择。福楼拜"为艺术而艺术"的创作是一个范例。布尔迪厄在对福楼拜的文化社会学分析中,运用了两个至关重要的概念,那就是"场域"和"惯习"。"场域"和"惯习"两个概念使得布尔迪厄得以从三个层次来逐渐深入对福楼拜小说艺术观的剖析。这三个层次分别是:一、福楼拜时代文学场域在权力场域中的位置;二、福楼拜时代文学场域的结构,尤其是文学创作者在争夺文学合法性过程中形成的区分关系;三、福楼拜个人创作特性。

19 世纪中叶以来,文学领域对于权力场的结构从属性表现在两个方面:其一是通过市场,通过文学作品的销售额,通过改编成戏剧的票房收入,或者通过报纸等产业文学受制于商业逻辑;其二是通过沙龙,从而受制于政治势力。波德莱尔和福楼拜对于"为艺术而艺术"文学观的诉求,是通过与资产阶级世界断裂,特别是与资产阶级的文学体制决裂开始的。通过拒绝家庭、拒绝前途和拒绝社会,波德莱尔确立了此岸世界的受难是彼岸世界得救的条件这一类似于宗教的文学场内部运动的模式;而福楼拜,则通过自己的文学实践,通过对当时文坛的一种双重拒绝,确立了一种"为艺术而艺术"的张扬艺术自主性的第三种立场。

具体地说,在 1830 到 1850 年代的法国文化场域中,"资产阶级艺术"和"社会艺术"与社会权力场域的关系不同,前者亲,后者疏。它们之间的关系也因此呈现出前者统治、后者被统治的定位区别。处在被统治一端的社会艺术于 1848 年初形成声势。持这一艺术观的作家包括共和党、民主党和社会党人,如普鲁东,乔治·桑,还有天主教的自由派,如拉门奈。这些作家反对艺术的"自我中心论",强调文学的社会责任,尤其是对下层和弱势群体的责任。处于文学场域统治另一端的是"资产阶级艺术家"。他们中不少人是剧作家,与统治的资产阶级社交场域有着直接联系,彼此在身份背景和价值观上相互投合。这些作家为读者(观众)提供的是一种净化了的浪漫主义,一种"健康向上"的艺术,一种用主流的、资产阶级价值观和趣味规范过的、不出格的理想(如和美的婚姻,勤俭节度,培养成功的下一代等等)。

  福楼拜所标举的"为艺术而艺术"多少是有些奇怪的艺术主张。它不喜欢资产阶级艺术的道德约束,以及对一些体制(如政府、法兰西学院、报纸等)的奉承,也看不起社会艺术的粗俗。这种双重拒绝用福楼拜自己的话来说,是这样说的:所有人以为他热爱现实,而实际上他却讨厌它。正是因为他憎恶现实主义,他才动手写这本书(暗指《包法利夫人》)。不过他也以同等的程度鄙视理想主义的虚假招牌,说它在现如今是个空虚的骗局。福楼拜一方面反对资产阶级,另一方面又漠视公众或说"群氓"的阅读期待。纯粹的眼睛拒绝看到形式之外的东西,作家应该无视任何事物的实体性内容,应该对政治或社会的各种具体情势无动于衷,艺术家的道德就是对社会的道德信条置若罔闻,只遵守艺术内部的特殊法则。显然这种艺术观与文学场的任何一极,不论是支配的一极或是被支配的一极,都大相径庭:"为艺术而艺术"是一个有待制造的立场,缺乏权力场的任何对应物,并且也许不需要或者并不必然被认为需要存在。因此,波德莱尔、福楼拜等人带来了一场美学革命,艺术的目的在于艺术自身,而形式才是文学追求的最终目的。

  布尔迪厄在《艺术的规则》(*Les Règles de l'art*)里,将现代文学场划分为几部分:第一部分为1850年左右,另一部分为1880年左右,福楼拜的小说在该书中被当作他确定时代文学场的社会学分析的最佳作品,而在确定时期,文学场如自身样子进行建构。布尔迪厄的研究集中于作品的素材,他从对人物体系的严密分析入手;所有一切的发生仿佛是福楼拜把这些人物置于构成权力场(一方面是商业,另一方面是艺术、政治和半上流社会)的各个中心相联系的位置上。每个人物都代表一种社会可能。因此,关于遗产继承问题,无遗产的追求者德斯洛里埃(Deslauriers)面对着无雄心的遗产继承者菲德丽克(Frédéric)。依据这一继承问题和社会可能问题,文学批评的一些共同领域如情感教育、浪漫主义的幻灭、不可能的英雄主义等能够用严密的社会术语来阐释:菲德丽克的懦弱是一个没有能力以自身力量去反抗社会场域的力量、且希望永远停留在青春期的、"毫无重要性的人"的特点。菲德丽克的态度与构成《情感教育》重要主题的所有"社会衰退"规则产生了矛盾。

  小说在其自身语言内令隐藏的社会意义产生,即具体冒险/实际投机的隐义。角逐场所和竞争方在现实场域内有其结构对立物,而福楼拜就在该现实场域内演变发展。在资产阶级艺术场和社会艺术场之间,福楼拜有一个前所未有且充满危险的"位置需要去争取",即"为艺术而艺术"的位置。菲德丽克这个人物越被场域内的力量所操控,作家越必须控制各方面且承担相应的各种困难。面对福楼拜在场域中做出的"惊人努力"和"福楼拜的社会经验异常成功地(几乎是科学的)客观化"时,社会学分析赞叹不已。关于失败和幻灭的小说获得了一个具有严谨科学思维之人的赞赏。

第四节
文学手稿批评：文本史前的考古

文学史表明一种文学观点，这种文学观点给予作家和他们的历史处境以极大的信任，是在教学中长期占据主导地位的观念——这一点至关重要；同时也表明一种理想化的博学和某种传统批评的施行。但是，从更大的前景看来，所有把作品与背景之间的联系作为主要对象的文学批评都可以从属于文学史。在某种程度上，文学史重视社会学批评和被思想史支配的主题批评（可以想到让·斯塔罗宾斯基）。自70年代始，文学史又在考虑接受美学的建议。

从居斯塔夫·朗松开始，文学史表现为传统方式。别人偶尔鄙视这种传统，但没有人会反对。事实上，文献学研究要公开未发表作品、书信及书目；选择一个手稿或者不同稿本，基于对日期的一个假设，编纂编年史；在表面上给批评想象打开极小前景，不允许研究者表露自己的个性，给批评家极小的想象空间，批评家通常需要付出艰辛的长期劳动才能完成工作，甚至还要为别人的工作充当助手。

为完成这个专业工作，大学很久以来就组建了天然的研究场所。因此在这一领域里，许多大学教授成果累累。在50年代，玛丽-雅纳·杜里（1901—1980）发表了《福楼拜和他未发表的大纲》，让·波米耶（1893—1973）研究了圣伯夫、巴尔扎克、波德莱尔以及其他作家的版本。勒内·波莫（1917—2000）研究伏尔泰的版本，皮埃尔-乔治·卡斯特（1915—1995）研究巴尔扎克和维里耶·德·里斯尔-亚当等等。不要忘记雷蒙·皮卡尔，他在1965年以大学的名义反对罗兰·巴特，但是同样以拉辛的名义，出版了《拉辛全集》（1950年和1952年分别出了两卷）。为了满足大众的文化需求，出版社同时推出了全集，并欢迎学者主编这类作品。大量的批评工具不再被专业化图书馆所保留，出版社以后会给"有文化的大众"带来未出版资料、草稿和各种阐述。文献学的科学信息用途最近从另一方面得到扩大；今后袖珍本的出版将大大丰富。因此文献学的研究促进了出版业，也能够最大程度地使读者受益。

文献学把当时还未出版的作品公之于世，或者因为它澄清了一些悬而未决的疑难而且改变了理解。某些作品的命运也因此得到改变。如，1950年读者不再阅读司汤达、兰波、普鲁斯特的作品，1954年由皮埃尔·克拉拉克和安德烈·费雷主编的《追忆似水年华》的版本推动了新的阅读高潮，由让-伊夫·塔迪埃（1987—1989）主编的新版本也是如此。

还得重新考虑到建立文献和阐释文献的工作之间可能中断的问题。在过去，这两种任务要分配平衡;如今同一个研究者可以兼做两项工作。由于这两项工作的断裂,兰波的作品长期存在问题:他的文本被转让,手稿丢失且受质疑,连推断作品的创作日期都有困难。

80年代巴黎第八大学的一些文学批评家对福楼拜、雨果等作家的手稿进行艰辛的探讨,在不到20年的短短时间里,形成了一个新的批评流派:文学手稿批评或称文学渊源批评。

这种批评旨在考察"前文本"——即文本诞生阶段的状况。批评者假设文学作品最后定型的印刷文本是作者经过长期的构思酝酿、收集资料、提炼素材、动笔创作、修改润色等等一系列过程的结果,那么渊源批评就是考察、诠释这些创作的过程。如果把文学作品视作成品,那么渊源批评就是探讨"前文本"的生产流程;或者把文本视作一个婴儿,那么它就是考察孕妇十月怀胎的状况。许多作家小心翼翼地把在创作期间的手稿保留下来,图书馆或私人收藏者像珍品一样保留历代作家的手稿。它们给批评者提供宝贵的第一手材料。批评家相信这些手稿必然留下作家艰辛的创作"痕迹",这些涂改润色都是作家思维的投射,从这些"痕迹"可以洞悉作家动态的思想历程。批评者会惊奇地发现作家从第一次萌发创作的灵感到成书之间经历了长时间酝酿、构思和创作的不断发展的过程。渊源批评就是要重塑"前文本"孕育的过程,由此重新找到作品制作的秘密,像考古学家一样研究原始手稿,通过考察文本在母胎的孕育过程,试图揭示和解释作者创作的独特性。渊源批评对手稿的研究程序分两步:先从物质上整理、辨认文稿,然后对辨认的结果从不同的角度加以诠释。

一 文学批评发展的必然指向

首先必须指出:渊源批评所说的"手稿"与文献学所研究的"手抄本"存在着根本上的不同。欧洲15世纪才发明印刷术,比中国整整迟了一千年,所以在法国的中世纪仍遗留下许多"手抄本",这些数量有限的"手抄本"有时连真正的作者是谁都搞不清楚,誊写人在抄正时或多或少漏抄或添改,"手抄本"很难与作者的原汁原味的手写本区分开来。15世纪的印刷术促进了欧洲的文艺复兴。随着工业革命和科技的发展,到了18世纪,欧洲才大量印刷书籍,读者群从宫廷的一小部分贵族扩大到百姓群众,人们所看到的书不再是手抄本了,而是印刷本了。文学手写本失去了原来作为直接交流阅读工具的功能,但却具有另一种意义:它保留了作者创作的形迹,它作为一种历史的见证和创作的独特性的象征,忠实地记录了作者脑力工作的整个过程。自19世纪初以来,法国许多作家开始注意保存自己的手稿,即使在新书面世后,仍没有把手稿毁掉,而是小心地遗留给公共或私人收藏者保存。在欧洲,最早是德国人注意收集手稿,1830年法国人也开始收藏,到19世纪下半叶,欧洲许多国家在大图书馆里开设"手稿收藏部",由此,积累了大量的文学创作研究的基础资料。

从19世纪到二次世界大战前,一些诸如吕德莱、欧迪亚和朗松等学者的"博学"批评受到实证主义的影响,曾对作家的手稿进行研究。如1936年,勒乐出版过《包法利夫人:根据手稿收集、从未出版的草稿与片断》。这些学者的观点不一致,但也不乏高见,无疑给后来的渊源批评开了先河,不过,他们对手稿的研究是为写文学史和作家的传记寻找材料。

朗松的忠实弟子吕德莱在《文学批评与文学史的技术》(1923)一书中就提到了"渊源批评",他说:文学作品在送去印刷之前,从第一次萌发创作的念头到最后写作完成,经历了好几个阶段,渊源批评试图揭示作品产生的心理运作的过程,并从中找到其规律。这就是说他的研究目的是从运动学的角度通过考察作家的心理机制揭示作品的创作演变过程。吕德莱建议在手稿中寻找作家在各个阶段的创作痕迹。这个程序性的分析确有先见之明,但在那个时代,响应的人极少,很少有名副其实的探源研究,即使有,也是极其肤浅的。一直过了整整半个世纪之后,也就是经过三代批评家的不懈的努力,终于在80年代,吕德莱的意愿得到实现。

从50年代开始,法国批评界出版过几部关于手稿研究的专著,手稿研究出现一些新的观念,展现了一个新的批评前景。但这些批评家各自为战,缺乏统一的行动和目标。这些散兵游勇即刻被60年代突如其来的结构主义思潮淹没了,结构主义批评完全与之相反,把文本作为一个自足的体制加以考察,寻找文本内部的逻辑与结构。但渊源批评在结构主义思潮中并非没有获益。结构人类学、形式语言学、俄苏的形式主义理论的译介,以及弗洛伊德对潜意识的结构理论研究等等新的思潮纷纷沓至,尤其是法国批评界对文本理论重新概念化,重新描绘了批评的全景。这种全方位的理论化努力使一些文学概念更加清晰,这对后来渊源批评的产生来说是必不可少的准备阶段。如果没有这些新概念作为基础,渊源批评永远无法构建自己的理论框架。幸亏有了"文本理论"的成果,才能水到渠成:渊源批评在80年代初兴起,才能提出"文本"与"前文本"这样的概念。此外,结构主义批评偏重文本内部的共时静态形式的分析,而渊源批评则强调对创作过程的"前文本"的历时动态结构的分析。从这一点看,渊源批评成为结构主义批评的一种超越和延伸。

自80年代后,渊源批评这种新的批评学派既与传统的文献学重新联合,又在文学诠释方面引进其他批评流派的理论和方法。渊源批评雄心勃勃:要充分利用和开发欧洲各大图书馆近200年以来收藏的现代手稿这宝贵的文化遗产;通过分析手稿,以了解前文本产生的机制,澄清作家的创作行为和作品产生的程序;还要确定这种批评的概念、方法和技术。这一批评流派没有和其他批评流派竞争,而是以宽容的态度,与其他流派互相共存,取长补短。它领先去开拓一个从未被探讨过的新的研究领域。

二 对"前文本"的整理工序

渊源批评首先要弄清作家的创作过程经历了哪几个阶段，才能对堆积如山的手稿进行分类。否则，就无从下手。通常作家的创作经历四个阶段：构思阶段、写作阶段、誊清阶段和出版阶段。各个阶段又可分为若干时期。

构思阶段：这个阶段又可分为两个时期，即萌发时期和定题时期。萌发时期的第一个创作念头往往是在突如其来的灵感激发下产生的，随后慢慢地揣摩定型，最后决定创作。渊源批评非常重视证据，重视第一手的材料，即使是创作念头，也要以手稿（即使只有寥寥数语）为据。定题时期就是作家确定以第一次萌发的念头作为创作的契机，构思主题和内容，着手收集素材，从中提炼题材，构建情节，塑造人物形象，草拟提纲。

写作阶段：这个阶段是整个前文本过程最关键的阶段。在此阶段往往有两类不同的手稿：作家的写作草稿和为写作使用的笔记资料。有的作家在拟提纲（特别是小说或叙事作品的提纲）时，对故事的时代、地点、人物、环境作了一些笔记，他还对叙事中所涉及的科学技术、社会文化、历史背景、异国风俗等问题进行查询，并作了大量的笔记。这些资料对于写作起了参考作用，提供了必不可少的信息。作家有时为一个不太确定的问题所困，搁下笔去查找资料，然后做了卡片或抄在笔记本上或活页纸上。

誊清阶段：这个阶段留下的草稿都比较容易辨读，19世纪初作家习惯叫人抄正，如同20世纪叫人用打字机打字，因为接下去要把稿子交给出版社。誊写人多数是机械地抄写，把作家没有察觉的错误也照样抄下，这就有待于在印刷清样上或再版时修改。然而，要是作家去世，这些错误就只能十分遗憾地保留下去。

出版阶段：誊清的手稿交付出版社后，出版社最后把清样交给作者修改或校对。作者对清样的修改是前文本的最后一道工序，他若对清样觉得满意，没有什么可再修改，法国出版社传统上习惯要求作者签名，写下"可以付印"。从这开始，"前文本"变成正式文本。

作者的"可以付印"手令一发出，作品的第一版本就面世了。但作者生前，作品再版时常常又经历一次或多次修改。文本的最后版本往往是作者在去世前的最后一次修改本。因此，从作者第一次萌发创作念头到最后的版本，从时间和空间上都经过许多历程。这些过程都是渊源批评所要作的动态探索的内容。

作家创作的这四个阶段是按创作的时间顺序排列的，牢记它们的先后顺序有助于手稿的整理。摆在批评者面前的手稿远不是整齐有序的，而是乱七八糟的，短三少四的。这就需要批评者付出艰辛的劳动，先要寻找、收集尽可能完全的手稿，然后按上述四个阶段的先后次序排列，具体分为以下四个步骤：

收集手稿。首先收集所研究的作品的所有手稿，它们包括作家在创作期间使用或写下的亲笔或非亲笔的材料。它们可能散落在不同的公共或私人的收藏处，甚至在不同的国家。因此收集工作并非一朝一夕可以完成，有的需要经过艰苦的查找，这就需要严谨的治学精神。一旦批评者收集到所有资料（通常是以复制的形式：照片、复印件、缩微胶卷、光盘等等）后，每一份原始材料都要经过严格的检查，查清手稿是否为真迹：所谓"亲笔"手稿是否出自作者之手？查清其年代：所有手稿是否来自同一时期？或来自不同的时期？在必要时要鉴别"非亲笔"材料：它们出自谁的手里？是作者的朋友？秘书或誊写者？究竟有几种不同的字迹？这些外人写的材料在创作过程起了什么作用？是建议或修改的意见？

手稿归类。第二步是将这些资料按类型大体进行临时归类分理，如按文献笔记、草样、定稿、誊写者的抄正稿等类型；或按构思阶段、写作阶段等以上四个阶段分类。特别是对占据创作过程核心地位的写作手稿要进行特殊的处理。原则上要以最后的印刷文本作为参照系，为正式标准文本。假设一切手稿的目的是写成最后的文本，那么所有手稿都要与已定型的正式文本联系，譬如：正式文本里的第8面在手稿堆里可对应十几张同一内容或内容相近的手稿，要把它们捆成一扎。正式文本里的一页往往会对应不同的草样，这就需要批评者细心地在杂乱无序的草稿堆中辨认、查找所有的初样。

建立两个轴。第三步是借鉴索绪尔的语言学的聚合轴（纵轴）和组合轴（横轴），把已经分类的所有草稿定位在横、纵轴上。譬如，对同一页正文的不同草稿再进行鉴别分析，比较它们的各自特点，找出它们的创作时间的先后次序，把它们放在纵轴上。在这个轴上，同一页正文聚集着按诞生的时间顺序排列的不同草稿：即构思、写作、定稿和出版四个阶段的不同草稿。另一方面，按正式文本的内容顺序建立横轴，这样像一条链条一样把作品的各部分手稿串连起来，而在每一节"链扣"上都可以找到不同时期的手稿。建立好这两个轴后，自然就可以建立一个图表，无论你从纵向或从横向上都可以查找手稿，一目了然。对于其他"非亲笔"的手稿，也可以根据作者在创作期间的不同时期曾使用过它们，或在正文的不同内容里曾使用过它们，归入相应的轴上。这样，每一张手稿在纵、横轴上都有它相应的位置，杂乱无章的手稿变得井然有序。

辨认和誊写。没有辨认就无法分类，没有分类也无法辨认清楚。其实辨认在分类时是同时进行的，正因为经过辨认，才能分类建轴。不过，经过分类能进一步辨认，解码一些最复杂、最难辨的问题。在横轴上，同一页正文的不同草样，过去对其中一张手稿孤立地辨认往往辨别不出其中模糊不清的字迹，现在只要把它与前后草样一对比就可以辨认其中意思。

手稿辨认后就要马上誊写。要忠实地誊写手稿，一种办法是重印原手稿，但其缺点是占用太多的空间和纸张；另一种是用特定的符号准确表达作者的"涂改"和"增添"。通常用〈……〉分离出作者增添的部分，用［……］表示作者删除的部分。手稿一经辨认和誊写，若条件允许，交给印刷厂印出，以供其他批评者使用和诠释,后者可免去查找、分类、辨认等前期大量的研究工作。

此外,随着科学技术的发展,渊源批评者也像侦探一样运用现代科技手段鉴定手稿的年代,譬如参照各个时代的生产条件和产品在不同时期的具体数据,鉴定墨水的化学成分或者纸张的厚度、颜色和尺寸,从而判断手稿的年代。从某种意义上说渊源批评者的确像考古学者一样。

在光学实验室里,研究者将激光、全息、电脑与数学模型结合,用以鉴定手稿的真伪,确定手稿从头到尾是不是由作者一人写成的,是一气呵成地或是断断续续地写成的。假如研究者已经掌握作者的字体在不同时期的变化样品,激光技术可以自动跟踪手稿中的字体变化,以确定手稿的具体年代。这种技术是用激光束穿过手稿的缩微胶片的负片,所得到的衍射图像在光谱上含有字体的大部分个人特性。这些图像先用电子镜头扫描,经数学化处理,再经数学分析,就可以鉴定字样。若要处理更大的文稿汇编,那么可根据数理语言学和统计学的概念和方法,系统地计算作家常用词汇的频率和其风格的动态变化,并揭示和前文本的动态结构的变化。总之,信息处理技术为研究大部文稿展示了美好的前景。

渊源批评在前文本中的探源是一种智力的探险,是一种对沉睡多年的手稿的考古,有时会突然发现意想不到的宝藏。面对浩瀚的手稿,研究者需要付出惊人的毅力和艰苦的劳动,要有严谨的治学态度和科学精神,掌握了整理手稿的技术,就会在这块新开垦的处女地上获得喜人的收成。

三 "前文本"是一个独立的空间

在整理完成后,最后一个阶段就是对"前文本"中出现的现象加以诠释和解读,研究作家的创作独特性。如果说在整理手稿过程中,把正式文本看作一切手稿的目的,那是正确的。的确,在前文本这一新领域里,批评者将找到充分的科学依据,以最客观的态度去证实或推翻他或别人在文本分析和诠释时所作出的假设。然而,在诠释"前文本"的过程时,就不能把"前文本"当作文本的附庸、证据,为文本服务、印证。从表面上看印刷文本是一切手稿创作的结晶或归宿,但实际上并非如此简单。在手稿研究中可以发现作家在创作过程做了许多尝试,进行过不同方向的探讨,试写过许多不同的情节,塑造过许多不同的人物,手稿中隐含着众多的写作的可能,正式定型的文本只不过是作者从这些众多可能中选择的一种写法。在手稿的字里行间可看到作者的内心矛盾和冲突、犹豫和不安,可看到许多偶然的情况,所有这些"可能"都无法在正式文本中看到。

因此,80年代的渊源批评的诠释不把正式文本视作一切手稿的归宿,而是只把文本视作一种可能,一种选择,把"前文本"视作一个独立的系统,加以阐释。特别在诠释手稿时,必须区别前文本与文本的差别:前文本是复数的,而文本是单数的;前文本是游移的、动态的、未完成过去时的,而文本是固定的、静态的、过去完成时的;前文本是生产过程,而文本是一件出炉的产品。因而,前文本与文本之间的关系决不能看成因果关系,也不全是目的论关系,而是相异性关系。前文本是一种潜在的文学,需要一种新的阅读方法。如果在整理手稿过程,一切草稿都以最后的印刷文本作为参照基准,那么在诠释手稿过程,就要彻底摒弃那种目的论的先入之见,彻底超越因果论的偏颇,把前文本看作一个独立的系统加以研究。让·勒瓦伊昂指出:"……手稿既是未完成,也是已完成:它是另一个空间。它与文本之间的次序并非是循序渐进的顺序,也非是趋向完成的顺序,而是相异性的序列,是写作与文本之间的根本性的差异。"[1]因此,对手稿的阅读,不能从印刷文本出发,带着文本的先验性的偏见追本溯源地诠释手稿,使手稿成为验证文本意义的实物,这种重言式的诠释是渊源批评的大忌。让·勒瓦伊昂还强调:"渊源不是线性的,而是多维的、多变的。……手稿不再是预备的,而是文本的另一种形式。"这就是说手稿是另一种独特的文本——即前文本,它是一个多维的空间。在这个空间里,词语并不是单一的信息资源,诸如作家的涂改、添删等等其他符号都具有特殊的意义,它们提供阐释的资源。因此,法国一些批评家认为在"文本诗学"(la poétique du texte)之外还存在一个"创作诗学"(la poétique de l'écriture),或称为"前文本诗学",后者专门研究手稿的写作方法。正因为手稿被视为"前文本",一个独立的文学空间,许多批评流派的理论和方法被用来开垦这块新的处女地。

"排除手稿与文本的因果关系,把前文本视为一个独立的系统"这是80年代渊源批评最重要的新观点,是与20年代的朗松的"博学"批评的手稿研究的根本区别之处。朗松等学者的哲学观点是心理决定论和整体论,他们想通过手稿的研究确定作家的创作定势,重组作家的情感、思想、感觉的"面貌",为文本研究印证,为撰写文学史服务。特别是吕德莱的理论带有益格鲁-撒克逊人的先验主义和20年代流行的批评心理主义的痕迹。

观念的转变是个重大的突破、重大的进步,正由此形成独立的渊源批评。这种批评融合吸收诗学研究、社会学批评和精神分析法等各个流派的不同研究方法,共同开拓"前文本"这个新的空间。

四 垦荒与收获

"前文本"被视为独立的空间,各个批评流派纷纷前来这块处女地上垦荒,它们根据各自不同的理论和方法研究、诠释,各取所需,开荒种植,收成不同的果实。因此说,渊源批评是指各批评流派对"前文本"的综合研究。下面简述诗学研究、社会学批评和精神分析法的研究方法。

---

[1] D. BERGEZ et al., *Introduction aux méthodes critiques pour l'analyse littéraire*, Bordas, 1990.

虽然"前文本"被独立研究,但它并非与文本完全脱离联系。从诗学研究的观点看,创作诗学与文本诗学既互相联系又互相对立。诗学渊源批评者认为"创作诗学"要回答的基本问题是"作品是怎么样创作的?"创作诗学的研究结果有时证实了文本诗学的研究结论,但有时却推翻后者的结论,而且有新的重大发现。因此,渊源批评不能带有文本的先入之见,满足于在手稿中寻找证据,也不能以"文本目的论"或"前文本与文本是循序渐进的关系"的观点去认识文学渊源,而是应该探讨前文本与文本之间的差别,"这就要我们首先摆脱对文本的崇拜的思想。"渊源批评的诗学研究把手稿分为"外源"(l'exogenèse)和"内源"(l'endogenèse),"外源"指作家参考的文献、资料,"内源"指已写成的手稿,即"前文本"。诗学批评注重于考察作家如何把"外源"的资料经过美学选择和虚构化,赋予资料"文学性",成为"内源"的要素。按中国批评的说法,就是研究作家如何选择素材,把素材变为题材。再考察作家又如何把"内源"要素进行结构化、文本化处理,变成正式"文本",从中找出作家的创作诗学特点和规律性的东西,包括认知的价值取向、语言的美学选择和诗作技术的操守,从而描述创作的生产动力。

社会学文学批评把文学渊源分为"剧情渊源"(la génétique scénarique)和手稿渊源(la générique manuscriptique),几乎相当于诗学研究的"外源"和"内源"。社会学批评重视"剧情渊源",在这最原始阶段,个人话语最直接与集体话语或社会话语接触,个人话语成了文化的第一痕迹。考察作家如何把集体话语演变为个人话语,寻找集体思想、理想、审美的变化症状;或倒过来通过考古个人话语,了解当时的社会话语,由此,个人话语成了活生生的文化渊源,像文学渊源充实文学史一样充实文化史。因此,渊源批评与考古学异曲同工:通过词的物质性层次,揭示了一个历史的物质层次,也就是说一种思想、一种语言,甚至一种文化的历史。然而,渊源批评成为一个批评流派的时间毕竟太短,许多定义需要弄清,需要概念化,许多理论尚待探讨,尚待建设。不过,应该说精神分析法批评在这次垦荒中是最有建树的,"前文本"空间为精神分析法批评提供了用武之地。

精神分析法批评主要研究前文本中的潜意识活动,而潜意识既是"非时间性(non-temporel)"的,又是"超时间性(hyper-temporel)"的。根据弗洛伊德的理论,潜意识空间存在着所有生产性和时间性,那里保存着一切而又无拘无束。以前,精神分析阅读在印刷文本中特别注意话语中的笔误、遗漏或补充,诠释文本时常常用"自由联想"的方法,但文本中的条件受到局限,批评家常常感到遗憾,无法从一些词推论到另一些词,被迫用自己的主观联想代替文本中所缺乏的联结,其实这是非常危险的批评操作。而现在,手稿批评矫正了这种缺陷。精神分析批评把前文本当作一个真正的"主体"或一个"病人"的等同物。在正式文本中几乎很难找到被压抑在潜意识里的词,但在前文本里,可以找回这个失去的词,对于研究者而言,这个词再重要不过了。这一次的自由联想就不再是凭批评家的主观臆断,而是客观、清晰的推断。这个新词可能是一个名词、一个不同寻常的形容词,也可能是一个场景、一个句法辞格,有时可能是一个强调的字母,或者一个音节、一个带有无限意义的小东西。在前文本里找到它们,可以更容易地拼出潜意识这个七巧板,这是令人鼓舞的。贝勒曼-诺埃尔指出:关于日常的精神病理学研究,将会轻而易举地发现写作和说话一样容易犯错误。福楼拜在《圣于连的传说》的一份草稿中曾这样写道:"你将害死你的父亲和父亲。"显然,后个"父亲"是"母亲"的笔误,但它表现了作家对其父亲的一种俄狄浦斯情结。雅克·珀蒂为七星社书库编辑过朱利安·格林和弗朗索瓦·莫里亚克等人的作品,他发现格林在写作时除了笔误外,不停地又写又涂。于是珀蒂这么诠释:前文本显示了作家正在消失;他在删削原稿的同时也在删除他自己。珀蒂还提出了一套删节理论,他从手稿的那些支离破碎的"删节"里发现新的意义。他首先按删除的长度和删除的日期分类:被删掉的是一个完整的段落,还是未写完的段落?一个序列还是一句话?其次,被删除的内容之间是否存在着有机的联系?把这些重要的删节集中在一起,就可能发现潜藏在文本后面的另一种思想或原先的意图。例如莫里亚克的《命运》中,作家删掉了地理和历史方面的细节描写,增加了暗喻《费德尔》的神秘气氛。删节的理由可能来自潜意识(如格林),或者出于纯粹的技术考虑,或者时代的趣味使然。莫里亚克删掉了《蝮蛇结》的所有过渡段,旨在营造一种"气喘吁吁的节奏"。① 珀蒂还说:"如果我们研究文本结构(如《残骸》)或文字功底(如《蝮蛇结》),就会把删除的东西视为废料。然而在这里,它要求我们去解读它;如果删节发生在撰写过程之中,它的揭示意义就愈大。"②格林废弃了不少小说的开头,他谓之曰"废墟",珀蒂解释说:这是因为作家被某种顽念缠绕时犹如瘫痪一样,只有重写一段开头或一段故事才能摆脱这种惨状。虽然乍看起来这些诠释有些牵强附会,但它们毕竟有大量的实例和论据作为依托,是在从手稿中发现的大量现象的基础上所得出的结论。

渊源批评是20世纪80年代后法国文学界出现的一个重要批评流派,近三十年的法国文学批评受到后现代主义思潮的影响,都千方百计地突破文本框架,拓展新的领域,以消解文本这个中心。渊源批评正是在这个大语境下异军突起。另一方面,作为法国文化的一个重要组成部分的人文精神是重实证、重客观、重分析的科学精神,渊源批评充分体现了这一精神。正是这种人文精神使巴黎成为上世纪许多文学思潮的发源地,文学思潮一浪盖过一浪,批评流派一个接着一个。但不管法国文学批评有多少派别,它们的批评方法有三个重要特点:一是勤于寻找科学的客观依据,而不是泛泛地凭主观、凭印象胡诌;二是精于微观的解剖和分析,而不是信口雌黄地发表宏宏空论;三是善于抽象思辨、逻辑思维和精确论证,而不是近视的直观、肤浅的联想和实用的判断。

---

① M. JARRETY, *La Critique littéraire française au XXe siècle*, PUF, «Que sais-je?», 1998, p. 289.
② *Ibid.*

第二章　意识与潜意识的探索

　　法国批评界从19世纪的圣伯夫、泰纳的实证主义批评到20世纪的朗松的文学史研究,这些传统经院的文学批评偏重于研究"环境、作者、作品"三者之间的逻辑关系,也就是说他们热衷于借助作品外部的社会环境和作者生平来考察和评价作品。而现代形式主义批评或结构主义批评反其道而行之,撇开社会生活与作家思想,只在作品内部寻找一个主宰文体的形式结构和规律。然而,批评家探讨第三条批评路径:他们从作品中反复出现的主题现象入手探讨作者的意识或想象世界,揭示作者的意识结构,而这个意识结构被视为作品之源,为法国现代文学批评闯出一条新路子。

　　新批评形成流派应该说是在二次世界大战之后,"新批评"的源头即于1956年后在法国出现的文学批评的更新潮流(不过,其发轫要早得多),不管方法有何差异,"新批评"的特点,便是与实证主义的历史、与传记、与"作家其人与作品"一类专著决裂。萨特、罗兰·巴特早期也从事主题批评,马塞尔·雷蒙、阿尔贝·贝甘、巴舍拉尔是这一流派的先驱。乔治·普莱是新批评的领军人,其他代表人物则包括被称作"意识批评"的日内瓦学派的几位主要批评家——让·鲁塞和让·斯塔罗宾斯基以及让-皮埃尔·里夏尔等。上世纪50年代这股新批评思潮成为西方现代批评中一股不容忽视的力量。

　　新批评的理论基础建立在胡塞尔的现象学哲学上,故此,有人称其为现象学批评。1954年,让-皮埃尔·里夏尔的《文学与感觉》出版时请了"日内瓦学派"的领袖人物乔治·普莱写序。友情将几个批评家联结在一起,他们互相写序,志同道合,寻找新的批评途径,形成了独特的批评学派。这些批评家虽然风格不同,但是他们都对文学中的感觉、经验、意识现象给予了关注。由于这些批评家中有许多是瑞士人,或曾在日内瓦大学执教。因此,有人把他们称作"日内瓦学派",称他们的批评为"意识批评"。

　　加斯东·巴舍拉尔是法国这股批评思潮的开拓者,让-皮埃尔·里夏尔作为巴舍拉尔的学生深受其老师的影响,并对巴舍拉尔的理论和方法加以继承、发展和创新。这些批评家通常在批评方法上从文本表层的"题材""意象""主题"等入手,对感觉和想象世界有着特有的敏感和独特的探索,因此,有人也称之"意象批评"或"感觉批评"。所以,在法国,人们也习惯称其为"主题批评"。

　　文学批评是文学理论与文学创作两者之间的中介,文学理论与文学创作方法的嬗变必然带来文学批评观念的革命。新批评发轫于二三十年代,在法国特定的文学氛围中孕育,在现象学哲学的催生下落地。

20世纪欧洲现象学哲学在人文科学和社会科学领域产生了广泛而又深刻的影响,现象学理论与具体学科研究实践结合产生了现象学美学、现象学批评等。现象学的基本方法源于胡塞尔的"现象学还原"方法,也就是将一切事物的存在悬置起来,放入"括号",其目的是为了尽可能如实地描述事物的本来面目。"作为哲学方法的现象学并非一般意义上的认识,而是一种'精神展示',一种直观。这种直观,与一般的经验方法和理性方法不同,是要在人的精神活动中,在主观的意识活动中,直接地把握或'显示'对象的本质。"[1]20世纪初在西方人文社会科学里兴起一股反理性的思潮,"意识流"文学、超现实主义运动和克罗齐的"直观"美学都是这个思潮的产物,同样,哲学上的"现象学"同这个反理性思潮是合拍的,它主张直观认识,反对理性的推理。

新批评能异军突起,应该归功于30年代崛起的现象学哲学。新批评以现象学作为自己的理论基础。胡塞尔把现象学规定为一种揭示意识本身的基本结构或永久范畴的先验哲学。他的出发点是弗朗茨·布伦塔诺(1838—1907)的有名公理"一切意识都具有意向性",意思是说一切意识的存在都依靠主体与客体之间的关系。主体意识不是一个实体,而是一种关系。意识在内(主体)外(客体)交流的形式之中,主体确认客体,客体反过来塑造主体,外部可以叙述内部,内部可以生成外部。在新批评家看来,作者与作品构成了主客体,从作品这个外部可以洞察作者的内部精神世界。美国学者詹姆斯·艾迪在《何为现象学》中更具体地阐述:"现象学不会只注意经验中的客体的科学,而集中探讨物体与意识的交接点。因此,现象学要研究的是意识的意向性活动,意识向客体的投射,意识通过意向性活动而构成的世界。主体和客体的每一经验层次上(认知和想象等)的交互关系才是研究重点。这种研究是超越论的,因为所要揭示的,乃纯属意识、纯属经验的种种结构;这种研究要显示的,是构成神秘的主客体关系的意识整体的结构。"新批评家把意识的意向性活动理解为作者的创作思想或创作动机,把意识通过意向性活动而构成的世界视为作者的感觉世界或想象世界。现象学哲学的主要代表人物除胡塞尔以外,还有梅洛-庞蒂(1908—1961),后者进一步发展了现象学,确认现象学是研究体现的意识。现象学的理论给新批评提供精神食粮,指导了新批评家的批评活动。

新批评家认为文学批评所关注的是由主体和客体的关系以及主体与另一个主体的关系所确定的主体性。这种批评就是一个主体(批评家)经由客体(作品)达到另一个主体(作家)的过程,批评家在此不是居高临下地将文学作品作为一个客体对它进行审视,而是把它看成一个有思想、有形象的存在,看成是精神产品。当文学作品被阅读时,它已不再作为物质实体对读者产生作用,而是还原为

---

[1] 高宣扬:《当代法国哲学导论》(上卷),上海:同济大学出版社,2004年,第193页。

思想和形象。读者进入文本,便可体验和理解作家的"我思",进而达到主体间的对话。作品的这种特征消除了人与作品之间的对立和隔阂,使得批评家主体和作者主体之间能够对话,因此,这种批评观是建立在主体间性基础上的。文学的主体间性强调文学是精神现象,属于人文科学研究的对象,文学通过对人的理解来达到对生存意义的领悟。

第一节
主题批评

在法国50年代的新批评中,主题批评(la critique thématique)是一个重要的批评流派,它发轫于二三十年代,随着西方现象学的出现而产生,50年代在法国批评界占据举足轻重的地位,直至今日,主题批评在法国仍方兴未艾。这一批评流派的主要代表人物是法国著名的哲学家、批评家加斯东·巴舍拉尔(1884—1962)以及让-皮埃尔·里夏尔(1922—)等,他们自称是"主题批评家"(le thématicien),就连萨特和罗兰·巴特早年也从事于主题批评,甚至有人也把日内瓦学派批评家乔治·普莱(1902—1991)、让·鲁塞(1910—2002)、让·斯塔罗宾斯基(1920—)视为主题批评家。现象学是一门揭示意识本身的基本结构或永久范畴的先验哲学。主题批评把文学当作创作意识的表现,把作品视为一个个体的意识结构的记录。批评家可以根据文本推论出个体的意识结构。由于他们重视创作意识,所以也被人称为"意识批评家"。最早使用"意识批评"说法的就是乔治·普莱。后来里夏尔偏重于探讨作家的"感觉世界"和"想象世界"。胡塞尔的现象学的出发点是"一切意识都具有意向性"。批评家从作家的意识结构中抽象出一个主体意向性,把一个作家的个体作品文本视作同一个主体意向性的许多各自不同的变体。换言之,主题批评是立足于文本,透过作品的具体子题(le motif),探究作品的深层主题结构网。这个结构网隐藏在作品的深层中,其实也是作家的创作意识、感觉或想象世界的体现。批评的步骤是从作品的表层到深层,实际上是从作品到作家,在作家的意识中寻找作品之源。主题批评家的文艺观带有唯心主义的色彩,他们认为艺术品不是源自现实世界,而是源自作家的主体意识或想象世界,正是作家的主体意识对现实加以变形,才把生活的素材变成艺术品。传统批评侧重于对作品进行判断或对内容加以阐释,不外乎在现实生活中寻找渊源,热衷于揭示作品说了"什么"(quoi)或"为什么"(pourquoi);而现代批评都趋向对形式、结构的描写,就难免侧重于探讨如何形成艺术品的文学性(la littérarité),而致力于研究"怎样"或"如何"(comment)的艺术手法。因此,主题批评更侧重于主动描写。它的目标是描写作品的意义诸要素构成的整体。里夏尔认为：作品内部存在一个独特的感觉和想象场，他给一个旧词"le paysage"（风景）赋予新义"场景"来称呼这个场。主题批评就是描绘这个场景的整体性和特殊性，这个场景也就是意识结构，是作品内容的形式构架。半个世纪以来，主题批评在法国形成一股不容忽视的批评思潮。

一　概念的区分

1. 主题与神话

我们可以参考吉尔贝·杜朗在他的《意象的人类学结构》开头部分提出的术语建议。按照一个等级次序，他从一个他定义为意象的功能构架的模式出发（相对思想观念而言意象较抽象），宣称我们谈论的将是"上升的垂直"模式。荣格将"原始形象"定义为原型，模式就实体化了：山顶原型、首脑原型与圆形的模式相符，比如车轮原型。在多元化（尤其是社会文化的）和命名的进程中，出现一些象征，数量当然是众多的。当上升模式和天空原型保持不变时，层层除去它们的标记，象征变成会飞的箭、超音速飞机、跳跃冠军，这个象征逐渐变成一个简单的符号。从另一个水平上说，模式、原型、象征在神话中都是系统的、运动的，而神话是一种记叙，通过形象的方式把一条宗教教义、一个哲学系统或者几个传说的或历史的真相具体化。这几种现象全部都处于更宽的范围中，准确地说是"结构"，这是来自意象的重要制度。倘若这些结构涉及人类，即被形容为"人类学的"，全部的人文科学都要研究它们，其中有神话分析①和神话批评②。

吉尔贝·杜朗的经典著作包括按字母顺序排列的索引，这个索引概括了"象征主题、原型主题、神话主题"。"主题"这个词在索引中出现，但相对地，是作为一个不明显的词、外行的词。有使一个惯用词专业化的方法吗？这个惯用词的意思与"子题""类型""神话"的意思相近。"主题"这个词最特殊的用法可能存在于那些最需要它的人的作品中。比如在主题学和比较文学上，因为这两个学科都是用来组成超越地理、文化范围的整体：俄狄浦斯神话或厄勒克特拉神话、牛头人妖神话、乌托邦神话，直至比较特殊的子题。

2. "La thématique"与"la thématologie"

何谓主题批评？人们不禁会想到比较文学的主题研究（la thématologie）。然

---

① 神话分析：参照历史文化背景，吉尔贝·杜朗的神话分析研究神话的生命，即变化、衰退、复苏的现象，他的计划为《文化科学》作出贡献。

② 神话批评：神话批评是一种阅读方式，旨在发现叙述中的神话主题，在这中间插入情节、地点、情境、人物等。这种批评方法因皮埃尔·布吕内（生于1939年）而出名；他发表了《伊莱克特拉神话》(1972)、《变形神话》(1974)、《神话批评：理论与途径》(1992)。1988年，他主编《文学神话词典》。

而,法国主题批评与传统的主题研究既有联系又有不同。在谈论法国主题批评之前,必然要对"la thématique"与"la thématologie"(英语中也有"thematic"和"thematology")这两个批评术语进行释义。我国学者在引进外国文论时,也时常混淆其义。这两个词同源于"le thème"(主题)一词,首先要从这个词的原义和其发展谈起,才能分析两个批评术语的异同。

从符号学的观点看,主题是一个符号的"所指"(le signifié)单位,或从语义学看,主题是一个义素,它循环出现在作品的语义空间。既然它重复出现,就不可能以一成不变的面目出现,必然以不同的外在符号"能指"(le signifiant)重现。按数学术语称,主题的能指是一个变量,所指是一个恒量,在一个主题的聚合轴上可纠集许多形异义同的能指(即词项)。从"le thème"(主题)一词的词源学上考察,它源于古希腊词根"topos"(意为"共同的地方"),我们从这个词的原始意义出发,可知主题是个意义存放的"空间或位置",在这个空位上,讲话者可以放置一系列具体的、形异义同的词项,主题就成为这些词项的一个"共同义素"。同时,作者的主体意识也可能投射在这个地方。现代主题批评正是挖掘"le thème"这个词的原始潜在意义而构筑它的批评理论。

古希腊亚里士多德最早建立普遍范畴学(la topique)对范畴作了系统的研究,按共同的语义材料对客观事物进行分析归类。传统的主题研究实际上和古代范畴学研究是一脉相承的。从历史角度上看,主题研究兴于19世纪下半叶比较文学的崛起。比较文学,特别是当它朝着总体文学方向发展时,喜欢按主题归类比较。主题研究打破时空、语言的界限,把两部或多部作品抽选出共同的主题加以分析比较,通过主题研究可以克服传统文学研究专门从历史入手的弊病。初期,比较文学的主题研究只把主题视为一个内容要素。

然而到了20世纪初,法国著名的"意识流"作家普鲁斯特给主题一词赋予新义,在《寻找失去的时间》中,叙述者说道:在司汤达那里,对某种高度的感知紧紧地和精神生活相连:于连·索雷尔被囚禁的高地、法布利斯被关押的古堡高塔、布拉内斯神甫占星和法布利斯俯视的钟楼。在普鲁斯特看来,司汤达作品的"高度"不仅仅是个中立的主题,它带有作家个人的印记,带有作家的意识,司汤达把"高度"和囚禁联在一起,是他独特风格的体现。这样,普鲁斯特拓展了主题一词的意义空间,原先比较文学主题研究只停留在主题作为内容单元这一认识上,而普鲁斯特把主题视为"语义+风格"的集合体。普鲁斯特的这一见解启迪了后来的主题批评。由此可见,主题批评比比较文学的主题研究更进一步深化了"le thème"一词的意义。

在"le thème"一词的用法上,两者也存在明显的不同。比较文学的主题研究——"la thématologie"的涵义相当于德语的"Stoffgeschichte"(题材学),不言而喻"le thème"也相当于德语的"stoff"(题材)。比较文学的主题研究把"le motif"(母题)视为抽象的概念,却把"le thème"视为具体的题材,是母题的具体体现。

我们可用以下公式来描写：

M>T（M：le motif；T：le thème）

法国比较文学理论家图松把主题称作"母题的一个特殊的表达，母题的个人化，或者，从一般到个别这一过程的结果"[①]。他认为母题通常与形势（如爱、恨、嫉妒、吝啬鬼、撒谎者等）有关，而主题与人物（唐璜、浮士德、俄狄浦斯、拿破仑等）有关。母题从形势中来，是抽象的概念，相对上数量有限，而主题通过人物具体化，数量却是无限的。

而主题批评——"la thématique"把"le thème"视为一种抽象的、形而上的语义单元，兼是作者意识结构的形式单元。例如里夏尔在《普鲁斯特和他的感觉世界》中梳理出一些抽象的主题："开放"与"关闭"、"连续"和"断续"等，而"le motif"（在这里应译为"子题"）是体现主题的具体的题材：如"水果、衣服、门窗"等。由此可见，对于主题批评而言：T>M。

主题批评受人贬低的原因之一是术语贫乏，"主题"和"子题"（le motif）是它的一对基本术语。把"le thème"翻译为"主题"似乎不很确当，因为"le sujet"也译为"主题"。要了解"le thème"的准确词义，必须追溯它的拉丁词源："thema"意为"放的位置"，和"topos"（地方）相通。因此，主题实际是指文本中的一个"位置"（une place），在这个"位置"上，可以"放"上具体的词。这些具体的词称为子题，譬如：普鲁斯特作品中的"花""鱼""喷水""电灯""白天""圆饼"和"钟楼"等。因此，按数学术语说，主题是一个变数，主题是文本中重复出现的语义要素，也是意识场景结构中的连结原则和形式。而子题是主题在作品中的体现，是具体的意象，它使主题现实化。两者似在演木偶一样，一个在幕前，一个在幕后。

我们通过两者对"le thème"一词不同用法的比较，就可看到比较文学的主题研究的"le thème"主要指具体人物，有一定的局限性；而主题批评的"le thème"指抽象的概念，相对上意义空间大得多，而且还是形式元素，兼有组建主题结构的功能。我们根据上面对"le thème"一词的分析，并考察它的词义的演变过程，知道"la thématologie"与"la thématique"两者不同：前者指比较文学的主题研究，是一种比较的研究方法；后者指主题批评，是一支批评流派。只有认清了两者的异同，才能了解法国主题批评的特性，更不会与我国传统的主题研究混同。

二 主题批评阅读方法

阅读实践是主题批评的首要程序。尽管主题批评家们所采用的批评手段因人而异，但他们都对阅读行为非常重视。巴舍拉尔、普莱、鲁塞、斯塔罗宾斯基和里夏尔等人在许多论著中都论述到主题批评的阅读法，就连结构主义批评大师罗

[①] 冯寿农：《文本·语言·主题——寻找批评的途径》，厦门：厦门大学出版社，2001年，第97页。

兰·巴特在《评米舍莱》的论著中也论及主题批评的阅读,里夏尔在1979—1984年还发表了两部重要论著《微观阅读》。在此简要地综述主题批评的特点和其阅读方法。

——立体阅读

罗兰·巴特认为主题批评阅读应是一种"立体"的阅读,他在《评米舍莱》中说:"阅读米舍莱的作品时,应该像听复调音乐一样不仅仅用眼睛看,还应该用耳朵听,用脑子回忆……"①立体阅读要求读者积极回忆,当读到一个重现的子题时应该马上能够忆起它初次出现在文本的情景。发现反复出现的子题并非难事,关键是要在众多近似的子题中洞察出一个重复出现的主题,殊非易事。主题批评和精神分析批评一样,都非常重视文本中反复出现的主题。因为反复出现的主题表明作家的强调和偏爱,这些主题是作家的潜意识欲望的投射处。

因而要发现那些反复出现的主题,就把作品视作一个立体的意义空间,采取一种透视性的阅读。在繁杂的子题中,既要善于察觉它们的不同点,又要观察它们的共同特性,找出它们的相通之处。例如:如果我们观察一个圆和一个四方形,我们可以很容易地指出它们的不同点,但并非人人可以一眼看出它们的共同点。它们的相似性就是它们都有"封闭"这一共同的拓扑特点。因此我们在阅读过程中要应用拓扑学和语义学的原理,善于在众多不同的子题中找出它们共同的义素、公约数或公分母,从而加以梳理归类。这种共同的义素就是主题批评所讲的主题。因此,主题是抽象的意义单元,里夏尔在分析普鲁斯特的《追忆逝水年华》时,把一对对互相对立的二项式确定为作品的主题:"封闭"和"开放"、"单元"和"多元"、"连续"和"断续"等。

从子题中抽离出主题后,就要把子题归类在同义的聚合轴(le paradigme)上,罗兰·巴特称之为"同义结"(le complexe synonymique)。描写一个主题,就是罗列那些与主题相关的各种子题。里夏尔在《普鲁斯特与感觉世界》一书中,描写"封闭"这一主题时,把一切房间里的"场景"要素:床、沙发、火、灯、花、早安的亲吻,还有屋内吃的食品都归在这一主题下,因为房间的形状是封闭的。

——"穿行"阅读

里夏尔曾在一次学术报告上讲:"阅读就是穿行。"(Lire, c'est parcourir.)②主题批评的关键在于"穿行"阅读,顾名思义就是把主题和子题串联起来,形成一个紧密的结构网。

从纵向看主题可以囊括各种同义子题,从横向看一个子题也可以隶属于不同

---

① 《文本·语言·主题——寻找批评的途径》,第70页。
② 同上,第71页。

的主题下。因为一个词具有多个义素，一个子题同样含有多种涵义，特别是内涵深广的词的言外之意更多。所谓词的内涵是指词的显意下隐含的意义，譬如："红色"在某些场合下可能意味着"欢乐"和"喜庆"，但在另外场合下也可能暗示着"战争"和"灾难"。主题批评实质上是要揭示作品的隐意——作品的言外之意和象征意义，是要研究作品的内涵意义。罗兰·巴特主张在阅读过程中，要沉浸在一种词义"替代的滑移"（le glissement métonymique）之中，读者要跳出词典的外延意义，沿着同义的链条，从这个词滑移到另一个词，不断地扩展延伸。他举了一个生动的例子："老人"一词具有"脆弱"的内涵，而"玻璃"易脆，两词相通，因此可以从"老人"此词滑移到"玻璃"彼词。两词表面上似乎互不相关，但隐含着一些相似的形象：呆板、脆弱和无表情。他在《S/Z》一书中说，这种扩展是词义的运动：词义在滑移，包容和前进……这种词义扩展的语义学，正是人们所说的"主题学"。这种词义的横向滑移，把各个主题栏都串连起来，读者在这些词的内涵意义的引导下不断地转移注意力，在"梦的道路"（巴舍拉尔语）上穿行。作品的表层下似乎覆盖着四通八达的道路网，道路通向十字路口，通向森林中"星形"（普鲁斯特语）的叉口。这个网络不是平面，而是立体的，左右上下畅通。子题虽然属于某个主题栏下，却朝着许多通道开放，可以根据它的涵义在这网络上滑行。譬如，在普鲁斯特的《追忆逝水年华》中，"菊花"这一子题，从颜色上看和火、红色、血有关联，又和"封闭"主题栏下的床、衣服、房间、女人的身体发生关系，还与"连续"的主题栏下的海、波浪、姑娘群等相关……通过这样"穿行"的阅读，可揭示出一个脉络清楚的主题分布网（马拉梅称之为"蜘蛛网"），主题网也像整齐有序的星座，它们之间具有严密的相关性、整体性，还存在无形的牵引力。

——感应阅读

词的滑移和子题的穿行，全靠读者去感受词的内涵，这就是感应阅读，乔治·普莱也称之为"同化阅读"。读者要力图清除掉他个人的先入之见，全神贯注，融化在作品的体验中。里夏尔认为读者应该拥有一种感觉认知，阅读行为应该是一种身体的行为、身体的感受。这种身体的感受可通过直接或间接的体验。

直接的感受，就是要读者用想象和感觉去体会诸子题的形、味、色、香等特征，因此，批评者也是体验者。里夏尔引举了自己在分析普鲁斯特的作品中的"天鹅绒"子题的例子：他像一个梦幻者一样，似乎触摸到天鹅绒，以一种感应的行为沉浸在体验之中。顿时，他感到温暖、柔和、光滑和软绵绵的，这样他用自己肉体的感觉才获得子题的准确意义。文本内容只有在读者的体验中才得到领会。

间接的感受，就是要读者绕道去体验与该词相关的周围诸词的特性，譬如上面所说的普鲁斯特的"天鹅绒"子题倘若无法在读者的梦幻想象中得到体验，那么可以感受与"天鹅绒"相关的特性，如，冰冷、釉光、光亮、柔软、滑腻等，这样一步一步地就可以体味到天鹅绒的特征,也渐渐地和普鲁斯特本人的感觉吻合。总之,"同化"就是要求读者像作者一样设身处地地去体验,这种感应的阅读就可以捕捉住子题的准确意象和涵义。读者领会词义,词义引导读者,这样就可以在作品的意义空间中毫无迷误地穿行。

上文所述的三种阅读法并非有先后次序,在阅读过程中三者并重。经过细致、活跃的阅读,我们就可以找到打开作家意识中想象世界的秘诀,也揭示出作品深层的主题关系网络结构,意义在于关系之中。一旦揭开这个网络,主题批评就首战告捷了。

三 加斯东·巴舍拉尔

法国主题批评的真正鼻祖应是哲学家、评论家加斯东·巴舍拉尔(1884—1962),他主要致力于研究物质的想象力。自1938年至1961年,他发表了九部重要论著即《火的精神分析》(1938)、《洛特雷阿蒙》(1939)、《水与梦》(1943)、《大气与梦》(1943)、《土地与休憩之幻想》(1948)、《土地与意愿之幻想》(1948)、《空间的诗学》(1957)、《幻想之诗学》(1960)、《一支蜡烛的光芒》(1961),刷新了法国的文学批评,震撼了文学批评界的种种方法。巴舍拉尔的著作奠定了主题批评的理论基础,他虽无意建立新流派,但他的理论与方法却在五六十年代的法国批评界产生过极大的影响。1938年出版的《火的精神分析》是他对诗学理论的创新和发展,他试图通过对火的精神分析把认识与物质想象统一起来,他从水、火、土、气四大元素及构造的基础意象出发,构建了四元素的意象学体系,从而揭示物质的四重想象在诗人那里的表现。他试图在想象的王国中确定一种由四个基本元素(火、气、水、土)构成的规律。在巴舍拉尔看来,幻想转瞬而逝,缥缈不定,但它们中间存在一些恒定的现象,正是这些恒量产生出文学作品,批评家应该寻找一些适当的物质元素来指称它们,使那些虚幻的东西物质化,并研究这些元素的规律和诗学意义。因此,为在文学表层的复杂布局下寻找那些"恒量"——即基本主题,他把基本主题简缩到四个基本元素,以这四个元素的组合关系描写作家虚幻的想象世界,寻找产生想象力的泉源。最后他的批评快走到荣格的原型批评了。前期,他借用精神分析法来阐发他的理论,但他的精神分析法独树一帜,不同于弗洛伊德,却更接近于荣格。后期,他摒弃精神分析法,专心于意象的现象学研究,他把意识流露出的文学意象当作心灵的直接产物。由于巴舍拉尔是位哲学家,所以他的主题批评过于抽象。因此,益格鲁-撒克逊国家的批评界并不欣赏他,很少介绍他的批评理论和方法。

加斯东·巴舍拉尔将主题的意象引入批评,他认为,主体所产生的对客体的印象不仅仅是记忆或感觉的再现,它具有想象的性质,含有梦幻的成分。巴舍拉尔的研究领域是认识论和诗学。他的初衷并不是研究文学文本或它的美学价值,而是辨别和描述想象在感觉中默默无闻的工作,他认为在同一个文化共同体中的全体成员所共有的文学意象表现为反映世界的既普遍又个别的原形,文学意象之所以引起读者的共鸣,是因为它重新找到了文化中普遍的梦幻,巴舍拉尔执着追求的是幻想的普遍类型,他把物质和感觉想象的范畴引入了阅读。

巴舍拉尔给诗歌的特性下定义:我们不能把形象和回忆混淆起来(在这一点上,虽然他后来改变了观点并接受了它们之间可能的结合),也不能把察觉到的形象和想象的形象混淆起来。他尤其反对现实主义的论点,根据这论点,想象只是回收利用,以及组合分散现实中的元素。诗歌形象,即文学的形象,从它产生的心理状况中抽取其特点:它从属于幻想意识的特殊状态,巴舍拉尔把它置于梦的上方,因为有了诗歌形象,"我们再也不会处于嗜睡状态"[1],他是这么说的。而且,它是语言的一个存在体。这个形象特性不要让人按理性的分类去处理。它摆脱真假二元逻辑,摆脱不矛盾原则(因此,诗人可以谈论"黑牛奶")。

巴舍拉尔也确定形象的原状和深度:形象扎根于我的最深层。更确切地说,"形象出自人类本身的最深处"[2]。这里涉及原型[3]的概念,是指这些强大的形象,但几乎都是匿名的。这个概念可应用于其元素都是客观的幻想,也可应用于某些幻想,比如追溯到童年时期的幻想,根据荣格[4]给这个词下的定义,巴舍拉尔认为这个时期有一个强大的原始意象。对巴舍拉尔来说,形象的现实性使作者的过去、内心、情结的论述变得无关紧要,而弗洛伊德的精神分析着重对这三个方面进行研究。

物质想象,以及物质形象长期以来都是巴舍拉尔关于四大元素的论文所必需的。这些物质形象来源于潜意识深处,所有一切的产生如同想象欲进入一些东西的中心,因此他说:"物的形象使趣味具体化。"[5]他引用同时代诗人弗朗西斯·蓬热(1899—1988)的一句诗:"我建议个人开启内心的门,旅行于事物的厚度中。"[6] 准确地说,这种深度扎根于主体中,但不是事物本身的深度。主体和元素的辨证是必需的,材料、形式、形象都是意识的体现,是幻想授予的产物。比如,巴舍拉尔在《空间的诗学》(1957)长期研究的原型房子。

在同一本书中,他的变化朝着他所谓的"想象的形而上学"发展,他越来越偏重主体的扎根,更准确地说,意识的扎根。在他身上"现象学"这个词就是这样理解的。从这个词中,他看到从来源思考形象的方法与形象的"主体间性转移",即

---

[1] *Critique et théorie littéraires en France*, p. 300.
[2] G. BACHELARD, *La Terre et les rêveries de la volonté*, José Corti, 1988, p. 4.
[3] 原型:荣格把它们理解为构成集体无意识的框架。这些都是扎根于我们最深层的、我们天性的想象的不变事物和原始形象。我们称之为"原始意象"。
[4] 荣格(1875—1961):瑞士精神病学专家、心理学家,弗洛伊德的弟子,在《力比多的变形与象征》(1912)出版后,他与弗洛伊德分道扬镳,荣格对力比多唯一的性欲特点提出异议。荣格这个名字还与集体无意识、原始意象、深层心理联系在一起,他为到达人类共同的内心深处做出了尝试。
[5] *Critique et théorie littéraires en France*, p. 300.
[6] *Ibid*.

它有从一种意识转移到另一种意识的可能性,这是一个偶然又令人惊奇的现象(由他人构想出的形象通过哪种现象在我的身上起作用呢?)。从批评方法上讲,接下来只有对这些形象与它们网络的认同阅读,更接近发送人的意识,能够捕捉它们的出现和生命。这是一种摆脱形象解释的方法,尤其是精神分析和修辞的解释。

随着文本被视为系统的自治思想的发展,这个观点越来越站不住脚。巴舍拉尔的继承者在诗歌中也发现了文本、机构,形象根据自身的句子结构而组成,形成一个经由阅读进行更新的力量网络。这种开放性的创作促使诗歌中意义的产生,这尤其是让·毕尔戈在《为建立一门意象的诗学》(1982)中所追求的。

我们会指出在巴舍拉尔热诚赞美诗歌形象的同一时刻,一些作者对巴舍拉尔命名的"使人惊愕的形象"表明其保留意见,这些意见通常显示他们与超现实主义保持着距离:伊夫·博纳富瓦(1923—2016)指责超现实主义太专注于形象以致于扭曲与世界的关系,菲利普·雅各泰(1925—   )虽然不否认形象,但建议十分"节省地"使用之。

四　让-皮埃尔·里夏尔

让-皮埃尔·里夏尔(1922—   )继承了巴舍拉尔的主题批评原则,致力于研究作家的感觉世界或想象世界。巴舍拉尔的理论得到了他的学生里夏尔的进一步发挥和创新,里夏尔在《诗与深度》的前言中把研究的对象定为"物的感觉",在他的多部论著中读者都可以找到四种要素,以及时间、空间等有助于辨别和建构世界经验的大范畴。里夏尔从巴舍拉尔那里找到了分析意识存在的工具,并从他那里借用了一些范畴、概念和方法。里夏尔研究的中心是"回到事物本身(即作品个体)上"和创作主体上,而不是放在构成写作和表现在写作中的普遍的范畴上,这是他与加斯东·巴舍拉尔的区别所在。他的批评风格表现为进入文本,而不是制定理论,他的批评的展开像故事,像漫步,像一位向导引领着我们欣赏景色,让人充分感受到批评之美。他的批评不是要说明文学的功能和普遍的结构,而是倡导一种主体间的交流。

1. 主题与意象

可以说正是里夏尔让"主题"这个概念被认同,从而使主题批评达到完美境界。里夏尔的主题批评是从作品表面具体的子题入手,找出主题,再从主题的分布网络寻找文本内在逻辑,并根据这一内在的逻辑重构文本的潜在意义。"主题"的概念原指乐曲中处于显著地位的旋律,用于文学评论中,则指作品中无意识出现的与创作的主体对世界的看法直接有关的事实。文学主题的性质属于内涵意义范畴,而非实指意义范畴。实指意义是用一个词对人、物或事件的简单指称,而内涵意义却包含着一个词所可以暗示、假设、明确或模糊提到的一切。文学主题属于暗示意义,而不是明示意义,它通过感觉或在感觉中揭示意识存在的模式。塞尔日·杜布罗夫斯基认为主题是一切人类关系的情感色彩,它与存在的基本关系,即每个人看待他与世界、与他人和上帝之间关系的特殊方式有关。因而批评家可以通过一些复现的题材、事件和对象去把握作家的主题。复现不限于重复,它包含着变化。主题贯穿于作品之中,尽管它处于变化中,却又具有一致性。主题是能够使人发现交织在各种不同的形象之间的关系的线索,因此它能够使人从一个人物的偏好中勾勒出人物的意识。

"主题"不是外在于作品,不是被作家用来填充信息的抽象元素或范畴,而是包含在一个特定作品内部的意义范畴。里夏尔在《马拉梅的想象世界》中将"主题"含义概括为一项具体的组织原则、一种形式或一个固定的对象,围绕它,可以构成并发展起一个世界。里夏尔的批评步骤就是通过找出作品中反复出现的主题,以此作为进入作家感觉世界和想象世界的途径,从而体验和描述作者的感觉和想象,探索作家深邃的内心世界。

在新批评理论中,主题的概念与传统的主题概念也完全不同。在文本里,每一个符号既是一个语言形式,也是一个"思想"的载体,它是一个能指和所指的结合体。里夏尔在《马拉梅的想象世界》这部评论巨著的序言中写道:一部作品中的重大主题形成作品的无形构架,大概它们能给我们提供打开内部组织的钥匙;这些主题在作品中最经常得到发挥,以一种可视见、不同寻常的频率复现在作品中,在此处或彼处的重复出现表现一种萦绕在作者脑际的念头。也就是说,它们的反复出现体现了作者的"意识意向性活动"。因此只有从它们入手探讨,才可发现作者的意识结构,进入作者的想象世界。譬如在《包法利夫人》的开头,福楼拜以名词、形容词、动词等形式反复描写夏尔·包法利的帽子,作家向其倾注特殊的意义,"帽子"一词反映了主人翁的社会地位、性格特征和他的习惯行为。在"帽子"这一子题里,它和爱玛的"裙子"、结婚的"蛋糕"等子题构成同一类的"物品"系列词汇,成为福楼拜特有的表达方式。里夏尔的主题批评可分为两大步骤:一是简约,在文本的表层上凭着直观发现循环出现的子题,然后按近义进行汇编归类,找出它们的"公分母"(即共同义素),简约梳理出抽象的主题;二是重组,揭示不同的主题与子题之间的关系,编织一个相互沟通的主题网络。最后主题与主题,主题与子题,子题与子题都发生了直接或者间接的联系,结成了一张"关系网",这"关系网"就是可能维系文本的网络结构,这个结构处于文本的深层,也是作者的意识结构,主题和子题在这张关系网上的星座分布可能与它们在文本表层上的分布不同,但并不互相矛盾。星座分布都有内在的逻辑,根据这一逻辑揭示文本的隐意,这种隐意可能是文本的言外之意,也是作者的创作意识。主题批评可以视为一种对作品内容的批评,但它把主题视为集内容与形式于一体的符号,整部作品视为一个内容与形式相互对应、浑然一体的系统。

在他的作品中,在作品或作者重视的文本能保证一个封闭领域的情况下,所有意象研究所需的集中原则加强了客体的统一性。这一点尤其最适合代表作,因为代表作需要兼备两个特点:"连贯和简单",这两个特点是里夏尔给予马拉梅意象世界的特点,但这两个特点也是一切重要作品的特色。里夏尔的主题首先与结构主义的主要原则之一相一致,即意义系统的自足。

在他的《马拉梅的想象世界》(1961年)引言中,里夏尔明确表达了他是如何理解主题这个概念的。他从大家接受的标准出发,将主题定义为文本或文本系列中意义元素的循环。但词汇单位的循环是不够的,因为这些词汇单位只是一些关键词汇而已。尽管从表面现象上看,主题不是为能在某个目录中确定下来而被创造出来的,它更是用来在话语的多样性和性质中引导我们的,甚至是不可替代的话语,比如马拉梅、夏多布里昂、普鲁斯特的话语。关于这一点,它是一条从"庄严的"入口(弗洛伊德也是这么说到梦中的潜意识的)通向"每个重大文学领域的精神状况"①的道路。

第二个主题标准,比较不那么有名,是它的"拓扑特点"。里夏尔强调主题的连贯力量和它的传递性,他赋予主题一种差不多是驱动的力量。实际上,它是调查的工具,介入于内部,并且坚决要求这样的一个思想和体验的世界,从最明显的层次到最难察觉的层次。因此,产生出打开或翻阅各个层次的写作体验的这项工作,产生出关于调查的这个特别的节奏(耐心是其最主要的美德),产生出通过最准确的批评语言去命名那些明显特点的这门艺术。主题研究一部分与作品的空间性联系在一起。这种作品内部空间与作品的表面现象似乎不相符。也就是说,马拉梅、夏多布里昂、普鲁斯特的作品变成一些从内部重新组建的、重新展开的能指的空间,批评家不需要借助于传记或历史的外部情况。在这一点上,有意义的是引文的用法,因为这些引文在某一个已知的交叉点上(主题、子题或简单形象)传唤了作品中好几部分的证据。在这里,引用的文本对评论者来说是完全必要的,因为评论者把引文插入到他自己的写作中,有时模仿引文,以致于有些人会在评论者的写作中观察到新奇的改写。但我们不能搞错,批评家进行的推论比认同幻想和系统推理的这个原始概括中没有出现的东西还多。

主题批评立足于文本,透过作品的具体子题,研究作品的深层主题结构网。这个结构网隐藏在作品的深层中,其实也是作家的创作意识、感觉或想象世界的体现。主题是文本中重复出现的语义要素,也是意义场景结构中的联结原则和形式。而子题是主题在作品中的体现,是具体的意象,它使主题现实化。

在《文学与感觉》中,里夏尔极力从司汤达对笔下人物的行为描写中寻找能够揭示它们与司汤达的冷峻和温情这种双重性相互关联的主题,从而揭示冷峻与温情这种对立关系之间共存、相互过渡、妥协的方式。从而,里夏尔认为"文学创

---

① J.-P. RICHARD, *L'Univers imaginaire de Mallarmé*, Seuil, 1961, p. 24.

作是一种体验,一种自我的实践,是一种领悟和创生的训练,在这个创生的训练中,作家试图自我把握和自我完善"①。里夏尔又通过食欲、热情、吸收、不消化、欲望等主题来表现福楼拜笔下人物对对象物的渴求和绝对吞噬、占有的激情,他历数福楼拜作品中人物不可遏制的强烈欲望的冲动,阐明了福楼拜精心安排的形态表现与主人公内心欲望、激情的密切关系,从而揭示出福楼拜所追求的外形与本质、精神与物质、主体与对象的融合统一。

主题批评赋予了文学批评一种新的形式,但里夏尔并不固守一种批评方法,而是不断地借鉴其他的批评方法,将结构主义批评和精神分析的方法融入到主题批评中。他的《微观解读 I、II》(1979、1984)使本已不太景气的主题批评重新获得了生机,为探索新的批评途径提供了有益的经验。

里夏尔的批评充满了热情、活力和深度,更重要的是它唤起人们对直觉体验的重视,因为把握人和把握物的方式是不同的,对后者我们可以采用逻辑和归纳等一般的科学方法去认识,而对前者只能采用人文科学的方法去认识。乔治·普莱对此也有明确的阐述,他认为批评家的任务是发现作者的我思。他指出,这里所谓的"发现"不是通常意义上的发现,即寻找某物而最终找到,因为思想寻找的目标并不在"思想之外","'我思'乃是一种只能从内部被感知的行为"②,所以,"既然批评家的任务是在所研究的作品中抓住这种自我认知的作用,那么,他要做到必须把呈现给他的那种行为当作自己的行为来加以完成"③。正是基于这样的批评观,里夏尔对作为文学作品写作主体的作者给予了充分的尊重和同情,并且在阅读和阐释作品的过程中逐渐丰富自己的经验,他的批评过程实际上就是批评家主体和作家主体间的对话和交流,他们的地位是平等的。批评家不再把文学作品当作一个客体,也不再把作者看成被批评的对象,而是把作者看成思想着的主体,这种批评方式是对那些只关注作品的结构、技巧和语言运用的、冷漠的、无视文学精神的批评方式的反驳。里夏尔的批评理论和实践为文学批评提供了一种有效的途径。

里夏尔把批评看作是在批评家和进行创作的作家两个不同主体间的互动,他不是从纯粹的观念或纯粹的物质出发,而是从文学意象入手去再现作家的意识,并对作家的经验和观念进行再经验和再思考,因为文本表层的"现象"留有作者创作的意识,只有从这些"现象"入手,才能了解作者最初创作时的感觉和意识。这些"现象"是什么?首先是文本中的"想象物",或称"意象"(imaginaire)。"想象物"不是中性的,它们已经经过作者的"内化"和"外化",染上了作者意识的色彩。里夏尔在《诗与深度》中指出:"任何意识都是对某物的意识,人不再是自然、

---

① 《文学与感觉》,第 11 页。
② 中国社会科学院外国文学研究所《世界文论》编委会:《波佩的面纱——日内瓦学派文论选》,北京:社会科学文献出版社,1995 年,第 6 页。
③ 同上。

岛屿、监狱、本质。我们知道他是通过各种接触、通过把握世界和通过在人与世界的关系来把握自我,通过人与物、与他人、与自身结合的关系特征来确定自己的。"①里夏尔认为,通过意象可以认识作家的意识世界或想象世界。这个意识世界或想象世界既存在于文本内部,也存在于作者身上。在唯心主义哲学那里感觉的主体和被感觉的客体是彼此对立的,而现象学哲学和美学旨在打破主客观对立,强调交流和融合。胡塞尔以及后来的法国哲学家萨特和梅洛-庞蒂,不再把主体看作是感觉客体的对立物,而是把主体看作是与客体和世界相联系的,认为"现象"这一出现在意识中的对象既属于客体,又属于感觉的主体。因此,为了感觉,主体必须转向外部,他必须会并能够感觉,他必须根据普遍的概念来给感觉归类。因此感觉不是一种状态,主体不是被动地在那里记录下外部物质产生的印象,而是为了看见而看,为了听见而听,感觉是主体的行为。此外,在获得外在性和与其他主体的关系中,"我"构建了对它来说是一致的,可理解的、可描述的事物的再现。因此,作为受规律支配的已知或可知的"世界"是主观对经验加工的成果。这种受现象学影响的文学观是对作品与生活,创作与现实之间关系的一种新的认识,它不再把个体的想象和客观世界对立起来,而是探索和研究作家与他感知和建构世界之间的一致。

让-皮埃尔·里夏尔先像巴舍拉尔一样对一个意象进行阐释,然后把这种阐释当作一种分析的工具,把意象分解成对立的二项式。例如他在评著《波德莱尔的深层》中主张从分析诗词的歧义入手探讨诗人的"内心悲剧"。从直观上看,波德莱尔的一些诗词词义模棱两可,例如雾的意象,可分解成昏暗(从此义上看,雾是一种"灵魂的中心")和透明(如此看来,雾又是光芒的人化闪光)两个主题;然后以主题/子题来分,雾这一子题可归于两个主题(昏暗和透明)栏下;在这两个主题栏下也集合着其他子题,在同一义素下,这些子题都可能互相联系。这种雾和石头(完全昏暗)和玻璃(完全透明)相关。里夏尔在《马拉梅的想象世界》的评论巨著的序言中写道:"一部作品中的重大主题形成作品的无形构架,大概它们能给我们提供打开内部组织的钥匙;这些主题在作品中最经常得到发挥,以一种可视见、不同寻常的频率复现在作品中,以在此处或彼处的重复出现表现一种萦绕在作者脑际的念头。"也就是说,它们的反复出现体现了作者的"意识意向性活动"。因此只有从它们入手探讨,才可发现作者的意识结构,进入作者的想象世界。在主题批评中,里夏尔的批评分析最精细、最具体,他被公认为这一批评流派中最有建树的批评家。

2. 意识与感觉

乔治·普莱在为里夏尔的《文学与感觉》写的序中指出:"批评不满足于对一

---

① J.-P. RICHARD, *Poésie et profondeur*, Seuil, 1955, p. 9.

种思想进行思考。它还应该通过这种从形象追溯直至感觉。它应该达到一种行为,通过这种行为,精神与其躯体和其他人的躯体共处,与对象物结合起来以创造主体。而这正是里夏尔的批评的极端重要之处。"① 这里所说的感觉是指对具体的物的感觉,"感觉是外部世界的诸要素给人的身体留下印象,以及被感知和认识的方式。"② 从他列举自己分析普鲁斯特作品中的"天鹅绒"子题时的一个例子,便可发现他以一种感应的行为沉浸在体验之中,他想象着触摸天鹅绒的感觉,仿佛感受到天鹅绒的温暖、柔和、光滑。他正是通过体验去领会文本的内容,进而把握作家和作家笔下人物的感觉,找到打开作家意识想象世界的钥匙。他通过文本中的意象寻找作家的内心感觉,因为意象作为作家的创作物,必定带有作家的色彩,可以从中"寻找'一种淳朴而又暗含的意义'即与在潜意识中形成思想的过程相对应的'一种亚语言'"。③

里夏尔最关注的是法国 19 世纪文学,他对马拉梅、兰波、普鲁斯特、司汤达、福楼拜等都进行过比较深入的研究。里夏尔的批评著作大多采用专题的形式,对一个作家进行研究,这些专题著作的名称看上去仿佛是一个作家的名单,如《司汤达与福楼拜》《普鲁斯特和感觉世界》《马拉梅的想象世界》《夏多布里昂的风貌》等等。他写专题著作的目的不是试图建立一个理论系统,而是试图探索不同的个体的世界。里夏尔的每一个专题都是一种新的阅读方式,他习惯于对一个作家的全部作品进行整体的分析,打破作品的界限,试图从同一作者的全部作品编织成的网络中寻找作家的意识结构,表现作家意识的意向性活动。他感兴趣的不是作者的逸闻趣事、文学史或作者的性格,他无意于借助生平来解读作品,也不是要根据一部作品来重构作者的一生,他感兴趣的是作为写作主体的、感觉着的、幻想着的、写作着的作者。在他看来,在创作和生活经历交错的意识研究中,作品和生活是不可分的,但是这个"生活"决不是对生活的叙述,"它是通过眼神,通过品尝或吞食一道菜肴的方式,通过听一场音乐会、一曲鸟儿的歌唱,通过对爱的思考和憧憬,通过希望尤其是失望,通过写作等展现的。"④ 里夏尔正是通过作品所展现的"生活"发现了作者意识的意向性活动,以及意识通过意向性活动构成的世界——感觉世界或想象世界,并通过自己的描绘将它展现给读者。他指出:"那些表现最隐秘的私生活,表现对时代或死亡进行思索的主题正是在事物中,在人物中间,在感觉、欲望或相遇之中得到证实。在此,文学批评就是把文学作品和生活所提供的各种不同素材联系起来,或更确切地说,是展开出来。在这种前景中,每篇文章,每种分析都力求回溯到整体的描写,从中获得自身的意义,又为这种描写

---

① 《文学与感觉》,第 7 页。
② H. CAZES, *Jean-Pierre RICHARD*, Bertrand-Lacoste, 1993, p. 10.
③ 《批评:方法与历史》,第 341 页。
④ *Jean-Pierre RICHARD*, p. 37.

带来特殊的明晰性……"①

里夏尔的批评与结构主义批评关于"作者死去"的观点相反,把研究的重心放在作家身上,这里所说的作家不是日常生活中的作家,而是作为创作主体的作家。里夏尔不是把作品当成一个观察的对象,用科学的方法从外部去观察它,把它当成标本来解剖,而是使自己投入作品的世界,去感觉和再现作家的最初意识,努力与作者情感同化。里夏尔将理解和同情的努力置于文学创作的第一时刻,按照他的解释,这第一时刻就是"作品从先于它和孕育它的无声处诞生的时刻,是作品从一种人类的经验中建立起来的时刻,是作家在与他的作品具体接触中发现自己,感到自己的存在并自我完善的时刻,也是世界通过描写它的行为、通过模仿它和解决其问题的语言获得意义的时刻"②。他的批评话语首先是以"交流"为特征,交流是进入一个特殊的意识世界的向导。

里夏尔的每一个分析都是揭示不同创作意识之秘密的片断和跨越。即便是他在一本书中分析几个不同的作家,也不是为了对他们进行比较,发现他们的相同点和不同点。在《文学与感觉》中,里夏尔对司汤达和福楼拜分别进行了研究,他的目的不是要比较两者的异同,而是为了说明文学是一种体验、一种自我的实践,他对两位作家的作品进行的分析使我们看到了作家在创作这种"领悟和创生的训练"中是如何"既自我把握又自我完善"的。

如果认为里夏尔的批评是没有连续性的、凭经验的、既无目的又无框架的,那就错了。他的研究不是漫无目的的阅读的派生物,他的一丝不苟的论著表明他的研究是建立在未明言的哲学基础上的。相对于当时的文学理论而言,这是一种批评重心的转移。这与那种以建构一个普遍有效的阐释、描写和分析的抽象系统为目的的批评是截然不同的。

在里夏尔看来,专注的、有感觉的阅读应该是特别的,因为它依附于意识,它反映出了存在和言说这个世界的方式和爱好。因而,他放弃系统和理论模式,在文本中寻找属于作品的感觉。乔治·普莱要求从作者的视角去阅读,而里夏尔的分析则是围绕由感觉和创造力构成的主体进行的。里夏尔对每一位作家的分析都是一次独特的感觉、体验和探索,他认为阅读行为应该是一种身体的行为、身体的感受,这种身体的感受可通过直接或间接的体验获得。他在阅读中充分调动自己的感官和想象力去感受和体会文本中对具体的物的描写。

里夏尔对作品的分析是由表及里、由作品这一具体的物到感觉、由感觉体验达到对抽象意识的把握。他的批评不落俗套,充满激情和个性。正是如此,他独特的批评和阐释风格才没有被淹没,他对人生的体验通过阐释投射在了文字之中。在他的批评中没有艰深的理论和难以理解的专用词汇。对独立于作品的自

---

① 《文学与感觉》,第 12 页。
② *Poésie et profondeur*, p. 9.

主封闭系统的拒绝,以及对批评话语中那些生僻、抽象和时髦的专用词汇的拒绝并不意味着他的批评缺乏严谨性。他在分析中善于使用朴实的词汇和灵活清晰的推理结构,他对文本的自由阐释和细腻的文笔给读者以美的享受,使他的批评具有为众多批评家所忽视的批评之美。

从《微观阅读》(1979)起,到《微观阅读 II,页面场面》(1984),我们以另一种方式谈论让-皮埃尔·里夏尔的作品。在这两部著作的简短研究中,没有任何对之前方法的背弃,尽管批评语言有所改变,但这种改变是逐渐的。批评家不再从一个统一主题的角度去理解整部作品,而是通过微观阅读去瞄准更小的单位:子题、情节、形象、人物、"脱离文本片段的结构",这些把"琴弓声"给予阅读的感受性。还有速度的改变:微观阅读想在深度上取回广度阅读遗失的东西,通过景色、幻觉、"冲动的考验"[①]实现之。我们可以从这种具有两个层次的阅读中看出精神分析让步于一种时代语言。里夏尔明确指出这种评论一直都是不肯定的,本质上是手工艺者的;总之,我们是在个别的著作中而不是在理论堆中。别忘了文本不可避免的约束:里夏尔指出我们要"通过某个形式的部署框架"去理解"器官分布""性欲的奇特行为"。

第二节
日内瓦学派的"意识批评"

我们虽然称之为"日内瓦学派",然而这不是一个团体(没有共同的宣言,也没有声明),而是一些有着相同特点的强人之间那令人钦佩又珍贵的同行之谊。我们从两方面对这些特点进行研究。首先,是综合的、突出的、能够观赏到辽阔风光的精神:文艺历史、心理状况、横跨问题的方方面面。接着,他们所有的作品都受到个人的影响,体现出其独创性。他们身上汇集着对传统文学历史及其方法的不满。五六十年代索邦大学出版的著作和他们自己的作品之间存在着明显的不同,主要体现在创作性和风格上。可是,他们不与历史或学识敌对。"日内瓦学派"这个称呼会使人联想到某个知识空间、宗教、国籍吗?不是这么回事,因为相反地,占主导地位的是开放性精神,迎接邻国传统的精神,在法国、巴黎、德国都是一样的。阿尔贝·贝甘对德国的浪漫主义感兴趣。让·斯塔罗宾斯基经常拜访

---

① J.-P. RICHARD, *Page-paysage*, Seuil, 1984, p. 6.

莱奥·施皮策①,1970年他为莱奥·施皮策著名的《风格研究》作序。在他们的作品中,一点也没有划清各个学科的界限。

一　先驱

二战后的50年代,对日内瓦学派来说,并不是绝对的开始时期。因为其真正的启发者都出生于两个世纪的交替期:马塞尔·雷蒙(1897—1987),阿尔贝·贝甘(1901—1957),乔治·普莱(1902—1991)。我们经常把这两部著作联系起来:雷蒙的《从波德莱尔到超现实主义——当代诗歌运动研究》(1933年)和贝甘的《浪漫主义之魂与梦——德国浪漫主义与法国诗歌研究》(1937年)。实际上,我们可以使用"意识批评"这个表达。这个表达是十分恰当的,如果我们想要说明这两部著作的要点既不是研究文学史批评钟爱的阶级建立,也不是考察作品中的客观性,而是最恰当、最深入地进行一次作者的心理探险(生活、思想、写作综合考察),围绕着认同的方法去研究作者。此外,人们对二人最初研究领域的相似性也十分敏感。在贝甘研究的德国浪漫主义和雷蒙研究的诗学体验中,确实存在着一种相似性,表现在文学的现代定义,尤其是诗歌的现代定义。诗歌被当成是精神的冒险,也是对梦境、意象的力量所进行的寻觅和回归,重回到"真正的生命"。贝甘和雷蒙不管在建立的关系中,还是在他们确定作为界限的时期都坚持这种文学观。不管是有关德国浪漫主义或是研究波德莱尔的辞格,雷蒙都将之视为现代诗歌的源泉。

同"意识"(这个词不久后就成为现象学的参照)一样,"精神"这个词适用于信仰批评,与其他批评家声称的客观性无关。贝甘对此作出明了的解释:"一篇精神历史论文禁止其作者撇开自身。"②"精神历史"这个词可以有好几种理解方式。首先是批评家察觉到的是精神的家族、拥有灵感的团体,在这种情况下,批评家将德国的浪漫派作家和他们的竞争对手法国作家联系起来考虑,这种联系没有按文学史常用的家系考察。接着是这些作家所经历并表达出的精神体验,批评家可以在他们作品中——比如诺瓦利斯的诗歌、阿尔尼姆的短篇小说、奈瓦尔的作品中——再次体验作家的精神体验。在这里,诠释是以作家的身份设身处地地再述作者的学说、思想和体验,这是一种批评家将作家的"命运"据为己有的批评方式。在此处,批评家发现一些普遍的体验,准确地说比如梦,这些体验藏匿着一种价值和一种意义,而文学能够把它们传递给我们。阿

---

① 莱奥·施皮策(1887—1960):伟大的德国罗曼语言学家施皮策在其论著中专注于语言和文体特点的研究(如拉辛作品中的抑制效应)。这些特点研究使他可以追寻到"精神源",即作品的有机构成原则,甚至于世界观。施皮策的研究方法是由细节到整体性理解的"经典阐释循环"的特别运用。他力图调和"作者精神"与世界,作品与历史或时代精神的关系。

② A. BEGUIN, *L'Ame romantique et le rêve*, Slatkine Reprints, 1993, p. 9.

尔贝·贝甘写道:"既是我们做梦,也是我们守夜。"①这就是说批评家既清醒,又在做梦,做梦就是深入作家的作品世界,梦作家之所梦。此时,他不仅仅反映出作家的一种思想,也是一种信德行为,批评家是作家内心深处的解释者,祈求着这种信德,我们也是如此。正如在阿尔贝·贝甘描写的一连串的肖像中和他的《浪漫主义之魂和梦》的研究中,批评家与作家之间的认同在于更接近作者,和他对话,认同也是一种迂回,与作家在深处会合(他说是"真正的化身"),并且由此到达主观性忘记的层次。

二 普莱和批评意识

1. 批评意识

乔治·普莱的作品规模庞大,他在半个世纪中笔耕不辍:1949 年出版《人类时间的研究》的第一卷,《未确定的思想》的最后一卷出版于 1990 年。如同对他的日内瓦同事而言,我们在这儿不需要划定其研究范围,他的文学知识是如此的渊博,他的研究对象是如此的广泛:不仅有诗人和小说家,也有评论作者和差不多所有时代的哲学家。他的兴趣和圣伯夫一样广泛,包括 16 世纪(涉及两大问题和两位作家)、17 世纪(八位作家)、18 世纪(十位作家或艺术家,但是既不包括孟德斯鸠,也不包括伏尔泰)、19 世纪(二十六位法国和美国作家)、20 世纪(二十五位作家,其中有法国作家、德国作家、瑞士作家、美国作家、意大利作家、西班牙作家、比利时作家以及十五位法国和瑞士批评家)。从主题类型上看,普莱主要从作品的时间与空间两大主题入手分析文学意识的各种表现。他的意识批评研究方法始终都受一种抽象思维、疑问的指导(比如时间思维或"不定思维"),这个方法也指导之后的一些作家,他们相继研究同一种批评的意识,而这种批评意识表现出头脑的灵活性,像体操动作一样的灵活。

毫无疑问地,就是普莱赋予"意识批评"最准确的称呼,实际上,意识批评使主体间性的两种意识发挥作用,一种是批评意识,另一种是研究对象作者的意识。这项研究通常浓缩于几个篇章,但却可以推断出作家整体精神和敏感性。意识批评主要在于揭示生成作品的创作思想或意识,这种思想先于作品、包容着作品、也超越作品。何谓思想?就是作家的感觉、想象、爱、欲、愿等,或换句话说,就是作家精神生活的行为。他借用笛卡尔的术语,每个作家都有一个"我思",批评的起点就是要找到这个"我思"。他认为:在艺术作品中,我们应该寻求作品世界的创造精神及其完成的潜在原则。另外在此前提下,作品的结构、时间和空间,只不过是精神的一种变形,精神囊括其变形,先于变形而存在,并超越变形。那么,如何找到这个作家的创作精神呢?普莱非常重视阅读行为,他认为阅读是一种

---

① *L'Ame romantique et le rêve*, p. 84.

占有的行为,提出读者和作者"同化合一"的阅读。读者要力图摒除个人的先入之见,融化在作品之中,沉浸在再创作之中,思作者之所思,像作者一样去体验,去品味。

此外,普莱的读者能够通过两种方式(至少两种)去运用他的(一些)书籍:连续地,比如进行一项智力调查,或者有选择性地。意识批评考察其研究类别的历史真实性。我们在《环状的变形》(1968)中可看出这一点,这部著作注重球体和圆圈的空间形象,为了解释我们现代个人主义产生的根源,这位批评家耐心观察我们是如何在几个世纪间从宇宙的、上帝的球体过渡到"内心世界"的。

普莱认为,这种领会不属于我们的领域和思想的能力,但必须找到其内心活动的能力,这是批评任务所认同的。他的全部作品就是对这种认同批评的捍卫和阐述。他最完整的表达法体现在《意识批评》中,这部著作发表之时(1971),斥责那些在文学研究中钟爱客观性批评的批评家(尤其是结构主义者):"所以文学客观性的尝试最终将导致文学主体的重新确立。"[1]

这种意识现象学扎根于阅读的共同体验中,扎根于每本书对另一主体、读者的吸引力中,因此,进入别人的内心世界、思考别人的想法的这个非凡特权就授予给了读者。批评的认同其实是围绕阅读所产生的方法的巧妙延伸,因为阅读是两个主体的主观性的碰撞,一种是读者的,另一种是作品的(倒不如说是作者的)。

2. 出发点

在同一本著作中,他指出他的批评生涯、个人意识的捕获都来自他的发现,那就是贯穿每部作品的"精神流"都有其"出发点"。所有作品对于那些懂得倾听它们的人,都能捕获他们的意识,都拥有作者掌握自己本身的思维体的时刻,"就好像它让他们每个人反复地捕捉其思维体中新出现的一切事物,或者使用笛卡尔那句有名的话:寻找他的我思(cogito)"[2]。每个作家都有他的"我思故我在",都有证明其作家生存的思想,批评家正应该重新发现这一起点。因此,每项研究都应该全力寻找创作灵感的秘密、起源、先于"第二时刻"的第一时刻。如果说普莱的批评——特别是早期的批评——同时具有哲学色彩和文学色彩,那是因为对他而言哲学家的灵感或"最初的直觉"与诗人的灵感并无二致;但从这一起点开始,哲学家与诗人便逐渐分道扬镳了。对普莱来说,文学和哲学的意义一样,但文学有其思考方式。最简单的原因就是文学必须是主体和世界联系的场所。从同一意义上说,文学是思维活动最大的储存库,本节将解释普莱作品中累积的技巧。

实际上,对他来说,重要的是沿着那条走向源头的道路。这个源头,被命名为

---

[1] G. POULET, *La Conscience critique*, José Corti, 1971, p. 272.
[2] *Ibid.*, p. 305.

"出发点",通常在一个作者进行研究的阶段就可以识别了;这个出发点被几段来自不同出处(攫取于不同的时间点,于所有类型的作品中)的引文所证明。比如,关于瓦莱里:"开始阶段存在着虚无……"①;关于贝尔纳诺:"开始阶段有夜晚。"②;关于圣-琼·佩尔斯:"为了开始,需要有地、水、天、光;总之,要有这四个元素。有了它们才能创造世界。"③这种倒退的运动看起来像单纯地分享别人的思想,始终符合普遍的解释,以致于在从部分到整体的来回中,诠释学循环④以最自然的方式贯穿于其中。在批评意识这段历史或这一"现象学"的末尾,乔治·普莱描画了他心目中的理想之路:"从主体通过客体再到主体",这是"任何经典阐释方法"的三个阶段。

乔治·普莱在《普鲁斯特的空间》一书中所做的研究,有助于更好地展示他的方法。《追忆逝水年华》的叙述者回首旧地,旧地永远是那段生活的见证;人物与早期的环境相连,然而,当他从一种背景进入另一种背景,我们却看不到中间状态。因此,空间并不是均质的。为了克服这种分散、不连贯的现象,《追忆》的主人公采取了若干措施:旅行,不断变换角度、画卷。"普鲁斯特的时间是空间化的并列的时间",是构成艺术作品的空间。普莱就这样挖掘和复原了整部小说,其目的不在于了解普鲁斯特是怎样绘制他的空间的,而在于了解空间对于普鲁斯特的含义:从无足轻重到空间就是一切。然而,普鲁斯特是从时间领域表现他的人物,空间变成了时间:孔布雷、威尼斯不再是城市,而是时间的标志。

乔治·普莱的认同批评直接与作家的纯粹意识认同,其魅力、其风险,均可见一斑:文章细节、各部作品的细节,足以佐证。乔治·普莱的文章中那些富有诗意的语言既是诗的评论,又是哲学评论,因为批评家以他人的"我思故我在"为自己的出发点,在自己内心再现作家们的经验。因此,要研究时间和空间。批评意识可以归结为:"我是谁? 我在何时? 我在何处?"请欣赏他对普鲁斯特的《追忆》的评论:

> 当我在半夜苏醒,我不知道我身在何处,我也不知道第一时刻的我是谁;在他原始的纯朴中,我才有存在的感觉,好像他在一只动物的深处颤抖;而我比史前人更穷苦。(*Du côté de chez Swann*)

普鲁斯特小说的开头就有一个先于其他时刻的时刻,即第一时刻,如同笛卡尔或者孔迪亚克、瓦莱里的作品。但如果这个时刻属于"原始的纯朴性",如果说它是第一个时刻是因为它将成为接下来事情发生的开始点,那么

---

① *Critique et théorie littéraires en France*, p. 289.
② *Ibid.*
③ *Ibid.*
④ 诠释学循环:这个概念来源于德国的诠释学,表示理解运动,特别是从部分到整体的圆周运动。尤其运用于莱奥·施皮策的文体学阅读中,从作品的细节到全部的来回中。

它并不是趋向这个"变成",而是趋向在它之前的无。这里的第一时刻不是一个充实的时刻,也不是一个向前猛冲的时刻。它不会因其未来的可能性或目前的现实性而膨胀,并且如果它显示出基本的匮乏,这不是因为它之前缺乏什么东西,而是之后:一些不复存在的东西,也不是一些还没存在的东西。一个失去一切、由于他已死去而迷失的生命体的第一时刻:他已沉睡过久,不复存在了。他的苏醒几乎无法被感知,机械地,毫无意识地。(*La Prisonnière*)

醒来的沉睡者走出睡梦中,比史前人更穷苦。他的穷苦是认识的匮乏。如果他停留于他所处的状态中,这是因为他不知道自己是谁。而他不知道自己是谁是因为他不知道之前的自己是谁,他再也不能知道了。他仅是一个被人夺去生命的生命体,因为他的记忆和过去也被人夺走了。[……]

那个存在的人比一个失去生命的生命体更不像生命体。他是一个中空的生命体;一个"没有意识"的生命体,因为只有一些东西的意识,"没有内容",一个比"水母更无生命力"的生命体,回到"大自然最基础的生物界"中,一个我们只能称为"生命体或在这里的东西",除此之外没有其他的方法还能描述它。①

三 让·鲁塞

一些伟大的批评家在对古典文学或文化领域里获得巨大的研究成果,使我们更新了观念,改变对历史的传统看法,我们真得非常感谢他们。让·鲁塞(1910—2002)毫无疑问就是这些人中的一员。他是普莱的弟子,他的批评特点是使形式主题化。他最重要的建树是对法国巴洛克文学的研究。他的著作不多,但都已经变成经典:《巴洛克时代的法国文学》(1954)、《形式和意义》(1962)、《内与外》(1968)、《小说家那喀索斯》(1973)、《唐璜的神话》(1978)、《他们的目光相会》(1981)、《贴心读者》(1986)。

1. 法国巴洛克文学的研究

《巴洛克时代的法国文学:喀耳刻和孔雀》(*La Littérature de l'âge baroque en France. Circé et le paon*, 1953)一书发表时曾经轰动一时。这部包含着重要文化的著作的影响已大大超出法国和文学范畴。在《巴洛克时代的法国文学》里,作者重新审视、收集、概括和超越前人的研究,使前人的研究仅仅成为一种准备工作。鲁塞的著作首先确定了入选作品的范围:时间上,从1580到1670年,从蒙田到贝

---

① G. POULET, *Etudes sur le temps humains* [Ed. 1952], Rocher, 1976, pp. 400-401.

尼尼①;地域上限于法国。原则确定之后,批评家采用了主题分析和论证的方法。然而,我们将看到,这些主题亦是形式。他借由当时的宫廷舞来确定巴洛克的主导形象之一:喀耳刻②或变形。让·鲁塞在当时的建筑、雕刻、装饰艺术、舞蹈和文学等文化领域找到同形的现象,竭力寻找巴洛克精神,由此他给巴洛克精神重下定义。这个定义是历史性的。让·鲁塞反对传统的划分,他提出 1580 年到 1665 年属于"巴洛克世纪"的观点,这是一个不反对古典主义的世纪,因为实际上这个世纪有"两个引起注意的地方"③。因此,一个具有双重人格的人物(也就是巴洛克性格)如答尔丢夫(Tartuffe),能够成为古典剧本中的主角。巴洛克的美学定义④依赖于喀耳刻——在一个一切都是戏剧的世界中多变、无常的形象——和孔雀——炫耀的象征——这两种形象。喀耳刻象征变形,孔雀象征炫耀。文章的发展围绕两大主题:变形和炫耀。这就开启了在各种文化领域寻找同形的结构或形象的工作,比如建筑上的装饰与宫廷的表面礼仪之间的相同形象,而在诗歌中却有一种时代情感,偏爱水、气泡或死亡的形象。

他考察 16 世纪罗马遗留的古建筑物,确定了巴洛克建筑艺术的形式特点:外表堂皇、不稳定性、流动性和变幻不定。又对 1580—1670 年之间法国出版的各类体裁作品(宫廷的芭蕾舞、歌剧、田园剧、悲喜剧、诗歌等)进行仔细的考察,发现这一时期文学的普遍主题是把人物描写成变幻无常、乔装虚假、朝三暮四、漂泊流动的行为者。如果把巴洛克建筑的形式特点与这时期文学的普遍主题相比较,两者具有惊人的相似或吻合度。批评家由此确定了巴洛克作品的标准——不稳定性、流动性、变化、装饰成分占主导地位,从而确定了巴洛克文学的存在,确定了巴洛克作家和作品。最后一个部分罗列了巴洛克的形式、文学巴洛克的标准以及巴洛克与作家、流派和相邻时代的关系。每种体裁青睐一个主题:宫廷芭蕾——变形,言情牧歌——不专一和躲避尘世,悲喜剧——伪装和假相。这样,批评家重新发现了一些作品,鲁塞把一个陌生的世界导向光明,这是一段反映痛苦、反映黑夜中的烦躁和死亡景象的文学。

鲁塞在研究中发现,高乃依的作品经过一段巴洛克时期,试图跳出变化和变形的圈子,却陷入了另一特征:炫耀。事实上,炫耀也是巴洛克的一种态度,以孔雀为象征。

鲁塞的研究结果便是发现了新的 17 世纪,以新的目光审视已经为人们熟知的作家(如高乃依、莫里哀、马莱伯),或者让人们重新发现已被遗忘的作家。让·鲁塞的方法颇具启发价值:被古典主义反对的文学重新破土而出,其基本框

---

① 乔凡尼·洛伦佐·贝尼尼(1598—1680):意大利的雕刻家、建筑师,17 世纪伟大的艺术家。
② 喀耳刻在希腊神话中是太阳神的女儿,一个神通广大的女巫,一个集女巫和神仙于一身的形象。
③ J. ROUSSET, *La Littérature de l'âge baroque en France. Circé et le paon*, José Corti, 1953, p. 249.
④ 巴洛克的重新发现。除了《法国巴洛克时代文学:喀耳刻和孔雀》(1953)这部著作外,让·鲁塞对巴洛克进行了好几次研究,如《唐·璜与巴洛克,马莱伯与巴洛克》(1956)。他的《巴洛克诗集》重新开启了一个新的视野,使读者大众有机会欣赏被遗忘的作家。

架已经理清。"古典主义一反多姿多彩的动态形式,围绕一个中心架构作品整体,使作品的各个部分都处于一成不变的静态形式。"①

简言之,让·鲁塞的方法就是首先找出巴洛克建筑和绘画方面的基本主题与"一个同时代的文学作品群体"的基本主题的相似性。他的这种批评方法被称为主题的"间接移植法"。他创造性地把主题的内容与形式沟通,从语义层次过滤到形式层次,或反之亦然。这里反映了一个认识周期:鲁塞从视觉艺术出发,总结其规律,然后在文学作品中找出相同的规律。十五年后,在《内与外》(《论17世纪的诗和戏剧》)一书中,他的方法则是通过视觉形式。这一方法适用于"同时期的所有创作者","不管他们的语言有何差异"②。鲁塞的目的是撰写"一个时代所有艺术家——包括雕塑家、戏剧家、画家和作家等——的共同的真正的形象思维史"③。

2. 形式主义方法

在《形式和意义》(1962)里他提出"形式的解读",为批评确定了下述目标:通过形式捕捉意义,做出具有启示意义的结论和阐释,显示既体现人生经验又昭示创作经历而前人又未曾论述过的纽结、形象和焦点。作家只能通过创作来表现自己,经验"通过形式而发展",形式揭示创作和经验的意义。

《包法利夫人》的论文得出这样的结论:创作提纲中未包含的东西,恰恰是小说中最能体现福楼拜个性特征的部分。艺术作品既是一种结构的充分展示又是一种思想的淋漓尽致的发挥。这一定义相应确定了批评家的责任:只能通过作品中的形式解读梦幻。

形式是"力量的线索,是萦绕胸怀的形象,是出场或呼应的脉络和各种焦点的网络"。因此,批评是一项探索活动,批评的工具不应存在于分析之前。

鲁塞提出"摹仿"阅读法,即不加其他评论,仅从模拟艺术家创作时的动作方面选择并研究作品:"我心目中的全面的读者,长满耳目,从各个方面阅读作品,采纳不断变化但始终相互联系的角度,区别形式线索和精神线索,区别各个重笔线索,区别重复出现变化多端的素材或题材脉络,既探索表层又挖掘深层,直到发现所有结构和全部意义的聚汇点、焦点,克洛岱尔称之曰动态图。"④

作品的结构"揭示了它的意义"。《追忆逝水年华》属于环形结构,这一形式使作品的开头和结尾完全吻合。"孔布雷"的形象是"相继从两个方面完成的":再现睡眠悲剧的梦醒时分,再现孔布雷所有其他内容的悲痛的氛围。

形式或结构的概念可以扩大到小说的场面研究,如《他们的目光相会,小说中

---

① 伊夫·塔迪埃:《20世纪的文学批评》(史忠义译),天津:百花文艺出版社,1998年,第102页。
② 《20世纪的文学批评》,第102页。
③ 同上。
④ 同上,第103页。

的首次相会场面》(1981)。这部著作专门研究所有小说中一概存在的一种关键场面。首次相会场面的形式是固定的，鲁塞的著作成为今后解释约会场面不可缺少的一部专著，他开创了一门新学科，这门学科是否可以叫作"场景学"？

在进行了对神话系统的分析之后，批评家介绍了这一系统在各种不同体裁中的变化(如戏剧、歌剧、长篇小说、短篇小说、诗、政论还有批评等)。

文学形式不计其数，其中占主导地位的形式之一，是第一人称，让·鲁塞为之献上了他的《小说家纳喀索斯》——"关于第一人称的叙述类型"的研究。其中还论及这类小说中叙述者的地位、时间体系、各种叙述角度等问题。鲁塞是日内瓦学派中最接近形式主义的批评家。

总之，鲁塞后期几乎所有的著作都是围绕他1962年作品《形式与意义》的标题而创作的。实际上，他一如既往地对形式、各种规模的结构和题材表现出敏感性。从最大的结构——巴洛克或唐璜神话——到最小的题材：比如《他们的目光相会》中"第一次见面"的场景，如同一个"叙事单位"，具有引发事件的奇特能力。属于中间层次的叙事种类研究有《小说家纳喀索斯》中第一人称的叙述，或者《形式与意义——从高乃依到克罗岱尔的文学结构研究》中，克罗岱尔戏剧的"典型情景"，或普鲁斯特作品中连接孔布雷和盖芒特日场演出那极长的环形路线——这条特别的环形路线把作品的主要意义之一搬到形式上，营造出时间与超越时间的双重体验。

四 让·斯塔罗宾斯基

让·斯塔罗宾斯基(1920—)是马塞尔·雷蒙的学生，与让·鲁塞一样，是日内瓦学派中对人文科学态度最开放的成员。在他长达五十年的持久的研究活动和批评实践中，其中出名的作品有《让-雅克·卢梭：透明与障碍》(1957)、《生动的目光》(1961)、《运动中的蒙田》(1982)、《镜中的忧郁：三读波德莱尔》(1989)、《行动与反动》(1999)。让·斯塔罗宾斯基知识渊博，他的文学批评常涉及其他学科：艺术、绘画、文化，甚至医学。泰奥多尔·阿多诺(1903—1969)在他的《文学评注》(1984)中称之为"文化批评"。

1. 批评关系的形式

让·斯塔罗宾斯基的文学批评涉及其他科学领域：他研究若干画家，却发表了一部《医学史》，涉及灵魂医学(人们通常称作心理学或心理分析)；他还研究语言学和风格学，为施皮策的《风格研究》作序，发表《词内之词》，专门探讨费迪南·索绪尔未问世的研究成果——关于改变词汇的字母位置而构成新词的游戏。他还特别偏爱对18世纪的研究：《孟德斯鸠论孟德斯鸠》(1953)、《让-雅克·卢梭：透明与障碍》(1957)；《生动的目光》(1961)包括一篇研究卢梭的论文，但是主要论述17世纪(高乃依、拉辛)和19世纪(司汤达)的作家。关于18世纪的另外三部著作,《自由之发明》(1964)、《1789,理性的标志》(1973)、《三个狂怒者》(1974),将美术和文学混在一起。《卖艺者的肖像》(1970)和《运动中的蒙田》(1982)这两部也是斯塔罗宾斯基关于绘画艺术和文学史范畴的思考。

在他所有的书中,他的《自由之发明:1700—1789》(1964)是献给他最喜爱的时代之作——启蒙时代。斯塔罗宾斯基将文化史、各种艺术和文学混为一谈,架构了18世纪的整个题材系统,包括"18世纪的人文环境""乐趣的哲学和神话学""忧虑和节日""对大自然的摹仿"以及"怀旧与空想"。在这部优秀的著作中,特别是肖像研究对这个时代的全面解释十分重要:绘画、装饰艺术的作用与文学的作用一样;艺术间的通道、社会实践都非常稳定。因此,斯塔罗宾斯基以肖像的种类入手来说明这个时代最稳固的价值观之一,即个人主义,与字词、会话以及肖像表现出的交流欲望同时存在。名为"女性的虚构统治"的这一章节表明在宫廷中、城市里、客厅里的爱情行为都受到面具和暗示的控制,与布歇的图画一致。画中,肉体的享乐通过神话和异国情调表露并进行转移。异国情调在文学上给讽刺和社会批判提供借口(在斯威夫特、孟德斯鸠或伏尔泰的作品中)。论证来回穿梭:艺术朝向社会存在的形式,或者字词的运用朝向环境。

对他日内瓦的同行来说,这种来回穿梭的路线是一种完整批评的反映,他们十分关注其方法:斯塔罗宾斯基经常指出文学上的解释不能避开文献的顾忌,也不能漏掉字词、概念的含义。比如,在与忧伤有关的研究中,他借助于医学知识(医学是他最初的专业)。更广泛地说,他在《批评的自由》(1970)中,明确提出一种方法的话语。对他来说,新学科(精神分析、语言学、符号学)的吸引力和与之相悖的学科并不对立。他于1958年在日内瓦大学获得"思想史"的讲座教授的职位,因此他的批评离不开思想史。他的批评活动呈现出惊人的多样性,包括观念思想史、时代的画作、象征研究(尤其在1973年发表的《1789,理性的象征》中)、针对某些题材的文化价值(忧伤、面具、日程)进行的主题调查、对重要作品(思想家的作品,比如蒙田和卢梭)的全面解释,还有古典主义的专题研究《孟德斯鸠论孟德斯鸠》。此外还有圣经诠释论文(在1974年的《三个狂怒者》中)和文本的解释(以及在1989年《镜中的忧郁》中对波德莱尔诗歌的解释)。更不用说他为批评家同行(为施皮策的《风格研究》写序),或为作家(比如在伽利玛出版社出版的《诗歌》系列中为伊夫·博纳福瓦的《诗歌》做介绍)所写的许多启发性很强的介绍性文章。

除了经常与某些作者来往,除了对18世纪的偏爱——因为欧洲思想的发展得益于这个世纪(从美学疑问开始)——在斯塔罗宾斯基的作品里存在阿里阿德涅之线(le fil d'Ariane)[①]。这些都是一些重要的主题,它们顽固地表现在一些特

---

① 阿里阿德涅之线:出自古希腊神话,比喻走出迷宫的线索,解决问题的关键。

别的作品中,还可能有助于对更大范围的题材的研究。因此,有关表象和面具的问题,可以说为卢梭和蒙田的思想提供了一个出发点。蒙田发现"一切都是欺骗、卖艺、作弊、模仿和伪装",而卢梭在断梳子戏剧中的发现,与蒙田的发现并不是一点关系都没有——至少是一种创伤的心情。卢梭在《忏悔录》里有一句话:"表面判我罪。"这对斯塔罗宾斯基的解读起决定作用,但当卢梭进行那种难以找到透明的寻觅时,蒙田的运动指引他接受表面现象,知道了缘由。

斯塔罗宾斯基关于卢梭的著作从开头的表达中看上去像一篇简单的论文,论证极其分散,但又十分详尽。这从前言,甚至从标题"透明与障碍"就可以看出。他的解释使读者理解了卢梭。斯塔罗宾斯基善于走出作者的迷宫以及阐述作者的许多矛盾。

《运动中的蒙田》直到1982年才发表,那是三十年的心血积累。批评家确实重新勾勒了"一种运动","区分了一个思想发展的各个阶段",但是没有"重复前人走过的路",即陈述蒙田关于运动的思想,这是《卢梭》一书的姊妹篇。透过现象阐明不同作家的"旅程",这便是《蒙田》一书的作者的任务;把作品"置于它的无限重复和变化的运动中来理解",也要求我们思考"我们自己在世界的处境"。

2. 目光

从《生动的目光》的前言《波佩的面纱》起,斯塔罗宾斯基就确定了自己的批评观。我们从中发现了批评家对绘画和文学的共同兴趣的根源:目光。该书实际上提出了一套关于目光的诗学及其理论。"视觉引导精神走出视觉的王国,进入意义的王国。"[①]批评的目光对其进行改造并重赋生机:要求"接触和吻合"的意象世界在批评的目光下觉醒了。然而,批评家亦应保持一定的距离,"保留审视的权利",透过"明显的意思"而达到"内在的含义"。什么含义呢?斯塔罗宾斯基一会儿想到"第一目光的明显性、想到形式和节奏",想到词汇,一会儿又更笼统地提到"广义的生活"或"变相的死亡",而"作品经常是变相死亡的前兆"[②]。批评的目光位于两个极端之间:或者沉迷于作品使它窥见的美妙无比的意识之中,因为它全部投入到"作品所展示的感性和理性经验之中"[③],然而,完全的摹仿主义便摧毁了批评的语言;或者与作为评论对象的作品保持距离,选择"全景式"的视角,了解作品的背景(作者在《自由之发明》里正是这样做的)。这些背景材料是变化的潜意识因素,体现着"命运和作品与其历史环境和社会环境的关系"[④]。但是,在这种"俯视"的目光下,假如作品由其外围材料来确定,我们无论如何也不

---

① 《20世纪的文学批评》,第107页。
② 同上。
③ 同上。
④ 同上。

可能清点全部的外围关系，否则就可能眼看着作品被外围材料所淹没。全面的批评将瞄准"全貌"和瞄准"意识深层"的两种态度结合起来，往来于两者之间。斯塔罗宾斯基强调以目光的交流形象："睁开双目以迎接寻觅我们的目光，并非易事。"①《生动的目光》真正研究了若干作家的目光题材；然而，自《孟德斯鸠》起，批评家就已经突出《论法的精神》一书中的"俯视目光，它同时又是能够看到事物之间相互联系的鸟瞰目光"。因之，"曾使许多评论家大感失望的《论法的精神》的混乱，正是俯视目光的体现，它立在原则的高度，居高临下，对同时发生的所有结果的庞然大物一览无余"。② 观察制约着知识和幸福；孟德斯鸠的失明促使他了解人们的思想，他的失明并未能阻止他口述这部著作。斯塔罗宾斯基的研究以同一主题结束："理解来自观察"。人们可以"拥护白昼"，反对"暗夜的恐惧"。斯塔罗宾斯基认为孟德斯鸠是光明的使者，他的作品里全是光明。

同一形象也出现在《1789》一书里。批评家把这一年及其风格当作一篇文章来解读："革命的光明如此炽烈，照亮了当时的角角落落。"③批评家的鸟瞰性目光，迎来了大革命的光明，大革命的光明沐浴着当时的所有作品；而斯塔罗宾斯基关于18世纪的著作，系总体论述。"革命时代的太阳神话"④便继之而起，斯塔罗宾斯基从当时的诗人阿尔菲爱里、克罗卜史托克、布莱克等人那里读到了太阳神话的痕迹；太阳神话是对"一段历史的美好想象"，是"一次创作行为，帮助改变了许多事件的进程"⑤。斯塔罗宾斯基从这里更加准确地理解了卢梭，现在又使他从新的角度看待大革命。

3. 关于解释

斯塔罗宾斯基的部分著作与精神分析比较接近。批评家现在以一个作家为研究对象：他为琼斯的《哈姆雷特和俄狄浦斯王》(1967)所写的序言中，勾画了弗洛伊德发现俄狄浦斯情结时期的画像。引述俄狄浦斯王之后立即又引用哈姆雷特的弗洛伊德，处于"自我解剖、文化回顾和临床实践的交汇点"⑥。当弗洛伊德1900年为《释梦》写的一条注释再次比较俄狄浦斯王和哈姆雷特时，批评家从《释梦》中读出了弗洛伊德"用隐晦语言告诉我们"的含义；莎士比亚在父亲逝世后写出了《哈姆雷特》，弗洛伊德是在同样的环境下发现俄狄浦斯理论的："《释梦》试图成为知识领域的《哈姆雷特》，与《哈姆雷特》在莎士比亚戏剧作品发展过程中占有同样的位置……弗洛伊德是自我解剖的莎士比亚。"⑦然而，俄狄浦斯是各种

---

① 《20世纪的文学批评》，第108页。
② 同上。
③ 同上。
④ 同上。
⑤ 同上，第109页。
⑥ 同上，第110页。
⑦ 同上。

阐释之源。俄狄浦斯的背后，别无他物，俄狄浦斯即是"深度"。当年，弗洛伊德曾建议把感觉的谜底揭开：人们对哈姆雷特的普遍关注正是因为俄狄浦斯王以异乎寻常的力量存在于哈姆雷特之身。斯塔罗宾斯基还揭示了弗洛伊德的思想：哈姆雷特试图杀死他的父亲，他没有这样做，但是他也不会除掉真正的凶手，因为他从凶手的身上看到了自己的影子。批评家作为心理分析学家的形象由此完成。

在《三个狂怒者》(1974)一书中，一切皆以三段式发展过程形成结构：盛怒、杀戮、恢复理智。这项研究和随后马克的研究一样，表现了双重的关注：一方面挖掘精神分析领域的内容，如疯狂和入魔等；另一方面在分析故事时避免重蹈前人的覆辙，把握文学的意识——亦即文学之哲学，以准确阐释作品的意义。

不管斯塔罗宾斯基采用哪种形式，对他来说，批评任务首先在于创造。他说道："我喜欢发现外形［……］我的行为并不重要，重要的是那些限定直到今天尚未怀疑的思想体和形象体的迹象。"①他对外形的洞察力，以及他设想的自由和约束（特别是文献学）能在思想史的领域表现出来，但这不是偶然。

这个批评任务主要分享一种知识，重视一些问题词语（语义学的、哲学的），重视对话者。因此产生文体的透明，厌恶论战和行话。很明显，道德批评要求文体清楚明了，如同一种寻找真相和传达结果的方式。斯塔罗宾斯基要求：我们应有权利直接地或间接地认识启蒙时代的某种精神（当他的研究对象与18世纪视为同一时）。

最后，我们可以从他的作品中看到解释的重大思想，不是揭示隐义，也不仅限于文学上升到文艺范围内。1990年，在《文学杂志》(280期)的访问中，他指出当涉及文学作品的解释时的一个不够显著的特点：事实是这种解释连接上游和下游。上游在于几个主题或主导思想，"伤感、生命顺序、自己身体的感知"②：关于先言语的体验，每个人都相同。在下游，这种解释必须能够弄清我们自己的文化体验，确切地根据我们的体验和对于我们的生存条件之前的解释——在这点上，对于包括我们在内的所有后继者来说，卢梭、蒙田以及其他人就能够成为有影响力的中间人："文化、文学、礼仪聚集着解释、虚构、手势行为、形象。为了确定我们现在所处的状况，我渴望叙述这些完整的、不可能的历史。"③

这些完整的、不可能的历史就是文化整体，斯塔罗宾斯基的意图就是泰奥多尔·阿多诺所称之的"文化批评"。泰奥多尔·阿多诺指出文化批评能在随笔的形式中找到其自然的介质，而这种随笔的形式是跨学科的体裁，处于科学和艺术之间，或者仍在科学和哲学之间"被碾碎"。但准确地说，当下，学科知识互为壁

---

① *Critique et théorie littéraires en France*, p. 292.
② *Ibid.*, p. 296.
③ *Le Magazine littéraire*, nº 280, p. 20.

垒,科学与哲学互相分离,文化分门别类,在这种情况下,随笔的理想具有其现实性。斯塔罗宾斯基完美地展现了他的随笔的才华,给后来的文化批评带来了贡献。

第三节
精神分析批评

巴舍拉尔虽然使用了"精神分析"这一术语,却与弗洛伊德的原意相去甚远,而且从来没有向这一学派的创始者靠拢过。80年代以后,主题学批评和精神分析批评都能吸收对方的研究成果,互相借鉴。新的结合是两者各怀着清醒的意识,保持自身的独特性,明智地取长补短。让-皮埃尔·里夏尔起初是从感觉径直到意识,拒绝加入其他内容,后来在《普鲁斯特与感觉世界》和《微观解读》两书中使用过精神分析学的一些概念,却使这些概念处于从属地位,没有把它们融入一个系统。在里夏尔看来,我们每个人的周围或内心存在的事物,都可以以现象学的术语——偏爱与排斥,或以精神分析法的术语——欲望与厌恶加以描写,但万变不离其宗,其根基在于潜意识之中,一种欲望和身体某个器官相联,或与外界某物相联,以象征的形式滞留在潜意识之中。里夏尔认为前意识动机(感觉体验)和潜意识动机(冲动考验)两者互相补充,互相支持;两者各自把主体的身体当作自己的物质基础,而身体也的确成了第一心理程序和第二心理程序的驿站。在梅洛-庞蒂之前,没有一个哲学家认真阐述过主体在一个能感觉、行动和讲话的躯体中的体现。在梅洛-庞蒂看来,每一象征都植根于身体和行为中。这一理论并非和精神分析法的新观点相左。近几年来,精神分析法特别热衷于对冲动的基础的探寻,甚至对生物学的基础和象征程序的探寻。让-皮埃尔·里夏尔由此又得到新的灵感,他在《微观阅读》中指出,必须重视身体最基本、最敏感的器官——口、肛门和生殖器等——和外界客体产生关系的方式,以及它们和象征起源的关系。唯有现象学和精神分析法的结合,才可以了解身体对文学文本的投射的复杂性。因为作者的身体也同样是感觉和欲望的身体。

从1907年起,弗洛伊德就对文学感兴趣。从他对扬森的《轮》研究起,他阅读一个已知的文本,会研究出这个文本的素材(特别是梦)和情节,力求揭露藏于作者身上的意义。精神分析的研究方式:"解释",重要的是识破作品或文本的独特意义。

如果文学文本中都是限定的符号,那么应该承认某些符号比其他符号更容易显露,它们通常是文本里细小的要点或细节。因此,这意味着阅读的真正艺术,弗洛伊德是一位出众的读者。另外,作品需要倾听,如同治疗期间的病人一样。另一关键性的教导就是弗洛伊德在对梦的研究中显示出的字面价值,这种研究如同对精神活动和口笔误的研究。

"解释"也意味着占有、对照。精神分析的解释基本上关系到人类对自身的理解——即使这种理解力显露出人类身上的另一个自我,也就是潜意识和欲望的奇特力量。这种理解力与自发表现在阅读行为、写作行为中的自反性保持良好关系。因此,让·贝勒曼-诺埃尔表明:"当我阅读时我读到什么?当作家写作时他读到什么?答案是相同的:不管在何种文学作品中,不管是创造作品的人或是阅读作品的人,首先我们是阅读自己。"[①]精神分析主要研究的是创作者的进程,对于他来说,文学是幻觉活动的不同版本。它并非和儿童时期的活动没有关系,游戏能够创造自主的世界和用虚构来弥补现实。同样,文学与梦类似,因为它们共享某些材料(想象、记叙),梦是工作的场所(据弗洛伊德,"梦的作用")。但作家与玩耍的儿童、夜晚的做梦者所不同的是,他从潜意识的压抑内容以及"玩耍"的模糊记忆出发,创造出十分协调的结构,以致于第一进程在艺术的掩饰下,在第二进程的作用下消失了。因此,精神分析阅读旨在揭示出这些掩饰物,追溯创作的原始情况。

人们沿着文学创作的潜意识情节走到尽头,当然会通向读者:作者是怎样做到将他的幻想的产物向读者交流,使读者从中得到美学快乐呢?因为作品在我们的身上产生一种效果,或更准确地说,弗洛伊德是说"情感效果"。按照弗洛伊德和他继承者的观点,不存在真正的从潜意识到潜意识的移注,是自恋情结通过艺术客体反映出来。多亏了艺术作品,有了其保证,爱好者被促使接受一种特殊的分享方式:转移自恋情结的交流。这种交流的成功在于作家着手进行伪装,把个别的转变成普遍的,也在于力比多的补偿或性满足的补助。艺术家的这种能力尤其依赖于我们接受作品、察看作品的禀性。认同的旧观点也有新的内容。如果《俄狄浦斯王》的观众赞同舞台的表演,那是因为他承认自身上有压抑的欲望。同样地,小说的爱好者赞同小说的虚构,因为他相信自己的"被捡回来的"、"私生子"的命运(参照以下玛尔特·罗贝尔一节)。

从 20 年代起,随着弗洛伊德理论深入法国的知识分子界,产生了带有精神分析的文学创作,预料到精神分析的介入并与之进行对话,尤其在传记范围内。这在纪德、吉罗杜或塞利纳的作品中已经表现得很明显,这个过程在米歇尔·莱里斯[②]的作品中更是十分有趣。他的第一部自传著作《人的岁月》(1939)使之成为可能,借助于他自己的精神分析体验。关于语言结构,他吸取弗洛伊德的忠告(特别是《释梦》)。在他的作品中,袒露性欲,叙述阉割情结的神话。但是,当他竭力

[①] J. BELLEMIN-NOEL, *Psychanalyse et littérature*, PUF, «Que sais-je?», 1978, p. 36.
[②] 米歇尔·莱里斯(1901—1990):法国 20 世纪更新自传体创作的作家之一,脱离传统传记模式,特别注重语言问题。在《人的岁月》(*L'Age d'homme*, 1939)的序里,他称"文学被视为斗牛术"。

建立自己的研究来源时,莱里斯却反对精神分析,也反对他命名为"玄而上学"的一切:"现代潜意识研究者谈论俄狄浦斯情结、阉割情结、犯罪感、自恋情结,我不认为这有多大的进步,在关于问题的本质上(对我来说,问题的本质类似于死亡问题、虚无的害怕,来源于玄而上学)。"[1]

通常我们称弗洛伊德和荣格对文学的研究为第一代精神分析批评,第二代是指30年代到50年代应用精神分析法进行的文学批评;60年代后的精神分析法批评为第三代。下面我们聊以这一分法进行介绍。

一 第二代精神分析批评家

夏尔·莫隆(1899—1966)把精神分析看作一门科学,他不喜欢那些对"精神分析"这个词使用不当的人(比如萨特或巴舍拉尔),不是因为他称那些人为"妥协于"主题的人。实际上,在他对两个领域间本质的分散研究整体中,令人吃惊的是精确的严密性,这两个领域是:抒情诗——《晦涩的马拉梅》(1941)、《从顽固隐喻到个人神话:精神批评导论》(1963)、《后期的波德莱尔》(1966)和戏剧——《拉辛作品与生平里的潜意识》(1957)、《吉罗杜的戏剧:心理批评研究》(1957)、《喜剧题材的心理批评》(1964)。另外,夏尔·莫隆还是一个方法的创造者,他在其最厚的一部论著《从顽固隐喻到个人神话:精神批评导论》里明确地确定了自己的方法:《晦涩的马拉梅》一书向他提供了顽固型隐喻,《关于马拉梅的精神分析》提供了个人神话。他在对波德莱尔、奈瓦尔、马拉梅、瓦莱里、高乃依、莫里哀等作家所做的系统叙述中都介绍了这个方法。

莫隆在《关于马拉梅的精神分析之导论》(1968)里,作为原则,强调了人们之前一直忽视的一件事实的重要性:五岁丧母的不幸儿马拉梅十五岁时,又失去了比他小两岁的妹妹玛丽亚。这一事件可以对诗人的生平和作品做出解释:"要确定最初这次感情震颤的作用,揭示它的反响和象征,追踪意义组合的线索。总之,研究情感及其语言的复杂网络,至少从初步探索来看,妹妹之死是这个网络的唯一中心。"[2]那么,这时应该转而进行"精神分析":一方面,我们看到了一次强烈的精神创伤,另一方面,是诗作中"重复出现的稳定意象的一张网络"。这一组合网络(如秀发、火光、落日、爱情的胜利、死亡等)应该与隐藏在"明显的意义"背后属于潜意识的一种"稳定结构"相区别。于是,我们又回到了精神分析学派关于"表面内容"与"潜在内容"的基本区别。像弗洛伊德或博杜安一样,莫隆承认只能利用自己的医生经历或科学经历来"阐释文学作品",即一首诗加上生平片断。在文学批评中,只有象征才构成艺术作品。我们的任务可以概括为:恢复意象网络、

---

[1] M. LEIRIS, *L'Age d'homme*, Gallimard, «Folio», 1973, p. 153.
[2] 《20世纪的文学批评》,第161页。

意义组合网络和种种"隐喻体系",然后透过它们,揭示"传统的情结"。象征既可以表达"下部的潜意识",又可表达"上层的精神活动"。全书的结论说,"母亲和妹妹亡灵的萦绕,没有激发马拉梅的作品,也不能解释它们,它决定了诗人的作品,从根本上确定了它。"①马拉梅的诗作异彩纷呈,其中体现的潜意识却是千篇一律。在莫隆看来,诗便从顽固型意念开始,经过诗句的改造,经过诗句阶段,上升为风格,顽固型意念和风格是两个稳定持久的因素。

莫隆的精神分析批评方法由四个阶段组成,我们特别对第一阶段,即莫隆偏爱的这个形象重叠的方法进行介绍。他赋予它一个独特的意义,可以说是试验性价值,在为以后的解释提供基础的价值。这些重叠是批评行为,不是普通读者的批评行为或作者的批评行为(因为重叠是一个支配着文本网络的潜意识思想)。因此,由莫隆揭示波德莱尔的网络是由文本整体构成,而在文本之间意义关系无法立即显现。一种形象联系(因为形象是其工具)聚合在美丽的多洛泰(在《小小散文诗》中的美丽的多洛泰)那头长长的浓发上。她的浓发如怪物一样出现在梦的叙述中:著名诗歌中的阿尔巴特罗,真实的重负("邪恶的玻璃工")或幻想的重负("每人都有他的空想"),好几个人物被这种"重负"压弯了,这个"重负"就是诗人面对变成巨大石头的空想时被压抑的美学意识。在那儿,如果我们追随到底的话,从沮丧到倒霉,甚至直到死亡,那么这就是一条真正的"联想纽带"。

第二阶段在于寻找更普遍的图画,画出形象和"戏剧情景"。在这里,一系列人物(比如多洛泰,令人赞美的妓女)呈现在我们眼前,失去地位,成为他人敌视的对象,以致于他们感到攻击和遗弃的不安。即使有可能连接上波德莱尔的明晰的思想(尤其是关于艺术与卖淫之间的关系),在那儿还有一系列的幻觉,具有本身的意义:潜意识提出它的方程式,夏尔·莫隆这么说。这是如此真实以致于从另一尽头看,这些组合通向其他的形象:猫、残忍的王子、复仇的诗人。因此,两种系列的形象成为必要:第一种系列由对母亲的认同所控制,双重的母亲(多情的,如同怀旧的客体,或令人痛苦的,如同被石化的怪物);相反地,第二种系列由对父亲的男性认同所控制,伴随着对自己的爱和在纨绔子弟和批评家身上的侵略性。一种是妓女,另一种是王子和喜剧演员,都象征着这两种系列,构成"深层性格"。他们的相遇,产生好几种戏剧可能性(凝视的心醉神迷、施虐—受虐狂的对立、内心战争),都涉及"个人神话":这是他批评步骤的第三阶段。组合网络的持续,起作用的形象和冲突实际上促使一种假设的形成,即内在的、个人的戏剧情景不断通过内在事件或外在事件的反作用而改变,但这情景既是持续的,又是可辨认的。莫隆将它命名为个人神话。

因此,"个人神话"适用于这个基础布局,必须与一个主体相比较。通过"神话",莫隆想指出精神分析医师借由形象、分离的细节进入这个布局,这个布局是

---

① 《20世纪的文学批评》,第162页。

在包含情景、人物的行动中组成的。在他的定义中,莫隆显然反对使用"生平"这个词,因为对他来说,这个词包含太多过于简单的传记,但很明显地,他也有给传记保留位置,作者生平谨慎地介入,尤其是作为检验的工具,这是他研究方法的第四阶段。

精神批评透过作品精心谋虑的结构,寻求无意识的意义之组合,揭示一些不为他人觉察的网络;一门"真正的科学"保证对深入潜意识,挖掘意识和潜意识的边缘地带有所帮助。精神批评分析的顺序如下:比较若干作品,找出组合网络,把顽固型和下意识性意象聚合在一起。然后通过作品追踪这些或者勾画形象或者交代情景的结构的变化情况,以期分离出"个人的神话"。个人神话与作家的潜意识个性有关,与一段内在的悲剧形势有关,虽然外部因素不断地改变着这一形势,然而它总是顽强地存在着,总是可以辨认的。最后寻找与作家生平的相似点。

我们再看看莫隆的方法在《维克多·雨果的人物》(1967)一文中的应用,肯定存在着把小说和戏剧融为一体的一个领域,这便是梦的领域;梦中的戏剧与真实的戏剧的区别,首先在于梦是以自我为中心的,而且感情导向非常明显。这一思想引导读者立即考察雨果的主人公,其次考察阿南凯。所有具有活力的关系都交织于主人公之身。(《国王寻乐》的主人公不是弗朗索瓦一世,而是特里布莱,韦尔迪已经清醒地看到了这一点)。于是,批评家把作者的主人公(特里布莱、加西莫多、浮洛罗)进行重叠对比,然后对比故事情节,揭示出隐蔽很深的幻觉。阿南凯(或宿命)代表着主人公与毫无上诉和赦免希望的判决之间的关系;这是一种令人恐慌不安的存在,与"潜意识中的某种真实有关……后者虽然很隐蔽,却给人以威胁,有时表现为某种情绪(嫉妒、报复心理),有时投射到他人或外物身上(人物或不祥之物),或者以梦和梦中的制度的形式出现(合法的集体杀戮、迫害、针锋相对的复仇行为、酷刑、牢狱、极刑等)"[①]。每当出现含糊时(是神意还是宿命,是狼狗还是狼,是正义者还是罪犯),梦都起了决定性的作用:或鲜明对照,或截然相反,梦创造了形象并偏向思想明朗的一方。莫隆就这样透过诗人的早期作品,透过1830年前后的创作,从《吕克莱斯·博尔吉亚》到《布尔格拉弗》三部曲,透过《悲惨世界》《海上劳工》和《笑面人》,追踪个人幻觉的产生过程。我们可以看到,即使有时莫隆把作品堆积起来以期从中寻找出共同的结构,他的方法仍然很关注根源,关注时间顺序。男女主人公应该共同迈向不可避免的死亡之路。巴黎圣母院把两类思路——幻觉与历史变迁的记载——融合在一起,批评家的想象通过空间和心理两种渠道,从"宗教"走向"世俗",从圣母院走向巴黎:这座古老的建筑物目睹了英雄人物的不幸,他们全都孤苦伶仃,似乎很久很久以前,无数创伤已经蒙上了他们的造物主。从一部作品到另一部作品,批评家发现人物都是按照来自古老冲突的精神面貌排列的。《悲惨世界》从里到外都产生于一场"定向

---

① 《20世纪的文学批评》,第164页。

梦":诗人内心的紧张情绪产生了悲剧情节;悲剧情节要求人物;作者的记忆,观察或阅读,为他提供了这样的人物(莫隆在此借鉴了儒尔奈和罗贝尔根据手稿进行的根源研究)。幻觉向悲剧方向发展,但是"抵制恐慌的自卫机制改变了这一命运,把忧郁结局改造为神灵出现的胜利结局"①。好几部作品里的主人公,或隐遁,或献身,或冒名抵罪,都是为了从阿南凯处救出一对年轻夫妇或孩子们;两大基本的恐惧是"恐惧他人"和"恐惧邪恶"。随后,批评家把这些从作品本身得来的分析结果与雨果的生平相比照:雨果出生八个月时,因为与母亲分开了十四个月而险遭夭折;精神分析表明,婴儿一岁时母爱的缺失可能造成严重的后果。"我认为这些事实很重要",莫隆写到,"它们足以解释面对不可改变的命运而产生的类似妄想狂式的恐惧。"②莫隆列举了雨果生平中几次大的危机后,得出下述结论:这就是"通过梦把生平与创作联系起来的辩证方法"。③ 然而对体现在人物网络之中的顽固型意念网络的研究越细致、越独特、越深入,就越令人怀疑上述假设的正确性。可是,归根结底,对于了解作品而言,这又是无关紧要的。

精神批评法(似乎只有莫隆一人使用这一术语,尽管经常有人使用他的方法)从理论上受到了批评。热奈特(《修辞形象》,1963)指责莫隆的唯科学主义。杜勃罗夫斯基(《为什么要开展新批评?》)批评莫隆破坏了作品的独立性(这一批评可以针对任何结构方法),因为后者有意把一个作家的不同作品混淆为一部作品;他批评莫隆毁坏了体裁,拉辛的戏剧已不再是戏剧,而是戏剧家的一场噩梦;最后还批评了莫隆的创作观:不再视作品为面向未来的蓝图,而是对单一主题的重复。

二 第三代精神分析批评家

1. 让·贝勒曼-诺埃尔:对作品进行精神分析

继夏尔·莫隆之后的一代表现出严谨的态度,尤其是在面对他的"个人神话"概念(被认为是假设的)和为描绘作者潜意识的方法之时。让·贝勒曼-诺埃尔尤其指责他的前辈一直受到当时批评意识形态的束缚。这种描绘的欲望来自夏尔·莫隆的研究方法:一方面来自他概括和抽象的需要,另一方面来自他钟爱的领域,即马拉梅或拉辛的全部作品,这个领域旨在归纳作者的形象。

让·贝勒曼-诺埃尔曾经问道:我们能否把作者搁置一旁或忘掉他而"借助弗洛伊德读懂一份文学汇集"④呢?让·贝勒曼-诺埃尔认为,作品分析的基本原

---

① 《20世纪的文学批评》,第165页。
② 同上。
③ 同上。
④ 同上,第167页。

则来自"作品的精神分析"①。如同他的书名呈现的那样,这种阅读撵走作者,围绕文本:"批评的作用只不过是把作者视为文本。"②1978 年他在《精神分析与文学》中说了这句话。他有点挑衅地提出"文本的潜意识"方法,被认为是更可取的。这个新的方法毋庸置疑地受到"文本的潜意识作用"的修改,预见力量读者的参与,尤其是批评家这个专业读者的参与。这个作用的概念与潜意识的普通象征相反,这个概念把潜意识当成一个客体、一个地点(某个阁楼或地道),或当成一种隐蔽的言语或思想,当"它只不过是一种作用、一种变形力量、一种无所不在的转移——每个人对词语的幻想"③。这个转移的概念会在假定作者把读者潜意识转到文本潜意识的阅读中得到证明。

因此,文本分析研究文本的词源,即组织,并且从内部探索文本,尤其重视其言语材料。文本分析没有无视体裁问题,让·贝勒曼-诺埃尔在《故事与其幻象》(1983)中对短篇小说感兴趣,但他偏爱那些已被阅读过、有独特性的文本。文本的符号整体由隐秘的单位组成(从展开的情节到微小的情节),文本分析不仅只带着语义数量需要完善的观点,在这个多变的范围中起作用,并且通常从显微镜检查中获得好处。

让·贝勒曼-诺埃尔进行的众多研究中,我们尤其注意他 1990 年为福楼拜的《三故事》所写的名为《福楼拜的第四个故事》这篇论文。这篇论文尤其引人注目,因为他借助双重规模对作品进行阅读:三部短篇小说的分开阅读以及三部短篇小说的整体阅读。文本潜意识的阅读表现出一种挑战,相对福楼拜式的批评,这种批评方式考察福楼拜在这三部短篇小说中如此不同的意图。但是,出发点的保证是"福楼拜的第四个短篇小说,是其他三部所向往的"。④ 让·贝勒曼-诺埃尔从辨认这三部短篇小说每部的特有颜色开始着手:《一颗纯朴的心》带有泥土的褐色,但不是来自诺曼底的本土的褐色,更像是来自肛门特点的褐色,结果是把菲丽西泰这个人物固定到心理—性欲发展期。《圣朱利安的传奇》带有结合神秘和快感的深紫色。《希罗迪娅》则带有热情的橙色,符合于表现引人注目的"爱神"(Eros)(我们不禁想到描绘得有声有色、惊心动魄的莎乐美献舞及向希罗特王索取圣约翰的头颅的场景)。

对作品进行精神分析式的解读,将两种方法结合在一起:一方面通过形象破译童话;一方面通过读者对作品的带有倾向性的介入开展细节阐释。例如《灰姑娘》中的纺锤、伤痕、睡觉、老妇、被遗忘的仙女,一切都可以得到阐释:去势情结、父亲贪婪的欲望、幻想中的母亲的阴茎等等。但是,还要把童话放在一种结构里进行阐释,贝勒曼在一百多页之后就是这样做的。他这种做法与贝特尔海姆的

---

① 《20 世纪的文学批评》,第 167 页。
② *Psychanalyse et littérature*, p. 96.
③ J. BELLEMIN-NOEL, *Vers l'inconscient du texte*, PUF, 1979, p. 244.
④ *Critique et théorie littéraires en France*, p. 313.

《仙女童话的精神分析》(《魔法的使用》)相反,他曾批评后者的阐释学究味太浓。贝特尔海姆认为童话"是对正常情感的学习阶段",而欧洲的弗洛伊德的门徒们则认为童话可以使孩子们"为乐趣而幻想"。贝勒曼-诺埃尔是这样理解《灰姑娘》的:一位公主"尚未走出心理正在形成过程的混沌状态……我们刚好处在与母体融为一体的子宫内生活之后、带有乱伦犯罪色彩与镜子经验相关的自恋情结到来之前。"①我们于是重新发现了"感官的乐趣"和"原始的强烈愿望",发现我们身上"一种古老的带有犯罪色彩的自恋情结"。② 总之,批评家希望随时投入被分析作品的"幻想力",从悠闲读书的"沙发"上转到"改变"自己阅读方式的"座椅"上:其余的原始乐趣尽在细节的分析之中。

2. 玛尔特·罗贝尔:家庭小说

在作品的精神分析方面,应当指出玛尔特·罗贝尔的著作的重要性。她最完整最重要的著作当属《有关起源的小说和小说的起源》一书(1972)。著作从弗洛伊德的一种发现谈起,弗氏曾在《神经患者的家庭小说》(发表于1909年,但是自1897年起就开始提到)一书中介绍了他的发现:有一种初级虚构形式,孩子们能意识到,正常的成年人意识不到,在许多神经患者那儿则表现得很顽固,其结构总是包括同样的背景、同样的人物、同一主题,它与形象思维的原则本身是有关联的。孩子起初很崇拜自己的父母,继之对他们感到失望;被逐出天堂之后,他怀疑自己是捡来的,或收养的;失去自己的贵族双亲后,他感到又被平民父母抛弃了;孩子于是独自一人面对两对地位迥然不同的父母,他同样地尊敬他们,又同样地怨恨他们。在第二阶段里,对性的发现使孩子今后只对父亲产生种种幻想,父亲是国王和幻想者,而母亲则依然是近在咫尺的平民。第一阶段是被捡来的孩子的阶段,第二阶段是私生子的阶段。这一故事梗概有助于确定所有小说的性质,因为它揭示了这一体裁的心理根源,因为它即是这一体裁本身。小说因而再现了已经具有小说雏形的幻觉,从幻觉中汲取了它的必要的素材和自由变化的形式。它想给人以真实感,然而也从令人失望的尘世退隐,或模仿或虚构。它推出两个英雄人物;以被捡来的孩子身份展开种种梦幻的堂吉诃德,他与改造世界的私生子鲁滨逊的心理年龄不可同日而语。玛尔特·罗贝尔写道,"其实,这正是小说可能发生并且在其历史沿革中已经发生的两大潮流的分界线,严格地说,创作小说的方式也只有两种:现实主义的私生子方式,既辅助社会又正面抨击它;以及被捡来的孩子的方式,由于缺少采取行动的知识和手段,只能以逃遁或赌气来躲避斗争。"③

事实上,这正是关于小说史的两种观点,这两种观点可以在同一作家的作品

---

① 《20世纪的文学批评》,第169页。
② 同上。
③ 同上,第170页。

中交相出现。但是,对于主流观点来说,干预社会生活的作家带有私生子俄狄浦斯的遗传因子,而另辟一个世界的小说家则让人听到了被捡来的孩子的声音。玛尔特·罗贝尔把巴尔扎克、雨果、欧仁·苏、托尔斯泰、陀思妥耶夫斯基、普鲁斯特、福克纳、狄更斯等归为第一类作家;把塞万提斯、西拉诺·德·贝尔热拉克、霍夫曼、让-保尔、诺瓦利斯、卡夫卡、梅尔维尔等归入第二类。一方面,小说家模仿神,另一方面,他自己就是神。从弗洛伊德的这一模式出发,玛尔特·罗贝尔开始解读作品,如仙女童话、德国浪漫主义的作品、卡夫卡的《城堡》,那是一个无名之乡和失乐园;然后鉴赏《鲁滨逊漂流记》和《堂吉诃德》,把它们作为分析的中心,并分析了大批模仿者的种种鲁滨逊模式和堂吉诃德模式。批评家把整个当代小说纳入或肯定社会或否定现实这两种态度中进行考察,对于任何有影响的作品而言,它们既是大量新思想的源泉,又可构成作品的紧张情节本身。任何时候,玛尔特·罗贝尔都没有分析巴尔扎克的潜意识,或者卡夫卡的潜意识;她从巴尔扎克的系列社会画面中,看到了弗洛伊德式的私生子现象,并在《人间喜剧》里追踪这一方式的所有细节。相反,谈到福楼拜时,她则回到弗洛伊德的其他著作,并发现《狂人回忆录》里有原始场面的痕迹,这一点对家庭小说是个补充:解读一部作品,对玛尔特·罗贝尔而言,即从中分离出弗洛伊德式的种种类型,对作家生平的了解因此而变得毫无必要。

第四节
对精神分析法的改造和挑战

一 拉康:用语言学改造精神分析法

拉康(1901—1981)不仅是一位著名的精神分析学家、精神病医生,而且也是整个人文社会科学和思想界的重要人物。他的精神分析思想继承、修正了弗洛伊德主义的精神分析理论。利用结构主义的理论与方法,拉康对弗洛伊德主义的核心概念潜意识进行了修正与拓展。同时,拉康对结构主义的能指/所指理论也进行了修正改造。

拉康首先对弗洛伊德的潜意识概念进行结构性改造,把语言引进潜意识结构;他把原来的潜意识的核心力比多改造成欲望,把弗氏默认的主体性潜意识改造成主体间性潜意识。同时,拉康对结构主义语言学的能指概念进行改造,指出了能指的非固定性,语言与象征的中介性,从而使原有主体化的潜意识,变成为主体间语言交往过程中、经象征性运作而不断变化的能指开发系统。拉康认为潜意识通过语言、象征性、现象力与现实性相联系,由此推出他的三重结构学说。通过对改造过的潜意识的核心欲望的进一步研究,拉康指出,思想创造活动的动力源于欲望;通过对欲望的研究,拉康进入到情欲的语言基础研究。为便于全面了解拉康的主要思想理论,本文用七个关键词进行概括:潜意识结构、欲望、能指、主体概念、三重结构、思想创造活动的动力、情欲语言基础研究。拉康的复杂理论围绕这七个关键词展开。

1. 潜意识与语言的新关系——对弗洛伊德"潜意识"结构的语言学革命

在重读弗洛伊德的基础上,拉康对弗氏的精神分析学的基本概念"潜意识"提出了自己的观点。拉康把语言引进了"潜意识"结构,这是他与弗氏的最大的不同,因而拉康的这次改革被称为精神分析学的"语言学革命"。他们之间的区别主要在以下三个方面:

(1) 弗洛伊德认为潜意识先于语言,而拉康认为这二者几乎是同时出现的,潜意识是语言的产物;

(2) 弗洛伊德认为潜意识是混乱的、任意的、无规律可循的,而拉康则认为潜意识是像语言一样有规律或有结构的,这种结构的规则受制于语言经验;

(3) 弗洛伊德认为潜意识通过"压缩"和"移置"[①]来表现其内容,而拉康认为这两个概念与隐喻和转喻的修辞过程是相似的。

拉康从结构主义语言学的层次进行分析,认为潜意识本身就像语言一样是被"精确构成的",潜意识可比拟于语言的话语或本文,其组成规则与语言规则类似。弗洛伊德从梦、玩笑和症状中发现潜意识活动规律凝缩和移置的过程。拉康认为,这可以用语言学中的隐喻和换喻来替代,隐喻类似于语言符号的共时性运动,即通过两个符号或词项之间内在的相似或类似关系进行的言语转换;换喻则类似于语言符号的历时性运动,它基于语言符号之间的接近或邻近关系。拉康说,潜意识的"形成方式",如梦、玩笑、语误等,不能按表面含义理解,应当把它们看作字谜游戏一类的东西,参照其"上下文",通过隐喻与换喻的初级过程来译解其含义。在他看来,潜意识另具一套"文字系统",它在意识话语的空隙间穿行,虽然我们进行意识活动时很难观察潜意识的支配作用,却可以透过意识的话语洞察潜意识本身。

拉康认为,潜意识与语言几乎是同时出现的,其共同特点就是它们的潜意识性。潜意识像语言一样有规律或有结构,这种结构规则受制于语言经验,也就是说,二者本来都是自然地具有脱离意识操纵的能力;不仅如此,两者在实际运作中,总是脱离意识越远越灵活。语言运用的潜意识性,正是显露语言本身的潜意识本质。

---

① 朱立元:《当代西方文艺理论》(第二版),上海:华东师范大学出版社,2005年,第74页。

在弗洛伊德的理论中，潜意识是一种本能代表；而在拉康理论中，潜意识则是语言的一种特殊作用，是语言对欲望加以组织的结果。他把弗洛伊德的潜意识结构改变成以语言和象征为中介的主体间关系结构，将潜意识理解成潜在的语言能力的结果，产生了极其伟大的理论意义。

2. "欲望"——拉康对"力比多"概念的拓展性改造

在拉康的思想理论中，"欲望"是个重要的概念，正是这个概念极大地扩展了精神分析学的适用范围，也正是这个概念使精神分析学获得了再次发展的原动力，使精神分析学能够应用在社会科学的许多学科中。"欲望"概念实际上是拉康对"力比多"概念的拓展性改造。

拉康对弗洛伊德"潜意识"概念的改造，对外就其与语言的关系进行了修正，而对内也就是对"潜意识"的核心"力比多"进行了拓展。拉康认为"欲望"是潜意识的核心；而语言则是潜意识的符号结构，也是潜意识同人的思想创造、实际活动以及外在世界相联系的中介因素。欲望在本质上是对于虚无的欲望，因为欲望就是象征性本身，是一种能指。因此，语言的"能指/所指"结构绝不是固定的二元对立模式，而是以本能欲望为中心，随欲望不确定地无限转变而发生不确定的变化。

拉康认为欲望并不是单纯发自主体内心深处潜意识的需求，而是在人同人的语言交往关系中形成的，是在与他人的语言互动中不断更新的象征性力量；它是构成语言论述和言谈内在结构的重要成分，是一种最根本的"能指"。

在对"力比多"概念进行拓展性改造的基础上，拉康创造性地开辟了对情欲语言基础的研究，强调情欲、性欲和各种最原始人类欲望对于思想创造和语言运用能力的决定性影响，对后结构主义和后现代主义启发甚大。

3. "潜意识"与语言的主体间性——对弗洛伊德"潜意识"主体性默认的质疑

在语言及其潜意识结构化的研究中，拉康揭露"主体"的非稳定性和不确定性；说明了不是主体决定语言和潜意识，而是相反。这是与传统的主体论完全不同的结论。他认为，人在任何时期和任何阶段的意识结构都是相对的，是在生产论述的过程中形成和变化的。人的意识，包括人的主体意识，并不能决定在具体条件下的论述；相反，是人的论述引导人的意识朝着一定的结构发展或变化。对于人来说，不是通过意识的主体化过程，而是通过说出的话语，通过能指的相互关系结构及其秩序，进入到主体间性的社会文化网络之中。[①]

在改造潜意识概念时，拉康努力让潜意识在非主体化的语言结构化过程中直接展现其主体间性的特征，使潜意识能够在不受主体道德意识约束的情况下，自

---

① 高宣扬：《当代法国思想五十年》（上），北京：中国人民大学出版社，2005年，第209页。

由自在地进行创造活动。拉康在对"自我"的重新阐释中,提出了著名的"镜像"理论假说,动摇了弗洛伊德"潜意识"的默认的主体性观念。

在儿童镜像期心理研究中,拉康明确指出:对于自身主体的认识,人并不靠其主观意识的单向成长过程,也不单靠其内在本能欲望推动,而是靠其同他者以及与他者同时介入的象征性世界的关系而形成。从儿童时期开始,人就通过象征性的中介认识自己、主体和对象。人的欲望对象、形成动力及其变化,都是从镜像阶段就确定了的。从那时起,象征性本身就是最有潜力无限展开的"他者"。人是在与"他者"的"相遇"中,认识到"自我",认识到自我的主体性。也就是说,人的主体性是在与他者的"相遇"中产生的,是一种主体间性。潜意识通过语言及其象征性与各种"他者"相遇,逐渐实现了"自我"的主体性体认,但这种主体性与弗洛伊德的"潜意识"概念中默认的主体性已经完全不同了。人所接触到的"他者"总的来说有三种:以象征形式直接表现出来的各种符号和信号,以特定身份出现的有形体的个人,以占有特定时空结构呈现的物理形体。

人的主体化过程并非如弗洛伊德所阐释的是人的意识的内在封闭的自我发展过程。拉康认为,潜意识在其语言运用中,通过与他人以及与外在世界的不断联系,通过与"他者"的相遇,逐渐地使人跳出自我范围,调整其发自内在欲望的潜意识结构,产生与他人、与外在世界相联系的欲望,并在这种欲望的不断活动中,形成并加强其主体的现象能力,从而形成一种以想象为中心的二元双重对立关系,既把自己同他人联系在一起,也把自己同世界联系在一起。

"镜像阶段论"是拉康主体理论的基础和关键。他通过观察发现,初生的婴儿只是一个"未分化的""非主体的"存在。但是在婴儿6—18个月时,即达到了其生存史上第一个重要转折点——"镜像阶段"。在此之前,婴儿还无法把自己的身体看成一个统一的整体,而只是把它看作某种支离破碎的东西。镜像阶段之后,婴儿得以初步确定起自己的同一性身份。大约在3—4岁左右,随着语言的获得,儿童意识到自我、他者与外界的区别,进入象征秩序,并在象征秩序中获得主体性。拉康认为语言是先于主体的一种存在,正是这个观点颠覆了弗洛伊德及之前的传统的主体性观念。主体的确立过程就是掌握语言的过程,是语言逐渐将儿童引进社会文化关系之中。可以说,语言产生了"我",语言创造了人的主体性。

4. 三重结构理论——语言的象征性理论的拓展

在研究潜意识与语言的关系中,拉康提出了语言与象征的中介性思想,进而在此基础上,提出了关于个性和人格的"想象""象征"和"现实"三层次这个重要的理论。拉康系统地论述现实性、象征性和想象力的三重结构,并将三者所构成的三重结构及其运作当成人类文化创造的基本机制。

拉康认为,想象的部分是一种由镜像阶段所产生出来的混杂统一体,是主体在镜像阶段所记录下来的有关外在世界的复杂图像,其中包括有意识的、无意识的、知识的以及现象的各种成分。

象征的世界由某种多样的符号所构成。符号是人进行各种心灵思想创造活动的动力和基础,是人同外在世界打交道并对外在世界进行改造的中介因素。象征把人的能力、内在世界以及实际活动同外在世界联系在一起。符号以其本身所固有的象征能力,将外在世界所提供的各种有利于自身的因素加以改造,使之变为有利于主体或适应于主体创造精神的因素。象征对于人发挥其主体性具有特别重要的意义,也是人同外在世界打交道并使其改造成有利于人的世界的不可缺少的中介力量。这就是说,没有象征能力,不仅人的思想创造精神无法发挥和运作,而且人也无从对付极端复杂的外在世界,更无从改变外在世界对人的摆布。

现象的世界同象征的世界相结合就是现实的世界,就是具有主体性的人所面对现实的外在世界。人所面对的世界永远都不是客观中立的外在因素组合体,而是同人的主观能力及其欲望和实际活动紧密相关的。

5. 能指/所指的分解与独立——对索绪尔所指/能指理论的改造与拓展

拉康虽然深受结构语言学的影响,但他试图超出由索绪尔所创立的结构语言学的界限,以便让结构语言学在其精神分析学理论中发挥更大的作用。

为了充分利用结构语言学的成果,拉康必须对其进行改造,必须修正索绪尔的"能指"概念的缺点:第一,欠缺了弗洛伊德所说的"潜意识"内在基础;第二,将能指同所指的关系,简单地归结为封闭式二元对立关系,使能指本身所固有的无限欲求能力和自我生产能力被消除殆尽;第三,欠缺对语言运用过程中体现于语言论述风格的所谓"文风"的研究。①

拉康认为,"能指"与"所指"的关系,并非固定不变的。语言的"能指"是一种象征性的换喻转换系列,其本身具有无限循环的自我生产和自我更新的功能。能指就是象征,而一切事物都可以成为象征。"所指"作为一种象征,是在特定条件下受到"能指"的支配,但它本身仍具象征的固有性质,所以"所指"也能作为一种象征而独立存在,并在新的条件下转化成为"能指"。"所指/能指"这组在索绪尔理论中相对固定的概念,不但可以转化为"能指/所指",而且可以断裂,各自朝向不同的演变方向发生变化。在这种情况下,语言的"能指"与"所指"的关系,转化成为两大独立演化系统,各自在自身的象征变化系列中,演变成符号及象征的变化游戏。

改造过的"能指"概念在拉康的理论体系中发挥了更大更强的理论适用性,成为拉康结构主义精神分析学理论的一个非常重要的概念,发挥着空前的理论生命力。拉康认为,"能指"是一切表象和观念的基础,正是通过"能指",儿童才有可能走出模糊的想象捕捉物的范围而进入象征性的世界。拉康认为,"能指"是

---

① 《当代法国思想五十年》(上),第205页。

人的精神心理能量的主要来源。人在其成长中,通过与他人的来往和言说,认识了世界,也认识了自己。"能指"在其运作过程中,能够产生连说话者自己都意想不到的事情。话语的应用引入了"他者",他人在人的言说者中进入了主体,使主体发生连主体自己都无法控制的新变化。正是从这个意义上来说,产生了解构主义者的"人是被语言所言说"的结果,而"他者"倒成为主体的替身,使主体消解。

拉康不仅改造了索绪尔的"所指/能指"理论,而且充分利用结构主义方法论的重要理论贡献。结构主义认为:在研究中,将对象分解成各个组成部分,然后重新组合,以引起整体性的变化;强调整体对部分的优先性;认为对对象的研究不应停留在表象(表层结构),而应深入到对象的内在联系(深层结构)。

受结构主义哲学影响,结合精神分析学的研究,拉康首先对"结构"作了详细说明。他认为,结构主义所说的"结构"概念与格式塔心理学所说的"形式"尽管有联系,但不能机械地加以比附。结构除了法国著名的临床心理学家和精神分析学家拉加舍所说的"显现结构"和"理论模型"结构外,还有第三种更重要的结构,即"能指的纯粹和简单的组合"所形成的结构,这是拉康潜意识理论中的那种结构。

总之,拉康充分地改造并利用结构主义的理论成果,把弗洛伊德主义的精神分析学彻底改造成结构主义的精神分析学,使精神分析学在新的时代重新焕发出生命力。拉康把结构主义的方法运用到其精神分析学理论的各个层面:潜意识与语言的结构;现象、象征和现实的三重结构;提出了结构的意义性,进一步批评传统的"主体概念"揭示主体的话语和论述结构,从而使一贯靠主体意识同一性来维持的"主体"本身,变成为受话语和论述决定而不断变化的附属因素。

二 勒内·吉拉尔:欲望来自模仿

勒内·吉拉尔(1923—2015)是当代法国著名哲学家、人类学家,文学批评家。1947年,他在美国印第安纳大学获博士学位,先后执教于霍普金斯、斯坦福等大学。1961年,他在美国大学讲比较文学的基础上写成了:《浪漫的谎言与小说的真实》,提出了著名的"三角欲望"理论,之后一发不可收拾,40多年以来,用法语发表了十几部重要著作:《陀思妥耶夫斯基:从二到一》(1963)、《暴力与神圣》(1972)、《地道里的批评》(1976)、《论世界创世纪以来的隐蔽事物》(1978)、《替罪羊》(1982)、《恶人的古代之路》(1985)、《莎士比亚:嫉妒之火》(1990)等。

上世纪80年代后,勒内·吉拉尔的理论试图否认弗洛伊德的精神分析法,否认结构主义,甚至否认马克思主义等等,在欧美大学知识界掀起一阵恐乱,褒贬不一。他的理论涉及文学、史学、人类学、文化学、哲学等领域,他试图揭示人类文明中心的暴力产生的隐蔽秘密。他的影响遍及欧美各地,"吉拉尔主义"在欧美等地的知识界一时成为热门的话题。2005年,法国思想界不得不承认他的理论价值和世界性的影响,勒内·吉拉尔终于成为法兰西学院院士。

1. "模仿欲望"

在吉拉尔的前两部论著中:《浪漫的谎言与小说的真实》(1961)、《陀思妥耶夫斯基:从二到一》(1963),我们找到许多证实了"模仿欲望"这一假设的文学事例,似乎小说家赶在理论家前面,他们用直观发现这一隐藏的真实:司汤达的虚荣心、普鲁斯特的赶时髦、陀思妥耶夫斯基的充满仇恨的偶像崇拜、塞万提斯的英雄主义,文学中存在许多不同的案例。然而非常相似,因为每一个案例都能看到模仿的现象,并受模仿欲望的控制。堂吉诃德只想模仿阿马迪斯的希望,就像于连憧憬拿破仑所憧憬的东西,或者斯万希望嘉尔王子所希望的东西……文学的虚构事实证明了"模仿欲望"。

他理论大厦只建立在一块最初的基石上——"三角欲望",后来称"模仿欲望":说来非常简单,人没有直接自发产生欲望,而是通过他者激发欲望;主体模仿他者,追求客体,他者既是介体,又是楷模。但他者也觊觎客体,从而阻挡主体达到客体,产生激烈的竞争,这又叫做"模仿竞争"。在这个基石上,他探讨人际关系,探讨文化的暴力起源。

勒内·吉拉尔首先指出在人(甚至动物)的行为中有一种模仿特性,一种模仿同类的愿望。这个模仿对于人要成为文明的人是必不可少的。人要学习讲话、走路、遵规守法、参与集体活动等。吉拉尔区别习得模仿和竞争模仿,后者是一切冲突的根源。

竞争模仿也称"对抗模仿"。人基本被吉拉尔称为的"模仿欲望"支配着。我们希望得到一个客体是因为另一个人也想得到它(原始社会是:女人、食物和土地)。举个例子,莎士比亚有句著名的话:"你爱她,因为你知道我也爱她。"从这句话可以看出,一个人爱一个女人,不是自发的爱,而是看到我们爱她,他也想模仿我们,爱这个女人。他把我们视为他的朋友、他的楷模,追求这个女人,如果我们不爱她,那么他也不会爱她。只有把欲望暗示给我们却又阻挡我们满足这个欲望的人,才是我们的真仇人。但是心怀仇恨的人,他首先恨自己,因为他的仇恨里暗藏着崇拜。为了向他人也向自己遮掩疯狂的崇拜,他完全把介体看成障碍。介体的第二个作用于是跑到首位,作为模式被人虔诚仿效的第一个作用倒被掩盖了。主体和竞争者争斗时,颠倒欲望的逻辑和时间顺序,用意在于掩盖他的摹仿。

这种模仿欲望,社会会以一种真实或象征的形式——如思想、形象、话语——传递。这可在两人中发生,因为第二个人的脑子里有一个理想的男人或女人,他宁可选择躲开第一个人,跑到一个符合他的想象(或时尚的形象)的人那里,而不是向第一个人承认他的欲望。是虚荣在不承认真实中起了很大的作用。正如水仙的神话,纳西索斯(Narcisse)宁可毫无意识地自恋自己的倒影,也不愿意去向伊可(Echo)表白。人们共同希望得到同一物体,进行一场激烈的竞争和冲突,威胁团体和社会的团结。

2. 迫害文本

勒内·吉拉尔在《替罪羊》中首先分析了14世纪中叶法国诗人纪尧姆·德·马肖写的一首诗《纳瓦尔国王的审判》,这是一首传统风格和主题的艳情诗。吉拉尔对艳情的主题并不感兴趣,令他关注的是诗的开头所叙述的一个触目惊心的故事——一场瘟疫的灾难。马肖描述他所居住的城市一下子死了许多人,人们不知道是什么在当地居民中引起这么多的死亡,怀疑是犹太人干的恶行,是他们在河里下毒,瘟疫是他们带来的不幸,因此,应该杀死犹太人。他们成了"替罪羊",传统的替罪羊总是被解释为瘟疫开始阶段的祸端。

勒内·吉拉尔对纪尧姆·德·马肖的诗歌作了彻底的重新解读,他读了这首诗,感觉到字里行间大概发生了某些真实的事件——犹太人被屠杀的事件。他没有孤立地阅读文本,而是把这个文本与同一时期反映同一主题的其他文本联系起来阅读。这些文本(不局限于文学文本,包括历史文本等)形成了一个丰富的历史知识网络,他把马肖的文本置于这个网络中间。正是依靠这个语境,他成功地分清虚构与真实。显然灾难是法国北部在1349年至1350年爆发的鼠疫引起的,屠杀犹太人也是真实的。屠杀的主题,加上瘟疫的主题,提供了一个历史背景。

吉拉尔的解读法是一种互文性的后现代主义研究。吉拉尔是位知识渊博的学者,他的批评往往是从这个文本跳到那个文本,然后又回到原来的文本,信手拈来,舒展自如。他在处女作《浪漫的谎言与小说的真实》里已经使用"互文性"方法考察塞万提斯、司汤达、福楼拜、普鲁斯特和陀思妥耶夫斯基的作品,以大量的文学案例,揭发浪漫主义的表面谎言,探讨小说的真实,这种真实是人普遍存在的"模仿欲望"。

吉拉尔最后得出结论:1.《纳瓦尔国王的审判》不仅仅是一首艳情诗,更是一个"迫害文本"。他在《论世界创立以来的隐蔽事物》中就开始研究"迫害文本"①;2.这首诗可以确定在《纳瓦尔回王的审判》里所提及的迫害是一种历史事实;3.纪尧姆·德·马肖是以迫害者的眼光真实地报道一场集体的暴行。在这类迫害文本中,指控越是不可信,屠杀的事实就越可信。这场冲突的解决方法是团体同意找出一个所谓"罪犯"(一个人或一个部落)来承担这场冲突,牺牲一个无辜的受害者。

3. 神话研究

吉拉尔在理论发展历程中的第二阶段沿着他的理论对世界神话进行了卓有成效的探讨,重新解码神话。吉拉尔从"模仿欲望"推论人际关系的本质就是互相竞争,从而导致暴力冲突,人类社会从童年伊始就存在残酷的暴力和迫害,人类

---

① R. GIRARD, *Des Choses cachées depuis la fondation du monde*, Grasset, 1978, pp. 136-162.

社会就是在暴力和迫害的爆发和平息的交替中发展的,原始社会的祭祀仪式就是模仿迫害和牺牲的表征,随后出现以迫害为主题的文本表征,记载和反映了一场场真实的迫害事件,神话就是这个时期的写照。

吉拉尔先从以迫害为主体的叙事文本中梳理出四个范式:1.一种社会和文化危机的描写,即一种普遍的混乱;2.指控"捣乱者"的罪行;3.嫌疑者身上的特殊的标记作为选择受害者的标准;4.集体将受害者处死的暴力场面。他认为在所有社会里都可以找到"迫害文本",这些范式在"迫害文本"中普遍存在。因此,他以这四个范式来考察世界的神话文本,从而推论神话是一种"迫害文本",在每一个神话后都存在集体迫害的真实事件。他由此解开神话的秘密——替罪羊机制,并且他以世界神话的大量案例论证神话的改编目的是要竭力掩盖集体迫害这一事实。

神话与普通迫害文本相比,在迫害主题和迫害范式上的相似性很大,但差异也很明显。除了受害者被描述成牛头马面的妖怪外,还有更重要的一点是受害者后来被神圣化成为众人崇拜的超自然人物。神话之所以被称为"神话",是因为它塑造和表现了神圣的人物,而在普通迫害文本里没有这样的存在。因此,在普通迫害文本中比较容易认出受难者的原样。但在神话里要从一个妖怪身上和从一个成为众人崇拜的超自然人物身上确认出受害者是非常困难的,这就是为什么神话比较难以解读。

神话里的表述比普通迫害文本里的表述更有力,俄狄浦斯神话持续几千年仍是个谜,解谜者众说纷纭。吉拉尔指出:这个谜只能通过替罪羊机制的极大的力量来解释。究竟什么是替罪羊机制?他这么论述:集体暴力的操纵者为煽动人群,使他们相信受害者身上有一种魔力,将现实中所有使关系恶化的嫌疑、紧张和报复都集中到受害者身上,团体应该清除这些毒素,才能感到释去重负,重新得到和解。这正是大部分神话的结论所暗示的:团体刚刚经历一场灾难,重新得到宗教的和睦,在危机中受损的秩序重新恢复,常常会出现一个万象更新的景象。这只是其一。

其二,在神话里,这同一个受害者既"破坏"秩序,又带来新秩序。违犯者变成恢复者,甚至变成他预先"损害"的秩序的创建者,最重要的犯罪者却变成重建社会秩序的支柱。吉拉尔认为这个自相矛盾的悖论正是神话的突出特征,是破解一切神话基本谜团的关键。

一旦灾难结束了,迫害者想重新和解,缓和团体里的人际关系。这时,迫害者回忆灾难的过程,没有寻找自然原因,却以社会原因和道德原因解释危机与秩序,他们深信替罪羊有一股魔力和神力,他既能造成灾难,也能带来和平。迫害者这种巫术思维使替罪羊获益。原先,众人对致病者(造成危机)恨之入骨,后来取而代之的是众人对治病者(平息危机)奉若神明。由此,替罪羊被神圣化,神话将他复活,使他不朽。替罪羊的效力完全倒转了迫害者与受害者之间的关系,正是这个逆转产生了圣人、始祖和诸神。它使实际上处于被动地位的受害者,变成团体里举足轻重的、万人信仰的神人。

通常普通迫害文本只有受害者的第一次的转变——不幸的转变,读者只看到这一层面的转变;然而神话对受害者进行了第二次转变——幸运的转变、神圣化的转变,许多读者没有觉察到这一转变,吉拉尔的高明之处就是他发现了第二种转变,按他的理论说法,这两种转变就构成了神话的替罪羊机制。

吉拉尔发现:西方现代历史的特点是神话形式的衰落,除了神圣化几乎消失以外,集体迫害的表述也越来越淡化了。在柏拉图等哲学家的理性指导下,西方神话经历了长期的改编尝试,变成如今这种集体暴力被淡化和删除,甚至被粉饰和美化的形形色色的神话。

4. 在俄狄浦斯神话的解释上,挑战弗洛伊德

勒内·吉拉尔分析弗洛伊德的俄狄浦斯情结,他指出冲突的模仿特点。历来的批评家把索福克勒斯的悲剧称为"命运悲剧",把《俄狄浦斯王》的主题概括为个人意志和行为与命运的冲突。但吉拉尔认为,这种冲突来自儿子和父亲的潜在的冲突,是个人意志中的模仿欲望的外在表现。其实弗洛伊德已经从直观看到这些模仿特点,他称这个模仿欲望为"同一性":小孩对他父亲表现出极大的兴趣,他想成为父亲那样的人,在各方面代替他。我们可以断定,他将他父亲当作他的理想的人。这种对父亲(和其他男人)的态度没有任何被动的、女性的东西:它基本是男性的。它与它随后产生的俄狄浦斯情结很好地一起共处。(弗洛伊德:《集体心理学和自我分析》)

这个与父亲视为同一的欲望在对母亲的欲望中延伸。弗洛伊德在同一本书里稍后写道:小孩看到父亲阻碍他通向母亲的路;由此,他与父亲的同一性带有敌视的色彩,最终与代替父亲、甚至想靠近母亲的欲望混淆了。一开始,视为同一性的欲望就带有双重性。吉拉尔指出:在这里弗洛伊德似乎没有完全搞清,那位给小孩指出在母亲身上的欲望客体的人实际上是父亲本人。

吉拉尔认为:弗洛伊德在解释俄狄浦斯情结时在两个假设之间摇摆不定。第一个假设:俄狄浦斯情结的核心是与父亲视为同一。第二个假设:俄狄浦斯情结的核心是对母亲的力比多爱恋。在第二种解释中,对母亲的欲望和模仿父亲的欲望之间的联系消失了,变成复杂的争夺。勒内·吉拉尔自问:为什么弗洛伊德不沿着第一个假设继续探讨?

如果我们继续沿着第一个假设模仿欲望探讨,那位想与父亲相像、想得到母亲的小孩被父亲阻挡,父亲拒绝实现儿子的欲望。勒内·吉拉尔认为:在这种情况下,弗洛伊德在小孩身上看到的暴力其实是在成人身上发生的。由此,他得出结论:"父亲"用虚线继续沿着儿子刚刚开始的运动前进,他毫无困难地看到孩子径直朝王位和母亲走去。弑父和乱伦不可能是小孩的想法,显然是成人的想法,是楷模的想法。在神话里,这是神示在俄狄浦斯能够产生欲望之前说给拉伊俄斯听的。儿子总是最后一个知道他曾朝向弑父和乱伦盲目地前进,是成人这些伪君子起先一直在教唆他,导致他"犯罪"。

勒内·吉拉尔运用他的"模仿欲望"来描述人物之间的关系:主体(小孩俄狄浦斯)——介体(楷模:父亲拉伊俄斯)——客体(母亲伊俄卡斯忒)。主体是小孩,尚不能进行像成人那样的智力运作。因为小孩还没有篡位的欲望,还没有把介体当作既是楷模又是对手的意识。

相反,弗洛伊德似乎相信小孩把其父视作一个敌手,勒内·吉拉尔认为在小孩被成人拒绝的第一次体验中不存在这种意识。在这里,可以看出弗洛伊德和勒内·吉拉尔两人对欲望完全不同的理解。在弗洛伊德看来,欲望来自自身性的冲动,来自潜意识力比多的升华,小孩的潜意识里从小就具有这种弑父娶母的俄狄浦斯情结;然而,勒内·吉拉尔却认为欲望是来自他者、来自外部、来自意识的激发,小孩还是一片空白,不存在俄狄浦斯情结。即使真的存在,也是首先来自成人的教唆,来自模仿竞争。父亲既是小孩的楷模又是对手,弑父和乱伦是父亲的责任、成人的责任,"不知者不为过",俄狄浦斯是不知情者,没有责任,没有罪过。最后,勒内·吉拉尔得出结论:俄狄浦斯是只"替罪羊",《俄狄浦斯王》是一个迫害文本。

5. 对《圣经》新解

最后,吉拉尔研究了大量的神话,发现神话竭力掩饰集体迫害,而《圣经》却大胆承认替罪羊是无辜的,揭示了神话和宗教的欺骗游戏,反对这种"以暴还暴"的恶性循环,教导"我们相互宽恕"。勒内·吉拉尔在解读神话和《圣经》时"勾勒出人的新形象,特别是读者从这里可以想象一个已被清污、干净的社会新秩序的雏形"。

勒内·吉拉尔认为集体暴力是原始社会的创世原则,也是一切宗教的创世原则。自原始社会以来,就存在"迫害文本"。所谓"迫害文本"就是叙述团体为了平息危机,团体选择一个人或一小部分人当作替罪羊,杀害他(他们),以换来团体的稳定。

在他看来,西方批评家对圣经和整个宗教之间的关系的解释中至少存在三百年的错误,况且这是基督徒和他们的对手共同犯的错误。许多批评家认为《福音书》与神话说的是同一事件,都谈到一场宗教创世的杀害,都涉及"迫害"主题,谈及受难者与"替罪羊"有关系。的确,这是圣经与神话的相似之处。

然而,这只是表面的相似,吉拉尔发现圣经与神话两者显然存在不同之处,首先要区别两类文本:一是在文本中作者没有明确说受难者是一只替罪羊,二是文本作者明示受难者是只替罪羊,如《福音书》说耶稣是只"上帝的羔羊"。据此,考察文本中替罪羊建构或是替罪羊主题。

对第一类作品,文本作者以迫害者的观点向读者展示一个真实的迫害事件,而且还劝读者"应该相信的东西"——赤裸裸的迫害事实。在这类文本里,找不到"替罪羊"一词,但"替罪羊"不是以主题或子题出现,而是一个隐藏的建构原则。它衍生出所有迫害范式,支配着文本里所有主题。在神话里几乎也找不到替罪羊这一词,它却是一个支配影响所有主题的建构的原则。

然而,《福音书》有另一个词"上帝的羔羊",非常合适地代替"替罪羊"一词,它意味着一个受难者代替其他人受罪。"羔羊"这个词更好地体现出受难者的无辜、审判的不正义、他受人仇恨的无理由。在《圣经》里,可找到替罪羊的主题和影响,但没有受到支配。这类文本不仅不再掩饰集体迫害,而揭示一场迫害的事实。

《福音书》与神话一样谈的是同一事件——迫害。神话是以迫害者的身份谈它,并竭力掩饰迫害。神话的作者即使本身没有参与集体迫害,但也是赞同迫害,站在迫害者的一边,以迫害者的观点叙述一场迫害的过程。然而,《福音书》是以受难者的身份谈它,并努力揭露迫害。福音书自我揭示,拒绝迫害,揭示替罪羊机制,促发迫害团体的崩溃。这就是《福音书》的启示力量。

第三章　语言符号与形式结构

第一节
语言学给文学批评带来的变革

在20世纪的西方,由于语言学的贡献,文学批评发生了重大的变革,成为一门真正的科学。20世纪语言学成为人文、社会学科中最重要的学科之一,语言学已经跃居西方人文科学的领导地位,这门科学的高度理论性使它成为任何思考的出发点。因此,可以说,在西方学术界,20世纪是语言学的时代。

20世纪初,瑞士语言学家索绪尔在语言学领域里进行了划时代的"哥白尼革命",语言学得到空前未有的发展,揭开了现代语言学的发展序幕。他的语言学研究从传统的历时的研究转向语言的共时研究,把语言当作一个自足的系统加以研究,他的"系统"的概念就是后来人们常说的"结构"。他的理论引发结构主义语言学的诞生;他的"意义来自差异""能指与所指之间的任意性的关系"的著名论点,以及关于语言与言语、能指与所指、聚合与组合、历时与共时等二元论观点都成为结构主义的基本范畴。这种二元论的思维启发了后来的语言学家和其他学科。以雅各布森[①]为首的俄国形式主义将语言学理论应用于诗学研究中,尤其是他后来提出的交际理论的六个功能,极大地推动了文学研究。50年代,列维-斯特劳斯独创性地将语言学方法应用于人类学研究,把亲缘关系、神话等看作是与语言类似的有结构的系统,它们的个别成分之所以有意义,仅仅是因为它们是一个完整系统的一部分。人类学家就是运用语言学分析方法描述这些系统。自此以后,在西方学术界,语言学的模式被借用于哲学、人类学、心理学、美学、艺术等许多学科领域内,掀起了结构主义的热潮,也促使其他学科得到了迅猛发展。

语言学时代的到来,不仅仅是由于语言学本身突飞猛进的革命进程,也是由于与此同时,在哲学、文学创作和文学批评领域里先后发生的"语言学转向"。这种"语言学转向"给文学研究与批评带来了重大变革。

---

① 罗曼·雅各布森(1896—1982):俄国杰出的语言学家、诗学家,莫斯科语言小组的领袖。他早年在莫斯科经常出入诗学界,与马雅科夫斯基保持友谊关系;随后到捷克斯洛伐克(在此他推动了布拉格语言学派的发展),后又待在挪威、瑞典,最后到了美国。雅各布森著有《普通语言学论丛》《语音与语义六讲》《诗学问题》《语言里的一生》。

一 哲学的"语言学转向"

　　西方古典哲学主要是本体论哲学,侧重于研究世界的本原或本性的问题。到了17世纪,笛卡尔的理性哲学由"本体论转向认识论","我思故我在","我"就是人的主体,人凭意识、思维、经验认识世界。黑格尔把认识看作是绝对观念的自我意识,马赫把认识看作是主观自生的经验感觉。唯心主义认识论坚持从意识到物质的认识路线。而唯物主义认识论坚持从物质到意识的认识路线,认为人的认识是物质世界的映像,世界是可以认识的。不管是唯心主义或是唯物主义认识论,他们都是将语言当作人认识世界的一种表征的工具,一种"再现"的工具。传统哲学认为:语言是对世界的"再现",它忠实而可靠,它是意义的载体,它在人与世界之间透明地、忠实地反映出原样。在笛卡尔的认识论里,思维主体的"人"是一个具有先验理性的"人"。在"表征"的过程中,人处于绝对的主宰地位,而"语言"则仅仅是人的工具,受人的支配,被用来表达和再现自我的思想。古典理性主义统治欧洲二百多年。长期以来,人们一直以为人类所创造的语言是一个被驯服的工具,语言与它所表示的意义是一一对应的,因此用语言描绘出来的世界就是一个真实的世界。总之,语言是一面平光镜,是透明的。19世纪反对古典主义的浪漫主义者隐约地感到语言是一种根本上不完善的表达工具。连华兹华斯也哀叹人类语言的可悲的无能。于是,人们开始对语言的表征能力产生了怀疑和否定,语言开始出现了"表征的危机"。

　　20世纪海德格尔的存在哲学旨在摧毁传统哲学的形而上学,他竭尽全力,力图返回到西方形而上学传统产生前的状态,也就是说返回人类童年没有历史、没有哲学的"虚无"状态。但是他发现在这一片"虚无"中总有一种东西,构成了某种障碍,而这一障碍,就是语言,语言"先在"那里。正如《圣经》里说:"神说要有光,于是就有了光","神称旱地为地,称水的聚处为海"等等。《圣经》将语言看成对世界万物的命名,在混沌初开的时期,语言与世界同在。语言被看成在本原上与世界合一的"逻各斯"。"先在"的语言已经浸透形而上学的意义。因此,人一降临在世界上,就掉落在"先在"的语言的怀抱里。人来到这个世界上就加入到一个语言的系统之中,别无选择,只能接收这个语言系统,遵循它的规则参与人际的交流活动。海德格尔的发现改变了语言的功能和地位:语言由原先的"再现"或"表征"的地位,跃居到"先在"的地位。他的理论也改变了人们对语言旧的看法:不是人们在操纵语言,相反是语言操纵人们。由此推论,语言不再"被动"地受人支配,不再是一种"表征"的工具,不再忠实地充当人与世界的中介,不再是一面"透明"的镜子。由于语言约定俗成的意义的积淀,它在表征过程中歪曲了实在的世界,完全无法忠实地再现世界。在交际中,发讯者编码的信息发出后,受讯者由于语言中沉淀的歧义的干扰,可能解码成其他意思。这正是福柯所说的

"不是'人在说话',而是'话在说人'"①。语言由"被动"变为"主动",由"被支配"变为"支配者"。话语具有异化、失真的"权力"和"霸权"。语言再现的世界只是实在世界的"幻象",是一个独立的符号世界、文本世界。哲学家发现:人无法直接认识实在世界,而首先要转向认识这个隔在人与世界之间的语言。于是,哲学产生了第二次转向:语言学转向。20世纪的哲学首先探讨的是语言问题。哲学不再是抽象的形而上学,而是一种具体的语言分析活动。因此,法国哲学家保罗·利科尔②在《哲学主要趋向》中指出:"这种对语言的兴趣,是今日哲学最主要的特征之一。"

此外,语言学家乔姆斯基发现存在着一个超越时空和个体的语言系统,这种语言系统在人类大脑皮层深处形成一种结构,它通过遗传基因世代流传下来,正是它控制我们的语言行为,使我们如此去感知、思想、说话、行动,而不是如彼去感知、思想、说话、行动。这同样证明:不是人控制语言,而是语言控制人,人不过是语言赖以显示自己的工具。人变成了语言的工具,语言倒成为了运用工具的主体。比较语言学和人类学认为语言是一种各民族长期保留下来的文化,或者说它是文化的一种象征,它给不同民族的人提供了认知事物的模式,它事先安排好让人们这样去看世界,而不是纯客观地看世界。语言命名的不同,使各民族对世界的看法也就不同。这就意味着不同民族的人们都戴着不同语言的有色镜看世界,因此所看到的世界是不一样的。总之,语言学的发展也改变了人的看法:语言不是指明了现实,而是遮蔽了现实,人们似乎生活在一个不真实的世界里,而只生活在一个语言的世界里。

二 语言是文学研究的出发点

由于哲学和文学创作语言学转向的影响,文学研究和批评也同样进行过一次"语言学转向"。这种转向首先是从外部批评转向内部批评。19世纪在实证主义的影响下,文学批评只重视作品外部发生的因素,以作家的生平和作品的社会背景去验证作品内部叙述的内容,这种历史的批评是考察作品所描述的事实是否符合史实,有否犯历史性的错误。然而,内部批评是以作品为本,即以文本为本,尤其是以语言为本。内部批评认为语言是文学的根本,文学是语言的艺术,正如绘画是用颜色、线条构成的艺术,音乐是由音符构成的艺术一样,马拉梅常说:诗不是用思想写成的,而是用词语写成的。因此,语言是文学的实质,文学批评考察作品首先应该从语言着手,并根据语言加以确定。

俄国形式主义和布拉格结构主义对语言特别关注,结构主义者也将语言当作

---

① R. KEARNEY, *Modern Movements in European Philosophy*, Manchester University Press, 1986, p. 6.
② 保尔·利科尔(1913—2005):20世纪法国杰出的思想家。他崇高的学者形象是以他卷帙浩繁的著作(数十部专著,数百篇论文)、融合多方流派理论(现象学、存在主义、解释学、语言学、精神分析、文学批评、基督神学等)的博大精深的学术研究以及那执着而又宽容的治学精神树立起来的。

研究考察的出发点和关注的中心,把文本当作一个自足的系统;语言学分析方法也被当作文学研究的分析模式。语言学模式在文学研究中表现得尤为突出,这是因为文学不仅像语言一样有系统、有结构,而且更重要的是因为文学是由语言所构成,文学本身就是一种用词的艺术、语言艺术,因此,文学与语言必然具有一种特殊关系,研究文学也就不可避免地须借用语言学分析方法。托多罗夫则明确指出:作家所做的无非就是研究语言。文学以其自足性显示出语言的系统性。在索绪尔看来,语言是一个独立自主的系统,它的意义既不依据现实,也不由说话者的意图所决定,而是整个语言系统的产物。结构主义文学批评,也坚决否定了把作者和现实作为解释文艺品的起点。他们关注能指,忽视所指,关心的是意义产生的方法而不是意义本身。他们突出了文本本身,突出了语言本身的价值,文学似乎真正显示出语言那种至高无上的地位了,语言似乎代表着文学的主权。

俄国形式主义派认为文学批评首要的任务是要揭示一个普通文本如何具有文学文本的"文学性"。文学作为语言的艺术,其艺术性不在语言的材料(词语),而在语言的结构(组织方式)。一个文本能否成为文学文本,也不在它运用了何种材料,而在于它如何运用、安排、整合这种材料。这也就是形式主义和结构主义所说的,语言的文学性不在材料,而在功能。因此,只有结构水平上(而不是词汇水平上)的语言学研究才能切入文学的特殊本质。

"文学性"这一概念的提出使文学批评方法发生质的变化,文学研究从内容转向形式,从判断转向描述。传统的文学批评探讨作品说什么(quoi),而现代批评转向考察作品如何说(comment),批评不再是武断地扣帽子、打棍子,而是一种描述性的阐释,一种新的批评话语的建构。

俄国的形式主义所提出的"文学性"首先表现在文本上语言符号的独特形式。语言是在文本里最紧密组织、最容易被认识、最直接被观察的形式。文学语言是个人、团体、时代、体裁的自主创造。作品的语言不管从发生学或从功能学的观点出发,都是一种对集体规范语言的偏离,形成一种独特性。后者是与规范语言相对而确定的,它就是最明示的"文学性"。

文学批评的"语言学转向"使批评家对古典已盖棺定论的作品进行了重新审视。譬如:传统批评家认为拉辛是一位善于描绘情感的心理学家,他的悲剧作品是最生动的心理描写的图解;他们从这一假设出发竭力在作品里寻找情感的证据以及作家描绘的深度和独特性。然而,现代批评认为拉辛首先是一位用语言创作的剧作家,而不是心理学家,批评的侧重点应该揭示作家如何用词语表征这些情感,在剧作里探讨人物的情感如何在话语行为投射、表露。人物的话语行为、表征特点以及语言的风格是当代文学批评考察的重点。

20世纪,三位语言学家对文学批评的发展起了重大的作用:

索绪尔的符号理论开启了将文本和诗歌当作相对自主的结构和系统的研究。《普通语言学教程》虽未提及文学,但却为符号学奠定了基石。

接着，雅各布森对音位学和语言功能的研究开启了诗学研究和对文学相对自主性的研究。

本维尼斯特①将主题引入到其语言概念的中心，推导至对话和由其与话语关系决定的体裁；简而言之，他引入了比较诗学和阅读语用学。三位语言学家的研究，此后都被称为"结构主义"。

1. 索绪尔的结构

尽管自称研究索绪尔的人经常使用"结构"这个词，但索绪尔本人却从未使用过它。对他来说，最基本的概念是"系统"。语言形成了一个"符号系统"，只遵循其自身的秩序。而"结构主义"一词出现在后来布拉格学派的笔下，指的是从语言是个"系统"这一概念中衍生出来的所有研究方法，这些研究方法都奉行了索绪尔的信念：要从相互联系的整体出发，通过分析得出其内部包含的元素。

索绪尔认为符号具有任意性，即能指（声音形象）与所指（能指的分割及其意义）之间没有必然联系。如果能指确定，所指并不指向某一客观事物，因为所指并不指代事物，它导向的是虚拟的意义和参照。

实际上，一切都源于人类语言结构自身的能指线性：我们一次只能说出一个音，而"语链"则是由这些相互区别的声音连缀而成。但是如何将两个不同的音与同一个音的两个不同发音区别开来呢？（例如，马赛人"b"的发音和斯特拉斯堡人"b"的发音）由此诞生了随后所有形式研究的根本概念，正是这个表面上看起来同文学研究相去甚远的问题产生了现代意义上的结构概念。

这两种不同现象的区分取决于异化的标准，不同发音的差异，两个不同的音素可以区分两个不同的词：例如 pan 和 ban，tenture 和 denture。由此得出，音素并没有正面的定义，它只通过与其他音素的不同来定义。在这里，为了阐述系统中所包含的成分——音素，我们需要回顾一下整个系统——词。

索绪尔认为音素是最小的语链要素，但它是一个抽象的实体，包含了不同读音的变体和音素在序列中位置不同而引起的变体（音位学的问题）；他提醒道，音素[p]在只有闭塞辅音[p]（元音后）和爆发辅音[p]（元音前）的语言中并不存在。这一点并非是描述性的：它依靠音素建立起了系统，这些音素在语言中从未独立地客观存在。正是理论的断层产生了结构主义：抽象的范式与具体的现实之间的断层。

此外，索绪尔的字母变位词（anagramme）的发现改变了对诗歌符号的传统认识。让·斯塔罗宾斯基发表了《两个索绪尔》一文，揭示了自《普通语言学教程》出版以来，索绪尔语言学鲜为人知的另一面。索绪尔将语言学建立于任意性的基

---

① 本维尼斯特(1902—1976)：法国语言学家。1937年接替去世的梅耶成为法兰西学院教授，主讲普通语言学。他在普通语言学方面的论述则以两卷本《普通语言学问题》(1966, 1974)为代表。1976年病逝。

础上，但令人惊讶的是，他同时也在思考某一类理据性问题。受到被遮蔽的理据性质疑的，不仅是符号的任意性，还有线性。

这些关于变位字母的笔记发表时，正是结构主义运动如火如荼之时，因而引发了对"能指溢出"和"符号过度"的思考，思考的对象是有可能解放诗歌符号的一种偏离。对叙事作品的结构分析建立在对"内容材料"切割的基础上，这一点引来了众多批评，并不比当初对文体学的批评少。朱莉娅·克里斯蒂娃及"原样派"的研究表达了这种担忧。克里斯蒂娃建议一种对文本的"表格式阅读"（lecture tabulaire）。

索绪尔笔记的发表，鼓励了对符号的诗学研究，但同时也造成混淆：在索绪尔看来，符号的理据性是后天形成的，而最初符号是任意性的。而语链中能指的切割依据的是所指的切割。诗学家提出的能指的自主性，并不能在索绪尔的理论中找到依据。是雅各布森的音位学理论确保了最小的能指单位具有自主性，而没有自主性，就不可能有再度理据性（remotivation）。

2. 俄国形式主义与雅各布森的诗学研究

俄国形式主义者的文集最初是俄国著名批评家布利克汇编而成的，后者认为这些理论"推动了语言学和诗学"。诗的语言层面被突显出来。

"形式主义"一词也是那些企图诽谤上述研究、谴责对语言诗学功能研究的人发明的标签。然而，事实上，"对诗歌艺术内在法则循序渐进的研究"并不是要抹煞"艺术同其他文化领域和社会现实的关系"。形式主义者一直在澄清这种误解。

形式主义者认为，"文学系列"（série littéraire）同"历史系列"（série historique）相比，具有一定的自主性，因为它是对不同的文学形式和准则的继承，包括从叙述构成到处理格律的各种方法。这种自主性使人联想到"文学性"（littérarité）。

雅各布森在《俄国现代诗歌》一文中指出：科学的文学研究，其任务不再是文学，而是"文学性"，即使（普通）作品成为文学作品的东西。

这一对内部特性的研究，与相关学科划清界限，以此限制了其研究对象。

首先是文体学：依据规范，评估风格的偏离。但是因为并没有真正的规范："为了在语言要素之间和作家风格的功能之间建立其联系，我们需要弄清某个词在那个时代总体使用规范，还要弄清不同的句法的使用频率"，这就意味着需要长期的文献学研究。所以，文体学在文本研究中处于边缘地位。

其次，过分强调形式，故事内容却被搁置一旁。

最后，抛弃了心理学和图像优先的研究，艺术文本的接受力量依靠的是结构化。

形式主义者研究了重复、语调（accent）和叙述结构的方法。什克洛夫斯基区分了作为结构的"主体"（sujet）同作为材料的"故事"（fable）。在关于斯特恩的《项狄传》的论文结尾处，他展示了作家如何突出小说的结构本身，他写道："通过变形获得形式，这一意识本身是小说的实质。"

形式主义的研究衍生出三个主要方向：

从文学伦理学和符号学中派生的叙事作品研究；

对语言符号创作的诗歌作品的研究；

同比较诗学和修辞学相关的叙事研究。

叙事作品结构分析：现代叙事学，尤其是叙事作品的结构分析，受到普罗普对民间故事研究的影响很深。《民间故事形态学》并不同针对故事本身的研究相抵触。相反，结构分析根据不同的组成部分，将这个"长长的故事"切割，由此建立起有理有据的比较研究。同民间故事的传统研究相反，普罗普不把研究对象——叙事，混同于"内容"。

后来法国的格雷马斯对叙事的研究建立在对普罗普的文学研究的基础上。他将普罗普的研究置于严格的符号学和结构主义角度下审视：文本是一种经验。

诗学作品理论：结构主义的诗学层面。雅各布森从语言学理论出发，创立了"诗学"。通过不断穿越曾经的诗学边界，"他将各种文学形式统一起来"（罗兰·巴特语），包括多义性、置换、修辞格编码（隐喻和转喻）、音位学研究和诗学研究。

诗学是语言学的一部分，在雅各布森看来，"研究语言必须研究它所有的功能"。

诗学功能"包括对信息本身的强调"。什么是所有诗学作品中不可或缺的要素？为了回答这个问题，雅各布森援引了索绪尔的两大主轴：共时性主轴和历时性主轴，他将其更名为横组合和纵聚合。横组合是句子中看得见的词，纵聚合关系是供选择的虚拟轴。

选择建立在等值、相似性和相异性之上，而组合建立在毗邻的基础上。他的名言："诗学功能将选择轴的等值原则投射到组合轴上。"

从诗学角度看，语言符号、它的线性、任意性和动机性之间不无矛盾。索绪尔从能指的线性推出了一条原则，根据这条原则，音位这一最小的语链要素是唯一不具备双主轴性质的（组合和连续），它只有第二条主轴。索绪尔在《普通语言学教程》里指出："听觉性质的能指只在时间中展开……它的广度只在一个维度上可以测量：就是直线。"雅各布森，继承特鲁别茨柯依的音位学，回到能指的线性原则上："音位分成相互区别的单位"，或是特征。因而是一个复杂的单位："不可分、纯粹对立的实体是那些相互区别的特性，而不是音位。"同所有语言符号一样，音位作为最小的语链单位，具备互补的两大主轴——共时轴和历时轴。这是诗学涉及的最小要素，没有它，诗学就只能从主体感觉的角度研究音。雅各布森的理论清晰而严谨，它将语言学和诗学的关系理论化，也正是音位模式支持着诗学功能。

3. 由陈述行为(énonciation)引出的文本理论

20世纪60年代法国结构主义语言学继承发展了索绪尔的语言学，深化了语言理论。到了70年代，语言学研究明显进入第二个阶段，集中精力研究陈述行为，使语篇分析或文本分析往纵深方向发展。但第二阶段的研究并没有完全与语言语言学(linguistique de langue)对立，反而从中获取利益，因为本维尼斯特①和屈里奥里本身都是在结构主义浪潮中走出来的语言学家，是他们创造和发展了陈述语言学。法国陈述语言学的产生正是源自语言学家们对索绪尔的语言理论的批评和对结构主义语言学的突破，他们对语言(langue)在研究中的霸权地位产生质疑，转向研究话语(parole)系统。陈述语言学认为话语是一种"活跃的交际"，将讲话人的一句话、一个片断、一个文本或一个语篇称为一个陈述文本(énoncé)，研究陈述文本中讲话人的陈述行为(énonciation)。索绪尔语言学研究的是静态的语言代码，然而陈述语言学研究的是动态的话语行为。陈述语言学引入交际学理论，把话语行为视为主体间的交际互动行为；结构主义语言学宣告"作者死了"，在研究中排除主体，把文本当作封闭的客体寻找一个内在的结构。然而，陈述语言学把文本或陈述文本当作立体的多维的对象来研究，在陈述文本中寻找讲话人的标示和迹象，探讨文本的生产过程，重建讲话人的主体地位。这些都是陈述语言学在理论上的创新和贡献。

陈述语言学从埃米尔·本维尼斯特于1966年发表《普通语言学问题(第一卷)》算起，已经50多年了。在这期间，法国一代代语言学家潜心研究，使之在八九十年代得到长足的发展，形成独特的、强劲的理论学派，对话语研究、语篇研究、交际学研究等产生了巨大的影响。尤其是它使语篇研究中的讲话主体复归，重视主体间性的对话，还在文学领域产生了一门新的陈述诗学。

本维尼斯特是陈述语言学之父，他在1974年发表《普通语言学问题(第二册)》中给陈述行为下了经典的定义："陈述行为是个人使用行为在语言(langue)中的运作。"他首先区别了符号学和语义学各自的范畴，只在这两者对立的情况下才能了解陈述行为。本维尼斯特把属于语言(langue)的范畴称为符号学，把属于话语(parole)的范畴称为语义学。那么，陈述行为显然属于语义学这一边，因为其研究句子范畴。他说："句子无限的创造，无数的种类，是行动的言语的生命。我们得出结论：人有了句子，离开了作为符号体系的语言范畴，进入另一个世界——一个作为交际工具、以话语表达的语言世界。"②他把句子视为交际中瞬间即逝的、丰富多彩的话语事实，而不是生成语法学家津津乐道的核心句。本维尼斯特

---

① 埃米尔·本维尼斯特(1902—1976)：法国语言学家，印欧语系专家。他批评索绪尔的语言概念，对普通语言学贡献巨大。他的几篇论文，被重新收录在《普通语言学问题》(1966和1974年)，具有决定性的影响，尤其是"代词的性质"，"语言中的主体性"，对叙述体系和话语体系进行经典区分的"法语动词中的时间关系"，这几篇影响重大。

② E. BENVENISTE, *Problèmes de linguistique générale*, Gallimard, 1966, p. 130.

原先毕竟还是一个结构主义者，因此他的研究范围仍然局限在句子里，待到后来文本语言学和语篇语言学的研究范围从句子扩大到文本或语篇之后，他才着手研究大于句子的陈述文。

在本维尼斯特看来，在讲话者个人生产出的陈述文本里，存在"语言运作"的标示词，它们在字面上带有讲话者生产过程的主观痕迹，他称之为"陈述行为的形式装置"(l'appareil formel de l'énonciation)。

他认为，讲话者、对话者、交流的地点和时间是交际运作的参数集，构成陈述的情景。这些参数(les paramètres)通过标示词(la deixis)表现在语言的形式上。"deixis"是一个希腊语词，意为"展示""出示"，它用来辨认陈述情景的参数在语言上的标示。这些标示词被称为"déictiques"，通常，它们是人称标示词、时空标示词。这些标示词相当于雅各布森从叶斯柏森①借来的"shiffer（译成法语"embrayeur"，意为"连接词"）"一词。雅各布森这么给连接词下定义："每一个语言代码都包含语法单位一个特殊的类型，可称为'连接词'：一个连接词的普通意义的确定不能离开信息的参照。"②

人称标示词：讲话人和对话人以人称代词的形式出现在陈述文本里。第一和第二人称代词与第三人称代词的身份不同，因为第一、第二人称代词是陈述情景的标志。事实上，"我"和"你"是陈述行为的主体（讲话人和受话人），而"他"却是讲话的客体，不属于陈述情景（本维尼斯特称为"非人称"）内的人称。他说："我"指"陈述文本内用'我'自称的讲话者"……由此，存在一个对称的人称"你"，指"语段内用'你'被称的受话者"。假设在一个陈述文本里："周二我请你吃饭。"若要确定"我"和"你"是谁，只能回答说：在讲话人都用这种形式的情况下，"我"是说"我"的人，而"你"只是"我"叫"你"的人。因此说，"我"和"你"指存在于话语事实上的人称，没有语义内容。

时空标示词：陈述行为的时空表现在语言的另一些形式里，即要依赖陈述情景才能确定准确的时空。本维尼斯特指出："那是一些标示词：指示代词、指示形容词、副词、形容词，它们构成围绕'主体'的空间和时间关系，诸如'这个、这里、现在(ceci, ici, maintenant)'，以及它们相关的词'那个、昨日、去年、明天'等。它们共同的特点是只能与它们被产生的讲话行为相对照才确定意义，换言之，它们都依赖在那里陈述的'我'。"③时间标示词是一些副词或副词短语(le mois dernier 上个月)，或一些指示词(ce mois-ci 这个月)，或且（法语）时态，这种围绕着陈述时刻的时间词有明显的标示意义，它们只能以讲话人的时刻作为参照基准才有意义。空间标示词可以是一些指示形容词(Fermez cette porte! 关上这扇门!)，或一些副词、副词短语(Il faut tourner à gauche. 要往左拐)。假设你在马路上捡到一张

---

① 叶斯柏森(1860—1943)：丹麦语言学家。
② R. JAKOBSON, *Essais de linguistique générale*, Editions de Minuit, t. I, 1963, p. 178.
③ *Problèmes de linguistique générale*, p. 262.

字条,上面写着"明天此时来这里",没有讲话人主体和陈述的情景作为参照,此句里的时空词是毫无意义的。

陈述行为的两个层面:本维尼斯特根据讲话人在文本中介入的程度,将法语的时态分类,区分为两个层面:历史层面,讲话人没有介入文本;话语层面,讲话人积极介入文本。于是,他将历史陈述和话语陈述区别开来。这两个层面的时态和特点各不相同。请看下表:

历 史	话 语
法语的简单过去时,未完成过去时,条件式,愈过去时,普通现实的现在时	除了简单过去时以外的所有其他时态,主要是:现在时,将来时,复合过去时
笔头方面	口头或口语化的生产
第三人称	所有人称形式
没有标示词	有标示词
基准:被陈述事件的时间	基准:陈述行为的时间

在本维尼斯特对历史和话语的研究之后,热奈特研究了文本的对话过程,他强调了叙事声音,而杜克洛侧重对话者。

文本研究倚靠系统的概念,但更侧重摹仿(mimésis)。客观/主观小说的地位凭借句法研究得到保证。自由间接叙事的风格,被夏尔·巴利称作"混合话语"(discours hybride),按照明晰的句法标准,被重新定义为复调。

对文本的侧重导致对作者的轻视,并产生了对文本中对话者(locuteur)的系统分析,本维尼斯特的研究最早启示了这一点。

话语、叙事作品:标示词。本维尼斯特认为,直陈式时间的对立,同组织人物的对立相互联系。两者构成两个系统,这两个系统相互补充,继续成为文本研究操作的众多划分。

法语中的直陈式时间系统明显冗余:多个时态可以表示过去。本维尼斯特展示了两种系统的存在:没有任何人说话的"历史叙事"(récit historique),及相反由人物决定和组织起来的"话语"。叙事与话语的对立,源于许多语言现象,不能从其中任何一方出发确认。例如,"他"(il)只有在主体性之外的情况下,才是"无人称"(impersonnalité);说话的人物由其在对话中的地位决定。

文本中的人物——"他"的偏离:这些研究确认了巴特和热奈特强调的"他"与"我"的对立。我们从巴特的"存在"性质的独立,谈到了热奈特对文本形式的理论研究。热奈特在《修辞 II》中,定义了福楼拜的天才,正如布朗肖谈到卡夫卡时所说的那样:"主体的缺席和偏离的语言的联系。"巴特则在一部自传性质的书中,解释了第三人称的效果如同"脱离"(décollement)。

前后联结的形式——时间与时序:动词的组合形式有时是时间形式,直接表示过去;有时是前后联结的形式,根据动词时间建立时序联系。前后联结的形式是一种关系形式和非时间形式。本维尼斯特认为,前后联结关系不能带来任何时间表示,证据是它必须依靠它采取结构形式的自由时间形式,才能在同一层次上确立起来,并且完成自身的功能。

时序标识及叙事标记:文本批评需要依靠地点和时间标识,以及时序,才能定位描写和事件叙述的缘起。视角(point de vue)对于地点标识显然也是很重要的,这个问题同本维尼斯特的划分相关。如果文本由特殊和主观的视角指引,那么远近距离的词就是"这里"(ici)。相反,如果视角只能由客观叙事来承担,那么就不存在确保远近距离的主体。"在这里"(à cet endroit),表示没有主体缘起,只能用已经提及的事物作为参照。

同样的情况出现于"前一天"(veille)和"第二天"(lendemain)。它们属于非话语范畴,它们的虚拟参照不是由主体陈述行为决定的,而是借助"事件的"表示。

90年代,多米尼克·曼戈诺(1950—)认为:陈述行为不仅仅指一个陈述者,而是讲话者的互动过程;陈述行为是"语言与世界之间的关系的中心点"。他在本维尼斯特的陈述行为的两个层面的基础上,建议分成陈述行为的连接(embrayé)和非连接两个层面的对立,陈述行为的连接层面是带有标示词,表明讲话者的存在;非连接层面没有标示词,没有明示讲话者在陈述文本中的存在。为此,他提出如下图①:

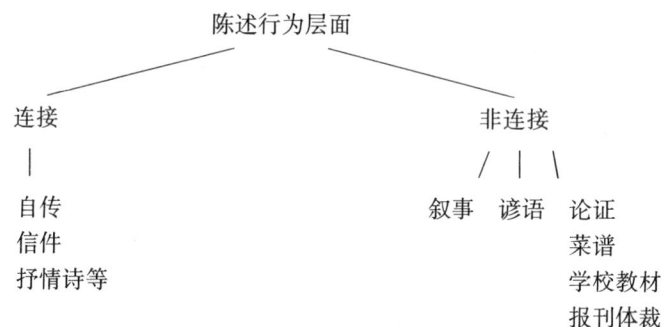

从图中可以看到本维尼斯特的历史层面只相当于曼戈诺的非连接的叙事,而前者的话语层面相当于后者的连接层面。无疑,曼戈诺的研究深化了本维尼斯特的经典陈述理论,扩大了研究范围。

三　文学批评几个新的趋向

20世纪语言学的革命和转向给人文和社会科学带来的冲击和影响是不可估

---

① D. MAINGUENEAU, *Les Termes clés de l'analyse du discours*, Seuil, 1996, p. 79.

量的,特别是给文学研究和批评带来巨大的贡献,它仍然是新世纪的文学研究和批评的一笔巨大的遗产。受语言学的影响所创造的新的批评方法论,主要在文本理论、功能分析和叙事分析等方法上作了重大的突破。

1. 文本批评

法语"le texte"一词原指"课文""本文"或"文本",汉语翻译成"文本"是睿智的译法。"文本"顾名思义是以文为本,与"人本"恰恰相对而言。20世纪50年代新小说派和荒诞派戏剧取消主要人物、取消心理描写、取消主要情节;60年代结构主义批评宣称"作家死了",文学的确不再是"人学"了,不再"以人为本"了,文学真正回到它的本体,它的本真——"以文为本"了,文学批评转向内部,就是转向文本,回归本体,其实,人的存在本身也不过是文本的一种形式。结构主义批评把文本当作一个自足的系统,在这个系统里,意义产生于语境,产生于诸因素的关系与差异。然而,结构主义批评走向另一个极端,彻底割裂了文本与外部的关系,根本不考虑文本外的作家生平或社会背景这些参照系,文学与社会历史不构成部分与整体,再现和背景的二元关系。

文本理论替代了传统批评的"作品"概念;上文已说过,20世纪初西方文学批评从外部转向内部,所谓"外部"与"内部"的划分是以文本(le texte)为界限。文学观念的转变在批评话语中的标志之一就是大量新的专用术语涌现,其中"文本"是出现频率最高的术语之一,成了各派理论话语的共同内涵。文本成为现代批评的重要范畴,替代了传统批评的"作品"概念,但它没有"作品"一词那么具体,却更加抽象、更加灵活、更具有普适性。本维尼斯特和巴特都曾指出:语言学止于句子。文本超过句子,超过语言学。托多罗夫对文本的描述是:"文本既可相当于一句子,又可相当于整个一本书;它是按其自主性和封闭性规定的……它构成了一个系统,这个系统不应等同于语言系统但又必与其相关;这种相关既是邻近性关系,又是类似性关系。"[1]托多罗夫在这里强调文本是一种综合性的整体结构。吉拉尔·热奈特指出:文学评论首先应把整部文学作品,或作品的整个篇章当作一个文本,即辞格的整体。总之,新的评论方法的特性首先表现在"对文本的回归"。

文本与作品形成了一系列的对立区分:文本是一个自足的语言符号系统,它由能指排列组合,形成一个共时的总体结构,由各构成元素的相互关系产生出多元的不确定意义;作品是文学的组成部分,它依赖作家、读者和社会历史背景而产生出关于社会、人生和政治等世界意义;文本是普遍性的、功能性的,它可以包括任何形式的语言符号或其他符号构成的整体,比如一份产品说明书和一幅绘画,其意义就是一系列自我生成的印迹。文本不具有任何"真理性"的中心意义,而

---

[1] O. DUCROT, T. TODOROV, *Dictionnaire encyclopédique des sciences du langage*, Point, 1972, p. 375.

是一个可以不断延续重复的意义产生过程；作品则不然，它具有强烈的作者权力意识，它区别于其他符号系统，需要用传统、个人才能以及社会接受等外部标准来加以衡量，以确定其经典意义和社会功能。作品的语言直接指涉客观世界和社会历史，在作者意图和读者理解的双重调节下产生出确定的中心意义；文本却是共时的、反人本主义的，它不以时间的连续和历史的进化为参照，"文本之外，概无他物"。作品则是历时的，是各个时代人的社会活动衍生物，社会历史、人类文明和道德的进步总是作品意义及其地位的重要参照。

从文本批评的角度来说，文学作品首先是一个符号系统。然而，所有的符号系统，语言的或非语言的（绘画，建筑），都只有语言这一唯一的阐释者。正如本维尼斯特在《普通语言学问题》中所说的，语言是符号学中用于描述和发现的工具。

语言学被誉为"严厉的科学"，它比那些追求精确的科学型文学更适合这个称谓。语言学本身也包含多种不同的研究方向（符号学、语义学、句法学、语用学等等），这些学科在文学研究中的应用更是开拓了研究前景。因此文本批评中显著的跨学科性也就不足为奇了。此外，俄罗斯形式主义理论家在研究民间故事的过程中创立的用于文化遗产评论和分类的文学人种学以及以文学性为其研究中心的语言学，促进了文本批评的发展。

文本批评将修辞学纳入自己的视野范围。借助语法，形式研究很久以来都把句子视作分析的最大限度，形式研究总是针对词汇。而话语研究或文本批评关注一个超出句子范围的信息和意义的句法组织。在假设文本中存在一个与句法相似的语法的前提下，批评家努力考察超出句子范围的文学机制。德尼·斯拉克塔在《文本的顺序》一文中认为，（尚未完善的）"文本语法"能够让我们将文本组织系统化。

文本批评有时受到两个方面的质疑。首先遭到"经验主义"指责，认为对叙事作品的结构主义分析效率不高，因为分析很可能导向"期待的"描述。但是所有研究都可能落入这样的批评。其次是来自认识论的批评，质疑分割的叙事单位和组成部分会不会出自预先的设定，或是文本对象的先天表现。那么，结构在某种程度上，不过是主体的投射。在让·斯塔罗宾斯基看来，结构是一种目的，或"结构意识"的产物，他从结构主义中抽取了一种"伦理"。

此外，在巴特"闪烁的意义"和德里达的"撒播"中，文学性的确定概念又被推翻了。封闭的文本激起这样一个问题："哪些是属于文本，并且只属于文本的要素？"要想笼统地回答是不可能的（这一点也同结构主义的原则一致，系统的事实只有区别性的定义）。渐渐出现了这样一个观点：文学不是固定的，而是包括了读者和所有虚拟阅读的现象总和。在这一受引导的游戏中，文本给出计划，写作和阅读都参与其中。索莱尔斯认为，根本问题不再是作家和作品，而是写作和阅读。

2. 功能分析方法

功能分析方法代替传统的人物和情节的考察：普罗普以功能作为民间故事的基本单位，他试图在他的叙事分析中找出某种"不变项"以作为分析的基准。功能即"一个行动者的一次行为，由它在此行动过程中具有的意义来规定"①，就是指根据人物在情节过程中的意义而规定人物的行为，这样，民间故事中人物数虽多，但功能数却是有限的。与传统文学分析方法不同的是这个定义所着重的不是人物，而是人物的行为以及行为在整个叙事（故事）中的地位和作用。他的《民间故事的形态学》中的"形态学"一词就是借助语言学的方法：描写、分类、阐释。功能批评将情节分割出"欠缺""禁止""违反"等等功能，它们按支配情节逻辑的、美学的"必然性"构成一定的序列。普罗普从无数的民间故事中归类出31个普遍存在的"功能"。列维－斯特劳斯欣然接受了普罗普的民间故事研究中的功能与结构观，并于1960年撰写了《结构与形式》一文，向法国学术界介绍普罗普理论。格雷马斯在普罗普的研究基础上进一步发展与提炼。他认为，理想的叙述是把纵向模式与横向模式相结合，他对功能与序列的横组合材料与纵组合材料间的相互关系作了系统的分析。

功能批评的另一派是雅各布森的"诗功能"，也就是说研究语言艺术的审美功能。他提出了语言的六种功能：(1) 以信息发送者为中心的情感功能；(2) 以信息接受者为中心的使动功能；(3) 以信息为中心的诗歌功能；(4) 以渠道为中心的联络功能；(5) 以代码为中心的元语言功能；(6) 以情景为中心的认识功能。诗歌功能表现在言者和笔者运用语言的技巧上，其目的是吸引人们注意信息的形式。因此，它不仅在诗歌和其他形式的文学作品中，而且在诸如政治口号、传单、广告等非文学的信息中也占有重要的地位。雅各布森在论述隐喻与转喻的二元对立的模式的基础上，对语言的诗歌功能补充新的定义。它既吸取选择的方式也吸取组合的方式，以此来发展等值原则："诗歌功能把等值原则从选择轴弹向组合轴。"②这成了语言的"诗歌"用法的鲜明的"商标"，与其他用法习惯形成对比。他举例说："我的汽车像甲壳虫般地行驶。"③言者从包含了"驶""急驶""飞驶"等各种可供挑选的词的"贮藏室"里选择了"甲壳虫般地行驶"，并根据这个可以使汽车的运动和昆虫的运动等值的原则，把甲壳虫和汽车结合起来。正如雅各布森说的，附着于邻近性的相似性把自己彻底象征化的、多重的、多语义的本质输入诗歌……更精确地说，任何相继的东西都是明喻。在相似性取邻近性而代之的诗歌中，任何转喻都略具隐喻的特征，任何隐喻又都带有转喻的色彩。

---

① 李幼蒸：《理论符号学导论》，北京：社会科学文献出版社，1999年，第398页。
② R. JAKOBSON, "Linguistic and Poetics", in *Selected Writing*, volume 3, Mouton, 1981, p. 27.
③ 李彬：《符号透视——传播内容的本体阐释》，上海：复旦大学出版社，2003年，第32页。

3. 叙事分析方法

罗兰·巴特于 1966 年发表的《叙事文的结构分析导论》是结构主义语言分析的"宣言",他说:"叙事可以用口头或书面的结构语言、固定或活动的图像或姿态以及由所有这一切构成的井然有序的混合体来表现;叙事存在于神话、传说、寓言、童话、小说、史诗、史记、悲剧、正剧、喜剧、哑剧、图画、玻璃窗的彩绘、电影、连环漫画、社会新闻和交谈之中。"巴特论述了叙事的普遍性,它是超历史、超文化的。随后,巴特分析了叙事语言、功能、情节、叙事新闻和叙事体系。与他同时研究叙事的还有格雷马斯、布雷蒙、托多罗夫等学者,60 年代末,格雷马斯曾预言"一门一般叙事学已经在望"。

热奈特发表于 1972 年的《叙事言语》(见《修辞格三》)和 1983 年的《新叙事言语》,提出了一套完整的叙事学理论。他把叙述看作是各组成层次间相互作用的产物,叙述学则是要分析它们之间的各种关系。他的《叙述方式》就对叙述进行了全面的研究,因为"作为叙述,叙述方式靠与它所叙述的故事的关系而生存;作为方式,它又靠与它的叙述活动的关系而生存"①。对叙述进行分析,主要是研究叙述与故事之间、叙述与叙述活动之间、故事与叙述活动之间的各种关系。他还对普鲁斯特的《追忆逝水年华》一书作了深刻的叙述分析,这种分析既可视为对叙述理论的贡献,又可视为对具体作品的阅读,涉及叙述模式、叙述逻辑,以及叙述时间、叙述视点、叙述者和受述者等叙述话语的基本问题。从七八十年代开始,被抛弃多年的修辞学恢复了勃勃生机,它在语言学的基础上分析各类修辞格,热奈特将叙述要素称为文本的"辞格"。

不管是文本批评,或是主题批评,还是功能批评,他们最终的目标是要寻找文本的深层结构,主题批评认为主题网络是文本的结构,普罗普的功能批评认为功能的建构是文本的结构,不同的文本的功能结构不同。托多罗夫认为,作为一切语言基础的"普遍语法"也是叙述的语法,因为"不仅一切语言,而且一切指示系统都具有同一种语法。这语法之所以带有普遍性,不仅因为它决定着世上一切语言,而且因为它和世界本身的结构是相同的"②。他把叙述分成三方面:语义方面、句法方面和语词方面。他的《〈十日谈〉的语法》主要是在句法层面上提出一部语法。他在《幻想文学导论》中探讨体裁时认为,文学形式的"语法"与叙述本身的"语法"是同样必要的。托多罗夫关注句法,而格雷马斯则重视语义学,他在《结构语义学》中提出的四元对立的语义逻辑方阵被当作揭示叙事文的深层意义结构的模型,用以表示叙事结构中诸意义因素间的相互制约、相互作用。

到了后结构主义时期,文本成了一个意义产生、延异和消失,充满各种联系的

---

① 方珊:《形式主义文论》,济南:山东教育出版社,1999 年,第 226 页。
② 特伦斯·霍克斯:《结构主义和符号学》(瞿铁鹏译),上海:上海译文出版社,1987 年,第 97 页。

动态过程,文本变成一个由能指和所指对立差异构成的、具有不确定指义关系的符号系统。文本的多义性和歧义性使批评家对这个自足的系统产生怀疑,开始进行解构的尝试,试图冲出文本自足的束缚。

于是,1969 年朱莉娅·克里斯蒂娃在《符号学》中提出"互文性"的重要概念。她认为:"每一个文本都把自己建构为一个引用语的马赛克,都是对另一个文本的吸收和改造。"叙事学家杰拉尔德·普林斯在《叙事学词典》中对"互文性"的定义如下:"互文性就是一个确定的文本与它所引用、改写、吸收、扩展或在总体上加以改造的其他文本之间的关系,并且依据这种关系才可能理解这个文本。"罗兰·巴特也认为,一个文本与其他文本之间存在"互文性",每一文本都实际掉过头来指涉由无数文本汇成的"海洋",一个文本不是单数,而是复数的编织活动,另外,"文本没有语法",每一文本都是一个独特的编织活动。由此,解构主义批评家彻底瓦解结构主义的文本中心论,走向后结构主义的文本论。罗兰·巴特指出:"文本没有一个极尽的整体,也没有终极结构。"[①]文本是一种运动、一种活动、一种生产和转换过程,文本是能指再生产的无尽开放过程,它不停止在任何一点,不确定任何终极或中心。文本不受作品边界的约束,它是一种可以贯通好几部作品的运动,读者能看到、摸到作品,但只能用思维成话语才能触摸和把握文本。巴特的后期的文本观和能指的理论是后结构主义理论重要的组成部分。

第二节
风格学研究

风格学或称文体学是语言学的一个分支,应用于文学范畴,因此,人们通常认为:风格学是架在文学与语言学之间的一座桥梁。韦勒克曾提醒说:"语言的研究只有在服务于文学的目的时,只有当它研究语言的审美效果时,简言之,只有当它成为文体学(至少,这一术语的一个含义)时,才算得上文学的研究。"[②]韦勒克的这一提醒很有启示意义。

迈克尔·里法泰尔把雅各布森的诗歌功能更名为文体功能。他将接收美学的"读者期待"的概念应用到文体的研究,他认为文体现象是一种引起读者反应的语言现象,而要引起反应,必须有刺激,发出令人意想不到的信号。这种信号不是相对于规范的语言上的偏离,而是相对于微观和宏观语境的意外成分。文体手

[①] R. BARTHES, *S/Z*, Seuil, 1970.
[②] 陶东风:《文体演变及其文化意味》,昆明:云南人民出版社,1994 年,第 275 页。

段即话语序列中的一个成分与它之前的另一个成分间造成的令人吃惊的效果。宏观语境指文体现象出现之前的那部分信息,既可增强文体手法所造成的意外效果,又能中和该效果。同一手法的重复将产生新的宏观语境,削弱一开始形成的反差。

读者对刺激的反应不可能一致,对作品的评价因人而异。为此,里法泰尔设想出一般读者或超读者的概念,以避免对作品只作出唯一解释的绝对主义和每个读者都可随心所欲地作出解释的主观主义。当然超读者即读者的总和只了解其所处时代的语言状况,因此分析作品时必须考虑语言的演变,注意读者和作者是否参照共同的代码。从读者的角度研究文体效果的主张与德国的接受美学相吻合。这种新的阐释学主张使读者变被动为主动,积极参与文本信息的产生过程。虽然读者的反应总是由文本激发引导出来的,但仁者见仁,智者见智,而且难以搜集整理;留存下来、见诸文字的则往往是特殊的接受者——评论家的反应。

迈克尔·里法泰尔以"独一无二"的诗歌文本为名,抛弃了语言学的权威。他感兴趣的唯有"文学性"。同传统的文体学不同,他主张将风格同文本相对应(而不是同人对应)。布封曾说:风格,即人本身;而里法泰尔针锋相对地提出:风格,即文本本身。他的形式分析试图限制在文本范围内,但也不排除读者和可能的反应。因为文本是"限定性和规定性的编码"。过度限定的问题同雅各布森提出的两大主轴紧密相连。它假定确实存在线性的断裂。这是诗歌的核心概念。

由此产生了至关重要的两个概念:"生殖"(engendrement)和"过度限定"(surdétermination)。"过度限定"对文本的构成和阅读同等重要。

(1) 由组合和转喻引起的"过度限定"
(2) 能指对所指的"过度限定"
(3) 互文性引起的"过度限定"
(4) 字面意思(le littéral)对转义的"过度限定":字母和精神
(5) 辩论:反对文本封闭

此外,有些文体批评家试图借用数学、统计学方法和计算机技术来衡量词语的文体含义。范德贝克在从19世纪末至20世纪初法国某些散文作品(小说、戏剧、报刊、杂志、史书、自传,以及科学、哲学、文化类书籍)中,搜集了1147748个单词,并按使用频率的顺序加以排列,编出一个包括6000个词的词汇表。虽说此表并不能完全反映语言使用的一般情况,但在利用统计方法比较不同作者的词汇特色的研究中,它仍不失为一个有效工具。皮埃尔·吉罗也曾对拉辛、波德莱尔、马拉梅、瓦莱里、克洛岱尔的作品做过统计分析,在此基础上编纂的《诗歌基本词汇》,为诗歌作品的文体研究提供了一个比较客观的依据。当然,文体学不是自然科学,它所研究的内容很难用数字来表达,但统计方法作为一种补充,可以使文体研究更加精确,更加客观。

莱奥·施皮策(1887—1960)在上世纪创立了一门新学科——发生文体学,这门沟通语言学和文学史的边缘学科主张批评应该从作品语言入手,这给西方现代文学批评带来了生机。发生文体学着重研究语言表层的各种表达手段,从而寻找这些表达手段与其创造者和运用者(个人或群体)之间的关系,进而寻找作品的中心——即作者的精神意念。莱奥·施皮策认为语言不是一堆僵死的东西或自发的习惯,词汇的变化受文化与精神变动的制约,文体是作者精神世界的必然反映。他在《文体研究》指出,任何作品皆为一个整体,在作品的中心可以找到作者的精神意念。它犹如一个太阳系,作品的主题、情节、语言等都被吸引到它的轨道上来,围绕它旋转,成为它的卫星。它是构成作品内在凝聚力的要素,是作品的精神源。作者的精神不仅反映他的个性、他本人对世界的看法,而且还可以折射出他的时代、他的民族的精神面貌。

自从布封提出他的名言"风格即其人"以后,许多文学史学者在他们的专著或论文不得不留下一章或一段专谈作家的风格。文学史学者把作家的风格割裂开研究,视风格为偶然的文学现象,评论家凭着主观印象判断作家的风格。在施皮策看来这是一种不负责任、不科学的批评方法。他认为:一位作家为表达自己独特的思想感情,必然会标新立异,诉诸文字表达;这种表达形式因人而异,和规范的语言或多或少有所偏离;考察这种偏离,就可以研究作家的个人风格,探讨作家的思想感情。因此,他创立了文体学(la stylistique)。与索绪尔的门徒巴利偏重于研究普通语言中感情色彩的文体学不同,施皮策着重于研究作品中作者心理在语言上的投射现象,故又被称为"发生文体学"。

一 发生文体学基本原理

莱奥·施皮策创立的文体学给文学评论提供了新的方法论。其基本原理概述如下:

文学评论应该是作品的内部批评,应该从作品的语言入手分析。他明确地指出:我们完全有理由把语言视为作家创作的成果,视为一种感情的表达,可以通过这种语言的表达来洞察作家的感情。这就是说,作品的语言是作家的思想感情的载体。文体学研究就是要拿具体的文本作为研究起点,而不是像实证主义批评从外部先验地、主观地进行訾议。每部作品都有其独特的表达方式,有其特殊风格,它们是可以观察得到的。

把一部作品视为一个整体,或更形象地说,犹如一个球体,其核心是作家的精神,这个内核具有很大的凝聚力。施皮策曾这样打过比方:"作者的精神是一个太阳系,所有东西都在轨道上绕着太阳循环,语言、情节等只不过是精神这一实体周围的卫星而已。"施皮策把这个内核称为"精神源",它能解释作品的一切细节动因。一部作品可找到作家一时一事的精神,多部作品的研究就可以找到作者固有的精神;把同一时代,同一民族的作家作品加以系统研究,就可以找出时代精神、民族精神,在这一点上施皮策已走向沃思勒所确定的目标。

作品表面的一切细节都可以使我们深入到作品的中心。施皮策在介绍自己的研究方法时说:要深入到作品内部,没有什么捷径可走,只能细心地一遍又一遍地阅读作品,才会发现其语言风格。读者的态度首先要怀着对作家和作品的同情心来阅读作品,因为文体批评应该是一种同情的批评(une critique de sympathie),阐释文本的任务首先是鉴赏艺术品的美。

通过直觉观察语言的细节,深入作品的内部。在阅读过程中,凭着读者灵敏的嗅觉洞察语言的细微差别和特异迹象;把这些差异现象加以分析归纳,分类综合;然后由表及里,透过现象看本质,在这些具体的语言材料上进行抽象思维,推测出作家的精神;最后把所抽象出的作家的精神由里及表地加以验证,看自己的假设是否符合作品整体细节。这样通过由表及里、由里及表的多次来回,就能洞若观火,探索到作品的策源地——作家的精神。

这种文体批评的出发点是在作品的言语中寻找个人风格的偏离(l'écart ou la déviation),这是文体学研究普遍使用的办法。索绪尔的语言学最大的贡献之一是区分语言与言语之别。在索绪尔看来,语言指的是使用同一种语言的社会集团的符号体系,包括语音、词汇、语法和句法,具有社会约定俗成的规则,是一种代码;言语则指个人在某种情况下对语言的运用,是一种信息。每个作家运用语言去写作,那么作品的符号就是作家独有的言语。作家为了表达自己的思想感情,表达精神,必然要选择特殊的表达方法、特殊的言语,那么这种言语和规范的语言就会产生偏离。假设规范的语言为"零度"偏离,有一些科技文章质朴无华,自然其偏离度较低,文学作品重在思想感情上的表达,词汇的歧义多,作品的意义空间宽,其偏离度较高。对于作家的风格可以运用统计学作数学定量分析。

施皮策在介绍自己的经验时说:"当我阅读法国现代小说时,我突然感到一些词句的表达与通常用法有偏离,我习惯于在下面划线。一旦把这些标上着重号的词句汇拢在一起,就形成某种稳定的实体。"然而寻找某种标志作家个性的风格特点的"心理源",如同寻找捉摸不定的单词的词根。

二 发生文体学的批评实践

施皮策提出这些文体批评的原理后,在法国小说研究方面获得了令人瞩目的成果。兹试举两例:

施皮策以文体批评方法研究了法国作家夏尔-路易·菲力浦(1874—1909)的小说《蒙帕纳斯的蒲蒲》(*Bubu de Montparnasse*, 1901),这部小说描写了巴黎妓女的生活。施皮策在阅读作品中,突然有一个词组"à cause de"(因为)跳入眼帘,觉得这个词组通常用在口语方面,若用在文学作品中,就有些偏离,不合常情。再读下去，又出现好几处"à cause de"，而且用得不伦不类；又继续念下去，发现在作品中作者特别喜欢用表示原因的词，如"à cause de""parce que""car"（因为）……而且出现这些词的频率出奇高，有时还用得出格。如作者在叙述一位狎客在玩弄一个妓女时，这样写道："……他喜欢这个女人，比起他玩过的女人来她别有风味，因为这个更温柔，因为这个更热乎，因为这正是他需要的女人。他初次玩她时就是个童贞。他爱她，因为她诚实，因为她好像老实巴交，总之，因为这正是小资产者所喜爱的女人。"在短短的一段中，作家用了六个表示原因的词说明狎客莫利斯喜欢搂抱情人的原因。施皮策从这些不合常理的表示原因词上作出假设：它们是互相联系的，并非偶然，大概和作者的因果观有某种关系。他将此称之为"假客观原因"。作者使用这种因果关系，有利于刻画人物的形象。这位狎客用"à cause de"的这个俗语原因词做笨拙、乏味的推理，可见这个人物的鄙俗和淫猥。作家通过这种幽默的语气，对那些被无情的社会压垮的嫖客娼妇，表达一种无可奈何的恻隐之心。在菲力浦的这部作品的风格中，"假客观原因"表达法是一条导线。施皮策的这种假设切中了作品的要害，和其他评论者的结论不谋而合。其他评论家也认为在这部作品中，菲力浦怀着基督精神，无可奈何、深恶痛绝地审视这个表面上整齐有序，实际上歪歪斜斜的畸形世界。这就是作家的精神源，它激发了他创作和遣词造句的灵感。

在找到作家的精神源之后，就要进行验证。上文说过，这些"假客观原因"词只是一把钥匙，进入作品内部后，必然会碰到其他偏离的词句，那么就要把已抽象出的精神源拿来解释其他偏离的词句和现象，验证一下它们是否说得通？是否浑然一体，天衣无缝？是否能自圆其说？倘若互相矛盾，那就要推倒重来，重新分析归纳，直到抽象出一个能包容一切、解释一切的作家精神源。

施皮策就这样从文本语言表面发现作家的风格偏离，进而假设作家的精神源，经过多次循环验证，就可以确定作家真正的精神状况。在找到作家的精神源之后，他的文体批评的第二大步骤就是把作家的这种态度放进更大的系统——当时的法国社会中去考察。这样，不难发现19世纪末法国文学界精神的历史性变化：作家意识到在这个历史的转折点上，压抑在法国人精神上的宿命论和不满情绪，人们只能听天由命，麻木不仁。为此，作家作了宽容的批评。

要是研究19世纪作品甚至远离我们四五百年的文艺复兴时代的小说，又该如何鉴别其偏离呢？施皮策同样对法国作家拉伯雷的小说《巨人传》进行了研究。在阅读过程中，发现拉伯雷特别喜欢创造新词：如"pantagruélisme"（庞大固埃主义，Pantagruel是《巨人传》的主角）。拉伯雷给索邦大学（la Sorbonne）的反动教师起了许多诨名：sophistes、sorbillans、sorbonagres、sorbonigènes、sorbonicols、sorboniformes、sorbonisèques、niborcisans、saniborsans。这些新词都是拉伯雷以"Sorbonne"（巴黎大学或索邦大学）为基本词根，与十几个古怪的后缀结合拼凑而成，创造出许多叫人不舒服的绰号（例如：Sorbonne+onagre=Sorbonnagre，意为"野驴")。他常在一个幻想人物的名字后加一个可笑的哲学式后缀,使读者觉得既真实,又好像是幻觉。这些新词出现在作品中后,当拉伯雷同代的读者一读后,会感到吃惊和不安,但渐渐地又平静下来,觉得挺滑稽可笑。这些词的美学效果就是先要在作品中制造高宽大的威吓可怕的气氛,接着造成一种似是非真的诙谐可笑的氛围。这说明拉伯雷作品中有一种真实与非真实、滑稽与恐怖、乌托邦与自然主义之间的张力。为此,施皮策得出一个基本假设:背离正常的精神生活引起的精神激动必然用一种背离正常用法的语言来表达它!

当然,实证主义批评也曾经在拉伯雷的《巨人传》中发现过这些奇怪的自编自造的新词,但他们只孤立地解释这些词的构词法。而施皮策的文体批评的高明之处,是把这些新词当作钥匙,启开作家的精神大门。从这些新词上看,拉伯雷具有丰富的想象力,他可编造一系列奇怪滑稽的词,来代表那些可怕荒诞的想象人物,这些人物只存在言语世界中,生活在真实与非真实之间的世界中。由此,施皮策得出结论,拉伯雷的《巨人传》是部反现实的幻想小说,小说的一切细节构成一个非真实的世界,从而推翻了文学史家朗松关于"拉伯雷是位现实主义作家"的结论。

施皮策有句名言:"作品到处都流着诗学创作的血液。"当然,研究作品的入门路径有许多可供选择,可从作品的主题、情节、结构、思想等入手分析。但施皮策是个语言学家,他坚持认为"语言是内部形式的外在晶体",只有从语言入手分析进而找到作品的整体精神,这样才是客观的、科学的批评方法。

第三节
罗兰·巴特与结构主义批评

语言学对文学批评的催媒主要表现为结构主义批评的兴起。索绪尔的结构语言学是结构主义批评形成与兴起的前提与基础,布洛克曼曾指出:"首先就是语言学,要是离开了语言学,譬如说,无论是拉康的精神分析学,还是罗兰·巴特的文学批评都是不可想象的。对于艺术、文学、哲学、心理学和社会科学等领域中结构主义所作的认识论的研究来说,现代语言学所起的作用,某种程度上相当于一种数学的作用。"[①]拉康努力把语言学纳入到精神分析学。他认为,无意识只有借助结构语言学才能科学地描述,因为无意识的话语具有一种语言的结构。他把组合、移位和历时性等比作换喻,把替代、压缩和共时性等概念比作隐喻,这样,可按语言轴心来释梦:组合—移位=换喻;替代—压缩=隐喻。因此,精神分析学通过

---

① 《形式主义文论》,第95页。

语言学的分析而现代化了。巴特告诉我们,语言是文学的生命,是文学生存的世界,那么,文学问题显然就是一个以语言形式出现的问题。他也曾指出,结构主义是一种分析文化现象的方式,这种方式就起源于当代语言学的各种方法。

结构主义的文学研究主要在诗学研究、符号学研究、叙述学研究等领域作出重大的建树。这种分类是勉强的,其实,三者是互为联系的。在结构主义者那里,诗学的广义指结构主义的文学美学研究;结构主义兴起之后,由于语言学的广泛应用以及语言符号的深入研究,使符号学产生广泛影响,因而,结构主义与符号学似乎成了难以分开的一对孪生兄弟,正是结构主义思潮使符号学蓬勃发展起来;同时也产生了具有深远影响的结构主义叙事学,因为语言学是研究到句子为止,而叙事研究的对象却是超出句子之外的文本,大大超出了语言学研究的范围。

一 结构主义时期

1. 何谓结构主义?

在通常意义上结构主义有三个主要所指范围:现代语言学理论、现代文艺理论和当代法国人文思想运动。就现代西方思想史主潮而言,结构主义主要指法国六七十年代的结构主义运动。所谓结构主义运动主要指一二十年之内一二十位文学人的富有独创性的学术作品总和。这些学人及其作品涉及人文学科各主要领域,并取得了世界公认的一流成就,现已成为20世纪西方思想史的重要组成部分。

海德格尔的存在主义与萨特的存在主义虽有扞格,但是在二战后,以二人为主导的存在主义发展到了顶峰。被称为"结构主义者"的这一代人都是继存在主义之后兴起,并直接以存在主义作为论述对象,甚至是断裂性的颠覆再造。而站在结构主义一边主导这次历史性对话的便是列维-斯特劳斯。如前所述,在萨特挑起的论争中列维-斯特劳斯迎难而上,与之分庭抗礼。

列维-斯特劳斯对结构主义对象的定义:结构科学的对象是带有系统性的事物。1968年出版的作品集《什么是结构主义》认为集体的视界已经近似于抽象的视界。他曾幽默地说:精神分析学、社会主义、地质学是他结构主义思想的三大情妇,是他结构主义思想产生的基础,而以索绪尔为代表的结构语言学才是他真正的"爱妻"。结构语言学提出了"能指"与"所指"的概念,强调"能指"是语词的声音图像,"所指"是与其对应的意义指谓。语言学的研究旨在探索人类语言如何以"能指"与"所指"的二元对立为模式,不断地进行语言创造与再造。列维-斯特劳斯更进一步,将这种结构语言学的方法广泛地运用到人类如何进行文化创造的研究中去。

列维-斯特劳斯的研究涉及亲属的基本结构、语言结构、神话结构、象征论原则等。在列维-斯特劳斯这些研究的著作中可以看出,他的结构主义在于将人类的思维看作是普同一致的"发生"系统，人通过创造符号与所要表达的意义进行"二元对立"，不断地进行隐喻和换喻的文化创造，并将时间与空间切割成一个个的片断，把外在于人类心灵的客体世界分门别类，形成人类所看到的世界的样子。这个创造的过程并非人类有意识所为，而是在无意识中进行的。因此，对于人类文化的研究不能只注意其外表，还要深入其表象去探索人类创造文化的过程。"这种结构主义的第一个基本原理，就是要到具体社会关系背后，去寻找出只能通过对抽象模式作出演绎作用的构造才能得到的、无意识的基础结构来。"在列维-斯特劳斯看来，全人类的文化表象看似不同，但创造文化表象的人类心灵世界却是一致的，并且这个一致的基础就是人类以二元对立为创造的模式。

结构主义远远超出了文学批评的范围，不能被视为仅仅是某一领域的知识。结构主义既不是哲学也不是一门学科。依照米歇尔·福柯的说法，它是当代知识活跃而焦灼的意识。以此为由，它倾向于打破学科间的界限：历史与哲学（福柯）、哲学与文学（德里达、德勒兹、塞尔）、人类学与语言学（列维-斯特劳斯）等。这一新的研究范式在六七十年代去除神秘化的大环境下取得了巨大成功：突出结构导致了表象网络的废弃和对符号的研究，符号文化，尤其是法国的符号文化应运而生。萨特式批评（只专注于作品和作家本人）逐渐被摒弃，由其他智者取而代之，特别是被列维-斯特劳斯、拉康、雅各布森、阿尔都赛、福柯、巴特等诸位学者取代，这一现象并非偶然。在结构主义者这些最振聋发聩的名字间，仅巴特一人直接涉足文学批评。实际上，人类学和精神分析学这两大参考性学科一如既往地牵连入文学研究，而语言学为结构主义提供了坚实的核心理论。值得注意的是，对列维-斯特劳斯而言，与雅各布森的会面是发现又一个知识领域的契机。在该领域内，关于结构的概念已经理论化，并提炼出一种异常严密精确的分析模式，可以将之运用到其他领域。按照音位学在系统内隔离音素的原理，特定团体（如原始社会）的社会现实可如同一个内部关系的封闭网络一样被拆分。源自这两位伟人和两门学科前所未闻的会面，列维-斯特劳斯和雅各布森合作创造了一个杰出的成果，即结构主义时代的典范之作：1962年发表在列维-斯特劳斯创办的人类学期刊《人》(*L'Homme*)上对波德莱尔的诗作《猫》的经典分析。在这次语言学上升为科学先导的地位的过程中，经由《普通语言学教程》而对索绪尔迟到的发现是不容置疑的事实。该书适用于绝大部分人文学科，它们从该教程中汲取了许多重要概念：能指/所指的断裂，语言作为封闭的关系系统的研究方法，共时性优于历时性。这些具有强大辐射力的概念在经过再研究和讨论之后已迅速传播到日常文化中。除这些关键概念外，该教程还向所有人文学科发出创建普通符号学的邀请，索绪尔及其后继者把这一普通符号学构思为研究社会生活中的符号科学。

六七十年代文学批评思潮的澎湃不仅仅是创新与才能完美结合的效力，它与认识论变革和制度变动也是密不可分的。论及结构主义，最好对其主要方面有整体现象的感知。

——制度方面可根据新一代在面对传统学科内的研究和教学时感到的不满来衡量。创新的偏好和颠覆学院派的愿望皆源于此。

——前提和基础选择:重视符号研究,轻视主体研究,意图梳理表象的抽象框架,一定程度的非历史主义,封闭的系统。

——研究方法:源自人文科学的该方法寄希望于各学科间的合作,它远距离地研究客体(社会和文本)以便得出范例。

2. 论战

在结构主义时期①与"新批评"形成强烈对比的历史中,尤其要指出一个极具代表性的事件:罗兰·巴特与皮卡尔之争。巴特把其著作《论拉辛》(1963)一书当作"一种结构主义又是分析性的拉辛人类学"。索邦大学教授雷蒙·皮卡尔是学院派批评的代表,他长期以来就是拉辛研究的杰出专家,曾经发表《让·拉辛的生涯》(1956)。巴特曾经指责该书的作者不懂得脱离传记批评。皮卡尔读了巴特的著作,愤然大怒,报复的时机到了,他于1965年发表了抨击性文章《新批评或新骗子》,矛头直指巴特两年前问世的《论拉辛》。这个"新骗子",除了罗兰·巴特之外,还有韦伯、莫隆和里夏尔。皮卡尔指出:欺骗的关键主要在于(巴特的评论)援用了精神分析及该分析对拉辛作品的不当应用;此外,欺骗还在于在体系规范严格的悲剧体裁中不可能发现一系列"无意的吐露隐情"。皮卡尔还批评巴特把作品当作一个他从中肆意汲取的符号容器,及再次无视悲剧的形式范围,超出特定作品自身而由巴特自己重建的能指总体。不尊重原著的态度,过分自由地诠释,不合理地借助无关学科,这就是巴特的谬误之处。皮卡尔还指责这个专断、绝对的批评缺乏严密性,缺乏解释的价值,这种批评过度的一概而论不了解拉辛的十一个悲剧。皮卡尔特别批评"预制的概念"(homo racinianus),一些诸如"父亲、黑暗和光明"等的分类。最后,皮卡尔谴责这种"隐喻式的批评":为了给荒诞一个"科学"的美名,它用有利的方式篡改陈词滥调,掩盖思想的模糊,滥制新词,从其他学科(生物学、精神分析学、哲学等)借来词汇,总之,它迷失在一大堆不规范的词语里。换言之,皮卡尔揭发新批评的代表人物缺乏客观性,缺乏雅趣,缺乏清晰思路等缺点。

作为反击,巴特指出传统批评遵循一大堆半美学(来自古典美学)、半理性(来自"情理",bon sens)的不同的规范。他还指出:客观和明晰是思想意识,近乎平庸;雅趣其实是话语的禁忌。他为语言的丰富和准确而战斗,公开嘲笑"旧批

---

① 结构主义时期:1966年,结构主义的典范之年,《交流》(Communications)期刊著名的一期发行(第8期)。罗兰·巴特的《叙事结构分析》,格雷马斯的《结构语义学》,让·科恩的《诗的语言的结构》,热奈特的《辞格》第一部纷纷问世。此外,还需指出1968年"原样"团体的《整体理论》,1969年《法语》专门研究文体学的一期专刊。1970年巴特的《S/Z》,Mu小组的《总体理论》。1972年迪克洛和托多罗夫的《语言科学的百科辞典》,格雷马斯的《诗的符号学》。

评"的"嗜古行话"。自1964年起,巴特发展了批评是"元语言"这一思想;这意味着批评的任务绝不是发现"真理"而只是检验其"正当性"。这一观点后来成为巴特《批评与真理》(1966)的主要论题,在该书中巴特主张批评行为的自治,割裂其和传统文学史的关系,以期提出一门建立在多学科和无拘束的新语言基础上的"文学科学",来反对传统文学史。我们意欲使批评以完全手工操作的方式把时代提供的第二语言(这是存在主义、马克思主义和人文科学的情况)运用于作品的第一语言中。对巴特而言,这是从早在15年前就诊断出的评论危机中得出所有推论的方法。巴特认为,批评绝不是一个成果一览表或评论机构,本质上它是一种活动,即一连串的智力行为,这些行为深深嵌入在完成也就是承担历史存在和主体存在(二者是一码事)的人的存在之中。

除争论和辩驳之外,批评领域全面焕发生机,全面探询构成批评这一职业的行为。依据1966年在塞利兹(Cerisy)组织召开的学术研讨会和1968年以《目前批评的道路》为题发表的论文集,我们可以对其作出评价。该团体(尤其集中了乔治·普莱、让·鲁塞、热拉尔·热奈特、塞尔日·杜布罗夫斯基、勒内·吉拉尔)呈现出新式批评饶有趣味的形象,但该新式批评远未完全被结构主义所认可。乔治·普莱为支持认同批评而提出的开放文本(le texte d'ouverture)恰恰与结构主义所要求的距离阅读(les lectures distantes)相对立。让·鲁塞思索语言学的结构,而语言学家则不大重视讲话者的意识,只是自愿地执着于语言,或者说是包含了个人特点和文体的话语引起了文学工作者的兴趣。与"结构主义"和"形式主义"相比,让·鲁塞更倾向于使用"对形式现实敏感的批评"这一术语。

研讨会最后,普莱承认可以在作品意识和评论者意识间建立的两种类型关系的合理性:距离关系或邻近关系。这是在主观性和客观性对立之间重新分割的交替/取舍。客观方法趋向于隐藏主体的一部分,且立足于作品的素材;而主观方法则接纳主观性,展现评论者的个性特点,从评论者的角度看,他重视经验更甚于作品及语言素材。该对立与另一更为宽泛的对立相一致:外部批评与内部批评。外部批评把作品重置于外部世界(特别是作家和背景)中,此外部世界是批评的关键所在:传统文学史和"新"阐释学,譬如从社会学批评类型哥德曼的批评方法阐明了外部批评的可能性。与之相反,内部批评专注于作品本身,避开周遭世界。普莱的认同批评以及受语言学影响的研究方法以各种方式诠释了(让-皮埃尔·里夏尔)主题批评的确定形式。受语言学影响的研究方法远远不能完全代表"新批评",但是它在70年代的极盛引起了重大关注。

此外,索绪尔之后,围绕着结构主义和文学事件的争论愈来愈多。反对者的主要论点有以下几点:

1. 结构主义声称在不考察作者意图的前提下,对文本进行分析。但是,研究作为个人作品的文学,应当联系作者生平及其时代风尚。作为回应,结构主义者反驳,反对者将作品看作一个预先存在的文本,而不是真正的文本。

2. 结构主义者将注意力放在作品的结构上,其后果是从不同的文学作品中提取的都是一样的结构,忽略了作品的个体相异性,无法区分伟大的作品同平庸的二流作品。

3. 结构主义对作品的描述,要么无足轻重(任何一个人,只要浏览过作品,都能发现脉络),要么是经过了很多推论和概括得到的。

在结构主义的鼎盛时期,大多数结构主义者的作品却受到了保守派的攻击,引发了论战,而这些论战得出的结论,二十年后人们仍然在使用。

另外值得注意的是从60年代至今语言学和文学间的关系在变化:关系乐观时期是与"理论的精灵"(安托万·孔帕尼翁)相对应的,即60与70年代,该时期内人们普遍认为语言学是语言的科学,文学是语言的艺术,他们负有相遇相合的使命。80年代,情况发生变化,人们发现文学工作者和语言学家各自撤退。如今处于对话的第三时期。简言之,在联姻、撤退之后的关系恢复期。90年代被频繁援引和运用的陈述论题,以及在新的庇护所下重新建立的交流联系并非出于偶然。这些新的容身之地不仅在对文学充满兴趣的语言学家那里,也在文体学家、诗学家和其他符号学家之处。

二 罗兰·巴特

1980年,法国文坛上一颗巨星陨落,罗兰·巴特(1915—1980)不幸惨遭车祸,溘然长逝。30年来,这位伟大的文学理论家、符号学家的影响与日俱增,超越国界,他在美学、文学理论、符号学理论等许多领域中所作出的卓越建树被称作具有"认识论上革命"的意义。他学识渊博、思想敏锐、目光深邃,从来没有囿于自己已形成的理论体系中,一生总是在不断探索、不断创新、不断进取,他的理论生涯每十年都会出现一场重大的、令人难以置信的转变。从50年代始,他发表大量散文式的论著,形成一个宏大、独特、多变的理论体系。在他生命的最后20年,他一直是法国文坛上的先锋派旗手,领导着新批评的时代潮流。我们沿着他批评的道路,对一些重要文学论著进行一次浮光掠影的巡礼,考察他在各个时期的理论发展走向,以期大体上把握他那不断更新的文艺观点。

1. 50年代:社会神话阶段

罗兰·巴特的批评生涯严格说应该从1953年他发表处女作《写作的零度》开始算起。50年代,他还发表了两部论著《米什莱》(1954)和《神话学》(1957)。从这个时期的论著看,他的哲学倾向明显受到马克思主义和萨特的存在主义影响,并且已经开始以索绪尔的语言学为基础,把批评的方向转到对文学的形式的考察。在《写作的零度》中,他企图"介入考察文学的形式,使萨特的介入说马克思主义化"①。他通过区分语言、风格、写作三者之间的关系,确定自己的研究范围。在他看来,语言是一个时代所有作家的共同财富,它是抽象的,是一种活动的场域,是对一种可能的限定和期望;而风格是一种潜入作者个人的隐秘神话中的自给自足的语言。"语言作为消极物使可能的初始极限发挥作用,风格却是一种凝结作家气质和他的语言的必然。"②简言之,语言是社会的自然现象,而风格却是作家个人的自然现象,语言和风格都是盲目的力量。"在语言与风格之间存在着另一种形式的现实,这就是写作。"③写作是作家的一种选择,一种追求,写作的选择是确认作家的一种自由。在这里,巴特应用萨特的自由观来确定写作的定义。在巴特看来,"写作却是一种功能:它是创作与社会之间的交往,它是被它的社会目的改造成的文学语言,它是紧紧依赖于人类意向并且与历史上重大转折密不可分的形式。"④在此,他强调写作是一种形式,是一种思考文学的方式。罗兰·巴特在作品中明显地流露左派的政治倾向,他猛烈地抨击资产阶级社会的虚伪。他指出自17世纪中叶起,古典的写作方式在法国普遍确立,资产阶级以自己的形象塑造现实,认为这种写作方式是唯一正确、合理的,并为之悄悄地披上自然性、普遍性的外衣,响应这种写作就是接受资产阶级的价值观。巴特把这一过程看作是资产阶级剥夺别人的独特行为,但到了19世纪中叶遇到信任危机,这种写作风格也随之崩溃。因此,自1850年来,出现各种风格,作家们做出各种努力,想要达到风格的"零度",即"无风格",空白的、透明的写作方式,如加缪的《局外人》的写作方式,表明作家完全不介入;还有些作家热衷于口头的写作方式,旨在重现各种口语代码,如格努的写作尽量实现文学语言的社会化。罗兰·巴特认为"世上存在一种'写作的历史'"⑤。在早期,巴特还不是很了解语言学理论,他对文学的思考是基于马克思主义的历史观和萨特的自由观这两者的融合,初期的研究许多是从历史和社会角度来考察文学现象。但时隔不久,他的文艺观发生了质的突变,主要是因为他不仅仅把文学语言视为一个交际系统,而且视为一种信号,而通过这种信号可瞥见作家有意识或无意识地进行思想的选择。

　　罗兰·巴特在对文本和写作的意识中,扮演了很至关重要的角色。在列举形式的修辞学和个体发挥主体性的风格之间,写作是一种自由的行为。"我可以选择这种或那种写作,这一行为确保了我的自由",但是自由仅限于"选择的动作",不存在于"持久的选择",因为之后我将成为他人或自己的词语的奴隶:"写作是自由与记忆之间的妥协。"⑥动作证实了身体同写作的统一性,就像俳句的创作行为。将巴特的思想路线视作从结构主义到词语的愉悦,并不完全正确。巴特总是

---

① R. FAYOLE, *La Critique*, Armand Colin, 1978.
② R. BARTHES, *Le Degré zéro de l'écriture*, Seuil, 1953.
③ *Ibid.*
④ *Ibid.*
⑤ *Ibid.*
⑥ *Le Degré zéro de l'écriture.*

强烈要求将"文本的愉悦"留给自己,超越传统制定的规则。在巴特看来,文学的领地确乎位移了,对拉辛戏剧的结构分析是可能的。"文本的愉悦"即认识到文本从百年的批评中解放出来。倘若它对立于作者/读者对象的心理主义、印象主义阅读,那表明愉悦已经是"文本的"愉悦了,它不牵涉作者同读者间虚构的主体间性。如果说阅读是渴望作品,那么占有总是失望。作品在根本上是具有多种价值和意义的。

他从雅各布森那里借用的元语言功能,便成了最重要的功能。在交流中,元语言功能可以检测用法是否符合编码,它关注的是信息:"你想说什么?""我的意思是……"在这些表达中,语言把自身作为对象;它意识到日常语言永久的重新表述。然而,这种功能可以根据不同的分析层次接近作品,并揭示每个层次都过度决定其他层次,改变效果。在后来的《S/Z》一书中,元语言编码在文本中模拟批评和阅读中的评论和阐明。这一编码与情节或"叙事线索"的阐释编码既统一又对立。巴特认为,元语言编码,借助其引入的距离,从看似匀质的话语(discours)中凸现对话和评论,话语(parole)主体组合的模糊性不可分割的维度就在这里。

分析符号,破译代码,这是后来罗兰·巴特最醉心应用于文学批评中的方法。1954年,他发表了评著《米什莱》,他阅读了米什莱的许多作品,但他并不想找出米什莱的世界观,也不想解释其历史观,而是努力梳理出米什莱作品的一个主题网络,这些都是时常萦绕这位历史家脑际的主题,这张网把米什莱的一生都贯穿起来。十分明显,罗兰·巴特所使用的批评方法是受到法国哲学家、主题批评家巴舍拉尔的现象批评方法的启发,巴特通过分析主题符号,破译作家的创作意向。

1957年,他发表了《神话学》,其中一些短评文章是应时而作的,以各种最现代的文化现象作为符号探讨的对象,企图破译我们在日常生活中所接触的各类符号(电影、戏剧、游戏、食品、广告等)。他进一步应用索绪尔的语言学基本概念,试图建立新的学科——符号学。这部文集中最重要的论文首推《当代神学》,是符号学入门的必读文章。他指出神话就是一种话语(une parole),神话是一个交际系统、一种信号、一种意义的方式,简言之,是一种形式,首先要把它作为形式加以描述。既然,这种话语是一种信号(un message),除了口头形式,还可能是其他形式,如写作或其他(艺术品)的表征:照片、电影、报道、体育、广告等都可以成为神话话语的基础,因此,神话属于语言学外延的一门普通科学——符号学,神话学属于符号学的一个分支。接着,他把神话作为一个符号体系加以分析,他指出任何符号学的分析都必须假定能指和所指这两个术语的关系,即它们之间不是"相等"而是"对等"的关系。能指和所指的整体联合构成了符合。因此,能指、所指和它们的产物——符号,三者构成第一系统的符号键,而神话非同一般,因为它必定作为第二级的符号系统发生作用。在第一系统中具有符号(即能指和所指的联合整体)地位的东西在第二系统中变成了纯粹的能指。

罗兰·巴特在分析神话过程中着重考察形式（即能指）、概念（即所指）和指示行为（la signification）三个方面。他最后指出：对神话的确认可给传统文学下定义：文学通常是一个特点明显的神话系统，它的能指是作为形式的写作，它的所指就是文学的概念，它的指示行为就是文学的语段（le discours）。写作就是一个意义充实、可从文学概念那里吸收一种新的指示行为的形式。从政治观点看，巴特同样在《神话学》中无情地剖析了由法国大众传播媒介创造的"神话"，揭露资产阶级为自身的目的而暗中操纵代码的行径。在50年代，罗兰·巴特左派的政治观点非常鲜明，许多文章都是鞭挞资产阶级社会，因此，他自称这一阶段是他的"社会神话研究"阶段。

2. 60年代：结构主义阶段

60年代，他发表的主要论著有：《论拉辛》(1963)、《批评漫笔》(1964)、《符号学要素》(1964)、《批评与真理》(1966)、《叙事结构分析导论》(1966)等。巴特在这个时期的批评特点是全面地把索绪尔的语言学的理论与方法移植到文学批评中去，建立一套结构主义的文学理论。同时，在"当代神话"的基础上进一步建立了符号学这一新学科，考察了除文学之外现代法国人的衣着、家具、食品以及日常生活的许多其他方面的符号编码活动，巴特是文学结构主义者中最注重社会学的一位学者。在《论拉辛》中，他开始采用结构主义的分析方法，反对当时在大学里盛行的借助作品渊源、历史背景和作者生平的传统批评方法，而是把拉辛的作品当作一个封闭的系统，批评者置身于拉辛的悲剧世界中，力图描述作品的内部的人物结构，重组一个拉辛的人类学。巴特的新的批评方法掀起了一场轩然大波。雷蒙·皮卡尔顽固地坚持实证主义批评立场，于1965年写了一篇尖刻的批评文章《新批评或新骗子》，对罗兰·巴特为代表的新批评派进行猛烈的攻击，"要不要烧死罗兰·巴特？"，《世界报》的一些读者以及雷蒙·皮卡尔曾这样自问。在这场激烈的唇枪舌剑中，巴特表现出滔滔雄辩的天才，他在《批评漫笔》中指责"严格确定生平和文学事实"的大学批评在其应用中暴露的意识形态："……实证主义对文学抱有一种完全不公正的看法，因为，拒绝探讨文学的本质，……什么是文学？人们为什么写作？拉辛写作的原因和普鲁斯特一样吗？不提出这些问题，也是对问题的回答。因为，这就采纳属于常识（不一定是历史常识）的传统观念，亦即作家写作只是为了表现自己，而文学的本质就在于感觉和情感的'表达'。可惜一接触到人的意向性（不这样做如何谈论文学），实证主义的心理分析就不够：不仅因为它是初步的，而且因为它采用的是一种完全过时的决定论的哲学。反常的是，历史的批评在这里拒绝历史。"[①]巴特在《批评与真理》中对皮卡尔进行反击，他严肃指出在哲学上皮卡尔的观点一点也不属于普通概念，而是属于特殊

---

① J.贝尔沙尼等：《法国现代文学史(1945—1968)》(孙恒,肖雯译)，长沙：湖南人民出版社，1989年。

的偶然性。当皮卡尔的批评自称是"无害"的时候,恰好暴露了对一种特定的实证主义、资产阶级意识形态的信奉。巴特列数了新批评的优点,用其替代传统批评,新批评的目的就是为了从传统的束缚中解放出来。在这部反击的檄文中,他不仅阐明了新批评的基础理论,而且还指明未来批评的发展方向。他指出:如果文字只有一种(字典上的)意义,就不可能会有文学存在;文学正是建立在文字的"多重意义"的基础之上的;一部优秀作品之所以不朽,并不是因为它把一种意义强加给不同的人,而是因为它向一个人暗示了不同的意义。批评则把批评家安排在离作品一定的距离的位置上,批评是积极地为文本创造一种意义,而不是被动地评解作品意义。新批评认为文学生来就有"多元性"和"模糊性",它将专心致力于对文学文本的探讨,它的最高地位是对语言的批评,也即对写作的批评;文学体裁已解体,将被归入写作(l'écriture)之下,将来没有批评家,没有小说家、没有诗人,仅有作品与读者,而文本的意义将取决于后者。作者不再是文本的主体,变成一个"纸上作者";而读者的地位却提高,变成文本意义的再生产者。巴特化用了一句成语用以总结:"谋事在作品,成事在人。"这个人就是读者,读者完全可以自由释义。

罗兰·巴特自称第二阶段是"符号学阶段"。的确在60年代,他最伟大的建树是实现了索绪尔五十年之前所预言的建立符号学新学科的理想。他在结构主义语言学的基础上进行符号学研究,以法国流行的反传统小说以及各种现代文化现象作为符号探讨的对象,1964年他发表的《符号学要素》吸收了语言学、信息理论、形式逻辑和结构人类学等一些学科的成功的新方法,透露着最新的符号学信息。他认为我们正处在一种书写文字的文化时代,处处都是语言的符号系统。语言学是一切符号系统的母学科,任何符号系统如绘画符号、交通符号、服装符号都要用语言加以描述,由此可见,符号学应该属于语言学的一个分支。他倒转了索绪尔的命题,后者认为语言学应该属于一个更大的学科——符号学。但在今天的社会生活中,在人类的语言之外,存在着被发现的、大量的符号系统,符号学应该应用到非语言学的符号系统的对象上去。这是文化符号学,世间万千符号只能通过语言加以表达。因此,罗兰·巴特正是基于这种理解建立了自己的符号学原理体系。他的符号学的基本要素是语言和言语,他指出,语言和言语的一般范畴,"包括整个系统",这是他的符号学理论的基石。其次,符号学还有两个极重要的要素,即符号的能指和所指,它们成为符号分析的基本条件和手段。值得注意的是,他吸收叶耳姆斯列夫的语符学概念,对形式与内容这一重要哲学和美学范畴作了独特的解释,他认为:符号是能指和所指的混合物,能指组成表达方面,而所指则组成内容方面,每一方面都包含两个层次——形式和实体,这样,我们就具有四个层次:(1)表达的形式,(2)表达的实体,(3)内容的形式,(4)内容的实体。在《符号学要素》中,他发展丰富了索绪尔的横组合和纵聚合、雅各布森的隐喻和转喻的一些基本原理。符号学家认为谈隐喻比谈转喻要好些,因为一个人必须用于指导他分析的元语言本身就是隐喻的,并且必然地和作为其对象的隐喻相似,而大量的文学作品属于隐喻模式,很少作品属于转喻的模式,或几乎不存在后一类的文学作品。总之,在这部著作中,罗兰·巴特运用结构主义语言学的理论把符号学研究系统化、体系化、深入化了。

1966 年,他在《交流》杂志上发表重要论文《叙事作品结构分析导论》,应该说此时是他的结构主义和符号学理论发展到最高潮的阶段,他在这篇文章中指出:语言学研究到句子为止,而叙事作品的语段(le discours)超过句子单位,作为句子的总体,语段有自己的单位、规则、语法。"最理智的办法是假设在句子与语段之间有同源关系,只要同一个形式结构似乎支配了所有的符号学体系,不管其内容如何之多,规模如何之大。"①巴特从认识论角度,把语段和句子视为同源和同构,在无限的叙事作品中,试图抽离出带有普遍性的叙事要素,建立一个叙事结构。他把叙事作品分为三个层次——功能层、行动层、叙述层——进行分析,尽管他的层级分析构思巧妙,但实践起来并非易事。巴特的研究和普罗普、格雷玛的研究结果殊途同归。

在 60 年代,巴特最关心的是符号世界,起初尚能关心符号的内容或概念,即所指,但渐渐地他更注重于形式。只讨论形式,不涉及意义也许是结构主义的共同特点。他还热衷于用综合的办法寻找出系统的结构所在。他把结构主义定义为一种"活动",采用两个典型程序:分解和连接。分解是把文本拆解成类似神话素的东西,连接是把抽象化了的要素重新组装在一起。他说:"所有结构主义活动——不论是反省的还是诗的——的目的是要重建一个'客体',以便揭示对象的功能规则(功能)。因此结构实际上是对象的'影像',一个直接相关的摹拟物。因为被摹仿的对象使一些不可见的东西,或者也可以说在自然对象中不可理解的东西显示出来。结构人抓住真实事物,拆解它,然后再重建它。"②

3. 70 年代:后结构主义阶段

60 年代末,法国思想界非常活跃,雅克·拉康发表了《书写》(1966),雅克·德里达发表了《语法学》(1967),菲利普·索莱尔斯和朱莉娅·克里斯蒂娃为首的"原样派"掀起一股后结构主义思潮,他们意识到结构主义的局限和弊端,通过彻底的反叛,冲破结构主义桎梏,重新寻找新的出路。但这种反叛并非抛弃前者,而是"一个转移的问题"。两者相反又相辅,从目标上讲两者都想摆脱传统人文主义的以人为中心、以理性为中心,以形而上的真、善、美为中心的思维模式,但后结构主义又称解构主义,是反结构主义,反其道而行之,因此,两者有千丝万缕的关系。罗兰·巴特顺应时代潮流,作了大幅度的转变,他的这种转移,并非一种投

---

① R. BARTHES, «Introduction à l'analyse structurale des récits», *Communications*, 1966(8), pp. 1-27.
② 班澜,王晓秦:《外国现代批评方法纵览》,广州:花城出版社,1987 年。

机的选择,他本人也看出"结构主义者的危险在于陷于某种理想的分析标准,而不设法适当地解决本文的实际材料"①。他告诉我们:"如果我已经变了……这是一个转移的问题,而不是抛弃,现在我再也不能像在《神话学》中那样满足于将形式和思想内容联系起来。我并不以为那样做是错误的,但是在今天,这种联系已被证实了;今天,每个人都可以斥责小资产阶级的形式主义特性。现在,有必要把斗争深入一步,努力分裂关于符号的所有思想,而不是符号,也不是所指或能指的任何一方面,这是一个称为'符号优选'的手术。西方话语本身的基础和基本形式正是我们今天要努力分裂的。"②在结构主义力作《叙事结构分析导论》中,他求助于一个总的结构,从中试图得出对各种可能的文本的分析方法;而在《S/Z》(1970)中,他改变了这个观点,放弃了一种模式先于文本的观念,以便要求每个文本就是某一种类自身的模式。他不再关注文学体裁的普遍性,而更注意文本的独特性。在后期,他致力于打破符号的同质性,以粒子物理学的方式释放符号的物质基础——能指。他的《S/Z》是一部后结构主义的经典之作,是他在大学里讲授研究生课的提纲上写成的,以二百页的篇幅对巴尔扎克的一篇只有三十页,名叫《萨拉西纳》的中篇小说作了别开生面的分析。他的方法是把小说分为(或用他的话说,"用一种类似小小的地震的方式"把它"拆散")五百六十一个词汇段(长短不一的阅读单位),他故意不根据事件或情节对文本作明显的"结构"分割或将话语分成句子和段落。他的精彩的分析随时脱离正题,走出文本,去讨论一个具体的词汇段或词汇段系列所引出的一些更加一般性的含义,然后又返回文本语言的能指。他在文本中辨认出五种代码,文本的每个重要方面都可根据这五种代码得到考察。它们是:1.解释代码(故事通常提出问题,许诺回答,但推延回答,造成悬念);2.内涵代码(词汇段自身协带某一固有特定内涵,即它所隐含的言外之意);3.象征代码(文本中的意象中存在一系列有规律的、可辨认的结构,如对立二项式结构);4.行动代码(行动始于一点,终于另一点,环环相扣,相互交搭,读者可按人类行为的一般逻辑确定行动结果);5.文化代码(文本暗含着一种由社会的文化环境及特定社会群体的经验性智慧所产生、所规定的密码)。

罗兰·巴特把五种代码部署得非常集中,作为分析文本的力量,他对巴尔扎克短篇小说的分析从本质上说,已把"可读的文本"变为"可写的文本"。他认为写作有两种:及物的写作和不及物的写作。前者是作者通过作品引导读者走到作品之外的世界,读者是被动的,写作是一种手段,这样的作家是一般作家,他的批评兴趣不在于这种写作;而不及物写作是作家在"生产写作",作家的专业"就在写作本身",他认为这类的作家才是真正的作家,读者的注意力集中在写作活动本身,或者说,集中在能指上,这才是真正在欣赏作品,这种写作需要一种积极的阅

---

① 赖干坚:《西方文学批评方法评介》,厦门:厦门大学出版社,1986年。
② 孟悦:《本文的策略》,广州:花城出版社,1988年。

读,读者主动地参与再创作。他在《S/Z》中特别指出文学可分为两大类:一种是赋予读者一种角色、一种功能,让他去发挥,去作贡献;另一种是使读者无事可做或成为多余物,"只剩下一点点自由,要么接受文本,要么拒绝文本"①。换言之,叙事作品有两种文本:"可写的文本"和"可读的文本"。"可写的文本"要求读者自觉地阅读它,参与并意识到写作和阅读的相互关系,阅读变成为一种积极的思维活动;"可写的文本"也给予读者以合作、共同创作的乐趣。所以他在《文本的欢悦》(1973)中,强调一个文本的写作和阅读一方面能激发起文化上的快乐,另一方面能产生眩晕、昏厥、失落感,这种失落感如同性高潮时的极乐。他说:"快乐的文本就是那种符合、满足、准许欣快的文本,是来自文化并和文化没有决裂的文本,和舒适的阅读实践相联系的文本;极乐的文本是把一种失落感强加于人的文本,它使读者感到不舒服(可能达到某种厌烦的程度),扰乱读者历史的、文化的、心理的各种假定,破坏他的趣味、价值观、记忆等等的一贯性,给读者和语言的关系造成危机。"②

1970年,他参观日本回来后发表了《符号王国》,他所论及的"写作"概念与五十年代初的概念完全不同,他说:"在写作的情景中进行某种自身的震动,推翻传统的阅读,震动意义,撕碎意义,使它疲乏不堪,直到它的意义空洞无物、无法替代致使客体不停地成为能指,合乎愿望的能指。"③这种"破碎的"写作方法就是一种解构方法,在《S/Z》中已经采用了,在后来的论著中,他更是变本加厉,有过之而无不及。这类写作把文本视为一块钻石,一个碎片一个碎片地把文本呈现给读者,写作的光芒映照每一棱面。他认为写作就是分解信号,使作者在阅读过程中根据内含的代码去重组文本。1971年他发表评著《萨德、富里耶、洛约拉》,他把萨德的生平分解为二十二个信息单位,把富里耶的生平分解为十二个信息单位,然后由读者去重组文本,判断作家。他在《罗兰·巴特自传》(1975)中,也采取同样的破碎写作方法。在他看来,文本越是可写的,越是多元,越是由读者去自由发挥。

罗兰·巴特是位非常大胆的文艺理论家,虽然他的许多研究工作是受索绪尔语言学的启发,但他仍不断向这位结构主义语言学祖师爷的许多命题提出挑战,上文所说过他倒转索绪尔关于"语言学是符号学的一个分支"的命题就是一例。后来,巴特对索绪尔关于"能指所指具有某种同一的关系"这一命题表示质疑。实际上,在阅读过程中,当读到某一能指时,所指并不应声而至,相反它迟迟不露面;所谓"所指"只是一场无尽的延搁而已。由于这场延搁意味着能指的激增,一个符号的意义就不可能有终极。因此,文本必然是一种运动中,能指不断增殖的文本,而不是也不可能是结构主义心目中的那种固定、封闭的文本。他由此得出

---

① R. BARTHES, *S/Z*, Seuil, 1970.
② R. BARTHES, *Le Plaisir du texte*, Seuil, «Points», 1982.
③ R. BARTHES, *Empire des Signes*, Seuil, 1978.

结论:"文本没有一个极尽的整体,也没有终极结构。"①他在一篇后结构主义纲领性文章《从作品到文本》中暗示着新的文学对象不再是作品,而是文本。在他看来,作品是一个固定实体,而文本是一种运动、一种活动、一种生产和转换过程。文本不受作品边界的约束,它是一种可以贯通好几部作品的运动,读者能看到摸到作品,但只能用思维组成话语才能触摸和把握文本。巴特概括说:"文本只是我们在某一活动、某一生产过程中的体验。"②由于符号的能指和所指的分裂,在巴特眼中,呈现的对象不再是具有固定、封闭"意义"的作品,不再是能指和所指一一对应的结构,而是一片"闪烁的能指的星群",一片"能指的天地",一张"立体摄影般"的能指播散图。对符号分裂本性的认识使巴特重新界定了意义生产的程序,他指出:在符号活动中,由于意义延搁出现或不出现,能指便不断替代进来,这种能指的无尽补充——替代称为一种再生产,它意味着意义的延搁使能指不断再生的过程。文本则是能指再生产的无尽开放过程,它不停止在任何一点,不确定任何终极或中心。文本这个能指的增殖和扩张过程表现了一场游戏,一场以能指的转喻关系为规则的游戏。读者便是游戏者,是这场游戏活动中的一个功能。在巴特看来,一个文本与其他文本存在"互文性",每一文本都实际掉过头来指涉由无数文本汇成的"海洋",一个文本不是单数,而是复数的编织活动。另外,"文本没有语法",每一文本都是一种独特的编织活动。既然文本自身就在游戏,那么读者的阅读行为也视作一场游戏:他遵守文本的游戏规则,实践着文本的再生产过程,这样阅读成为写作的后续活动,文本废除了写作和阅读的差异,把作者和作者纳入同一个意指活动过程、同一种游戏中。有人称巴特的后期研究是"文本阶段"或"能指阶段",他的文本观和能指的理论是后结构主义理论重要的组成部分。他的"文本"理论导致文学观念的深刻变化,他密切注意到现代文学的巨大变化。

巴特在后结构主义阶段主要通过强调语言意义的不确定性从根本上动摇了纯粹探求作品封闭的内在结构和共时性模式的结构主义基础。他主要探讨以读者为中心的阅读理论,提出了"可读性文本"与"可写性文本"概念,文本的"愉悦"与"极乐"概念,鼓励读者进行"写作性"阅读,进入文本,获得阅读的快感。同时,借助恋人"絮语"作为文本,突破传统批评文本书写形式的同时,用"絮语"与"断片"的形式力图颠覆文本的整体性与秩序性,揭示文本的意义生成机制以及读者在其中的作用,从而提出了读者参与、对话角色对文本的重要性。

1977年,他出任著名的法兰西学院教授,主持了文学符号学讲台。他在开幕的第一堂课上说:语言是法西斯主义,它奴役着人,它重复它所肯定的东西,它肯定它所重复的东西。为了摆脱语言的法西斯主义,应该采用弄虚作假的办法来对

---

① 《本文的策略》。
② 同上。

付它,最好的弄虚作假的办法就是文学创作——写作。他认为:今天我们没有能力再创作现实主义文学,文学不再是模仿(Mimésis)世界,也不再认识(Mathésis)世界,而是现代人体验的"符号化"(Sémiosis)文本。

第四节
文学符号学研究

20世纪初,瑞士语言学家索绪尔(1857—1913)从语言学角度提出建立"符号学"新学科的设想:"我们可以设想有一门研究社会中符号生命的科学;它将是社会心理学的一部分,因而也是整个心理学的一部分;我将把它叫作符号学。"①符号学(sémiologie)一词来源于希腊语"бηα""бημΕΓΌΛ",意思是符号(signe),它最初不仅意味着我们今天所指的"符号",而且还意味着"标志"(indice)或"征兆"(symptôme)。索绪尔建议"符号学将表明符号是什么构成,符号受什么规律支配"②。几乎在同一时期大西洋彼岸的美国哲学家皮尔斯(1839—1914)从逻辑学出发也在构想建立"符号学":他认为,逻辑学在一般意义上只是符号学的别名,是符号的带有必然性或形式的学说。不过索绪尔以法语"sémiologie"一词指称符号学,而皮尔斯用英语"semiotics"一词命名新学科。③

的确,西方古典医学早在16世纪就有用"符号学"来指称关于疾病征兆的一个医学分支,而这种"符号学"乃是今天通用的"症状学"。诚然,在培根、德尔加诺、威尔金、洛克等的著作中残存着"semiotics"一词。但真正把"符号学"当作一门科学加以系统研究,却是在近二三十年。60年代,随着结构主义思潮的兴起,这两位大师的预想终于得到实现,结构主义学者发展了索绪尔的语言思想,以社会文化的大量符号为对象,深入系统地研究,自此之后,符号学成为一门边缘新学科。法国是结构主义思潮的发祥地,也成了符号学的发源地。

法国学者由于习惯于法语的用法,起初都是使用"sémiologie"一词,后来皮尔斯的符号理论被介绍到法国后,才有人开始使用"sémiotique"一词。这两个词实质上都指同一学科,但曾一度引起概念的混淆。例如,罗兰·巴特曾用"sémiologie"指研究"语言代码"的学科,而用"sémiotique"指研究"非语言对象"的

---

① 索绪尔:《普通语言教程》(高名凯译),北京:商务印书馆,1982年。
② 同上。
③ 郭鸿:《索绪尔语言符号学与皮尔斯符号学的两大理论系统的要点》,载《外语研究》,2004年第4期,第2—3页。

学科；朱莉娅·克里斯蒂娃也有一段时间使用"sémiologie"指称符号学,而用"sémiotique"指称她后来致力于的"符号分析"(sémanalyse)研究；就连格雷马斯也认为"sémiotique"研究的是自然科学的宇宙符号,而"sémiologie"研究人文科学的人类符号。

这些无益的争论和鉴别直至1968年才结束,当年成立了国际符号学学会。在罗曼·雅各布森的倡议下,经列维-斯特劳斯、本维尼斯特、巴特和格雷马斯的同意,在这两个术语中选择了"sémiotique"正式命名"符号学"。1974年,国际符号学学会在米兰召开了第一届会议,正式使用"sémiotique"一词,原因有三：一是使用英语的国家多；二是东道主意大利符号学学派也是使用"semiotica"一词(相当于英语"semiotics")；三是"sémiotique"比"sémiologie"少一个音节,念起来的确比较顺口。此后,国际上习惯使用"sémiotique"来指称"符号学",但一些学者仍然执意不改,如法国乔治·穆南在1974年发表的《符号学方法问题》中仍使用"sémiologie"一词。

在法国,60年代后,符号学出现了两条背道而驰的研究道路。第一条道路,是利维斯·普里托、珍妮·马蒂尼等人致力于研究莫尔斯代码、布莱叶盲字、聋哑语、纹章学等交流符号学。这是一条严格的索绪尔主义者的道路,因为索绪尔原先设想把"仪式、礼貌规则"、聋哑、军事信号等社会已建立的符号系统都纳入符号学范围里,因为这些符号系统特地被创造出来以保证属于同一社会的主体间的交流。另一条路,就是我们所熟悉的几位结构主义大师罗兰·巴特、格雷马斯等人所从事的研究。他们认为：符号学是一门研究符号系统的科学,也是一门研究意义的产生和交流的理论。这些符号学家都是结构主义文学理论家,他们把文学视为一个符号系统或一个意义系统,把文学文本当作一个主要考察对象,因此,文学符号学成为符号学研究中最重要的领域。正如格雷马斯所说的："我想,今天有一种文学符号学独霸一切的局面,在这个领域里有一大批学者在埋头研究,但此领域也十分复杂,较易受时尚的影响,而在口头文学、故事、谚语、民歌方面却越来越少人研究。"①

符号帝国被接受或许首先始于一些变得通俗易懂的新术语,但这些新术语如诗学、符号学②、新修辞学③、文体学等使用之初并不为人们所熟悉。它们勾勒出

---

① M. ARRIVE, «La sémiotique littéraire», in *Sémiotique. L'Ecole de Paris*, ed. Jean-Claude Coquet, Hachette, 1982.

② 符号学：符号学是研究符号的意义和能指系统的一般理论。这足以表明语言学体系仅构成了符号学研究领域的一部分(当然是重要的一部分)。依照"符号科学"独创性的抱负,符号学探讨了言语以外的其他领域：绘画和建筑物体,社会生活中的行为与形式。"sémiotique"和"sémiologie"两大术语曾为了"符号科学"的名称而相互竞争。1965左右,巴特和格雷马斯两人的名字与符号学研究紧密相连：巴特在杂志《交流》重要的一期上发表了《符号学要素》(1964),格雷马斯发表论著《结构语义学》(1966)。

③ 新修辞：表达术修辞学的新生始于20世纪60年代,它的贡献引人注目。雅各布森对隐喻和换喻的探究,巴特的研究(《旧修辞,节录》,登在《交流》第16期,1970),热奈特1966至1972年间的系列论著《辞格》,Mu小组的研究(《普通修辞学》,1970；《诗歌修辞学》,1977)。表达术修辞学与另一种关于说服的修辞学不同,主要研究话语的使用技巧,通常所说的遣词造句的技巧。它不仅仅指文学话语,还涉及法律、政治、哲学等类型的话语。

这个符号帝国的边界线,不过该边界线是不断运动的,以及观察学科之间是如何联系。在此仅举一例:热奈特在《辞格 III》中对叙事学的著名分析就源于对修辞学的研究(热奈特的另一本论著《普鲁斯特作品中的换喻》)。在符号帝国的外部疆界必须依仗符号科学的重要毗邻,特别是语言学这一科学先导。转向语言学的表现众多:修辞学领域内,由于在自由艺术中,语法和修辞自起源之初就相比邻,修辞学与语言学的结合自然是可预见的了。文体学也同样如此,因为由定义本身而言,文体现象就是语言现象。在诗学领域,诗性的定义应大大归功于雅各布森的音位学发现。至于热奈特的叙述学则把一定数量的由传统语法运用到句子中的范畴(语态,人称,语式)搬移到叙事内。起初,叙事符号学研究句法构成,继而专注于思考语义构成,最后则集中于陈述构成,连接构成以及有关语言的三个重要视点。

一 争论

法国文学符号学研究发轫于 1962 年至 1964 年。法国风格学(la stylistique)从 20 年代发展到 60 年代,已走进死胡同,无法弄清"风格"的确切定义,也无法给自己下准确定义。1962 年,格雷马斯反对把风格视为数量的偏离,提出"风格"的新概念:"风格是一个语言结构,这个结构借助它的整体能指的特殊结合,在象征层次上表现人在世界的存在基本方式。"①他认为:文学风格学所碰到的问题正是文学符号学所要研究的,前者不能成独立自主的学科,应该隶属于后者。因此随着风格学的衰落,文学符号学应运而生。1964 年,《交际》杂志发表了"符号学研究"专号,除了发表托多罗夫、布雷蒙等学者的文章外,罗兰·巴特发表重要文章《符号学要素》,他借用许多语言学的概念研究符号学。继列维-斯特劳斯之后,巴特在文中预见到——实际上由来已久——语言学与符号学之间可能的分隔。巴特喜欢从叶耳姆斯列夫的语符学那里借用"外延"与"内涵"这两个概念。在以后几年的研究中,这两个概念在他们的符号学研究中一直占据重要的位置。自 1963 年开始,格雷马斯在亨利·普安卡雷学院科学讲授"结构语义学"课程,1966 年在拉鲁斯出版社出版了这部涉及狭义的语义学的论著,还对贝纳诺斯的"文学世界"进行符号学分析的尝试。罗兰·巴特的《符号学要素》和格雷马斯的《结构语义学》两部论著的问世,标志法国结构主义符号学研究达到一个新水平。

随着结构主义符号学研究的发展,它难免受到一些新的观点的挑战和非议。梅肖尼克的诗学研究否认符号概念的有效性,企图构建一元论诗学以对抗巴特、格雷马斯的二元论符号学;而克里斯蒂娃另辟蹊径,专心于她的分析符号学,与结构符号学分道扬镳。自 1968 年以后,一股反结构主义思潮掀起,就连巴特也改弦

---

① 《统计语言学和结构语言学》。

易辙,走向反结构主义。但以格雷马斯为首的巴黎学派的一大批结构符号学者仍默默地、勤勉地耕耘他们的田地。在符号学研究领域里,结构主义思潮(在这个思潮里仍存在各种各样的观点)和"后"(或"反")结构主义思潮共同存在,这就是目前法国文学符号学的研究现状。

雅各布森于1921年说道:文学研究的对象不是整个文学,而是它的文学性,即是什么东西使一部作品变成了文学作品。究竟什么是"文学性"? 许许多多研究者挖空心思,企图根据语言学的标准来确定"文学性"。结构主义符号学研究初期,围绕着"文学性"展开深入的探讨、激烈的争论。这些争论在今天已失去了现实意义,然而,回顾一些要点,我们可以了解到文学符号学的发展:

1. 关于文本是开放或是封闭的争论

在符号学者看来,文本分为两个层面:话语(le discours)和故事(le récit)。话语是文本的语言表达形式,故事是文本所述的内容。通常文本的最后结尾用句号,这是封闭式话语;但是一些现代诗和小说结尾没有句号,只有逗号或省略号等其他标点符号,这样的结尾称为开放式话语。自从马拉梅和阿波利奈尔以来,许多现代诗的起首字母不大写,结尾不用句号,以示"开放",甚至小说也群起效尤。本世纪还有一些现代作家玩弄文字游戏,文本的话语结尾起首的单词或字母相同,首尾相衔,开头的起首字母小写,结尾不用句号,构成一个圆形的封闭式话语。雷蒙·格诺在创作中对话语进行大量的试验,他承认自己写的头三部小说《麻烦事》(1933)、《石口》(1934)和《最后的日子》(1936)都有一种圆形的结构。在《麻烦事》中首尾衔接,环形封闭;在第二部小说中,首尾不相衔,却对应同源,呈螺旋状的圆周运动;在《最后的日子》里,一年四季构成一个环圈,一旦季节消失,圆圈也就断裂。但是,西蒙娜·德·波伏娃认为文本的封闭结构许多是读者意识到的,并非出自作者之意。

至于故事,传统上首尾呼应,或相接,或大团圆式的结尾,被称为封闭式的故事。但现代作家更喜欢开放式的叙事,让读者参与创作,读者读后回味无穷,浮想联翩。例如莫迪亚诺(1945—)的《暗店街》里,主人公患了健忘症,忘记自己的前半生,结尾时只写他在拉丁美洲的一个小岛上找不到证实他身世的青年时代的朋友,只好去意大利罗马的暗店街去寻另一条线索,就戛然煞尾,留下让读者去回味,去想象,去补充。不过,故事的开放不等于话语的开放,可能出现以下四种情况:

话语封闭,故事封闭:传统小说、古典悲剧、传统侦探小说等;

话语封闭,故事开放:系列小说(其中故事或人物贯穿好几部小说)、没有结局的戏剧和小说、推理侦探小说等;

话语开放,故事开放:"新小说派"小说、现代派诗等;

话语开放,故事封闭:为数极少,如阿尔弗雷德·哈里的小说《梅萨利纲》

(1901)。

以上第 1 和第 3 两种情况,可分别称为"封闭"或"开放"式文本,其他则不然。不过,文本的"文学性"不仅仅在于"封闭"和"开放",光从这一点入手考察"文学性",显然是挂一漏万。

2. 关于文本参指(le référent)对象的争论

这个问题曾一度引起符号学者的兴趣,但是由于"参指"的逻辑—语义概念模糊不清,这个问题也无法作出最后定论。它有两种概念:

1. "参指"指符号参照的(语言外)实体对象。但是并不是任何符号都有参指对象,抽象词没有,就连具体名词诸如"圣诞老人""神仙""摩西"等都没有客观实体对象,西游记的"孙悟空大闹天宫"在现实中没有参指对象,存在于人的想象中,存在于艺术的真实中,艺术的真实不能等同于客观的真实。文本的"文学性"追求艺术的真实,因此,符号的参指对象不能给文学性提供一个理想的标准。

2. 符号有其意义就有其参指,意思紧缩在内,参指扩延在外。按照这个定义,一个没有参指的符号是不可能的,甚至非真实的名词也有一个(想象的)参指。

托多罗夫等人企图把"参照"(référence)和参指分开,企图证明文本有一个参照,却没有参指。这种见解也站不住脚,这两者只不过互为前提罢了,有其一必有其二,不可能分割开来。总之,应该把文学作品的参指与自然语言的日常话语的参指区别开来,还应该把文学作品与神话、宗教等其他作品区别开来,这就需要分清话语类型,在法国,这项研究工作正在深入。

3. 关于文本的内涵的争论

"内涵"这个概念的确名声不好,一些精神分析家和日常语言滥用这个词,导致概念不清。叶耳姆斯列夫断言:"内涵的言语不是一种语言。"[①]就连爱用这个术语的罗兰·巴特也不得不承认内涵名声欠佳。他却在许多符号学论述中运用这个概念,在《符号学要素》中赋以内涵新的概念:文本越是岐义,越有内涵。即使他为内涵一词平了反,但也有人认为要在内涵中考察文本的"文学性"的痕迹,似乎枉费心机,因为不只是文学作品存在内涵,似乎在其他话语中也存在内涵。

文本批评争论最多的词就是"内涵",奇怪的是,作为其补充的"外延"却未引起争议。内涵通常指涵义(signification)的总和,涵义相对于外延这一稳定的"第一意义"处于第二位。叶姆斯列夫的定义更好地解释了文本中内涵生成的过程。在叶姆斯列夫看来,我们区分了外延的语言和内涵的语言,在前者中表达和内容两个层面是紧密相连的,任何一方都无法构成自主的语言,在后者(如文学话语)

---

① 叶姆斯列夫:"语言导论",见《叶姆斯列夫语符学文集》,长沙:湖南教育出版社,2006 年。

那里,表达层面自身便是语言。

内涵在文本研究的发展中扮演了战略性的角色,因为它在遵守文本的线性规则的同时,可以将文本同涵义的另一种组织形式对照。它同"互文性"和"生产"的概念联系在一起。

克里斯蒂娃认为,文学文本是"生产",而这种生产依靠的是互文性;文本并非封闭的结构,它虚拟地生产自身写作的变形规则。互文的运作过程向着"历史和社会文本"敞开,同时属于"参照语言"(同世界的关系)、"内涵的语言"和"元语言"(同文本的关系)。还有一点保留:历史或社会同文本的相似性从来都是从隐喻意义上定义的。

在《S/Z》中,巴特将两种反对内涵的论据放在一起,进行辩论:一方认为"所有文本都是单义,将瞬时的意义交给胡言乱语的批评";相反,另一方"抛弃了外延和内涵的等级",拒绝"将外延变成所有附加意义的起源和计算表"。巴特反对着两种极端的观点,他为内涵辩护,称之为"通向文本多义的道路"。

4. 关于文本的"规范"与"偏离"的争论

这是一对文体学的概念,"偏离"取代传统批评中作品"独特性"一词。在文体学里,假设存在一个共同的、抽象的"规范"文本。那么具体的个别文本与"规范"文本发生偏离。这种偏离是作者的个性的投射,风格来自偏离。不过,这一对概念在符号学里受到非议和批评。尽管如此,巴特、克里斯蒂娃、梅肖尼克在论著中仍不乏对它们的引用。偏离的假设即使成立,也是一个普遍现象,非文学文本难道没有偏离吗?显然,这一对概念不足以确定文学文本的"文学性"。

在划分话语类型的研究中,法国学者仍未发现文学文本的语言—符号特征,渐渐地有人把文本放在社会—文化大背景下考察文学性,把它视为一种社会—文化的内涵,随着时空而变化,其内核不断被挖掘,不断被阐释。

二 格雷马斯

法国结构主义符号学者不同程度地受到语言学家索绪尔、叶耳姆斯列夫、泰尼埃、雅各布森、本维尼斯特和人类学家列维-斯特劳斯的影响。在格雷马斯周围,形成了一个研究符号学的巴黎学派。其中有著名的符号学家让-克洛德·科凯、约瑟夫·库尔泰斯、托马·帕维尔、弗朗索瓦·拉斯捷等。这一学派的符号研究计划建立一个意义系统的普遍理论。在法国除了这一学派外,还有一些结构主义符号学者从事叙事分析:如克洛德·布雷蒙、克洛德·沙布罗尔、热拉尔·热诺、保尔·拉里维埃、茨维坦·托多罗夫等。

在结构主义的旗帜下,许多符号学者著书立说,标新立异,观点不一,术语不同,例如:本维尼斯特把语义学与符号学对立起来,在他看来,语义学应该研究话语产生的意义的特殊形式,而符号学是研究语言符号固有的、被作为元素的意指活动的形式。尽管他们见仁见智,但是殊途同归,他们认为:文本首先是一个符号系统或意义系统的话语表现,这个系统的诸元素与自然语言的诸元素不同,但性质相同,因此,完全可以用语言学的步骤来描述这些系统元素。这些结构主义符号学者基本上都是借助语言学的方法来研究符号学,他们都有一个共同的基本方法,让-克洛德·科凯总结出这种方法:"不管文本前和文本后的序言对于准确评价一部作品如何重要,要是文本本身没有预先从语言上编码,描述者就无法研究。因此,符号学者首先揭示这个编码的性质和分析语言意义的构成规律;然后,放置在政治、经济、社会的坐标上审视,或对潜意识在文本形体内的锚点进行考察,或通过美学、哲学的判断,使结构闪烁出无限的意义。"①这就是说,批评的第一步是要释码,找出语言意义的结构,然后再从不同角度让这个稳定的结构释放出无限的意义。

  符号是由能指和所指构成,文本是一个能指集,也是由能指和所指构成,后者的能指是指语言形式,而其所指是指叙述的故事。作为能指集的文本和自然语言的符号之间有紧密关系,两者存在类似关系,并非同一关系。在自然语言里,能指(或称表达)层次和所指(内容)层次的元素之间有时出现迭合,而在文本的能指集里完全没有这种迭合。因为一个故事可用不同的自然语言叙述,其内容不会有多大的出入,所以,文本的能指和所指出现分离。按照符号学这一概念,中国传统的批评认为"内容决定形式"这一看法是错误的,内容与形式不存在因果关系。

  这种文本与符号之间的差异结果导致符号学与语言学的方法的差异。在语言学里,可以使用界定表达层面的方法去分析内容层面,但是在符号学里则不然,因为他们认为文本表达层面不提供任何有关内容层面的元素的界定和建构的信息。于是,他们设想两个层面之间存在同形现象(isomorphisme),这是符号学研究内容的可行办法之一。当然,两个层面的元素绝对不可能逐一叠合,难道不可以假设它们之间存在着类似的形式,也就是说同构的形式吗?格雷马斯说:"两个层面的同形现象这一假设允许设想语义结构是由最小的意义单元(或义素)铰接成语义世界,与表达层面的特征(或音素)相对应。这些语义单位以表达特征的相同形式组成二元的义素范畴(二元制被视为一种建构的规则,但并不是非作为一种存在形式规定的原则不可)。"②他相信二元对立模式的普遍有效性,从古希腊亚里士多德逻辑那里得到启发,形成语义的基本意义结构,用以分析基本的故事的"行动素"。在他看来,任何故事的最基本的行动素,都可以确立为一组二元对立:A与B。这是一种逻辑上的反对关系:如生与死。但逻辑上还有另一种对立面的关系,即矛盾关系,如生与非生,因而A与B这对基本的行动素,就分别存在着非A与非B对立的可能,把这些关系结合起来,就可以形成下图:

---

① J.-C. COQUET, *Sémiotique littéraire*, Mame, 1973.
② A. J. GREIMAS, *Du sens I*, Seuil, 1970.

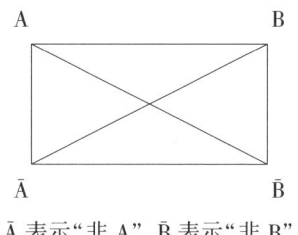

(Ā 表示"非 A",B̄ 表示"非 B")

格雷马斯称之为"符号矩阵",他认为这是一切意义的基本结构模式。同时,他还修正普罗普的叙事分析,设计了故事中人物的基式模式。他不根据人物是什么,而根据人物做什么("行动者"这一称呼便由此而来)来描述和划分人物。因而他把人物看成三大语义轴的组成部分:交际、欲望(或追求)和考验。人物作为语义轴的组成部分是成双成对地安排的,所以人物世界也服从于一种纵向聚合结构(主体/客体;施惠者/受惠者;辅助者/反对者)。他根据故事中行动者之间的关系,设计出如下模式:

施惠者 → 客体 → 受惠者
　　　　　↑
辅助者 → 主体 → 反对者

格雷马斯关于文本能指与所指的"同形现象"理论和所设计的以上两个模式,是对结构主义符号学作出的巨大贡献。

三　克里斯蒂娃

1968 年,法国《原样》(*Tel Quel*)杂志发表了专号"总体理论",标志着符号学研究走向后结构主义。"总体理论"是以主编菲利普·索莱尔斯为首的"原样"派团体的研究成果。他认为:文学已属于过去的年代,让位于"一门正在诞生的科学,即写作(l'écriture)科学"。他用"书写者"和"文本"取代传统的"作者"和"作品"。克里斯蒂娃是这一团体最有建树的符号学家,她像马克思一样,用"生产"一词代替"创作"概念。她认为:符号学是一门"批评的科学和/或科学的批评"。[①] 她模仿"psychanalyse"(精神分析)一词创造新词"sémanalyse"(符号分析),她指出:"分析"一词在这里带有认识论意义——分解和打碎,因此,也有人称"后结构主义"为"解构主义"或"反结构主义"。巴特、索莱尔斯、克里斯蒂娃等人激烈反对结构主义那种恒定、封闭、自主的文本结构。后结构主义符号学家最重要的观念——文本观完全与结构主义文本观对立,经历了一次认识论上重大的突破和飞跃。

---

① 《20 世纪的文学批评》,第 102 页。

在结构主义文论中,文本被视为一个供读者消费的制成品;一个文本的意义层次的数量是可数的,不管它如何多义,它总是被当作封闭、自足的实体;文本的符号世界总是隐含某种结构,借助科学的分析就可以把握文本的符号世界;文本被动地提供给读者,读者的主要任务是释码——发现一个内控的规则,阅读被视为阐释一个(或多个)客观存在的意义行为。结构主义的文本观源自索绪尔的语言学思维,他认为能指与所指具有某种同一的关系,这样在分析过程中人为地造成了一种意义的"封闭"。然而,德里达发现:当读到某一能指时,所指并不应声而至,相反它迟迟不露面,甚至永远不露面,所谓"所指"只是一场无尽的延搁而已。在文本里,能指不断激增,意义不断延搁,永远没有最终的界限,文本必然是一种运动中的、能指不断增殖的文本,而不是也不可能是结构主义心目中那种固定、封闭的文本。这样,文本被视为一种增殖力、生产力:它在活动和动作,生产和转换。

文本是生产力这一概念消解了写作与阅读之间的关系模式,文本为读者介入创作(或共同生产)提供一个机遇,阅读是一个生产行为,也是一种愉快的游戏。读者通过文本能指的交换字母的游戏和玩弄字母的游戏,可以重新组建新的其他客体,比如索绪尔的"anagramme"(改变一词字母位置构成另一词)。把"gare"(火车站)中的"g"和"r"位置相调,产生另一个意义完全不同的新词:"rage"(狂怒)。这是一个生产的车间,作者和读者在一起工作。克里斯蒂娃认为:符号分析是研究文本的一种意指活动(la signifiance)。法语的"la signifiance"的尾缀"-ance"指"在进行的过程""在行动的工作",故译为"意指活动";而"la signification"指符号的能指和所指两面之间互为前提的关系,应译为"意指关系"。"意指活动"这一概念是克里斯蒂娃的符号分析理论的关键概念。在语言学中,意指活动指对符号进行区分、分层、对比。而在符号分析中,意指活动指对文本能指的微分,对话语的语法组织的考察,寻找一个义胚集结场,巴舍拉尔指出:能指的微分违背欧几里得的定位法,没有实质的特征,它把文本变成一个"活跃的客体"。

文本具有潜在的生产力,还表现在文本可以转换生成。克里斯蒂娃受到乔姆斯基转换成语法的启发,提出两个重要的概念:现象文本(phéno-texte)和生成文本(géno-texte)。现象文本是文本呈现的表象,自然语言中意指活动的程式;至于生成文本,是一种诗的语言在运用的状态(在理论上重建)。在诗的语言中,一种意指活动在发挥作用,句法和/或语义经过转换,而生成为现象文本。因此,现象文本是已完成的文本,而生成文本是生产的文本。必须指出,现象文本与生成文本之间的关系本质上不同于乔姆期基的表层结构与深层结构之间的关系。如果把叙事看作一个"大句子",在生成文本表面,各个行动者相当于句子的各个词,叙事结(complexes narratifs)是小说中各种叙事情景横组合的一个序列,相当于大句子里的一个个分句;经过转换,到了现象文本层面,行动者成为具体的角色,叙事结变成叙事的各种情景。"叙事结"是生成文本的微分元素,在转换过程中,把叙事元素像句子的品质形容词一样修饰行动者,这种修饰会推动叙事行为,有时倒转叙述,产生出一种迥然不同的意义来。"标识叙事结"指叙述的地点、时间、方式;还有一种"矫正叙事结",陈述者可借用它们随意组织叙事,生成出无限的名词短词和动词短语的文本来。

文本的开放性还表现在文本存在着"互文性"(intertextualité),它是克里斯蒂娃从巴赫金处借来的术语,这是后结构主义符号学又一个重要的概念。托多罗夫在《文学与涵义》(*Littérature et Signification*)中给出了一个同现代对"互文性"思考直接相关的内涵定义。"互文性"是意义从一个文本到另一个文本、从一部作品到另一部作品循环的思想。在解构主义者看来,文本远没有封闭在自己的小天地里,文本向其他文本开放:"每一个文本吸收转换其他文本。"①"互文性"指"在一个文本内产生的文本互作用"②,一个文本吸收了历史和社会的文化信息,在一个文本里可以或多或少地读到历史和社会。文学结构放置在社会大系统里考察,这个社会大系统也是一个文本大系统。譬如说:法国15世纪的小说变换了神学、艳情诗、口头文学、狂欢节等好多种代码,改变了各种意义,放置在一个叙事结构,形成一个新的文本系统。一个文本不但有纵向的联系,而且也有横向的联系,这样,法国符号学的视野更加开拓了,能在社会和历史的背景下考察文本。

后结构主义符号团体"原样派"的总体理论可以用一句话归纳:重新提出文本与世界关系这个最根本的问题,纠正了结构主义把文本与世界割裂开的错误。"新小说派"理论家让·里卡尔杜这么总结:文学并"不提供外部世界的一个代用品,一个形象、一个再现"③,而是"以一个其他要素和关系构成的系统来对抗世界"④。文学有生产行为和批评功能。

第五节
诗学研究与批评

诗学由来已久,亚里士多德就专门写过一部《诗学》。在法国60年代文学批评中,"诗学"这个词出现的频率非常高,理论家和批评家都非常喜欢使用它。在欧洲传统里,诗学一词可分广义的和狭义的诗学,广义的诗学的研究对象为全部

---

① «La sémiotique littéraire», in *Sémiotique L'Ecole de Paris*.
② *Ibid.*
③ 《20世纪文学批评》。
④ 同上。

文学整体，它可以审议所有时代；狭义的诗学指专门对诗歌的形式研究。法国的诗学是一门基础学科，是一种元文学，或称"文学学"。诗学研究更偏重考察文学的形式和结构。实际上，它向形式研究未能触及的某些文学领域投射了光亮，如中世纪，保罗·赞托在《论中世纪诗歌》(*Essai de poétique médiévale*, 1972)中重新研究了该世纪。诗学研究拥有一批为数可观的卓越的研究者，虽然他们的研究不是统一的，但已经形成几股力线，它们都与雅各布森、托多罗夫、热奈特、巴赫金的理论相联系。事实上，作家并非必须读过这些人的诗学著作才能创作，诗学的所有思辨并不妨碍作家直接地创作小说、诗歌、戏剧、评论。人们本可以考量在文学创作中诗学所起的作用。一些作家在创作时，热衷于偏离规范，独辟蹊径，或"颠覆"传统文学。诗学适用于研究巴洛克诗，也适合于研究普鲁斯特或新小说作家。热奈特个人较重视诗学这一隐蔽的愿望，诗学希望通过揭示那些连作者本人也不知情的、作品创作的特性，这种研究必然为文学创作做出贡献。

一　何谓诗学？

让我们回忆一下诗学最初的含义，以及诗学研究者们对它的定义。依照其首要启示者瓦莱里的教益，诗学探究所有定义，所有惯例，所有逻辑和创作（作品）假定的"联合"。雅各布森认为，它（诗学）的研究对象不是文学而是文学性，即什么使特定作品转变为文学作品；更简洁的说法是热奈特将瓦莱里思想的表达转化为他在《辞格I》中一篇文章的标题："文学如是"。但诗学更多的是以一系列拒绝来定义，至少也是保持距离来限定自身。

文学的内在方法。这意味着它全神贯注于研究对象，而放弃周边区域，如作者、历史（对于瓦莱里的作品来说是十分可疑的）。这同样也表示拒绝，为了解释而把文学工作者转移到其他事物上，如社会、人类心理或潜意识，而不是文学话语自身结构之上。

描述方法，即拒绝规定指示。以此方式，当代诗学研究明显与前人不同。由于诗学的雄心之一是突出在文学语言的形式内一再重现的成分，因而它不再继承规则以描述其规律性。这一愿望涉及与梅德维德夫的梦想相类似的理想，即在某一类图表中展现文学语言的所有可能性而不仅仅是它已经实现的情况。热奈特对这些图表和著名的空格的明显偏好即来自于此，那些尚未写出的作品将来会填满这些表格。

依据其研究客体不是个别作品的观点，诗学遭遇了解释问题，而对评论作品的而言，解释是意义填充的良机。然而，诗学研究者重视诗学与文学批评间的互补性。事实上，我们不清楚如何处理一类体裁或一类问题，没有完全以作品为根据而在其中加入幻想，托多罗夫在他的论著《神怪文学导论》中或热奈特的《辞格III》中的"叙述话语"以普鲁斯特的《追忆》为中心，都是此类做法。

诗学最后拒绝的是历史,这一拒绝可能引起严重误解。毋庸置疑,自史学研究之始,即从俄国形式主义的研究,加之瓦莱里在法兰西学院的讲学开始,诗学就已站在了拒绝传统文学史研究的行列之首。这就使得诗学不去研究作者、环境、一般背景。诗学要用对作品或作品素材的共时研究来对抗什么？然而,诗学并未固守在表现体系的内在性原则上,俄国形式主义的抱负之一是以别样的方式来思索文学史,不再将其作为个人的作品和历史,而是当作形式的历史来对待。这一内在的、"结构的"历史以"文学革命"(伊乌里·第涅诺夫)的某一思想为支撑。新的艺术形式诞生于业已发生的形式衰退和破落之中。雅各布森在阐明该观点的同时,明确表示:当对现实的感知,由于不断的重复和惯例而停滞在某类表意文字上时,应该摆脱表意文字,使艺术完全地不循陈规,这才是创新艺术的特性。该艺术史观念导向了一种研究类型:描述体系的延续性,并提出形式变异的假设。必须用另一种享有盛誉的传统,即德国罗曼语语言学家在另一种哲学和历史精神的指导下,以结构的(但不是结构主义的)方式进行的有力综合来对抗源自连续分割的诗学。埃里克·奥尔巴赫在《模仿》(1946)中,恩斯特-罗贝尔·屈尔休斯在《欧洲文学与中世纪拉丁世界》(1948)中,莱奥·施皮策在《文体研究》(1970)中,雨果·弗里德里克在《现代诗歌结构》(1976)中均采用了此类研究方法。如此多重大贡献皆明显运用了结构这一概念,并明确涉及了(奥尔巴赫较少触及该点)语言问题。

二 重要问题

诗学的思辨形式转向了普遍化,此外,诗学以对所有构成文学的范畴,特别是对允许人们构想的范畴,进行了深入的思辨,以抽象的形式出现。然而,这些范畴较空泛且数量少。正是在体裁领域里,诗学对普通和抽象的东西进行卓有成效的考察,找到它践行使命的方法。当然,它在该领域内也遇到了困难。尤其面临一个问题:精心加工而成的形式与话语的简单形式,如传奇、谜语、意识情况、精神特点之间存在何种联系？无论是安德列·若勒在《简单形式》(1930)中,还是托多罗夫在《话语的种类》(1978)中,抑或巴赫金在《语言创作美学》(1984)中都论及了精心制作而成的形式和自然形式间可能存在的连续性问题。

在《辞格 V》(2002)中,热奈特继续探寻作品与体裁之间的关系。但何为体裁？体裁是理论的实体还是历史现实？事实上,我们能确立理论模式的存在,特别是史诗—抒情诗—戏剧三组合,热奈特在《广义文本导论》(1979)中就曾经描述了这三组合的复杂历史。这些体裁本身与英雄、喜剧和情感范畴相联系,我们很容易发现这些范畴穿越了历史。此外,体裁还是一个文化现象,它遵从时间和地点的变化,当我们谈论梅安德尔或莫里哀的喜剧,自然主义小说或新小说时,必须透过具体作品认真考虑我们的研究方式。

当研究方法力求共时性时,它尤以特殊的言语类型为研究对象,如菲利普·阿蒙在《描写分析导论》(1981)中指出的类型。无论在福楼拜或左拉的作品中,还是在布勒东或普雷韦的诗歌内,甚至在实用性文本如旅游指南中,都可以看到描写这一叙事的补充话语类型。描写既依赖于作者的特殊能力(作者依照真实世界将词语清单整理清楚,并对信息进行分层),也对读者的知识和记忆有特别要求。共时性方法和历时性方法可相互结合使用。我们在菲利普·勒热纳的《自传契约》(1972)中可证实二者的结合,通过体裁的理论定义,该书第二部分提及的从卢梭到纪德、莱里斯、萨特的作品均描绘了某种演变。理论从整体上观察文学,但它只能借由作品和规定的素材实现该目标。此外,关于世纪、流派、素材的限定划分是诗学研究者的另一方法,他们可以选择对文学的某一状态或者其丰富或稀少的素材进行理论化。正是该选择使菲利普·阿蒙的研究受到推崇,他探讨的是19世纪现实主义和自然主义的作品(如《小说人物》《文本与意识形态》《展示陈列:19世纪的文学与建筑》《意象集》)。

体裁是分类的上层机构,也可说是有关诗学思想的自然范畴。但它不是唯一范畴,况且它与文本间性相联系。在巴赫金和热奈特的著作中我们可以发现体裁与文本间性的结合应用。热奈特在系统地探讨超文本性关系时(即模仿、相似、加工、改变等),间接提出了文学如同一个运动的空间的定义,其间文本与文本之间互为关系,文学犹如一个巨型关系场,也可以换言之,文学是一个游戏空间。此外,他还指出,"超文本的愉悦同样是个游戏"。由此,《隐迹稿本》的作者(继瓦莱里之后)又发现另一模式,"永恒注入——文本间共给的文学,永不间断地在总体性中并以总体性面貌呈现自身,所有的作家都只写了一本书,所有的书都共同构成了一本浩瀚巨著,仅此一本永不完结的书"的乌托邦模式。

最后一个范畴也很普遍,在五十年前曾被接受,即虚构范畴。由于虚构最初就是"艺术创作"的基本构成要素,我们从中可以发现亚里士多德学说之源的复苏。但是在语言哲学和逻辑哲学交错的道路上,诗学新近赋予这一古老问题一个全新的基础。重拾的虚构①面临三个质疑。(1)语言来源的质疑。具体说来就是哪种类型的语言使虚构偶然生成?答案来自于语言哲学,尤其是约翰·塞尔的语言哲学及其把有关小说的断定视为虚假断定②的判定。(2)虚构世界的性质问题和这另一世界或"另类世界"的属性问题。由于虚构世界也隶属于宗教、神话和游戏,因此该问题远远超出了文学范围。(3)最后一个问题:虚构的功能,即虚构

---

① 关于虚构的问题:凯特·汉伯格在《体裁的逻辑》(1957),托马斯·帕维尔在《虚构的世界》(1988),热拉尔·热奈特在《虚构与措辞》(1991),让-玛丽·舍费尔在《这是什么》(1999)中分别对该问题进行了探讨研究。

② 虚假断定:赛尔认为,一部小说的作者假装做出断定,而该断定的真实性则被悬置。热奈特重拾修正这一观点,同时提议改用"虚构行为"这个词是不无道理的。小说作者不满足于制造断定,他还向我们发出邀请,并要求我们深入到虚构世界。总之,虚构中的断定的确是虚假断定,但这个虚假断定掩盖了"完全严肃的声明(或要求),我们应将该声明视作表达行为"(《虚构与措辞》第58页)。

存在的理由。该问题使模拟行为触及了人类学的基础:为什么模仿对人而言是自然的？为什么在模仿中可以获得乐趣？

三 叙事诗学

相较于其他体裁,叙述从批评中受惠更多。这并不是因为它比其他体裁更适宜于一种"文学的科学",而是因为它以其卓越的普遍性而著称。此外,罗兰·巴特在一篇著名文章的开头赞赏道:"叙述嘲讽优质和劣质文学:国际的、超历史的、超文化的,叙述就在那儿,如同生活一样。"

结构分析回击了关于理论寓于普遍叙述现象内的某种挑衅。这一令人震惊的芜杂性依赖于描写的努力和借助语言学模式进行的整理。巴特的贡献(题为《叙事作品结构分析导论》的著作)以及《交流》杂志上该期的全部文章正符合了模式化的任务要求。我们在其中找到了个中叙述语法和叙述学都跟随的方向:即行动逻辑,叙述可能性、人物问题,简言之,主要的"文学叙述范畴"(茨维坦·托多罗夫文章的标题)问题。事实上存在一个可供研究者操练的富饶场域。文学符号学跟随的第一个方向是在弗拉基米尔·普罗普关于俄罗斯故事(他的著作《民间故事形态学》于1929年问世)和列维-施特劳斯关于神话的杰出研究的延伸下的叙述方向。与巴特的主张相同,格雷马斯的研究也是进行理论化新努力的代表,格雷马斯是行动元矩阵的创建者,该矩阵不仅在叙述中,而且在戏剧分析中都有多种应用,安娜·尤伯斯费尔德①尤其利用该方法扩充发展了戏剧分析。格雷马斯一直宣称其研究的科学意图。我们在其1976年发表的《莫泊桑》中可以窥探到他在叙述领域的具体研究方式。在对莫泊桑的短篇小说《两个朋友》逐步探究的过程中,格雷马斯发现了叙述性的普遍特点、动机和原则。

法国叙述学发展尤与吉拉尔·热奈特的研究相关联。这并非因为他独自一人创造了有关叙述的理论,而是因为他以一种异常明晰有效的方法综合了法国和其他国家对叙述研究的传统。他不仅实现了继承,同时还重新探究了一些其他范畴,如在《辞格III》(1972)中对时间范畴的研究,使这部最直接关涉叙述学的著作成为了文学研究的经典之一。该著作十分重要,因此某些定义(以引领整体的"叙述"一词的定义为始)、区分、概念(时空、视点、叙事模式等)是不能回避的,如今这些定义、区分、概念已得到使用,但这并不意味着它们的使用是无约束的。

全部"叙事话语"以五个方面(时序、时限、频率、语式、语态)应和了把叙述这

---

① 安娜·尤伯斯费尔德(1918—2010):法国戏剧评论家。格雷马斯的模式提出了施动者之间的某一行动的抽象结构,施动者代替了传统的"人物",后者这个术语带有太多的心理学和拟人说(作为力量,施动者可以是抽象概念甚至是物体)。在《阅读戏剧》(1977)中,安娜将行动元模式运用到悲剧境况中。但在人物之外,全部属于戏剧现象:文本和演出符号、空间、物体、戏剧、话语,成为了符号学研究方法研究的客体。安娜著作的另外两卷扩充了这一思考(参见《阅读戏剧》I至III,柏林1996)。

一复杂客体视为可具体化现象的要求。热奈特经再三考虑提供了一种应用模式,一种"技术"模式和"于纯文学爱好者而言确实粗野"的模式。热奈特通过强调文本顺序和叙事顺序之间的区分,凸现了普鲁斯特在《追忆逝水年华》中的叙事活动。文本顺序由叙述者的活动决定,作为叙事作品对象的事件依照一定的视角安排。例如:Prolepse(后话先表)和 analepse(追溯)。

热奈特的贡献远不止于《辞格 III》的主要文章,以及于 1983 年经由《新叙事话语》扩充的重要篇章。诗学的研究对象远远超出了独一无二的叙述。在这种情况下,叙述的概念被文本的概念所取代就不足为奇了。后者(文本)以不同的题目成为以下作品的研究对象:《广义文本导论》(1979),探寻文学暗示性场域的《隐迹稿本》(1982),以文本为基点审视其全部构成(标题、献词、题词、前言、对话录等)的《门槛》(1987)。

此外,关于形式与意义之间的关系,热奈特总结了结构主义的比较诗学研究,及与陈述行为相关的问题,依据的是本维尼斯特和莱奥·施皮策的研究。施皮策在《风格研究》一书中强调,话语的主体并不同传记或历史相关。热奈特的研究建立在修辞学基础上,又同诗学相区别。被问及批评的历史性及其划分时,他答道:"什么是真正的当下批评呢?"他建议大家重新认识俄国形式主义,他说:"'形式主义'并不是牺牲意义,只注重形式,而是将意义本身视作连续的现实的表达形式。[……]重要的是形式在'意义的表达'中所扮演的角色。这种形式主义'同样反对将表达视作唯一实在的批评。这种形式主义研究的首先是主题—形式,双面结构[……]即传统上称的风格。"风格是技巧,又是视角。"它既不是自我表达的'纯粹的情感',也不是空无一物的纯粹表达方式。"[1]他和巴特的观点是一致的:意义在形式中的再激活(réactivation)。

法国诗学并不代表全部诗学。人们经常用文学史学家和理论家的伟大典范米哈伊尔·巴赫金来反对法国诗学的形式主义。法国公众较晚才发现米哈伊尔·巴赫金的才华,他以另一种诗学先驱的形象出现。尽管巴赫金也对文学的语言形势十分敏感,即对作品素材和结构敏感,他直截了当地批评其同时代的文体学家和形式主义者,确切地说,后两者都持有一种语言的物质主义观念且忽略了思想和美学的内容以及交流的主体间维度。巴赫金不断地强调往往被遗忘的停止的明证性(Evidenz):表述的特点在于它和某一背景相连以及它是被讲给某人听的。相较于文学未必有的特殊性,连接文学和文化组织,以及联系初级体裁(如交谈,会话,信函)和二级体裁(尤其是小说与戏剧)的复杂纽带更令巴赫金感兴趣。

那些意图理解"文学话语伟大的未知命运"[2]的研究者应该使自己成为体裁

---

[1] G. GENETTE, *Figures II*, Seuil, 1969.
[2] M. BAKHTINE, *Esthétique et théorie du roman*, Trad. de Daria Olivier, Gallimard, 1978, p. 83.

历史学家。巴赫金尤其关注文学的一类体裁：小说的命运，他重新捕捉小说的前历史（自希腊小说，阿浦勒伊乌斯①和彼德罗的古典冒险风俗小说开始）并观察其演变，特别是关于冒险时间的概念、传记意义、公共生活与私人生活间的关系、时空关联（形成了时空体②的概念），与现实性的关系的演变。巴赫金在其描述的每一阶段，找出一根主线，指出其延伸部分和分枝。除了这一令人惊异的易受社会关系影响的特性外，小说的另一重要独特性是：在其全部历史发展过程中，即从小说的前历史到陀思妥耶夫斯基的小说其间经历了文艺复兴时期的小说，它对语言持一种批评和疏离的态度。巴赫金对复调③小说的创作者陀思妥耶夫斯基和拉伯雷的双重符号进行了丰富的思考。关于拉伯雷的作品，巴赫金以十分新颖的方式论证了狂欢文化，在《巨人传》中拉伯雷表现了错综复杂的笑的民间文化，以及文学在形象、文体和意义方面受到狂欢文化影响的复杂性。总之，巴赫金的贡献出色地阐明了诗学的另一不同方向，该方向极度关注形式和社会生活的连接，社会诗学的称谓即来自于此。

在巴赫金看来，作品已经是对话，并且首先是作为内在的对话而建立的。"所有陈述都是根据听者来构思的"……然而"最隐秘的话语也是双方的对话：它们经过一个虚构的听者或潜在的听众的评价"。对话预示了作者/读者的对话。④

巴赫金复调的陈述显示出"舞台化的话语"（théâtralisation de la parole），由多个声音组成。自由间接引语是复调的一种特殊形式，在叙述者的声音里听到另一个声音。甚至当两个声音并不协调的时候，话语看起来仍然是转述和引用的。

巴赫金注意到，附属于虚构的文学作品类型，同间接引语风格共同发展。间接引语风格同摹仿及一切摹仿活动联系在一起。文学根本上并不是为了实用，所以间接引语风格的命运更直接地同摹仿联结在一起，因为参照世界由于间接引语风格而得到安置。如果说自由间接引语风格看似同虚构作品联系得最紧密（并给了虚构形体和声音），那多半是因为虚构作品是思维和话语的优先接收模式。在这里，如同巴特所说的：文本是交织的声音。

---

① 阿浦勒伊乌斯(123—170?)：古罗马柏柏尔人，拉丁语作家。

② 时空体：该概念的形成是为了说明小说中时间和空间关系的不可分离性，它也催生了许多有关"小说中时间形式和空间形式"（《美学与小说理论》，*Esthétique et théorie du roman*）的引人入胜的评论。巴赫金研究的小说种类包括冒险小说、骑士小说、苦难凶险小说、教育小说等。

③ 复调：巴赫金在他的第一本著作《陀思妥耶夫斯基诗学问题》(1929)中使用了复调这个概念，在该书中，他用陀思妥耶夫斯基的对话关系来反驳独白小说（尤其是托尔斯泰的）。总体而言，复调质疑话者的单一性，它指出一个不同于作者陈述的表述的在场。不管在日常用语中或在小说话语的形式中，巴赫金研究话语的流通。他认为小说具有协调各种方言、语言和文本的出色的交响乐能力。

④ M. BAKHTINE, «La structure de l'énonciation», in Tzvetan Todorov, *Mikhaïl Bakhtine, le principe dialogique*, Seuil, 1981.

四 诗的诗学

罗曼·雅各布森的名字一举被人们接受认可。他的贡献远不止于几篇文章,从这些文章中,我们一般可再现其多元思想和囊括若干领域的非凡生涯:普通语言学、音位学、语言史、文学史、修辞学、诗歌、民俗学等。在雅各布森的思想中,科学与创造不相分离,他是语言学和文学成功结合的最佳代表之一。他穿梭于这两大领域并宣称:一个对诗性功能充耳不闻的语言学家如同一个研究文学的专家对(社会)问题漠不关心且对语言学研究方法一无所知一样,显然,从今以后,这两种人都得被时代淘汰了。

在仅仅对他那些宣称属于诗学范围的文章进行研究的同时,我们将雅各布森的思想稍作简化,但仍震惊于其见解的丰富。简单地回忆下他的主要文章《语言学与诗学》①,雅各布森在其中论述了什么呢?他探究了文体、诗学与语言学的关系,语言功能的确定,尤其是诗性功能,诗句和构成诗性功能的首要因素,即韵律作为诗歌中(民间传说也一样)平行关系的基本要素。此外,他还研究了作为"诗学信息的不可剥夺的特点"——歧义性,建立在对爱伦·坡的《乌鸦》的分析基础上能指所指的联系,在整个分析过程中,诗学家对这些诗人(爱伦·坡、霍普金斯、瓦莱里)逐步展开研究。这些诗人用他们自己的语言来言说,往往在雅各布森之前已经践行了他的理论。

这些文章一致导向了他的研究计划,因为这些理论主张要求具体操作的运用,也可以说,要求过渡到行动。这一具体运用最著名的例子当属雅各布森和列维-施特劳斯对波德莱尔的《猫》(Les chats)所作的经典分析。这两人的解读使诗歌的系统描述的观点变得通俗易懂,而在研究"语法的诗学问题和诗歌的语法问题"的严密过程中,诗歌被作为"独立"即"自治"的客体来把握。若干年过后,罗曼·雅各布森仍然强调这一方法的大胆创新并肯定了关于语法和形式的诗学问题的精确研究的合法性。

雅各布森所提出的分析受某一特定诗学思想的引导。诗歌既不是被当作一个情感的复合体来阐述(这并不表示它不激动人心),也不是作为被命名的客体的替代物来论述。波德莱尔的猫不存在于他处,仅在十四行诗内,我们也没必要脱离十四行诗。诗歌属于诗性功能指明了特定的文本范畴,即"为了其自身利益而强调信息",该功能突出符号明显的一面(语音角度和视觉方面)并由此深入研究"符号和客体的基本二分法"。然而雅各布森特别强调这一功能并不是诗歌所特有的,尽管它在该领域占优势地位,并通过它引出其他功能——我们承认它的有关特征的理论。第一个特点与另一特点相结合:对偶的准则,(这一准则)固定

---

① R. JAKOBSON, *Essais de linguistique générale*, Editions de Minuit, t. I, 1963.

在被许诺有美好未来的程式内。诗歌是充分利用言语排列模式的一种话语体裁,诗句之所以引人入胜,是因为诗歌典范地实现了这一对等。诗性功能由第三个特点即信息的多义性确定,雅各布森确切地指明其歧义性:歧义性是所有以自身为中心的信息的内在固有和不可剥夺的特点,简言之是诗歌的必然结果。

我们至少可以说雅各布森的主张极大地促进了对诗歌的研究。对于《猫》的著名解读,人们的反应各不相同,有人指摘该解读把诗简化为语法,并因此暴露出诗学的限制,但应把触发接连不断描写的诗性功能视为其优点,但这一点令拥护诗歌神秘性的支持者们颇为不满。有一个原则似乎迅速被接受,即该层次的分析在于系统地考察素材的不同类型(句法的、语义的、声音的、韵律的)并将它们联系起来。描写的增多促使形式化等级的增长(结构时代对简图和图解的青睐即源于此),并激励了理论化的努力。

另一重大疑问自雅各布森开始,诞生于由雅各布森阐明的另一联合:诗学与修辞学。雅各布森的名字与修辞学这一古老学科的复兴相联系。然而,必须注意不同之处:雅各布森,并未如同他对诗性功能所做的那般,为修辞功能提出定义。如果说他提出了成功的分析,提出了极富吸引力的假设,重新发起了对辞格的关注(如隐喻,提喻),他却将定义何为修辞性的任务,以及解答诗歌与修辞之间关系的问题留给了他人。大范围的争论既引起了诗人、新修辞学家和文体学家的兴趣,甚至还受到哲学家保罗·利科尔的关注,他的《活的隐喻》(1975)正是对当时一些提议的反应。

我们知道对文学某一特性的研究往往集中于辞格和偏离的概念,但如何定义辞格?与普通语言比较而言,借由辞格与某种可能语言("简单表达")之间的距离来定义吗?与确定偏离的何种标准相比?1970年,Mu小组(Le Groupe Mu)讥讽了这一"全部文体学奶油的蛋塔",然而该小组也并不能完全地放弃这一表面上看来不可避免的概念。此外,Mu小组还为诗歌和修辞间的关系辩护:可以说没有修辞就没有诗,就我们在足够宽泛的意义上所领会的"修辞"而言:所有文学信息都必须是有节奏的、押韵的、叠韵的、渐进的、交叉的、对立的等等。几乎与此同时,在让·科恩的《诗歌语言的结构》(1966)中,把诗定义为"反散文"的著名论断传播了修辞性,并推广了偏离观点。确实,文体学[①]在其不同的趋势中,一直不断地假设这一"偏离"概念,同时对其进行各种各样的诠释。关于偏离这一问题,里法泰尔的结构文体学(《结构文体学论丛》(1971)似乎提供了一种新颖的解决方法。里法泰尔将文体的效果定义为对言语序列某一要素的突出强调,而该要素十分引人注意,它打破并摆脱了传统的"模式"。这个"突出"要素出现在一个大小不一的言语背景中,与传统的"套话"完全不一样,产生巨大的信息量,这就是作

---

① 我们特别需要参考以下作品:热奈特的《虚构与措辞》(1991),《何谓文体?》(G. 莫利涅和 P. 卡内著,法国大学出版社,1994),贝尔纳·武尤的《文体与文体学》,《批评》(第641期,2000),《符号场》杂志。

家的创新。如果某一修辞被从它邻近的背景中抽离出来,某个陈词滥调的重新活跃与再使用就可以实现了,而这一陈词滥调却并未呈现在我们眼前。我们注意到此处,与文本的封闭性相比,里法泰尔研究更多的是它的统一性,因为里法泰尔的文本向其他文本和先存在的陈述以及解释文本的读者开放。至于严格意义上的修辞性,它是 Mu 小组和让·科恩研究的中心所在。Mu 小组自称其目标是说明"修辞性的规则"和"恒定的规则"。在所有辞格及其谱系组成之外,修辞性最终以一种机制的形式显露出来,简单地说,依照让·科恩在《上层语言,诗性理论》(1979)中的分析,修辞机制即相对于规范的偏离,相对于正常的异常,相对于适当的不当,总之,相对于传统的创新。

关于修辞的争论并未平息。如果我们参考某部既吸收了让·科恩的主要教益,同时又将修辞问题置于后结构主义思想内考虑的论著,我们就能更好地了解它。因此,米歇尔·科洛在《现代诗歌与视域结构》(1989)试图重新开启辞格空间:即不仅只从内部将修辞看作一个特定语义的构成,而且也在它的关系、影响和上下整体中进行研究。从上而言,譬如将该构成,该"表达法"与我们生活的空间内的理解相联系。把一个词与另一个词连接起来,也即把我们的注视点与事物联系起来,这一切都依照"事物的基本趋性,该趋性不依赖于注视点,而是将注视点转向其他组成其视野和歪曲其意义的事物"。尽管修辞依然享有声望,但并不存在一个关于该主题的一致意见,无论是诗人还是其他评论家均无统一看法。亨利·梅肖尼克提出"粉碎辞格",这一无视传统的态度源于他自己的"节奏立场"的观点。与之相反,米歇尔·德吉则在"比喻"范围内捍卫辞格。

在不过度曲解现实的前提下,我们可以概述诗学理论的一些演变,同时注意到这些演变来自结构时期诗歌概念本身:该概念使诗歌成为一个封闭的、无所指对象的、结构化的、多产的客体。实际上,没有一个术语是不言而喻的。"封闭"是结构主义准则的请愿,同时也是一个考察空间化和总体化问题的术语;我们有待将这一封闭性与因内涵语言如诗歌语言和互文本所导致的开放性原则相协调。"无所指对象":在诗歌中,所指功能是被确定还是仅仅被悬置?诗歌的陈述主题突然遭遇了什么?"结构化的"似乎是最受同意的术语,但它并未解决描述这些结构的程序问题。"多产的"明确指出需要超越语言结构的描述之外以溯及其源头:即符号学研究者所称的深层结构,并寻找其他研究者所指的意义或涵义的生成来源。

总之,我们迅速意识到不能满足于在文本内研究符号系统,一个被冠以各种名称——生产力、文本研究、涵义——的新研究方向有待开拓。自1973年(参见其发表于《通用百科全书》上的"文本"条款),巴特指出必须区别意义和涵义。意义的这一补充维度(涵义)更加难以描述,因为它使表层和深层相对立,且并不直接地在素材中表现出来,此外它还为那些十分深入精细的理论化研究提供了契机,如"生成文本"和"现象文本"对立的提出者朱莉娅·克里斯蒂娃的理论。它(涵义)还促使了许多研究诗歌的具体新颖方法的产生。这一意义的隐秘生成物超出了诗歌首要结构定义的限制,激励了一种新符号学的诞生。"新符号学"一词为《文本的生产》(1979)和《诗歌符号学》(1983)的作者迈克尔·里法泰尔所采用。

在后一部作品中,里法泰尔由以下观点出发,即诗学文本对读者(里法泰尔理论中的主要人物)有特殊要求并呼吁读者参与游戏。该观点源自对偏离的感知,但不再是文学家所指的传统偏离,而是"诗歌以转弯抹角的方式表达概念。简而言之,一首诗对我们讲述一些事情却又意味着另一些事情",在两种功能或两种诗歌意义方法间的畸变失真。这里涉及对诗歌解读的特殊探索尝试。我们用两种方式来读一首诗,其中之一是直线的方式,即发现拆解诗歌,同时努力弥补偏离或"不合语法性"。但是文本意图诱发另一种"诠释性"解读,它重新组织各要素以便将它们与另一事物相联系。这一产生意义的场所是一个语义条件,里法泰尔把它称作"母体"(la matrice)或"错乱",或者更确切地说,是阅读过程中遇到的不规则形式,它威胁了诗歌的所指意义,并将真实意义置于隐蔽之处,而这些不规则在符号的较高层次上被弥补。

里法泰尔向我们指出,这个"母体"往往由一个老生常谈的表达,一个引言,一个描写体系构成。例如,"生活中的死亡"这句老话,被作为波德莱尔《忧郁》之二的"母体"(我若千岁也没有这么多回忆,"J'ai plus de souvenirs que si j'avais mille ans")。诗歌符号学注重研究意义产生的机制。某些机制相对简单,如夸张,依照它,一个初始信息以呈现不同的变体(延伸隐喻的典型情况);或转换,它由描写体系内价值的颠倒构成。波德莱尔的《忧郁》(雨月,对着整个城市大发雷霆,"Pluviôse, irrité contre la ville entière...")中,我们可以看到所有关于"家"(le foyer)描写意指的否定转换:符号现象致力于模仿行为的反面,把"家"(maison)转换为"非家"(non-maison)。迈克尔·里法泰尔在继承有关符号学的现代思想(诗歌是求助于游戏的符号系统)和文体学传统的现代观点(尤其是对细节的关注)的同时,提出了一个卓有成效的理论,它的适用性不容置疑。以大量实例和细致的微观阅读为支撑,该理论开启了诗歌分析的新方式并证明了新的结构研究方法的可能性。

诗歌,起初被视为对符号学科最好的支持,现在于某些人而言,似乎是对他们进行最顽强反抗的存在。它是符号学科及其"科学"计划面临的一大挑战。在此,我们看到了这个时期最坚定的主要参与者亨利·梅肖尼克的信心,他自1970年对有关符号的某些思想持保留态度,并用有关节奏的个人理论自然地反驳符号思想。梅肖尼克的理论是对索绪尔和本维尼斯特思想的复兴,尤其是对动态中的语言这个观点的回顾,即在与世界接触时,主观地将语言归为己有。另一方面是不割裂理论间联系的意图,如语言理论或文学理论,此外还有历史理论、人类学理论、翻译理论、写作理论、生活理论。由此衍生出的一系列拒绝越来越明显地反对结构诗学。后者被指责固执于二元对立思想(能指/所指,意群/例词等)和应受谴责的疏漏:主题疏漏、历史疏漏、价值疏漏。节奏的概念意图全部掌握如此多的要素,而这一概念自身也相对易被疏忽,且依据传统被限制在已大大扩展了的韵律学范围内。

通过"节奏",梅肖尼克指出了话语中主体的构造及其构成的独特结果,而该结果超出了符号的范围,特别是在诗歌中,"话语中节奏"的观点变得异常明确。梅肖尼克还提出了连续的观点,因为节奏"不是在任何一个词语中,而是存在于全部整体内,是意义的偏好"。他强调:

> "我通过节奏所要表达的不再是与意义相对立,而是借助主体的语言连续结构,该结构经由节奏参与和它的独自参与实现了游戏规则的转变。当一种语言全部是 je(我)时,只有结构中才存在通向主体的通道,声音在此通道内以意指的方式确立物质性和身体语言。但话语不再是语言中的选择或逻辑操作,而是一个实实在在正在说话的人的行为。通过它,诗歌必须支持将语言的二元和不连续思想转变为有道德伦理的连续思想。"①

五　文本之外

1. 结构主义的衰落

80 年代初以一系列伟大人物令人震惊的不幸逝世开始:1980 年让-保罗·萨特和罗兰·巴特去世,1981 年雅克·拉康辞世,1984 年米歇尔·福柯离世。这些杰出思想家的思想远远超出他们各自所在的学科领域,他们的离去引起了世纪末人们情感的巨大震动。全新的知识的境况,唯科学主义梦想的消退,对某一领域或某一理论内文化现象综合方法的怀疑,这些都是我们称为结构主义衰退的最为普遍的症状。另一种被认可的、补充的形象是回潮的映像:对宗教、伦理、主体、历史、政治、哲学的回潮,人们认为这些领域关注的大部分问题都可以在社会科学领域得到解决。我们重新拜读那些被遗忘的哲学家的著作,如雅科列维奇或列维纳斯,探寻利科尔的思想。保罗·利科尔不断地构思文本,行动理论和权力领域之间的关系。某些结构主义理论家如仍健在的茨维坦·托多罗夫表现出前兆性疏远和引人注目的改变。1982 年,托多罗夫在《米哈伊尔·巴赫金:对话原则》中阐述了对话关系原则,这是对先前理论的复现。这一自我批评在《批评的批评》中被清晰地阐明了,该著作揭示了描写在文学中的限制,把价值、甚至伦理这些先前被忽略的问题重新置于首要位置。

我们对论战的广度和对几十年前理论提出质疑的阵线的多样性感到震惊。这其中包括托多罗夫的作家阵营。在一部偏好性评论的著作中,如格拉克的《边

---

① H. MESCHONNIC, *La Rime et la vie*, Verdier, 1990, pp. 111-112.

读边写》(1981),我们在这本书的字里行间读到他那谴责的语气,却一点也不感到惊奇。格拉克指责一种沉迷于科学、醉心于素材的观察、却失去本质的"解释性"批评:"电流穿过阅读。"人们不太可能弄错他攻击的目标是谁。

与符号思想相反,在本维尼斯特派系中,一些研究者们努力建立话语和其主体之间的关系。《语言学幻象:论知识现代化》(1988)的名字颇有意义,也提及了符号批评。托马·帕维尔在书中严肃地作出结论:一些符号相关的学科在其相关的时期卖弄了承诺。此外,还应留意乔治·斯泰纳强有力的评论《真实的在场:感觉的艺术》(1991),该评论提供了一些令人沮丧的证明。我们生活在一个由评注所主宰的文化里,"评注是纸做的海中怪兽"。人性饱受"理论"(尤其是语言学)及其对科学奢望之苦。自词语和世界的联盟被粉碎以来,超越意义就已经迷失方向。词语与世界的断裂是现代性的特点,随着解构主义①思潮的出现而日趋加剧。在后逻各斯时代,斯泰纳所称的结局时代,由于意义的相互转换是无穷尽的,解构击碎了寻找意义的阅读的可能性,同时向空虚深处玩耍游戏。相反的途径是什么呢?是"在场"的途径,是"意义之意义"的途径。人们可以为积极而负责的经典阐释学辩护,因为解释者多半对意义负责。意义的赌博,甚至超越的赌博经过了一个"可理解性的会晤",一个"欢迎",一个"接受伦理"。

2. 阐释

我们习惯将文本描写和它的阐释对立起来,阐释一般定义为通过独特的主观性在文本中寻找特殊意义。我们发现某些诗学家,即使他们为着科学(科学以普遍为目标)的目的力图去修正阐释的传统特权,也认同两种方法的互补性。正值关于"新批评"的争论激烈之时,斯塔罗宾斯基从他的角度提出了"批评行程"的观点来形容读者—阐释者时间化的阅读路程。阐释者实际上从最初(对作品)的赞同感出发,随后经过可具体化事件的"科学"检验,该检验将阐释者导向"阐释的合理可能性"。巴特对阐释持另一种概念,此概念一早就反对狭隘的结构主义。甚至在 1970 年转折之前,巴特就已明白我们不能满足于一种为描述"事实"的语言的工具化概念。语言内充斥着意象和主体,以至于科学的中立性只是一个纯粹的批评诱饵。

3. 接受美学与阅读学

"接受美学"是以汉斯·罗伯特·姚斯(1922—1997)和沃尔夫冈·伊瑟尔为

---

① 解构主义:该批评流派源于雅克·德里达的思想,尤其是 70 年代他对理性中心主义的批评(《散播》《写作与延异》《哲学的边缘》)。在美国,该流派尤以保罗·德曼(《阅读的寓意》,法文版,1989)、若弗雷·哈特曼,芭芭拉·约翰逊(《诗歌语言的扭曲》,法文版,1979)、J.希利斯·米勒为代表。解构主义系统地对形式和意义的统一性进行质疑,并在致力于细节和前后不一致情况的耐心阅读中,不断地将形式和意义的统一性问题化,且同时力求把文本置于与其自身相矛盾的关系之中。

首的德国"康士坦茨学派"的研究成果。姚斯于 1967 年发表了《文学的历史：对文学史的挑战》。他要挑战的教条，一是马克思主义，在作品中看到阶级的冲突，引向反映理论；二是形式主义，形式主义力图把作品与真实分割开来，因此它没有考虑读者的具体问题。至于姚斯所称作的文学史是人际关系式的，特别是读者，他说："在由作者、作品和读者组成的三角关系中，读者大众不是一个简单的被动的反应元素；他会产生一种创造历史的力量。如果没有他们的积极参与，在历史中文学作品的生活是难以想象的。"①

伊瑟尔在一个多学科的背景下发展其理论——与其合作的有文献学家，同样也有现象学倾向的哲学家。

首要步骤就是重新修复文学史；的确，文学只能在一个历史的语境和背景中被理解。修复并非意味着重拾过去的理论方法，却应是对这些旧理论进行本质的批判从而更好地定义新理论，避免把文学变成某种死亡的东西，就像那些形式主义者、马克思主义社会学家等等，都摒弃了"历史"的方法。对于康士坦茨学派而言，研究的谬误在于，从浪漫主义开始就带有一种"本质主义"的观点，预先假设了存在着一种"本质"的文学，独立于所有的历史、文化和社会的语境。所有作品只出现在由一个集体共享的"期待视域"为特征的一个具体语境中；随着作品对这个视域的回应程度，作品的"文学性"也随之显现，创新与否，等等。而集体的期待视域决定了每个读者个人的视域。

这也许就能解决一个问题，这个问题明显地体现在 19 世纪的批评话语中（对于今天的人而言那些批评家没能辨认出我们觉得无可非议的天才是多么荒唐的事），却在 20 世纪的批评中并不明显（例如，在勒内·吉拉尔或玛尔特·罗贝尔的作品选集中）：谁敢断言一个文本究竟是不是"文学"，或"杰作"？这正是萨特在他的文章《什么是文学？》中捍卫的观点。

该学说的另一个贡献在于不再只肯定作为专家的读者：普通读者也同样在这个期待视域的定义中扮演首要角色，而这个视域决定了每个时代的"文学"。

安伯托·艾柯②（1932—2016）将这一学说继续发展，除了重视对作品的接受之外，还建立了符号学。艾柯对大众文学尤为感兴趣，并从这个符合广大群众期待的多元因素所决定的文体中分辨出"问题小说"，该类别部分地偏离了社会与经济的定义。然而，就算在这种情况下，正如艾柯在他的《故事中的读者》中所揭示的，读者大众如今决定着所有的生产，导致了在作者与读者之间存在一种莫名的真实合作，由作者制造一种充满暗示、言外之意和老套的微妙游戏，其中众多的迹象和空白则留给读者去侦查和填补。

并不仅仅只有利科尔的经典阐释研究了作品世界和读者世界这一交叉领域。

---

① *Pour une esthétique de la réception*, pp. 44-45.
② 安伯托·艾柯（1932—2016）：享誉世界的哲学家、符号学家、历史学家、文学批评家和小说家。

曾经被文学忽略的该领域在 80 年代受到极大的关注,仿佛是为了补偿这一过错的疏漏,且犹如我们试图进行一次移位:从文本朝向使用者。这一转移大大归功于语用论①的影响,语用论在切实关注正在发生作用的语言的同时,发展了一种完全不同于结构主义的语言概念。

然而,有关疏漏问题应相对地看待。姚斯本身也向瓦莱里、马尔罗、加埃唐·皮孔致以敬意。我们也不要忽略了萨特的一部标志性评论《什么是文学?》,我们可将该书第三部分《我们为谁写作?》看作这一评论的关键性部分,该问题贯穿全书始终。一般,我们都牢记(该书中)富有表现力的形象化类比("文学客体是一只奇怪的陀螺,它仅在运动中存在,为了使文学凸现,必须要有一个具体的行为,它就叫做阅读。"②)或提议,依照此提议,作者是为其同时代人而不是"全世界读者"创作。实际上,萨特的评论中还包含许多先于当代有关阅读理论的主张,由此角度看来,萨特值得我们重新拜读。

我们认为结构主义对一个重大疏漏负有责任:在将所有都放置于作品或文本内的情况下,结构主义冒险忽视了具体的读者。既然著名的阅读—写作组合曾在这个时期被多次提及,巴特在为作者(和作者意图)的传统特权悲叹的同时,异常迅速地将读者问题考虑入他的计划,特别是在《S/Z》一书中他捍卫和说明散播性的多元阅读的观点,既然如此,那么他就应更多地关注阅读本身。如同米歇尔·夏尔在他的著作《阅读的修辞学》(1977)中一样,我们可以预估到诗学的任务之一是观察一个文本如何组织它自身的阅读。同时,我们还需指出另一种结构主义的不同之处,热奈特将其称为"开放的"结构主义,它不再将封闭在文本的樊篱内,而是专注于关系阅读的游戏,此游戏是《隐迹稿本》(1982)中探讨的问题。在类似精神的指导下,我们发现了阅读的主要角色:它在结构问题学或里法泰尔的语义学内专注于惯用表达或次语法模体。然而对于同样根源于阅读的事物而言,兴趣是一个新近引起关注的问题,它仿佛是被我们忽略的一个盲点,确切地说,如同米歇尔·皮卡尔在《阅读如同游戏》(1986)中指明的,阅读的欲望深深植根于冲动的土壤,并一直维持与游戏的关系。同样,在安伯托·艾柯和沃尔夫冈·伊瑟尔之前,阅读进行的具体操作和读者角色的说明几乎没有被专门探讨过。

随着叙事理论的出现,注意力集中到了作品的话语及其同阅读的关系上。两种相互关联的方法产生了:带着文学交流的问题,人们试图建立的是作品的外部限定。它同作品中的"声音"有关。虚构世界转移到现实世界,由此引出了两者彻底的区分(伊瑟尔)。出现了另一个封闭:文学的对象通过阅读公约和叙事约定确定下来。

---

① 语用学:语用学的创建始于 20 世纪 70 年代,特别与英国哲学家奥斯汀对语言行为的研究(1970)和美国塞尔的研究(1970)相关联。与除了研究意群和语义还探寻动态中的语言和背景下的陈述的独立语言学科学一样,语用学描绘了语言的特点,更宽泛地讲,是沟通的概念,该特点描绘与结构主义截然相反。

② *Critique et théorie littéraires en France*, p. 274.

雅各布森把文学性和历史/文本关系对立起来。文学性与外部定义相反,外部定义将文学视作机构:文学即"被阅读的东西",是文学奖颁发的对象,有自己的传播渠道等。将文学置于社会机构之中,能凸现文学的特性,因为作品中收集的异质的话语(司法、医学)因为插入作品中而改变了地位。文学的特性就在于其"去实用性"(dépragmatisation)。读者知道,不能将叙事作品的陈述和现实世界建立对应关系,这就是叙事约定(pacte narratif)。要想意识到虚构作品的交流引发的问题,人们必须重新定义这一概念。在这些相似的说法之中,有什么标准能够判定哪些说法是"真实"的,是"现实主义"小说,而哪些是"虚假"的,是幻想作品呢?读者根据不同的文本类型,依照"游戏规则",调整阅读行为。在艾柯看来,叙事约定有许多种,可以被描绘成"阅读指令",同插入的背景信息有关。而这些约定假定存在作者和读者之间的交流,只有作品能确保这一交流。那么作品如何确保文学交流呢?这个问题还有个前提:作品中的交流是如何进行的?

在《开放的作品》(1965),艾柯故意使用了"诗学"一词,但在某种意义上它不同于法国结构主义的诗学:他用该词指明两件事情。一方面是创作计划,"艺术家自己每次提出的操作计划,艺术家明确地或隐晦地构思有待创作的作品",另一方面是接受计划,即艺术家设想的"消费的各种可能性"的方式,因为作品,更不必说如果它是开放的,具有"广泛的阐释可能性"。这一计划中已经包含了随后在《故事中的读者》(1985)中变得著名的主张。此外,乔伊斯的例子已成为开放性作品的原型,我们发现与严格控制接受可能性的"封闭"文本截然相反,开放性作品强烈依赖于读者的合作并邀请读者参加某类阐释性的盛会。故事中的读者不是社会学关注的读者,社会学对读者进行描述;也不是在历史中被塑造的读者(和叙述学将其定义为受话人的读者),而是被文本所预测到的读者,因为所有的文本(包括辞典的条目)都预测了一定的读者。然而艾柯感兴趣的是由一个合作的读者来解释的叙事性,这些合作的操作活动假定了一个可以完成这些操作的"读者典范"。文本或作者设想了阅读的诸能力:词汇和文化知识、文体学财富的掌握、体裁信号知识等为前提,如此多的因素构成了艾柯所称的"百科全书"。所需要的另一概念是"主题"(topic),必须将其理解为解释性假设或更确切地说是随着读者阅读的推进,由读者形成的一系列建构。"主题"随着这些被肯定或否定的假设而变化。这一预测态度需要借助"可能世界"的概念。此概念一方面求助于读者的预测(读者预知故事后来的状况),另一方面也求助于在叙述中那些(愿意、希望、害怕等)的人物所担负的建议态度,而这些态度以不同方式获得认可。

这一提前预设,综合和反馈的阅读行为也是伊瑟尔在《阅读行为》(1985)中提出的理论的中心所在。合作的观点在他的理论中也处于中心位置,但是该观点以符号学为基础,而伊瑟尔将我们置于阅读意识的现象学范围内。主题/视野组合表明全部阅读所遵循的角度原则,并利用了处于第一计划和"核心"的事物间的压力,以及我们正在阅读的内容和我们已经读过并仍继续对阅读意识发挥作用的内容间的压力。因此,开放性是阅读固有的特点,而阅读是一个综合行为。伊瑟尔认为,无论从哪一方面看,阅读都是结合型的活动。

阅读过程中感受到的另一辩证来源于确定性场域(题目、体裁的指示、叙述中可辨认的框架等)和"不确定性场域"(含混不清之处、歧义、矛盾、空白等)之间的对立。这些不确定性使可读性受到威胁,读者应将其"填充"以挽救文本的严密性。伊瑟尔要求虚构中读者具备一些特殊行为,读者在阅读期间必须连接角度的不同部分:作者的角度、叙述者的角度、人物的角度、主人公的角度。这些角度往往相互竞争,一个超越蚕食另一个(如同我们在《宿命论者雅克》中看到的:侵蚀是书的法则)。

接受的读者大众,艾柯的"读者典范",伊瑟尔提及的读者,问题学的"普通读者",叙述对话的受话人,我们至少可以说阅读遭受的(相对)疏忽在80年代及之后获得了大大的补偿。以至于我们会担心某种"阅读中心主义"。艾柯本人在《诠释的界限》(1992)中,回顾他作为小说家的经验和对《玫瑰之名》的过度解释的同时,对由他理论化的解释性开放提出了问题。他特别强调一个文本的解释和使用之间的区别(再举一个他的例子,如果我把卡夫卡的《城堡》当作一个侦探叙述来看,那么我使用了它),提出了对字面意义的捍卫(该意义被大部分读者所证实),并指明了何为错误的解释:"最终,解释应接受文本严密性的检验,而文本的严密性将非难不合实际的臆测。"[1]

六 保罗·利科尔的反思诠释学

保罗·利科尔(1913—2005)的一生勤于著述,他的思想不仅在哲学和文艺理论界占有重要地位,而且正在对宗教学、历史学、语言学、伦理学、政治学、修辞学和美学产生越来越大的影响。到2004年底为止,他已出版了31部著作(包括访谈录),一些著作被翻译为近30种文字。利科尔在法国学术界一直享有崇高的威望,并且自上个世纪60年代起就对国际学术界产生了广泛而持久的影响。他常被人们誉为欧洲人文传统的伟大继承者和革新者,20世纪最重要的现象学家和诠释学大师之一。正因如此,对于他的逝世,法国总理拉法兰说:我们失去的不只是一位哲学家,我们失去的是整个欧洲人文传统的最杰出的天才代言人。他创立了"反思的行动诠释学":包含语言哲学(la philosophie du langage)、行动哲学(la philosophie de l'action)和道德哲学(la philosophie de la morale)三大组成部分的新哲学体系。

在开始阶段,利科尔从法国的角度接受胡塞尔的德国现象学,卡尔·雅斯培的存在主义以及海德格的存在主义的现象学。其后,他将诠释学结合精神分析法

---

[1] U. ECO, *Les Limites de l'interprétation*, trad. De M. Bouzaher, Grasset, 1992, p. 40.

和结构主义，寻求一种反思的哲学思想。接着，结合伽达默尔的理论对现象学进行改造，"使现象学嫁接在诠释学的树干上"。在最后一个更具建设性的阶段中，利科尔集中地思索，在隐喻和叙述形式下，语言的创造性的问题。在其思想成熟阶段，利科尔提出，一切存在必须通过对于异域和异于自己的"他者"的"诠释迂回"，才能完善充实自身，使其获得一再的重生，延长文化生命，提升生命的价值。迂回(détour 又译"绕道")，指"从自身到自身最近的道路就是通过他者"的概念，这意味着，作为诠释的出发点，"自身"永远都不可能实现自我满足，只能通过尽可能多的"他者"的迂回绕道，并在这种一再进行的绕道中，同多种多样的他者进行交流沟通，相互理解和转化，然后返回自身。迂回，这种诠释行为，强调主体的责任与主动性，一方面敢于对现实世界的苦难和罪恶担起责任，另一方面以诗意的想象，对更迭变化的各种意义，敢于做出创造性的回应。他的理论与同时代流行的解构主义、后结构主义所提出的"无主体哲学"和"反对诠释"的论题相反，在探索"自身"与"他者""主体性"与"主体间性""叙述"与"时间"，以及"叙述的同一性"等一系列命题里，进一步对诠释学的中心议题"意义"做了深层结构的探索，试图解决"我思""我说""我做"与社会文化历史总体的相互协调的问题，寻求解决主体间相互关系的中介因素，探讨诠释学与文本、行动及现实世界的相互关系。

正如利科尔曾对现代性与后现代性之争答记者问所言，他更偏向于哈贝马斯的论点，认为理性与启蒙并未枯竭，人类对启蒙时代的追求并未结束，历史包含了尚未实现的东西。而他的理论思想，正是在反思中以诠释学的角度对未竟的现代性进行重构。

利科尔从"自我"这个词本身所包含的超越人称和时态的双重意义，进一步扩展了关于"identité"（可译为身份，也可译为同一性）的内涵。利科尔指出，"identité"从拉丁语词源学上看包括两个辩证的部分："idem"和"ipse"中，前者强调相同性，后者强调相异性。也就是说，"同一性"意味着自己与他者的辩证关系，自我指向他者的潜在可能性。他说：作为他者的自身从一开始就意味着自身性涵括着相异性（或译为"他性"），两者之间的关联如此紧密以至于用黑格尔的套语来说，就是彼此共存。关于"作为"一词，不仅仅强调对比的含义——如同他者的自身，而更应该突出包含的意义——作为他者的自身。

利科尔细致地对"同一性"的错综结构进行剖析，并提出"叙述的同一体"(l'identité narrative)的概念，即借助于叙述功能的中介化环节及过程（也就是一种迂回的过程），使一个人(un être humain)得以在叙述进行和完成的过程中实现与自身的同一。换句话说，叙述的同一性所要解决的基本问题是：一个人是怎样通过记述的中介而在叙述的整体过程中达到一贯而连续的同一性？

对此，利科尔提出叙事中同时交织着"历史叙事"(récit historique)与"虚构叙事"(récit de fiction)。他尝试用"自传性"的角度重新解读普鲁斯特、伍尔夫等人的作品。这种文学批评的方法,可以帮助我们将个体叙事和历史叙事结合,以整体性的高度解读个体,又从个体里返回与诸多他者所构成的历史共同体的历史叙事,解读以密集的形式所表达出来的主题——历史与想象、记忆的创伤、遗忘与宽恕等等,这些20世纪集体的暴力体验所留下的痕迹。

此外,哲学家保罗·利科尔对阐释进行了坚持不懈的反思。他很早就开始了这方面的研究,但是直到80年代,结构主义衰退的背景下,他的思想才为人们所了解。利科尔再次着手研究一个古老陈旧的对立:阐释和理解间的对立,此对立始于19世纪末,发端于经典阐释学①。利科尔认为在面对文本时,有两种可采用的态度,他期望能在他称为"经典阐释弧"内将两种态度调和。在利科尔看来,文本是一个封闭的场域,在这个场域内与世界、与主体的关系被"拦截"或悬置,这一封闭思想和结构类型的解释结成对子。关于结构类型的解释是完全合情合理的,利科尔赞同把文本看作一个没有世界和没有作者存在的文本,以便使文本处于没有外界的封闭内。他也容许把神话和叙事描写为几个组合的、分类的整体(效法列维-斯特劳斯),但这样做的话,我们便不能捕捉到这些神话和叙述的意义。另一种态度是开放文本,放下那些涉及参考的悬置,这种态度就是解读。我们进行的简单阅读来自于所有文本最初提供的"反复"的可能性。阐释牵涉到以下几件事情:适应,即通过对符号的沉思,自我理解的开放(即阅读主体自我理解);与意义的接近(之前远离的意义变得临近);最后,文本从此以后现实化,重置于运动之中。正是根据阐释的这三个特点,我们可以无数次地研读波德莱尔的同一首诗,而每一次解读都是一次文本意义的独特现实化,也是一个将远离我们的东西拉近的奇特方法。因此,利科尔认为阐释优于解释,并作为最终目的位于经典阐释弧之后。

这一阐释哲学,利科尔不仅在理论上捍卫它,而且在两个看似不相关的领域内对其进行阐释和运用,一是隐喻,《活的隐喻》(1975),二是叙述,三卷本的《时间与叙事》(1983—85)。尽管范围不同,这仍是"语义学革新"的相同现象,该革新在隐喻和叙述两种情况内均有阐明。在这些重要的文学现象中,引起利科尔关注的是意义和参照体系间动态的关联:一方面是隐喻独特且可预测的结构,另一方面是在情节的清晰形式中,人类模仿行为的整理。隐喻和虚构突破了语言的封闭,并开辟了通向超语言的真实和读者的道路,因为文本世界具有再现行动世界的能力。这一经典阐释学的观点,利科尔在70年代需要维护它以抵御主流理论。随着压力的减小,与其对话者(即由列维-斯特劳斯,也包括格雷马斯、热奈特)一

---

① 经典阐释学:该词源于希腊语"herméneuien",意为解释、说明、阐释。首先,它是对世俗文本(《荷马史诗》)或宗教文本(《圣经》)隐含意义的研究。现代经典阐释学与德国学者息息相关:浪漫主义时代的施莱尔马赫、威廉·狄尔泰将其定义为"书写的不朽作品的阐释艺术"。后者还确立了理解和阐释间的对立关系。20世纪经典阐释学沿着两个方向发展:一为哲学方向,特别是把它的命运与现象学相连;另一方向为文学,这两个方向往往相互结合,譬如接受研究。莱奥·施皮策、让·斯塔罗宾斯基、保罗·利科尔对文学的经典阐释学进行了多样化的阐述。

直保持连续紧密对话关系的阐释哲学将不再需要极力维护自己并将拥有更加自由的空间。《时间与叙事》博大精深的思想被视为当时即1980年后一个巨大的贡献,尤为读者大众所接受。

结　语

　　20世纪弗洛伊德、爱因斯坦、马克思三位大师的学说给西方文化特别是西方人文科学带来翻天覆地的革命,法国文学批评深受影响,法国文坛成为非常活跃的思想领地。普鲁斯特、萨特、巴舍拉尔、巴特等著名的学者都是文学批评家,他们"曾有惊天动地文"。批评思潮峰起,学派林立,新思维、新方法、新学科不断出现,影响着世界文坛,巴黎曾一度成为世界文学思潮的发源地。然而,纵观整整一个世纪的丰富多彩的法国文学批评,它的共同的特点是立足于作品的内部结构批评,重视考察文本的语言。这主要受到胡塞尔的现象哲学、海德格尔的存在哲学和索绪尔的语言学影响。一战后,现象哲学关注主体,主张作品的"内在"阅读,对作品的外部不屑一顾。胡塞尔认为,意义先于言语,而索绪尔却认为:言语产生意义。前者承认没有言语更没有意识,一旦言语产生,社会也就产生。然而他却坚持文本中有一个恒定的意义,等待读者去发现。相反,海德格尔提出"此在"(Dasein)的理论,在他看来,存在与世界无法分开,人生活在一个无法客观化的现实中,人只能被动地聆听这个世界,文学阅读首先是被动地聆听文本的言谈,文本同世界和存在一样神秘,鉴于言语存在先于主体,因此,首先要重视言语。在这点上,海德格尔与索绪尔走到一起来了。批评家认为文学是用语言写成的艺术品,必须首先把语言的探讨摆在批评的第一位。因此,众多的批评思潮基本上朝两个大趋势发展:一是对文本形式的研究:这些流派是形式主义、结构主义、叙事学批评、符号学批评等;二是对文本的内容探讨:它们是主题批评、精神分析批评、社会学批评等。

一　批评的立足点的转变

　　圣伯夫(1804—1869)和泰纳(1828—1893)堪称19世纪两位杰出的文学批评家。圣伯夫的批评旨在寻找作品后的人,而不重视写作的技巧。他说:"判断作家是容易的,但判断人可就不是那么容易。"[①]他为实现这一目标努力去调查作家的生平,他确信作家的性格、生涯和私生活决定其作品的内容和语言。显然,圣伯夫的批评是受到医学、自然史和当时的实证主义的影响。泰纳的批评和圣伯夫的批评殊途同归。但泰纳的方法更综合,更成体系,他的方法也是从自然科学得到

---

① VINCENLENGH, *Histoire de la critique littéraire des XIXe et XXe siècles*, Bruylant, 1998.

启发。他认为作品如同植物,它们的诞生依赖于外部的条件。泰纳不像圣伯夫那样重视作者生平,而偏重于那些影响时代的艺术产生的规则和原因。在他看来,文学批评应该重视三个决定因素:种族、环境、时代,考察文学应该从这三个方面入手。

在世纪之交,普鲁斯特在《反对圣伯夫》中指责圣伯夫:"一本书是另一个自我的产物,这个自我有别于我们在习惯、社会、恶习中表现出来的自我。假如我们很想了解它,我们通过努力与我们的心理深层再创造它,是可以达到的。"[1]就是说:通过想象,在作品上加以抽象,重新找回深层自我——作家的创造者。在许多情况下,不全是作家创造作品,而是作品创造作家。普鲁斯特的理论揭开一个批评的新时代:文学批评应在作品的内部寻找作家的自我。这使法国文学批评从圣伯夫—泰纳的外部批评过渡到朗松的外内兼备的博学批评,最后转入到文本内部批评,文本内部批评将朝着两个趋势——形式与内容——发展。

上世纪初,大学知识界的文学批评非常活跃,被称为"博学批评"。文学教授们抛弃圣伯夫和泰纳的作品生平和社会环境研究外部批评,注重于对作品本身的深入研究,但也不放弃收集被考察的作品或被研究的论题的外部有关参考材料。博学批评的杰出代表是巴黎大学的教授居斯塔夫·朗松(1857—1934)。他最重要的建树是文学史的编写。他对作家、作品时代进行了渊博性的研究。他考察作家的文学活动方面,而不考察作家生平中的轶事,拒绝对作家带有先入之见。他的方法非常严格和具有逻辑性,首先要严格确定所研究的作家的作品版本,深透地理解原作,这是博学批评的最基本要求。然后,将所收集的资料按体裁、流派或文学运动分类整理,先进行狭义的比较,旨在区别在一个国家或地区里的个人与集体的题材与风格,独创与传统,再进行广义的比较:文学史的纵向比较与欧洲乃至世界的文学潮流的横向比较。这种动态性的批评总是由个体到总体,由作品到文学整体,由文学到社会等方方面面的研究,他没有排斥社会学方面的研究,而是文本研究先于社会学研究,完全与现代的社会学批评相反。因为个体只有与集体相比较才显示其重要性,独创而是对传统而言。朗松对文学进行多角度的研究,不仅对文学本身,而且涉及政治学史、思想史和社会学。在他看来,只有在文化、时空环境的衬托下才能认清作家的个性,同时也澄清他们对环境的影响。运用这种批评方法批评必须具备渊博的学识、卓越的分析精神,付出艰辛的劳作。

朗松的研究同时也用于大学教学,文学史的教学使学生拥有扎实的文学基础以便深入了解法国文学,使他们对思想和精神的演变具有高度的敏感性,使他们能够超越这个研究领域,去发现其他文学或文学中更敏感、更棘手的问题。朗松的文学史批评对20世纪的批评带来深刻的影响,他带动了比较文学的研究;对其他文学的开放以及在时代、运动、影响之间的比较,带动了文学社会学的研究;关

---

[1] M. PROUST, *Contre Sainte-Beuve*, posth., Gallimard, 1954, p. 278.

注作品的生产与接受;也触发文本的渊源研究和精神分析批评本身,甚至影响近二三十年发展的电脑对词汇统计研究。

二 对文本形式的批评

俄国形式主义产生于第一次世界大战后,1915 年在莫斯科成立语言学团体,他们当中有著名的学者雅各布森、普罗普等。他们根据语言学理论,关注言语的结构和功能。在他们看来,文本是一个符号的"简单"体系,他们反对文本的外部批评,认为一切都在于文本中,在于符号的特殊结合。他们区别文学语言和日常语言,文学语言是对规范的偏差,诗歌语言的"奇特效果"产生于对日常语言的越轨。他们热衷于寻找作品的文学性。雅各布森于 1921 年写道:"文学科学的目的不是文学,而是文学性,即使一部作品成为文学作品的特性。"① "文学性"这一提法大大扩展了批评的视野,还有普罗普在 1928 年写就的《民间故事形态学》中总结出俄罗斯民间故事的 31 个功能,开创了文本的结构功能批评。

60 年代,托多罗夫将俄国形式主义文论译介给法国批评界,对当时的结构主义浪潮起了推波助澜的作用。此时一些新兴的学科应运而生:如叙事学和文学符号学等。托多罗夫在 1969 年提出了"叙事学"的术语,使叙事作品的研究有了一个新的学科名称。他在考察叙事的传统时,曾经简化了普罗普的 31 个功能。托多罗夫的文学观受到语言学研究特别是语法学的很大影响。他对薄伽丘的《十日谈》的结构分析题为《〈十日谈〉的语法》。他对叙事学的研究集中在叙事时态、语式、语态等几个主要方面。他还认为:小说的基本结构与陈述句的句法可以类比,在基本语句即"主语+谓语+宾语"的格式中,小说中的人物相当于主语,他们的动作相当于谓语,他们行动的对象、结果等相当于宾语。托多罗夫的"语法研究"的目的是要在叙事作品中寻找一个恒等的结构,揭示叙事文学的普遍的规律。但把丰富多样的文学现象简化为一套枯燥的"叙事语法",难免使人感到狐裘羔袖。

热拉尔·热奈特继托多罗夫之后也把叙事文的问题分为时态、语式和语态三个类型,似乎叙事文就是对"动词的表达"②。他的论著《叙事话语》提出翔实的分析方法。首先他提出三分法:"故事"(叙述的内容或所指)、"叙事文"(叙事话语、文本或能指)、"叙述法"(生产性叙述行为)。此书的目的是通过《追忆逝水年华》研究这三者的关系。热奈特的时态指真实故事的发展顺序与文本中的情节按顺序列之间的错位,真实事件的期限与文本的表达期限的差别。他提出四种事件关系:1. TR(叙述时间)<TH(故事时间);2. TR=n TH=0;3. TR=0 TH=0;4. TR

---

① T. TODOROV, *Théorie de la littérature. Textes des Formalistes russes*, Seuil, 1965.
② G. GENETTE, *Figures III*, Seuil, 1972.

=TH。关于叙述文和故事之间的频率关系有三种情况:1. 1R/1H;2. nR/1H;3. 1R/nH(R 指叙述文本,H 指故事)。在语式中,他研究话语形式和视点,首先区分出三种话语:叙述话语、间接引语、直接引语。至于视点:有零视点、内视点、外视点。在语态里,他研究叙述时间、叙述层次和人称,他发现存在四种叙述时间:事后叙述、事前叙述、同时叙述和插入叙述。叙述层有故事外事件、故事内事件和无故事事件。人称问题研究叙述者与叙述文的人物之间的关系,可分为三种故事:同叙事、异叙事和自身叙事。

热奈特的分析非常有趣,无疑大大发展了叙事学,他的方法曾一度成为文学博士生、硕士生必读之书。但他创造的批评术语太多,使人望洋兴叹。

在结构主义兴起时代里,文学符号学也应运而生,巴黎学派的领袖是格雷马斯,他的《结构语义学》(1966)的目的是对意义给予科学的描述,通过营造一个"典范",找出意义的"基本句法"和词汇。他以俄国形式主义批评家普罗普的《民间故事形态学》为基础,引入了"施动者"的概念。施动者不仅发挥某种作用,更承担着一种句法功能,即主语。每两个相互对立的施动者组成一对:主体/客体,信息发出者/信息接受者,辅助者/反对者。由此形成的"施动"结构和"施动"模式,可以帮助我们分析神话故事。这一模式可以用下图表示:

(信息)发出者→客体→接受者
    ↑
辅助者→主体→反对者①

由此,他简化了普罗普的 31 个功能,将之压缩到 20 个。②

格雷马斯认为,"意义的符号学描写就是设计一套合适的人工语言"。在他看来,意义的结构在叙事作品中可以分为三个层次:深层结构、表层结构和表现层结构。表层结构是叙述语法,介于表现层和深层中间的层次,符号学把句子作为起点,研究句子如何组织成话语。表现层结构是话语成分,其研究的主要对象有现象、主题、角色以及它们在话语中的组织。深层结构——符号学方阵,它是意义的基本结构,决定着叙述语法和话语形式。符号学方阵是格雷马斯根据逻辑方阵对语义结构的一种解释。符号学方阵既可表示关系(反对关系、矛盾关系、预设关系),又表示程序,分别影响到叙事作品的话语部分和叙述语法,在语义和句法的深层起着作用。

在法国文学形式批评中,罗兰·巴特是一面旗帜,从 50 年代至 80 年代,他总是活跃在文学批评的前沿。他永远不满足于现状,他的批评不断演变,不断修正自己的理论,从结构主义走向后结构主义。他是最受人攻击的、但最有影响力的批评家。在受到皮卡尔的攻击后,他在《批评与真理》(1966)中针锋相对,指出

---

① A. J. GREIMAS, *Sémantique structurale*, Larousse, 1966, rééd. PUF, 1986.
② 格雷马斯:《结构语义学》(蒋梓骅译),天津:百花文艺出版社,2001 年,第 194 页。

"旧批评"的机制是建立在教条主义和无法证明的"逼真性"的基础上。在巴特看来,旧批评患"说示不能"之病,也就是说它拒绝文学作品中的象征,其实从这个固有的象征中可产生出多种意义,每一意义又有赖一种视角和语境。

初期的巴特认为作品周围连结三种语言:文学科学、阅读和批评。"文学科学"语言考察文本的多种意义,在语言学模式的基础上,研究文学内容的条件、形式、行为或潜在的可能意义的变化。巴特赞同格雷马斯的看法,文学作品深层存在一个"生成语法",可能产生多种意义。"文学描述"要描述能够为人们的象征逻辑所接受的意义产生的逻辑基础。巴特认为作家手中并非掌握着作品的全部意义,因此,读者或批评家可以避开作家,自己去阐释作品中的可能意义。文学阅读只是了解作品的直接意义,而批评却要探寻作品的间接意义。

作品的多义性是巴特的一贯思想,正是这种思想使他意识到结构主义致力于寻找一个能应用于所有文本的宏大的结构显然是行不通的,这种批评抹杀了作品的丰富性和多样性。1970年,他发表的《S/Z》应该算是一个新转折点。

巴特首先区分两类文本:"可读的"文本和"可写的"文本,前者是指传统的、通俗易懂的作品;后者是指诸如"新小说"的作品。它们蕴涵着无限的潜力。阐释它们,就是要揭示作品的多样性。文本是一个能指系统,而不是所指结构。一个完全多义的文本无法完全被领会理解,可以通过考察文本的内涵去寻找作品的多义性。内涵将游戏的可能性引进文本里。巴特为此确定一种"多义的阅读方法",阅读是一个不断命名的过程,文本在阅读过程中被检阅、被命名、被释义,文本因此而存在、而形成。阅读循序渐进,意义不断产生。没有开头,也没有结尾,文本是开放性的、生产性的。这种阅读方法是击碎文本,使文本呈星状裂纹,闪现出多种意义。在《S/Z》中,巴特将巴尔扎克的小说《萨拉辛》分解成561个词汇单位或叫意义单元,其目的是要证明原小说看似连贯的意义系统,其实质是能指碎片的纠合。这些能指碎片与所指单元并无直接联系。他从五种不同的符码,即阐释性符码、语义素或能指符码、象征符码、运动性符码和文化性符码来分解文本。由此可见,后期的巴特完全否定文学文本存在一个恒定的结构,而是解构文本,着眼于意义的"多元性"。然而,巴特将文本分解成词汇单位的方法以及他提出的五种不同的符码不免有些主观臆断,他寻求多义,虽然丰富多彩,但难免又走向"不管任何意义"的极端。

三 对文本内容的批评

社会学批评、主题批评和精神分析法批评都热衷于对文本内容的批评。二战后,萨特发表了《什么是文学?》,探讨文学活动的意义。在他看来,既然作家选择语言作为工具,不管他愿意与否,都在"介入"现实。说话、写作,都是在评述世界,作家要承担每一话语的义务。作家的词语和沉默常常给自己留下印记,在思想上、政治上确定了自己的立场,因此,批评可对作品进行思想意识方面的解读,从话语的明示的内容以及它们的言外之意了解作家的立场。① 萨特的论述无疑影响了内容批评的各个流派。

发生社会学文学批评家吕西安·戈德曼将思想意识理解为世界观,他说:历史唯物主义在文学研究领域的基本观点,认为文学和哲学是世界观的不同的表达方式,世界观不是孤立的个人现象,而是社会现象。世界观不是指个体的不断变化的观点,而是处于相同的经济和社会条件下的一个团体的思想体系。戈德曼在作品里努力寻找虚构世界与世界观之间的关系。卢卡契认为,小说是一个社会的社会经济运作的直接反映,巴尔扎克的小说即是如此,但是文学创作与社会生活之间的关系并不是那么明显。戈德曼发挥并超越他的老师的理论,认为小说的叙事结构与社会经济结构同构。他指出:"作品就是一个有意义的连续结构,这个内在结构与作品所在时代的文化、社会、政治和经济结构相联系。"②他的"发生结构主义"理论旨在把作品的思想内容与社会历史沟通起来。

另一位著名的社会学批评家皮埃尔·齐马在《社会批评讲义》指出:社会批评等同于"文本社会学",它的"兴趣在于了解社会问题和团体利益是如何从语义、句法和叙述等方面扭结在一起并得到反映的"。③ 他的文本社会学就是要"同时以语言和社会的结构形式"来再现作品的"不同层次",要借助"某些现存的符号学概念",揭示"它们的社会意义"。社会是一个"集体语言的整体",文学作品吸纳并改造这些语言。因此,齐马提出了两个定理:"社会价值不大可能脱离语言而独立存在";"语言、语义和句法单位凝聚着集体利益并且可能成为社会斗争、经济斗争和政治斗争的赌注"。④

对文本内容进行批评的第二个流派是主题批评或称意象批评。加斯东·巴舍拉尔既是哲学家,也是文学批评家,他把题材的意象引入批评,作为研究的主要课题,他自30年代来写的九部著作——《火的精神分析》(1938)、《洛特雷阿蒙》(1939)等刷新了法国文学批评,震撼了法国文学批评界。随着时间的推移,巴舍拉尔本人及其思想近年来得到越来越多的重视。他曾以四大元素(水、火、土、气)为意象写了四部专著,他的四大元素不是生活中的元素,而是书本里的元素——文学中的意象。文学意象既不是一种修辞辞格,也不是文章细节,意象是一个完整的主题,它汇聚来自不同意义的各种印象。意象在文体中是非真实的功能的痕迹。它是"一种愿望的升华",故先于感知而存在,而非"现实的再现"。研究文学意象,可以回溯言语和想象的起源,同时又表达"聚集在事物内部的情感空间"。巴舍拉尔的第一个批评方法是"对客观认识的精神分析,即原始意象引发

---

① J.-P. SARTRE, *Qu'est-ce que la littérature?*, «Idées», Gallimard, 1949.
② 朱立元:《当代西方文艺理论》(第二版),上海:华东师范大学出版社,2005年,第74页。
③ M. DELCROIS, F. HALLYN, *Introduction aux études littéraires: méthodes du texte*, DUCULOT, 1987.
④ 《20世纪的文学批评》,第194页。

的心理倾向的精神分析"。他在《火的精神分析》中引证了许多文学例子:"霍尔曼的酒可以燃烧,它是质量、阳性和火的标志;爱伦·坡的酒可以燃烧,那是数量、阴性和水的标志。"[1]他的第二个批评方法是元素精神分析被意象的现象学所代替。巴舍拉尔用"意象的现象学"一词表示"当意象作为心扉、灵魂、人和物的直接产物出现于意识并被人们捕捉到它的现状时,对诗的意象进行的现象研究"。现象学要再现"诗的意象性",即对个体意识中意象出发点的考察,以"恢复意象的主观性并衡量意象的规模、力量及其主观浸透的方向"。意象先于思想而存在,是"语言的起源"。因此,巴舍拉尔的方法还从语言中找出精神力量,他把主题、象征和关键词联系起来,从一个意象出发,重新认识作家心灵向往的那个世界。

巴舍拉尔首屈一指的弟子当数让-皮埃尔·里夏尔。他继承了巴舍拉尔的主题批评原则,致力于研究作家的感觉世界或想象世界。他先像巴舍拉尔一样对一个意象进行阐释,然后把这种阐释当作一种分析的工具,把意象分解成对立的二项式。里夏尔的批评可分两大步骤:一是简约,在作品的表层上凭着直观发现循环出现的子题,然后按近义进行汇编归类,找出它们的"公分母"(即共同义素),梳理出抽象的主题;二是重组,揭示不同的主题和子题之间的关系,编织一个相互沟通的主题网络。里夏尔在《马拉梅的想象世界》的序言中写道:"一部作品中的重大主题形成作品的无形的框架,大概它们能给我们提供打开内部组织的钥匙;这些主题在作品最经常得到发挥,以一种可视见、不同寻常的频率复现在作品中,在此处或彼处的重复出现表明一种萦绕在作者脑际的念头。"也就是说,它们反复出现体现了作者的"意识意向性活动"。因此只有从它们入手探讨,才可发现作者的意识结构,进入作者的想象世界。在主题学批评中,里夏尔的批评最精细、最具体,他被公认为这一批评流派中最有建树的批评家。

精神分析批评效仿弗洛伊德的释梦法从作品的表面的显意入手揭示深层的隐意。批评家往往将文本的某些表象视为反话,好像显意恰恰与隐意相反,似乎作家在文本处处设有陷阱。他们打破文本的表层时空顺序,审视文本的明示和暗示的双重意义,寻找一个被压抑的意义——作品的表面往往加以伪装和掩饰的意义,深入到文本的深层找到隐意,然后借用外来的概念(如俄狄浦斯情结等),进行释义。夏尔·莫隆在《关于马拉梅的精神分析之导论》指出:批评的任务可以概括为恢复意象网络、意义组合网络和种种隐喻体系,然后透过它们,揭示"传统的情结"。他的分析顺序如下:比较若干作品,找出组合的网络,把作家的顽念和下意识的性意象聚合在一起,然后通过追踪这些或者勾画形象或者交代情景的结构的变化情况,以期分离出"个人的神话"。个人神话与作家的潜意识个性有关,与一段内在的悲剧形势有关,虽然外部因素不断地改变着这一形势,然而它总是顽强地存在着,总是可以辨认的。最后,寻找与作家生平的相似点。莫隆的批评

---

[1] M. JARRETY, *La Critique littéraire française au XXe siècle*, PUF, «Que sais-je?», 1998.

步骤是从作品到作家,在作家的生平或童年寻找潜意识产生的根源。如在雨果的作品里揭示出作者的"恐惧"的情绪是源自雨果在婴儿时与母亲的分离而造成的心理创伤。然而,让·贝勒曼-诺埃尔创立的"文本精神分析法"把作者搁置一旁,寻找"作品的潜意识",目的在于突现出独立作品的独特的潜意识欲望。其方法是一方面透过词语的形象破译文本,另一方面通过读者对作品的带有倾向性的介入开展细节阐释。

雅克·拉康把精神分析批评与结构主义语言学联系起来考察。首先,他对传统的精神分析学进行了一次"语言的革命"。他认为潜意识是语言的产物,是语言的一种特殊作用,是语言对欲望加以组织的结果。潜意识是像语言一样有规律或有结构的。在他看来,潜意识是可以认识的,它不在我们的身体"内部",而在"外部",或者在我们"之间"。它是一张巨大的无形的网络,将我们包围起来。潜意识诉诸语言这一"中介"而发挥功能。其次,拉康对弗洛伊德的"自我"概念也作了重新阐释。他将婴儿还无法辨认主体和客体、自身与外部世界的阶段称为"想象态",提出著名的"镜子阶段",这是前语言期;随后,转入"象征秩序",婴儿的自我就这样建立起来。他的独创性是把语言学理论引入他的阐释,他将在镜子前打量自己的婴儿看作"能指",而将镜子里的形象看作"所指"。拉康在对艾伦·坡的《窃信案》的结构分析中试图建立新的潜意识理论,从而揭示那些支配主体间的社会关系的规律。他发现在潜意识的规律与父系制度的社会的规律和睦相处,他改造了弗洛伊德的"俄狄浦斯情结",将它变成一种在亲属关系中的主体的普遍性的逻辑。[①]

四 文学批评的近期发展

80至90年代的法国文学批评界有三个特点:1. 他们扩大研究范围:文学的体裁和其他世纪(中世纪、16、17、18世纪)的文学;2. 他们更重视阅读现象和读者的存在,这样影响了批评的写作,批评家的高谈阔论比30年前更易懂;3. 已见不到60年代那种刀光剑影,批评家们不再挥动舌剑唇枪。昔日的敌人现在握手言欢,他们心平气和,共同合作,互相借鉴,取长补短。

近30年来,对文本的形式批评的叙事学、符号学等新学科仍在不断发展,不断完备。新结构主义批评并仍没有放弃其科学精神,它曾努力使文学研究成为一门像物理学和数学一样的科学。虽然一些结构主义者很快地意识到这也许是一种幻想,但物理学新近发现的"混沌"理论却增强他们的科学意识,因为他们对千变万化的文学作品的结构的研究非常接近物理学家对瞬息变化的旋涡的结构的研究。不过,他们不再固执己见,圈定在文本内。他们走出文本,吸收其他的理

---

① D. BERGEZ et al., *Introduction aux méthodes critiques pour l'analyse littéraire*, Bordas, 1990.

论。他们对马克思主义社会学批评挥动橄榄枝,把历史、时间的概念引入自己的研究范畴,不再将文本与作家、历史割断,而且谦虚地接受"接受美学"和阅读理论,此外,对精神分析批评也不挑剔。

对文本的内容批评,日内瓦的"主体意识批评"与巴黎的主题批评走到一起,他们的理论基础都是现象学哲学,主题批评又称"客体意象批评"。因为在现象学哲学看来,主体不是一个实体,而是一种关系。主体是个"内外"结合体,主体确认客体,客体反过来塑造主体。换言之,作家(主体)写就作品(客体),作品塑造作家。里夏尔后期的主题批评借鉴了精神分析批评的方法。他有许多追随者,许多博士研究生对他的批评方法颇感兴趣。最近,米歇尔·柯洛把里夏尔的方法与接受美学的"期待视野"结合起来。文学社会学批评的前景更被看好,它研究文学的社会制度背景、作家形象的内化和社会的禁忌和规定,以及对社会的范型的分析,更普遍的是对文学的表现的分析。① 这一批评还影响到加拿大法语区的批评界。至于精神分析批评,仍有一大批年轻的批评家在崛起。

"山重水复疑无路,柳暗花明又一村。"世纪末的法国文学批评又出现三种新的趋势:

1. 新历史主义思潮的兴起。其兴起的原因:一是正如我们在上面所看到的,不管是形式批评或是内容批评到了他们的后期,都认识到应该把批评扩大到历史范围;二是20世纪历史概念经历了许多的演变。新历史主义思潮表现在文学批评重新恢复作家应有的地位,60年代结构主义批评家高呼"作家死了",不过,主题批评从来没有放弃"作家",他们从文本的主题意象入手认识作家的意识或感觉世界。现在,"作家"又复生了,又出现大批的作家传记和自传。菲利普·勒热内的《自传的协约》是一部划时代的论著,他将历史这一概念引入结构分析中,他的理论对文本的研究表现极大的灵活性。不仅仅批评家重视作家传记和自传,而且过去认为自传是个人的私生活的"新小说"派作家也写了自传式的作品:如杜拉斯的《情人》、娜塔丽·萨洛特的《童年》和阿兰·罗伯-格里耶的《回来的镜子》等。此外,还有的批评家在探讨时代的集体意象,由此,历史学和文学史相互借鉴。

2. 新修辞学的复兴。曾经作为交流理论的修辞学,现在成了文学理论或诗学。美学和批评脱胎于19世纪的古修辞学。修辞学于19世纪消失,在20世纪复兴。在法国,修辞学首先在诗学领域出现(诗学取美学上的含义,而不是亚里士多德意义上的诗学)。修辞学转而对话语的转义和修辞格衍生的可能的表达法,进行有章可循的深入分析。马克·弗玛洛里的《雄辩的时代》(1980)揭开文学批评的新的一页,古典的修辞学的辞格不再成为文本装饰的东西,而成为文本批评

---

① B. DIDIER, «La critique littéraire en France aujourd'hui», in *Recherches sur la France*, 1998, n°1, pp. 62.

的工具,通过辞格进入意象(高乃依的悲剧世界的"反衬"手法表现两种理想之间无法解决的矛盾)。辞格也表现一个时代的特点(纪德曾在"曲言法"里看到古典主义的印记,同样在"夸张"手法里看到浪漫主义的迹象),辞格也可辨认文学体裁的特点(根据雅各布森的理论,诗歌以隐喻为特点,现实主义小说以明喻为特点)。

3. 手稿批评的诞生。让·贝勒曼-诺埃尔发表了《文本与前文本》(1972),他试图从文本这一封闭的圈子里走出,考察"前文本"这一新的领域。于是一些文学批评家对福楼拜、雨果等作家的手稿进行艰辛的探讨,在不到短短20年,形成了一个新的批评流派:文学渊源批评。这种批评旨在考察文本诞生阶段的状况,批评者假设文学作品最后定型的印刷文本是作者经过长期的构思酝酿、收集资料、提炼素材、动笔创作、修改润色等等一系列过程的结果,那么渊源批评就是考察、诠释这些创作的过程。如果把文学作品视作成品,那么渊源批评就是探讨文本前的生产流程;或者把文本视作一个婴儿,那么它就是考察孕妇十月怀胎的状况。渊源批评就是要重塑文本孕育的过程,由此重新找到作品制作的秘密,像考古学家一样研究原始手稿,通过考察文本在母胎怀孕过程,试图揭示和解释作者创作的独特性。

无论是解构、消除中心、反对诠释或是主体终结,后现代理论为我们呈现了巨大的变革动力与效果,但在这新颖的华服之下,我们往往忽视了其导向虚无主义的另一个困境。我们都知道尼采宣告"上帝已死"之后,西方文明陷入了一种"诸神已逝,新神未至"的困境,一路走下来,罗兰·巴特又宣告"作者之死",福柯甚至提出"主体之死",后现代的种种学说似乎走进了一种类似死胡同的虚无主义。如此,我们不妨把目光从福柯、德里达等人身上转向保罗·利科尔。这位欧洲古典哲学和人文传统的继承者,历经20世纪一系列的思潮起伏,吸收和综合了近当代西方人文社会科学的研究成果,创立了自具特色的"反思的行动诠释学"。的确,保尔·利科尔的诠释学给人带来耳目一新的感觉。然而,从尼采以降,历经30年代现象学运动,50年代语言学转向,60年代新左派革命,70年代解构批评,直到80年代后现代论战,所引发的种种矛盾,都涉及了西方文化关于生存意义的基本问题,诸如理性权威、主体作用、历史目的、语言再现、价值判断等。围绕基本问题的不绝争议和矛盾,逐渐深化,最终引发学者们所说的叙事危机、表征危机以及人文研究的范式危机。西方文明困境的出路,究竟是利奥塔所宣扬的"现代性终结",还是哈贝马斯所坚信的"未完成的现代性工程"?

附录一

法(外)国部分理论家、批评家、作家人名译名对照表

A

阿邦	Habans（J.）
纪尧姆·阿波利奈尔	Apollinaire（Guillaume）
泰奥多尔·阿多诺	Adorno（Theodor Wiesengrund）
安托万·阿尔巴拉	Albalat（Antoine）
亚历山大·阿尔迪	Hardy（Alexandre）
阿尔菲耶里	Alfieri（Vittorio, comte）
马尔塞·阿尔朗	Arland（Marcel）
阿希姆·冯·阿尔尼姆	Arnim（Achim von）
阿尔诺	Arnaud（François-Thomas-Marie de Baculard d'）
米歇尔·阿尔诺	Arnaud（Michel）
安热里克·阿尔诺女修道院长	Arnaud（la mère Angélique）
阿尔让塔尔	Argental（Charles-Augustin de Feriol, comte de）
阿尔坦	Arétin（Pierro Bacci）
安托南·阿尔托	Artaud（Antonin）
托马斯·阿奎那	Aquinas（Thomas）
罗热·阿拉尔	Allard（Roger）
路易·阿拉贡	Aragon（Louis）
阿兰	Alain（pseud. d'Émile-Auguste Chartier）
阿里奥斯托	Arioste（Ludovico）
阿里斯塔克斯	Aristarque de Samothrace
阿里斯托芬	Aristophane
菲利普·阿蒙	Hamon（Philippe）
阿纳克雷昂	Anacréon
巴泰勒米·阿诺	Anneau（Barthélemy）
阿普列尤斯	Apuleius

---

* 按中译名姓氏首字母排序。

于勒·阿塞扎	Assèzat (Jules)
保罗·阿特曼	Hartmann (Paul)
阿扬	Haillan (Bernard de Girard, Seigneur du)
阿扎尔	Hazard (Paul)
埃贝尔	Hebbel (Friedrich)
埃尔韦絮斯（又译爱尔维修）	Helvétius (Claude Adrieu)
埃罗埃特	Héroët (Antoine)
亨利·弗雷德里克·埃米尔	Amiel (Henri Frédéric)
埃米尔·埃纳坎	Hennequin (Émile)
马克斯·埃内斯特	Ernst (Max)
莱昂·埃尼克	Hennique (Léon)
爱德华·埃斯托尼耶	Estaunié (Édouard)
艾迪生	Addison (Joseph)
艾蒂安	Étienne (Charles-Guillaume)
安伯托·艾柯	Eco (Umberto)
约翰·彼得·艾克曼	Eckermann (Johann Peter)
保尔·艾吕雅	Éluard (Paul, pseud. d'Eugene Grindel)
乔治·艾略特	Eliot (George)
亨利·米尔恩·爱德华	Edwards (Henri Milne)
爱默生	Emerson (Ralph Waldo)
安德里厄	Andrieux
安格尔	Ingres (Jean-Auguste-Dominique)
安吉恩公爵	Enghien (duc d')
奥古斯特·安热利耶	Angellier (Auguste)
昂佩尔	Ampère (Jean-Jacques)
奥比尼亚克神甫	Aubignac (Abbé d'Aubignac, François Hédelin)
阿格里帕·德·奥比涅	Aubigné (Agrippa d')
皮埃尔·奥迪亚	Audiat (Pierre)
埃里克·奥尔巴赫	Auerbach (Erich)
奥尔蒙迪朗	Holmondurand
奥古斯都	Auguste
埃米尔·奥吉耶	Augier (Émile)
马克-奥雷尔	Aurèle (Marc)
德尼·奥里埃	Hollier (Denis)
让·奥里厄	Orieux (Jean)

奥利维耶神父	Olivier
奥热尔	Auger
弗朗索瓦·奥日埃	Ogier（François）

B

巴贝尔	Babel（Isaac）
亨利·巴比塞	Barbusse（Henri）
巴迪乌	Badiou
巴尔查克	Balzac（J.-L. Guez de）
费尔南·巴尔当斯佩热	Baldensperger（Fernand）
奥诺雷·德·巴尔扎克	Balzac（Honoré de）
巴格森	Baggesen
巴赫金	Bakhtine（Mikhaïl）
巴朗特男爵	Barante（Amable Guillaume Prosper Brugière, baron de）
巴雷斯	Barrès（Maurice）
夏尔·巴利	Bally（Charles）
巴舍拉尔	Bachelard（Gaston）
乔治·巴塔耶	Bataille（Georges）
罗兰·巴特	Barthes（Roland）
巴托教士	Batteux（Charles）
阿德里安·巴耶	Baillet（Adrien）
亨利·柏格森	Bergson（Henri-Louis）
埃德蒙德·柏克	Burke（Edmund）
柏拉图	Platon
拜伦	Byron（Georges Gordon, lord）
雅克·班维尔	Bainville（Jacques）
朱利安·邦达	Benda（Julien）
邦斯泰唐	Bonstetten（Charles-Victor de）
邦维尔	Banville（Théodore de）
薄伽丘	Boccace
亨利·贝阿尔	Béhar（Henri）
克洛德·贝尔纳	Bernard（Claude）
雅克·贝尔纳	Bernard（Jacques）
让-马克·贝尔纳	Bernard（Jean-Marc）
马克·贝尔纳	Bernard（Marc）

西哈诺·德·贝尔热拉克	Bergerac (Cyrano de)
阿尔贝·贝甘	Béguin (Albert)
阿尼·贝克	Beck (Annie)
安德烈·贝莱索尔	Bellessort (André)
贝朗瑞	Béranger (Pierre Jean de)
贝勒	Berl (Emmanuel)
让·贝勒曼-诺埃尔	Bellemin-Noël (Jean)
贝里公爵	Berry (Charles Ferdinand)
贝吕勒	Bérulle (Pierre de)
贝纳丹·德·圣皮埃尔	Bernardin de Saint-Pierre (Jacques-Henri)
贝纳诺斯	Bernanos (Georges)
保罗·贝尼舒	Bénichou (Paul)
路易·贝特朗	Bertrand (Louis)
贝兹	Bèze (Théodore de)
倍尔	Bayle (Pierre)
埃米尔·本维尼斯特	Benveniste (Émile)
比尔多	Burdeau (Auguste)
比尔纳	Burns (Robert, dit Rabbie)
比菲埃神父	Buffier (Claude)
康拉德·比罗	Bureau (Conrad)
比西-拉比坦	Rabutin (Bussy-)
彼特拉克	Pétrarque (François)
让·毕尔戈	Burgos (Jean)
迈内·德·毕朗	Biran (Maine de)
毕沙	Bichat (Marie François Xavier)
波德莱尔	Baudelaire (Charles)
乔治·波尔蒂	Polti (Georges)
西蒙娜·德·波伏娃	De Beauvoir (Simone)
佩特鲁斯·波莱尔	Borél (Petrus)
让·波朗	Paulhan (Jean)
让·波米耶	Pommier (Jean)
勒内·波莫	Pomeau (René)
玛丽·波拿巴	Bonaparte (Marie)
乔治·伯克利	Berkeley (George)
伯利克里斯	Périclès
伯罗	Pélops

艾米莉·勃朗特	Brontë（Emily）
夏尔·博杜安	Baudouin（Charles）
莱昂·博凯	Bocquet（Léon）
博马舍	Beaumarchais（Pierre-Augustin Caron de）
安德烈·博米耶	Beaunier（André）
博纳尔德	Bonald（Louis de）
伊夫·博纳富瓦	Bonnefoy（Yves）
博努尔	Bonhours（P.）
博须埃	Bossuet（Jacques Bénigne）
圣乔治·德·布埃利埃	Bouhélier（Saint-Georges de）
居斯塔夫·布尔丹	Bourdin（Gustave）
皮埃尔·布尔迪厄	Bourdieu（Pierre）
克洛德·布尔蒙	Bremond（Claude）
保罗·布尔热	Bourget（Paul）
布封	Buffon（Georges-Louis Leclerc de）
布莱克	Blake（William）
乔治·布兰	Blin（Georges）
布兰维尔	Blainville（Henri Ducrotay de）
马塞尔·布朗热	Boulenger（Marcel）
莫里斯·布朗肖	Blanchot（Maurice）
安德烈·布勒东	Breton（André）
亨利·布雷蒙	Brémond（abbé Henri）
布雷纳诺	Brénanos
布雷亚尔	Bréal
布利克	Brik（Ossip）
莱昂·布卢姆	Blum（Léon）
布卢姆菲尔德	Bloomfield
布鲁阿	Bloy（Léon）
布鲁图	Brutus（Marcus Junius）
布伦岱	Blondet
费迪南·布伦蒂埃	Brunetière（Ferdinand Vincent-de-Paul Marie）
弗朗茨·布伦塔诺	Brentano（Franz）
费尔南·布罗代尔	Braudel（Fernand）
布罗塞特	Brossette（Claude）
布罗兹	Buloz（François）
布洛克曼	Broekman（Jan Maurits）

布吕奈尔	Brunel（Pierre）
韦恩·C.布思	Booth（Wayne C.）
米歇尔·布托	Butor（Michel）
布瓦洛	Boileau-Despréaux（Nicolas）
诺·德·布瓦热尔曼	Boisjermain（Luneau de）
布歇	Boucher（François）

C

茨威格	Zweig

D

欧仁·达比	Dabit（Eugène）
达朗贝尔	D'Alembert（Jean Le Rond）
让·达尼埃尔	Daniel（Jean）
菲里克斯·达万	Davin（Félix）
达西埃夫人	Dacier（Anne Lefebvre）
圣弗朗索瓦·达西斯	D'Assise（Saint François）
安德烈·达西耶	Dacier（André）
代博尔德-瓦尔莫	Desbordes-Valmore
代皮奈夫人	D' Epinay（Louise Tardieu d'Esclavelles Epinay, dite Mme）
埃米尔·戴尚	Deschamps（Émile）
雅克·勒菲弗·戴塔普勒	D'Étaples（Jacques Lefèvre）
约翰·孔哈德·丹恩豪尔	Dannhauer（Johann Conrad）
丹尼斯	Dennis（John）
朱莉·丹热内	D'Angennes（Julie）
德彪西	Debussy（Claude）
雷吉斯·德布雷	Debray（Régis）
雷蒙德·德布雷-热奈特	Debray-Genette（Raymonde）
卡西米尔·德尔瓦涅	Delvaigne（Casimir）
德封泰纳	Desfontaines（Pierre-François Guydot）
德罗顿·德伽里埃	D'Aigalier（DeLaudun）
德卡兹	Decazes（Élie）
德拉克洛瓦	Delacroix（E.）
亨利·德拉克洛瓦	Delacroix（Henri）
加西米尔·德拉维涅	Delavigne（Casimir）

德莱登	Dryden（John）
德雷福斯	Dreyfus
德雷克吕兹	Delécluze
德里达	Derrida（Jacques）
德里厄·拉·罗谢勒	Drieu La Rochelle（Pierre）
德利尔教士	Delille（Jacques）
马塞尔·德鲁安	Drouin（Marcel）
路易·德普雷	Desprez（Louis）
厄斯塔什·德尚	Deschamps（Eustache）
夏尔-马丽·德斯格朗热	Desgranges（Charles-Marie）
罗朗·德斯内	Desné（Roland）
安德烈·德瓦尔	Derval（André）
埃米尔·德夏内尔	Deschanel（Émile）
加布里埃尔·邓南遮	D'Annunzio（Gabriele）
狄德罗	Diderot（Denis）
威廉·狄尔泰	Dilthey（Wilhelm）
狄摩西尼	Démosthène
迪博教士	Dubos（abbé Jean-Baptiste）
奥诺雷·迪尔菲	D'Urfée（Honoré）
迪费雷尼	Dufresny（Charles）
艾莱娜·迪弗尔	Dufour（Hélène）
迪朗蒂	Duranty（Louis Edmond）
弗朗索瓦·迪朗热尔	Durangel（François）
玛丽-雅纳·迪里	Durry（Marie-Jeanne）
迪马	Dumas（MM.）
埃米尔·迪帕特里	Dupatry（Émile）
格拉蒂安·迪蓬	Du Pont（Gratien）
夏尔·迪皮	Dupuis（Charles）
阿莫里·迪瓦尔	Duval（Amaury）
康坦·迪瓦尔	Durward（Quentin）
爱德华·迪雅尔丹	Dujardin（Édouard）
若塞·路易斯·迪亚兹	Díaz（José Luis）
笛卡尔	Descartes（René）
蒂埃里	Thierry（Augustin）
蒂埃里奥	Thiériot
阿尔贝	Thibaudet（Albert）

保罗·梵·蒂根	Van Tieghem（Paul）
路德维格·蒂克	Tieck（Johann Ludwig）
蒂里潘	Turlupin（Henri Legrand, dit）
莱昂·都德	Daudet（Léon）
杜贝莱	Du Bellay
杜勃罗夫斯基	Doubrovsky（Serge）
夏尔·杜博	Du Bos（Charles）
莫里斯·马丁·杜伽尔	Du Gard（Maurice Martin）
罗歇·马丁·杜伽尔	Du Gard（Roger Martin）
玛格丽特·杜拉斯	Duras（Marguerite）
吉尔贝·杜朗	Durand（Gilbert）
勒内·杜米克	Doumic（René）
让·杜维尼奥	Duvignaud（Jean）
克洛德·杜歇	Duchet（Claude）
乔治·杜亚美	Duhamel（Georges）
巴尔贝·多尔维利	D'Aurevilly（Jules Amédée Barbey）
莱奥·多费尔	D'Orfer（Léo）
让-马里·多梅纳克	Domenach（Jean-Marie）
多努	Daunou

E

莪相	Ossian
厄梅尼德	Euménides
恩培多克勒	Empédocle

F

皮埃尔·法布里	Fabri（Pierre）
法尔格	Fargue（Léon-Paul）
埃米尔·法盖	Faguet（Émile）
阿纳托尔·法朗士	France（Anatole）
罗热·法约尔	Fayolle（Roger）
范德贝克	Vanderbeke
亨利·菲尔丁	Fielding（Henry）
菲勒蒂埃	Furetière（Antoine）
夏尔-路易·菲力浦	Philippe（Charles-Louis）
费德尔	Phèdre

费多	Feydeau
拉蒙·费尔南德斯	Fernandez (Ramon)
吕西安·费弗尔	Febvre (Lucien)
费奈隆	Fénelon (François de Salignac de La Mothe-Fénelon, dit)
费内翁	Fénéon
费瓦尔	Feval
贝纳尔·费伊	Faÿ (Bernard)
路易·德·丰塔诺	Fontanes (Louis de)
丰特奈尔	Fontenelle (Bernard)
弗雷隆	Fréron (Élie)
弗里德里希	Friedrich (Hugo)
弗洛伊德	Freud (Sigmund)
弗耶	Feuillet (Octave)
路易·弗约	Veuillot (Louis-François)
伏尔泰	Voltaire
福尔梅	Formey
福柯	Foucault (Michel)
威廉·福克纳	Faulkner (William)
福里埃尔	Fauriel (Claude Charles)
福楼拜	Flaubert (Gustave)
泽维尔·福内雷	Forneret (Xavier)
克劳德·福谢	Fauchet (Claude)

G

盖埃诺	Guéhenno (J.)
亨利·盖昂	Ghéon (Henri, pseud. d'Henri Vangeon)
莫里斯·德·盖朗	Guérin (Maurice de)
高乃依	Corneille (Pierre)
吕西安·戈德曼	Goldmann (Lucien)
泰奥菲勒·戈蒂埃	Gauthier (Théophile)
戈里埃	Gaullyer
哥白尼	Copernic Nicolas
歌德	Goethe
朱利安·格拉克	Gracq (Julien)
格拉赛	Grasset (Bernard)

贝尔纳·格勒热桑	Groethuysen (Bernard)
格雷马斯	Greimas (Algirdas Julien)
格里姆	Grimm (Melchior)
朱利安·格林	Green (Julien)
格林兄弟	Grimm (Jacob Ludwig Karl et Wilhelm Karl)
龚布洛维茨	Gombrowicz (W.)
龚古尔兄弟	Goncourt (Edmond Louis Antoine et Jules Alfred Huot de)
邦雅曼·贡斯当	Constant (Benjamin)
古达尔	Goudall (L.)
雷·德·古尔蒙	Gourmont (Remy de)
古热教士	Goujet (Claude Pierre)
谷若则	Greuze
尼古拉·果戈里	Gogol (Nikolaï Vassilievitch)

H

托马斯·哈代	Hardy (Thomas)
冯·哈特曼	Hartmann (Eduard von)
马丁·海德格尔	Heidegger (Martin)
恩斯特·海克尔	Haeckel (Ernst Heinrich)
达许·汉密特	Hammett (Samuel Dashiell)
荷尔德林	Hölderlin
荷马	Homère
贺拉斯	Horace
赫尔默斯	Hermès
黑尔施贝格-彼埃罗	Herschberg-Pierrot (A.)
黑格尔	Hegel (Georg)
胡塞尔	Husserl (Edmund)
沃尔特·惠特曼	Whitman (Walt)
霍夫曼斯塔尔	Hofmannsthal
霍普金斯	Hopkins (G.M.)

J

基诺	Quinault (Philippe)
让·吉奥诺	Giono (Jean)
勒内·吉尔	Ghil (René François Ghilbert, dit René

皮埃尔·吉尔贝	Gilbert (Pierre)
勒内·吉拉尔	Girard (René)
吉拉尔丹	Girardin (Émile de)
圣马克·吉拉尔丹	Girardin (Saint-Marc)
吉罗	Guiraud (Alexandre)
维克多·吉洛	Giraud (Victor)
吉耶维克	Guillevic (Eugène)
路易·吉尤	Guilloux (Louis)
吉佐	Guizot (François Pierre Guillaume)
安德烈·纪德	Gide (André Paul Guillaume)
季罗杜	Giraudoux (Jean)
伽达默尔	Gadamer
加尔维诺	Calvino
加尔文	Calvin (dit Jean Cavin)
埃里·加克尔	Garcle (Hélye)
加拉斯神甫	Garasse (François)
加里克	Garrick
加里亚尼	Galiani
加利马尔	Gallimard (G.)
加卢瓦	Galois (Jean)
阿尔贝·加缪	Camus (Albert)
居里奥利	Culioli (A.)
居维利埃-弗勒里	Cuvillier-Fleury
贡斯当丹·居伊	Guys (Constantin)
安德烈·居约	Guyaux (André)

K

卡巴尼斯	Cabanis (Pierre Jean-Georges)
卡博克拉特	Carpocrate
奥利维耶·卡迪奥	Cadiot (Olivier)
卡顿	Caton (D'utique)
居斯塔夫·卡恩	Kahn (Gustave)
卡尔德朗	Calderan de la Barca
朱韦纳尔·德·卡尔朗卡	Carlencas (Jouvenel de)
东·卡尔梅	Calmet (Dom Augustin)
卡拉希奥利	Caraccioli

托马斯·卡莱尔	Carlyle (Thomas)
卡里蒂德	Caritidès
卡鲁斯	Carus
刘易斯·卡罗尔	Carroll (Lewis)
卡莫恩	Camêons
贝蒂·卡农	Cannon (Betty)
伊波利特·卡斯蒂伊	Castille (Hippolyte)
乔治·卡斯特	Castex (Pierre-Georges)
卡苏	Cassou (J.)
罗歇·凯卢瓦	Caillois (Roger)
卡尔·凯伦依	Kerényi (Karl)
凯律斯伯爵	Caylus (Anne-Claude-Philippe de Tubières, comte de)
凯普林	Kiplin
恺撒	César (Jules)
卡特勒梅尔·坎西	Quincy (Quatremère de)
伊曼努尔·康德	Kant (Immanuel)
科比埃尔	Corbière
科波	Copeau (J.)
让·科恩	Cohen (Jean)
科尔贝尔	Colbert (Jean-Baptiste)
科尔比内里	Corbinelli
约泽·科尔蒂	Corti (José)
科尔泰斯	Koltès
让·科克托	Cocteau (Jean)
科勒泰	Colletet
亨利·科卢阿尔	Clouard (Henri)
雷蒙·科诺	Queneau (Raymond)
科佩	Coppée
亚历山大·科耶夫	Kojève (Alexandre)
克尔凯郭尔	Kierkegaard (Søren Aabye)
克拉玛耶伯爵	Cramail
克莱奥	Clio (en grec Cleio)
皮埃尔·克莱芒	Clément (Pierre)
克雷比荣	Crébillon (Prosper Jolyot de)
邦亚曼·克雷米厄	Crémieux (Benjamin)

朱莉娅·克里斯蒂娃	Kristeva（Julia）
克洛卜施托克	Klopstock（Friedrich Gottlieb）
保尔·克洛岱尔	Claudel（Paul）
克洛索斯基	Klossowski
奥古斯特·孔德	Comte（Auguste）
孔狄亚克	Condillac（Étienne Bonnot de）
孔多尔芒	Condorman
孔多塞	Condorcet（Antoine Nicolas de Caritat）
安托万·孔帕尼翁	Compagnon（Antoine）
米歇尔·孔塔	Contat（Michel）
孔泰大公	le Grand Condé（Louis II de Bourbon-Condé, dit）
欧内斯特-罗贝尔·库尔蒂斯	Curtius（Ernst Robert）
库尔泰斯	Courtes（J.）
库珀	Cooper（James Fenimore）
库赞	Cousin（Victor）
昆提利安	Quintilianus（Marcus Fabius）

L

拉阿尔普	La Harpe（Jean-François de La Harpe, dit）
拉比什	Labiche（Eugène）
亚历山大·德·拉波尔德	Laborde（Alexandre de）
拉伯雷	Rabelais（François）
拉布吕耶尔	La Bruyère（Jean de）
瓦莱里·拉尔波	Larbaud（Valery）
拉斐尔	Raphaël
拉封丹	La Fontaine（Jean de）
奥古斯特·拉封丹	Lafontaine（Auguste）
拉福格	Laforgue（Jules）
让·拉古迪尔	Lacouture（Jean）
保罗·拉孔布	Lacombe（Paul）
拉罗什富科	La Rochefoucauld（François, duc de）
拉马丁	Lamartine（Alphonse Marie Louis de）
拉马克	Lamarck（Jean-Baptiste Pierre Antoine de Monet, chevalier de）
拉梅内	Lamennais（Hugues-Félicité Robert de）

拉门奈	Lammenais (Felicité de)
拉莫特	La Motte (Antoine Houdar de)
拉潘神甫	Rapin
皮埃尔·拉塞尔	Lasserre (Pierre)
拉图什	Latouche (Hyacinthe Tharaud de Latouche, dit Henri de)
拉瓦勒特红衣主教	Valette (La)
拉维斯	Lavisse (Ernest)
拉肖塞	La Chaussée (Pierre-Claude Vivelle de)
拉辛	Racine (Jean)
莱昂斯	Lyons
莱奥托	Léautaud (Paul)
提图斯·李维	Live (Tite-)
米歇尔·莱里斯	Leiris (Michel)
莱辛	Lessing (Gotthold Ephraim)
兰波	Rimbaud (Arthur)
雅克·朗方	Lanfant (Jacques)
朗格卢瓦	Langlois (Charles-Victor)
朗吉努斯	Longinus (Cassius)
尼农·德·朗克罗	L'Enclos (Anne «Ninon» de, ou Ninon de Lenclos)
居斯塔夫·朗松	Lanson (Gustave)
勒布伦	Lebrun (Ponce Denis)
特里斯坦·勒尔米特	L'Hermite (Tristan)
阿尔塞纳·勒格雷勒	Legrelle (Arsene)
皮埃尔·勒吉	Leguy (Pierre)
勒坎	Lekain (pseud. d'Henri-Louis Cain)
伊万·勒克莱尔	Leclerc (Yvan)
勒克莱齐奥	Le Clézio (Jean-Marie Gustave)
皮埃尔·勒卢	Leroux (Pierre)
于勒·勒迈尔	Lemaire (Jules)
于勒·勒迈特	Lemaître (Jules)
让·勒梅尔	Lemaire de Belges (Jean)
勒梅西埃	Lemercier (Louis-Jean Népomucène)
乔治·勒纳尔	Renard (Georges)
于勒·勒纳尔	Renard (Jules)
埃内斯特·勒南	Renan (Joseph Ernest)

菲力普·勒热纳	Lejeune（Philippe）
勒图尔纳	Letourneur（Pierre）
皮埃尔·勒韦迪	Reverdy（Pierre）
托尼·勒维永	Revillon（Toni）
雷蒂夫·德·拉布勒托内	Rétif de la Bretonne（Nicolas Edme Rétif ou）
米歇尔·雷蒙	Raimond（Michel）
马塞尔·雷蒙	Raymond（Marcel）
马蒂兰·雷尼埃	Régnier（Mathurin）
雷萨	Raïssa
于勒·德·雷塞吉耶	Rességuier（Jules de）
黎塞留	Richelieu
黎梓达	Lysidas
泰奥迪勒·里博	Ribot（Théodule）
里尔克	Rilke（Rainer Maria）
迈克尔·里法泰尔	Riffaterre（Michael）
让·里卡杜	Ricardou（Jean）
罗贝尔·里卡特	Ricatte（Robert）
里瓦洛尔	Rivarol
雅克·里维埃	Rivière（Jacques）
让-皮埃尔·里夏尔	Richard（Jean-Pierre）
理查森	Richardson
勒孔特·德·利尔	Leconte de Lisle（Charles Marie René）
保尔·利科尔	Ricœur（Paul）
雅克·利奈尔	Leenhart（Jacques）
亨利·列斐伏尔	Lefebvre（Henri）
列维-斯特劳斯	Lévi-Strauss（Claude）
龙沙	Ronsard（Pierre de）
隆格维尔	Longueville
珀西·卢伯克	Lubbock（Percy）
乔治·卢卡契	Lukacs（Georg）
卢克莱	Lucrèce
艾蒂安·卢斯托	Lousteau（Étienne）
让-雅克·卢梭	Rousseau（Jean-Jacques）
让-巴蒂斯特·鲁索	Rousseau（Jean-Baptiste）
莫里斯·鲁佐	Rouzaud（Maurice）
路易丝·科莱	Colet（Louise）

玛尔特·罗贝尔	Robert (Marthe)
罗伯-格里耶	Robbe-Grillet (Alain)
罗伯斯庇尔	Robespierre
罗彻斯特	Rochester (John Wilmot, comte de)
罗兰	Rollin (Charles)
于勒·罗曼	Romains (Jules)
约翰·罗斯金	Ruskin (John)
伊波利特·罗耶-科拉尔	Royer-Collard (Hippolyte)
莫里斯·洛加	Laugaa (Maurice)
雅克·洛朗	Laurent (Jacques)
洛朗-皮沙	Pichat (Laurent-)
洛雷	Loret (Jean)
洛什菲德	Rochefide
洛特雷阿蒙	Lautreamont (comte de, pseud. d'Isidore Lucien Ducasse)
吕西安·德·吕邦布雷	Rubempré (Lucien de)
居斯塔夫·吕德莱	Rudler (Gustave)
吕里	Lulli (Jean-Baptiste)
安德烈·吕泰尔	Ruythers (André)

M

马尔布朗什	Malebranche
安德烈·马尔罗	Malraux (André)
欧仁·马尔桑	Marsan (Eugène)
马基雅维利	Machiavel (Nicolas)
让-皮埃尔·马克桑斯	Maxence (Jean-Pierre)
马克思	Marx (Karl)
斯特凡·马拉梅	Mallarmé (Stéphane)
马莱伯	Malherbe (François de)
雅克·马里坦	Maritain (Jacques)
马里沃(又译马利伏)	Marivaux (Pierre Carlet de Chamblain de)
克莱芒·马罗	Marot (Clément)
让·马罗	Marot (Jean)
马蒙泰尔	Marmontel (Jean-François)
格扎维埃·马米埃	Marmier (Xavier)
马内	Manet

马涅南	Magnin（Charles）
马让迪	Magendie（François）
贝特朗·马沙尔	Marchal（Bertrand）
亨利·马西斯	Massis（Henri Amédée Félix）
纪尧姆·马肖	Machaut（Guillaume de）
皮埃尔·马歇雷	Macherey（Pierre）
迈拉尔	Mayrard
迈雷	Mairet
麦克夫森	Macpherson
多米尼克·曼戈诺	Maingueneau（Dominique）
梅雷骑士	Méré（Antoine Gombaud, chevalier de）
梅里美	Mérimée（Prosper）
梅里亚克	Merlhiac（Marie Martin Guillaume de Gilibert de）
梅洛-庞蒂	Merleau-Ponty
梅纳热	Ménage
梅斯特	Mester
梅西埃	Mercier（Louis-Sébastien）
亨利·梅肖尼克	Meschonnic（Henri）
美第奇	Médicis
欧仁·蒙福尔	Montfort（Eugène）
蒙斯雷	Monselet
埃米尔·蒙泰居	Montégut（Émile）
亨利·蒙泰朗	Montherlant（Henri de）
蒙特罗	Montereau
蒙田	Montaigne（Michel Eyquem, seigneur de）
孟德斯鸠	Montesquieu（Charles Louis de Secondat, baron de）
约翰·弥尔顿	Milton（John）
吕西安·米尔费尔德	Muhlfeld（Lucien）
贝阿·德·米拉	Muralt（Béat de）
米拉博	Mirabeau
于勒·米舍莱	Michelet（Jules）
弗里德里克·米斯特拉尔	Mistral（Frédéric）
米肖	Michaux（Henri）
米约	Millot（Claude-François-Xavier）
缪塞	Musset（Alfred de）
莫泊桑	Maupassant（Henri René Albert Guy de）

帕特里克·莫迪亚诺	Modiano (Patrick)
达尼埃尔·莫尔内	Mornet (Daniel)
夏尔·莫拉斯	Maurras (Charles Marie Photius)
莫朗	Morand (Paul)
莫雷	Molé
莫雷雅斯	Moréas (Jean)
莫里哀	Molière (Jean-Baptiste Poquelin, dit)
克洛德·莫里亚克	Mauriac (Claude)
弗朗索瓦·莫里亚克	Mauriac (François)
夏尔·莫隆	Mauron (Charles)
安德烈·莫卢瓦	Maurois (André)
埃马纽埃尔·莫尼耶	Mounier (Emmanuel)
莫扎特	Mozart (Wolfgang Amadeus)
让·德·默尔	Meur (Jean de)

N

拿当	Nathan
纳比	Nabis
奥克塔夫·纳达尔	Nadal (Octave)
莫里斯·纳多	Nadeau (Maurice)
纳弗	Naves (R.)
皮埃尔·纳维尔	Naville (Pierre)
奈瓦尔	Nerval (Gérard de)
阿尔弗雷德·内特芒	Nettement (Alfred)
尼采	Nietzsche (Friedrich Wilhelm)
尼古拉	Nicole (Pierre)
尼扎尔	Nisard (Désiré)
雅克·聂福	Neef (J.)
诺尔维尔	Norville
诺瓦利斯	Novalis

O

欧里庇得斯（又译俄底庇德）	Euripides

P

帕尔费兄弟	Parfaict (François et Claude)
加斯东·帕里斯	Paris (Gaston)
埃蒂安纳·帕斯基埃	Pasguier (Étienne)
帕斯捷尔纳克	Pasternak (Boris)
帕斯卡尔	Pascal (Blaise)
多斯·帕索斯	Dos Passos (John Roderigo)
居伊·帕坦	Patin (Guy)
维克多·帕维	Pavie (Victor)
帕维尔	Pavel (Thomas)
帕西	Passy (J.)
庞库克	Panckoucke (Charles-Joseph)
培根	Bacon (Francis)
亨利·佩尔	Peyre (Henri)
雅克·佩尔蒂埃	Peletier (Jacques)
夏尔·佩吉	Péguy (Charles)
安德烈·佩兰	Perrin (André)
乔治·佩雷克	Perec (Georges)
夏尔·佩罗	Perrault (Charles)
佩罗	Peyraud
沃尔特·佩特	Pater (Walter)
佩特罗纳	Pétrone
阿尔芒·德·蓬马丹	Pontmartin (Armand de)
勒弗朗·德·蓬皮尼昂	Pompignan (Lefranc de)
弗朗西斯·蓬热	Ponge (Francis)
蓬萨尔	Ponsard (François)
蓬斯教士	Pons (Gaspard de)
德·皮尔教士	Pure (Abbé de)
查尔斯·皮尔斯	Peirce (Charles)
米歇尔·皮卡尔	Picard (Michel)
雷蒙·皮卡尔	Picard (Raymond)
加埃唐·皮孔	Picon (Gaëtan)
鲍里斯·皮涅克	Pilniak (Boris, pseud. de Boris Andreïevitch Wogau)
皮萨尼	Pisani

克洛德·皮舒瓦	Pichois (Claude)
帕斯卡尔·皮亚	Pia (Pascal)
品达	Pindare (en grec Pindaros)
爱伦·坡	Poe (Edgar Allan)
珀蒂让	Petitjean (A.-M.)
蒲柏	Pope (Alexander)
普拉耶	Poulaille (Henry)
乔治·普莱	Poulet (Georges)
居斯塔夫·普朗什	Planche (Gustave)
让·普雷沃	Prévost (Jean)
普雷沃教士	Prévost (abbé Antoine François)
(老)普林尼	Pline
普鲁东	Proudhon (Pierre-J.)
普鲁斯特	Proust (Marcel)
弗拉基米尔·普罗普	Propp (Vladimir)
叙利·普吕多姆	Prudhomme (Sully, pseud. d'Armand François Prudhomme)
普桑	Poussin
弗朗西斯·普瓦科特万	Poictevin (Francis)

Q

皮埃尔·齐马	Zima (Pierre)
格奥尔格·齐美尔	Simmel (Georg)
乔姆斯基	Chomsky (Noam)
杰弗里·乔叟	Chaucer (Geoffrey)
詹姆斯·乔伊斯	James (Joyce)
本·琼森	Jonson (Ben)
屈维耶	Cuvier

R

皮埃尔·冉格内	Ginguené (Pierre-Louis)
安德烈·热尔曼	Germain (André)
热拉尔·热奈特	Genette (Gérard)
让·热内	Genet (Jean)
荣格	Jung (Carl Gustav)
约瑟夫·茹贝尔	Joubert (Joseph)

皮埃尔-让·茹夫	Jouve（Pierre-Jean）
茹弗鲁瓦	Jouffroy（Théodore）
卡米尔·若尔丹	Jordan（Camille）
朱利安-路易·若弗鲁瓦	Geoffroy（Julien-Louis）
若马内	Normann

S

托马·萨比耶	Sébillet（Thomas）
萨德	Sade（Donatien Alphonse François, marquis de）
弗朗西斯克·萨尔塞	Sarcey（Francisque）
萨拉欣	Sarasin
萨朗格尔	Sallengre
德尼·德·萨洛	Sallo（Denis de）
让-保罗·萨特	Sartre（Jean-Paul）
萨瓦奇	Savage（Richard）
萨米埃尔·德·萨西	Sacy（Samuel de）
让·巴蒂斯特·塞	Say（Jean Baptiste）
塞夫	Scève（Maurice）
塞林纳	Céline（Louis-Ferdinand, pseud. de Louis-Ferdinand Destouches）
塞纳尔	Senard
塞内克	Sénèque
夏尔·塞涅博斯	Seignobos（Charles）
塞尚	Cézanne
塞万提斯	Cervantes
德·塞维涅夫人	Sévigné（Marie de Rabutin-Chantal, marquise de）
埃内斯特·塞依埃	Seillière（Baron Ernest）
乔治·桑	Sand（Georges）
桑德拉尔	Cendrars（Blaise）
桑多	Sandeau（Leonard Sulvain Julien）
桑纳扎罗	Sannazar
沙夫茨伯里	Shaftesbury
菲拉雷特·沙勒	Chasles（Philarète）
莎士比亚	Shakespeare（William）
尚福尔	Chamfort（Roch Nicolas）
尚福勒里	Champfleury（Jules Husson dit）

让·德·舍朗德尔	Schelandre (Jean de)
什克洛夫斯基	Chklovski (Victor)
埃德蒙·什莱	Schérer (Edmond)
圣阿芒	Saint-Amant (Marc-Antoine Girard, sieur de)
圣埃弗尔蒙	Saint-Évremont (Charles de Saint-Denis de)
圣伯夫	Sainte-Beuve (Charles Augustin)
圣博纳旺蒂尔	Saint-Bonaventure
圣弗朗索瓦·德·萨勒	Saint François de Sales
圣富瓦	Saint-Foix (George Poullain, comte de)
圣朗贝尔	Saint-Lambert (Jean-François, marquis de)
圣马丁	Saint-Martin (Louis Claude de)
圣莫尔	Saint-Maur
圣琼·佩斯	Saint-John Perse (Alexis Léger, dit)
梅兰·德·圣热莱	Saint-Gelais (Melin de)
德马雷·德·圣索尔兰	Saint-Sorlin (Desmaret de)
圣泰蕾兹	Sainte-Thérèse
圣托马斯	Saint-Thomas
圣瓦尔利	Saint-Valry
保罗·德·圣维克多伯爵	Saint-Victor (Paul Bins, comte de)
圣西朗	Saint-Cyran
圣西门	Saint-Simon (Claude-Henri de Rouvroy, comte de)
泰米瑟尔·德·圣亚森特	Saint-Hyacinthe (Themiseul de)
拉凡·德·圣耶内	Saint-Yenne (Étienne La Font de)
若弗鲁瓦·圣伊莱尔	Saint-Hilaire (Geoffroy)
施本尔	Spener (Philip Jacob)
弗里德里希·施莱格尔	Schlegel (Karl Wilhelm Friedrich von)
让·施伦贝格	Schlumberger (Jean)
莱奥·施皮策	Spitzer (Leo)
罗伯特·路易斯·史蒂文森	Stevenson (Robert Louis Balfour)
舒兰神甫	Surin (Père)
沃尔特·司各特	Scott (Walter)
司汤达	Stendhal (pseud. de Marie-Henri Beyle)
斯宾诺莎	Spinoza
赫伯特·斯宾塞	Spencer (Herbert)
斯蒂尔	Steele (Richard)
斯居代里	Scudéry

斯卡利热	Scaliger (Jules César)
保尔·斯卡龙	Scarron (Paul)
德尼·斯拉克塔	Slakta (Denis)
让·德·斯蓬德	Sponde (Jean de)
斯塔尔夫人	Staël (Anne-Louise Germaine Necker, baronne de)
保罗·斯塔菲尔	Stapfer
斯塔罗宾斯基	Starobinski (Jean)
斯坦纳	Steiner (Georges)
福蒂纳·斯特罗夫斯基	Strowski (Fortunat)
保罗·苏代	Souday (Paul)
保罗·苏理奥	Souriau (Paul)
亚历山大·苏梅	Soumet (Alexandre)
安德烈·苏亚雷斯	Suarès (André)
索福克勒斯	Sophocles
索绪尔	Saussure (Ferdinand de)

T

阿尔弗雷德·德·塔尔德	Tarde (Alfred de)
让-加布里埃尔·德·塔尔德	Tarde (Jean-Gabriel de)
塔索	Tasso (Torquato Tasso, dit Le Tasse)
雅克·塔于罗	Tahureau (Jacques)
安德烈·泰里夫	Thérive (André)
伊波利特·泰纳	Taine (Hippolyte Adolphe)
忒提斯	Thétis
约瑟夫·特克斯特	Texte (Joseph)
德斯蒂·德·特拉西	Tracy (Antoine Destutt de)
雷蒙·特鲁松	Trousson (Raymond)
特伦斯	Terentius Afer (Publius)
亨利·特罗亚	Troyat (Henri)
特吕布莱教士	Trublet (Nicolas Charles Joseph)
图森	Toussaint
埃米尔·涂尔干	Durkheim (Émile)
屠格涅夫	Tourgueniev (Ivan Sergueïevitch)
茨维坦·托多罗夫	Todorov (Tzvetan)
列夫·托尔斯泰	Tolstoï (Lev Nikolaïevitch)

陀思妥耶夫斯基	Dostoïevski（Fiodor Mikhaïlovitch）

W

瓦蒂尔	Voiture（Vincent）
瓦尔蒙	Valmont
威廉·理查德·瓦格纳	Wagner（Wilhelm Richard）
焦尔吉奥·瓦拉	Valla（Giorgio）
保尔·瓦莱里	Valéry（Paul）
于勒·瓦莱斯	Vallès（Jules）
吕西利奥·瓦尼尼	Vanini（Lucilio）
瓦谢	Vaché（Jacques）
奥斯卡·王尔德	Wilde（Oscar）
费尔南·旺代朗	Vandérem（Fernand）
威彻利	Wycherly（G.）
勒内·韦勒克	Wellek（René）
韦托利	Vettori
泰奥菲尔·德·维奥	Viau（Théophile de）
夏尔·德·维尔	Villes（Charles de）
维尔曼	Villemain（Abel-François）
洛普·德·维伽	Vega（Lope de）
维吉尔	Virgile
维科	Vico
维利埃·德·里勒–亚当	Villiers de l'Isle-Adam（Jean-Marie-Mathias-Philippe-Auguste de）
维尼	Vigny（Alfred Victor, comte de）
泰奥多尔·德·维齐瓦	Wyzewa（Téodor de, pseud. de T. Wyzewski）
维泰	Vitet（Ludovic）
维庸	Villon（F.）
多诺·德·维泽	Visé（Donneau de）
魏尔伦	Verlaine（Paul-Marie）
温克尔曼	Winckelmann（Johann Joachim）
霍勒斯·沃波尔	Walpole（Horace）
亨利·沃尔德格雷夫	Waldegrave（Henry）
沃尔内伯爵	Volney（Constantin-François de Chasseboeuf, comte de）
梅尔基奥尔·德·沃居埃	Vogüé（Eugène-Melchior de）

沃日拉	Vaugelas
沃韦纳格	Vauvenargues（Luc de Clapiers marquis de）

X

西隆	Silhon
皮埃尔-亨利·西蒙	Simon（Pierre-Henri）
西尼雅克	Signac（Paul）
西塞罗	Cicéron
西斯蒙第	Sismondi（Jean-Charles-Léonard Simonde de）
弗里德里希·席勒	Schiller（Johann Christoph Friedrich von）
阿兰·夏蒂埃	Chartier（Alain）
夏多布里昂	Chateaubriand（François-René, vicomte de）
罗贝尔·夏尔	Challe（Robert）
勒内·夏尔	Char（René）
米歇尔·夏尔	Charles（Michel）
夏尔丹	Chardin
皮维斯·德·夏凡纳	Chavannes（Puvis de）
夏普兰	Chapelain（Jean）
肖德泽格	Chaudesaigues（Charles Barthélemy）
谢纳多莱	Chênedollé（Charles-Julien Lioult de）
安德烈·谢尼埃	Chénier（André）
絮亚尔	Suard（Jean Baptiste Antoine）

Y

罗曼·雅各布森	Jakobson（Roman）
菲利普·雅各泰	Jaccottet（Philippe）
雅克·拉康	Jacques（Lacan）
雅里士塔尔克	Arestarque
埃德蒙·雅卢	Jaloux（Edmond）
弗朗西斯·雅姆	Jammes（Francis）
于勒·雅南	Janin（Jules）
皮埃尔·亚伯拉罕	Abraham（P.）
安托万·亚当	Adam（Antoine）
朱丽叶·亚当	Adam（Juliette）
亚里士多德	Aristote
保罗·亚历克西	Alexis（Paul）

爱德华·扬	Young（Edward）
汉斯·罗伯特·姚斯	Jauss（Hans Robert）
哈索·耶格尔	Jaeger（Hasso）
叶斯柏森	Jesperson（Jens Otto Harry）
伊拉依教士	Irailh（Augustin Simon）
沃尔夫冈·伊瑟尔	Iser（Wolfgang）
安娜·尤伯斯费尔德	Ubersfled（Anne）
尤奈斯库	Ionesco（Eugène）
于埃	Huet（Pierre Daniel）
路易·于尔巴克	Ulbach（Louis）
于勒·于雷	Huret（Jules）
乔里-卡尔·于斯曼	Huysmans（Joris-Karl）
维克多·雨果	Hugo（Victor）
约翰逊	Johnson（Samuel）

Z

伊斯雷尔·赞格威尔	Zangwill（Israel）
保罗·赞托	Zumthor（Paul）
扎比斯基	Zabiesky
亨利·詹姆斯	James（Henry）
珀蒂·德·朱勒维尔	Julleville（Petit de）
埃米尔·左拉	Zola（Émile）
佐伊尔	Zoïle

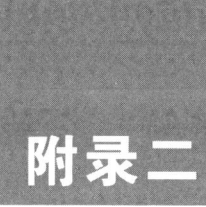

附录二

参考书目

一、外文书目:

ALAIN, *Balzac*, Gallimard, « Tel », 1999.

ALAIN, *Les Arts et les Dieux*, Gallimard, « Bibliothèque de la Pléiade », 1958.

AMPERE, J.-J., *Journal général de l'Instruction publique*, 20 février 1834, no° 32, p. 151.

AMPERE, J.-J., *L'Histoire de la littérature française du Moyen Age*, Just Tessier, 1841.

ARAGON, L., *Traité du style* [Ed. 1928], Gallimard, « Tel », 1999.

ARISTOTE, *Poétique* (introduction, traduction nouvelle et annotation de M. Magnien), Le Livre de Poche, 1990.

ARRIVE, M., « La sémiotique littéraire », in *Sémiotique. L'Ecole de Paris*, ed. Jean-Claude Coquet, Hachette, 1982.

AUDIAT, P., *La Biographie de l'œuvre littéraire*, Champion, 1924.

BACHELARD, G., *La Terre et les rêveries de la volonté*, José Corti, 1988.

BAKHTINE, M., *Esthétique et théorie du roman*. Trad. de Daria Olivier, Gallimard, 1978.

BAKHTINE, M., « La structure de l'énonciation », in Tzvetan Todorov, *Mikhaïl Bakhtine, le principe dialogique*, Seuil, 1981.

BARRES, M., *Les Taches d'encre*, in *Œuvres complètes*, Club de l'honnête homme, t. I, 1965.

BARTHES, R., « Introduction à l'analyse structurale des récits », *Communications*, 1966(8), pp. 1-27.

BARTHES, R., *Critique et vérité*, Seuil, 1966.

BARTHES, R., *Empire des Signes*, Seuil, 1978.

BARTHES, R., *Le Degré zéro de l'écriture*, Seuil, 1953.

BARTHES, R., *Le Plaisir du texte*, Seuil, « Points », 1982.

BARTHES, R., *S/Z*, Seuil, 1970.

BAUDELAIRE, C., *Correspondance*, Gallimard, « Bibliothèque de la Pléiade », t. I-II, 1975.

BAUDELAIRE, C., *Etudes sur Poe*, in *Œuvres complètes*, Gallimard, « Bibliothèque de la Pléiade », t. II, 1975.
BAUDELAIRE, C., *Œuvres complètes*, Gallimard, « Bibliothèque de la Pléiade », t. II, 1975.
BECK, A., *Genèse de l'esthétique française moderne (1680-1814)*, Albin Michel, 1994.
BEGUIN, A., *L'Ame romantique et le rêve*, Slatkine Reprints, 1993.
BELLEMIN-NOEL, J., *Psychanalyse et littérature*, PUF, « Que sais-je? », 1978.
BELLEMIN-NOEL, J., *Le Texte et l'avant-texte*, Larousse, 1972.
BELLEMIN-NOEL, J., *Vers l'inconscient du texte*, PUF, 1979.
BENICHOU, P., *Sacre de l'écrivain*, Gallimard, 1973.
BENVENISTE, E., *Problèmes de linguistique générale*, Gallimard, 1966.
BERGEZ, D. et al., *Introduction aux méthodes critiques pour l'analyse littéraire*, Bordas, 1990.
BOURGET, P., « Les espèces littéraires », in *Le Parlement*, 13 décembre 1883.
BOURGET, P., *Nouveaux essais de psychologie contemporaine* [Ed. 1885], repris dans *Essais de psychologie contemporaine*, Gallimard, « Tel », 1993.
BOURGET, P., *Essais de psychologie contemporaine*, Gallimard, « Tel », 1993.
BREMOND, H., *Prière et poésie*, Grasset, 1926.
BREMOND, H., *Racine et Valéry*, Grasset, 1930.
BRETON, A., *Anthologie de l'humour noir*, in *Œuvres complètes*, 3 vol., Gallimard, « Bibliothèque de la Pléiade », 1988-1992.
BRETON, A., *Second manifeste du surréalisme*, Kra, 1930.
BRUNETIERE, F., *Essais sur la littérature contemporaine*, Calmann Lévy, 1896.
CABANES, J.-L., LARROUX, G., *Critique et théorie littéraires en France*, BELIN, 2005.
CAMUS, A., *L'Etranger*, Gallimard, 1957.
CANNON, B., *Sartre et la psychanalyse*, PUF, 1993.
CAZES, H., *Jean-Pierre RICHARD*, Bertrand-Lacoste, 1993.
CHASLES, P., *Discours sur la marche et les progrès de la langue et de la littérature françaises depuis le commencement du XVIe siècle jusqu'en 1610*, Didot, 1829.
CHASLES, P., *L'Angleterre littéraire*, citée par R. Fayolle, in *La Critique*, Armand Colin, 1978.
CHATEAUBRIAND, F.-R., *Mélanges littéraires*, in *Œuvres complètes*, Garnier frères, t. VI, 1911.
CLAUDEL, P., « Sur le vers français », in *Réflexions sur la poésie*, Gallimard,

« Folio-Essais », 1963.

CLAUDEL, P., *Réflexions sur la poésie*, Gallimard, « Folio-Essais », 1963.

COMPAGNON, A., *La Troisième République des lettres de Flaubert à Proust*, Seuil, 1983.

COQUET, J.-C., *Sémiotique littéraire*, Mame, 1973.

COUSIN, V., *Du vrai, du beau, du rien*, Hachette, 1836.

COUSIN, V., *Introduction à l'histoire de la philosophie*, Didier, 1868.

D'AUREVILLY, B., *Les Œuvres et les hommes*, Slatkine Reprints, t. XL, 1968.

DAUDET, L., *Devant la douleur* [Ed. 1914], Grasset, 1941.

DE BONALD, L., *Mélanges littéraires*, politiques et philosophiques, 4e édition, Adrien Le Clerc, 1858.

DE CONCOURT, E. et J., *Manette Salomon*, Gallimard, « Folio », 1996.

DE GOURMOND, R., *Esthétique de la langue française*, 4e édition, Mercure de France, 1905.

DE GOURMOND, R., *Le Livre des masques*, Mercure de France, 1896.

DE GOURMOND, R., *Le Problème du style* [Ed. 1902], Mercure de France, 1924.

DE LA HARPE, J.-F., *Cours de littérature*, Agasse, t. XV, 1805.

DE SAINT-PIERRE, B., « Etudes de la nature », in *Œuvres complètes*, Méquignon-Marvis, t. VII, 1820.

DE STAEL, G., *De l'Allemagne* [Ed. 1810], Flammarion, « GF », 1968.

DE STAEL, G., *De la littérature considérée dans ses rapports avec les institutions sociales* [Ed. 1800], Flammarion, « GF », 1991.

DELCROIS, M., HALLYN, F., *Introduction aux études littéraires : méthodes du texte*, DUCULOT, 1987.

DELCROIX, M. et al., *Introduction aux études littéraires*, DUCULOT, 1987.

DESGRANGES, C.-M., *La Presse littérature sous la Restauration, 1815-1830* [Ed. 1907], Slatkine Reprints, t. II, 1967.

DESPREZ, L., *L'Evolution naturaliste*, Tasse, 1884.

DIAZ, J. L., *Sainte-Beuve, pour la Critique*, Gallimard, « Folio », 1992.

DIDEROT, D., « De la poésie dramatique », in *Œuvres esthétiques*, Classiques Garnier, 1959.

DIDEROT, D., « Entretiens sur "Le Fils naturel" », in *Œuvres esthétiques*, Classiques Garnier, 1959.

DIDEROT, D., *Œuvres complètes*, Club français du Livre, t. VII, 1970.

DIDIER, B., « La critique littéraire en France aujourd'hui », in *Recherches sur la France*, 1998, n°1, pp. 62-80.

DU BOS, C., *Journal*, t. I, Corréa, 1926.
DUCROT, O., TODOROV, T., *Dictionnaire encyclopédique des sciences du langage*, Point, 1972.
ECO, U., *Les Limites de l'interprétation*, trad. De M. Bouzaher, Grasset, 1992.
FAYOLE, R., *La Critique*, Armand Colin, 1978.
FRANCE, A., «La morale et la science», Préface à *La Vie littéraire*, 3ᵉ série, *Œuvres complètes*, t. VII, Calmann-Lévy, 1926.
FREUD, S., *Le Mot d'esprit et sa relation à l'inconscient* [Ed. 1905], Gallimard, «Idées», 1979.
GAUTIER, T., *Les Grotesques* [Ed. 1844], Bassac, «Plein Chant», 1993.
GENETTE, G., *Figures II*, Seuil, 1969.
GENETTE, G., *Figures III*, Seuil, 1972.
GIDE, A., «*Baudelaire et M. Faguet*» [Ed. 1911], in *Prétextes. Suivi de Nouveaux prétextes*, Mercure de France, 1990.
GIDE, A., «Nationalisme et littérature», in *Prétextes. Suivi de Nouveaux prétextes*, Mercure de France, 1990.
GINGUENE, P., *Histoire littéraire d'Italie*, 14 vol., Michaud, 1811.
GIRARD, R., *Des Choses cachées depuis la fondation du monde*, Grasset, 1978.
GIRARDIN, S.-M., *Tableau de la poésie française et du théâtre français au XVIᵉ siècle*, Didot, 1829.
GOMBROWICZ, W., *Journal*, Gallimard, «Folio», t. I, 1995.
GREIMAS, A. J., *Du sens I*, Seuil, 1970.
GREIMAS, A. J., «Linguistique statistique et linguistique structurale», *Français moderne*, 1962.
GREIMAS, A. J., *Sémantique structurale*, Larousse, 1966, rééd. PUF, 1986.
GUSTAVE, F., *Œuvres complètes de Gustave Flaubert*, 4ᵉ série, Louis Conard, 1927.
HENNEQUIN, E., *Etude de critique scientifique*, Perrin, 1890.
HENNEQUIN, E., *La Critique scientifique* [Ed. 1888], 3ᵉ édition, Perrin, 1894.
HUGO, V., «Préface de *Cromwell*» [Ed. 1827], in *Œuvres complètes*, Club français du livre, t. III, 1970.
HUGO, V., *Œuvres complètes*, le Club français du livre, t. II, 1967.
JAKOBSON, R., "Linguistic and Poetics", in *Selected Writing*, volume 3, Mouton, 1981.
JAKOBSON, R., *Essais de linguistique générale*, Editions de Minuit, t. I, 1963.
JARRETY, M., *La Critique littéraire française au XXᵉ siècle*, PUF, «Que sais-je?», 1998.

JAUSS, H. R., *Pour une esthétique de la réception*, Gallimard, « Tel », 1978.

JOUBERT, J., *Carnets*, Gallimard, 1938.

JOUFFROY, T. S., *Cours d'esthétique*, Hachette, 1845.

KANT, E., *Critique de la faculté de juger*, Vrin, 1966.

KEARNEY, R., *Modern Movements in European Philosophy*, Manchester University Press, 1986.

KOWZAN, T., *Sémiotique du théâtre*, Nathan, 1992.

KRISTEVA, J., *Le Texte du roman : Approche sémiologique d'une structure discursive transformationnelle*, Mouton, 1970.

LACOMBE, P., *Introduction à l'histoire littéraire*, Hachette, 1898.

LANSON, G., *Méthode de l'histoire littéraire*, repris dans *Essais de méthode, de critique et d'histoire littéraire*, édités et présentés par H. Peyre, Champion, 1930.

LANSON, G., *Programme d'études sur l'histoire provinciale de la vie littéraire en France*, 1904, repris dans *Etudes sur l'histoire littéraire*, Champion, 1930.

LANSON, G., *Un manuscrit de Paul et Virginie*, Editions de la Revue du mois, 1908.

LANSON, G., « L'Esprit scientifique et la méthode de l'histoire littéraire », in *Méthodes de l'histoire littéraire*, 1925, rééd. Slatkine, 1979.

LASSERRE, P., *La Doctrine officielle de l'Université*, Mercure de France, 1913.

LASSERRE, P., *Le Romantisme français* [Ed. 1907], Mercure de France, 1913.

LEIRIS, M., *L'Age d'homme*, Gallimard, « Folio », 1973.

LUKACS, G., *Le Roman historique*, trad. de Robert Sailley, Payot, 1972.

MAINGUENEAU, D., *Les Termes clés de l'analyse du discours*, Seuil, 1996.

MALLARME, S., *Correspondance*, Gallimard, t. II, 1959.

MARCHAL, B., *La Religion de Mallarmé*, José Corti, 1988.

MARITAIN, J., *Art et scolastique*, Libraire de l'art catholique, 1920.

MARMIER, X., *Etudes sur Goethe*, Levrault, 1835.

MERCIER, L. S., « Le Bonheur des gens de lettres », in *Eloges et discours philosophiques*, van Harrevelt, 1776.

MERCIER, L.-S., « Discours sur la lecture », in *Eloges et discours philosophiques*, van Harrevelt, 1776.

MESCHONNIC, H., *La Rime et la vie*, Verdier, 1990.

MITTERAND, H., *Le Discours du roman*, PUF, 1980.

MONTEGUT, E., *Essais sur la littérature anglaise*, Hachette, 1883.

MOREAU, P., *La Critique littéraire en France*, Armand Colin, 1960.

MOUROT, J., *Le Génie d'un style : Chateaubriand, rythme et sonorité, dans les Mémoires d'outre-tombe*, Armand Colin, 1969.

NIEL, A., *L'Analyse structure des textes, littérature, presse, publicité*, Mame, 1973.

NISARD, D., *Etudes de mœurs et de critique sur les poètes latins de la décadence*, Calmann-Lévy, 1867.

ORDMANN, J.-T., *La Critique littéraire française au XIXe siècle (1800 - 1914)*, Brodard & Taupin, 2001.

PAGEAUX, D.-H., *La Littérature générale et comparée*, Armand Colin, 1994.

PASCAL, B., *Pensées*, Gallimard, « Folio classique », 1977.

PAULHAN, J., *Les Fleurs de Tarbes ou La Terreur dans les lettres (1936 - 1941)*, Gallimard, « Folio essais », 1990.

PAVEAU, M.-A. et al., *Les Grandes théories de la linguistique*, Armand Colin, 2003.

PEGUY, C., *Œuvres en prose*, Gallimard, « Bibliothèque de la Pléiade », t. II, 1961.

PICHOIS, C., « Sainte-Beuve ou l'eau critique », in *Revue des Sciences humaines*, juill.-sept., 1969.

POULET, G., *Etudes sur le temps humains* [Ed. 1952], Rocher, 1976.

POULET, G., *L'Espace proustien*, Gallimard, 1963.

POULET, G., *La Conscience critique*, José Corti, 1971.

POULET, G., *Les Chemins actuels de la critique*, UGE, 1973.

PREISS, A. et al., *L'Explication littéraire et le commentaire composé*, Armand Colin, 1994.

PREVOST, J., *La Création chez Stendhal*, Mercure de France, 1951.

PROPP, V., *Morphologie du Conte*, trad. de T. Todorov, Seuil, 1973.

PROUST, M., *Contre Sainte-Beuve*, posth., Gallimard, 1954.

PROUST, M., *A la recherche du temps perdu*, Gallimard, « Bibliothèque de la Pléiade », 1950.

RAIMOND, M., *La Crise du roman*, José Corti, 1966.

RAIMOND, M., *Le Roman*, Armand Colin, 1989.

RAVOUX-R., E., *Méthodes de critique littéraire*, Armand Colin, 1993.

RENAN, E., *Essais de morale et de critique*, Calmann-Lévy, 4e édition, 1889.

RENAN, E., *L'Avenir de la science*, Calmann-Lévy, 1890.

RICHARD, J.-P., *Etudes sur le romantisme*, Seuil, 1970.

RICHARD, J.-P., *Microlectures*, Seuil, 1979.

RICHARD, J.-P., *Page-paysage*, Seuil, 1984.

RICHARD, J.-P., *Poésie et profondeur*, Seuil, 1955.

RICHARD, J.-P., *Stendhal et Flaubert*, Seuil, 1970.

RICHARD, J.-P., *L'Univers imaginaire de Mallarmé*, Seuil, 1961.

RIVIERE, J., *Rimbaud*, Emile-Paul, 1938.

ROBRIEUX, J.-J., *Eléments de Rhétorique et d'Argumentation*, Dunod, 1993.

ROGER, J., *La Critique littéraire*, Dunod, 1997.

ROUSSET, J., *La Littérature de l'âge baroque en France. Circé et le paon*, José Corti, 1953.

SAINTE-BEUVE, *Causeries de lundi*, Garnier, t. XII, 1851-1862.

SAINTE-BEUVE, *Portraits contemporains*, UGE, 1965.

SAINTE-BEUVE, *Portraits littéraires*, Gallimard, « Bibliothèque de la Pléiade », 1949.

SAINTE-BEUVE, *Port-Royal*, Gallimard, « Bibliothèque de la Pléiade », 1953.

SAINTE-BEUVE, *Mes poisons*, UGE, 1965.

SAJNTE-BEUVE, *Chateaubriand et son groupe littéraire*, 1re édition, Calmann-Lévy, 1889.

SARTRE, J.-P., *L'Idiot de la famille, Gustave Flaubert de 1821 à 1857*, Gallimard, 1988.

SARTRE, J.-P., *Qu'est-ce que la littérature ?*, « Idées », Gallimard, 1949.

SARTRE, J.-P., *Saint-Genet, comédien et martyr*, Gallimard, 1969.

SARTRE, J.-P., *Situations I*, Gallimard, 1947.

SARTRE, J.-P., *Situations II*, Gallimard, 1948.

SARTRE, J.-P., *Situations IV*, Gallimard, 1964.

SCHERER, E., *Etudes sur la littérature contemporaine*, Calmann-Lévy, t. IV, 1886.

SCHILLER, *Sur le sublime* [Ed. 1801], repris dans P. Hartmann, *Du sublime, de Boileau à Schiller*, Presses universitaires de Strasbourg, 1997.

SCHOPENHAUER, A., *Le Monde comme volonté et comme représentation*, PUF, 1966.

SOUDAY, P., *Dialogues critiques*, Editions des Cahiers fibres, 1929.

STAROBINSKI, J., *L'Œil vivant*, Gallimard, 1971.

SUARES, A., *Portrait sans modèles*, Grasset, 1935.

SUARES, A., *Puissances de Pascal*, Emile-Paul, 1923.

SUARES, A., *Xénies*, Emile-Paul, 1923.

TADIE, J.-Y., *La Critique littéraire au XXe siècle*, Belfond, 1987.

TAINE, H., *De l'idéal dans l'art*, Germer-Baillière, 1867.

TAINE, H., *Essais de critique et d'histoire*, Hachette, 1858.

TAINE, H., *L'Histoire de la littérature anglaise*, Hachette, t. I, 1863.

TAINE, H., *La Fontaine et ses fables*, 19e édition, Hachette, 1911.

THIBAUDET, A., *Le Liseur de romans*, Crès, 1925.

THUMERREL, F., *La Critique littéraire*, Armand Colin, 2000.

TODOROV, T., *Critique de la critique*, Seuil, 1984.
TODOROV, T., *Grammaire du Décaméron*, Seuil, 1969.
TODOROV, T., *Poétique, qu'est-ce-que le structuralisme ?*, Seuil, 1968.
TODOROV, T., *Théorie de la littérature. Textes des Formalistes russes*, Seuil, 1965.
VALERY, P., «Propos me concernant», in André Berne-Jouffoy, *Présence de Valéry*, Pion, 1944.
VALERY, P., «Réflexion sur l'art», in *Bulletin de la Société française de philosophie*, mars-avril, 1934.
VALERY, P., *Au sujet d'Adonis*, t.I, Gallimard, 1966.
VALERY, P., *Œuvres*, 2 vol., Gallimard, «Bibliothèque de la Pléiade», 1957.
VALETTE, B., *Esthétique du roman moderne*, Nathan, 1993.
VANBERGEN, P., *Pourquoi le roman ?*, Labor, «Problème», 1973.
VIEL, A., *Vocabulaire des psychothérapies*, Fayad, 1977.
VILLEMAIN, A.-F., *Cours de littérature française*, Pichon et Didier, 1830.
VINCENLENGH, *Histoire de la critique littéraire des XIXe et XXe siècles*, Bruylant, 1998.
WEISGERBER, J., *L'Espace romanesque*, L'Age d'homme, 1973.
ZIMA, P. V., *Pour une sociologie du texte littéraire*, UGE, 1978.
ZOLA, E., *Le Roman expérimental* [Ed. 1879], In *Œuvres complètes*, Cercle du Livre Précieux, t. X, 1986.
ZOLA, E., *Les Romanciers naturalistes* [Ed. 1881], In *Œuvres complètes*, Cercle du Livre Précieux, t. XI, 1986.
ZOLA, E., *Mes haines*, in *Œuvres complètes*, Cercle du Livre Précieux, t. X, 1986.
ZOLA, E., *Œuvres complètes*, Cercle du Livre Précieux, t. XII, 1986.

二、中文书目：

班澜,王晓秦. 外国现代批评方法纵览[M]. 广州:花城出版社,1987.
波德莱尔. 浪漫派的艺术[M]. 郭宏安,译. 上海:上海译文出版社,2009.
波德莱尔. 美学珍玩[M]. 郭宏安,译. 上海:上海译文出版社,2009.
陈振尧. 法国文学史[M]. 北京:外语教学与研究出版社,1979.
茨维坦·托多洛夫. 批评的批评——教育小说[M]. 王东亮,王晨阳,译. 北京:三联书店,2002.
狄德罗. 狄德罗美学论文选[M]. 张冠尧,桂裕芳,译. 北京:人民文学出版社,1984.
方珊. 形式主义文论[M]. 济南:山东教育出版社,1999.
冯寿农. 文本·语言·主题——寻找批评的途径[M]. 厦门:厦门大学出版社,

2001.

伏尔泰. 伏尔泰论文艺[M]. 丁世中,译. 北京:人民文学出版社,1993.

伏尔泰. 哲学通讯[M]. 上海:上海人民出版社,1986.

高宣扬. 当代法国思想五十年(上、下)[M]. 北京:中国人民大学出版社,2005.

高宣扬. 当代法国哲学导论(上卷)[M]. 上海:同济大学出版社,2004.

高宣扬. 后现代论[M]. 北京:中国人民大学出版社,2005.

格雷马斯. 结构语义学[M]. 蒋梓骅,译. 天津:百花文艺出版社,2001.

拉伯雷. 巨人传[M]. 鲍文蔚,译. 北京:人民文学出版社,1983.

拉曼·塞尔登. 文学批评理论——从柏拉图到现在[M]. 刘象愚,陈永国,译. 北京:北京大学出版社,2003.

赖干坚. 西方文学批评方法评介[M]. 厦门:厦门大学出版社,1986.

李彬. 符号透视——传播内容的本体阐释[M]. 上海:复旦大学出版社,2003.

李幼蒸. 理论符号学导论[M]. 北京:社会科学文献出版社,1999.

柳鸣九,等. 法国文学史(上、中、下)[M]. 北京:人民文学出版社,1979.

卢梭. 爱弥儿[M]. 北京:商务印书馆,1978.

卢梭. 忏悔录[M]. 黎星,译. 北京:人民文学出版社,1980.

罗杰·法约尔. 批评:方法与历史[M]. 怀宇,译. 天津:百花文艺出版社,2000.

罗芃,等. 法国文化史[M]. 北京:北京大学出版社,1997.

吕西安·戈德曼. 论小说的社会学[M]. 吴岳添,译. 北京:中国社会科学出版社,1988.

孟悦. 本文的策略[M]. 广州:花城出版社,1988.

米歇尔·维诺克. 法国知识分子的世纪——萨特时代[M]. 孙桂荣等,译. 南京:江苏教育出版社,2006.

莫里斯·布朗肖. 文学空间[M]. 顾嘉琛,译. 北京:商务印书馆,2003.

欧文·白璧德. 法国现代批评大师[M]. 孙宜学,译. 南宁:广西师范大学出版社,2002.

让-保罗·萨特. 波德莱尔[M]. 北京:北京燕山出版社,2006.

让-保罗·萨特. 存在与虚无[M]. 陈宣良等,译. 北京:三联书店,2007.

让-保罗·萨特. 萨特文论选[M]. 施康强,译. 北京:人民文学出版社,1991.

让-皮埃尔·里夏尔. 文学与感觉[M]. 顾嘉琛,译. 北京:三联书店,1992.

沈志明. 萨特文集[M]. 北京:人民文学出版社,2005.

索绪尔. 普通语言教程[M]. 高名凯,译. 北京:商务印书馆,1982.

陶东风. 文体演变及其文化意味[M]. 昆明:云南人民出版社,1994.

特伦斯·霍克斯. 结构主义和符号学[M]. 瞿铁鹏,译. 上海:上海译文出版社,1987.

王文融. 法语文体学教程[M]. 北京:北京大学出版社,1997.

韦勒克. 近代文学批评史(中文修订版)[M]. 杨自伍,译. 上海:上海译文出版社,
　　2009.
亚里士多德. 诗学[M]. 北京:商务印书馆,1996.
亚理斯多德,贺拉斯. 亚理斯多德《诗学》贺拉斯《诗艺》[M]. 罗念生,杨周翰,译.
　　北京:人民文学出版社,1984.
叶姆斯列夫. 语言导论[M]//叶姆斯列夫语符学文集. 长沙:湖南教育出版社,
　　2006.
伊夫·塔迪埃. 20世纪的文学批评[M]. 史忠义,译. 天津:百花文艺出版社,
　　1998.
张泽乾. 法国文化史[M]. 武汉:长江文艺出版社,1997.
中国社会科学院外国文学研究所《世界文论》编委会. 波佩的面纱——日内瓦学
　　派文论选[M]. 北京:社会科学文献出版社,1995.
朱光潜. 西方美学史[M]. 北京:金城出版社,2010.
朱立元. 当代西方文艺理论(第二版)[M]. 上海:华东师范大学出版社,2005.
J. 贝尔沙尼,等. 法国现代文学史(1945—1968)[M]. 孙恒,肖雯,译. 长沙:湖南
　　人民出版社,1989.
J. 贝尔曼-诺埃尔. 文学文本的精神分析:弗洛伊德影响下的文学批评解析导论
　　[M]. 天津:天津人民出版社,2004.
K. E. 吉尔伯特,H. 库恩. 美学史[M]. 夏乾丰,译. 上海:上海译文出版社,1989.
郭鸿. 索绪尔语言符号学与皮尔斯符号学的两大理论系统的要点[J]. 外语研究,
　　2004(04):1—5+80.
黄晞耘. 罗兰·巴特思想的转捩点[J]. 世界哲学,2004(01):29—42.
蒋保. 古希腊修辞学起源探析[J]. 历史教学,2007(10):69—72.
王洪岳. 论巴特的文本的愉悦理论及其他[J]. 海南大学学报(人文社会科学版),
　　2007(04):458—462.
杨春时. 文学理论:从主体性到主体间性[J]. 厦门大学学报(哲学社会科学版),
　　2002(01):17—24.
中国社会科学院文学研究所. 狄德罗:美之根源及性质的研究[J]. 文艺理论译
　　丛,1958(01):24.
姚介厚. 论亚里士多德的《诗学》[J/OL]. http://www.douban.com/group/topic/
　　1135778.
百度文库. 理性的呼唤:古典主义文学[M/OL]. 世界文学评介丛书. http://
　　wenku.baidu.com/view/14881407e87101f69e3195cb.html.

后 记

时到今日,国内出版过柳鸣九等主编的《法国文学史》、郑克鲁编著的《法国小说史》和《法国诗歌史》、吴岳添编著的《法国小说发展史》,但国内至今还没有出版一部中国人编写的《法国文学批评史》,于是笔者希望编写一部全面、系统的《法国文学批评史》,填补这个空白。

拙著是国家社会科学基金项目一般课题(批准号:04BWW015)成果。项目研究、书稿撰写历时七年(2004—2011),其间笔者曾经三赴法国查询资料、购买书籍。经过长期艰辛的劳作,才写成今日书稿。全书分为四篇:第一篇论述法国文艺复兴到法国大革命时期和17、18世纪的文学批评;第二篇是19世纪文学批评;而20世纪分为2篇,第三篇是20世纪上半叶,第四篇是20世纪下半叶。

为什么这样划分呢?法国大革命不仅仅在政治上具有深远的意义,对文学批评也带来极大的影响。大革命后,文学批评也急切地寻求转变。大革命前三个世纪的文学批评几乎都是围绕着理性的判断,不系统、不科学。19世纪文学批评吸收了历史学、自然科学的知识,才上升为一门真正的学科,但仍然是传统的外部批评。20世纪才是文学批评的新纪元,上半叶在清理、孕育、准备着,到了战后下半叶法国进入文学批评的黄金时期,批评思潮峰起,汹涌澎湃,学派林立,新思维、新方法、新学科不断出现,影响着世界文坛。巴黎曾一度成为世界文学思潮的发源地,法国文学思潮引领着世界文学的潮流。因此,这样分为四篇是合理的、科学的。

各篇下面以时间段或主题归纳为章,第一篇以时间段分三章:16、17、18三个世纪分三章论述,第二篇19世纪分上半世纪(浪漫主义时期)和下半世纪(科学实证主义或现实主义时期)两章,20世纪主要以主题划分。各章下面以文学批评现象分为节。纵向以史为经线,为纲要,纲举目张;横向以现象、事实为纬线,史料翔实,条理清楚,编织出一卷质地结实、绚丽多彩的法国文学批评史画布。

全书一开始的"引论"让读者先有个总体的概念,从法国文学批评观念的嬗变直接、简略地窥视法国漫长的文学批评史。法国文学批评自诞生至今有五百多年的历史,文学批评的观念经历了判断、鉴赏和诠释三个阶段的发展,笔者试图从批评史角度,梳理文学批评观念的演变历程。在介绍每世纪的文学批评时的开头部分几乎都有个"引述",先简单扼要地介绍该世纪法国文学批评的主要概况,使读者脑子里有个总体的印象,然后再细读下去。

本书的创新之处是用"现代性"观点贯穿全书,并大胆提出"法国文学批评发轫于现代性"的论点。

  这几年,国内外理论界都在讨论"现代性",普遍的观点是,西方社会从中世纪进入"现代社会",从十五六世纪开始文艺复兴,之后进入了迅猛发展,关键在于"现代性"促进资本主义的诞生。这样,过去认为"现代性"出现在19世纪中叶或18世纪启蒙运动的观点,推前到15、16世纪。本书笔者引用这个前沿性的观点尝试考察法国文学批评,惊喜地发现:法国文学批评发轫于现代性。在法国,文艺复兴在16世纪发生,现代性表现为人文理性的弘扬。1549年,杜贝莱发表《保卫和发扬法兰西民族语言》,提出建设民族的语言,废除官方语言拉丁语。为了民族语言的独立和纯洁,鼓励作家用法语写作,制定语法标准。由此,法国文学批评应运而生,用语法标准评判作品的优劣。进入17世纪后,现代性以笛卡尔的理性哲学为基础,又推动了民族语言国家、君主制的建立。古典主义作家呆在凡尔赛宫里国王的周围,制定诗艺的标准、戏剧的"三一律"、上流社会道德规范等,批评家用这些标准去评判作品。这样,文学批评成为宫廷御用的判断价值的工具。18世纪,现代性表现在"新理性"、审美情趣和自由批判的启蒙精神上,文学批评逐渐走向自主、自由,使原先御用的文学变成战斗的文学、反抗的文学、启蒙的文学。一些哲学家、批评家站在宫廷的对立面,被贬谪流放,他们反对封建君主制,反对不容忍的天主教。最终,法国大革命推翻了君主制。19世纪,资本主义社会暴露了"现代性"的种种丑陋和弊端,文学批评借助科学的工具理性批判"现代性"。20世纪初现代主义对"人文理性"的批判,出现反理性的潮流。二战后,结构主义批评企图建立"新的中心",寻找新的结构,但"竹篮舀水一场空",后现代主义颠覆、解构,走向虚无。文学批评将走向何方?

  本书有如下几个特点:

一、重视理论,兼顾文学批评的实践,理论指引实践

  很多文学史或文学批评史的作者只注重详细地陈述历史现象和事实,笔者认为,文学批评不仅仅是一种实践,它往往受文学理论的支配,一场文学批评的思潮的产生,总有理论在孕育、在催动。因此,笔者在陈述批评现象之前,先要论述文学理论的先声作用。譬如,古典主义批评的理论基础是笛卡尔的理性哲学。18世纪文学批评为摆脱古典主义的批评,一股情感主义的审美意识萌芽,笔者考察了伏尔泰提出的"欣赏趣味"、迪博教士的感觉主义以及卢梭的感伤主义,这些涓涓细流组成后来的审美批评的潮流。法国文学批评也总是在理性与情感之间徘徊。19世纪浪漫主义批评诞生之前,18世纪在理论上首先孕育怀胎,譬如"百科全书"派狄德罗的审美观、康德对创作主体的天才的论述、柏克"崇高"概念的理论演变等,这些对理解浪漫主义批评都有很大的帮助。60年代,要了解法国结构主义批评,首先要论述索绪尔的语言学革命,厘清语言学与文学之间的关系。法国现代文学批评的术语很多来自语言学,很难理解,如果不解释清楚语言学的概

念,就无法弄懂批评术语。不仅如此,笔者还跟踪语言学的发展和对文学批评的后继影响,如法国本土语言学家 E.本维尼斯特的陈述语言学理论对 70 年代后文学批评影响很大,国内可能对此不甚了解,因此笔者作了重点论述。

二、重视批评方法论的研究和介绍

笔者认为,一部文学批评史不仅仅介绍批评家的批评活动和文学批评现象,更重要的是要介绍一些批评家卓有成效的批评方法,以便使国内同行,特别是研究生同学读了文学批评史,除了补充批评知识之外,还能够掌握一些实用性强的批评方法。因此,笔者详细地、具体地介绍了圣伯夫如何考察作家的生平,泰纳如何结合社会三要素分析作品,朗松的文学史博学批评,萨特的存在主义精神分析法如何对一个作家进行总体回溯考察,夏尔·莫隆的精神分析法批评,施皮策的"发生风格学"的批评方法,让-皮埃尔·里夏尔的主题批评方法以及法国手稿批评的步骤、程序和方法。笔者不厌其烦地详述这些方法,主要是因为在教学中,看到很多博士生、硕士生讲理论滔滔不绝,一旦着手研究作品时就眼高手低,不知如何入手,不懂得细读文本,只会印象主义批评,脱离文本不着边际地空说。法国文学批评的难能可贵之处是受到科学实证主义的影响,注重文本的形式,注重细读,从文本表层逐步深入内层。因此,本书非常重视引进可操作的、适用的、科学的批评方法,目的是教会学生除掉浮躁的情绪,能静下心细读文本,好好做学问。

三、编写过程兼顾两种结合:

(一) 点面结合,对重点学者进行专论研究

"面"就是某个时期的文学批评的概况,本书从 18 世纪报纸诞生之后,坚持从职业批评、作家批评和报刊批评三个部分全面反映每个时期的文学批评状况。笔者特意着墨于论述报纸、杂志的批评作用。在法国批评史上,19 世纪的《环球报》《法兰西信使报》《两世界杂志》以及 20 世纪的《新法兰西杂志》都起到了举足轻重的作用,培育了一大批文学批评家。本书用了整整一章介绍《新法兰西杂志》,它主导 20 世纪初文坛达 30 年之久,出现纪德、雅克·里维埃这样伟大的掌舵人。

"点"就是重点关注一位或几位重要的批评家,进行专门的论述。在每一世纪的文学批评中,除了介绍流派或团体的代表人物的批评活动和实践外,几乎都选择了本世纪最重要的批评家作了专论评述,比如 16 世纪的蒙田和其《随笔集》,17 世纪的布洛瓦和其《诗的艺术》,18 世纪的狄德罗的美学、艺术观,19 世纪的圣伯夫的文学史观、泰纳的社会学批评,20 世纪的朗松的博学批评、萨特的存在主义精神分析法、让-皮埃尔·里夏尔的主题批评、罗兰·巴特的结构主义和符号学研究,等等。有些专论是笔者以前发表过的文章,对某些批评家作了比较深入的研究。在专论中,作了比较公允的评价,比如普鲁斯特在《反对圣伯夫》里指责圣

伯夫不知道"社会的自我"和作品中的"深层自我"的区别,笔者在研究圣伯夫的时候,发现这有点冤屈了圣伯夫,其实圣伯夫在批评实践中也在寻找深层的"内心",而且还发现圣伯夫很早就注意到"认同批评",后来对20世纪的意识批评产生影响。这样专论使单面的批评家变成立体的、丰满的批评家。

(二)主次结合,特别注意新的批评趋向

在撰写每一世纪的文学批评史时,笔者很注意梳理那个时代的主流批评和支流批评,运用辩证的思维,注意主次结合,揭示矛盾,描述"争论"的声音,描述那些"文字狱"的官司。既注意主导当下话语权的批评势力范围,又要注意边缘的、在野的、微弱的星星之火,特别注意对立面的批评呼唤。文学批评史必须反映"复调"的嘈杂,而不是单声道音乐。譬如19世纪初,主流批评是浪漫主义批评,但还有那些顽固的教条主义批评势力,那些反对的"喝倒彩"。即便是同一流派或同一团体内,也会有争论、内讧。笔者力求反映完整的法国批评面貌。

四、从跨文化的角度高屋建瓴地考察文学批评现象

如何站在更高的高度来把握法国几百年的文学批评史?笔者把法国文学批评置于欧洲文学、世界文学的语境下考察,发现早在文艺复兴的年代,批评家就对各国的文学进行比较研究,比较文学就萌芽了。传统上认为斯塔尔夫人开创了比较文学,其实可以推前到文艺复兴时期。17世纪,路易十四的法国不可一世,傲慢骄横,法国滋长"我族中心主义",后来,流亡在异国的学者带来了异国的文化和文学,一种跨文化的、比较文学的批评就诞生了。其实,德国、英国、意大利文学的引进大大促进了法国的文学批评。本书在论述19世纪文学批评时,用一节的篇幅介绍德国浪漫主义的输入。在20世纪初,德国的胡塞尔的现象学、海德格尔的存在哲学也对法国批评产生了影响。本书同时揭示了世界主义思想对比较文学和文学批评的变革所起到的巨大作用。

自19世纪以来,法国文学批评思潮一浪盖过一浪,特别在20世纪,现代主义思潮、后现代主义思潮都是源自巴黎这个中心,然后传播到世界各国。上世纪六七十年代法国的文学批评执西方文学批评的牛耳,引领世界文学批评的发展。因此,不了解法国思潮,不了解法国文学批评,就很难深入了解世界文学批评。出版一部《法国文学批评史》是当务之急,是非常必要的,全国文史哲研究院所、高等院校中文系、外文系的研究生、本科生都需要这类参考书。"他山之石,可以攻玉",笔者相信本书的出版对于我国文坛上的理论家、批评家、作家都具有参考价值。

本书写作期间,我的博士生鲁京明、项颐倩、翁冰莹、黄钏曾参与部分工作,在此表示真挚的谢意。

本项目于2011年结项时被评为国家社科课题"优秀项目",非常感谢评委王文融教授、吴岳添教授、许钧教授、杨健民教授等专家提出宝贵的修改意见。

本书的出版,得到了我的母校上海外国语大学的上海外语教育出版社的大力支持,衷心感谢高云松先生、梁晓莉女士和胡怡纯女士在编辑工作中所付出的辛勤的劳动。

冯寿农

2018年10月于苏州